BASTEI
LÜBBE

Weitere Titel der Autorin:

18 699 Umgeben von Seide
18 709 Die Stimme der Leidenschaft
18 715 Der Preis der Versuchung
18 722 Spionin der Leidenschaft
18 730 Sündige Versuchung
18 737 Der Stolz der Kurtisane

Über die Autorin:

Julia Ross wurde in England geboren und wuchs dort auf. Sie ist Absolventin der University of Edinburgh, Schottland, und hat für Ihre Romane zahlreiche Preise erhalten. Heute lebt Julia Ross in den Rocky Mountains.

Julia Ross

GEHEIMNIS DEINES HERZENS

Roman

Aus dem Englischen von
Susanne Kregeloh

BASTEI LÜBBE TASCHENBUCH
Band 18 741

1. Auflage: Juli 2009

Vollständige Taschenbuchausgabe

Bastei Lübbe Taschenbücher in der Verlagsgruppe Lübbe

Titel der amerikanischen Originalausgabe: »Clandestine«
Originalverlag: The Berkley Publishing Group, New York
Dieses Werk wurde vermittelt durch die Literarische Agentur
Thomas Schlück GmbH, 30827 Garbsen.

Textredaktion: Britta Siepmann
Titelillustration: © Franco Accornero via Agentur Schlück GmbH
Umschlaggestaltung: Rainer Schäfer
Satz: Urban SatzKonzept, Düsseldorf
Gesetzt aus der New Caledonian
Druck und Verarbeitung: GGP Media GmbH, Pößneck
Printed in Germany
ISBN 978-3-404-18741-6

Danksagung

Mein Dank gilt Bruce Ide und Jay Pfahl, die mir die Namen von Orchideen genannt haben, die 1829 in englischen Gewächshäusern zu finden waren, also zu einer Zeit, als diese herrlichen Blumen aus allen Teilen der Welt nach England importiert wurden. Ich bin ihnen sehr dankbar für ihre großzügige Unterstützung und möchte darauf hinweisen, dass Irrtümer bei meinen Benennungen oder Beschreibungen nur mir anzukreiden sind.

Kapitel 1

London, Juni 1829

Sie beobachtete ihn seit Tagen. Heimlich.

Er bewegte sich mit ungeheurer Vitalität, und alles an ihm verriet seine strahlende, sprühende Lebensfreude. Seine weit ausholenden Schritte, die Art, wie er seinen Hut trug – ein wenig schief –, die Grübchen in seinen Wangen, wenn er lachte.

Er schien oft zu lachen.

In Guy Devorans Leben gab es zweifellos eine Menge, worüber er lachen konnte. Schließlich bekleidete sein Onkel den Rang eines Dukes. Mr. Devoran war daher vermutlich niemals mit Armut konfrontiert worden und kannte weder Furcht noch Selbstzweifel.

Er stand jetzt auf der Treppe seines Hauses und schaute zum Himmel hinauf, als stünden Geheimnisse in den Wolken geschrieben.

Sarahs Herz schlug vor Aufregung so heftig gegen ihre Rippen, dass es beinahe schmerzte. Ihre Suche fortzusetzen, war vielleicht letzten Endes doch eine Dummheit, genauso wie ihre Hoffnung auf Hilfe als auch ihr Hunger nach Rache.

Das Objekt ihrer Aufmerksamkeit tippte an seinen Hut, um einen Gruß an die hinter den Wolken verborgene Sonne zu schicken, und schlenderte dann den noch regennassen Bürgersteig entlang, wobei er hin und wieder Höflichkeiten mit den Vorübergehenden austauschte. Es schien unmöglich, ihn jemals allein anzutreffen. Immer waren andere Menschen um ihn herum, plauderten mit ihm, hofierten ihn, als wäre er ein königlicher Prinz.

Sie verfolgte ihn durch das Gedränge der Kutschen und Reiter bis in den St. James Park. Dort blieb er stehen, um sich mit einem Gentleman zu unterhalten, der müßig die Auslage im Schaufenster eines Weinhändlers betrachtet hatte. Hochgewachsen und schlank verkörperten beide Männer die natürliche Eleganz von Macht und unbestrittenem Reichtum. Der andere Mann lachte über etwas, das Guy Devoran gesagt hatte.

Sarah gab vor, das Schaufenster eines in der Nähe liegenden Ladens zu betrachten, und achtete darauf, dass ihre Haube ihr Gesicht verbarg. Nachdem sich die beiden Männer einige Minuten unterhalten hatten, verabschiedete sich Mr. Devoran mit einer Verbeugung von seinem Bekannten und setzte dann seinen Weg fort, als gehörte ihm ganz London.

Sie folgte ihm erneut und hielt dabei diskret einige Schritte Abstand – bis eine Gruppe junger Männer aus einem Hauseingang gestürmt kam. Sie diskutierten lautstark über politische Themen und blockierten den Bürgersteig. Als sie sich zu zerstreuen begannen, wobei sie sich noch das eine oder andere zuriefen, war Mr. Devoran verschwunden.

Sarah schluckte ihre Enttäuschung herunter und setzte ihren Weg rasch fort, wobei sie hoffte, es möge der richtige sein. Sie bog um einige Ecken und musste schließlich feststellen, dass sie sich im Gewirr unbekannter Straßen verirrt hatte.

An einer Ecke lag ein Buchladen, der über Türen zu beiden Straßen verfügte. Sarah schaute durch das Fenster, als sie daran vorbeieilte.

Ihr zog es die Kehle zusammen. Ihr Herz hämmerte, als würde sie krank werden. Sie blieb stehen.

Die Fensterscheibe verzerrte das Bild, aber es war eindeutig Mr. Guy Devoran, der im Laden zwischen den Regalen hin und her schlenderte und die Titel studierte. Er zog sich die Handschuhe aus und schob sie in seine Tasche, dann ging er um eins der Regale herum und war nicht mehr zu sehen. Im Laden befand sich kein weiterer Kunde.

Jetzt oder nie!

Eine Glocke bimmelte, als Sarah die Tür öffnete.

Im Buchladen roch es muffig. Der junge Mann hinter dem Ladentisch schaute auf und fuhr dann fort, etwas in sein Kassenbuch zu schreiben. Sie nickte ihm zu, bevor sie zu den Regalen eilte. Ihr Atem raste, als hätten die Monate des immerwährenden Schreckens ihre grausame Hand um ihre Lungen gelegt.

Der vordere Ladenteil öffnete sich mit mehreren Durchgängen zu einem Labyrinth kleinerer Räume. Jede Wand war vom Boden bis zur Decke mit ledernen Buchrücken, Staub und Spinnweben bedeckt. Schmale Gassen verbanden die Räume miteinander oder endeten vor einer Wand. Als hätte die Masse der gedruckten Worte ihn einfach verschluckt, war Mr. Devoran verschwunden.

Sarah ging noch einmal durch den Laden, ehe sie sich in das hinterste Zimmer zurückzog, wo sie sich auf eine Holztruhe setzte und versuchte, etwas ruhiger zu werden. Vielleicht gab es überhaupt keine Veranlassung für diese große Vorsicht. Vielleicht hatte sie alles nur falsch beurteilt. Und selbst wenn nicht, welche reale Hoffnung könnte sie überhaupt hegen, dass gerade dieser eine Mann ihr helfen würde?

Eine leichte Bewegung wirbelte Staubteilchen auf. Sarah schaute auf.

Die Arme vor der Brust verschränkt, den Spazierstock mit dem Messingknauf an den Körper gedrückt, die Schulter gegen den Türrahmen gelehnt, stand Mr. Devoran vor ihr und sah sie prüfend an.

Die Hutkrempe warf einen Schatten über sein leicht gebräuntes Gesicht mit den hohen Wangenknochen und dem markanten Kinn, und sie betonte den klaren Bogen seiner Brauen über den dunklen Augen.

Sein Blick war abschätzend, fast einschüchternd.

Sarah starrte ihn an, ihre Gedanken wirbelten durcheinander.

Ein Mann, der aus dem Hades geschickt worden sein könnte, um wie Theseus seinen Weg durch das Labyrinth zu gehen.

Augen, die von gefährlicher Intelligenz funkelten, begegneten ihrem brennenden Starren. Doch dann lächelte er und wurde zu Oberon, dem Gebieter der Fröhlichkeit und Ausgelassenheit.

Genau wie Rachel ihn beschrieben hatte. Sein Lächeln lud zum Lachen ein und weckte Zärtlichkeit.

Plötzlich erfüllte sie ein beunruhigendes Gefühl.

»Bitte vergeben Sie mir meine Kühnheit, Ma'am.« Er kam einen Schritt auf sie zu, zog den Hut und verneigte sich. »Mr. Guy Devoran, zu Ihren Diensten. Ich fürchte, meine Sünden erfordern eine sofortige Bestrafung. Falls ich Ihre Absichten missgedeutet habe, dann bitte ich Sie, meine Entschuldigung anzunehmen, aber ich glaube, Sie sind mir gefolgt?«

»Warum sollten Sie annehmen –? Ja, Sir, ich bin Ihnen gefolgt. Wie haben Sie es bemerkt?«

Ein Anflug von Heiterkeit erschien auf seinem Gesicht, doch dann wandte er sich ab und betrachtete die Bücher. Es war viel leichter, den perfekten Schnitt seines Mantels in Augenschein zu nehmen, als diesem raschen Blick standzuhalten. Vielleicht wusste er das.

»Eine Dame, die allein durch St. James spaziert, ist kaum zu übersehen, Ma'am, besonders dann nicht, wenn sie seit einigen Tagen wie eine der griechischen Furien vor meiner Haustür Wache hält.«

Sarah fühlte sich einer Panikattacke nahe. »Die Furien?«

»Griechische Gottheiten der Rache und der Zerstörung.«

Wieder klammerte sich Furcht wie Finger um ihre Eingeweide. »Ich weiß selbstverständlich, wer die Furien sind, Sir.«

Er legte die Hände um seinen Spazierstock. Seine Finger waren schlank, wirkten empfindsam und gleichzeitig stark.

»Ah, nun dann!« Die breiten Schultern wurden mit vollendeter Eleganz gezuckt. »Dennoch vermute ich, dass Sie eine junge Dame sind, die sich in Schwierigkeiten befindet. Wie kann ich Ihnen helfen?«

Ein Trommelwirbel schlug in ihrer Brust und raubte ihr den Atem. Sarah strich sich mit zwei Fingern über ihre gerunzelte Stirn und versuchte, sich zu entspannen. »Ich hoffe – ja, ich brauche Ihre Hilfe sehr dringend, Mr. Devoran.«

Er nahm ein Buch aus dem Regal und blätterte es flüchtig durch. »Meine im Besonderen?«

»Ja.«

»Sind wir uns schon einmal begegnet, Ma'am?«

»Nein, noch nie! Aber Sie sind sehr bekannt in London, Sir.«

Er stellte das Buch zurück und zog ein anderes heraus. »Und ich habe den Ruf, ein fahrender Ritter zu sein? Ich glaube, so muss es wohl sein. Aber warum haben Sie es nicht für angebracht gehalten, an meine Haustür zu klopfen oder mir einen Brief zu schreiben?«

»Ich konnte nicht sicher sein, dass niemand anderer Ihre Korrespondenz öffnen würde – ein Sekretär oder ein Diener vielleicht. Und es ist lebenswichtig, dass niemand sieht, dass ich mit Ihnen spreche.«

»Tatsächlich? Diese Andeutungen lassen mich vor Angst geradezu zittern.« Er klang nicht im Mindesten ängstlich, eher ein wenig neugierig. Er schaute sie über die Schulter an. »Sie haben meine volle Aufmerksamkeit, Miss –?«

Ihr Unbehagen hatte sich fast zu einem Schmerz gesteigert. Sie fühlte sich einer Ohnmacht nahe. »Mrs. Callaway, Mr. Devoran. Mein Mädchenname war Sarah Hargreaves. Sie kennen meine Cousine, Sie sind ihr einmal begegnet. Sie nannte sich Rachel Wren –«

Er fuhr herum und packte sie am Arm. »*Rachel Wren?*«

»Es ist über ein Jahr her. Rachel sagte, dass Sie – oder vielmehr Ihr Cousin Lord Jonathan St. George – sie gebeten hatten, einen Tag mit Ihnen auf einer Jacht zu verbringen. Sie hatte einige Tage frei, während ihre Arbeitgeber auf Reisen waren. Weil sie natürlich Vorbehalte gegen ein so unglaubliches Ansinnen hatte, sicherte man ihr Anonymität zu. Sie hatte Ihnen ohnehin einen falschen Namen genannt. Lord Jonathan wollte eine Lady aus London fortbringen, was nicht unbemerkt von seinen Feinden gelang –«

»*Ich erinnere mich.*«

Der harte Pulsschlag des Lebens strahlte von ihm aus. Ein Schauer überlief ihren Rücken und breitete sich als Zittern in ihrem gesamten Körper aus: eine Art heißer Verrücktheit, die durch ihre Adern strömte.

Sarah senkte den Blick, als könnte sie sich so vor diesem Gefühl schützen.

»Ihr Name war also nicht Rachel Wren«, sagte er. »Wie heißt sie wirklich?«

»Miss Rachel Mansard.« Sie zwang sich, den wilden Schauder von Gefühlen in ihrem Inneren zu ignorieren und stellte sich dem schwarzen Blitzen seiner Augen. »Wir sind zusammen aufgewachsen und standen uns immer sehr nahe. Obwohl Sie Ihnen nie wieder begegnet ist, hat Rachel niemals Ihre Freundlichkeit vergessen, Mr. Devoran.«

Er lächelte, jedoch ohne die geringste Heiterkeit. »War ich freundlich?«

»Sie hat es so empfunden.«

»Aha!« Er ließ ihren Arm los und ging einige Schritte hin und her. Guy Devoran bewegte sich mit der Anmut eines Tänzers, allerdings lag in dieser Anmut etwas Tödliches. »War dieses Zusammentreffen heute Miss Mansards Idee?«

»Nein, selbstverständlich nicht! Es war allein meine.« Das heftige Hämmern in ihrem Herzen drohte, sie taub zu machen, doch Sarah sprach weiter, entsetzt über ihren Schwall unbeholfener Worte. »Keine unverheiratete Dame würde sich nach einer Bekanntschaft, die nur einen Tag alt ist, einem alleinstehenden Gentleman auf diese Weise nähern. Doch da ich erkenne, dass diese für Sie wohl eher beiläufige Episode Ihnen sehr wenig bedeutet haben muss –«

»Richtig! Was also führt Sie zu mir, Mrs. Callaway?«

Sie schaute zum Hauptraum des Ladens. »Wir sind hier nicht ungestört genug, Sir. Jeden Moment könnte jemand hereinkommen.«

Er ging zum Durchgang, warf einen Blick in den vorderen Raum, dann kam er zurück und griff erneut nach Sarahs Arm, um sie in den tiefsten Winkel des Nebenzimmers zu führen. Er war so groß und breitschultrig, dass er fast alles Licht verdeckte.

»Außer uns ist hier niemand. Doch wenn Ihre missliche Lage so heikel ist, warum vertrauen Sie sich dann einem Fremden an?«

»Ich kenne niemanden sonst, den ich bitten könnte.«

Er stand einige Sekunden lang reglos da und sah sie wie ein Mann an, der gerade in einen Abgrund gerissen wurde. Das Herz schlug ihr laut in der Brust.

»Aber was, wenn ich so eine Art Schuft wäre?«, fragte er schließlich.

»Ihr Onkel ist der Duke of Blackdown. Ihr älterer Cousin ist Lord Ryderbourne. Falls Sie das nicht über jeden Zweifel erhaben sein lässt: Rachel ist davon überzeugt, dass Sie ein ehrenhafter Gentleman sind. Oder irrt sie sich in ihrer Einschätzung?«

»Dass adlige Verwandte Garanten für gutes Benehmen sind?« Er lächelte in aufrichtiger Erheiterung – und die Schatten verschwanden, als könnte Oberon der Sonne doch befehlen, die Welt lachen zu machen. »London widerlegt diesen Gedanken jeden Tag.«

»Zweifellos«, entgegnete sie. »Ich bin nicht sehr vertraut mit den Gewohnheiten der Gentlemen in dieser Stadt.«

»Und doch sind Sie zu mir gekommen, obwohl ich durch und durch ein Londoner Gentleman bin. Erwarten Sie von mir, alles stehen und liegen zu lassen, um Ihnen behilflich zu sein?«

Sarah fühlte sich plötzlich so erschöpft, als hätten die vielen staubigen Bücher ihr alle Kraft geraubt. Sie ließ sich auf die Truhe sinken.

»Warum nicht? Ich bezweifle, dass Sie etwas Besseres zu tun haben.«

»Natürlich, ich bin ein Mitglied der Klasse, die den Müßiggang pflegt.« In seiner Stimme schwang ein ironischer Unterton mit. »Meine Zeit gehört offensichtlich mir, und so kann ich es mir wohl erlauben, sie so zu verbringen, wie ich es möchte.«

»Ja, das kann ich mir vorstellen.«

»Sind Sie Fremden gegenüber immer so direkt, Mrs. Callaway?«

»Nein«, erwiderte sie. »Natürlich nicht. Aber Rachel hat Ihnen einmal geholfen, und das war für sie nicht ohne Risiko. Jeder wahre Gentleman würde solche Schulden begleichen.«

»Es gibt keine Schulden.« Er zog ein weiteres Buch aus dem Regal und blätterte es gleichmütig durch. »Ihre Cousine wurde damals für ihre Dienste sehr gut bezahlt.«

Sie wurde bezahlt? Das schien kaum vorstellbar. Vielleicht hatte er gemeint, dass Rachel irgendeine Art Geschenk gemacht worden war. »Dann muss ich an Ihre Ritterlichkeit appellieren, Sir. Ich versichere Ihnen, dass ich nicht auf diese Weise an Sie herangetreten wäre, wenn meine Verzweifelung mich nicht dazu getrieben hätte.«

»Es gibt keinen Familienangehörigen oder engen Freund, der Ihnen helfen kann?«

»Ich habe keine Verwandten außer Rachel, und ich kann in dieser Angelegenheit keinem unserer Bekannten vertrauen.«

»Dann gibt es keinen Mr. Callaway?«

»Captain Callaway. Ich bin Witwe.«

Seine Finger ruhten für einen Moment still auf dem Lederrücken des Buchs, bevor er es ins Regal zurückstellte.

»Mein Mann ist vor zwei Jahren gestorben«, fügte sie hinzu. »Er war sehr viel älter als ich. Er wurde bei Waterloo verwundet und hat zwölf Jahre lang mit Metallsplittern in seinem Rücken gelebt. Er ist wenige Monate nach unserer Heirat gestorben.«

»Das tut mir sehr leid«, sagte Guy Devoran.

Die Betroffenheit in seiner Stimme war ihr Untergang. Sarah umklammerte ihr Ridikül. »Ich habe Ihnen das nicht gesagt, um Ihr Mitleid zu wecken, Sir. Nur, um meine Situation zu erklären.«

»Beileidsbekundungen können immer ausgesprochen werden«, erwiderte er sanft. »Allerdings besteht keine Verpflichtung, sie anzunehmen. Sie leben üblicherweise nicht in London, nehme ich an?«

Sarah strich mit einer Hand über ihren grünen Rock. An ihre Vergangenheit zu denken, wenn auch nur für einen Augenblick, machte dieses Gespräch nur noch bizarrer und fantastischer. Es war absurd, es war verrückt sich einzubilden, dass Mr. Devoran ihr helfen würde.

»Nein, ich unterrichte Botanik, Tanz und Geografie in einem Institut für junge Damen in Bath.«

»Und Sie sind einzig und allein in die Stadt gekommen, um mich aufzusuchen, weil Ihre Cousine erwähnt hat, dass sie mir vor dreizehn Monaten begegnet ist?«

»Sie haben einen ganzen Tag zusammen verbracht«, sagte sie, »unter höchst ungewöhnlichen Umständen.«

»Ein Tag auf einer Jacht, an dem wir kaum zwei Worte miteinander gewechselt haben. Und jetzt sagen Sie mir, dass sie einen falschen Namen benutzt hat.«

»Nur, um ihren Ruf zu schützen, sollten Sie oder Ihr Cousin sich als wenig ehrenhaft erweisen und kompromittierende Geschichten über Ihr gemeinsames Abenteuer verbreiten.«

»Doch nach unserer kurzen Bekanntschaft ist Ihr Glaube an meinen guten Charakter jetzt so unerschütterlich, dass Sie überzeugt sind, ich werde Ihnen helfen? Was immer es auch sein mag, das Sie beunruhigt?«

Sarah schluckte ihre Angst hinunter und nickte.

Er erwiderte ihren Blick, als würde er es akzeptieren, doch sein Lächeln sprach von Zurückhaltung. Als müsste er unter seiner aufmerksamen Wachsamkeit tiefere, geheimnisvollere Impulse bezähmen, die zu ergründen sie niemals fähig wäre: Impulse, die ihn irgendwie amüsierten, seine Aufmerksamkeit aber auch immer ablenkten.

»Sie können kaum von mir erwarten, das zu glauben«, sagte er.

Wie eine Springflut färbte verräterische Röte ihre Wangen. Er war der Cousin eines zukünftigen Herzogs. Er war unbeschreiblich und atemberaubend attraktiv. Und er gehörte einer Gesellschaftsschicht an, die ihr gänzlich fremd war: der Erbaristokratie Englands, die sich vergnügte, spielte und tanzte – und herrschte –, als gäbe es kein Morgen.

Jung, gut aussehend, gebildet war er die Art von Mann, von der sie normalerweise niemals erwartete, dass er das Wort an sie richten würde, auch nicht als Verwandter einer ihrer Schülerinnen.

Sarah spürte ihren Puls wie verrückt klopfen, das Herz schlug ihr bis zum Hals. Wenn sie nicht alles riskierte, würde er gehen und sie sich selbst überlassen.

»Nichtsdestotrotz ist das die Wahrheit, Mr. Devoran.«

Er zog seine Handschuhe aus der Tasche und streifte sich das feine Leder über die Finger. Seine Bewegungen waren gleichermaßen kraftvoll und empfindsam, als empfände er selbst an den einfachsten Gesten ein sinnliches Vergnügen.

»Aber warum kann Ihre Cousine Ihnen nicht helfen, Mrs. Callaway?«

Sarah stand auf. Ihr war, als würde sie mit ausgebreiteten Armen auf den Rand einer Klippe zu gehen, um ins Meer zu stürzen.

»Weil Rachel verschwunden ist, Sir, und ich sehr guten Grund habe zu vermuten, dass sie entführt worden ist.«

Kapitel 2

Das Schweigen lastete so schwer wie die Dunkelheit nach einem Blitzschlag.

Er griff nach Sarahs Arm und zog sie in eine Ecke.

»Entführt?« Seine Aufmerksamkeit gehörte jetzt ganz ihr. »Sie haben einen Beweis dafür?«

Sie wappnete sich, sich seiner offensichtlichen Skepsis zu stellen. »Rachels letzter Brief verrät so große Angst, dass ich Bath sofort verlassen und die nächste Kutsche nach London genommen habe. Ich bin erst sehr spät in London angekommen und habe mir ein Zimmer in einem Hotel genommen. Gleich am darauf folgenden Morgen bin ich zu ihrer Wohnung gegangen, aber da wurde sie schon vermisst.«

»Sie hat hier in London *gewohnt*?«

Sarah nickte, seine Heftigkeit verwirrte sie. »Ja. Warum hätte sie das nicht tun sollen?«

»Aus keinem besonderen Grund natürlich. Wo ist ihre Wohnung?«

Sie griff in ihr Ridikül, zog ein Blatt Papier heraus und gab es ihm.

Er schaute auf die Adresse, bevor er es in seine Tasche steckte. Seine Augen wirkten so dunkel, als würden sich Schatten in ihnen sammeln.

»Sie sind also zu dieser Wohnung in der Goatstall Lane gegangen. Wie lange hat Miss Mansard dort gewohnt?«

»Einige Wochen. Sie hatte gehofft, bald eine neue Anstellung zu bekommen. Sie ist Gouvernante.«

»Großer Gott! Eine Gouvernante! Sind Sie sich all dessen sicher?«

»Ja. Warum? Obwohl man mich nicht in ihre Zimmer gelassen hat, hielt ich den Ort für recht respektabel.«

»Ohne Zweifel. Hat sie dort allein gewohnt?«

»Natürlich – nur tagsüber war ihre Zugehfrau da.«

»Sie glauben nicht, dass ihre Cousine die Stadt aus eigenem Antrieb verlassen hat?«

»Rachel wäre niemals einfach so fortgegangen, ohne mir zuerst ihre neue Anschrift mitzuteilen.«

Er wandte sich zum Gehen, seine großen Schritte verrieten Lebenskraft. »Und daraus schließen Sie, dass sie entführt worden ist? Von wem?«

»Das weiß ich nicht.«

Seine Schritte hallten auf dem Holzfußboden wider. »Sie haben großes Vertrauen in die Verlässlichkeit Ihrer Cousine, Mrs. Callaway.«

»Ich kenne sie fast mein ganzes Leben lang, Sir. Rachel hätte mir niemals so geschrieben, wie sie es getan hat, wenn sie nicht Anlass für echte Sorge gehabt hätte.«

»Also was hat sie dann so sehr erschreckt?«

Unbehagen trieb ihr die Röte ins Gesicht. »Sie wurde von einem Gentleman verfolgt ... einem Gast in dem Haus, in dem sie ihre letzte Stellung hatte.«

»Wann war das?«

»Im vergangenen Frühjahr – im Februar und März.«

Er blieb abrupt stehen, sein Rücken war angespannt. »Ihre Cousine hat *zu der Zeit* als Gouvernante gearbeitet? Wo?«

»In Hampstead, bei einem Mr. Harvey Penland. Er ist Witwer mit sechs Kindern. Rachel war fast ein Jahr lang dort und fühlte sich wohl, bis dieser Bewunderer ihre Ruhe zerstörte.«

»Hat sie ihn beschrieben?«

»Nicht sehr detailliert. Rachel ist sehr hübsch, Mr. Devoran. Gentlemen werden immer aufmerksam auf sie.«

»Daran erinnere ich mich.« Sein Tonfall war so kalt, dass sie dem eisigsten Winter Konkurrenz hätte machen können. »Hat sie diesen Mann in seiner Aufmerksamkeit bestärkt?«

»Vielleicht als sie ihm zum ersten Mal begegnet ist. Sie glaubte sogar, ein wenig in ihn verliebt zu sein – doch dann begann er, ihr Angst zu machen.«

Sein Rücken war gerade wie ein Ladestock, als er zu den obersten Bücherreihen hochstarrte. »Wann genau haben sie sich kennengelernt?«

»Irgendwann im Januar, glaube ich. Aber ungefähr ab Ende März hat sie sich verzweifelt bemüht, seiner Aufmerksamkeit zu entkommen. Glücklicherweise verbrachte die Familie das Osterfest in Devon, und Rachel hatte gehofft, dass ihr Verfolger sie während ihrer Abwesenheit vergessen würde. Doch stattdessen wurde er, nachdem sie nach Hampstead zurückgekehrt war, nur noch aufdringlicher. Deshalb schützte Rachel einen Krankheitsfall in der Familie vor – obwohl wir keine Angehörigen mehr haben – und suchte Zuflucht in dieser Wohnung in der Goatstall Lane.«

An seinem Kinn zuckte unübersehbar ein Muskel. »Aber sie hatte noch immer Angst vor diesem Mann?«

»Er hat ihr ... körperliche Gewalt angedroht. Sie war überzeugt, er würde sie zur Strecke bringen.«

»Und jetzt glauben Sie, dass dieser geheimnisvolle Mann sie *entführt* hat?«

Seine Ungläubigkeit zerrte an ihr, als würde die abschätzige Skepsis, die ihr entgegenschlug, ihr wie eine Welle den Boden unter den Füßen wegreißen.

»Ja«, entgegnete Sarah unbeirrt. »Das glaube ich.«

Guy Devoran stand mit dem Rücken zu ihr. Er hielt den Kopf gesenkt und starrte auf den goldenen Griff seines Spazierstocks, als würde er dort die Antworten finden, nach denen er suchte. Sein dunkles Haar lockte sich über seinem Ohr. Die Muskulatur seiner Schultern und Arme war so angespannt, dass sie wie Linien aussahen.

Unterdrückte Emotionen schienen in der Luft zu liegen: Angst, Wut, Kummer? Sarahs Herzschlag hallte in der Stille wider.

»Allein kann ich sie nicht finden, Mr. Devoran«, fügte sie verzweifelt hinzu. »Ich habe weder die Mittel noch die Fähigkeiten, geschweige denn den Mut dazu.«

»Aber warum zum Teufel kommen Sie damit zu mir?« Er fuhr herum. »Ich denke, dass Sie mir nicht alles gesagt haben, Ma'am.«

Sie trat einen Schritt vor, ihre Hand zur Faust geballt. »Vielleicht nicht. Aber das tun Sie schließlich auch nicht, Sir.«

Seine Nasenflügel bebten. »Ach, wirklich? Wie meinen Sie das?«

»Sie sagten eben, dass Sie an jenem Tag auf der Jacht kaum zwei Worte mit Rachel gewechselt hätten. Das ist nicht das, was sie mir erzählt hat.«

»In der Tat?« Seine Stimme klirrte wie Eis.

»Es war immerhin ein *ganzer* Tag. Rachel schrieb mir, sie hätte geschnattert wie eine Elster. Damals war Lord Grail ihr Arbeitgeber, und sie hatte angenommen, ihre Stellung wäre sicher. Doch dann ist die Familie an die Küste gereist, um Verwandte zu besuchen. Rachel stand plötzlich allein in dieser Stadt an der Küste und musste befürchten, dort ohne Mittel zurückgelassen worden zu sein. Sie war angesichts dieser Situation so beunruhigt, dass sie an eine Stellenvermittlung hier in London geschrieben hat. Das müssen Sie doch noch wissen?«

»Sie soll mir all das erzählt haben?«

Sarah setzte sich wieder auf die Truhe. »Vielleicht ist Rachel Ihnen einfach nur geschwätzig und dumm vorgekommen, aber sie hat mir in einem langen Brief über die Geschehnisse berichtet. Einen Brief voller Freude … und Jubel! Hat sie tatsächlich so wenig Eindruck auf Sie gemacht?«

»Es scheint wohl so.« Ein Schatten verbarg seinen Gesichtsausdruck, obwohl sein Blick auf ihr Gesicht gerichtet blieb. »Aber nichts davon erklärt, warum Sie meinen, dass ich Ihnen jetzt helfen werde.«

»Rachel hat gesagt, Sie wären unbeschreiblich freundlich.« Sarah unterdrückte Furcht und Zorn, die in ihr aufwallten, und schaute auf den Bücherstapel neben sich auf der Truhe. »Sie schrieb, Sie hätten sie zum Lachen gebracht.«

»Habe ich das? Das hatte ich wohl vergessen. Aber meine Situation und Ihre lassen sich nicht miteinander vergleichen, nicht wahr, Mrs. Callaway? Sie sind die Bittstellerin. Ich bin derjenige, der bedrängt wird.«

»Ja.« Sie kam sich hilflos und linkisch vor und griff wahllos nach einem der Bücher. Doch die Hoffnung auf Beistand floss davon wie feiner Sand durch gekrümmte Finger. »Es war nicht meine Absicht, Ihnen eine Strafpredigt zu halten, Mr. Devoran. Es tut mir leid.«

»Angenommen!« Er lächelte höflich. »Verständlicherweise sind Sie über das Verschwinden Ihrer Cousine beunruhigt. Aber kommt es Ihnen nicht höchst unschicklich vor, sich einem Fremden auf diese Weise zu nähern?«

»Ich bin Witwe, Sir, kein junges Mädchen. Und wenn es um Rachels Wohlergehen und möglicherweise ihre Sicherheit geht, habe ich kaum eine andere Wahl.«

Er schwieg einen Moment lang. Seine Miene wirkte unergründlich, verschlossen.

»Dann liegt die Wahl wohl bei mir, wie es scheint«, sagte er schließlich.

Das Buch in Sarahs Hand war in Leder gebunden und golden geprägt. Der funkelnde Umriss eines stierköpfigen Ungeheuers starrte sie drohend an.

»Theseus hat sich entschieden, in das Labyrinth zu gehen, um den Minotaurus zu bezwingen«, sagte sie. »Er musste es nicht tun. Er ist freiwillig gegangen.«

»Wie bitte?«

Verlegenheit kroch heiß an ihrem Nacken hinauf. Sie legte das Buch aus der Hand und stand auf. »Es tut mir leid. Aber Sie erwähnten vorhin die Furien, Sir.«

Guy Devoran lachte. »Und habe damit eine Flut gedanklicher Assoziationen über die griechische Mythologie ausgelöst?« Er trat näher, um auf den Bucheinband zu schauen. »Wo wohnen Sie, Ma'am?«

»Im Hotel Brockton. Es ist nicht weit von hier.«

»Ja, ich kenne es.«

Sie hätte ihn fast am Arm gegriffen. »Dann werden Sie mir helfen?«

Seine Augen begegneten ihren. Sarah glaubte, in eine schwarze Flamme zu schauen.

Das Gefühl von Beunruhigung strömte heiß durch ihre Adern, eine Erregung, so gewaltig wie eine anbrandende Welle. Sie fühlte einen plötzlichen Schwindel, als habe er sie hypnotisiert.

Eine Glocke ertönte.

Stimmen drangen aus dem vorderen Teil des Ladens zu ihnen.

Die wie aus Zucker gesponnenen Fäden des Zaubers zerrissen. Obwohl ihr Herz noch immer in einem wilden Rhythmus klopfte, ließ Sarah die Hand sinken und trat einen Schritt zurück.

Er hatte sich schon umgewandt. »Wenn Geheimhaltung so wichtig ist, dann sollten Sie sofort gehen«, sagte er ruhig. »Welches Zimmer?«

»Zimmer?«

Guy Devoran schaute sie an und lächelte. »Im Brockton: ein bescheidenes, aber respektables Haus, wie von Eurer Cousine empfohlen, passend für junge Damen, die allein reisen.«

»Es ist das letzte Zimmer auf der Nordseite unter dem Dach.«

Er wandte sich wieder um und zog ein dickes Buch aus dem Regal. Er begann, darin zu lesen, als wäre ihre Gegenwart ihm völlig gleichgültig.

»Dann schlage ich vor, dass Sie dorthin zurückgehen«, sagte er, »während ich über alles nachdenke.«

Sie war entlassen. Nicht länger Objekt seiner lebhaften Aufmerksamkeit zu sein, stach wie ein Messer.

Völlig aufgewühlt betrat Sarah den Hauptraum des Buchladens. Ein älteres Ehepaar unterhielt sich mit dem Mann hinter dem Tresen am Eingang. Die Buchregale als Schutz nutzend, eilte sie zum anderen Ausgang und trat hinaus auf die Straße.

Es regnete. Sie hatte ihren Schirm im Hotel gelassen. Ohne den Grund genau benennen zu können, begann Sarah zu weinen. Heiße Tränen liefen ihr die Wangen hinunter.

Guy schloss das Buch mit einem dumpfen Knall. Er schob es ins Regal und starrte dann wie blind auf die zahllosen Buchrücken.

Der Duft nach grünen Äpfeln, noch feucht von Regen – frisch und knackig und süß – schwebte in der staubigen, stickigen Luft des Buchladens.

Würde er aufschauen, könnte er sie noch sehen, ihre Stirn sorgenvoll in Falten gelegt. Die grünen Röcke, der schlichte Mantel. Die stolze Haltung ihres Kopfs. Die sinnlich wohlgeformte Figur. Das feste Kinn. Die haselnussbraunen Augen, die unter dichten rotblonden Wimpern zu ihm aufschauten. Die Augen einer Tigerin.

Mrs. Sarah Callaway besaß ein verblüffendes Gesicht, es bezauberte, ohne schön zu sein: sie war das genaue Gegenteil ihrer Cousine Rachel Wren – nein, *Mansard*.

Als hätten sie seine Erinnerung an Rachels glatte helle Haut verhöhnen wollen, wirbelten die winzigen Flecken von Braun über Sarah Callaways Wangen, begegneten ihrem Nasenrücken und ließen sich in Scharen darauf nieder. Noch mehr Sommersprossen tanzten auf ihrem fein geschnittenen Kinn, ausgelassen wie junge Spatzen. Sogar ihre Ohrläppchen waren gesprenkelt, als hätten sich zart zerknitterte Herbstblätter mit Sahne vereint.

Mein Mädchenname war Sarah Hargreaves. Sie kennen meine Cousine, Sie sind ihr einmal begegnet. Sie nannte sich Rachel Wren –

Sarah hatte vermutlich keine Ahnung, dass jeder Mann, der diese kleinen Sommersprossen sah, darauf brannte, sie zu berühren. Aus ihrer sehr direkten Art konnte man eher schließen, dass sie sich für unattraktiv hielt.

Rachel hatte natürlich gewusst, dass sie schön war, selbst wenn sie mit Schrubber und Eimer in den Händen bewaffnet war.

Guy fuhr sich mit der Hand über den Mund. Er hatte nicht einmal gewusst, dass Rachel eine Cousine hatte. Noch dazu eine, die so rechtschaffen und interessant war und ... Sommersprossen hatte!

Diese vermutlich äußerst tugendhafte Lehrerin für Botanik, Tanz und Erdkunde hatte eine sehr helle Haut und köstlich üppige weibliche Formen. Bei all ihrer fehlenden Gabe zu flirten verbarg Sarah Callaway unter ihrer Haube eine, wie er vermutete, fast nicht zu bändige Flut roter Haare, die zu einem

Knoten zusammenzustecken ihr nicht ganz gelungen war, da einige Locken unter der Haube hervorgeschaut hatten.

Er fluchte innerlich. Wurde von Theseus wirklich erwartet, in das Labyrinth zurückzugehen, mit dem Schwert in der Hand?

Die haselnussbraunen Augen hatten ihn mit entwaffnender Ehrlichkeit angesehen, doch fast jedes Wort, das sie in seiner Gegenwart geäußert hatte, war wie ein Bündel von Lügen. Entweder war diese rothaarige Schullehrerin ganz offen ihm gegenüber gewesen, oder ihre Cousine hatte sie sehr gründlich zum Narren gehalten. Und Rachel war, wie er aus eigener Erfahrung wusste, perfekt darin, sich aus einer Beziehung davonzustehlen, ohne eine neue Adresse zu hinterlassen.

Deshalb bezweifelte Guy sehr, dass es hier um eine gemeine Entführung ging.

Fast bezweifelte er auch die Existenz des Zimmers am Ende des Gangs im Hotel Brockton und sogar, dass es diesen kürzlich verblichenen Captain Callaway überhaupt gegeben hatte.

Guy hatte sich entschieden, die Motive dieser sommersprossigen Lady infrage zu stellen, die über die Selbstbeherrschung einer Königin verfügte und die, wie der Herbst, direkt dem Sommer entsprungen sein könnte.

Natürlich würde er ihr auf jede ihm mögliche Weise helfen.

Doch zuvor würde er einige Nachforschungen anstellen.

Wie aus dem Boden schießende Pilze wurden überall um sie herum die Regenschirme aufgespannt, als Sarah durch den Regen in ihr Hotel zurückeilte. Sie bestellte heißen Tee, dann lief sie die Treppe zu ihrem Zimmer hinauf. Es war klein und bescheiden, das billigste, das das Hotel anzubieten hatte, und der Kamin funktionierte nicht. Doch die Sommertage waren lang und lau, deshalb brauchte sie kein Feuer.

Zumindest war das Brockton's sicher und respektabel, wie sogar Mr. Devoran eingeräumt hatte.

Ein untadeliger Ruf war natürlich unabdingbar, wenn eine junge Dame darauf angewiesen war, ihre Stellung zu behalten, wollte sie nicht hungern. Besonders eine Witwe, die gerade ihren Posten als Lehrerin aufgegeben hatte und über keine Garantie verfügte, dass Miss Farcey sie jemals wieder zurücknehmen würde.

Sarah nahm die Haube ab und starrte auf ihr Spiegelbild. Ihre zornig funkelnden Augen war rot gerändert. Ihre Wimpern brannten wie trockenes Gras. Ihr Haar war feucht geworden, ein zersaustes Durcheinander von gesponnenem Kupfer.

Es war schwer, für respektabel gehalten zu werden, wenn man so auffallendes, widerspenstiges Haar hatte und eine so helle Haut, die jedes Gefühl verriet, wie flüchtig es auch immer sein mochte. Ohne ihre Haube sah Sarah wie ein leichtes Mädchen aus, das ihren Kopf in einen Farbtopf gesteckt hatte.

Als sie sich bei Miss Farcey um die Stelle als Lehrerin beworben hatte, hatte sie die widerspenstigsten Strähnen angefeuchtet, damit sie dunkler aussahen, und hatte sie dann nach hinten gezogen und unter einem schlichten Hut versteckt. Doch ihr Haar hatte schon immer ein Eigenleben geführt, als würde es Funken versteckter Energie sprühen.

Es war ein Glück, dass sie, von ihren Haaren abgesehen, unauffällig aussah und mit Sommersprossen übersät war wie eine Drossel. Wie sonst hätte sie es riskieren können, sich einem fremden Gentleman zu nähern, besonders einem, der so einschüchternd wie Guy Devoran wirkte?

Sarah schnitt sich selbst eine Grimasse und wandte sich vom

Spiegel ab. Um Rachels willen hätte sie es mit dem Teufel persönlich aufgenommen, wäre das erforderlich gewesen.

Sie zog sich den durchnässten Mantel aus und hängte ihn hinter die Tür, dann setzte sie sich in den einzigen Sessel im Raum und zog einen kleinen Schlüssel aus ihrer Rocktasche.

Rachels Briefe lagen im Geheimfach von Sarahs Schreibkasten verborgen. Ein Fach, über das der Schreibkasten einer jeden Dame verfügte. Mit erneut stärker gewordenem Unbehagen starrte sie auf das Holzkästchen, das wie Mahagoni schimmerte, aber hauptsächlich aus dünnem Sperrholz bestand. Jeder kräftige junge Mann könnte es mit einem Hieb zerschlagen.

Ein Schauder lief ihr den Rücken hinunter.

Nur Wertmaßstäbe und Furcht vor gesellschaftlicher Ächtung hielten Aristokraten wie Guy Devoran davon ab, sich einfach das zu nehmen, was sie haben wollten. Und ein Neffe des Dukes of Blackdown stand ganz besonders über dem Gesetz.

Das war der Grund, aus dem Sarah hoffte, er würde ihr helfen.

Doch der Gedanke an diese ungezähmte Macht barg auch eine Drohung: alles war zufällig und ebenso absolut. Guy Devoran und seine Cousins konnten mit Leben und Tod spielen, wie es ihnen beliebte, und niemand würde sie dabei aufhalten.

War Rachels Peiniger ebenso mächtig? War sie von einem Mann entführt worden, der wusste, dass niemand ihm etwas anhaben konnte, was immer er auch tat?

Krank machende Angst packte Sarah an der Kehle. Sogar der Gedanke an eine Tasse Tee bereite ihr Übelkeit, obwohl es das war, was sie jetzt brauchte: einen heißen starken Tee.

In diesem Moment klopfte jemand an der Tür. Es war eins

der Zimmermädchen, das den Tee brachte. Sobald das Mädchen wieder gegangen war, schenkte sich Sarah eine Tasse des heißen Gebräus ein, dann las sie noch einmal Rachels letzten Brief, auch wenn sich Passagen daraus ihrem Gedächtnis bereits eingeprägt hatten:

... Er hat darauf bestanden, dass ich ihn heirate, ein Nein als Antwort würde er nicht akzeptieren. Ich war gezwungen, sofort zu handeln. Doch ich fürchte, dass er beabsichtigt, mich zu verfolgen, ja, dass er in seiner Leidenschaft sogar zu höchst unehrenhaften Mitteln greifen könnte. Ich habe so große Angst. Ich wage nicht, mir vorzustellen, was er tun könnte, wenn er mich hier findet, so allein und schutzlos. Bitte komm sofort hierher, liebste Sarah!

Dieser Mann musste wissen, dass sie und Rachel keine Familie mehr hatten, an die sie sich hätten wenden können: zwei junge Damen, die auf dieser Welt besonders schutzlos waren. Es war furchtbar. Und es war erschreckend.

Sarah war sofort nach London gefahren, aber nur, um zu erfahren, dass Rachel bereits vermisst wurde. Bei allen Nachforschungen war sie wie gegen Mauern gerannt. Heute Morgen dann war sie zu der Überzeugung gekommen, dass eine gewaltsame Entführung die einzig mögliche Erklärung für Rachels Verschwinden war. Denn wenn es Rachel möglich gewesen wäre, dann hätte sie ihr inzwischen eine Nachricht zukommen lassen.

Und dann hatte sie sich der Mauer von Mr. Devorans Ungläubigkeit gegenübergesehen.

Angesichts dieses Umstands war ihr Vorhaben fast ins Wanken geraten. Doch die Angst, die aus Rachels Briefen sprach, war greifbar – greifbar genug, um Sarahs Entschlossenheit zu stärken, Rachel zu retten und das ihr womöglich zugefügte Leid dann zu rächen.

Sie blätterte durch die früheren Briefe. Ah, dieser hier! Rachel hatte ihn im letzten Herbst geschrieben. Ihre Zeilen hatten damals noch unbeschwert und amüsant geklungen, waren voll trivialer Details ihres Lebens als Gouvernante der Familie Penland gewesen.

... Wenn mir das alles zu langweilig wird, besonders, dass ich meine Mahlzeiten allein einnehmen muss – meine Stellung hier im Haus ist zu herausgehoben für das Dienstbotenzimmer, aber andererseits nicht herausgehoben genug, um den Familientisch zu schmücken – versuche ich, mich an jene langen Sommertage zu erinnern, die wir als Kinder zusammen verbracht haben. Ich vermisse das alles so sehr, geliebte Sarah! Dann denke ich auch manchmal an den Tag auf der Jacht mit Mr. Guy Devoran. Ich kann noch immer nicht glauben, dass ich all diese Stunden mit einem Neffen des Dukes of Blackdown verbracht habe! Auch wenn es mich an alles erinnert, was wir verloren haben, liebe Sarah, so erinnert es mich auch daran, dass einige Männer wahre Gentlemen sind ...

Sarah faltete den Brief zusammen und schob ihn zurück in ihren Schreibkasten. Nach Weihnachten hatte sich dann alles geändert, Rachels Stimmung war so euphorisch gewesen, dass sie das Schreiben oft vernachlässigt hatte. Doch im Frühling war der Ton in ihren Briefen plötzlich anders geworden, verzweifelt, bis sie schließlich diese angsterfüllte Bitte an Sarah gerichtet hatte.

Das Papier riss leicht ein, als Sarah dieses letzte Schreiben auseinanderfaltete. Ihre Augen überflogen die entscheidenden Sätze:

Eine alleinstehende Lady ist so hilflos gegenüber einem einflussreichen Gentleman. Die Gesellschaft beurteilt eine Frau immer härter als ihren Peiniger, und ich fürchte, dass niemand mir glauben wird, würde ich jemals seinen Namen preisgeben. Aber ach, wie gern denke ich jetzt an jenen Tag auf der Jacht zurück – eine goldene, strahlende Erinnerung in meinem Meer aus Verzweiflung! Wie sehr wünschte ich, ich könnte Mr. Devoran fragen, dem wunderbarsten Mann, dem ich je begegnet bin – Rachel hatte die folgenden Zeilen durchgestrichen – *Aber nein, das kann niemals sein! Was, wenn mein Feind das herausfände? All diese einflussreichen aristokratischen Familien kennen sich untereinander, nicht wahr? Sie könnten sogar Freunde sein ...*

Als Sarah geleugnet hatte, dass es Rachels Wunsch gewesen war, Mr. Devoran um Hilfe zu bitten, hatte sie also in der Tat die Wahrheit vor ihm verborgen. Aber er hatte das auch getan.

Womit sonst war Guy Devorans schroffe Reaktion auf ihre Erklärung der schwierigen Lage ihrer Cousine zu erklären? Ohne Zweifel war er verärgert gewesen, dass Rachel ihm einen falschen Namen genannt hatte, und vielleicht hatte diese Information seinen Stolz ein wenig verletzt, aber das konnte doch sicherlich nicht der einzige Grund für seine Verärgerung gewesen sein?

Schließlich waren Rachel und er sich nur einmal begegnet. Rachel hatte von diesem Tag auf der Jacht geschwärmt, weil Guy Devoran – höchst ritterlich – die junge Dame in seiner Obhut weder in Verlegenheit gebracht noch ihr einen unsittlichen Vorschlag unterbreitet hatte.

Stattdessen hatte er Rachel zum Lachen gebracht.

Hinter all dem hatte allerdings die Absicht gesteckt, einer

anderen jungen Lady namens Anne zu helfen, die jetzt mit Lord Jonathan St. George verheiratet war, Mr. Devorans jüngerem Cousin. Laut den Zeitungen war das Ehepaar vor Kurzem aus Indien nach England zurückgekehrt. Lady Jonathan stand jetzt kurz vor ihrer Niederkunft.

Indem er mit Rachel diesen Tag auf der Jacht verbracht hatte, hatte Guy Devoran der künftigen Frau Lord Jonathans geholfen, ihren Feinden zu entkommen und hatte damit all ihr Glück ermöglicht. Er hatte sich einzig und allein deshalb so verhalten, weil er großzügig und galant und mitfühlend war, nicht aus irgendeinem persönlichen Interesse an Rachel.

Aber was, wenn er sich dieses Mal entschied, einer jungen Dame, die in Schwierigkeiten steckte, nicht zu helfen?

Oder noch schlimmer: Was wäre, wenn sie die Andeutungen über ihn in Rachels Briefen nicht richtig gedeutet und ihn falsch beurteilt hatte? Was, wenn Mr. Devoran etwas verbarg, was wirklich wichtig war?

Regen prasselte auf den Bürgersteig hinunter, als Guy sich anschickte, den Buchladen zu verlassen. Er trug einige in braunes Papier verpackte Bücher unter dem Arm und blieb in der Tür stehen, um die Straße entlangzuschauen, als wollte er das Wetter prüfen.

Den blasshäutigen Mann, der am Morgen in der Nähe seines Hauses herumgelungert hatte und der ihm aufgefallen war, konnte er nirgendwo entdecken. Die Anwesenheit des Mannes mochte ein Zufall gewesen sein. Es hätte aber auch sein können, dass Guy nicht der Einzige gewesen war, der Mrs. Sarah Callaway bemerkt hatte, als diese auf der Straße gewartet hatte. Ihre große Sorge hatte wie ein Brandmal ihr Gesicht gezeichnet.

Zum Teufel auch! Wenn tatsächlich etwas Gefährliches vor sich ging, wäre es für sie weitaus sicherer gewesen, ihm eine Nachricht zu schicken. Niemandem in seinem Haus würde es auch nur im Traum einfallen, seine Korrespondenz zu öffnen. Stattdessen hatte sie jedoch ihre Entscheidung, bei ihm Hilfe zu suchen, hinausgeschoben, und jetzt wurde Rachel bereits seit einigen Tagen vermisst.

Wenn sie wirklich vermisst wurde und sich nicht einfach nur irgendwo vor der enttäuschten Wut eines weiteren abgelegten Liebhabers versteckte.

Guy zuckte die Schultern und machte sich auf den Weg. Er war in der Tat in London überall bekannt: der Neffe des Dukes of Blackdown, der viele Freunde, aber kaum einen Vertrauten hatte.

Sobald er es sich in der Ungestörtheit seines Arbeitszimmers bequem gemacht hatte, schrieb Guy einige Briefe. Den ersten an eine gewisse Lady, die am Nachmittag in den Park zu begleiten er die Absicht gehabt hatte. Der zweite war für Lady Ryderbourne, der schönen Frau des ältesten Sohnes des Dukes of Blackdown, die eine besondere Zuneigung für ihn hegte und nicht zögern würde, das zu tun, worum er sie bat. Die weiteren gingen an Agenturen in London, die Gouvernanten vermittelten – wenn man denn solch ein Geschöpf brauchte –, und enthielten eine Reihe von Fragen.

Sobald seine Botschaften auf den Weg gebracht waren, notierte Guy zwei Namen auf einem Blatt Papier und betrachtete diese dann nachdenklich: Lord Grail und Mr. Harvey Penland. Er kannte Grail, wenn auch nicht gut. Der Name *Harvey Penland* sagte ihm nichts.

Er schaute auf die Uhr und schrieb noch eine weitere Nachricht an seinen jüngeren Cousin Lord Jonathan Devoran St. George, bekannt als Wild Lord Jack, damit dieser ihn noch erhielt, ehe er in London eintreffen würde. Er verfasste diesen Brief in einer Geheimschrift, die Jack und er sich ausgedacht hatten, als sie noch Schuljungen gewesen waren.

Dann verließ Guy sein Arbeitszimmer und ließ sich von einem Diener seinen dicken Mantel bringen. Dass Mrs. Callaway die Goatstall Lane als Rachels letzte Adresse genannt hatte, ging ihm nicht aus dem Sinn. Als er den nassen Bürgersteig entlangging, machte er keinen Versuch, den Schmerz und die Wut zu verdrängen, die Sarahs Neuigkeiten über Rachel in ihm ausgelöst hatten.

Sarah schaute aus dem Fenster ihres Hotelzimmers und beobachtete, wie der Laternenanzünder von Laterne zu Laterne ging, um die Dunkelheit der Nacht zu vertreiben. Als kleines Mädchen war sie schon einmal in London gewesen, lange bevor das Gaslicht eingeführt worden war. Es war einige Jahre vor ihrem Leben bei den Mansards gewesen. Die Straßen waren damals wie dunkle Höhlen gewesen, der rußige Schein der Laternen hatte kaum die Düsternis durchdrungen. Die Erinnerung daran ließ die Gaslaternen wie ein Wunder erscheinen.

War es wahnsinnig gewesen, Guy Devoran ins Vertrauen zu ziehen?

Ihr Magen knurrte. Sarah schaute auf das Tablett, auf dem die Kanne mit dem kalten Tee stand. Sie hatte bereits einen großen Teil ihrer Ersparnisse ausgegeben und inzwischen fast kein Geld mehr. Sie traute sich nicht, sich noch mehr als den Tee kommen zu lassen. Und ebenso wenig traute sie sich auszugehen: für den Fall dass Mr. Devoran eine Nachricht schickte.

Was um alles in der Welt sollte sie nur tun, wenn er es ablehnte, ihr zu helfen?

Sie könnte noch einmal in die Goatstall Lane gehen, aber niemand dort würde ihr etwas erzählen, wenn sich herausstellte, dass Sarah die Mittel fehlten, für die Kooperationsbereitschaft der Leute zu bezahlen, die Rachel gekannt hatten.

Sie schaute auf die Uhr: es war fast Schlafenszeit. Den heftigen Hunger und die nagende Angst ignorierend, begann sie auf und ab zu gehen und versuchte dabei, zu rekapitulieren, wie es um ihre finanziellen Mittel stand und was sie inzwischen herausgefunden hatte.

Jemand klopfte an die Tür.

Sarah zuckte wie ein aufgeschrecktes Kaninchen zusammen, und starrte einen Augenblick lang die Tür an. Ihr Herz klopfte so laut, dass in ihren Ohren dröhnte, während der Name eines Mannes im Zimmer widerzuhallen schien: *Guy Devoran!*

Das Klopfen wurde zu einem Hämmern.

Ein Gentleman würde niemals auf diese Weise anklopfen. Es war vermutlich ein angetrunkener Hotelgast, der die Zimmertür verwechselt hatte. Sarah öffnete die Tür einen Spaltbreit.

Ein junger Bursche starrte sie mit offenem Mund an. Er trug ein großes Paket in den Armen.

»Eine Lieferung für Missus Callaway. Nur an die Lady persönlich und an niemand sonst, bei der Androhung von Prügeln.«

Sarah zog die Tür weiter auf. »Ich bin Mrs. Callaway.«

Der Junge grinste. »Der Gentleman hat gesagt, ich würde wissen, wenn es die richtige Lady ist, weil sie aussieht, als hätte eine Maus ihre kleinen Pfoten in braune Tinte getaucht und wäre dann über das Gesicht der Dame gelaufen. Sie sind das, ganz sicher.«

Er stellte das Paket ab, tippte an seine Mütze und ging.

Eine Welle der Demütigung trieb Sarah die Röte ins Gesicht, aber ihre missliche Lage war viel zu ernst, um sich über solchen Unsinn aufzuregen. Was immer einem Gentleman an Sarah Callaway auffallen mochte, ihr gutes Aussehen war es sicherlich nicht.

Sie hob das Paket auf und trug es zum Bett. Vielleicht hatte er ihr etwas zu essen geschickt? Angesichts dieses Gedankens musste sie über sich selbst schmunzeln. Eine dunkle Vorahnung war wohl eine weitaus passendere Reaktion, wenn ein Gentleman einer Dame unerwartet ein Geschenk sandte.

Sarah riss sich zusammen und zerschnitt die Schnur.

Das Papier fiel auseinander und enthüllte eine Flut aus blauer Seide. Sie war sich des erneuten Flatterns ihrer Nerven bewusst, als sie das Kleid hochhob und es aufschüttelte: ein weiß-blauer Traum, aber mindestens seit hundert Jahren aus der Mode.

Von der puren Schönheit des Stoffs beeindruckt, starrte Sarah einen Moment lang auf das Kleid, bevor sie die nächste Papierschicht auseinanderschlug: eine weiß gepuderte Perücke, geschmückt mit blauen Schleifen, und eine kleine Haube, verziert mit winzigen Nachbildungen von Schafen. Schafe? Eine dunkelblaue Maske lag darunter, eingeschlagen in ein weißes Spitzentaschentuch. Ein Paar silberner Schuhe und ein zierlicher Schäferstab, besetzt mit Skarabäen und Glaspailletten funkelte auf dem Boden des Pakets.

An seinem Griff war auch mit blauem Band eine Nachricht befestigt.

Die Zartheit des Bandes schien nicht recht zu dem vom Brief ausgehenden leichten Geruchs nach Zedernholz und Bienenwachs verbunden mit dem vorherrschenden nach teurer Tinte zu passen: männlich wirkende Düfte, die das Bild eines eleganten Arbeitszimmers hervorriefen, dem privaten

Bereich des Mannes, der sie vor wenigen Stunden im Buchladen so derartig aus der Fassung gebracht hatte.

Sein dunkler Kopf hatte sich über dieses Blatt Papier gebeugt, ein leichtes Zucken in seinem Mundwinkel, während er seinen Federhalter in das Tintenfass tauchte.

Und er hätte – wenn er zufällig aufgeschaut hätte – jeden Beobachter mit so dunklen Augen angesehen, dass eine Frau in deren schwarzem Feuer hätte verbrennen mögen.

Ihre Finger zitterten, als sie das Band löste und das Papier auseinanderfaltete, während ein beklommenes Gefühl ihr wie kleine Mausepfoten den Rücken hinunterzulaufen schien. Zu ihrer Überraschung fielen einige Münzen auf den Tisch. Sie schob sie zur Seite und begann zu lesen.

Verehrte Madam,

die kürzlich gefeierte Taufe des neugeborenen Lord Wyldshay, dem ersten Enkelsohn des Dukes of Blackdown, wird morgen Abend mit einem Maskenball festlich begangen. Ich erfreue mich des vielleicht unverdienten Privilegs, einer der Paten des Säuglings zu sein, was mich verpflichtet, diesem Ereignis beizuwohnen.

Niemand wird eine weitere Schäferin bemerken.

Eine Zofe aus Blackdown House wird morgen Abend zu Ihnen kommen und Ihnen zur Hand zu gehen. Sie können sie natürlich fortschicken. Es wäre jedoch klug, Sie würden bis dahin in Ihrem Zimmer im Hotel bleiben.

Da die Diener ebenso ein Trinkgeld aus Ihrer Hand erwarten wie das Brockton's die Begleichung Ihrer Rechnung mit einer gewissen Großzügigkeit, erlaube ich mir, zu diesem Zweck eine kleine Summe beizufügen.

Wenn Sie sie nicht anzunehmen wünschen, verwenden Sie sie bitte für einen mildtätigen Zweck.

Wie auch immer Sie darüber verfügen werden, wir müssen nicht weiter darüber sprechen.

Ich verbleibe, werte Madam, Ihr bescheidener und höchst gehorsamer Diener

Guy Devoran

Sarah nahm die Münzen in die Hand. Geld war wohl das unschicklichste Geschenk, das ein Gentleman einer Dame machen konnte, und sie sollte es mit einem förmlichen Schreiben zurückschicken. Andererseits würde ihre Hotelrechnung beinahe ihre ganze Barschaft verschlingen, und darüber hinaus könnte sie sich davon einige Mahlzeiten leisten und seinen Dienstboten das angemessene Trinkgeld geben.

Sie hatte Guy Devoran um Hilfe gebeten. Da wäre es äußerst dumm, den Hungertod zu erleiden, bevor er ihre Bitte erfüllen konnte. Und – natürlich – hatte er ihr eine sehr geschickte Möglichkeit eröffnet, das Gesicht zu wahren – *verwenden Sie sie bitte für einen mildtätigen Zweck*.

Es war nur eine weitere kleine Demütigung, die sie um Rachels willen erdulden musste.

Aber ein Maskenball?

Sarah hatte noch nie in ihrem Leben an einem solchen Ereignis teilgenommen.

Der erste Enkel des Dukes of Blackdown – das müsste Lord Ryderbournes Sohn sein, der sogar schon in der Wiege den Titel eines Earls of Wyldshay trug. Über die Geburt war vor Kurzem in den Zeitungen berichtet worden.

Der Gedanke, dass Mr. Devoran der Pate des Babys seines Cousins war, beruhigte Sarah in der Tat ein wenig.

Sarah konzentrierte sich nur auf diesen Gedanken, als sie sich das Gesicht mit kaltem Wasser wusch, ihr schlichtes grünes Kleid auszog und die Seidenrobe anlegte. Das Kleid saß ein wenig eng, war aber tragbar. Der Stoff war offensichtlich aus Frankreich.

Die Schuhe passten glücklicherweise genau.

Das Kostüm kostete vermutlich so viel wie einige ihrer Monatsgehälter als Lehrerin.

Es war nicht einfach, ohne Hilfe einer Zofe zurechtzukommen, aber Sarah gelang es, ihr ungebärdiges Haar unter der Perücke zu verbergen. Die kleine Haube thronte auf ihrem linken Ohr so schief wie ein betrunkener Postillon auf seiner Kutschbank. Sie schaute in den kleinen fleckigen Spiegel über dem Kamin und versuchte, sie zu richten. Die Schafe – alle mit einem langen Band aneinandergebunden – schienen entschlossen, die gepuderten Locken hinunterzulaufen, um über ihre Schulter zu fliehen. Was nur noch stärker betonte, dass das enge Mieder sehr nahe daran war, unanständig zu wirken.

Sarah steckte sich das Taschentuch in den Ausschnitt. Eins der Schafe verfing sich in seinem Spitzenrand. Sie versuchte, es zu befreien, verhedderte aber nur noch zwei weitere in den zarten Spitzen.

Weil es so unglaublich lächerlich wirkte – und als müsste sie endlich alle ihre Sorgen auf selbstironische Weise aus sich herauslassen –, begann sie zu lachen. Sie lachte, bis sie weinte.

Kutschen säumten die Straße. Musik drang in die Nacht hinaus.

Unter dem Schein der Gaslichter kam eine elegante Kutsche nach der anderen vorgefahren, hielt an, fuhr weiter. Die Prozession erstreckte sich einige Blocks weit, während die prächtig gewandeten Mitglieder der Gesellschaft der Schönen und Reichen ausstiegen und über den Vorhof auf das große Portal von Blackdown House zustrebten.

Sarah hielt sich im Schatten und versuchte, normal zu atmen, obwohl ein rasches Stakkato in ihren Adern schlug. Der große stämmige Diener, der zu ihrer Begleitung geschickt worden war, stand einen Schritt hinter ihr.

Wie Mr. Devoran es geplant hatte, verbarg sie der dunkle Umhang völlig, den die Zofe getragen hatte, die wie angekündigt pünktlich ins Hotel Brockton gekommen war. Sollte irgendjemand es beobachtet haben, so würde es aussehen, als ob die Frau eine Nachricht überbracht hatte und dann wieder gegangen war, um sich dem Diener anzuschließen, der auf der Straße auf sie gewartet hatte.

Dank ihrer Aufmachung hätte sich Sarah also eigentlich sicher genug fühlen müssen, aber trotzdem schlug ihr Herz heftig und ihr gesamter Körper schien zu prickeln. Es war nicht nur die Aussicht auf den Ball, die so beunruhigend war, nicht einmal, wenn er von einem Duke gegeben wurde. Es war der Gedanke daran, ihre Suche Guy Devorans Führung zu überlassen, ohne Rückversicherung oder Rettungsanker.

Sie holte noch einmal tief Luft.

Einige der weniger respektablen Bürger Londons hatten sich an den Toren versammelt, um das Schauspiel zu verfolgen. Das große Haus thronte in seinem eigenen Park, als wäre es vom Land hierher verpflanzt worden, um mit seiner Pracht die benachbarten Straßen zu erhellen. Als Stadtresidenz eines der mächtigsten Adligen Englands hatte das Londoner Haus des Dukes of Blackdown vielleicht auch Grund zum Prahlen. Schließlich besaß er auch noch Wyldshay, die Burg in Dorset. Die Fassade und die Umgebung wirkten so einschüchternd, weil sie genau in dieser Absicht entworfen worden waren.

Sarahs Kopfbedeckung erforderte eine perfekte Haltung, wie sie sie auch stets von ihren Schülerinnen verlangte, wenn sie ihnen Tanzunterricht erteilte. Mit einer grimmigen Wertschätzung für all die Lektionen, die sie in ihrer Kindheit und Jugend in Benehmen erhalten hatte, starrte sie auf das hell erleuchtete Haus eines der mächtigsten Mitglieder des Adels und hielt den Kopf dabei hoch erhoben.

Bereits maskiert gingen Neptun und Athene – beide perfekt mit je einer Eule ausstaffiert – die Treppe hinauf, während Sir Lancelot und Titania im selben Moment aus ihrer Kutsche stiegen.

Die Zuschauer jubelten und riefen laut Bemerkungen, versuchten zu erraten, um wen es sich handelte. Eine Gruppe livrierter Diener hatte einen Kreis um die Menschenmenge gebildet, um den Mob in gehörigem Abstand zu halten. Gleichzeitig wurden jedoch Bier, Fleischpasteten und kleine, mit blauen Bändern besetzte Börsen an die versammelte Schar verteilt, sodass quasi also auch auf der Straße ein Fest stattfand.

Sarah Callaway gehörte zu keiner dieser beiden Welten. Sowohl die gaffenden Zuschauer als auch die herausgeputzten Aristokraten waren ihr so fremd wie die Einwohner Patagoniens, von denen man sagte – zumindest wurde das in ihrem Erdkundebuch behauptet –, dass sie von gigantischer Körpergröße seien.

Sich offenkundig über ihren unklaren gesellschaftlichen Rang bewusst, führte der Diener sie zur Rückseite des Hauses. Der Hof summte geradezu vor geschäftigem Treiben. Der Diener nickte kurz, als er Sarah in die Obhut einer Zofe gab, die sie durch die hektischen Vorbereitungen in den Küchen ins Haus und dann in einen kleinen Salon führte.

Das Mädchen knickste und ging. Vom Lärm und der Aufregung war nichts mehr zu hören, als sie die Doppeltür hinter sich schloss.

Sarah stand da und wartete und fühlte sich sehr allein.

Das Zimmer hüllte sie in Stille.

Nach einigen Augenblicken völliger Ruhe schaute sie sich um. Das Gemälde eines barhäuptigen Ritters in voller Rüstung hing über dem Kamin. Sarah ging hinüber und starrte hinauf.

Wind aus einer anderen Welt zersauste das Haar des Ritters und fuhr durch Mähne und Schweif seines Pferdes. Ein Fantasiewald erhob sich im Hintergrund, geschmückt von Blumen und wild wirbelnden Blättern. Ein hoher Turm mit dem Drachenbanner der St. Georges auf seiner Spitze erhob sich zwischen den Bäumen. Jenseits von ihnen lag das Meer.

Betont von den ernsten Gesichtszügen des Mannes, schauten dunkle, bezwingende Augen auf Sarah herunter.

Eine seltsame Sehnsucht ergriff ihre Seele.

Sie meinte, das Rollen der Brandung zu hören, den salzigsüßen Duft der Blumen zu riechen.

Mit ihrem Herzen meinte sie, die Gegenwart des Mannes zu spüren, als könnte der Ritter jeden Moment aus dem Gemälde heraustreten, um ihr seine Lehnstreue und seinen Schwertarm anzubieten, um sie so vor allen Feinden zu beschützen.

»Das Gemälde entspringt natürlich gänzlich der Fantasie«, sagte eine Frauenstimme, in der eine Spur Humor mitschwang. »Es wurde vor zehn Jahren gemalt, als Geschenk für die Duchess. Ich bezweifle, dass der echte Ambrose de Verrant derart gut ausgesehen hat oder so romantisch war. Obwohl er einer der Vorfahren meines Mannes ist – und aus ganz verschiedenen Gründen ist mein Baby sein Namensvetter –, war der erste Ambrose sehr wahrscheinlich ein ausgemachtes Scheusal.«

Sarah fuhr herum.

Eine dunkelhaarige Dame war durch eine Tür getreten, die in der Wandverkleidung verborgen war. In der Hand trug sie eine schwarze Maske. Die Frau war von atemberaubender

Schönheit, die Art von Schönheit, die sowohl Männer als auch Frauen verstummen ließ.

»Willkommen in Blackdown House, Mrs. Callaway.« Die Dame ging auf Sarah zu. Sie schien von innen zu leuchten, als trüge sie eine Lampe in ihrem Herzen. »Ich bin Lady Ryderbourne, die Frau des ältesten Sohns des Duke, und die stolze Mutter vom zukünftigen Erben des Herzogtums. Ich fürchte, dass all das« – sie machte ein Bewegung mit beiden Händen – »meinem kleinen Sohn zur Ehre gereichen soll, obwohl das arme Würmchen noch keine acht Wochen alt ist. Unterdessen frage ich mich, ob man mich in meinem Kostüm als Nell Gwyn erkennt, weil ich meine Orangen abgestellt habe und nicht mehr weiß wohin. Und jetzt befürchte ich, dass jemand sie aufgegessen hat.«

Sarah musste einfach lachen, sie konnte gar nicht anders. Sie fühlte sich plötzlich so leicht, als hätte sie gerade eine lang verlorene Schwester getroffen, nicht die Schwiegertochter eines Dukes.

»Ah, das ist besser!«, sagte die junge Mutter, und ihr Lächeln war so warm wie die Sonne. »Einen Augenblick lang dachte ich, Sie würden auf dem Absatz kehrtmachen und fliehen. Aber jeder Freund von Guy ist auch mein Freund, und deshalb möchte ich Sie ganz herzlich willkommen heißen.«

Sarah knickste. »Sie sind sehr freundlich, Lady Ryderbourne, aber ich bin Mr. Devoran gestern zum ersten Mal begegnet. Ich bin kaum ein Freund.«

»Aber Sie werden es sein, was auf dasselbe hinausläuft. Deshalb dürfen Sie sich von keinem von uns auch nur einen Moment lang einschüchtern lassen. Wenn es Ihnen hilft, dann denken Sie einfach daran, dass ich in einem Cottage geboren worden bin.« Ihre Ladyschaft schwenkte die schwarze Maske in ihrer Hand und lachte. »Trotz meiner vielen wohlklingenden

Titel bin ich ohne Zweifel von sehr viel weniger respektabler Herkunft als Sie.«

»Ich weiß nicht, ob jemand, der Schafe auf dem Kopf trägt, von sich behaupten kann, absolut respektabel zu sein«, erwiderte Sarah lächelnd. »Obwohl ich mein Bestes tue, sie mit der angemessenen Haltung zu hüten.«

Lady Ryderbourne kicherte wie ein Schulmädchen. »Leider mit ziemlich wenig Erfolg, wie ich feststellen muss! Doch ich vertraue darauf, dass Sie mir sowohl die Schafe als auch diesen lächerlichen kleinen Hut vergeben? Es war alles, was ich in so kurzer Zeit noch auftreiben konnte.«

Bestürzung trat einen Moment lang an die Stelle von Sarahs Mut. »Eure Ladyschaft haben dieses Kostüm ausgesucht?«

»Ich fürchte ja, obwohl Guy geholfen hat. Ich bekenne, dass wir all die Teile und Stücke auf dem Dachboden gefunden haben. Aber die Schafe waren dann Guys Idee. Machen Sie sich nichts draus! Lassen Sie mich Ihnen helfen, sie wieder im Haar zu befestigen, bevor sie bis zu wirklich unaussprechlichen Stellen gelangen können.«

Sarah schluckte ihr Erstaunen hinunter, als die zukünftige Duchess sich auf die Zehenspitzen stellte, um das mit Schafen bestückte Band sicher um den Haarturm ihres Gastes zu winden.

»Na also!«, sagte Lady Ryderbourne. »Das sollte eine ganze Nacht lang beim Tanzen halten.«

Sarah wandte sich um und sah sie an. »Aber sicherlich erwartet man nicht, dass ich am Ball teilnehme?«

»Warum denn nicht? Obwohl es ein schreckliches Getue um ein Baby ist, nicht wahr? Ich habe strikte Anweisungen gegeben, dass ich geholt werde, sollte mein kleiner Sohn auch nur einen Augenblick lang weinen, was immer auch König Charles' Furcht einflößende Mutter dazu sagen mag.«

»König Charles' Mutter?«

»Die Duchess von Blackdown. Natürlich ist sie jetzt ebenso meine Mutter, seit ich im letzten September ihren ältesten Sohn geheiratet habe.« Sie schloss eins ihrer schönen dunklen Augen und zwinkerte Sarah zu. »Ihre Gnaden hat darauf bestanden, dass wir das aus Liebe entstandene Kind in großem Stile feiern, und vermutlich hat sie recht damit. Deshalb ist mein Mann heute als König Charles, als der ›fröhliche Monarch‹ verkleidet. Es ist eine Art Witz zwischen uns.«

»Dass Nell Gwyn die Geliebte von König Charles war?«

»Ah, mehr als das. Die unziemliche Nell Gwyn könnte mit einigen meiner Vorfahren verwandt gewesen sein, und weil einige Mitglieder der Familie meines Mannes als rechtmäßige Kinder von Königen anerkannt worden sind, ist Ryder auch als Vorfahre sehr passend gekleidet.«

Ihre Fröhlichkeit war ansteckend. »Und es ist sehr wahrscheinlich, dass einige meiner Vorfahren Schäfer waren«, erwiderte Sarah, »deshalb sind vermutlich wir alle überaus passend gekleidet.«

Lady Ryderbourne lachte und schaute wieder auf das Gemälde. »Guys Familie stammt natürlich auch von den de Verrants ab. Es scheint, dass der Bursche auf diesem Bild sehr großzügig mit seiner Gunst umgegangen ist. Leider ist jetzt mein armes kleines Baby der Erbe von all dem. Er schläft in einem Zimmer ganz oben im Haus, umgeben von einem Dutzend Ammen, die über ihn wachen, und es ist das erste Mal seit seiner Geburt, dass wir so lange getrennt sind.«

»Entschuldigen Sie bitte«, sagte Sarah. »Hätte ich das gewusst, hätte ich Sie nicht aufgehalten.«

»Den Taufball meines Babys zu besuchen, ist ein sehr kleiner Preis dafür, den Sohn eines Dukes geheiratet zu haben, besonders, da er die Liebe meines Lebens ist. Wie auch immer, ich habe Guy versprochen, mich um Sie zu kümmern, und ich bin mehr als glücklich, das zu tun.«

»Mr. Devoran wünscht mich nicht persönlich zu treffen, bevor der Ball beginnt?«

Lady Ryderbourne legte ihre Maske an. »Guter Himmel! Er hat bereits angefangen, und Guy ist für das Fest ebenso lebenswichtig wie der Duke und die Duchess. Er ist durch meine Heirat nicht nur mein Cousin, er ist auch ein alter und lieber Freund. Ich kenne ihn, seit ich sechzehn war. Wenn Guy um den Mond bittet, dann würden wir Ryderbournes Netze auswerfen, um ihn für ihn vom Himmel zu holen.«

»Ich bin überwältigt«, sagte Sarah einfach. »Ich hatte keine Ahnung –«

»Unsinn! Es ist uns ein Vergnügen, und Sie können der Ehre von jedem unserer Männer bedingungslos vertrauen.«

»Ich weiß nicht sehr viel darüber, was der Adel unter Ehre versteht.«

»Sie waren mit einem Captain verheiratet, der bei Waterloo gekämpft hat, wenn ich es richtig verstanden habe«, sagte Lady Ryderbourne sanft. »Und das ist der ehrenvollste Titel, den es gibt. Ah, ich sehe, ich bin Ihnen zu nahe getreten. Das tut mir sehr leid.«

Zu ihrer größten Verlegenheit brannten Tränen in Sarahs Augen. Doch es war unmöglich, dem Charme ihrer Gastgeberin zu widerstehen, und besonders unmöglich war es, nicht zu bemerken, dass Lady Ryderbourne eine ganze Menge vom menschlichen Herzen verstand.

»Hat Mr. Devoran Ihnen das gesagt?«

»Guy meinte, ich sollte es wissen, aber wir werden nicht mehr darüber reden. So, jetzt lassen Sie mich Ihnen mit Ihrer Maske helfen.« Lady Ryderbourne nahm Sarah das Stück Stoff aus der Hand und befestigte es sicher. »Sie sehen wundervoll aus – so geheimnisvoll und sinnlich. Sie haben sehr schöne Augen, Mrs. Callaway.«

Sarah blinzelte ihren Kummer fort und starrte sich im Wandspiegel an. Die sommersprossige Schullehrerin war verschwunden. An ihre Stelle war eine rätselhafte Lady getreten, deren kleiner Hut keck auf ihrer silberfarbenen Perücke thronte.

»Himmel«, sagte sie. »Nicht einmal meine eigene Cousine würde vermuten, dass ich das bin.«

»Niemand weiß, wer wer ist, was einen großen Teil des Spaßes ausmacht.« Lady Ryderbourne schob ihren Arm unter den von Sarah. »Alle sind kostümiert, bis auf den Duke of Blackdown und Wellington – und den König natürlich.«

»Der König ist hier?«

»Thronend auf einem großen Stuhl, gepolstert mit vielen Kissen. Was Blackdown und den Eisernen Herzog angeht, so ist es unter ihrer herzoglichen Würde, in bunten Kostümen herumzuhüpfen. Die Duchess hingegen führt heute als Queen Elizabeth das Regiment. Ihre Gnaden trägt sogar einen Brustpanzer, so, wie die gute alte Queen Bess es getan hat, als sie vor dem Angriff der Armada in Tilbury ihre Rede an die Truppen gehalten hat.«

»Ah«, sagte Sarah. »Eine der berühmtesten Reden der Geschichte: ›Ich weiß, ich habe nur den Leib einer schwachen und kraftlosen Frau, aber ich habe das Herz und den Mut eines Königs – noch dazu eines Königs von England –‹«

»›– und denke mit tiefster Verachtung über Parma oder Spanien oder irgendeinen Monarchen in Europa, der es wagen sollte, die Grenzen meines Königreichs zu überschreiten‹«, beendete Lady Ryderbourne mit einer Verbeugung. Sie klopfte gegen die Doppeltür aus massivem Holz. »Sie können davon ausgehen, dass die Rüstung Ihrer Gnaden dem angemessen ist.«

»Und Mr. Devoran?«, fragte Sarah. »Könnte er als jener Ritter vom Gemälde verkleidet sein?«

»Das bezweifle ich. Guy ist ein wunderbarer Tänzer, und wer will schon von einem Mann aufgefordert werden, der mit Kettengerassel durch den Ballsaal stolpert?«

»Wie werde ich ihn dann erkennen?«

»Ich weiß es nicht.« Lady Ryderbourne lächelte, als der Diener die Türen weit aufstieß. »Aber da Guy Ihr Kostüm und die Schafe ausgesucht hat, wird er Sie erkennen.«

Kapitel 3

Gäste strömten in den Ballsaal, eine unüberschaubare Menge aus Kostümen, Perücken und kunstvollen Frisuren. Und jeder war maskiert.

Ein hochgewachsener Mann in einem roten Samtmantel und mit einer prächtigen Lockenperücke kam sofort auf Sarah und Lady Ryderbourne zu, um sich ihnen anzuschließen. Sein Gesicht war hinter einer schwarzen Maske verborgen. Es konnte nur Guy Devorans älterer Cousin sein, Lord Ryderbourne, der Erbe des Herzogtums.

Schwungvoll zog er seinen mit einer großen Feder geschmückten Hut, verbeugte sich vor den beiden Damen und zog dann seine Frau in die Arme, um sie auf den Mund zu küssen.

»Einen Kuss für deinen Liebsten, Nell! Was zum Teufel hast du mit deinen Orangen gemacht?«

»Ich hab sie irgendwie verloren.«

»Was erklärt, wieso Lady Fallay sich auf sie gesetzt und dadurch ein kleines gesellschaftliches Desaster für Queen Elizabeth verursacht hat. Obwohl Ihre Gnaden dir alles vergeben wird, mein Herz, jetzt, da du ihr einen neuen Earl of Wyldshay geschenkt hast, den sie verwöhnen kann.«

Lady Ryderbourne lachte und reckte sich, um ihm ihrerseits einen Kuss zu geben. »Was ein viel zu bedeutender Name für ein so kleines Baby ist, Sir. Ambrose Laurence Jonathan Devoran St. George reicht. Ryder, diese Dame ist Sarah Callaway, Guys Schäferin.«

Sarah wollte gerade knicksen, als Lord Ryderbourne aber schon schnell ihre Hand nahm und sie an seine Lippen zog.

Seine Augen waren so dunkelgrün, wie der Schatten einer wogenden Meeresoberfläche.

»Natürlich! Ich bin sehr erfreut, Sie kennenzulernen, Mrs. Callaway. Wie ich sehe, ist der ausgefallene Humor meines Cousins am Werke gewesen, aber nichtsdestotrotz habe auch ich eine besondere Schwäche für Schafe. Darf ich um die Ehre des nächsten Tanzes bitten?«

Es war unmöglich, nicht zu lächeln. »Sie sind sehr freundlich, Mylord, aber –«

»Nein, lehnen Sie nicht ab!«, sagte Lady Ryderbourne. »Wenn Sie nicht mit Ryder tanzen, wird Guy denken, wir hätten Sie sich selbst überlassen.«

»Und dann wird er mich zum Duell fordern. Man wird meine Leiche in Hampstead Heath finden und mein kleiner Sohn wird vaterlos aufwachsen müssen.« Er legte Sarahs Hand in seine Armbeuge. »Ich hoffe, Sie werden nicht vorgeben, nicht tanzen zu können, Ma'am?«

Sie saß in der Falle und lächelte wieder. »Ich bin entzückt, Ihre Offerte anzunehmen, Mylord. Aber ich vermute, dies ist ein Teil eines wohlüberlegten Plans von Mr. Devoran?«

»Aber ganz entschieden!« Lord Ryderbourne führte sie zur Tanzfläche. »Guy ist ein großer Verschwörer, hat aber nur die alleredelsten Motive. Er hat mich dafür angeworben, Sie in St. James zu beschatten, für den Fall, dass Sie nicht die richtige Straße genommen und er Sie verloren haben könnte.«

Sarah schluckte den Schock herunter. »Dann sind Sie der Gentleman gewesen, mit dem sich Mr. Devoran vor dem Laden des Weinhändlers unterhalten hat? Ich hatte keine Ahnung, dass einer von Ihnen mich bemerkt hatte.«

»Ich hatte Sie auch nicht bemerkt, bis Guy mich auf Sie aufmerksam machte. Danach waren Sie das unwissende Opfer unserer Verschwörung. Ich folgte Ihnen, während Sie ihm folgten, während Guy in einem Buchladen auf Sie gewartet hat. Danach bin ich Ihnen wieder gefolgt – auf höchst unauffällige Weise –, bis Sie sicher Ihr Hotel erreicht hatten. Wenn Sie einen von uns anwerben, Mrs. Callaway, dann steht gleich eine kleine Armee zu Ihrer Verfügung. Ich hoffe, Sie werden das eher beruhigend als einschüchternd finden, obwohl wir auch ein recht herrischer Haufen sein können, fürchte ich.«

Sarah versuchte, sich ihre zunehmende Besorgnis nicht anmerken zu lassen, denn den grünen Augen schien nichts zu entgehen.

»Wir?«, fragte sie leichthin.

»Mein Bruder Lord Jonathan. Mein Cousin Guy Devoran. Und ich. Dazu eine beliebig große Gruppe von Gentlemen, die wir jeder Zeit hinzurufen und auf deren Diskretion wir uns absolut verlassen können. Wenn Sie in Schwierigkeiten sind, Mrs. Callaway, so stehen Ihnen also ein ganzes Reserveregiment als Hilfe zur Verfügung.«

Ihr Herz schlug so schnell, dass es sich zu überschlagen schien. »Wie viele von diesen Gentlemen wissen von meiner misslichen Lage, Mylord?«

»Keiner«, erwiderte er, »mich eingeschlossen. Guy sagte nur, dass Sie heute Abend hier sein werden und unsere Unterstützung brauchen. Da ich Ihnen nun versichert habe, dass absolutes Stillschweigen gewahrt wurde, sind Sie jetzt bereit zu tanzen, Ma'am? Guy wird später auf Sie zukommen, bis dahin ... dies sind übrigens die besten Musiker Londons.«

Die Reihen hatten sich bereits zum nächsten Tanz formiert. Die Unterhaltung fortzusetzen war unmöglich. Sarah stand zwischen Atalanta in ihrem seidenen, purpurfarbenen Gewand und einem Schwan mit Maske und einem Kostüm aus weißen Federn. Lord Ryderbourne nahm seinen Platz neben

Julius Cäsar ein. Die Damen knicksten, während die Herren sich verbeugten, und der Tanz begann.

Sarah bewegte sich zwischen den Tanzenden, berührte die Fingerspitzen jedes Gentleman, während sie die Reihen entlangschritt. Beinahe jeder Herr ergriff die kurze Gelegenheit zu flirten. Sie tat ihr Bestes, mit Anmut zu reagieren, obwohl ihre Gedanken durcheinanderwirbelten wie Blätter in einer Windböe.

Wie viel hatte Guy Devoran seinen Cousins wirklich erzählt? Und wo war er? Er musste eine Absicht verfolgt haben, als er sie für heute Abend hierher eingeladen hatte. Wann immer die Tanzfiguren es zuließen, ließ sie den Blick durch den Saal schweifen und hoffte, ihn zwischen all den Zentauren, Rittern und Mönchen herauszufinden.

Er war nicht zu entdecken.

Als der Tanz vorüber war, stellte Lady Ryderbourne sie einigen weiteren Gentlemen vor. Während Sarah ein zweites Mal zum Tanz geführt wurde, näherte sich ein Diener Lady Ryderbourne. Sie hörte ihm einen Moment zu, dann wisperte sie ihrem Mann etwas ins Ohr – offensichtlich verlangte das Baby nach seiner Mutter. Lord Ryderbourne schaute Sarah an, seufzte und entschuldigte sich.

Sarah nickte verstehend. Die jungen Eltern nahmen sich bei den Händen und gingen davon.

Der federgeschmückte Hut von König Charles hatte kurz die Schulter seiner Frau berührt, als er den Kopf gesenkt hatte, um zu verstehen, was sie sagte – solch eine einfache Geste der Intimität, die allen Glanz des Ballsaales unwichtig erscheinen ließ.

Sarah wandte sich zur Tanzfläche um, während sich ein Teil ihres Herzens mit Bitterkeit füllte. Sie würde nie wieder die Wärme ihres Ehelebens spüren, den Trost, der darin lag, zu berühren und berührt zu werden in Respekt und Fürsorge, die Augenblicke geteilten Humors und der Güte. Und Kinder! Sie und Captain Callaway hatten niemals ihre Chance genutzt, ein Baby zu bekommen, und dann hatte seine Krankheit sie beide seines Lebens beraubt.

Sie schüttelte die trüben Gedanken ab und lächelte, als sich ein maskierter Gentleman in Mönchskutte vor ihr verneigte und zum nächsten Tanz bat. Niemand außer Lord und Lady Ryderbourne – und natürlich Guy Devoran – konnte wissen, wer sie war. Vielleicht war einer dieser erlauchten Gäste genau der Mann, der für Rachels Verschwinden verantwortlich war.

Das war einer von den vielen zwingenden Gründen, Guy Devoran um Hilfe zu bitten. Wie sonst könnte eine Lehrerin aus Bath sich so ungeniert unter den englischen Adel mischen?

Die Fröhlichkeit um sie herum wirkte ansteckend. Es war nicht nur das Tanzen selbst, sondern auch der Gedanke, dass die St. Georges von Wyldshay sie unter ihren Schutz genommen hatten, zumindest für diese eine Nacht.

Als das Abendessen angekündigt wurde, hatte Sarah fast die ganze Zeit getanzt. Sie entkam ihrem letzten Partner – einem eher langweiligen Alfred dem Großen – und zog sich an eine Seite des Saals zurück, um unter Palmwedeln Atem zu schöpfen. Das Blut strömte heiß in ihren Adern.

Lachend und plaudernd zog die Menge an ihr vorbei zu den festlich gedeckten Tischen. Sarah versuchte, sich jeden männlichen Gast, der vorbeiging, genau anzusehen, obwohl sie im Grunde gar nicht wusste, wonach sie Ausschau halten sollte. Konnte man Schuld an der Körperhaltung oder dem Gang eines Menschen erkennen? Nein, selbst, wenn er unmaskiert wäre, würde sie den Verbrecher nicht erkennen, sollte sie ihn sehen.

»Es gibt einen Dschungel ein kleines Stück weiter hier entlang, Mrs. Callaway«, flüsterte ihr eine männliche Stimme ins Ohr. »Würden Sie ihn gern erkunden?«

Sarah fuhr herum. Ein hochgewachsener Mann, das Gesicht hinter einer Samtmaske verborgen, hatte sich lautlos angeschlichen und stand jetzt neben ihr. Er trug einen Seidenturban, und seine orientalischen Gewänder waren mit auffallenden Drachen bestickt.

Unsicherheit lähmte ihre Wahrnehmungsfähigkeit für einen Moment, sie glaubte plötzlich zu fantasieren. Ihr Herz machte vor Schreck einen Sprung, als sie den ausdrucksvollen Mund und die sich unter der Maske abzeichnenden Züge eines vollkommenen Profils wiedererkannte. Doch dann verrieten ihr die goldbraunen Augen, dass es eindeutig nicht Mr. Devoran war.

Im Blick des Mannes lagen wache Intelligenz und Humor, ähnlich wie bei Mr. Devoran, doch glaubte sie, in seinen Augen auch grimmige Entschlossenheit – sogar eine Art Wut – ausmachen zu können.

Sarah nahm all ihren Mut zusammen und lächelte. »Kenne ich Sie, Sir?«

»Lord Jonathan Devoran St. George, zu Ihren Diensten, Ma'am.« Er neigte den Kopf. »Guy hat mich gebeten, auf Sie aufzupassen, sollte Ryder verhindert sein. Kommen Sie! Es wird Ihnen gefallen.«

Ah! Lord Ryderbournes jüngerer Bruder, Wild Lord Jack, der vor Kurzem aus Indien nach England zurückgekehrt war. Mr. Devoran musste auch ihm von den Schafen erzählt haben. Sie wusste, dass Lord Jonathan wegen seiner Abenteuer im Fernen Osten einen im landläufigen Sinne erschreckend schlechten Ruf hatte.

Sarah verdrängte den Anflug von Besorgnis und nahm den ihr angebotenen Arm.

Gemeinsam schoben sie sich zwischen den Palmenwedeln hindurch und traten durch eine Tür, die dahinter verborgen lag. Bäume und Kletterpflanzen in gigantisch großen Tontöpfen drängten sich dicht an dicht. Der Fußboden verschwand unter einer dicken Schicht Gerberlohe. Hoch über ihren Köpfen warf die Nacht dunkle Schatten zwischen die steinernen Gewölbebogen des Treibhauses.

Die Musik wurde leiser, als ihr Begleiter Sarah noch tiefer in die wispernde, jadefarbene Stille führte.

Sie betraten eine kleine Lichtung, schwach erhellt von einigen Papierlampions. Ein kleiner Flusslauf trug erdige, blumige Gerüche heran, begleitet von einer seltsamen, Gefahr verkündenden Unterströmung – wie die Luft, die von den Schwingen eines Drachens aufgewirbelt wurde.

Lord Jonathan gab Sarahs Arm frei, trat einen Schritt zurück und nahm seine Samtmaske ab.

»Nun, Mrs. Callaway«, sagte er. »Wie gefällt Ihnen unser kleiner gezähmter Dschungel?«

Ihr Herz klopfte hart. Orchideen, wie Sarah sie noch nie zuvor gesehen hatte, schmiegten sich zwischen die anderen Pflanzen.

»Es ist erstaunlich«, sagte sie. »Doch ich frage mich, ob ein echter Urwald so ist wie dieser.«

»Nein, das ist er nicht.« Seine Augen sahen sie so prüfend an, als wollte er ihr die Haut vom Körper schälen. »Diesem Fantasieprodukt fehlen die dunkleren Düfte, die Geheimnisse – und natürlich die Tiger. Der echte Urwald ist weder so hübsch noch so zahm.«

Ein Prickeln lief ihren Rücken hinab, als sie ihn ansah. »Für mich fühlt er sich nicht zahm an. Er scheint ganz wirklich, auch wenn das Wasser von irgendwoher hineingepumpt werden muss.«

Er lachte, auch wenn es ein wenig nervös klang. »Wie praktisch veranlagt Sie zu sein scheinen, Mrs. Callaway! Sie müssen ein Blaustrumpf sein.«

Unvermutet war ein Plätschern zu hören, irgendwo ganz in der Nähe, als hätte jemand einen Springbrunnen angestellt. Sarahs ohnehin aus dem Takt geratener Pulsschlag wurde nun noch schneller.

»Wir sind nicht allein hier, Mylord«, sagte sie ruhig.

»Nein, aber sie sind bei mir ganz sicher, Mrs. Callaway.«

Lord Jonathan nahm wieder ihren Arm und führte sie tiefer zwischen die Bäume. Das Plätschern des Wassers wurde lauter.

»Also was halten Sie von Miracle?«

»Miracle?«

»Lady Ryderbourne. Nell Gwyn. Ryders Frau. Miracle ist ihr Vorname.«

»Ich denke, es ist unmöglich, ihrem Charme zu widerstehen.«

»Ah! Obwohl ich es glücklicherweise getan habe. Sie war sechzehn, als wir uns das erste Mal begegneten, und schon damals war sie bezaubernd.«

»Dann sind Sie und Mr. Devoran ihr zur selben Zeit begegnet?«

»Ja, aber das ist lange her, viele Jahre, bevor sie Ryder begegnete. Was zählt, ist, dass Miracle eine der ehrenhaftesten, mitfühlendsten und mutigsten Frauen ist, die es gibt. Ich fühle mich geehrt, sie meine Schwester nennen zu können.« Lord Jonathan blieb stehen, um eine Blüte zu pflücken. Zarte weiße Blütenblätter umschlossen ein goldgelbes Herz – *Coelogyne cristata*, die Sarah zuvor nur auf Abbildungen gesehen hatte. »Wir alle glauben, dass dort, wo sie geht, weiße Blumen wachsen, wie bei Olwen.«

»Olwen White Track? Das Märchen?«

»Wunderschön, nicht wahr?« Sein intensiver Blick heftete sich auf ihr Gesicht, während er die Orchidee in seinen Fingern drehte. »Doch ich glaube, dass diese Pflanze ein Parasit ist.«

Langsam aber sicher begann sie, sich ernsthaft zu fürchten, da Argwohn oder Drohung in jeder beiläufigen Bemerkung mitzuschwingen schien. Womöglich waren all die grässlichen Gerüchte über diesen einflussreichen Aristokraten doch wahr?

»Das ist kein Parasit, Mylord«, entgegnete sie. »Es ist eine Orchidee. Sie ernährt sich überwiegend von Luft.«

»Die Wirtspflanze nimmt keinen Schaden?«

»Nein, ganz und gar nicht.«

»Dann bin ich sehr froh, das zu hören. Ich hasse es, zu denken, dass etwas scheinbar so Zartes gefährlich sein könnte.«

»Gefährlich?«, fragte die Stimme eines anderen Mannes mit einem leicht belustigten Unterton.

Als ob ihr ein Stich ins Herz versetzt worden wäre, fuhr Sarah herum.

Einen Fuß gegen einen farnbedeckten Baumstumpf gestützt, die verschränkten Unterarme auf den muskulösen Oberschenkel gelegt, stand ein maskierter Seeräuber unter einer üppig rankenden Kletterpflanze. Ein echter Papagei saß auf seiner Schulter.

Eine Hitzewelle flutete Sarahs Körper, ließ ihre Haut prickeln und erweckte das Gefühl, als würden ihre Adern unter diesem Ansturm schmelzen.

»Mr. Devoran!« Sie schluckte hart und machte einen kleinen Knicks.

Sein über der Brust offenes Hemd bot schockierende Einblicke auf seine starke Kehle und die bronzefarbene Haut seines Brustkorbs, glatt und gefährlich. Ein scharlachroter

Gürtel, in dem Dolche und Pistolen steckten, betonte seine schmale Taille.

Der Papagei flog davon, um sich ein Stück entfernt auf einem Ast niederzulassen, wo er begann, sein Gefieder zu putzen.

Guy Devoran streifte seine schwarze Maske ab und verbeugte sich. »Guten Abend, Mrs. Callaway.« In seinen Augen lag ein dunkles Funkeln, als würde er oft mit Engeln oder Dämonen sprechen. »Wie ich sehe, hatten Sie bereits das Pech, meinem jüngeren Cousin zu begegnen, Wild Lord Jack. Ich nehme an, dieses Zusammentreffen hat sich zumindest unterhaltsam gestaltet?«

Lord Jonathan lachte. Die Familienähnlichkeit war verblüffend, sowohl was ihre Gestalt und ihre Ausstrahlung betraf – und die gefährliche Intelligenz.

»Ja, in der Tat.« Sarah konnte die seltsamen Untertöne nicht richtig einordnen, sie verspürte einen leichten Anflug von Zorn und richtete sich auf. »Seine Lordschaft war so freundlich, mir einen kurzen Blick auf die Tiger des Dschungels zu gewähren.«

Lord Jonathan zog eine Augenbraue hoch. »Das war nicht meine Absicht, Ma'am.«

»Oh, ich denke, das war es sehr wohl, Mylord. Schließlich sagt man von Ihnen, dass Sie sich in einen Tiger verwandeln können, um mit einem Schlag zu töten.«

»Großer Gott!« Lord Jonathan lachte voller Fröhlichkeit. »Sagt man das?«

Ihre Anspannung und ihr Zorn verschwanden nahezu mit einem Schlag. Vielleicht waren sie nervlich so angegriffen, dass sie in allem eine Bedrohung sah?

»Sie sind ein romantischer Held in den billigen Romanheftchen, Mylord. Geschichten über die St. Georges liefern den Massen viel Stoff für gute Unterhaltung.«

»Dann lassen Sie mich Ihnen eines versichern, Mrs. Callaway«, entgegnete Lord Jonathan. »Hier gibt es keine Tiger. Selbst die Kanarienvögel sitzen in Käfigen. Schauen Sie doch! Dort oben!«

Sarah blickte hoch. Goldene Käfige hingen von der Decke. Ein leises Zwitschern drang durch die Stille, dann stimmten mehrere der Vögel ihren Gesang an.

Doch für den Bruchteil einer Sekunde, bevor sie nach oben geschaut hatte, hatten sich der Blick Guy Devorans und der seines Cousins getroffen. Von den beiden Männern ging eine beinahe spürbare Energie aus, als teilten sie irgendeine schreckliche, stumme Furcht – und Tiger schlichen durch das Treibhaus, so deutlich, als würden sie wirklich aus dem Grün herausspähen.

Sarah setzte sich auf den Baumstumpf. Ihr Puls schlug heftig, ihr Argwohn packte sie wie eine Springflut.

»Die Vögel sind bezaubernd«, sagte sie. »Doch ich fürchte, dass Sie noch nicht die Gelegenheit hatten, mit Ihrem Cousin Familienneuigkeiten auszutauschen, Lord Jonathan. Ich würde sehr gern einen Moment hier ausruhen.«

»Wenn Sie uns dann gnädigst entschuldigen wollen, Mrs. Callaway?«, erwiderte Guy Devoran. »Jack?«

Die beiden Männer gingen davon und blieben ein Stück entfernt zwischen den Bäumen stehen, um miteinander zu reden. In die grüne Dunkelheit gehüllt, schauten sie einmal kurz zu ihr herüber. Ohne Frage war irgendeine sich steigernde Bedrohung zu groß geworden, um länger ignoriert zu werden.

Sarah atmete tief durch. Unbekannte Orchideen blühten um sie herum. Verwirrende Düfte schwängerten die feuchte Luft. Wassertropfen fielen von Blättern, um auf ihrem Gesicht zu zerspringen.

Doch ihre Ohren brannten, auch wenn das Geräusch des plätschernden Wassers jedes Wort der Unterhaltung der beiden Männer dämpfte. Wie könnte sie diese Aristokraten überhaupt verstehen? Männer mit Macht – aber von einer ruhelosen Energie erfüllt, die vielleicht nur dem Streben nach Genuss als höchstem Gut des Lebens gewidmet war?

Es war erst zehn Jahre her, seit in England die erste exotische Orchidee zum Blühen gebracht worden war. Danach war eine Art Manie um die empfindlichen Pflanzen ausgebrochen, und noch immer wurden für neue Importe auf Auktionen astronomische Summen erzielt.

Sarah schaute zu den beiden Männern hinüber. Konzentration und Sorge zeichnete jedes der gutaussehenden Gesichter. Jeder Gedanke, dass sie sich nur ihrem Vergnügen widmeten, verschwand augenblicklich.

Jetzt kamen die beiden herangeschlendert und gesellten sich wieder zu ihr, offensichtlich bestand keine Dringlichkeit zu handeln.

Sarah stand auf, das Herz schlug ihr bis zum Hals, als Lord Jonathan sich über ihre Hand beugte.

Er lachte sie an, als würde er nichts anderes als Fröhlichkeit kennen. »Ich bedaure, dass ich unsere Bekanntschaft nicht vertiefen kann, Mrs. Callaway. Meine Frau Anne wird sehr bald unser erstes Kind zur Welt bringen, deshalb muss ich sofort nach Hause zurückkehren. Sie werden jedoch bei meinem Cousin in gleichermaßen sicheren Händen sein.«

»Vielen Dank, Jack«, kommentierte Guy Devoran trocken. »Nach diesem ganzen Gerede über Tiger, bin ich mir sicher, dass deine persönliche Empfehlung Mrs. Callaway ein gutes Stück des Weges begleiten wird.«

»Ich mache mir wirklich keine Sorgen um meine Sicherheit«, sagte Sarah.

»In dem Fall, Ma'am, bleibt als einzige Frage, ob Guy sicher bei Ihnen ist«, erwiderte Wild Lord Jack.

Sein Drachengewand bauschte sich, als er zwischen den Bäumen davonging.

Mr. Devoran lehnte sich mit der Schulter gegen eine Steinsäule. Der Papagei kam herbeigeflattert, ließ sich auf seiner Schulter nieder und krallte sich in seinem Hemd fest.

Seine hellgelben Augen beobachteten Sarah. »Sicher bei wem? Sicher bei wem?«, krächzte er.

Guy Devoran lachte und ließ den Papagei seinen Arm hinunterklettern, bis er auf seiner Faust zu sitzen kam.

»Es gibt hoffentlich keine besorgniserregenden Familienneuigkeiten«, sagte Sarah.

»Es ist freundlich, dass Sie fragen, aber nein, ganz und gar nicht, obwohl Jack und ich immer froh sind, in eine verwickelt zu sein. Dank Ihnen ist uns diese Chance jetzt gegeben.«

»Aber ich dachte –«

»Nein«, sagte er. »Kommen Sie, Ma'am! Ich muss dieses laute Plätschern abstellen.«

Er trug den Vogel davon. Sarah folgte ihm, ihr Mund war wie ausgetrocknet.

Sie passierten eine Reihe von Bäumen vorbei und gelangten in einen kleinen Hof. Eine Wasserfontäne funkelte im Glanz einiger Laternen. Niemand sonst war da.

Der Stoff seines Hemdes spannte sich um seine muskulösen Arme, als Mr. Devoran den Vogel in einen Käfig setzte, der auf einer Säule stand, und sich dann vorbeugte, um den Wasserhahn zuzudrehen, der hinter einer Pflanze verborgen war. Die Fontäne fiel in sich zusammen und sprudelte nur noch leise vor sich hin.

»Sie haben den Brunnen angestellt, um unsere Stimmen zu übertönen?«, fragte sie.

Er schaute auf. »Nur als Zeichen für Jack, dass ich eingetroffen bin, das ist alles. Die Gäste werden nicht hier herumspazieren, ehe sie nicht alle zu Abend gegessen haben. Danach werden vermutlich einige Paare diesen abgeschiedenen Platz nutzen, um sich einem kleinen unschicklichen Techtelmechtel mit einem fremden Ehegatten hingeben zu können. Sind Sie hungrig?«

»Nur nach der Wahrheit«, erwiderte sie. »Ich mag es wirklich nicht, wenn man mit mir spielt.«

»Spielt?«

»Es gibt etwas Wichtiges, das Sie mir nicht sagen, Mr. Devoran. War Lord Jonathan hinsichtlich meiner Absichten besorgt? Hegt er irgendeine Abneigung gegen mich?«

Er zog ein grünes Tuch über den Papageienkäfig. »Ganz und gar nicht, obwohl Jack sich vermutlich fragt, ob Sie nicht so etwas wie eine Orchidee sein könnten.«

»Schwierig, abhängig und hier fehl am Platze?« Sie lächelte, obwohl ihr das Herz schmerzte. »Nicht viele der Pflanzen in diesem Treibhaus werden überleben, nicht wahr?«

»So entfernt von ihren natürlichen Standorten? Wahrscheinlich nicht, nein.« Er betrachtete eine *Cattleya*, dann schaute er Sarah an. »Aber vielleicht meinte Jack auch nur, dass Sie ebenso exotisch, üppig und verführerisch sinnlich sind?«

Sie war so schockiert und überrascht, dass sie lachen musste. »Grundgütiger Himmel! Hat er mich darum gefragt, ob Orchideen Parasiten sind?«

Mr. Devoran pflückte eine herunterhängende Blüte und strich mit den kühlen Blütenblättern über Sarahs Wange. Wie erstarrt schaute Sarah zu ihm auf, ihr Puls hämmerte. Sie war sich schmerzlich – und lächerlicherweise – der Schönheit seines Mundes mehr als bewusst: die perfekten weißen Zähne, die festen, ausdrucksvollen Lippen.

»Sie haben wirklich keine Ahnung von Ihrer Wirkung auf Männer, nicht wahr, Mrs. Callaway?«

Er fuhr mit der Blüte über ihr Ohr, streichelte ihr Kinn damit. Weich und feucht berührten die Blütenblätter ihre Kehle.

Sarah schluckte. »Gott weiß, dass ich eher irgendein Kraut als eine exotische Pflanze bin, Sir, eins, das ungebeten zwischen akkurat gelegten Fliesen sprießt. Und ich ziehe in der Tat Nutzen aus Ihrem guten Willen. Das kann ich nicht leugnen. Ist es das, was Lord Jonathan so sehr gestört hat?«

Er ließ die Blüte fallen und wandte sich ab. »Machen Sie sich nichts daraus. Sie müssen Hunger haben. Kommen Sie!«

An den Zitronenbäumen vorbei folgte sie ihm. Eine Treppe tauchte vor ihnen auf, von der ein dämmriger Korridor abging. Seine Schritte hallten in der absoluten Stille, als er sie Treppe um Treppe hinaufführte und schließlich eine Tür aufstieß, die sich zu einem eleganten kleinen Salon öffnete.

Eine Sitzgruppe aus Sofas und Sesseln, alle goldverziert. Ein neuer Axminster-Teppich. Getrocknete Blumen füllten den Kamin aus Marmor. Vier hohe blau-weiße Vasen, die ohne Zweifel einmal den sagenhaften Kaisern von China gehört hatten. Ein Tisch, beladen mit abgedeckten Schüsseln und Tellern.

Guy Devoran trat an den Tisch und hob einen der silbernen Deckel hoch. Der Duft nach Pilzen, Sahne und aromatischen Kräutern stieg empor und erfüllte augenblicklich den gesamten Raum.

Sarah lief das Wasser im Mund zusammen, obwohl sie sich fürchterlich angespannt fühlte. Sie meinte, dass allein schon die Wände dieses Salons jede Menge Geheimnisse verbargen.

»Mein Cousin Jack ist recht energisch in seinem Wunsch, zu beschützen, Mrs. Callaway, wie Sie vielleicht schon bemerkt haben. Ich hoffe, er hat Sie nicht wirklich aus der Fassung gebracht?«

Er hob einen anderen Deckel hoch. Kurkuma, Kreuzkümmel und Koriander: Curryhuhn?

Sarah versuchte ihr Bestes, die aromatischen Düfte zu ignorieren, und blieb an der Tür stehen.

»Beschützen? Wen?«

»Seine Familie natürlich. Wir sind zusammen aufgewachsen, sind gleich alt und sehen uns zudem sehr ähnlich. Doch Jack hat in seinem Leben mehr Gefahren als jeder andere Mensch erlebt, und sein Gespür für Bedrohungen ist daher besonders ausgeprägt.«

»Lord Jonathan glaubt wirklich, dass ich auf irgendeine Weise für Sie gefährlich sein könnte?«

Er schaute hoch und grinste. »Sind Sie es denn nicht?«

»Nur wenn Lämmer eine Gefahr für Wölfe bedeuten.«

Er lachte. »Wenn Sie mir vertrauen können, dann können Sie auch meinen Cousins vertrauen. Allerdings ist Jacks Herz zurzeit ganz woanders. Er liebt Anne sehr und kann es nicht ertragen, von ihr getrennt zu sein. Doch er liebt auch seinen Bruder und Miracle, und die Duchess hat sich für heute Abend seine Anwesenheit erbeten.«

»Weil er auch ein Pate des neugeborenen Babys ist?«

Ein weiterer Deckel wurde gehoben, um den Duft von mit Minze angemachtem Lamm und Safranreis freizusetzen.

»Genau. Wenn er Ihnen jedoch wirklich Unbehagen bereitet hat, muss ich mich in seinem Namen entschuldigen.«

Auf dem nächsten Teller befanden sich kleine, in Rumsoße getränkte Kuchen und mit kandierten Veilchen verzierte Cremepastetchen. Sarah glaubte, der ihr im Mund zusammengelaufene Speichel würde ihre Zunge überfluten. Sie musste schlucken.

»Nein«, sagte sie. »Nicht. Bitte nicht! Ich bin sicher, meine Anwesenheit war für ihn von nur sehr geringer Bedeutung.«

Ihr Unbehagen und ihre Unruhe trieben Sarah an, durch das Zimmer zu gehen. Eine fremde Frau mit weiß gepuderter Perücke bewegte sich gleichzeitig mit ihr im Spiegel über dem leeren Kamin: eine Verkleidung, die jetzt offensichtlich überflüssig war.

Sie hob die Hand, um ihre blaue Maske abzunehmen. Die Bänder verfingen sich sofort in der Herde kleiner Schafe und drohten, den gesamten Kopfputz zu zerstören.

Mr. Guy Devorans Spiegelbild erstarrte auf der Stelle, sein dunkler Blick brannte mit beunruhigender Intensität auf ihrem gehobenen Arm und gebeugtem Nacken.

Ein Spur von Hitze kroch ihren Rücken hinauf.

Zum ersten Mal, seit Captain Callaway gestorben war, war sie in einem Zimmer allein mit einem Mann, der nicht ihr Ehemann war. Einem überaus attraktiven jungen Mann, der nichts weiter trug als ein über der Brust offenes Hemd und Hosen aus Hirschleder, dazu ein verwegen um den Kopf geschlungenes schwarzes Tuch.

Ein Mann, der ihr Gesicht mit den Blütenblättern einer Orchidee berührt hatte.

Sarah unterdrückte diese Gedanken und ließ die Hände sinken. Einige Schafe glitten auf ihre Schulter herunter. Sie griff danach.

Guy Devoran verschränkte die Arme und lächelte sie an.

»Dann muss ich mich aber wenigstens für diese dämlichen Schafe entschuldigen«, sagte er. »Es war wichtig, dass Ryder und Jack Sie erkennen, und heute Abend sind immerhin einige Schäferinnen hier. Sonst hätte ich niemals eine so verrückte Kostümierung ausgesucht.«

»Es hat mir wirklich nichts ausgemacht«, sagte sie, obwohl sie plötzlich dachte, dass, wenn es ihr etwas ausgemacht hätte, dann sehr viel. »Ich hatte bereits so etwas vermutet.«

Sie wandte ihm den Rücken zu, um den Kampf mit der Maske wieder aufzunehmen.

»Jack ist absolut integer, und er könnte etwas Wichtiges bemerkt haben. Schließlich ist auch er Ihrer Cousine begegnet.«

Sarah fuhr herum und sah ihn an. Peinlicherweise rutschten Perücke, Hut und Schafe ihr dabei ein wenig zu tief in die Stirn, und sie war gezwungen, beide Hände zu benutzen, um alles wieder zu richten.

»Aber das war vor einem Jahr und auch nur sehr kurz!«

»Nichtsdestotrotz hat er zugestimmt, dass ich sie retten muss – obwohl ich wohl zunächst besser Sie retten sollte.« Guy Devoran grinste, als er zu ihr trat. »Ich glaube nicht, dass Sie sich von diesem unmöglichen Haarputz allein befreien können. Glücklicherweise brauchen Sie ihn nicht länger.«

Mit einer raschen Bewegung nahm er ihr die silberfarbene Perücke ab. Einige Haarnadeln verfingen sich sofort in Sarahs Haar, sodass dieses in üppiger Flut auf ihre Schultern zu fallen drohte.

Sie schaute auf – und fühlte sich, als wäre sie unerwartet in einem Netz gefangen worden.

Guy Devoran stand unverändert an seinem Platz und schaute auf sie hinab. Die Muskeln um seinen Mund zuckten, fast, als hätte er einen kleinen Schlag erhalten.

Das Schweigen zwischen ihnen sang, summte wie ein dünner Draht, dessen Vibrieren gerade noch zu hören war.

Für die Dauer eines Herzschlags starrten sie einander an, während in ihren Adern Feuer brannte.

Dichte Wimpern rahmten seine Augen. Jede Iris war wie ein perfektes Stück dunkler Schokolade, gerahmt von einem feinen schwarzen Ring. Sein Blick glühte – brannte vor Macht und Leidenschaft und einem dunklen, verruchten Wissen –, als würde er wollen, von ihr verschlungen zu werden, als würde seine Seele sie hemmungslos begehren.

Kein Mann hatte sie je so angesehen – als würde er eine Flamme mitten in ihr Herz halten und in jene verborgenen Tiefen eindringen.

Sarah wandte sich abrupt ab, errötete und wusste doch, dass ihre helle Haut sie schon verraten hatte.

Ihre Finger zitterten, als sie die restlichen Nadeln herauszog und den Haarschmuck auf einen in der Nähe stehenden Stuhl legte.

»Danke, Sir«, sagte sie.

Mr. Devoran entfernte sich ein paar Schritte von ihr. Einen Moment lang stand er da und wandte ihr den Rücken zu, doch dann riss er sich das schwarze Tuch vom Kopf und lachte.

»Ich brauche meine Verkleidung auch nicht mehr«, sagte er. »Sie haben keine Ahnung, wie lächerlich ich mir als Sindbad der Seefahrer vorgekommen bin.« Er legte seinen roten Gürtel ab und warf ihn auf einen der Tische. Die daran befestigten Pistolen und Messer klapperten. »Allzumal mit Waffen aus Holz.«

Sarah steckte sich ihr ungebärdiges Haar wieder fest. »Und einem Papageien.«

Er wandte sich um und lächelte, als wäre alles in Ordnung. »Ja, richtig. Ich dachte, Acht würde ihnen gefallen.«

»Acht?«

»Ja, wie die Zahl acht. So weit kann er nämlich zählen, aber dieser Papagei ist nicht nur klug, er ist auch ein guter Wachhund.«

»Sie dachten, Sie würden einen Wachhund brauchen?«

Er griff nach einer Karaffe mit Wein, von deren augenscheinlich kalter Oberfläche Wassertropfen abperlten.

»Der Papagei hätte angefangen, wie eine Hexe zu kreischen,

hätte sich uns ein Fremder genähert. Wie auch immer, in der Gesellschaft Ali Babas, einem Mitglied seiner Familie, waren Sie sicher, und er kennt uns alle, seit wir Jungen waren.«

»Und von einer simplen Verkleidung hätte er sich nicht einen Moment lang narren lassen?«

»Ein Papagei ist der geborene Begleiter für jede Schurkenschar.« Er füllte zwei Weingläser und reichte Sarah eines von ihnen. Sie dankte und nahm es. »Obwohl ich niemandem mehr vertrauen würde als den beiden, können meine Cousins die Geduld eines jeden Menschen doch sehr auf die Probe stellen. Es ist ein Glück, dass Miracle und Anne sie inzwischen so weit gezähmt haben.«

»Lassen sich denn die Söhne von Dukes von ihren Frauen zähmen?«

Er lachte. »Das hängt davon ab, was man glaubt, zähmen zu müssen.« Er wies auf den Tisch. »Aber vielleicht darf ich jetzt all die Unannehmlichkeiten wiedergutmachen, die Sie erduldet haben? Ich schlage Ihnen vor, einige von diesen Köstlichkeiten zu genießen, bevor entweder Hunger, gut gezielter Spott oder rechtschaffene Entrüstung Sie noch umbringt.«

Der Wein war wunderbar kühl. Köstliche Düfte schmeichelten ihrer Nase. Doch jegliches Verlangen nach Essen war verschwunden. Sarahs Herz schlug noch immer so schnell, als führte er sie noch tiefer in einen geheimnisvollen Wald, in dem sie sich an jeder Wegbiegung plötzlich verirren könnte. Er war geschickt ihrer eigentlichen Frage nach dem Papagei ausgewichen, und es kam Sarah fast vor, als würde sie – auf sehr subtile Weise – einer Prüfung unterzogen.

»Ich bin bereits seit Stunden ziemlich entrüstet«, entgegnete sie leichthin. »Seit Sie mir diesen Diener geschickt haben, der mich hierher gebracht hat.«

»Ich hoffe doch, Paul hat sich in keinster Weise ungebührlich verhalten? Wenn es anders gewesen sein sollte, werde ich ihm das Fell über die Ohren ziehen.«

»Euer Diener demonstrierte ein höchst unschickliches Maß an Vertraulichkeit, Mr. Devoran. Er beharrte darauf, seinen Arm um meine Taille zu legen, ganz so, als wären wir ein Liebespaar.«

Guy Devorans Mundwinkel zuckten wieder, während er jedoch gleichzeitig in spöttischem Ernst die Stirn runzelte. »Er ist einer der Diener der Herzogin – und er gehorchte Miracles Anweisungen, nicht meinen. Es ist wohlbekannt, dass Paul mit Rose liiert ist, der Zofe, die jetzt in Ihrem Hotelzimmer sitzt und dort geduldig wartet. Miracle hat ohne Zweifel strikte Order gegeben: Wenn man Sie auf dem Weg hierher für Pauls Liebste halten sollte, dann mussten Sie beide sich auch dementsprechend verhalten. Niemand vom Personal der Blackdowns würde jemals Miracles Anweisung missachten, schon allein deshalb nicht, weil sie den Boden anbeten, über den sie geht.«

»Den Boden, der zu blühen beginnt, wenn sie vorübergeht? Wie bei Olwen, der Frau aus der Sage?«

»Jack hat es erwähnt?« Seine Augen verdunkelten sich, als er sie wieder anschaute. »Sie kennen dieses alte Märchen, Mrs. Callaway?«

»Und ob! Der Held Culhwch verliebte sich in die schöne Olwen, aber ihr Vater stimmte der Heirat nicht zu – es sei denn, der Held könnte eine Reihe scheinbar unlösbarer Aufgaben bewältigen, in die auch viele verzauberte Kreaturen involviert waren –«

»Der unbesiegbare Hund!« Er grinste, hob sein Glas und prostete ihr zu.

Sarah reckte das Kinn und erwiderte die Geste. »Der wilde Eber –«

»Könige werden zu Bestien!«

»Ein Riese mit einem Schwert –«

»Und eine schrecklich aussehende Hexe!«

»An welchem Punkt Culhwch die ganze Armee König Arturs zu Hilfe rufen musste!«

Tiefe Grübchen zeichneten seine Wangen, als er laut lachte. Sarah starrte ihn an, atemlos, als wäre sie wieder in jenem magischen Netz gefangen, in dem ihr vielleicht schon bald Wunder in den Schoß gelegt werden könnten.

Doch er wandte sich in betonter Lässigkeit ab. »Und daraus lernen wir, dass nicht einmal ein Held seine Herzensdame einfach so für sich gewinnen kann.«

»Offensichtlich nicht!« Sie schluckte ihre verrückten Gefühle herunter und holte tief Luft. »Oder zumindest nicht angesichts so bedrohlicher Gegner –«

»Weil der Kern dieser Geschichten immer ist, dass wahre Liebe fast unmöglich zu gewinnen ist.« Er begann, einen Teller für sie mit Speisen zu füllen. »Oder dass sie zumindest nur gefunden werden kann, indem man sich durch ein Dickicht von Hindernissen kämpft.«

»Ich weiß nicht recht. Die Liebe ist doch sicherlich keine Schlacht? Aber wie dem auch sei, Olwen war wirklich nur eine Göttin der Blumen –«

»Nein, sie war eine Frau, die liebte.« Er wirkte ernst, als er aufschaute. »Warum sonst hätte sie überall, wo sie ging, einen Pfad aus weißen Blumen aufblühen lassen können?«

»Ich weiß es nicht.« Sarahs Magen zog sich angesichts der Ernsthaftigkeit seiner Worte vor Beklommenheit zusammen. »Ich weiß nicht, was Sie meinen.«

»Machen Sie sich nichts daraus! Diese ganz besondere Geschichte ist schrecklich finster. Wie sind Sie überhaupt auf sie gestoßen?«

Sie hielt den Stiel ihres Weinglases umklammert, als sei er ein Rettungsanker. »Als Kind habe ich nicht viel anderes gemacht als gelesen. Ich hatte Zugang zu einer wunderbaren Bibliothek.«

Guy Devoran betrachtete nachdenklich das Festmahl auf dem Tisch. »Dann wissen Sie sicherlich auch, dass niemand an Arturs Hof das Bankett verlassen durfte, bevor nicht ein Wunder vollbracht worden war?«

Sarah starrte auf seine Finger, als er den Teller zurückstellte.

»Welche Art Wunder brauchte es?«

»Ich habe keine Ahnung.« Er lächelte und trat näher. »Ich weiß nur, dass ich vor Hunger sterbe – und dass sich noch immer ein widerspenstiges Schaf in Ihrem Haar verfangen hat. Halten Sie still!«

Seine Finger streiften ihr Ohr. Ein heißes Kribbeln erfasste Sarah. Ihr Puls begann wie wild zu rasen, trieb jene betäubende, heiße Flut von Verlangen durch ihre Adern. Jedes Haar ihrer roten Locken schien zu vibrieren.

Seine glatte feste Kehle verschmolz mit den sich anspannenden Muskeln seines Nackens und seiner Brust. Der Schatten verschwindender Grübchen lag noch auf seinen Wangen.

Doch sein Blick war verschlossen, das Feuer zu Asche geworden, als würde er nichts anderes empfinden als diese fürsorgliche Höflichkeit.

Stärker als sie je einen Mann begehrt hatte, begehrte Sarah Guy Devoran. Seine Klugheit. Seine Gesellschaft. Aber vor allem seinen gestählten Körper, seinen wissenden Mund, seine wunderbaren Hände und seine verruchte Zunge.

Sie wollte ihn kennen, wie eine Ehefrau ihren Ehemann kannte. Nein, mehr als das! Wie eine Geliebte ihren Liebhaber kannte –

Eine vor langer Zeit tief in ihrem Inneren vergrabene Angst durchschlug ihre Abwehr. Doch wie schwindelerregend es auch sein mochte, es war Wahnsinn, solche Gefühle zuzulassen. Junge Gentlemen hatten ihre Aufmerksamkeit ihr gegenüber niemals ernst gemeint. Diese Art von Interesse war immer Rachels Domäne gewesen –

Das Weinglas glitt Sarah aus der Hand, verbreitete funkelndes Chaos auf dem Tisch.

»Meine Cousine! Ich bin nur wegen Rachel hier!«

Das Gesicht heiß vor Verlegenheit, griff Sarah nach einer Serviette und versuchte hektisch, das Malheur zu beseitigen.

Als hätte er sich verbrannt, wandte Guy Devoran sich ab und ging zum Kamin, dann drehte er sich abrupt zu Sarah um. »Lassen Sie das, bitte! Sie sind kein Hausmädchen, das verschütteten Wein aufwischen muss.«

Sie ließ die Serviette fallen und sah ihn an. »Nein! Als meine Mutter starb, haben mich Rachels Eltern aufgezogen wie ihr eigenes Kind. Ich schulde den Mansards alles. Aber jetzt, da deren verwaiste Tochter so verzweifelt meine Hilfe braucht, vertanze ich hier den Abend, während Sie –«

»Reden Sie doch weiter, Mrs. Callaway!«

Ihr Zorn brodelte weiter in ihr, obwohl sie sich einer Ohnmacht nah fühlte. »Es gibt keinen Grund für uns, über romantische Märchen zu reden. Sie waren *meine* heimliche Leidenschaft. Rachel hat sich nie dafür interessiert. Ein Gespräch über Olwen und Culhwch wird uns nicht helfen, sie zu finden. Was geht hier wirklich vor, Mr. Devoran? Stellen Sie mich auf irgendeine Weise auf die Probe? Zweifeln Sie noch immer meine Aufrichtigkeit an, oder –«

»Gott, nein! Darum geht es nicht!«

»Was verbergen Sie dann vor mir – Sie und Lord Jonathan? Warum dachten Sie, Sie würden einen Papageien als Wachhund brauchen? Warum sind Sie mit mir in diesen Salon gegangen? Was fürchten Sie, mir zu sagen? Dass Sie mir jetzt doch nicht helfen werden? Dass –«

»Nein!« Er ging zum Fenster. »Ich wünschte nur, dass Sie sich ein wenig entspannen, damit Sie mir ein wenig mehr Vertrauen schenken.«

»Woher sollte dieses Vertrauen kommen, Sir? Allein durch meine Integrität? Sollte ich vergessen, warum ich hierhergekommen bin? Und das könnte uns beiden dann erlauben, einfach über meine unbeholfenen Bitten bezüglich Rachel hinwegzusehen? Ich erkenne, dass ich kein Recht hatte, Sie um Hilfe zu bitten, und ich bin sicher, dass Sie kein –«

Seine Faust schlug gegen den geschlossenen Fensterladen, sodass dieser laut klapperte. Sarahs Blut schien so dünn wie Wasser zu sein.

Guy Devoran fuhr herum, sein Blick wirkte starr. »Sie müssen weitaus mehr Vertrauen in mich haben, als Sie bisher an den Tag legen, Ma'am, wenn ich die Suche nach Ihrer Cousine fortsetzen soll.«

Gänsehaut überzog ihre Arme. »Sie *haben* bereits versucht, sie zu finden?«

»Wie, denken Sie, habe ich den größten Teil des gestrigen Tages verbracht? Warum wohl bin ich heute Abend erst so spät hergekommen? Warum musste ich auch Ryder und Jack einweihen? Ich habe nichts anderes getan, als nach Rachel Mansard zu forschen, seit Sie diesen Buchladen verlassen haben. Ich dachte, wenigstens so viel würden Sie vermuten.«

Angst ballte sich in ihrem Magen zusammen. »Und Sie haben etwas Schreckliches herausgefunden?«

»Nein! Herrgott! Nichts, was Sie sofort alarmieren müsste, sonst hätte ich Ihnen die Neuigkeiten schon längst mitgeteilt.« Er lief durch das Zimmer, als wären ihm Dämonen auf den

Fersen. »Ich habe jeden Grund zu glauben, dass sich Miss Mansard nicht in Gefahr befindet. Sie wurde mit Sicherheit nicht entführt. Und ja, vielleicht habe ich Sie auf die Probe gestellt. Warum auch nicht? Warum sollte ich einfach glauben, was mir eine Fremde sagt? Sie können jedoch versichert sein, dass ich inzwischen von Ihrer absoluten Aufrichtigkeit überzeugt bin.«

»Sie verbergen also etwas vor mir?«

Sein Blick war vernichtend. »Ich habe einfach nur gezögert, Ihnen zu sagen, wie viele Ihrer Vermutungen über Ihre Cousine falsch sind.«

Die Schlussfolgerung aus seinen Worten drang in ihr Bewusstsein ein und zersplitterte. »Wollen Sie damit sagen, dass Rachel freiwillig davongelaufen ist? Oder vielleicht sogar ... durchgebrannt ist? Das ist ausgeschlossen! Warum ziehen Sie etwas Derartiges auch nur in Erwägung? Sie hat diesen Verehrer gehasst und sich vor ihm gefürchtet!«

»Ich vermute stark, dass der Mann, den sie beschrieben hat, nicht existiert.«

»Sie denken, sie hat mich angelogen?«

Er blieb wieder vor dem Kamin stehen. Er zerrieb getrocknete Blumen zwischen seinen Fingern und ließ sie wie achtlos in den kalten Kamin fallen. »Zum Teufel, aber ich kenne keinen Weg, das zu beschönigen!«

»Ich erinnere mich, dass Rachel und ich im Sommer einmal in ein Gewitter geraten sind«, sagte Sarah mit unbeirrbarer Entschlossenheit. »Schwarze Wolken zogen plötzlich über den blauen Himmel. Unsere Picknickkörbe wurden vom Wind mitgerissen. Unsere Kleider flatterten wie Fahnen, als wir versuchten, unsere Hauben festzuhalten – bis der Hagel einsetzte und uns unsere Ausgelassenheit schlagartig verging. Genau so fühle ich mich in diesem Augenblick, als würde mich dieser eisige Schauer noch einmal durchnässen. Sie müssen mich nicht schonen, Sir. Ich bin eine Witwe von Mitte zwanzig. Bitte sagen Sie mir die Wahrheit!«

Seine Augen verdunkelten sich, als wäre er Oberon, der gerade zusehen musste, wie sein Königreich von einem Sturm davongetragen wurde.

»Dann setzen Sie sich bitte wieder, Ma'am! Ich glaube nicht, dass sich Miss Rachel Mansard im Moment in direkter Gefahr befindet, allerdings ist sie aber auch nicht ganz die Frau, für die Sie sie halten.«

Kapitel 4

Sarah ließ sich auf eines der Sofas fallen, als hätte er sie gestoßen, doch dann schaute sie mit ungebeugtem Mut zu ihm hoch.

»In welcher Beziehung, Sir? Ich denke, ich kann behaupten, dass ich meine Cousine gut kenne. Bitte sagen Sie mir, was genau Sie glauben, herausgefunden zu haben.«

Guy ging wieder ans Fenster. »Selbst wenn das von mir verlangen wird, auf Rücksichtnahme zu verzichten und mich als unfreundlich präsentieren zu müssen?«

»Ich muss alles erfahren, Sir, ob Sie nun glauben, es sei unfreundlich oder nicht.«

Seine Adern pochten mit der triumphierenden Intensität heißen männlichen Blutes. Er hatte sie drei Mal berührt. Das erste Mal mit der Orchideenblüte. Das zweite Mal, um ihr den Haarschmuck abzunehmen. Das dritte Mal hatte er es sich gestattet, mit den Fingerspitzen ihre glatte, warme Haut und das schimmernde helle Haar zu berühren.

Er hatte sie ablenken müssen, ehe sie zu nah an gewisse Wahrheiten herankommen konnte, aber sie hatte reagiert, wie eine Katze auf die Sonne reagierte: hin und her gerissen zwischen dem Wunsch, ein Sonnenbad zu nehmen oder die Kühle des Schattens zu suchen, um nur nach ihrem Gefühl zu handeln.

Doch irgendetwas an Sarah Callaway beunruhigte ihn weitaus tiefer als dieses sinnliche Verhalten.

Die Fenster reflektierten den Lichtschein, als würden Tausende von Kerzen draußen in der Dunkelheit brennen. Tanzende, vorgetäuschte Flammen. Er würde sie nicht anlügen, aber er konnte ihr auch nicht die ganze Wahrheit sagen, selbst wenn er jede noch so kleine Information brauchte, die sie ihm geben konnte. Es würde ein Seiltanz werden.

»Also gut.« Er wandte sich zu Sarah um. »Ich fürchte, die Briefe Ihrer Cousine haben Sie in den vergangenen achtzehn Monaten in die Irre geführt.«

»Aber das ist Unsinn! Rachel und ich haben uns immer alles erzählt!«

»Wollen Sie wirklich die Wahrheit hören, Ma'am?«

Sie errötete. »Ja, natürlich. Es tut mir leid. Bitte, fahren Sie fort!«

»Dann lassen Sie uns mit dem Anfang beginnen«, sagte er, »auf der Jacht an jenem Frühlingstag im letzten Jahr. Sie hat Ihnen geschrieben, dass sie zu der Zeit noch Gouvernante war?«

»Ja, bei Lord Grail. Er war gerade von einem Aufenthalt in Frankreich zurückgekehrt. Deshalb waren Rachel, die Kinder und Lady Grail in Dorset geblieben und nicht nach London gefahren, wie sie es noch im Mai des vorausgegangenen Jahres getan hatten. Ein Freund der Familie hatte ihr die Stellung verschafft, gleich nachdem Mr. und Mrs. Mansard gestorben waren.«

»Was im April 1827 gewesen ist – ein wenig mehr als ein Jahr, bevor ich sie kennenlernte?«

Wachsamkeit verdunkelte ihre Augen, obwohl diese Tatsache sehr einfach für ihn herauszufinden gewesen sein musste.

»Ja. Ich war sehr erleichtert, dass sie eine so gute Stellung gefunden hatte. Warum?«

»Der Tod der Eltern hat Ihre Cousine in bescheidenen finanziellen Verhältnissen zurückgelassen, nehme ich an?«

»Sie wurde mit unerwarteten Schulden konfrontiert.« Sie runzelte sie Stirn. »Doch nachdem Rachel sich von diesem Schrecken erholt hatte, schrieb sie höchst amüsante Briefe über den Haushalt Lord Grails, Briefe voller scharfsinniger Beobachtungen –«

»Und falschen Angaben, fürchte ich.«

Empörung färbte ihre Wangen rot. »Welcher Art? Sie hat mir aus Grail Hall geschrieben, den ganzen Sommer lang. Und obwohl ich überzeugt bin, dass sie eigentlich ein trauriges, liebloses Weihnachtsfest verbringen musste, ließ sie alles höchst amüsant klingen. Es ist ein riesiges altes Haus –«

»Ja«, sagte er. »Ich war dort.«

»Dann werden Sie verstehen, warum Rachel überaus froh war, als die Familie im darauffolgenden Frühling wieder nach London zurückging. Vielleicht hat Rachel die Dinge ein wenig ausgeschmückt, um ihre Briefe interessanter zu machen, aber wie könnten Sie das beurteilen?«

Guy durchquerte den Salon und nahm in einem der Sessel Sarah gegenüber Platz. Er beugte sich vor, verschränkte die Hände und stützte die Unterarme auf seine Oberschenkel, als könnte er Sarah allein durch die Kraft seines Willens überzeugen.

»Weil Ihre Cousine nach nur sieben Monaten wieder aus den Diensten des Earls ausgeschieden ist, und kein ganzes Jahr lang für ihn gearbeitet hat, auch wenn sie Ihnen das geschrieben hat.«

Die Farbe auf Sarahs Wangen wurde zu einem Scharlachrot, das dann so plötzlich verschwand, als würde eine Laterne ausgelöscht werden. »Nein, das kann nicht stimmen!«

Er beobachtete sie so aufmerksam, als müsste er sich noch einmal davon überzeugen, dass sie es absolut ehrlich meinte. Rachel hatte immer wie eine Bienenkönigin in ihrem Stock aus Lügen gelebt.

»Die Wahrheit ist ein Haus mit vielen Zimmern«, sagte er sanft. »Wir müssen nicht jede Tür öffnen, aber –«

»Wird es doch unangenehmer, auf Rücksichtnahme zu verzichten und Unfreundlichkeit an den Tag zu legen, als Sie es befürchtet haben, Sir?«, unterbrach sie ihn spöttisch. »Bitte erklären Sie mir, woher Sie das alles wissen!«

»Grail ist Mitglied meines Clubs. Es ist mir nie zuvor in den Sinn gekommen, ihn nach der Gouvernante seiner Kinder zu fragen. Warum sollte es auch? Nichtsdestotrotz war er vollkommen freimütig, als ich ihn danach fragte. Ja, er hat Miss Rachel Mansard in seine Dienste genommen, nachdem ihre Eltern verstorben waren. Sie war wundervoll zu den Kindern, die beste Gouvernante, die er je hatte. Aber kurz vor dem Weihnachtsfest ist sie ohne Vorankündigung gegangen – also gut fünf Monate, bevor Jack sie gebeten hat, mich auf die Jacht zu begleiten.«

Die Sommersprossen stachen grell von ihrer weißen Haut ab. »Fünf Monate? Wie hat sie während dieser Zeit gelebt? Hat sie eine andere Stelle gefunden und es mir nicht gesagt? Ich verstehe das nicht. Wenn sie nicht bei Lord Grail angestellt war, was hat sie dann zu der Zeit getan, als Lord Jonathan ihr begegnete?«

Er wünschte, er könnte sie in den Arm nehmen, ihr körperlichen Trost anbieten. Ihm kam der verrückte Gedanke, dass er all ihren Kummer vertreiben könnte, würde er sie küssen. Aber es gab keinen Weg, die Wahrheit zu beschönigen, und vielleicht respektierte er sie inzwischen auch zu sehr, um das zu versuchen.

»Ich fürchte, dass Ihre Cousine weit entfernt davon war, als Gouvernante zu arbeiten – sie hat vielmehr die Aufsicht über einen Eimer geführt.«

»Einen Eimer?«, wiederholte sie verständnislos.

»Ein Ding, das dazu benutzt wird, Böden zu wischen. Jack traf Ihre Cousine in der Küche eines Gasthauses. Es heißt Three Barrels und liegt nicht weit von den Docks entfernt. Obwohl ein recht anständiges Haus, gehört es nicht zu den angesehensten in der Stadt. Ihre Cousine arbeitete dort als einfache Küchenmagd, Mrs. Callaway.«

»Aber das ist unglaublich!« Ihre Hände ballten sich zu Fäusten. »Warum würde Rachel so etwas tun?«

Er wählte seine Worte sehr sorgsam, achtete darauf, dass jedes einzelne genau war und buchstäblich der Wahrheit entsprach.

»Wie ich Ihnen schon sagte, haben wir an jenem Tag kaum zwei Worte miteinander gewechselt. Ihre Cousine hat sich mir weder anvertraut noch hat sie mir gesagt, warum sie einer solch unfeinen Beschäftigung nachging.«

Sie wandte den Kopf und starrte auf die Steinvase, die jetzt von den zerriebenen Blütenblätter umgeben war. Tiefe Schatten legten sich in die zarte verletzliche Vertiefung ihrer Kehle, wo diese in die Linie ihres Kinns überging.

»Aber sie hat geschrieben, dass Sie sie zum Lachen gebracht haben.«

»Vielleicht habe ich das. Aber nur, weil Jack ihr – durch mich – genug gezahlt hat, um für die nächsten paar Monate angemessen ohne weitere Verantwortlichkeiten davon leben zu können. Es war offensichtlich, dass Ihre Cousine sich sonst in einer verzweifelten finanziellen Verlegenheit befunden hätte.«

Ihre Augen wurden verdächtig hell. Die blaue Seide raschelte, als sie aufstand und ein paar Schritte im Zimmer herumging.

»Und Lord Jonathan würde all das bestätigen, was Sie mir gesagt haben?«

Guy erhob sich und trat an den Tisch, um sein Weinglas neu zu füllen.

»Nicht das, was auf der Jacht geschehen ist. Er war nicht dabei. Aber er kann sicherlich bestätigen, unter welchen Umständen er Rachel Wren zum ersten Mal begegnet ist.«

Sie war am Fenster stehen geblieben, eine Silhouette, die sich hell gegen die Londoner Nacht abhob. »Dann muss es sich dabei um irgendein Missverständnis gehandelt haben, um nichts anderes.«

»Was genau stellen Sie infrage, Mrs. Callaway?«, fragte er. »Lord Grails Wort? Jacks? Meins?«

Sie strich mit einer Hand über den Fensterladen, als wollte sie den unsichtbaren Einschlag seiner Faust wegwischen. Einige Locken des nachlässig hochgesteckten kupferfarbenen Haars waren den Nadeln entschlüpft und fielen bis zu ihrer Taille hinab.

»Wenn Rachel mich, was diese fünf Monate betrifft, belogen hat«, sagte sie, »behaupten Sie dann auch, dass alle ihre Briefe Lügen gewesen sind?«

»Das weiß ich nicht«, entgegnete er. »Ich habe sie nicht gelesen.«

»Nein, das ist unmöglich!« Sie fuhr herum. »Allein der Gedanke ist lächerlich!«

Guy trank seinen Wein. »Dann denken Sie also, dass ich lüge, Mrs. Callaway?«

»Nein! Ich weiß es nicht! Ich weiß nicht, was ich glauben soll – und vielleicht habe ich etwas missverstanden, als Rachel darüber schrieb, sie würde noch bei Lord Grail sein – aber *niemals* hätte sie als Küchenmagd gearbeitet. Nicht fünf Monate lang. Nicht einmal einen Tag lang. Wie haben ihre Hände ausgesehen?«

Aufrichtig überrascht schaute Guy von seinem Glas auf. »Ihre Hände?«

»Ja, ihre Hände!« Sarah ging steif durch das Zimmer zur Sitzgruppe zurück, ihre Röcke flossen wie Wasser. »Waren sie rot und rissig? Wund? Aufgedunsen? Wie die Hände einer Frau, die daran gewöhnt ist, Böden zu schrubben?«

»Ich weiß es nicht.« Er schloss für einen Moment die Augen, als er sich zu erinnern versuchte. *Rachel, rätselhaft, spöttisch – und schön genug, um selbst die Sonne zu überstrahlen.* »Sie hat Handschuhe getragen.«

»War sie niedergeschlagen? Aufgeregt? Bestimmt können Sie sich noch an jedes Detail von ihr erinnern, Mr. Devoran? Gentlemen können das immer.«

Er stellte sein Glas ab. Wie absolut zutreffend hatte sie ihn unwissentlich mit dem Kern seiner Unehrenhaftigkeit konfrontiert!

»Der Charme Ihrer Cousine ist für einen Gentleman schwer zu ignorieren«, räumte er mit großer Offenheit ein. »Den Tag auf der Jacht hat sie jedoch damit verbracht, allein am Bug zu stehen und über die Schaumkronen der Wellen in Richtung Frankreich zu schauen. Wäre ich gezwungen gewesen, Mutmaßungen über ihren Gemütszustand anzustellen, hätte ich gesagt, dass sie eher erleichtert als aufgeregt wirkte.«

»Erleichtert? Worüber?«

»Schätzungsweise darüber, dass ihre Gefälligkeit von Jack in Gold aufgewogen werden würde. Sobald Jack und Anne sicher entkommen waren, lieferte ich Ihre Cousine am Hafen ab, wo sie in die nächste Kutsche nach London gestiegen ist.«

»Genau!« Sarahs Augen schimmerten. »Wo sie dann über diese Vermittlungsagentur ihre neue Anstellung bei Mr. Penland in Hampstead bekommen hat.«

»Das bezweifle ich«, widersprach er. »Keiner Stellenvermittlung in London ist ein Witwer dieses Namens bekannt, der sechs Kinder hat.«

Sarah sank auf einen Sessel. »Aber ich habe alle meine Briefe an Rachel an seine Adresse geschickt, und sie hat jeden beantwortet –, fast das ganze letzte Jahr über. Sie schrieb, das Kinderzimmer läge oben, nahe dem Dach. Im Februar wäre es nur schwer zu beheizen, und die Kinder – zwei Jungen und vier Mädchen – hätten sehr gefroren, als der Raureif die Fenster mit Eisblumen überzog. Ich erinnere mich so genau daran, weil Rachel später schrieb, dass Väterchen Frost nur das Eis in ihrem Herzen nachahmte, denn es war die Zeit, als sie begann, sich vor ihrem Verfolger zu fürchten. Sie kann sich das doch nicht alles ausgedacht haben!«

Im Augenblick wäre Guy lieber überall sonst gewesen als in diesem Zimmer zusammen mit Sarah Callaway. Rachel hatte ganz sicher im Februar Eisblumen auf den Fenstern in Hampstead gesehen, aber nicht in Mr. Penlands Kinderzimmer.

»Warum nicht?«, fragte er. »Wir haben bereits festgestellt, dass Ihre Cousine etwas verheimlicht hat.«

»Nein!«, sagte sie. »Was immer Rachel in diesen fünf Monaten, ehe sie Ihnen begegnete, auch getan haben mag, sie kann diese sechs Kinder nicht erfunden haben, genauso wenig wie den Mann, dem sie nach Weihnachten begegnet ist. Ihre Gefühle, die sie beschrieben hat, waren viel zu echt.«

»Welche Gefühle?«

»Dass sie sich fast in diesen Mann verliebt hätte«, erklärte Sarah. »Wie ihre Bewunderung sich zu Abneigung wandelte. Als er begann, ihr Angst zu machen.«

Sein Magen zog sich zusammen, als wäre er geschlagen worden. Die Zimmer in jenem kunstvoll errichteten Haus der Wahrheit hallten wider und dröhnten, als er jede einzelne Tür zuschlug. Bis auf eine.

»Nichtsdestotrotz«, sagte er, »wurde Ihre Cousine nicht entführt.«

Sarah ballte erhob die Fäuste, als wollte sie ihn schlagen. »Ich begreife nicht, wie Sie sich dessen so sicher sein können!«

Wut brachte sein Blut in Wallung und veranlasste ihn, aufzuspringen, um im Zimmer hin und her zu laufen. Alles würde sich vielleicht lösen lassen, könnte er sie erst überzeugen, auch wenn er wusste, dass dies nur die erste Ecke eines schrecklichen Labyrinths war, um die er ging.

»Wäre ich mir nicht absolut sicher über all das, was ich Ihnen sage, Mrs. Callaway, hätte ich Sie niemals mit derart unbequemen Fakten belastet. Ihre Cousine hat Sie während des letzten Jahres belogen, als sie Ihnen schrieb, sie würde weiterhin für Grail arbeiten. Ich vermute stark, dass dieser Mr. Penland und seine sechs Kinder nicht existieren. Aber wie dem auch sei, Rachel Mansard hat London freiwillig verlassen.«

»Nein.« Ihr Gesicht war kreideweiß geworden, unwirklich, als wäre sie zu einem Geist mit hellen, brennenden Augen geworden. »Ich glaube es nicht. Nachdem sie das alles geschrieben hat, würde sie mich niemals einfach so ohne ein Wort zurücklassen. Nein! Etwas Schreckliches geht vor, und ich kann nicht einmal erahnen, um was es sich handelt.«

Guy ging zurück zum Tisch und schenkte ihr Glas voll, dieses Mal war es Brandy. Seine Kehle fühlte sich an, als hätte sich der Raureif des Februars darüber gelegt.

»Es hat Vorteile, Blackdowns Neffe zu sein. Es war nicht schwer, Informationen von Miss Mansards Vermieter zu bekommen, von der Zugehfrau, von den Nachbarn, denen die schöne junge Dame aufgefallen war, die in ihrer Mitte lebte. Ihre Cousine hat ihre Angelegenheiten geregelt, hat ihre Siebensachen gepackt und ist zu einem Gasthaus gegangen, wo sie die Nachtkutsche nach Salisbury genommen hat. Niemand hat sie begleitet, niemand hat sie gezwungen.«

Sarah schauderte, als triebe ein Wirbel aus Schmerz durch ihr Blut.

»Dann muss ich Ihnen für Ihre Hilfe danken, Mr. Devoran. Da ich mit dem Duke nicht verwandt bin, wollte mir niemand diese Informationen geben.« Ihre Stimme klang fest, fast affektiert. »Es tut mir leid, sollte ich Ihre Zeit mit meinen kindischen Sorgen verschwendet haben. Doch Sie haben gleichermaßen meine vergeudet, indem Sie mir nicht geradeheraus die Wahrheit gesagt haben. Ich kann kaum verstehen, warum Sie das nicht getan haben. Ich denke, ich muss jetzt ins Hotel zurück –«

Sein Glas zerschellte wie Hagelkörner zwischen den getrockneten Blüten im Kamin.

Das Blut kehrte in Sarahs Wangen zurück und färbte sie dunkelrot.

»Ich sagte, dass Ihre Cousine London aus freiem Willen verlassen hat, Mrs. Callaway«, sagte er. »Ich habe nicht gesagt, dass sie nicht schwerwiegende Gründe dafür hatte oder dass sie sich – weil sie so heimlich gegangen ist – nicht immer noch in irgendwelchen Schwierigkeiten befinden könnte. Seien Sie versichert, dass ich weder Sie noch Ihre Cousine im Stich lassen werde, welche unbequemen Wahrheiten auch auftauchen mögen. Darauf gebe ich Ihnen mein Wort.«

Das kupferfarbene Haar schimmerte, als Sarah aufstand. »Nein! Das alles war ein großer Fehler. Ich bedaure, dass ich Sie jemals ins Vertrauen gezogen habe. Ich muss verrückt gewesen sein. Warum haben Sie mir nicht die Wahrheit gesagt – wenigstens darüber, dass sich Rachel als Küchenmädchen in jenem Gasthaus verdingt hat –, als wir uns das erste Mal im Buchladen begegnet sind?«

»Warum zum Teufel hätte ich das tun sollen? Es war weder die Zeit noch der Ort –«

»Nein, vermutlich nicht.« Ihr kamen die Tränen, sie kullerten über ihre Wangen und färbten ihre Augen rot. Ihre Nase und ihr Mund glühten wie Flammen. »Schließlich hatten Sie keinen Grund, mir zu trauen. Deshalb haben Sie zugelassen, dass ich rede und rede und mich zum Narren mache. Genau so, wie Sie es mit Rachel auf der Jacht gemacht haben – aber nein, das alles war ja auch ein Märchen, nicht wahr? Danke für Ihre Bemühungen hinsichtlich Rachel, Mr. Devoran, aber ich bin glücklich, Sie jetzt von jeder weiteren Verpflichtung zu befreien. Ich denke, ich muss jetzt gehen.«

»Sie dürfen nicht gehen.«

Sie hielt sich an der Rückenlehne des Sofas fest. Ihr Gesicht war so rot wie ihre Haare, ihre Augen blitzten.

»Ich kann nicht hier bei Ihnen bleiben, Sir!«

»Um Himmels willen, ich schlage doch nichts Ungebührliches vor. Sie werden Miracles Gast sein, nicht meiner. Ich habe keinen Zweifel, dass etwas Seltsames vor sich geht, und allein können Sie das nicht herausfinden. Ich glaube jedoch nicht auch nur einen Moment lang, dass irgendein schrecklicher Verfolger versucht, Ihre Cousine zu einer Heirat oder zu einer anderen Art von Beziehung zu zwingen.«

»Vielleicht nicht«, entgegnete Sarah mit eisiger Würde. »Aber so wahr, wie ich hier stehe, weiß ich, dass Rachel schreckliche Angst vor diesem Mann hatte und dass ihre Angst echt war. Hätten Sie ihre Briefe gelesen, würden Sie das auch so sehen. Rachel war heiterer Stimmung – fast unbeschwert – bis zum Februar. Die Liebe bewirkt das, nicht wahr? Doch das alles änderte sich, als sie sich mehr und mehr vor ihm fürchtete, bis sie am Ende fliehen musste. Rachel mag mich in einigen Tatsachen über ihre Anstellung als Gouvernante in die Irre geführt haben. Sie hätte aber niemals diese Gefühle vortäuschen können.«

Hatte auch Theseus diese wilde Furcht empfunden, als er das erste Mal in das gähnende Maul des Labyrinths geschaut hatte? Der Weg war schlüpfrig und dunkel. Irgendwo tief in diesen kunstvoll angelegten Schlupfwinkeln lauerte der Minotaurus.

»Trotzdem hat Ihre Cousine niemanden getroffen, der sie entführt hat.«

»Aber warum hat sie die Stadt verlassen, ohne es mir zu sagen? Und wo ist sie jetzt? Sie haben mich gebeten, Ihre Worte zu akzeptieren, aber Sie wollen meine jetzt nicht akzeptieren. Rachel hat sich in diesen Gentleman verliebt, später dann hat sie ihn zurückgewiesen. Das war dumm, aber es war kein Verbrechen. Und jetzt verfolgt er sie, und sie hat Angst.«

»Vielleicht«, erwiderte Guy. »Aber auch wenn Ihre Cousine sich freiwillig mit jemandem getroffen hat, so ist sie jetzt allein. Wenn Sie gestatten, dass man Ihnen Ihr Zimmer zeigt, könnten Sie sicher und ungestört dort schlafen. Morgen ist es früh genug, um den nächsten Schritt zu machen.«

»Den nächsten Schritt?«

Guy nahm sich ein weiteres Glas, füllte es und starrte in die rubinrote Flüssigkeit. Er fühlte sich wie eine Ratte. »Um die Wahrheit herauszufinden über diesen Harvey Penland und seine Kinderschar.«

»Es muss ihn und diese Kinder geben – unser Briefverkehr ist über seine Adresse gelaufen. Aber er wohnt in Hampstead, und ich hatte keine Möglichkeit –«

»Ich verstehe. Ich werde morgen dorthin reiten.«

»Danke. Es tut mir leid. Sie sind sehr freundlich.« Sie schaute zu Boden. »In meiner Aufregung über Ihre Neuigkeiten war ich unfair. Sie haben Ihr Bestes getan, meine Gefühle zu schonen, und Sie sind mehr als großzügig gewesen –«

»Nein«, unterbrach er sie. »Ich habe meine eigenen Gründe, Ihnen zu helfen. Die habe ich immer. Ich will verdammt sein, wenn ich wüsste, warum Sie mich für freundlich oder großzügig halten.«

Sie starrte ihn in offensichtlicher Verwirrung an. Ihr Haar

umrahmte ihr Gesicht, ihr Puls schlug unter der gesprenkelten Haut ihres Halses.

»Sie bestreiten Ihren Ruf, Mr. Devoran?«, fragte sie mit einem Aufblitzen amüsierter Kühnheit. »Wo Sie doch allgemein so respektiert und bewundert und ... gemocht werden?«

Er überhörte diese ironische Anspielung und sagte ihr die schlichte Wahrheit. »Sie müssen mich nicht mögen, Mrs. Callaway. Ich bitte Sie nur, dass sie auf meine Ehre vertrauen.«

Farbe floss in einer sanften Welle über ihre Wangen – eine wunderbare Farbe, die ihn wünschen ließ, seine kalten Hände auszustrecken, um sie daran zu wärmen.

»Ich wollte Ihre Ehre nicht infrage stellen, Sir.«

»Dann bitte ich Sie, mir noch mehr zu vertrauen und –« Guy verstummte, als jemand an die Tür klopfte. »Herein!«

So schön wie die Nacht und noch im Kostüm der Nell Gwyn, betrat Miracle den Salon. Eine Zofe stand hinter ihr.

Guy begegnete der Frage in ihren dunklen Augen und schüttelte den Kopf. Miracle ging an ihm vorbei und lächelte Sarah freundlich an, die einen kleinen Knicks gemacht hatte.

»Kommen Sie, Mrs. Callaway!«, forderte Miracle Sarah auf. »Sie sehen erschöpft aus. Wenn das Guys Schuld ist, werde ich ihn mit Orangen bewerfen, bis er blaue Flecken hat.«

»Nein, wirklich«, erwiderte Sarah. »Mr. Devoran ist sehr –«

»Mrs. Callaway braucht ein Gästezimmer«, unterbrach Guy. »Sie wird die Nacht hier verbringen.«

Miracles Lächeln hatte noch immer die Macht, jedermann zu bezaubern. »Mein lieber Freund, ich habe mich bereits darum gekümmert.«

Sie wandte sich wieder an Sarah. »Es ist viel zu spät, um in Ihr Hotel zurückzukehren, Mrs. Callaway. Penny wird Sie zu Ihrem Zimmer führen. Ich bin sicher, Sie werden sich wohlfühlen.«

»Danke«, sagte Sarah. »Eure Ladyschaft ist sehr freundlich, aber es ist nicht nötig, dass –«

»Unsinn!« Miracle schob sie zur Tür, wo Penny, das Hausmädchen, wartete. »Wenn Sie nicht auf der Stelle Ihr Bett aufsuchen, werde ich nach Riechsalz klingeln müssen. Auch wenn Guy mehr Feingefühl besitzt als die meisten Gentlemen, erkennen die Herren der Schöpfung es nur selten, wenn eine Lady genug hat.«

Guy schaute den blauen Röcken und dem zersausten roten Haar nach, bevor die Schatten auf dem Korridor Sarah Callaway verschluckten.

Dann schaute er zu Miracle, die ihn prüfend ansah. Sie begegnete seinem Blick und lächelte in aufrichtiger Zuneigung.

»Ich dachte, zumindest einer von euch könnte es brauchen, gerettet zu werden. Ich hoffe, ich habe mich nicht geirrt?«

»Nein.« Guy warf sich in einen Sessel. »Herrgott, nein! Natürlich nicht!«

»Gut, denn Ihre Gnaden würde gern haben, dass du unten um ihre Gäste herumscharwenzelst, ehe noch mehr von ihnen vermuten, dass auch du mich nicht akzeptierst.«

Er lachte. »Es geht vermutlich über das Verständnis meiner Tante, dass ich kein Bedürfnis zu tanzen habe?«

»Den Leuten muss einfach die Anwesenheit meines höchst charmanten Cousins demonstriert werden.« Miracle ging zum Kamin. »Du bist schließlich Ambroses Pate. Allerdings muss ich mich fragen, warum du es gerade eben nicht ertragen konntest, Mrs. Callaway deinen Charakter oder deine Beweggründe verteidigen zu lassen. Sie war offensichtlich drauf und dran, es zu tun. Was ist los, Guy?«

»Nichts.« Er schaute sich suchend nach seinem Piratenkopftuch und dem Gürtel mit den falschen Waffen um.

»Nein, natürlich ist nichts los.« Miracle ignorierte das Chaos auf dem Tisch und schenkte sich ein Glas Wein ein. »Du bringst ganz offiziell heimatlose Frauen nach Blackdown House, nachdem du meine Dienerschaft in alle Arten seltsamer Machenschaften verwickelt hast, dann bittest du sowohl Jack als auch Ryder darum, Leibwächter zu spielen, bis du diese Rolle übernehmen kannst.«

»Sarkasmus steht dir nicht, meine Liebe«, erwiderte Guy, »obwohl ich dir dankbar für deine Hilfe heute Abend bin.«

»Weil du und Jack glaubt, dass Mrs. Callaway irgendwie in Gefahr sein könnte?«

»Ich bin nicht sicher. Einige Dinge behält man besser für sich.« Er stand auf und bot ihr seinen Arm an. »Aber in diesem Haus ist sie sicher, und wir dürfen die Herzogin nicht länger warten lassen.«

Miracle verschränkte ihre Hand in seine und starrte auf seine nach oben gewandte Handfläche.

»Du hast wirklich wunderschöne Hände, Guy«, stellte sie lächelnd fest. »Jack und Ryder natürlich auch. Aber ich will verdammt sein, wenn ich deine Zukunft in ihnen lesen kann. Auf welche Weise ist Sarah Callaway ein Teil davon?«

»Ich habe die Aufgabe übernommen, ihre verschwundene Cousine zu finden, das ist alles. Eine junge Lady, die versteckt in der Goatstall Lane gewohnt und London dann ganz plötzlich verlassen hat.«

Miracle hob den Kopf und sah ihm in die Augen. Sie runzelte ein wenig die Stirn, als sie seine Hand losließ. »Und du befürchtest, es ist etwas Übles im Gange?«

»Höchstwahrscheinlich, wenn auch nicht von der Art, die Sarah Callaway befürchtet.«

»Aber du fühlst eine Verpflichtung oder eine Art Verantwortung zu helfen, etwas weitaus Persönlicheres als desinteressierte Höflichkeit. Warum?«

Er trat unruhig auf der Stelle, schaute zu den Gemälden hinauf: einige Landschaften sowie das Porträt eines Ahnen. »Wegen einer Wahrheit, die ich ihr nicht gestehen kann.«

»Deshalb bist du also gezwungen zu heucheln, und jetzt fühlst du dich von Unehrenhaftigkeit durchtränkt wie jene Blütenblätter dort im besten Brandy des Dukes. Andererseits hast du ihr aber auch nicht absichtlich etwas Falsches erzählt, oder?«

»Ausflüchte sind nur ein anderes Wort für Lügen.«

Miracle nahm seine Maske und seinen Gürtel mit den Piratenwaffen vom Tisch. »Guy, ich liebe dich mehr als meinen Bruder, und ich habe absolutes Vertrauen in deine Ehre. Falls die Alternative ist, Mrs. Callaway im Stich zu lassen, wenn sie deine Hilfe dringend braucht, vermag ich nicht im Mindesten zu sehen, wieso das unehrenhaft sein sollte.«

»Das liegt daran, dass du eine Frau bist«, entgegnete er. »Frauen haben eine praktischere Sicht auf solche Dinge.«

»Nein«, widersprach sie ihm. »Das liegt daran, weil ich, anders als du und Ryder und Jack – mit all euren Gentleman-Regeln und eurem Ehrenkodex – in einer Hütte geboren wurde. Ein solcher Hintergrund hilft einem dabei, realistisch zu sein.«

»Ich versichere dir, dass ich im Augenblick sehr realistisch bin.«

Sie drückte ihm seine Maske und seinen Gürtel in die Hände. »Musst du Ryder noch weiter in diese Sache einbinden?«

»Sweetheart«, sagte er. »Da der Duke alt wird, ist Ryder der eigentliche Kopf der Familie. Er würde niemals akzeptieren, im Unklaren gelassen zu werden, aber er weiß, wo seine Prioritäten liegen.«

»Ja, ich weiß«, erwiderte sie. »Das ist es, warum wir beide ihn lieben.«

Guy legte den Waffengürtel um und band sich das schwarze Tuch um den Kopf. »Du erinnerst mich daran, dass es vor all diesen Jahren verdammt dumm von mir war, dich gehen zu lassen.«

Ihr Blick suchte seine Augen. »Zu lieben ist nicht schwer, Guy. Wir dachten, es wäre so, als wir uns zum ersten Mal begegnet sind und kaum mehr als Kinder waren, aber es nicht schwer, wirklich nicht.«

»Doch, ist es«, erwiderte Guy. »Aber die Duchess und ihre Gäste warten.« Er legte seine Maske an und grinste Miracle an. »Wie sehe ich aus?«

»Verwegen. Dämonisch. Wie ein Pirat. Und teuflisch attraktiv. Fast so begehrenswert wie mein geliebter Mann, der deinen Fähigkeiten absolut vertraut und nicht im Traum daran dächte, sich weiter in deine Angelegenheiten einzumischen, als du es möchtest.«

Guy lachte, hob ihre Hand und küsste ihren Ehering, dann erlaubte er Lady Ryderbourne, ihn aus dem Zimmer zu führen.

Sarah lag lange Zeit wach. Jeder nur denkbare Wunsch war mit unaufdringlicher Effizienz erfüllt worden: ein warmes Getränk, heißes Wasser für ein Bad. Eine Zofe hatte ihr störrisches Haar sorgfältig gebürstet und geflochten. Danach hatte sie das blaue Schäferinnenkleid aus Seide fortgebracht und ihr ein Nachthemd und einen Morgenmantel gebracht.

Warm und geborgen im Bett liegend, hatte Sarah schließlich bis zum Rand der Erschöpfung über die Neuigkeiten nachgedacht, die Guy Devoran ihr mitgeteilt hatte. Rachel hatte gelogen. Die meiste Zeit in den vergangenen beiden Jahren. Sie hatte als Küchenmagd gearbeitet. Wäre nicht das Geld gewesen, das sie für diesen Tag auf der Jacht bekommen hatte, wäre ihre finanzielle Lage desaströs gewesen.

Und doch hatte sie Sarah nicht einmal um Hilfe gebeten, was unerklärlich war, hatte Rachel doch sonst immer wieder Bitten um kleine Zuwendungen an sie gerichtet, hatte behauptet, sie müsste das eine oder andere kaufen, um sich ihrer Stellung entsprechend kleiden zu können.

Das Leben brachte einem hin und wieder Schmerz ein, der nicht zu vermeiden war, manchmal auch so große Wunden wie den Verlust von Captain Callaway. Doch das war eine Verletzung anderer Art, die mit ihrer eigenen Intensität brannte.

Rachels Täuschungen waren fast zu groß, um sie zu begreifen, und Sarah war zumute, als starre sie in einen mit Herzschmerz gefüllten Brunnen. Als die Kerzen fast niedergebrannt waren, zwang sie sich, sich ihren unbequemeren Erinnerungen zu stellen.

Sie begann, an Guy Devoran zu denken.

Guy saß in einem Sessel, die Beine lang von sich gestreckt, und betrachtete das leere Weinglas in seiner Hand. Blackdown House lag in absoluter Stille.

Das Glas funkelte, hob sich schwach schimmernd, gegen den dunklen Kamin ab, als die Dämmerung in das Zimmer schwebte.

Der Papagei fächerte seinen Schwanz und machte einige seitliche Schritte, wobei seine Krallen über die Sitzstange kratzten.

»Sicher vor wem?«, krächzte er, seine hellen Augen waren auf die geschlossene Tür gerichtet. »Sicher vor wem?«

Guy schaute gelassen über seine Schulter. »Herein!«

Der Knauf wurde gedreht. Ryder betrat das Zimmer und

schloss die Tür hinter sich. Über Hemd und Hose trug er einen langen Morgenmantel.

»Guten Morgen«, begrüßte Guy ihn. »Ich glaube, es ist noch Wein übrig.«

Ryder ignorierte die Einladung. »Du hast mich aufgefordert einzutreten, bevor ich Gelegenheit hatte anzuklopfen? Aber, nein – wie ich sehe, hast du Acht bei dir.«

Der Papagei schlug mit den Flügeln. »Sie ist ein Wunder, Sir! Acht! Acht! Acht Stück! Teert und federt sie, Euer Gnaden!«

»Noch nicht ›Euer Gnaden‹«, bemerkte Ryder trocken. Er warf ein Tuch über den Vogelkäfig, nahm seinem Cousin das Glas aus der Hand und stellte es auf den Kaminsims. »Du glaubst, gewarnt werden zu müssen, dass ein Fremder sich dir nähert?«

»Vielleicht. Die Dämmerung scheint die Sinne zu vernebeln. Welchem Umstand verdanke ich die Ehre dieses Besuchs? Niemand sonst wird heute vor Mittag aufstehen.«

»Ich bin auch nicht im Bett gewesen.« Ryder ließ sich in einen Sessel fallen. »Ambrose war sehr unruhig. Miracle schläft jetzt, aber du und ich – wir müssen miteinander reden.«

Guy schloss die Augen. »Worüber? Den außergewöhnlichen Umstand, dass Lord und Lady Ryderbourne es ihrem kleinen Sohn gestatten, ihre Ruhe zu stören, selbst wenn der kleine Lord Wyldshay ein Dutzend Kindermädchen um sich hat, die auf jede seiner Launen eingehen könnten?«

»Sei nicht so begriffsstutzig«, sagte Ryder. »Miracle würde unser Baby niemals in der Obhut von Kindermädchen lassen, ganz egal, wie qualifiziert sie auch sind. Sie ist mit anderen Traditionen aufgewachsen.«

»Was genau der Punkt ist, der ganz London gegen sie aufbringt.« Guy blinzelte. »Wenn man all das bedenkt, kann ich dir nur gratulieren, dass auf dem Ball alles so gut gelaufen ist.«

Ryder schlug die Beine übereinander. »Mutter betrachtet den Ball als triumphalen Erfolg, obwohl sich doch einige Familien zu kommen geweigert haben –«

»Ja, der Duke of Fratherham und seine Gefolgschaft zum Beispiel. Diese Zeitgenossen werden immer unerbittliche Feinde von parlamentarischen Reformen bleiben. Die anderen hingegen werden mit der Zeit noch einlenken –«

»– solange Miracle und ich uns den Großteil des Jahres nach Wyldshay zurückziehen und die Londoner Gesellschaft nicht zu oft in Verlegenheit bringen.«

Guy lachte. »Es passiert schließlich nicht jeden Tag, dass der Erbe eines Dukes eine Ehe eingeht, die seinen politischen Gegnern so viel Freude macht. Deshalb war es eine brillante Taktik der Duchess, einen Maskenball zu veranstalten.«

Ryders grüne Augen unter den gesenkten Lidern funkelten belustigt. »Weil sie so tun konnten, als würden sie sie nicht erkennen, mussten gewisse Damen sich nicht entscheiden, ob sie Miracle in der Öffentlichkeit schneiden oder nicht.«

»Aber sie sind dennoch gekommen.«

»Trotz meiner radikalen Politik ist mein gesellschaftlicher Rang – genau wie der von Mutter – ein bisschen zu hoch, um ignoriert zu werden. Das ist einer der Vorteile unserer Stellung.«

»Und ein fürchterliches Dilemma für die unbelehrbaren Pedanten«, fügte Guy mit einem Grinsen hinzu. »Missachte eine Einladung der Duchess zum Ball, oder geh hin und vergib der Unmoral. Glaubst du, dass solche Kleinlichkeit mich schert?«

»Nein, einmal abgesehen davon, dass du es nicht ertragen kannst, zu sehen, dass Miracle geschnitten wird.« Schatten bewegten sich, als Ryder aufstand und zum Fenster ging. »Wenn du oder Jack eine so schockierende Ehe eingegangen wärt wie ich, die Gesellschaft hätte das nie vergeben, aber –«

»– aber du bist der bevorzugte Sohn des Zeus. Ich habe wahrlich nichts zu bedauern, Ryder, außer vielleicht, dass ich Miracle niemals so geliebt habe wie du.« Guy ließ den Kopf gegen den Sesselrücken fallen und gestattete sich ein weiteres trockenes Lächeln. »Wenn du also jemals dabei versagst, deine hinreißende Frau zu verteidigen, werde ich ihr wie Lancelot sofort zu Hilfe eilen.«

Tageslicht schimmerte auf Ryders Haar, als er sich umwandte. »Ich war noch nie zuvor versucht, dich niederzuschlagen«, sagte er sanft, »aber wenn du nicht schon sternhagelvoll in diesem Sessel liegen würdest, wäre ich verdammt geneigt, das jetzt zu tun. Ich verspreche dir, dass ich sie niemals im Stich lassen werde. Aber lass uns nicht über Miracle reden! Ich bin gekommen, um mit dir über die missliche Lage, in der du gerade steckst, zu sprechen. Jack glaubt –«

Guy fuhr hoch. »Jack hatte noch Zeit, mit dir zu reden?«

»Eine kurze Warnung, mehr nicht. Mein Bruder wird nie die Gewohnheit ablegen können, alles einer genauen Beobachtung zu unterziehen. Wenn ein Mann Begegnungen mit Bergvölkern und Wüstenbanditen überlebt hat, neigt er dazu, eine verdammt scharfsinnige Fähigkeit zu entwickeln, die menschliche Natur einzuschätzen. Mein Gott, bin ich müde! Ich sollte besser etwas Kaffee kommen lassen.«

Ryder ging zum Glockenzug und zog daran.

»Was hat Jack beobachtet?«

»Dich mit Sarah Callaway«, sagte Ryder. »Mrs. Callaway mit dir.«

Guy lachte. »Und es ist Jacks wohlüberlegte Meinung, dass Mrs. Callaway zwar die Mutter der Ehre ist, aber dass sie auch dunkle Leidenschaften verbirgt. Deshalb glaubt er, dass sie zu empfänglich für meinen Charme sein könnte. Das Ergebnis werden zwei gebrochene Herzen und der Ruin unseres Rufs sein. Sie würde sich gezwungen sehen, sich in ein Kloster zurückzuziehen, während ich mich der Schande wegen erschießen müsste.«

»Nicht unbedingt in diesen Worten. Obwohl auch Miracle gesagt hat, es wäre gewesen, als hätten die Funken zwischen euch beiden gesprüht.«

»Das haben sie«, sagte Guy. »Aber so sehr ich euch beide auch liebe, würde ich doch vorschlagen, dass du und Miracle euch anstatt um mein angeknackstes Herz um eure eigenen verdammten Angelegenheiten kümmert. Und was Jack betrifft, so werde ich eines Tages in Withycombe Court auftauchen und ihm ein Messer in den Rücken stoßen, weil niemand ihn töten könnte, wäre er auch nur eine Minute vorgewarnt.«

Ryder lachte. »Wie ich aus eigener Erfahrung weiß. Er hat mich im letzten Sommer niedergeschlagen.«

»Weil du dumm genug warst, ihn zu überrumpeln. Aber was zur Hölle ist der Grund für diese geballte Sorge der ganzen Familie um Sarah Callaway? Ja, ich finde sie attraktiv. Ja, ich würde sie sehr gern mit in mein Bett nehmen. Aber du kannst sicher sein, dass ich genug Ehre im Leib habe, diesem nicht Bedürfnis nachzugeben.«

»Niemand stellt deine Ehre infrage, Guy. Von uns allen bist wahrscheinlich du derjenige, dem man am wenigsten Charakterschwäche nachsagen könnte. Aber wenn Miracle sich Sorgen um dich und dein Herz macht, dann ist Jack aus einem ganz anderen Grund besorgt, und das weißt du. Du wärst verrückt, sein Gespür für Gefahr zu ignorieren.«

»Ich nehme Jacks Instinkt so ernst, wie du es dir nur wünschen kannst. Ich habe die letzten sechs Stunden nichts anderes getan, als genau darüber nachzudenken. Was hat er dir gesagt?«

Ryder öffnete die Tür, um dem Diener ein Tablett abzunehmen. Er entließ den Mann und stellte das Tablett auf einen Tisch.

»Keine Details. Es war nicht genug Zeit. Er wollte unbedingt zu Anne zurück –«

»– und ich hatte ihn bereits weitaus länger aufgehalten, als ich es vorgehabt hatte. Das tut mir jetzt leid.«

»Jack war mehr als glücklich zu helfen, obwohl ihn das natürlich in ziemliche Zeitbedrängnis gebracht hat. Deshalb hat er auf seinem Weg nach draußen nur einige geistreiche Bemerkungen fallen lassen und gesagt, dass du mir den Rest erzählen würdest. Also, was geht vor? Als du mich gestern Nachmittag gebeten hast, Mrs. Callaway hier zu empfangen, schien ihr Problem doch gar nicht so schrecklich zu sein.«

»Nein, das war es auch nicht – nicht zu der Zeit. Ich hatte nur zugestimmt, ihr zu helfen, ihre verschwundene Cousine zu finden.«

»Du verbringst zu viel Zeit deines Lebens damit, die Probleme anderer zu lösen«, meinte Ryder. »Warum hast du niemanden aus der Bow Street angeheuert?«

»Weil ich mich dieses Mal persönlich verantwortlich fühle. Die Lady, die vermisst wird, heißt Rachel.«

Ryder hatte gerade nach der Kaffeekanne greifen wollen, doch seine Hand verharrte in der Luft. »Doch nicht *die* Rachel?«

»Unglücklicherweise doch«, bestätigte Guy. »Genau diese Rachel.«

»Ich verstehe.« Ryder hatte sich wieder gefangen und schenkte Kaffee in zwei Tassen. »Die geheimnisvolle Schöne, die im letzten Jahr Jack und Anne geholfen hat, sicher nach Wyldshay zu entkommen, und die dann im Februar deine Geliebte wurde – bis sie ohne Vorwarnung fortgegangen ist, kaum dass du für die Ostertage nach Hause gefahren warst. Natürlich weiß Mrs. Callaway nichts von alldem. Und natürlich kannst du es ihr auch nicht sagen.«

»Es ist widerwärtig, dazu gezwungen zu sein, sie anzulügen, auch wenn es sich eigentlich nur darum handelt, dass ich ihr einige Details meiner Geschichte mit Rachel verschweige. Doch Sarah Callaway glaubt felsenfest, dass ihre Cousine ein Unschuldslamm ist. Obwohl ich sie einiger ihrer Illusionen berauben musste, kann ich doch kaum alle Räume der Wahrheit öffnen – und ganz sicher nicht die geheimen Verbindungsgänge und die versteckten Schlafzimmer.«

»– was dazu führt, dass du dich in irgendwelche verfluchten Komplikationen verstrickst. Kein Wunder, dass Miracle besorgt ist!«

Guys Blick schweifte kurz zur Zimmerdecke hoch, während er ein Gähnen unterdrückte. »Miracle will mich einfach mit einem eigenen Kind auf den Knien sehen. Wie alle glücklich Frischverheirateten will sie, dass jeder, den sie liebt, unter die Haube kommt.«

»Gar keine schlechte Idee«, bemerkte Ryder und reichte seinem Cousin eine der Tassen. »Es tut mir nur leid, dass meine Frau keine Schwester hat.«

Guy nickte zum Dank, schluckte den heißen Kaffee und genoss den daraus resultierenden Energieschub. In den mehr als vierzig Stunden, die vergangen waren, seit er im Buchladen gewesen war, hatte er kaum geschlafen. Das Weinglas war während der letzten sechs Stunden leer geblieben. Trotzdem fühlte er sich vor Müdigkeit wie betrunken.

»Wenn sie eine hätte, ist die simple Tatsache, dass ich mir ihre Zuneigung wahrscheinlich nicht längerfristig würde sichern können, genauso wenig wie vor zehn Jahren die von Miracle.«

»Aber nur, weil du bis jetzt nicht die richtige Frau getroffen hast.«

Ein weiterer Schluck Kaffee glitt Guys Kehle hinunter. »Mit Ausnahme von Miracle. Ich denke, daraus können wir schließen, dass mein Urteilsvermögen bezüglich des schönen Geschlechts hundsmiserabel ist. Rachel hat die engste Vertraute ihrer Kindheit belogen, die Cousine, die sie wie eine Schwester liebt – und das nicht in Bezug auf unbedeutende Nichtigkeiten, sondern über Grundlegendes, und das mindestens achtzehn Monate lang.«

»Mrs. Callaway weiß nichts davon?«

»Nein. Nichts. Rachel hat natürlich auch mich belogen. Ich habe es immer gewusst, aber ich dachte, dass ich sie trotzdem geliebt habe. Vielleicht tue ich es noch. Sogar wenn ich jetzt erfahre, dass sie aus unserer Beziehung geflüchtet ist, um sich hier in London zu verstecken – ausgerechnet in der Goatstall Lane! Offensichtlich verlangt die Ehre es, dass ich eine Lady nicht im Stich lasse, der ich Versprechen gegeben habe, selbst wenn sie es nicht verdient, dass ich sie halte. Doch in den letzten zehn Jahren ist genau das mein Muster gewesen. Ich bin nicht sicher, dass ich mich dem, was das über mich aussagt, stellen möchte.«

»Es sagt gar nicht so viel über dich aus, außer vielleicht, dass du ein wenig zu loyal bist«, erwiderte Ryder. »Bevor Jack und Anne im letzten Sommer nach Indien gegangen sind, hat er mir erzählt, dass Rachel in dieser Wirtshausküche so fehl am Platze war wie eine Rose auf einem Misthaufen. Du dürftest nicht der erste Mann sein, den diese Art der Schönheit fasziniert.«

»Und wie es scheint, auch nicht der letzte«, sagte Guy. »Aber wie auch immer, Sarah Callaway ist sich mehr als sicher. Jeder noch so leise Anwurf, den ich gegen Rachels Tugend und ihren Ruf richten könnte, ist kaum von Bedeutung verglichen mit dem Gestank dessen, was Jack und ich für weitaus mehr als nur eine prosaische Gefahr halten.«

Ryder setzte sich wieder in seinen Sessel und trank einen Schluck von seinem Kaffee. »Was also weiß Mrs. Callaway?«

»Sie bezweifelt nicht, dass ihre Cousine große Angst hat, denkt aber, dass Rachel wegen einer in die Brüche gegangenen Liebesaffäre verfolgt wird.«

»Und du wirst sie auch weiterhin in diesem Glauben lassen?«

»Das werde ich wohl müssen.« Der heiße Kaffee brannte in Guys Kehle. »Und das, weil Rachel sich wegen ihres Verfolgers im Februar und März angeblich besonders unbehaglich gefühlt haben soll –«

»Also zu der Zeit, als sie vollkommen sicher mit dir in Hampstead gelebt hat?«

Guy lächelte seinen Cousin schief an. »Nett, nicht wahr?«

»Du hast gesagt, dass Rachel dich die ganze Zeit über belogen hat, sogar als sie deine Geliebte war? In Bezug auf was hat sie gelogen?«

»Über fast jedes Detail ihrer Vergangenheit, über ihre Identität, ihre wahren Gefühle. Ich wusste das. Ich habe es einfach hingenommen.«

Ryder runzelte die Stirn und betrachtete seine leere Tasse. »Ich hasse es, dich das fragen zu müssen, Guy, aber kann sie sich zur selben Zeit noch mit einem anderen Mann getroffen haben?«

Guy Devoran hatte diesen Gedanken bis zur Erschöpfung verfolgt, sodass er jetzt fähig war, seinen Cousin anzulächeln.

»Dieser schmerzliche Gedanke ist mir tatsächlich gekommen. Deshalb bin ich gestern nach Hampstead geritten, um mein Personal zu befragen und einige diskrete Nachforschungen anzustellen. Das ist der Grund, warum ich so spät zum Ball gekommen bin. Während Rachel mit mir gelebt hat, hat sie im Geheimen Briefe empfangen und abgeschickt, genau wie ich bereits aus dem vermuten konnte, was Sarah Callaway mir berichtet hat. Eine der Zofen hat ihr dabei geholfen.«

»Und?«

»Genau diese Zofe hat auch bestätigt, dass Rachel keine Besucher empfangen hat und dass sie das Haus nie ohne mich verlassen hat – bis zu dem Tag, an dem sie verschwand. Alle anderen Dienstboten schwören das Gleiche, und ich glaube ihnen. Mrs. Callaway hingegen sagt, dass Rachel bereits nach Hampstead gegangen ist und dort gewohnt hat, nachdem Jack sie für diesen einen Tag auf der Jacht entlohnt hat, also lange bevor sie und ich zusammen dorthin zurückgekehrt sind.«

»Du weißt, wo sie gewohnt hat?«

»Vermutlich. Ich muss es noch nachprüfen.«

»Wenn also wirklich ein wütender, enttäuschter Verehrer in diese Sache verwickelt ist, muss Rachel ihm begegnet sein, bevor oder nachdem sie bei dir gewohnt hat.«

»Genau.« Guy stand auf und schenkte noch zwei Tassen Kaffee ein. »Das Motiv für versuchten Mord ist normalerweise eins von diesen beiden: Leidenschaft oder Geld –«

»*Mord?*«

»Möglicherweise. Und da ich nicht sehen kann, warum es hier um Geld gehen sollte, dürfte Sarah Callaways Geschichte in der Tat ein Körnchen Wahrheit enthalten.«

»Warum zum Teufel sollte ein Gentleman eine Frau töten wollen, nur weil sie nicht auf seine Annäherungsversuche eingegangen ist? Das ist zu melodramatisch, um real zu sein.«

»Das dachte ich zunächst auch.« Er reichte Ryder eine gefüllte Tasse. »Während ich einigen anderen Spuren nachgegangen bin, ist Jack als Arbeiter verkleidet in der Goatstall Lane gewesen. Wir haben gestern Abend am Orchideen-Brunnen unsere Informationen ausgetauscht. Es besteht kein Zweifel, dass Rachel aus Angst um ihr Leben aus London geflohen ist.«

»Berechtigte Angst?«

Guy ging ruhelos zum Fenster und wieder zurück. »Ich weiß es nicht. Vielleicht wollte jemand ihr auch nur Angst einjagen. Aber wie auch immer, auf jeden Fall ist etwas sehr Unangenehmes im Gange.«

»Sarah Callaway könnte auch in Gefahr schweben?«

»Ich werde in dieser Hinsicht kein Risiko eingehen. Deshalb habe ich darauf bestanden, dass sie hierherkommt.« Guy ließ sich wieder in seinen Sessel fallen. »Ich konnte sie nicht weiterhin im Hotel wohnen lassen, und in mein Haus kann ich sie wohl auch kaum mitnehmen.«

»Blackdown House gehört dir, so lange wie du es möchtest«, bot Ryder an. »Und ich werde auf jede mir mögliche Weise helfen.«

Guy schüttelte den Kopf. »Dein Platz ist bei Miracle und Ambrose. Und Jack hat bereits weit mehr für mich getan, als ich ihn zu bitten das Recht hatte. Außerdem fürchte ich, dass Mrs. Callaway darauf bestehen könnte, mir zu helfen.«

Ryder lachte. »Dann schick sie doch kurzerhand nach Wyldshay. Sie kann meinen kleinen Schwestern alles über die Bösartigkeit von Pflanzen beibringen, und wir können sie dort in Stellung nehmen, so lange wie du möchtest.«

»Danke«, sagte Guy. »Das könnte ich tun, es sei denn, ich finde morgen oder übermorgen heraus, dass meine Befürchtungen allesamt unbegründet sind. In dem Fall werde ich sie einfach nach Bath zurückschicken.«

»Wird sie so einfach gehen?«, fragte Ryder. »Jack hält sie nicht für ein scheues Wesen und Miracle und ich auch nicht.«

»Gott, nein! Sie ist eine anspruchsvolle exotische Orchidee. Zu ihrer großen Verärgerung habe ich ihr das auch bereits gesagt.«

Ryder lachte wieder. »Warum, um Himmels willen?«

»Wegen dieser verdammten Funken, die angeblich zwischen uns sprühen und die Miracle und Jack so sehr interessiert haben. Um herauszufinden, was wirklich geschehen ist, musste ich die Details über Rachels wahre Vergangenheit enthüllen. Wenn ich Sarah Callaway vor weiteren unangenehmen Enthüllungen schützen soll, bringe ich sie besser so bald wie möglich von hier fort.«

»Indem du ihr Komplimente machst?«

»Das Flirten liegt ihr nicht. Ein wenig Interesse seitens eines Mannes wie mir bereitet ihr nur Unbehagen, welche Leidenschaften auch immer in ihr schlummern mögen.«

»Und deshalb darf Sarah Callaway niemals die ganze Wahrheit über ihre Cousine erfahren.«

»Soll Rachel ihr die Wahrheit sagen, wenn sie es will.«

»Weil Gentlemen genießen und schweigen. Gott, es ist fast schon Tag! Ich stelle zwar keineswegs deine Fähigkeit infrage, diese Sache zu regeln, Guy, aber –«

»Ich werde nicht zögern, nach dir zu schicken, wenn es nötig ist. Inzwischen gibt es keinen Grund, dass Miracle all diese Details erfährt, vor allem, wenn die Wahrheit nichts weiter als ein Schatten ist.«

»Und es liegt bei dir, dich ihr anzuvertrauen oder nicht, wie du es wünschst.« Ryder erhob sich und stellte seine Tasse auf dem Tablett ab. »Obwohl ich manchmal denke, dass wir in unserem Versuch, das schöne Geschlecht zu beschützen, zu häufig über das Ziel hinausschießen. Frauen sind ganz und gar nicht so beschaffen, wie unsere Gesellschaft es uns glauben machen will.«

Guy verschränkte die Arme vor der Brust und schloss die Augen. Trotz des Kaffees trieb die Müdigkeit in Wellen durch sein Blut.

»Dann hat Miracle in den vergangenen elf Monaten deine Sicht auf die Frauen ziemlich verändert.«

»Nicht nur Miracle. Anne mag uns anfangs ein wenig weltfremd vorgekommen sein, aber sie steht so unverrückbar fest wie ein Berg. Im letzten Sommer hat sie nicht gezögert, mit Jack in den Himalaya zu gehen.«

Guys Nerven vibrierten, als die Erschöpfung an ihnen zerrte. »Und lass uns nicht die Duchess vergessen. Also, sag deiner Frau, was du willst, Ryder. Ich habe absolutes Zutrauen in Miracles gesunden Menschenverstand, ihre Klugheit und ihre Kraft.«

»Danke«, sagte Ryder. »Allerdings trifft es sich, denn ich sehe keinen Grund, warum ich sie mit diesen Dingen aufregen sollte. Nicht, weil sie damit nicht umgehen könnte, sondern weil es nur dazu führen würde, dass sie sich unnötig Sorgen um dich macht.«

»Miracle, Anne und deine Mutter sind ganz außergewöhnliche Frauen«, erklärte Guy, »denn jede von ihnen hatte die Seelenstärke, einen von euch St. Georges zu heiraten. Aber unglücklicherweise bin ich in den letzten zehn Jahren nur den scheueren Wesen begegnet, und Rachel Mansard ist eine von ihnen.«

»Obwohl es Jacks erklärte Meinung ist, dass Sarah Callaway das Rückgrat einer Königin hat.«

»Das bleibt abzuwarten«, erwiderte Guy. »Obwohl ich das sehr hoffe.«

»Das tue ich auch, weil es – trotz all deiner guten Vorsätze – höchst fraglich scheint, dass du die Wahrheit über Rachel herausbekommen kannst, ohne dass Sarah Callaway erfährt, dass ihre Cousine deine Geliebte gewesen ist.«

Seine Muskeln fühlten sich an, als wäre er drei Tage lang ununterbrochen geschwommen. Die Versuchung, sich vom Ozean verschlingen zu lassen, war fast überwältigend groß, dennoch lachte Guy.

»Teuflisch, nicht wahr?«

Ryder ging zum Papageienkäfig und zog das Tuch herunter. Acht öffnete die Augen, schloss sie dann wieder und kauerte sich auf Vogelart auf seine Sitzstange.

»Genau das«, sagte Ryder. »Wenn es je ein treffendes Wort für dieses Desaster gab, dann dieses.«

»Richtig«, erwiderte Guy. »Auf diese messerscharfe Schlussfolgerung bin ich auch gekommen, nachdem ich die ganze Nacht lang darüber nachgedacht habe.«

Sarah öffnete die Augen. Eine Vision von rosafarbenen Orchideen, sinnlich und üppig, tanzte über den Baldachin des Bettes. Sie blinzelte. Nein, keine Orchideen. Nur der gemusterte Stoff, verwirrend dort, wo das Sonnenlicht in ihr Zimmer fiel.

Die Hausmädchen mussten die Fensterläden geöffnet haben, ohne sie zu wecken.

Eisenbeschlagene Räder rumpelten und klirrten irgendwo draußen, das Geräusch wurde von den Mauern von Blackdown House gedämpft. Die Uhrzeiger formten einen exakten Haken, wie die Gabelung eines Baums. Zwei Uhr! Sie hatte seit Jahren morgens nicht länger als bis sechs geschlafen, und jetzt war es schon Nachmittag?

Sarah lachte leise, legte sich wieder zurück und schloss die Augen. Das Haus summte vor Energie.

Orchideen: *Cattleya* und *Angraecum* und *Catasetum*.

Mr. Guy Devoran, verkleidet als Pirat und mit einem Papageien auf der Schulter.

Der schwindelig machende Augenblick, als sie gemerkt hatte, dass ihr Blut in einer Sinfonie des Entzückens rauschte.

Sie hatte sogar gedacht, dass bei jedem Blick, den er ihr schenkte, in seinen Augen eine so mutwillige Glut lag, als wollte er ihr das Kleid von den Schultern reißen, um seinen Mund in ihre Halsbeuge zu pressen.

Doch die wahre Natur der Liebe bestand aus aufrichtiger Zuneigung, so wie Captain Callaway und sie sie füreinander empfunden hatten. Das Opfer, das freiwillig gegeben wurde. Die dankbare Annahme einseitiger Fürsorge. Der sanfte Humor, spürbar selbst noch im Angesicht der Katastrophe. Aber nicht dieses verrückte, unbehagliche Zittern tief im Innern.

Diese jungen Aristokraten waren sich ihrer Macht so sicher. Erfahrenere Frauen sahen das ohne Zweifel als selbstverständlich an. Wenn man einen Vater oder einen Bruder hatte, der sich mit einem so großen Vertrauen durch die Welt bewegte, dann bot das doch sicherlich einigen Schutz davor, sich zum Narren zu machen?

Und Rachel? Wie hatte ihre Cousine sie so lange hinsichtlich so vieler Dinge belügen können?

Auf welch schreckliche Weise mussten ihre Liebe und ihr Vertrauen enttäuscht worden sein, sodass es sie davon abgehalten hatte, ihre einzige Cousine um Hilfe zu bitten?

Sarah fuhr hoch, als ein Schmerz seine grausamen Finger um ihr Herz krallte.

Kapitel 5

Als Guy nach Blackdown House zurückkehrte, eilte Paul herbei, um ihm den Hut abzunehmen.

»Du und Rose plant, schon bald zu heiraten?«, fragte Guy.

Der Diener errötete. »Ja, Sir.«

»Dann wünsche ich euch beiden alles erdenkliche Glück.« Guy reichte ihm seine Handschuhe. »Da die Duchess es ihrem Londoner Personal nicht erlaubt, als Eheleute für sie zu arbeiten, könnt ihr nicht beide hierbleiben. Ihr sollt aber wissen, dass es für euch beide immer einen Platz auf Birchbrook geben wird. Mein Vater richtet sich nach den Sitten, die auf dem Land gelten und hat keine Einwände gegen verheiratete Dienstboten.«

»Es ist sehr freundlich von Ihnen, uns das anzubieten, Sir. Aber Lady Ryderbourne hat bereits in die Wege geleitet, dass Rose und ich eine Anstellung auf ihrem Anwesen in Derbyshire bekommen werden. Wir werden unser eigenes kleines Haus haben.«

Guy lächelte. »Dann erlaube mir, dir zu eurem Glück zu gratulieren.«

»Danke, Sir. Ich wäre auch eher Nachtgeschirre reinigen gegangen, als mein Mädchen aufzugeben, und Rose hätte als Wäscherin gearbeitet. Doch wir sind beide in London geboren und aufgewachsen, Mr. Devoran. Wir wissen nicht sehr viel über Derbyshire.« Er zog die Augenbrauen hoch. »Aber die Liebe erfordert oft Opfer, nicht wahr, Sir?«

Guy begegnete dem offenen braunen Blick des Mannes. Er sah keinen Grund, Paul nicht die Wahrheit zu sagen.

»Ich weiß es nicht. Ich will verdammt sein, wenn ich behaupten könnte, etwas über die wahre Natur der Liebe zu wissen. Ist Rose schon aus dem Brockton's zurück?«

»Ja, Sir. Der Kutscher ist heute Morgen hingefahren, wie Sie es angeordnet hatten, und Rose hat alles Gepäck der Lady mitgenommen.«

»Du und Rose seid während der Nacht ungestört geblieben?«

Schweiß brach in sichtbaren Perlen auf der Stirn des Mannes aus. »Ja, Sir.«

»Das ist gut«, sagte Guy. »Diesen Teil der Liebe verstehe ich wiederum sehr gut.«

Es hatte also niemand etwas Ungewöhnliches bemerkt – einschließlich des Mannes, den Guy abgestellt hatte, um von der Straße aus das Brockton's zu beobachten. Obwohl eine ruhige Nacht nur wenig bewies, so hatte der bleichgesichtige Mann, der früher dort gesehen worden war, wohl doch nur zufällig dort herumgelungert.

»Ja, Sir«, sagte der Diener. »Es tut mir leid, Sir. Ich sollte ausrichten, dass Mrs. Callaway im Elfenbeinzimmer wartet. Ich war so abgelenkt von meinen Gedanken an Rose, dass ich es vergessen habe.«

Zur großen Überraschung des Dieners ergriff Guy seine Hand und hob dann den Arm hoch, um ihm dann Hut und Handschuhe darunter zu stecken.

»Keine Sorge, Paul. Derbyshire ist sehr schön. Es wird dir gefallen. Und ich denke, du und Rose dürft auch einige schöne Hochzeitsgeschenke erwarten.«

»Ja, Sir. Vielen Dank, Sir.«

Pauls Gesicht strahlte, während er sich verneigte und davonging.

Guy betrachtete die Marmorsäulen, die Böden aus italienischen Fliesen, das Gold und das Ebenholz. Blackdown House musste die Krönung der Karriere eines Dieners sein. Doch Paul würde alles aufgeben, wofür er gearbeitet hatte, nur um mit Rose zusammen sein zu können.

Das bald verheiratete Paar konnte sich glücklich in einem kleinen Haus auf Wrendale niederlassen, das auch Teil der riesigen Besitzungen des Herzogtums Blackdown war. Ryder und Miracle würden mit ihrem neugeborenen Kind im Sommer einige Monate dort verbringen.

Natürlich war es verdammt lächerlich, auf einen Dienstboten neidisch zu sein, und Ryder und Miracle und Jack und Anne liebte er viel zu sehr, um Neid auf sie zu empfinden. Das Glück seiner Cousins schimmerte wie eine goldene Flamme der Zufriedenheit tief in seinem Herzen.

Also woher zum Teufel kam diese brennende Empörung über die ungerechten Kapriolen Amors wirklich?

Guy lachte über die dummen Gedanken, die ihm durch den Kopf gingen, und lief die Treppe hinauf. Er hatte über weitaus wichtigere Dinge nachzudenken als über sein Pech mit den Frauen in der Vergangenheit.

Zehn Minuten später klopfte er an die offen stehende Tür eines Zimmers im ersten Stock, dessen eine Wand mit Schränken aus geschnitztem Elfenbein bedeckt war. Sarah Callaway saß am Schreibtisch nahe dem Fenster, einen Schreibkasten vor sich und las einen Brief.

Ihr rotes Haar war zu einem Netzwerk fest geflochtener Zöpfe frisiert, die in einem hochgesteckten Kranz ihren Kopf umschlangen. Sie trug ein schlichtes graues, hochgeschlossenes Kleid und sah ganz und gar wie eine Lehrerin aus.

»Guten Tag, Mrs. Callaway«, begrüßte Guy sie. »Ich sehe, dass Miracle sich gut um Euch gekümmert hat.«

Sie schaute auf. Sonnenlicht flammte zu einem roten Heiligenschein um ihren Kopf auf.

Guy spürte, wie sein Magen sich zusammenzog. Mit ihrem offenen Blick schien sie mitten in sein Herz zu sehen und dabei alle seine Ausflüchte abschmettern.

Rosa Farbe stieg in ihre Wangen. Die Sommersprossen verblassten zu einem Tanz winziger Schatten.

Sie stand auf und knickste zum Gruß. »Alle sind sehr freundlich, Mr. Devoran. Danke. Lord und Lady Ryderbourne kamen vor etwas mehr als einer Stunde zu mir, um sich zu verabschieden. Bitte, kommen Sie doch näher. Sie haben nach meinen Sachen im Brockton's schicken lassen?«

»Warum in einem Hotel bleiben, wenn Sie die Gastfreundschaft von Blackdown House genießen können?«

Guy ging weiter in das Zimmer hinein, dann blieb er stehen, als sei er gegen eine Wand gelaufen. Sein Pulsschlag beschleunigte sich. Wenn er die Hand erheben würde, könnte er den Rand dieser schwachen Aura berühren, die sie umgab. Der Duft sprach von Einfachheit und Ruhe, doch er entflammte auch ein tiefes Begehren in Guy, als wäre ihm, dem Hungernden, Manna angeboten worden.

Mit stiller Würde setzte sie sich und ordnete ihre Röcke. »Danke, Sir. Ich hatte die ganze Nacht Zeit, um über Rachel nachzudenken. Ich bin Ihnen für Ihre Unterstützung sehr dankbar, und ebenso für die von Lord Jonathan und Lord Ryderbourne.«

Er wollte ihr so gerne sagen, dass sie sich sicher fühlen könnte, deshalb schlug er einen unbekümmerten Ton an. »Ich tue es gern. Probleme zu lösen ist ein Hobby von mir. Ich bin froh, dass Sie zu mir gekommen sind. Bitte glauben Sie mir das!«

Froh? Das schien ein verdammt seltsames Wort zu sein, um seinen wahren Gemütszustand zu beschreiben.

Ihr haselnussbrauner Blick blieb auf sein Gesicht gerichtet.

»Sie sind heute wieder aus dem Haus gewesen, Sir? Haben Sie noch mehr herausgefunden?«

Guy strich sich durch das Haar. »Wie alle im Haus habe ich bis Mittag geschlafen und habe dann Lord Grail rasch noch einen Besuch abgestattet, ehe er die Stadt verlässt. Der Duke und die Duchess sind gemeinsam mit Miracle und Ryder nach Wyldshay aufgebrochen, nehme ich an?«

»Ja, sie kamen, um auf Wiedersehen zu sagen. Ich habe es so verstanden, dass niemand sonst mehr hier ist, bis auf die verwitwete Schwester des Dukes, Lady Crowse.«

»Sie ist schon älter und etwas exzentrisch, und Sie werden ihr vermutlich gar nicht begegnen. Sie wird in einigen Tagen ebenfalls aufbrechen, um aufs Land zu fahren, aber bis dahin fungiert sie als Ihre Anstandsdame. Wenn das Oberhaus sich bis zum Herbst vertagt, bleibt fast niemand in London.«

Sarah setzte sich auf, ihr Blick war nachdenklich. »Dann hat wahrscheinlich auch Daedalus die Stadt verlassen und ist aufs Land gefahren.«

»Daedalus?«

»Ich habe Rachels Briefe noch einmal gelesen.« Das einfallende Sonnenlicht ließ ihr Haar bronzefarben schimmern, als sie den Kopf beugte und auf die durcheinanderliegenden Blätter vor sich auf dem Tisch hinunterschaute. »Dieser Mann, der meine Cousine so erschreckt hat. Ich dachte, es würde helfen, ihm einen Namen zu geben.«

Guy trat näher. Ihr Duft nach grünen Äpfeln hüllte ihn ein. Sein Herz klopfte, als würde er mit einem Pferd auf ein Hindernis zureiten, das zu hoch für das Tier war.

Wie viel Schlaf hatte er bekommen? In den letzten zwei Tagen vielleicht fünf Stunden?

»Dann hoffe ich, dass Ihre Wahl nicht prophetisch ist, Mrs. Callaway. In der Sage kann Daedalus fliehen.«

Ihre Gesichtshaut verfärbte sich, als brächte seine Nähe sie zum Glühen. »Ja, ich weiß, aber er war es auch, der das Labyrinth angelegt hat. Vielleicht ziehen Sie einen anderen Namen vor?«

»Nein, Daedalus ist gut.« Guy griff nach der Rückenlehne eines Stuhls und stellte ihn so, dass er Sarah über den Tisch hinweg ansehen konnte. »Sie werden es mir erlauben, die Briefe Ihrer Cousine zu lesen?«

Ihre Wangen glühten noch immer. »Einige davon sind sehr persönlich, und vieles, von dem, was sie schreibt, würde Ihnen nur dumm vorkommen. Aber, ja, ich denke, dass ich es Ihnen erlauben muss. Zumindest einige von ihnen sollten Sie lesen.« Sie nahm einen großen Bogen in die Hand. Der Brief war offensichtlich schon viele Male gelesen worden. »Dies ist der erste, der relevant sein könnte. Es ist der Brief, in dem sie mir zum ersten Mal von dem Tag mit Ihnen auf der Jacht berichtet.«

»Sie hat ihn geschrieben, nachdem sie in London eingetroffen war?«

»Ja, letzten Juni. Ich kann nicht sagen, warum sie so lange gelogen und behauptet hat, noch für Lord Grail zu arbeiten, wenn sie doch in Wirklichkeit in diesem Gasthaus die Böden gewischt hat. Ich fürchte, etwas Schreckliches muss geschehen sein, das sie veranlasst hat, Grail Hall noch vor Weihnachten zu verlassen. Doch wie immer auch die Wahrheit lautet, ich bin sicher, dass sie wirklich verzweifelt gewesen sein muss, als sie Ihnen begegnet ist. Hat Lord Jonathan das ebenso gesehen?«

»Absolut«, bestätigte Guy.

»Ist das der Grund, warum Sie ihr so viel Geld dafür gezahlt haben, Sie auf dieser Fahrt mit der Jacht zu begleiten? Genug Geld, dass sie sich ohne Arbeit einige Monate über Wasser halten konnte, sagten Sie?«

»Ihre Cousine hat eine wichtigere Rolle dabei gespielt, Anne zu retten, als ihr wirklich bewusst war. Jack ist sehr reich. Und sie ist in den Genuss seiner Großzügigkeit gekommen, nicht meiner.«

»Es gibt mehr als eine Art, großzügig zu sein, Mr. Devoran. Rachels Angst mag nicht daher gerührt haben, womöglich ihre Stellung verlieren zu können, aber ihre Panik angesichts einer ungewissen Zukunft war echt, und Sie haben sich ihr gegenüber unendlich höflich und rücksichtsvoll verhalten.«

Unbehagen kroch sein Rückgrat hinauf. »Habe ich das?«

»Ja, das denke ich. Sie müssen vermutet haben, dass sie Ihnen einen falschen Namen genannt hat und nicht daran gewöhnt war, in einer Küche zu arbeiten. Und doch haben Sie nicht versucht, wegen ihrer merkwürdigen Situation in sie zu dringen, nicht wahr?«

»Warum halten Sie das für Freundlichkeit oder Rücksichtnahme? Vielleicht war ich einfach nur gleichgültig?«

»Hier«, sagte sie und hielt ihm den Brief hin. »Jetzt weiß ich, was wirklich geschehen ist, und es ist auf beunruhigende Weise verrückt, es zu lesen. Doch ich denke nicht, dass sie sich das alles ausgedacht hat.«

Guy kam sich vor, als säße er zappelnd in einer unentrinnbaren Falle, wie ein Fuchs, der sich in einer Drahtschlinge verfangen hatte. Würde er lange genug daran nagen, würde er sich vielleicht befreien können, doch es würde ihn vermutlich eine Pfote kosten. Doch wenn er auf den Grund für Rachels letztes Verschwinden kommen wollte, würde er ihre Briefe lesen müssen.

Er faltete das Blatt auseinander und überflog die blumenreichen Sätze.

Mr. Guy Devoran war solch ein leuchtendes Wunder der Großzügigkeit, Sarah. Wie du weißt, habe ich mich sehr verzweifelt gefühlt –

Guy übersprang einige Absätze voller Lügen über Lord Grail, bis sein Blick wieder an seinem eigenen Namen hängen blieb.

Er war nicht nur unglaublich freundlich, Mr. Devoran sieht zudem sehr gut aus und hat ein so hinreißendes Lächeln. Ich musste an Oberon denken, als ich ihn sah. Nicht an Oberon als dummem Elfenkönig, sondern als den mächtigsten Herrscher der Natur, nur Strahlen und Licht. Ich bin schon halb verliebt in ihn!

Guy warf den Brief zurück auf den Tisch, als hätte er sich daran verbrannt. Während er vergeblich nach Rachel gesucht hatte – besessen von dieser ersten Begegnung mit ihr –, hatte sie all diesen Unsinn an ihre Cousine geschrieben?

»Sie hat übertrieben«, sagte er. »Der Großteil ist dummes Geschwätz.«

Sarah starrte ihn unentwegt an, ihre Wangen waren hochrot. »Doch ich bin fast sicher, dass der Kern der Gefühle Rachels wahr ist, auch wenn die Fakten falsch sein mögen. Das betrifft auch ihre übrigen Briefe.«

»Gott! Wie kann man das wirklich wissen? Das zu lesen ist, wie in einem Teich knapp unter der Oberfläche zu schwimmen, gefangen zwischen dem Reich der Luft und den dunklen Strömungen des Wassers. Dort, wo die beiden Elemente aufeinandertreffen, wirkt alles verzerrt.«

»Von derlei Dingen habe ich keine Ahnung«, entgegnete sie. »Ladys schwimmen selten.«

Er lachte und beugte sich zurück. »Was also ist emotional wahr an diesem Brief? Die Erleichterung darüber, in Besitz einer großen Summe Geld und damit einer unangenehmen Situation entronnen zu sein, würde ich meinen.«

»Ja«, sagte Sarah. »Und ihre Bewunderung für Sie.«

»Das ist ja sehr schmeichelhaft«, sagte er, »aber ich erinnere mich nicht, dass sie mir an jenem Tag viel Aufmerksamkeit geschenkt hätte.«

Ihre Finger bewegten sich rasch, als sie in dem Stapel Blätter suchte. »Doch dieselben Schmeicheleien finden sich in vielen Briefen wieder. Die daran erinnern, dass dieser eine Tag auf dem Meer ein helles Licht in einem sonst trüben Leben gewesen ist.«

Ein Teil von ihm wollte das glauben. Rachel hatte dasselbe gesagt, als sie zum ersten Mal vor seiner Tür gestanden hatte. *Ich konnte Sie einfach nicht vergessen, Mr. Devoran.* Doch das konnte nicht wahr sein! Denn den größten Teil des vorausgegangen Jahres war sie verschwunden gewesen, hatte sich versteckt, während er sie diskret über Anzeigen in den Zeitungen gesucht hatte.

»Es war das Meer, an das sie sich so gern erinnerte«, sagte er. »Nicht ich.«

Sarahs wurde blass, dann röteten sich ihre Wangen erneut, als würde sie wie ein Hummer gekocht. Doch sie lachte.

»Sollten Sie tatsächlich Ihre Wirkung auf Frauen nicht kennen, Mr. Devoran?«

»Ich bin Blackdowns Neffe«, entgegnete er abwartend. »Das bringt mir ein gewisses Maß an Aufmerksamkeit ein, sogar ein wenig Ruhm. Doch ich bleibe, wie Sie sehen, ungebunden.«

Sie senkte den Blick. »Und das stört Sie? Ich dachte, junge Gentlemen genießen es, ungebunden zu sein?«

»Natürlich«, sagte er trocken. »Wie Schmetterlinge fliegen wir von Blüte zu Blüte – mit Vorliebe zu denen von Orchideen.«

Heiße Farbe brannte auf Sarahs Wangen. Sie begann, die Briefe zusammenzufalten, um sie zurück in den Schreibkasten zu legen.

»Mein Puls schlägt ein wenig unregelmäßig, seit Sie dieses

Zimmer betreten haben«, sagte sie. »Und ich habe alles sehr sorgfältig überdacht, die Vorteile wie die Risiken.«

Er setzte sich aufrecht hin. »Welche Risiken?«

»In der Minute, in der ich Sie das erste Mal sah, habe ich vermutet, dass Sie ein wenig flirten würden. Junge Gentlemen tun das immer, wie gewohnheitsmäßig und bedeutungslos das auch sein mag. Doch es ist nicht notwendig, Mr. Devoran, und ich kann auf wohlmeinende Galanterie gut verzichten.«

Sein Erstaunen ließ ihn wie festgenagelt auf seinem Stuhl sitzen bleiben. »Ich verstehe nicht.«

»Nein, weil Sie nicht darüber nachgedacht haben. Aber da ich weder besonders hübsch bin noch eine besonders geeignete Partnerin für kleine Flirts abgebe, verweisen Ihre kleinen Versuche, mir zu schmeicheln, mich nur umso fester auf meinen Platz als Frau und als Abhängige.«

Eine kleine Flamme des Zorns entzündete sich in seinem Inneren. »Vergeben Sie mir, Ma'am, aber –«

»Aber ich bin eine Frau und deshalb abhängig, natürlich. Ich hatte nur gehofft –« Sie verstummte und schlug die Hände vor das Gesicht. »O Gott! Ich habe es nur noch zehnmal schlimmer gemacht, nicht wahr?«

Guy stand auf und ging einige Schritte vom Tisch weg. Beim Jupiter! Natürlich war sie nicht *hübsch*, nicht mehr, als eine exotische Orchidee *hübsch* war. Aber nichtsdestotrotz war Sarah Callaway die sinnlich attraktivste Frau, der er je begegnet war. Verheißung lockte mit den braunen Tupfen ihrer Sommersprossen, verbarg sich in schattigen Vertiefungen, schwelgten über ihre wohlgerundeten Kurven.

Obwohl sie nicht infrage kam, natürlich nicht. Schließlich war sie die Cousine seiner letzten Geliebten. Jetzt fühlte er sich schon den zweiten Tag hintereinander wie eine Ratte.

»Ihr Wunsch ist, dass wir wie Freunde zusammenarbeiten«,

sagte er, »und stattdessen habe ich Ihnen Unbehagen bereitet. Es tut mir leid.«

Sarah ließ die Hände sinken und sah ihn an. »Nein. Ich sollte mich unter dem Tisch verkriechen und dort bleiben.«

Er lachte. »Es ist besser, offen darüber zu reden. Sie haben ganz recht, Ma'am. Ich bin ab diesem Moment ein geläuterter Mann.«

Zu seiner großen Überraschung lächelte sie. »Wir werden sehen! Sie haben gestern erwähnt, dass Sie heute ausgehen würden, um das Haus Mr. Harvey Penlands in Hampstead zu finden?«

»Wenn Sie mir die genaue Adresse geben, ja, dann habe ich vor, heute Nachmittag dorthin zu reiten. Warum?«

»Ich kann reiten«, sagte sie.

Er wandte sich ab, um in einen der mit Glastüren versehenen Schränke zu starren. Tiere aus Elfenbein marschierten über die Regale. Sarah Callaways Gesicht spiegelte sich im Glas, schwebte vor den Schnitzereien, als er sich bewegte.

»Jack hat einige davon von seinen Reisen mitgebracht«, erklärte er.

»Die kleinen Elefanten und die Vögel?« Sarah stützte das Kinn auf die verschränkten Hände. »Ich habe befürchtet, dass ich Sie damit in Verlegenheit bringen würde, Mr. Devoran.«

Er fuhr herum. »Verlegenheit?«

»Trotz Ihrer Behauptung, fortschrittlich zu sein, weisen Sie mich nicht besonders subtil darauf hin, dass tollkühne Heldentaten – wie das Sammeln von Elfenbein auf der anderen Seite der Welt oder ein Ritt nach Hampstead, um nach Hinweisen auf den geheimnisvollen Daedalus zu suchen – kaum die geeignete Beschäftigung für das schwache Geschlecht sind, nicht wahr?«

»Ich kann die Existenz Mr. Penlands – oder das Fehlen derselben – besser allein überprüfen, das ist alles.«

»Sie beleidigen mich nur, wenn Sie unterstellen, dass ich mit der Wahrheit nicht umgehen kann, Mr. Devoran.«

»Welche Wahrheit?«

Sie holte tief Luft. »Ich bin zu drei Schlussfolgerungen gekommen, während ich heute Nacht wach gelegen habe. Erstens, dass Sie mir heute Morgen Ihren Entschluss mitteilen werden, mich künftig auszuschließen, auch wenn es meine Cousine ist, die vermisst wird.«

Er öffnete eine der Glastüren und nahm eine kleine weiße Figur aus Elfenbein heraus. Ihr langer fließender Mantel war kunstvoll geschnitzt. Ihre Hände und ihr Gesicht blühten wie kleine Blumen.

»Und die zweite?«

»Dass Sie glaubten, ein wenig mit einer schlichten Lehrerin zu flirten, würde Sie Ihrem Ziel näherbringen, mich aus dem Weg zu schaffen.«

Spiegelbilder vervielfältigten sich in der offenen Glastür. Die Schatten der Elfenbeinfiguren schwebten in einem Tanz in die Vergangenheit und in die Zukunft.

»Warum denken Sie, dass ich wünsche, Sie aus dem Weg zu haben?«

»Weil Sie und Lord Jonathan jetzt auch befürchten, dass Rachel in wirklicher Gefahr sein könnte, und weil Sie mich vor diesem Wissen beschützen wollen. Habe ich recht?«

»Vielleicht.« Er stellte die Figur vor sie hin. »Ein zerbrechliches Geschöpf, würden Sie das nicht auch sagen?«

»Ja, aber sie ist Chinesin. Wir angelsächsischen Frauen sind aus härterem Holz geschnitzt und zudem sehr viel schwerer zu zerbrechen. Ich bin Ihnen aufrichtig dankbar für Ihre Unterstützung bei der Suche nach meiner Cousine, Mr. Devoran, aber ich kann Ihnen einfach nicht gestatten, mich auszuschließen. Und genau das ist es, was Sie vorhaben, nicht wahr?«

Er lehnte sich gegen die Ecke des Tisches. Die asiatische Figur hielt das Gesicht gesenkt und schaute auf die Falten ihres Gewandes hinab, der Ausdruck ihrer Augen war leer, doch die Neigung des Kopfes wirkte sowohl scheu als auch etwas kokett.

»Sie sind eine Frau von bemerkenswerter Intelligenz, Ma'am«, sagte er. »Selbst angesichts der höchst beunruhigenden Neuigkeiten waren Sie in der Lage, eine sehr wichtige Frage zu stellen: Sahen die Hände Ihrer Cousine wie die einer Küchenmagd aus? Zudem haben Sie völlig recht. Ich bin ganz zufrieden damit, diese Nachforschungen allein anzustellen.«

»Sie ist meine Cousine, Mr. Devoran. Wenn Sie es mir verweigern, mich nach meinen Bedingungen zu beteiligen, werde ich statt Ihnen Lady Ryderbourne um Hilfe bitten, und ich werde Ihnen nicht gestatten, die übrigen Briefe Rachels zu lesen.«

Guy war ziemlich amüsiert, obwohl gleichzeitig sein Unbehagen wuchs. Er befürchtete, dass sie, ohne sich darüber bewusst zu sein, ihn zu noch größerer Unaufrichtigkeit zwingen würde.

»Aber Sie werden mir noch Penlands Adresse mitteilen?«

»Nein«, sagte sie und legte beide Hände fest auf ihren Schreibkasten. »Ich denke nicht.«

Guy ging zu dem Schrank, um die elfenbeinerne Lady auf ihren Platz zurückzustellen. Niemand wusste etwas über das Haus in Hampstead. Rachel hatte darauf bestanden, dass er es für sie beide mietete. Sie waren nach Einbruch der Dunkelheit dort eingetroffen, und sie hatte das Grundstück nie verlassen. Dennoch wollte er Sarah nicht in die Nähe dieses Hauses bringen – obwohl es vermutlich weitaus riskanter wäre, dass sie etwas herausfand, würde sie sich allein auf den Weg nach Hampstead machen.

»Spielen Sie Schach, Mrs. Callaway?«

»Ich habe es ein paar Mal gespielt. Ich bin nicht besonders gut darin. Warum?«

»Sie unterrichten Mathematik?«

Sie schüttelte den Kopf.

Er lachte, während er den Schrank schloss. Sonnenstrahlen brachen sich im Glas seiner Türen und verhüllten seinen Inhalt.

»Es ist nicht weiter wichtig«, sagte er. »Ich habe Ihnen mein Wort gegeben, diese Suche nicht aufzugeben, also wissen Sie sehr genau, dass ich auf Ihren Bluff nicht hereinfallen werde. Sonst hätten Sie es niemals riskiert, diesen letzten Zug zu machen. Doch ich frage mich, warum Sie mir schon jetzt Ihre Strategie verraten?«

»Weil ich fürchte, dass Sie noch immer etwas vor mir verbergen, Mr. Devoran. Etwas Wichtiges. Etwas ganz anderes als diesen vagen Verdacht auf eine drohende Gefahr.«

Guy erstarrte für den Bruchteil einer Sekunde, ehe er sich zu ihr umwandte.

»Ja«, sagte er. »Das tue ich.«

»Werden Sie mir sagen, was es ist?«

»Nein, das werde ich nicht.«

Sonnenlicht schimmerte um sie herum und tauchte sie in goldenes Licht. »Ist es etwas, das Rachel schaden wird oder verhindern kann, dass wir sie finden?«

»Nein.« Guy ging zurück, um seinen Stuhl zu nehmen und ihn an seinen Platz an der Wand zurückzustellen. »Sie werden mir in dieser Sache einfach vertrauen müssen, Mrs. Callaway.«

»Es gibt sicherlich kein Erfordernis, alles Private offenzulegen, Sir, doch auch Sie müssen mir vertrauen. Ich werde weder hysterisch werden noch Schwierigkeiten machen. Ich glaube, ich verfüge sogar über ein bisschen Mut. Deshalb muss ich darauf bestehen, dass Sie mich nicht einfach wegschicken. Es gibt keinen vernünftigen Grund für Sie, mich nicht mit nach Hampstead zu nehmen.«

»Außer dass Sie mir in dem Buchladen gesagt haben, dass wir nicht zusammen gesehen werden sollten«, wandte er kühl ein. »Oder entsprang dieser Wunsch nur dem flüchtigen Impuls des Augenblicks?«

»Nein, ganz und gar nicht. Glücklicherweise haben sich die Dinge seitdem geändert.« Sie sah auf. »Erstens hatte ich keine Ahnung, welche Art Mann Sie wirklich sein würden, deshalb schien es mir klüger zu sein, mich Ihnen zunächst an einem öffentlichen Ort zu nähern. Noch wichtiger war jedoch, dass Rachel nicht ausgeschlossen hat, dass Daedalus ein Freund von Ihnen sein könnte. Wäre ich in Ihr Haus gekommen und ihm dort über den Weg gelaufen, oder hätte ich versucht, Ihnen die Lage zu erklären, und er wäre dazugekommen –« Sie brach ab und errötete, obwohl sie lachte. »Ach du meine Güte! Jetzt habe ich mir selbst eine Falle gestellt, nicht wahr?!«

Guy lächelte, obwohl sein weniger angenehmer Verdacht gerade bestätigt worden war. »Es war also in der Tat die Idee Ihrer Cousine, dass Sie mich aufsuchen?«

Sarah kramte in ihrem Schreibkasten herum und zog schließlich einen weiteren Brief heraus. Sie faltete ihn auseinander und wies auf die Zeilen am Schluss.

Wie sehr wünschte ich, ich könnte Mr. Devoran fragen, den nettesten Mann, der mir je begegnet ist ...

Guy starrte auf die durchgestrichenen Zeilen, die folgten. Nur einige Worte waren noch lesbar, doch sie reichten aus, um zu erkennen, dass darin von großer Sehnsucht die Rede war – oder sogar von Liebe?

Der Atem entwich seiner Lunge, als wäre er von einem Pferd abgeworfen worden.

Wie hatte Rachel das wagen können!

Er ging zum Fenster und schloss heftig einen Laden, um die Sonnenstrahlen auszusperren. Der eiserne Riegel schlug laut gegen das Holz.

Wenn Rachel ihn um seine Hilfe hatte bitten wollen, warum war sie nicht selbst zu ihm gekommen? Aus *Liebe*? Er fühlte sich, als hätte Sarah gerade die erste einer Reihe versteckter Kisten entdeckt, von denen jede einzelne eine zerstörerische Wahrheit als die vorige enthalten könnte.

»Warum zum Teufel haben Sie mir das verschwiegen?«

»Weil Rachel Sie falsch eingeschätzt haben könnte. Ich konnte das nicht wissen.«

Es würde höchst befriedigend für ihn sein, seine Faust durch eine Fensterscheibe zu stoßen. Stattdessen schluckte Guy seinen Zorn hinunter und lief im Zimmer auf und ab.

»Und jetzt wissen Sie es?«

»Ich weiß genug, denke ich. Aber ich habe auch gefürchtet, dass Sie sie zu hart beurteilen könnten, wenn Sie wüssten, dass sie sich Ihrer Großzügigkeit nach einer so kurzen Bekanntschaft hatte aufdrängen wollen.«

»Deshalb haben Sie das Risiko auf sich genommen, ihre Bitte könnte als aufdringlich empfunden werden?«

»Ich liebe Rachel wie eine Schwester, Sir. Es ist schlimm genug, dass Sie jetzt wissen, wie betört sie von der Erinnerung an die Begegnung mit Ihnen war. Jeder Gentleman könnte das als unschicklich verurteilen, es sei denn, er wüsste auch, wie furchtbar naiv sie sein kann.«

Guy starrte zu den auf dem Kaminsims stehenden Vasen und kämpfte gegen die Versuchung an, sie zu einem befreienden Chaos aus zerbrochenem Porzellan zu zerschlagen.

»Wie oft haben Sie Ihre eigene Zufriedenheit riskiert, um Ihre Cousine auf diese Art zu beschützen?«

»Ich bin Witwe, Sir, kein unverheiratetes Mädchen. Die Risiken sind für mich nicht dieselben.«

»Deshalb haben Sie es vermieden, sich mir direkt zu nähern, weil Sie fürchteten, es könnte ein schlechtes Licht auf Ihre Cousine werfen. Aber inzwischen haben Sie entschieden, dass Sie mir zumindest insoweit vertrauen können?«

Sie senkte den Blick. »Lady Ryderbourne liebt Sie wie einen Bruder. Ich kann mir keine bessere Empfehlung als das vorstellen.«

Er schluckte die sarkastische Erwiderung herunter, die ihm auf der Zunge lag. »Ja, wir schätzen einander sehr, was ihre Meinung über mich kaum objektiv sein lässt. Dennoch können Sie mir in dieser Hinsicht absolut vertrauen: Miss Mansards Ruf wird nicht wegen etwas beschädigt, das Sie mir erzählen, und ich werde nicht außer Acht lassen, wie sehr Sie von ihrer Unschuld überzeugt sind.«

»Danke, Sir. Es ist sehr leicht für die Menschen, Rachels Naivität misszuverstehen und als etwas ganz anderes zu deuten.«

»Durchaus. Und was Daedalus betrifft – selbst wenn er zu meinen Bekannten zählen sollte, würde er nicht erfahren, dass es eine Verbindung zwischen Miss Mansard und mir gibt, und ich nehme an, dass niemand in London weiß, dass Sie ihre Cousine sind?«

Sie schüttelte den Kopf. »Nein. Niemand.«

»Deshalb scheinen mir die Befürchtungen Ihrer Cousine auch in diesem Punkt als unbegründet.«

Er ging zum Fenster und schaute hinaus. Die Sonne strahlte vom Himmel.

Es musste beträchtlichen Mut erfordern, jede Spur von

Stolz hinunterzuschlucken, um der Cousine zu helfen, die man liebte. Ob er je in sich diese Kraft finden würde, dermaßen gnädig zu sein?

Sarah setzte sich abrupt hin und stützte die Stirn auf ihre ineinander verschlungenen Finger.

»Ich habe dasselbe gedacht, Sir. Aber ebenso wie ich denke, wir können jetzt unsere Bemühungen vereinen, ohne den Verdacht von irgendjemandem zu erregen – selbst wenn wir zusammen gesehen werden –, habe ich auch Angst, dass Sie recht haben könnten in Bezug auf Mr. Penland. Wenn Lord Jonathan Rachel eine so große Summe Geld gegeben hat, warum sollte sie dann die erstbeste Stelle annehmen, die sie finden konnte, ausgerechnet bei einer Familie mit sechs Kindern?«

»Ich bin ziemlich sicher, dass sie das nicht getan hat.«

Ihre Wangen waren noch immer tiefrot, als Sarah mit der Fingerspitze über den Deckel ihres Schreibkastens strich. »Aber Rachel muss in Hampstead gewohnt haben, nachdem sie die Jacht verlassen hatte, weil ihre Briefe alle dort abgestempelt worden sind. Und deshalb muss ich selbst dorthin gehen, Sir. Schließlich kennt niemand Rachel besser als ich.«

»Und wenn ich Sie fortschicke, werden Sie mir Penlands Adresse nicht geben.«

Ihre lohfarbenen Wimpern schlugen hoch. »Ich kann nur mit dem handeln, was ich habe, Sir.«

»Was die Drohung angeht, statt meiner Hilfe die von Miracle anzunehmen? Ich sehe, dass ich übertrumpft worden bin. Wenn Sie mir also freundlicherweise genau sagen wollen, wo Ihre Cousine Ihre Briefe empfangen hat, Ma'am, dann können wir gleich jetzt zusammen nach Hampstead fahren.«

Sie öffnete den Deckel ihres Schreibkastens. »Hier«, sagte sie und hielt ihm ein Blatt Papier hin. »Ich habe es für Sie aufgeschrieben.«

Er brauchte diese Information nicht wirklich, aber er schaute dennoch darauf: *Miss Rachel Mansard, im Hause von Mr. Harvey Penland, Five Oaks, Hampstead*. Genau, wie er es bereits vermutet hatte.

Es war noch immer ein kalkuliertes Risiko, Sarah dorthin mitzunehmen. Weniger gefährlich als er befürchtet hatte, aber immer noch gefährlich genug.

Es war ein Triumph, wenn auch ein leerer. Sarah schaute über die weiten Wiesen, als die Kutsche aus London rumpelte. Guy Devoran hielt sicher die Zügel. Das Fell der beiden kastanienbraunen Pferde glänzte, als wäre es aus Bronze gemacht.

Ein Nachmittagsausflug ins Grüne in der Gesellschaft des wunderbaren Neffen des Herzogs von Blackdown, der jetzt mit ihr eine der schönsten Straßen Englands entlangfuhr. Die Ansammlung von Herrschaftshäusern, Farmen und bewaldeten Hügeln bildeten ein ständig wechselndes Bild.

Doch die Sorge nagte an ihr.

Dieser attraktive Mann neben ihr hatte sich ihrer Suche nach Rachel angeschlossen, wie er sich einer Fuchsjagd angeschlossen hätte: einfach um des Abenteuers willen. Aus männlichem Stolz würde er die Beute verfolgen, bis diese entweder verloren oder von den Jagdhunden gestellt worden war.

Dabei wollte er nichts anderes, als die lästige, rothaarige Sarah Callaway loszuwerden.

Sie hatte auf seine beeindruckende Erscheinung wie ein Schulmädchen reagiert, das sich von der Aufmerksamkeit eines Märchenprinzen hatte gefangen nehmen lassen. Jedes Wort der Beschreibung über Rachels Betörung machte Sinn. Keine Frau könnte Guy Devoran je begegnen, ohne sich nicht ihr Leben lang an ihn zu erinnern.

Doch wie Sarah es in den langen Nachtstunden allein in ihrem Schlafzimmer vermutet hatte, so hatte er sie nur deshalb mit seiner bezirzenden Aufmerksamkeit bedacht, weil er gewusst hatte, dass es ihr Unbehagen bereiten würde.

Lord Jonathan hatte diesem Plan ohne Zweifel zugestimmt. Die Cousins hatten gehofft, dass eine inmitten von Orchideen verbrachte Stunde voller sanfter Spötteleien ausreichen würde, Sarah Callaway dazu zu bringen, nach Bath zurückzukehren und die Jagd den Männern zu überlassen.

Würde sie sich Rachel nicht so zugetan fühlen, hätte diese Strategie vermutlich gewirkt. Nichts konnte demütigender sein, als dass ein attraktiver Gentleman sich sein Mitleid für eine schlichte Lehrerin durch unaufrichtige Galanterie anmerken ließ, wie schmeichelnd diese auch sein mochte.

Doch trotz all ihrer Selbstzweifel war sie nicht so leicht zu zerbrechen wie eine Figur aus Elfenbein.

Sarah hob das Gesicht in die Sonne und lachte über sich selbst.

Trotz ihres rasenden Pulses und ihres unbehaglichen Gefühls bereute sie nichts. Mit Guy Devorans Hilfe war sie in der Lage, das Rätsel zu lösen und Rachel zu retten, was immer die Gründe für ihr Verschwinden sein mochten.

Sarah wünschte nur, sie wüsste, was Mr. Devoran verbarg. Doch zunächst einmal würde sie versuchen, diese Ausfahrt und was vom Tag noch übrig war zu genießen.

Die Pferde waren frisch und stark und stellten beim Traben die Ohren auf, als erwartete sie am Ende ihrer Reise ein Stall und nicht der Rückweg in die Stadt.

»Sie kennen Hampstead gut?«, fragte sie.

»Einigermaßen. Es ist eine gute Straße, um ein Pferd ordentlich laufen zu lassen. Es gab natürlich auch die Zeit, als jeder dieses Fleckchen Erde aufsuchte, um eine Brunnenkur zu machen. Viele kommen noch immer wegen ihrer Gesundheit her oder wegen der Inspiration, die sie weitab von der schlechten Luft in London zu erlangen erhoffen.«

»Inspiration?«

Die Sehnen seiner Handgelenke spannten sich an, als er das Gespann jetzt einen leichten Hügel hinuntertraben ließ.

»Hampstead ist voll von Pensionen, in denen nicht nur die Kurgäste wohnen, sondern auch Künstler und Schriftsteller. Ponykutschen und Esel befördern die Besucher zudem hinaus zum Heath.«

»Könnte Daedalus einer von ihnen sein?«

»Nicht, wenn Sie darauf beharren, dass er Rachel gleich nach Weihnachten begegnet ist. Der Winter ist kaum die Zeit, der Gesundheit wegen nach Hampstead zu kommen.«

Die Pferde begannen, den nächsten Hügel zu erklimmen. Ein Kirchturm aus rotem Mauerstein erhob sich über die Dächer der kleinen Stadt vor ihnen. Binnen weniger Minuten hatten sie eine Zollstation passiert, und Hampstead hieß sie zuerst mit seinen Villen willkommen, die sich in kleine Parks schmiegten, die etwas später dann von ansehnlichen Backsteinhäuser, die die Straße säumten, abgelöst wurden.

Die Kutsche bog in eine Seitenstraße ein und fuhr auf den Hof eines kleinen Gasthauses. Das Schild war ausgeblichen, und bis auf irgendwelche grünen Formen auf einem hellgelben Untergrund war nichts mehr darauf zu erkennen. Der livrierte Page sprang von der Kutsche und hielt die Pferde am Zügel.

Guy Devoran stieg aus und reichte Sarah die Hand, um ihr beim Aussteigen behilflich zu sein.

»Wir werden hier eine kleine Erfrischung zu uns nehmen«, sagte er, »bevor wir zurück nach London fahren.«

»Aber Mr. Penlands Adresse?«

»Ist hier.«

Sarah schaute zurück auf die Reihe vornehmer rotgemauerter Fassaden entlang der Straße. Ein nervöser Schauder lief ihr den Rücken hinunter.

»Welches Haus ist es?«

»Keins von denen. Five Oaks ist der Name dieses Gasthauses.«

Sie begegnete seinem dunklen Blick und schluckte. »Rachel hat in einem Gasthaus gewohnt? Ich bin nicht –«

»Kommen Sie, lassen Sie uns einen Tee nehmen und dann werden wir versuchen, es herauszufinden.«

Sie betraten den kleinen Gastraum und nahmen dort Platz. Mr. Devoran bestellte Tee und Kuchen.

»Ich suche einen Harvey Penland, Mr. Trench«, sagte er, als der Wirt mit einem Tablett zurückkehrte. »Arbeitet er noch hier?«

»Gott sei mir gnädig, Sir! Der Bursche ist auf und davon, zurück in sein Dorf in Norfolk, vor zwei Wochen schon.«

»Norfolk?«, fragte Sarah schwach. »Er hat hier gearbeitet?«

»Das ist richtig, Ma'am. Penland stammt aus Norfolk, ist dort geboren und aufgewachsen. Dann hat er ein Jahr in Newmarket verbracht, um den Umgang mit Pferden zu lernen, und ist dann hierher nach Hampstead gekommen. Ein recht kluger Bursche, wenn auch ziemlich frech. Sie haben ihn vielleicht gesehen, Sir, beim Ausmisten des Stalls, obwohl ich mir nicht vorstellen kann, dass ein Gentleman wie Sie von einem Jungen wie ihm Notiz nehmen würde.«

»Nein, ich erinnere mich nicht an ihn. Könnte Mr. Penland ohne Ihr Wissen Botengänge für hier ansässige Bürger gemacht haben?«

»Nun, das ist möglich, Sir. Wir selbst haben ihn oft geschickt, kleine Botengänge für das Gasthaus zu erledigen. Er ist zuverlässig. Und vertrauenswürdig. Es tut mir leid, dass er nicht mehr hier ist.«

»Dann könnte er Briefe überbracht und die Antwortschreiben zur Post gebracht haben, ohne dass jemand sonst davon erfahren hat?«

»Das kann ich nicht genau sagen, Sir. Aber ich sehe keinen Grund, warum das nicht möglich gewesen sein sollte. Aber er hat das sicherlich nur getan, wenn er gut dafür bezahlt worden ist.«

»Danke.« Mr. Devoran ließ eine Münze in die Hand des Wirtes gleiten.

»Nun, ich danke Ihnen, Sir. Und kein Wort darüber!« Der Mann verbeugte sich und ging davon.

Rachels Enttäuschung sandte ihr kleine kalte Schauder den Rücken hinunter. »Also habe ich meine Briefe an dieses Gasthaus geschickt und nicht an ein Privathaus. Sie hatten das bereits vermutet, oder?«

Er lehnte sich zurück und fixierte sie mit seinem dunklen Blick. »Weil niemand von ihm gehört hatte, konnte Harvey Penland kein Gentleman sein. Doch existieren musste er. Er hatte zudem Zugriff auf die Post, und darüber hinaus die Möglichkeit, Briefe hin und her zu transportieren. Deshalb schien es wahrscheinlich, dass er in einem Gasthaus arbeitete. Ich wusste nur nicht, in welchem –«

»– bis ich es Ihnen gesagt habe. Aber um das herauszufinden, hätten Sie nicht herkommen müssen, nicht wahr?« Sarah schenkte Tee ein. Die Tülle klirrte gegen ihre Teetasse. »Also, wo hat Rachel nun wirklich gewohnt?«

»Ich weiß es nicht sicher, obwohl ich gestern Abend einige Nachforschungen in St. John's angestellt habe. Der Geistliche dort erinnert sich an eine Dame, auf die Rachels Beschreibung passt. Sie hat allein in einem gemieteten Haus namens Knight's

Cottage gewohnt, das in der Nähe des Heath liegt. Sie hat sonntags manchmal lange Spaziergänge unternommen, hat aber wohl weder je Besuch empfangen noch ist sie in die Kirche gegangen.«

Eine krank machende Angst brummte in Sarahs Kopf. »Und Sie vermuten, es war Rachel?«

Lichtstrahlen zeichneten sein Profil nach, als er aus dem Fenster schaute. »Nach meiner Meinung, ja. Ich konnte gestern Abend auch mit dem Vermieter sprechen. Diese Dame hat ihm die Miete für mehrere Monaten im Voraus gezahlt, in Goldmünzen.«

Sarahs Hände fühlten sich feucht an. »Dann hat Rachel also in all diesen Monaten allein in einem Cottage gewohnt, während sie mir geschrieben hat, dass sie sich um sechs Kinder kümmert?«

»So scheint es.«

Sarah nahm eine Scheibe von dem Kuchen, dann starrte sie es an. »Hat der Vermieter gesagt, ob sie Dienstboten gehabt hat?«

»Der Vermieter besorgt die schwere Arbeit und schickt einen Mann, der sich um den Garten kümmert, und eine Haushälterin lebte dort.« Guy Devoran schaute sie wieder an, seine Augen waren wie verhangen. »Dieselbe Frau arbeitet noch immer dort.«

Der heiße Tee schwappte sanft in ihrer Tasse. Es schien unmöglich, das Zittern ihrer Hände zu unterdrücken. Die Tasse klirrte, als Sarah sie zurück auf den Unterteller stellte.

»Dann kann sie bestätigen, ob Harvey Penland meine Briefe überbracht hat. Können wir bitte zu dem Cottage fahren?«

»Das ist ohnehin meine Absicht, Ma'am.«

Sarah holte tief Luft und schluckte hart, bevor sie ihn wieder anschaute. Die schwarzen Augen schienen voller Bedauern, ja in ihnen lag sogar Entschuldigung, als ob er es nicht ertragen könnte, ihr Kummer zu bereiten. Fast, als verabscheute er sich für die Notwendigkeit, dies zu tun.

Sie öffnete und schloss die Finger unter dem Tisch, dann griff sie wieder nach ihrer Teetasse. Nichts von dem war Mr. Devorans Schuld. Sie hatte versprochen, keine Schwierigkeiten zu machen und nicht hysterisch zu werden.

»Wir kommen aus Norfolk«, erklärte sie mit ruhiger Entschlossenheit. »Wahrscheinlich hat Rachel Penlands Akzent bemerkt. Dass sie aus derselben Gegend stammte, mag dabei geholfen haben, seine Loyalität zu kaufen.«

»Ich werde einen Mann auf seine Spur setzen«, versprach er. »Aber wie dem auch sei, ich denke, wir können annehmen, dass Eure Cousine Jacks Gold dazu verwendet hat, hierher zu ziehen. Haben Sie eine Idee, was sie dazu gebracht haben könnte?«

Der Kuchen in ihrem Mund fühlte sich an wie Staub. Sarah schob den Teller von sich weg.

»Nein. Ich kann mir nichts von all dem erklären. Und warum hat sie diese Geschichten erfunden, noch als Gouvernante zu arbeiten?«

»Vermutlich, weil sie damit verhindern wollte, dass Sie unbequeme Fragen darüber stellen, warum sie hier allein gelebt hat.«

»Ich kann mir nicht vorstellen, was sie verborgen hat. Doch sie muss Daedalus hier begegnet sein.«

»Im Gegenteil, ich bin sicher, dass sie ihn lange vorher kennengelernt hatte.«

»Das ist unmöglich!« Ihre leere Tasse klirrte, als sie sie auf den Teller zurückstellte. »Ich hätte es aus ihren Briefen herausgelesen.«

»Sie glauben also noch immer, dass Ihre Cousine bezüglich

der Fakten lügen könnte, nicht aber hinsichtlich ihrer Gefühle?«

»Sie haben die übrigen Briefe nicht gelesen, Mr. Devoran. Wenn Rachel ihrem Daedalus vor jenem Tag auf der Jacht begegnet sein sollte, dann würde ich das wissen.«

»Würden Sie das?« Er beugte sich vor, um ihren Blick zu erwidern, als wäre es ihm Befehl, sie in diesem einen Punkt zu überzeugen. »Warum hat sie Lord Grails Haus von heute auf morgen verlassen? Und warum zum Teufel hat sie als Küchenmagd im Three Barrels gearbeitet?«

Sarah stand auf. »Ich weiß es nicht, Sir, weil ich mir nicht sicher bin, dass sie das getan hat!«

Er erhob sich abrupt, nahm sie am Ellbogen und führte sie aus dem Gastraum. Kaum hatten sie eine ruhige Ecke auf dem Hof erreicht, ließ er sie los.

»Sie haben versprochen, nicht hysterisch zu werden, Mrs. Callaway.«

»Ich bin nicht hysterisch, Sir«, erwiderte Sarah, »ich bin wütend. Sie haben mich manipuliert und Dinge vor mir verborgen, und jetzt stellen Sie meine Fähigkeit infrage, die Gefühle meiner Cousine richtig beurteilen zu können. Ja, irgendetwas ist passiert, das sie aus Grail Hall vertreiben hat. Sehr wahrscheinlich war es Lord Grail selbst. Sie hat ihn weder gemocht noch ihm vertraut –«

»Dann ist Ihre Cousine verdammt schlecht darin, den Charakter anderer Menschen zu beurteilen. Grail ist notorisch freundlich. Ich kann mir keinen angenehmeren Haushalt vorstellen, in dem sie hätte arbeiten können. Und nach dem, was er mir heute Morgen erzählt hat, sind in jenem Sommer ständig Besucher bei ihm ein- und ausgegangen.«

»Aber sie war die Gouvernante, hat sich während des Großteils der Zeit in den Kinderzimmern aufgehalten.«

»Im Gegenteil. Rachel Mansard hatte viele Gelegenheiten, den Gästen zu begegnen. Sie glauben nicht, dass jeder männliche Gast die Gelegenheit genutzt hat, mit ihr zu flirten?«

Empörung ließ sie jede Faser ihres Körpers anspannen; andererseits glaubte sie, jeden Augenblick zusammenbrechen, als wäre sie geschlagen worden.

»Sei es, wie es sei, Sir, aber Rachel war ein unschuldiges Mädchen, als sie Daedalus *hier* begegnet ist. Sie hat sich hier in ihn verliebt. Sie hat hier Angst vor ihm bekommen. Sie ist während der Ostertage vor ihm geflohen und in der Goatstall Lane untergekommen. Dieser Schuft hat sie hier in Hampstead verfolgt, Mr. Devoran, und ich frage mich, warum Sie nicht aufhören, das infrage zu stellen.«

Kapitel 6

Wie Ryder es so klug vorausgesagt hatte, konnte aus dieser Situation nichts anderes als ein Disaster entstehen. Guy wandte den Blick ab, als hätte ihn das geschäftige Treiben auf dem Hof des Gasthauses abgelenkt.

Er verabscheute diese Ränkeschmiederei. Sarah Callaway verdiente Besseres. Aber doch sicherlich nicht die Nachricht, dass Rachel sich im Frühjahr in Hampstead nicht in Daedalus verliebt haben konnte, weil sie zu der Zeit Guy Devorans Geliebte gewesen war?

»Ja«, sagte er und sah sie wieder an. »In gewissem Maße habe ich Sie manipuliert, Mrs. Callaway. Ich dachte, es sei notwendig. Das war anmaßend von mir. Bitte nehmen Sie meine Entschuldigung an.«

Wut funkelte in ihren Augen, doch sie schluckte ihren Groll hinunter und in einem plötzlichen, bezaubernden Stimmungsumschwung lachte sie.

»O Gott! Ich habe Ihnen gegenüber mit der Wahrheit ebenso hinter dem Berg gehalten, Sir«, erklärte sie. »Schon bei unserer ersten Begegnung war es so und seitdem noch einige weitere Male. Ich stehe gänzlich in Ihrer Schuld, aber ich wünschte sehr, Sie würden nicht versuchen, mich vor Unangenehmem zu beschützen, indem Sie mir die offensichtliche Wahrheit verschweigen.«

Kleine Stachel bohrten sich in sein Herz. Doch Guy lächelte auch und wusste sofort, dass sie erkennen würde, dass sein Lächeln unecht war und dass sie ihn berechtigterweise dafür verabscheuen würde.

»Bis jetzt kennen wir die Wahrheit nicht, Ma'am. Deshalb

müssen wir uns für den Augenblick darauf einigen, nicht einer Meinung zu sein. Wünschen Sie jetzt, zu dem Cottage zu fahren?«

»Selbstverständlich wünsche ich mir, die Wahrheit über Daedalus herauszufinden, Sir, und Rachel zu retten. Danke.«

Sie gingen gemeinsam zu seiner Kutsche, und er half ihr, einzusteigen und sich zu setzen. Dann fuhr Guy vom Hof und auf die Straße.

Er versuchte, seine Stimme sanft klingen zu lassen.

»Daedalus ist von Kreta geflohen, nachdem er dort sein Labyrinth erschaffen hatte«, sagte er. »Sie können weiterhin glauben, dass dieser Mann Ihrer Cousine in Hampstead begegnet ist, aber ich bin gleichermaßen sicher, dass wir keine Spur von ihm finden werden.«

»Dann hoffe ich, dass Sie sich irren, Sir, denn welche anderen Hinweise haben wir?«

Guy schüttelte den Kopf und schwieg. Wenn Rachel wirklich die geheimnisvolle Mieterin gewesen war, dann hatte sie das Knight's Cottage bereits im Januar verlassen, nicht erst im April, wie Sarah Callaway annahm. Und wenn diese unangenehme Tatsache bestehen bliebe, gäbe es keine andere Möglichkeit für sie, herauszufinden, dass ihre Cousine im Februar zurück nach Hampstead gezogen war – zusammen mit ihm.

Die Pferde trabten weiter Richtung Heath und sie kamen an dem Haus vorbei, das Guy für sich und Rachel gemietet hatte. Die Schornsteine standen auf dem Hausdach wie eine Versammlung von Zylinder tragender Anwälte. Die weißen Mauern blitzten durch die Bäume. Die wenigen Fenster waren mit Fensterläden versperrt.

Guy hatte dem Vermieter die Miete für ein Jahr im Voraus gezahlt und hielt das Haus noch; daher wusste er, dass es unbewohnt war. Als sie um eine Ecke bogen, blitzte das hohe Erkerfenster des Schlafzimmers, das er und Rachel geteilt hatten, plötzlich auf, als hätte die tief stehende Sonne es sich zur Aufgabe gemacht, das Haus wieder zum Leben zu erwecken.

Eine Illusion, die so absolut war wie Rachels angebliche Zuneigung für ihn.

Guy starrte geradeaus und ignorierte den unangenehmen Knoten aus Widerwillen, zu dem sich sein Magen zusammenzog.

Hampstead Heath erstreckte sich bis zum wolkenverhangenen Horizont. Kleine Gruppen von Männern arbeiteten hier und da mit Karren und Schaufeln und nutzten das letzte Tageslicht. Guy schenkte ihnen keine Aufmerksamkeit, er hielt Ausschau nach dem weiß getünchten Cottage, das der Geistliche ihm beschrieben hatte.

Er ließ das Gespann vor dem Gartentor halten.

Am vergangenen Abend war es fast schon ganz dunkel gewesen, und er hatte sich gezwungen gesehen, seine Nachforschungen einzustellen und nach London und zum Ball zurückkehren. Jetzt, im Licht des Spätnachmittags, sah Knight's Cottage bezaubernd und friedlich aus.

Sein Lakai sprang von der Kutsche, um die Pferde zu halten. Auch Guy stieg ab und reichte Sarah die Hand.

»Kommen Sie«, sagte er und lächelte, um seine Beunruhigung zu verbergen. »Dies ist das Haus.«

Sie legte die Hand in seine und kletterte aus dem Wagen, dann schaute sie zu ihm auf, ihre Brauen hatten sich fragend zusammengezogen. Für den Bruchteil einer Sekunde standen sie einander gegenüber und sahen sich an. Kleine Funken schienen zwischen ihnen zu sprühen, als würde die Luft knistern, als ob er dem verrückten Impuls nachgeben müsste, sie in seine Arme zu ziehen und sie zu küssen.

Sarah zog die Hand zurück und wandte den Blick ab.

Das Gartentor öffnete sich in gut geölten Angeln. Sarah trat zur Seite, um Guy an die Tür klopfen zu lassen. Nach einer langen Stille waren drinnen Schritte zu hören.

Die Tür wurde geöffnet. Eine Frau mit Haube und Schürze schaute erst Sarah und dann Guy an, dann lächelte sie. In der einen Hand hielt sie einen Schrubber, neben ihr stand ein Eimer.

»Ja, Sir?«

»Sie sind Mrs. Harris, die Haushälterin?«, fragte er.

»Ja, Sir. Aber Mr. Ashdown – das ist der Gentleman, der das Haus gemietet hat – ist nach Italien gereist. Er ist Künstler.«

»Nein, wir suchen nach einer Dame«, erklärte Sarah. »Sie hat den vergangenen Winter über in diesem Cottage gewohnt, bis kurz nach Ostern. Haben Sie sie gekannt?«

Die Haushälterin runzelte die Stirn. »Bis Ostern, Ma'am? Nein, sie –«

»Nun, die Dame, die wir suchen«, warf Guy rasch ein, »hatte das Haus vor dreizehn Monaten gemietet, im späten Mai des letzten Jahres. Ein Junge aus dem Five Oaks, ein gewisser Harvey Penland, hat Botengänge für sie gemacht.«

»Ja, Sir! Das stimmt. Das war ein ziemlich unverschämter Bursche. Ja, ja, ich erinnere mich gut an die Lady. Manchmal saß sie stundenlang einfach nur da – mit einer Miene, als würde ihr das Herz brechen, oder sie starrte aus dem Fenster. Sie hat viele Briefe geschrieben, Seite um Seite gefüllt, die Penland dann zur Post gebracht hat.«

»Hat sie sich je mit einem Gentleman getroffen oder Besucher empfangen?«

»Nein, natürlich nicht, Sir! Obwohl sie manchmal sonntags ausgegangen ist, war Mrs. Grant immer allein.«

»Mrs. Grant?«

Die Haushälterin sah Sarah an. »Sie hat gesagt, sie sei Witwe,

Ma'am. So etwas Trauriges! So eine hübsche Lady! Das schönste blonde Haar, das man je gesehen hat, und Augen so blau wie die Blüten vom Immergrün. Ich dachte, dass sie traurig und einsam ist, aber sie hat das immer abgestritten.«

»Glauben Sie, dass sie vor irgendetwas Angst gehabt hat?«, fragte Guy.

»Angst, Sir? Nun, ich weiß nicht, aber wie sollte ich auch, nicht wahr? Ich bin nur die Haushälterin. Mrs. Grant hat mir nie etwas anvertraut.«

»Wissen Sie, wo sie jetzt ist?«

»Gott sei meiner Seele gnädig, Sir! Ich habe keine Ahnung. Sie war eines Tages einfach verschwunden, ohne vorher irgendjemandem ein Wort gesagt zu haben. Hat gepackt und ist gegangen. Mr. Langham musste ganz schnell einen neuen Mieter finden, das kann ich Ihnen sagen, und er hatte das Glück, Mr. Ashdown zu finden. Aber jetzt, wenn Sie mich entschuldigen, Ma'am, Sir, muss ich weitermachen. Mr. Ashdown wird jeden Tag zurückerwartet und die Böden müssen noch geputzt werden.«

»Danke, Ma'am«, sagte Guy und deutete eine Verbeugung an. »Sie haben uns mehr geholfen, als Sie ahnen.«

Sarah drehte sich abrupt um und ging zur Kutsche zurück.

Guy zwang sich, ihr nicht zu folgen, seine Sünden nicht noch dadurch zu vergrößern, dass er ihr falschen Trost anbot.

Der Garten lag hinter einer hohen Hecke versteckt und war ein hübscher Rückzugsort mit einer mit Büschen und Blumenrabatten verzierten Rasenfläche. Rachel hatte hier allein gewohnt, bis sie an die Tür seines Hauses in London geklopft hatte, um sich ihm zu Füßen zu werfen – und in sein Bett.

Das war natürlich nicht das, was sie ihm erzählt hatte.

Wann hatte sie begonnen, ihr Netz aus Lügen zu spinnen? Während der sieben Monate, in denen sie tatsächlich die Gouvernante in Lord Grails Haushalt gewesen war? Oder in den dazwischenliegenden fünf Monaten, bevor Jack in der Küche des Three Barrels auf sie gestoßen war und sie gebeten hatte, diesen einen Tag auf der Jacht zu verbringen?

Wann immer sie mit der Lügerei auch begonnen hatte, Rachel Mansard hatte Guy Devoran so sicher wie eine Spinne die erste Motte in ihrem Netz gefangen. Und jetzt – zu seinem unendlichen Selbstekel – zog er auch noch Sarah Callaway in dieses Netz aus klebrigen Fäden hinein.

Sarah stand neben der Kutsche und schaute über die weite Parklandschaft des Heath. Sie hielt sich tapfer aufrecht.

Guy schüttelte sich und folgte ihr den Gartenweg entlang. Ihre mutige Entschlossenheit beeindruckte ihn, der Anblick ihrer roten Haarlocken, die unter ihrer Haube hervorguckten und die Sommersprossen auf ihren Wangen streichelten, berührten sein Herz. Eine Lady, die viel Zeit in der Sonne verbrachte, anstatt ihren Teint – wie Rachel es getan hatte – mit einem Sonnenschirm zu schützen.

Sie wandte sich um und sah ihm entgegen. Ihre Augen waren verdächtig hell.

»Sie hatten bereits alle möglichen Spuren hierher verfolgt, nicht wahr?«, fragte sie. »Das ist der Grund, warum Sie sich nicht damit belasten wollten, mich mit nach Hampstead zu nehmen. Sie haben außer mit der Haushälterin und dem Wirt, der Ihnen bestätigt hat, dass Harvey Penland für das Five Oaks gearbeitet hat, gestern zudem mit jedem gesprochen, der irgendetwas wissen könnte.«

»Ja«, erwiderte er. »Hier in Hampstead gibt es nichts mehr zu erfahren, was uns helfen wird, Ihre Cousine zu finden.«

Es war, leider, die Wahrheit.

Guy half ihr auf den Kutschbock. Unter den der Haube entflohenen Locken ihrer roten Haare sprenkelten braune Flecken ihr Kinn wie die Plejaden das Himmelszelt, die Töchter des Atlas, die sich verborgen hielten, um sich vor der Begierde des Orion zu retten.

Sarah ordnete ihre Röcke und vermied es, Guy Devoran anzusehen. »Und deshalb weiß ich, dass ich unterlegen bin. Alles, was Sie an Informationen zu teilen wünschen, werden Sie teilen. Alles, was Sie verbergen wollen, werde ich nie aus Ihnen herausbekommen. Aber ich habe jetzt keinen Zweifel mehr, dass ich allein überhaupt nichts herausfinden werde.«

»Rachel ist Daedalus nicht hier begegnet«, sagte er.

Sie strich ihre Handschuhe glatt, ihr Gesicht war blass. »Doch, es muss hier gewesen sein.«

Er wünschte sich, Zugeständnisse machen zu können, und wären sie auch noch so klein.

»Würden Sie gern in den Park fahren?«, fragte er. »Der Blick auf London ist spektakulär, und die Sonne wird bald untergehen.«

»Danke«, sagte sie. »Das würde mir gefallen.«

Er gab den Pferden die Peitsche.

Einige Minuten lang fuhren sie schweigend dahin, während die Hügel von Hampstead Heath sich vor ihnen ausbreiteten. Tiefe Schatten füllten die Senken. Rosageränderte Wolken sammelten sich im Westen.

»Gibt es noch irgendetwas, was Sie mir sagen können?«, fragte sie schließlich.

»Nicht viel. Rachel hat offensichtlich in jenem Cottage gewohnt und war dabei so vorsichtig wie eine Maus. Sie hat sich nie in der Öffentlichkeit gezeigt, und sie hat nie irgendwelche Besucher empfangen. Als der Geistliche ihr einen Besuch abstatten wollte, hat sie ihm gesagt, sie wünschte, absolut für sich zu bleiben, weil sie an einem Roman schriebe.«

»An einen Roman?«

»Ja«, sagte er. »Ich bin gezwungen, daraus zu schließen, dass sie sich dabei auf die Briefe an Euch bezogen hat.«

Zu seiner großen Überraschung lachte Sarah, obwohl eine helle Röte ihre Wangen überzog. »Ein Roman mag etwas Erdachtes sein, Sir, aber etwas Erdachtes ist nur dann bezwingend, wenn das Gefühlsmäßige wahrhaft ist.«

»Ah«, sagte er. »Wir kommen also wieder darauf zurück.«

»Alles führt zu diesem Punkt«, beharrte sie. »Rachel hat sich nach Weihnachten in Daedalus verliebt, aber Ostern hatte sie Angst vor ihm. Als sie im Mai aus Devon zurückkam, war sie gezwungen, sich vor ihm in der Goatstall Lane zu verstecken. Nichts wird mich dazu bringen, das zu bezweifeln. Also fehlen noch einige Details. Wenn sie hier wie eine Maus gelebt hat, muss dieser Mann wie eine Katze im Dunkeln gelauert haben.«

»Also werden Sie nicht zugestehen, dass Daedalus, wie sie ihn beschrieben hat, ein Produkt ihrer Fantasie gewesen ist?«

Sie reckte das Kinn vor und schaute über die Landschaft. »Niemals werde ich das glauben, Sir, und Sie werden das auch nicht, wenn Sie erst Rachels Briefe gelesen haben.«

»Dann werden Sie mir noch so weit vertrauen?«

»Ja, und trotz allem bedaure ich nicht, mich an Sie gewandt zu haben. Doch wenn unsere Suche keinen Erfolg hat, werden Sie sich das nicht zu sehr zu Herzen nehmen, hoffe ich?«

Die Leidenschaft in ihrer Stimme ließ ihn innerlich erstarren. »Warum denken Sie, dass ich das sollte, Ma'am?«

»Weil Sie mich anlächeln, als wären Sie bereits von Enttäuschung überwältigt, fast so, als würden Sie befürchten, dass wir die Wahrheit niemals herausfinden werden.«

Er wandte den Blick ab. Ihr Duft machte ihn schwindelig, sein Körper stand in Flammen.

»So schrecklich ist es nicht, glauben Sie mir, Mrs. Callaway.

Aber ja, es könnte sein, dass wir erfolglos bleiben. Und ja, ich würde das hassen.«

Es war nur ein kleiner Teil der Wahrheit, aber alles, was er sich anzubieten traute. Die Notwendigkeit, die ganze Wahrheit zu verbergen, brüllte wie ein wütender Stier in seinem Herzen.

Guy lenkte das Gespann zum schönsten Teil des großen Parks.

Es lag natürlich eine große Ironie darin, dass es ihn so irritierte, genau das erreicht zu haben, was er hatte erreichen wollen. Die Körnchen jener Wahrheit, von der er dachte, es wäre möglich, sie mit Sarah Callaway zu teilen, war gesät. Nachdem sie Wurzeln geschlagen hatten und Mrs. Callaway erkennen würde, dass die Briefe seine Meinung nicht beeinflussten, sollte die kluge Sarah sicherlich endgültig überzeugt sein und zustimmen, dass er Rachel allein jagte?

Und danach würde er ihre wilden Sommersprossen wahrscheinlich niemals wiedersehen.

Und das war doch sicherlich Anlass genug, ein wenig mit dem Schicksal zu hadern, oder nicht?

Sarah schluckte und versuchte, die Abendluft tief einzuatmen, um ihren Kummer zu verdrängen.

Es war schwer, wütend zu bleiben, wenn die Umgebung so schön war. Es war ohnehin über die Maßen unhöflich, Mr. Devoran gegenüber etwas anderes als Dankbarkeit zu fühlen, selbst wenn er sich weigerte, ihre Meinung über Daedalus zu akzeptieren.

Sie musterte seine dichten Augenbrauen und sein perfektes Gesicht. Seine Augen waren wie ein tiefer Brunnen, in dessen schwarzem Wasser sich ein dunkler Kummer widerspiegelte, den sie nicht einordnen konnte. Doch nichtsdestotrotz waren sowohl seine Gesichtszüge als auch die Landschaft wunderschön, beides Meisterwerke der Schöpfung. Sie war privilegiert, es zu sehen.

Und was könnte sie ihm vorwerfen? Schließlich hatte Rachel in den vergangenen beiden Jahren eine Geschichte ihres Lebens geschaffen, die so undurchschaubar und fantasievoll war, wie eine Fiktion es nur sein konnte.

Eine kleine Herde rotbunter Kühe weidete am Rand eines Teichs. Bäume standen in Gruppen zusammen oder verstreuten sich tapfer einzeln, um die hügeligen Fläche zu erobern.

Mr. Devoran lenkte sein Gespann einen hohen Hügel hinauf und hielt auf der Kuppe an.

»Eine bemerkenswerte Aussicht.« Er schaute zu den über ihnen treibenden Wolken, die bereits gefleckt vom bevorstehenden Sonnenuntergang waren. »Es ist der Himmel, der diesen Ort so bemerkenswert macht.«

Glatte Haut lag über der Vertiefung, an der seine Kehle zu seinem Kinn führte: eine schutzlose, normalerweise verborgene Stelle. Ein Gefühl von Hitze verbreitete sich ungebeten über Sarah Brüste und ihren Nacken.

»Ja«, sagte sie und schaute über das Tal. Weiße Pfeile aus Licht brachen durch die Wolken und erhellten einige der Türme und Dächer. »Fast ist es, als würde etwas Heiliges die Wolken durchdringen.«

Er schaute sie an. Dunkles Feuer brannte in seinem Blick. »Man ist hier oben näher am großen Himmelszelt, aber es ist die Natur selbst, die sich heilig anfühlt.«

»Warum ist die Natur immer weiblich?«

»Sie sind nicht einverstanden damit, dass sie es ist?«

»Ich weiß nicht. Vermutlich ist es so, weil die Natur die Quelle allen Lebens ist.«

»Nein, es ist, weil sie faszinierend ist, kapriziös und wechselhaft.«

»Wie eine typische Frau?«, fragte sie.

»Das habe ich nicht gesagt.«

»Nein, aber gemeint, nicht wahr? Doch die Natur ist auch zu unvorhersehbarer Gewalt fähig.«

»Richtig«, sagte er. »Die schlimmste der männlichen Eigenschaften.«

Er ließ das Gespann weitertraben, bis sie eine weitere Hügelkuppe erreicht hatten. Mr. Devoran gab seinem Lakaien ein Zeichen, woraufhin der von der Kutsche sprang, um die Pferde zu halten. Guy stieg vom Kutschbock hinunter, ging um das Gefährt herum und streckte die Hand zu Sarah empor.

»Kommen Sie, Mrs. Callaway. Die Aussicht ist am schönsten, wenn man noch ein paar Schritte weiter hinaufgeht.«

Sie nahm seine Hand und erlaubte es ihm, sie zum höchsten Punkt zu führen. London lag in seiner ganzen Größe unter ihnen. Pfeile aus ersterbendem Sonnenlicht strahlten über die große Kuppel von St. Paul's und hoben die wie ein silbernes Band aussehende Themse hervor.

»Die Werke der Menschen sind auch wunderschön«, sagte er. »Aber traurigerweise sind sie das in aller Regel nur aus der Ferne. Von hier gesehen, sammeln sich die Hausdächer um jeden Kirchturm wie junge Schwäne um das Elternpaar. Geht man aber ein wenig näher heran, wird man mit all dem Elend und dem Schmutz einer großen Stadt konfrontiert.«

»Man würde aber auch herrliche Gebäude und Statuen, Kunst und Gärten sehen«, wandte Sarah ein.

»Aber nichts, das müssen Sie zugeben, auch nur annähernd so Inspirierendes wie die untergehende Sonne.«

Sie standen schweigend da, als die Farbe der untergehenden Sonne langsam den Himmel durchzog, bis das genarbte

Grau und Blau von Fäden aus Gold und Purpur durchdrungen war. Zuletzt leuchtete ein schwaches helles Grün hinter den Wolken auf, um sich in Dunkelheit aufzulösen, durchbohrt nur vom Glanz des Abendsterns.

»Die Venus«, sagte er. »Es wird bald ganz dunkel sein. Wir müssen zurück.«

Sarah sagte nichts, als er ihr in die Kutsche half. Allerdings fing sie ein plötzliches Aufblitzen von aufrichtigem Verständnis in seinen Augen auf.

Verdammt! Er hatte gesehen, dass ihre Augen von Tränen verschleiert waren. Schmerz versengte ihr Herz, weil er es bemerkt hatte und sich scheinbar sogar ein wenig um sie sorgte, auch wenn sie keine Ahnung hatte, warum.

Das lang anhaltende Dämmerlicht des Sommerabends hielt die ankommende Dunkelheit auf, als sie zum Blackdown House zurückkehrten. Lady Crowse erwartete ihre Gäste, um mit ihnen ein kleines Abendessen einzunehmen, aber Sarah schützte Kopfschmerzen vor und zog sich sofort in ihr Zimmer zurück.

Guy schaute ihr nach, als sie die Treppe hinaufging. Sarah Callaway hatte unbeabsichtigt einen Aufruhr in seinem Herzen und in seinen Lenden ausgelöst, wie eine Windböe, die über das Land fegte und von einem drohendem Regensturm kündete.

Obwohl er nicht den kleinsten Hunger verspürte, nahm er mit der älteren Schwester des Dukes ein leichtes Mahl ein und spielte dann pflichtbewusst mit ihr Karten, bis sie es an der Zeit fand, sich zurückzuziehen. Er tat sein Bestes, amüsant zu sein, doch einige Male fing er den Blick der alten Dame auf, die ihn so durchdringend taxierte, als sähe sie die Anzeichen von Fäulnis im Innersten seines Kerns.

Der Papagei Acht beobachtete sie beim Spielen und schnappte nach Guys Fingern, als er ihn für Lady Crowse hinauf in ihr Zimmer trug. Der Vogel hatte beinahe seinen gesamten Sprachschatz von der exzentrischen verwitweten Schwester des Dukes gelernt, ebenso wie seine Wachsamkeit gegenüber Fremden.

Jetzt gerade wiederholte der Papagei zu Guys großem Ärger bei jedem zweiten Schritt munter seinen neuen Lieblingssatz. »Sicher vor wem, Sir? Sicher vor wem?«

Als Guy sich schließlich in Ryders Arbeitszimmer hatte zurückziehen können, ging er dort wie eine Raubkatze im Käfig hin und her, während sich in seinen Eingeweiden ein Messer immer wieder langsam herumzudrehen schien.

Weinte Sarah dort oben, allein in ihrem eleganten Gästezimmer? Oder war sie zu wütend auf ihn, um sich Kummer zu gestatten? Wie auch immer, jedes Zusammentreffen mit ihm – und jede neue Information, die sie von ihm seit ihrer ersten Begegnung im Buchladen erhalten hatte – musste ihr nichts als Schmerz bereitet haben.

Jetzt lagen Rachels Briefe auf Ryders Schreibtisch wie die neun Bücher der Prophezeiungen, die die Sibylle von Cumae König Tarquinius zum Kauf angeboten hatte.

Sarah hatte die Briefe herunterbringen lassen und eine kurze Mitteilung beigefügt:

Lieber Mr. Devoran,

bitte lesen Sie selbst und sagen mir dann, dass ich mich in Bezug auf Daedalus noch immer irre.

Ich verbleibe, Sir, Ihre sehr gehorsame und bescheidene Dienerin,

Sarah Callaway.

Guy fluchte, dann lachte er über sich. Von den neun heiligen Büchern waren sechs ungelesen verbrannt worden. Die restlichen drei enthielten, so sagte man, die Geheimnisse der Götter. Aber die Sibylle von Cumae war auch jene Prophetin, die Aeneas zu Rate gezogen hatte, ehe er in die Unterwelt hinabgestiegen war.

Rachels Briefe lagen ordentlich gestapelt und in chronologischer Folge vor ihm. In welchem Sinne könnten sie möglicherweise einen echten, wenn auch wahrscheinlich emotional gefärbten Kern enthalten?

Da Guy seine Sinne noch so weit beisammen hatte, um zu erkennen, dass es wenig Sinn machte, eine Schneise in den Teppich zu laufen, zwang er sich, sich an den Schreibtisch zu setzen und den ersten Brief auseinanderzufalten. Er war geschrieben worden, nachdem Rachel nach Grail Hall gegangen war, um dort als Gouvernante zu arbeiten. Die Vorderseite trug das entsprechende Datum, den Namen des Earls sowie den Stempel ›Frei‹ – als Hinweis auf das Privileg des Adels, seine Post gebührenfrei befördern zu lassen.

Der Lichtschein der Lampe huschte über das Papier, hob die Faltkniffe und die fast unleserliche Handschrift hervor, die, in der Absicht alle Neuigkeiten auf einem Papierbogen unterzubekommen, eng geschriebenen Zeilen.

Meine liebe Sarah …

Er las den zweiten, dann den dritten Satz.

Die Monate bei Lord Grail schienen hauptsächlich ereignislos verlaufen zu sein, wobei Rachels Briefe dennoch oft geistreich und witzig formuliert waren, mit kleinen Prisen eines trockenen Humors versehen, den sie ihm nie offenbart hatte.

Jedoch gab es keinen Hinweis, dass sie im Haus von Lord Grail einen interessanten Gentleman kennengelernt hätte, oder warum sie kurz vor Weihnachten, ohne eine Nachricht zu hinterlassen, von dort fortgegangen war. In demselben amüsierten Ton waren auch die folgenden Briefe verfasst, in denen Rachel ihrer Cousine gegenüber vorgab, noch immer in Grail Hall zu arbeiten, obwohl sie in Wahrheit gegangen war – aber wohin?

Guy unterzog die Stempel und Briefmarken einer genauen Prüfung. Die gekritzelte Unterschrift sah identisch aus, ebenso die Beförderungsvermerke.

Guy schaute nachdenklich auf. Offensichtlich war es jemandem möglich gewesen, widerrechtlich die Vorrechte des Earls zu nutzen. So wie sie Harvey Penland für sich gewonnen hatte, hatte Rachel vermutlich auch einen der Diener von Grail Hall dazu angestiftet, ihre Briefe an Sarah abzusenden und Sarahs Antwortschreiben abzufangen und ihr zu überbringen. Aber warum?

Rachel hatte ein so kunstvolles Lügengebäude errichtet, dass kein griechisches Orakel ihr das Wasser hätte reichen können.

Guy legte ein leeres Blatt Papier vor sich hin und skizzierte einen Kalender, um sich ein Bild von den sechsundzwanzig Monaten seit dem Tod von Rachels Eltern bis jetzt zu machen. Der Tag, an dem er ihr im Three Barrels zum ersten Mal begegnet war, um sie auf Jacks Jacht zu bringen, fiel fast genau in die Mitte dieser Zeitspanne, lag also grob gerechnet dreizehn Monate nach dem Tod ihrer Eltern und dreizehn Monate vor dem heutigen Tag.

Er markierte die ersten sieben Monate nach dem Tod der Mansards: *Grail Hall*. Tinte spritzte aus dem Federhalter, als er einen Kreis um das darauffolgende Weihnachtsfest zog und ein Fragezeichen dahinter setzte. Es war sicher, dass Rachel Grail Hall zu diesem Zeitpunkt verlassen hatte, aber die folgenden fünf Monate blieben leer.

Guy nahm einen weiteren Bogen Papier und schrieb rasch eine Nachricht für seinen Cousin:

Mein lieber Jack,

ich möchte Dir einmal mehr meine Dankbarkeit für Deine Hilfe am Tage und in der Nacht des Balls der Herzogin ausdrücken, auch wenn ich, wie Odysseus, noch immer vor unbekannten Gestaden treibe.

Du erinnerst Dich gewiss an Rachel Wren. Ist Dir der Zustand ihrer Hände aufgefallen, als Du ihr das erste Mal im Three Barrels *begegnet bist – bevor sie mit Anne die Kleider tauschte, und wir zu unserem Ausflug mit der Jacht aufgebrochen sind?*

Ich vertraue Deinen Adleraugen und Deiner Spürnase für solch auffallende Details.

Inzwischen übermittle bitte deiner höchst bewunderungswürdigen, tapferen und wunderschönen Frau meine unsterbliche Bewunderung, zusammen mit meiner Dankbarkeit für ihre mir kürzlich gewährte Gastfreundschaft, besonders so bald nach Deiner Rückkehr und so kurz vor ihrer Niederkunft.

Mit meiner von ganzem Herzen kommenden Zuneigung und in der Erwartung, dass ich bald helfen darf, Dein erstes Kind auf dieser beklagenswerten Welt willkommen zu heißen, verbleibe ich

auf immer Dein Dir ergebener

Devoran

Guy klingelte nach einem Diener und trug ihm auf, den Brief auf den Weg zu bringen, dann griff er wieder zur Feder und zog einen Kreis um den Tag auf der Jacht. Über die darauf folgenden acht Monate schrieb er *Knight's Cottage*. Der Aufenthalt dort hatte damit geendet, dass Rachel aus Hampstead geflohen war, um sich seiner Gnade anzuvertrauen.

Die Lampe brannte herunter, während er das Dutzend Briefe las, die in diesen Monaten geschrieben worden waren. Die fantastischen Geschichten, in denen Rachel vorgab, bei einem Gentleman namens Harvey Penland angestellt zu sein. Dessen nicht existierende Kinder, die sie namentlich genannt und deren Persönlichkeiten sie so lebhaft und klar beschrieb, dass Guy jedes von ihnen fast vor sich zu sehen meinte.

Alles Lüge.

Statt nach einem Diener zu klingeln, um die Lampe nachfüllen zu lassen, stand Guy auf und zündete Kerzen an.

Auf seinem Kalenderblatt ließ er die wenigen fehlenden Tage Ende Januar, nachdem Rachel das Cottage verlassen hatte und bevor sie an der Schwelle seines Hauses in London aufgetaucht war, frei.

Dann kamen die restlichen Tage des Februar und der März.

Guy starrte auf die leeren Felder seines Kalenders, dann schrieb er *The Chimneys* über die neun Wochen, während denen er mit Rachel in Hampstead gelebt hatte, in dem Haus mit den Schornsteinen, die wie Zylinder ausgesehen hatten. Die neun Wochen, während denen Rachel, wie sie Sarah gegenüber behauptet hatte, Daedalus begegnet war und dann begonnen hatte, sich vor ihm zu fürchten.

Rachel hatte nur drei Briefe in dieser Zeit geschrieben. Guy nahm den ersten, den ihre Zofe dem Stallburschen aus Norfolk übergeben haben musste, damit er ihn für sie aufgab. Wie es schien, war die liebliche Rachel Mansard fähig, überall, wo sie sich aufhielt, die Männer zu beeindrucken und sich deren Ergebenheit zu versichern.

Guy ging vor dem Kamin auf und ab, faltete den Brief auseinander und überflog die ersten Zeilen – noch mehr Unsinn über Penlands imaginäre Brut –, bis er auf die relevanten Passagen stieß: Rachels Bericht über die Begegnung mit dem Mann, den Sarah Daedalus nannte, dem Schöpfer des Labyrinths, dem Schurken.

Danke noch einmal für Deine Großzügigkeit, liebe Sarah. Aber Du wirst niemals erraten, warum ich in letzter Zeit so glücklich bin, meine Liebe, deshalb verrate ich es Dir: Ich bin dem bezauberndsten aller Gentlemen begegnet. Er ist ein enger Freund der Familie und kommt oft zu Besuch …

Guy zog sich der Magen zusammen, als würde er gleich mit dem Schwert in der Hand das Labyrinth betreten, um sich den Monstern zu stellen.

Er las Rachel blumige Schilderungen: *Ich habe noch nie so schöne Augen bei einem Mann gesehen … ist so sehr groß, dass eine Lady ihn sogar ein wenig bedrohlich finden könnte … der bezauberndste …*

Nichts identifizierte den Mann als Guy Devoran, doch widersprach auch kein einziges Wort diesem Gedanken. Guy zwang sich, die Zeilen noch einmal zu lesen. Es war schrecklich beunruhigend, zu wissen, dass Rachel heimlich über ihn an Sarah geschrieben und während der ganzen Zeit die wahre Natur ihrer Beziehung verborgen gehalten hatte.

Sein Blut wurde von etwas aufgepeitscht, das sich wie Wut anfühlte.

Der nächste Brief war fünf Wochen später geschrieben worden, und da war es wieder. Vergraben unter den fiktiven Neuigkeiten aus ihrem Leben als Gouvernante hatte Rachel eine weitere glühende Schilderung ihres neuen gut aussehenden Verehrers, Mr. Penlands namenlosen Freund, gegeben.

Diese war sogar noch schlimmer als die vorige.

Uns ist es jetzt möglich, uns recht offen zu treffen, meine liebe Sarah, manchmal sogar mehrmals am Tag. Deshalb bleibt mir nur sehr wenig Zeit zu schreiben, doch ich weiß, du wirst es verstehen und mir vergeben. Seine Aufmerksamkeiten sind so schmeichelhaft, dass meine Gefühle durchaus ernsthafter Natur sind. Um offen zu sein, ich fürchte, dass ich mich in ihn verlieben könnte.

Guy ließ den Brief fallen, als hätte dieser eine züngelnde gespaltene Zunge hervorschnellen lassen.

Je mehr er jedoch versuchte, diese ganzen Worte zu deuten, umso größer wurde die Wut, die sich in seinen Eingeweiden ausbreitete. Er mochte für kurze Zeit gedacht haben, dass er Rachel liebte. Aber er hatte niemals auch nur einen Moment lang geglaubt, dass sie diese Liebe erwiderte. Wie konnte sie es wagen, ihrer Cousine gegenüber etwas anderes zu behaupten?

Er lehnte sich zurück und starrte blicklos an die Decke.

Er hatte das Haus mit den auffälligen Schornsteinen nur gemietet, weil Rachel darauf beharrt hatte, zurückgezogen in Hampstead wohnen zu wollen. Offensichtlich hatte sie das nur gewünscht, um Harvey Penland weiterhin als ihren Verbindungsmann zu Sarah nutzen zu können. Aber könnte es auch sein, dass sie so nah wie möglich bei ihrem früheren Bewunderer hatte sein wollen, jemandem, dem sie tatsächlich in der Zeit begegnet war, als sie im Knight's Cottage gewohnt hatte?

Ryders Präsenz in diesem Zimmer war fast so stark, als säße er Guy noch gegenüber: *Ich hasse es, dich das fragen zu müssen, Guy, aber kann sie sich zur selben Zeit noch mit einem anderen Mann getroffen haben?*

Doch Guy konnte andererseits nicht die beschworenen Aussagen seiner Dienerschaft anzweifeln, denn er und Rachel waren während dieser neun Wochen kaum getrennt gewesen. Tage und Nächte im Schlafzimmer mit dem Erkerfenster. Gemeinsame Mahlzeiten in dem hübschen Esszimmer mit dem Blick in den Garten. Stille Stunden in der Bibliothek, wenn Rachel Romane gelesen hatte, während Guy sich um die laufenden Geschäfte gekümmert hatte.

Er war während dieser ganzen Zeit nur wenige Male in sein Haus in London zurückgekehrt und stets am selben Tag in das gemeinsame Heim zurückgekehrt. Rachel hatte niemals im Voraus gewusst, ob er nur für wenige Stunden das Haus verließ oder wie rasch er zurückkehren würde.

Wie konnte sie da möglicherweise noch einen anderen Liebhaber gehabt haben?

Doch sie hatte erfolgreich ihre Briefe an Sarah herausgeschmuggelt und heimlich die Antwortschreiben ihrer Cousine erhalten. Konnte sie dann nicht auch mit einem anderen Mann korrespondiert haben?

Die Beine seines Stuhls trafen den Boden mit einem Donnern, als Guy sich vorbeugte, um nach der Feder zu greifen. Er zog einen Kreis um den 15. April, den Mittwoch vor Karfreitag – dem Tag, an dem er nicht da gewesen war, weil er auf Birchbrook mit seiner Familie Ostern gefeiert hatte –, ebenso markierte er den 28. April, den Tag, an dem er nach Hampstead zurückgekommen und Rachel weg gewesen war.

Guy fuhr sich durch das Haar und stand auf.

Wie konnte ein Mann behaupten, dass er die Ehre wertschätzte, wenn er es sich selbst erlaubt hatte, sich in eine Frau zu verlieben, die in einem Netz aus Meineiden durch ihre Tage flatterte? Vielleicht rührte dieser ziehende Schmerz in ihm gar nicht von einem gebrochenen Herzen, sondern nur von empörtem, verletztem Stolz?

Doch wie dem auch sei: Rachel hatte Dornen des Selbstzweifels in Bezug auf den Anspruch gesät, den er an die Bedeutung des Wortes Gentleman stellte.

Und jetzt, bei Sarah Callaway, tat er sein Bestes, alles noch schlimmer zu machen.

Guy ging zu Ryders Schrank und goss sich einen Brandy ein. Er starrte einen Moment lang in das Glas, bevor er die Flüssigkeit mit einem Schluck hinunterstürzte.

Rachel mochte ihn benutzt haben, aber sie hatte keine Angst vor ihm gehabt. Er war nicht Daedalus.

Wann also hatte sie wirklich Angst vor diesem unbekannten Mann bekommen?

Er stellte das leere Glas ab und ging zurück an den Schreibtisch.

Der nächste Brief war nur hastig hingekritzelt, offensichtlich in schrecklicher Panik geschrieben, nachdem – wie Rachel behauptete – die Penlands über Ostern nach Devon gereist waren. Abgebrochene Sätze und Worte waren aneinandergefügt mit Gedankenstrichen, als hätte sie nie gelernt, Absätze zu bilden.

Ich habe alles falsch beurteilt, Sarah! Er ist ein Schuft und ein Tyrann – Ich habe Angst vor ihm, und die Wahrheit ist, dass ich diese Angst schon seit Wochen habe – Ich habe mich so sehr nach seiner Bewunderung gesehnt, aber jetzt erkenne ich, dass ich mir gewünscht haben könnte, mich mit einem Ungeheuer zu verbinden! – Welch ein Glück, dass Mr. Penland beschlossen hat, für die Feiertage hierher nach Dartmoor zurückzukommen –

Guy studierte die Außenseite des Briefes. Das Papier war lädiert und fleckig, als hätte jemand Bier darüber verschüttet. Die Postmarke mit der Ortsangabe war verschmiert. Er kramte in einer Schublade nach einem Vergrößerungsglas, aber der Name des ursprünglichen Postamtes war auch damit nicht zu entziffern. Doch der Beförderungsvermerk und der Betrag der Gebühr, die über Sarahs Namen und die Adresse von Miss Farceys Schule für junge Damen in Bath gekritzelt waren, nährten beide die Vermutung, dass der Brief in Plymouth abgeschickt worden war.

Konnte Rachel wirklich nach Dartmoor gegangen sein, nachdem sie sein Haus in Hampstead verlassen hatte? Und wenn, warum?

Höchstwahrscheinlich war sie nicht irgendwo in der unmittelbaren Nachbarschaft geblieben.

Guy las den Brief noch einmal. Seine Unruhe vertiefte sich zu Angst, als er noch ein Muster von Schmutzflecken bemerkte, das sich über die letzten Zeilen des Briefs verteilte. Hatte Rachel geweint, als sie sie geschrieben hatte, und hatten ihre Tränen die feuchte Tinte verwischt – oder hatte dieselbe Nachlässigkeit, die die Postmarke unleserlich gemacht hatte, auch diese Zeile verschmiert, weil die Feuchtigkeit durch das Papier gedrungen war?

Und warum plötzlich all diese giftigen Worte über einen Mann, von dem sie behauptet hatte, ihn mit solcher Leidenschaft zu lieben?

Guy ignorierte seine Pein und ging auf und ab, während er noch einmal die früheren beiden Schreiben las und sich dabei nur auf Rachels Behauptungen konzentrierte.

Schließlich faltete er die Briefe zusammen und starrte in den leeren Kamin. Seine Gedanken rasten, als er sich wieder in Ryders Stuhl fallen ließ und mit der Feder einen Kreis um die beiden Wochen von Ostern bis Anfang Mai zog und ein Fragezeichen dahinter setzte – *Dartmoor?*

In ihrem folgenden, verzweifelten Brief hatte Rachel mitgeteilt, dass sie aus dem Haus ihres Arbeitgebers in Hampstead fliehen musste, aus Angst vor ihrem Verfolger. Alle danach datierten Briefe waren in London abgestempelt, abgeschickt aus dem Postamt nahe der Goatstall Lane.

Guy las einen nach dem anderen, jeder zeugte von größerer Angst als der vorherige. Bis Rachel am Ende die verzweifelte Aufforderung zu Papier gebracht hatte, die Sarah veranlasst hatte, aus Bath anzureisen. Und die letztlich zu ihrer Begegnung im Buchladen geführt hatte.

Er zog einen Kreis um jenen Donnerstag, wieder und wieder und mit schwarzer Tinte. Er fühlte sich bereits, als hätte er Sarah Callaway schon sein ganzes Leben lang gekannt. Doch wenn sie jemals herausfand, dass er im Februar und März Rachels Liebhaber gewesen war, würde sie unweigerlich schlussfolgern, dass er Daedalus war.

Dafür hatte Rachel gesorgt.

Die Kerzen flackerten, als Guy sich erhob und wieder unruhig auf und ab zu gehen begann.

Vielleicht hatte er unabsichtlich Rachels Herz gebrochen, hatte etwas Unergründliches getan, was sie veranlasst hatte zu fliehen, kaum dass er sie allein gelassen hatte? Doch wenn das der Fall war, warum zum Teufel hätte sie dann Sarah ausdrücklich bitten sollen, ihn aufzusuchen?

Nichts von all dem ergab einen Sinn.

Guy faltete alle Briefe sorgfältig zusammen, stapelte sie und band sie zu einem ordentlichen Bündel zusammen. Dann nahm er seine Kalenderskizze und hielt eine der Ecken in eine Kerzenflamme. Das Papier flammte kurz auf und Asche fiel auf den Boden wie totes, trockenes Laub.

Nur eine Tatsache schien nicht zu leugnen zu sein: Welche verrückten Geschichten Rachel zuvor auch ersponnen haben mochte, zu irgendeinem Zeitpunkt nach Ostern hatte sie angefangen, entsetzliche Angst zu verspüren. Es war so, wie Sarah Callaway es behauptete.

Daedalus existierte.

Ein steter Regenfluss lief am nächsten Tag an den Fensterscheiben herunter. Sarah ging nervös auf und ab, unfähig, sich zu konzentrieren. Orchideen hingen in Büscheln herunter oder hielten in den Schatten lautlos Wache. Der Brunnen war abgestellt. Die Vögel waren verschwunden.

Doch der kleine Gewächshausdschungel dampfte vor Feuchtigkeit, atmete und wisperte, schuf Geheimnisse, die sich vorzustellen unmöglich war.

Sie hatte allein gefrühstückt, war allein zum Sonntagsgottesdienst gegangen, hatte allein ein leichtes Mittagessen eingenommen. Und jetzt ging sie allein in diesem Treibhaus umher, als befände sie sich in einer Fantasiewelt.

Die Blüten einer blassen *Epidendrum* sammelten sich sie ein Schwarm winziger Schmetterlinge. Eine *Oncidium ornithorhynchum* blühte wie ein scheues Veilchen, doch ihr goldenes Herz schien wie in Honig getränkt. Die Blütenblätter der zierlichen *Cattleya*, die Guy Devoran in der Nacht des Balls betrachtet hatte, war zu einem feuchten Klumpen verwelkt, der leicht faulig roch.

Sarah hatte einige der Orchideenarten schon gesehen, auf Drucken. Andere waren ihr unbekannt, waren Neuankömmlinge aus den fernen Winkeln der Welt. Doch ob opulent oder zart, keine der Orchideen war unschuldig.

Sie setzte sich auf einen Stuhl aus Eisengeflecht. Hoch über ihr stützten gewölbte Steinrippen das Kuppeldach, das im Regen wie eine umgedrehte Silberschale schimmerte.

Schritte knirschten auf der Gerberlohe.

Sarahs Herz explodierte zu Leben, schickte Hitze ihren Nacken hinauf, als Mr. Devoran um eine Gruppe von Orangenbäumen bog.

Er sah sie und blieb abrupt stehen. Das dunkle Haar klebte ihm an der Stirn. Sein Mantel war durchnässt. Schmutzspritzer klebten an seinen Stiefeln und den Hosen aus Wildleder.

Feuer blitzte für einen Moment in seinem dunklen Blick auf und verschwand dann, als wäre eine Eisentür über dem brennenden Herzen eines Hochofens laut zugeschlagen.

Er warf seine kurze Reitpeitsche zur Seite und zog die Lederhandschuhe aus, dann griff er in eine Innentasche und legte Rachels Briefe auf den Tisch neben Sarahs.

»Sie haben sie gelesen?«, fragte sie.

»Danke, ja. Guten Tag, Mrs. Callaway.« Seine Stimme hatte einen leicht spöttischen Unterton. »Ich hoffe, Sie haben gut geschlafen?«

Heiße Verlegenheit durchströmte sie. Sie stand auf und knickste, doch dann lachte sie laut.

»Es tut mir leid. Ja, danke, Sir. Ich habe sehr gut geschlafen. Na ja, eigentlich stimmt das nicht. Ich habe eine ziemlich unruhige Nacht verbracht. Aber nicht, weil ich mich nach irgendeinem Trost gesehnt hätte.«

Er lächelte auf eine echte, sanft fröhliche Weise. »Dann hat die Heilige Messe in Blackdowns Privatkapelle nicht genug Trost spenden können?«

Sie setzte sich wieder und ordnete ihre Röcke. »Ich fürchte nein. Und ebenso fürchte ich, dass ich verdammt sein werde für meine sündige Neugier, es sei denn, Sie sind bereit, sie zu lindern. Sie sind aus gewesen?«

Er wich einer großen gelb-weißen Blüte aus, deren Blütenblätter so üppig wie der Satin eines Hochzeitskleids waren, und der Kelch wie eine sinnliche Explosion. Dann lehnte er sich gegen den Tisch und verschränkte die Arme.

»Ja, und ich muss mich entschuldigen, dass ich mich noch nicht umgekleidet habe und so schmutzig vor einer Dame stehe. Ich wusste nicht, dass Sie hier sind.«

»Haben Sie etwas herausgefunden?«

»Nein.« Dieses Mal war es Oberons Lächeln, das Lächeln, das alle Geheimnisse der Natur in sich barg, das Lächeln, das die Vögel herbeirufen und die Bäume zwingen konnte, zu sprießen zu beginnen. »Nichts, was es rechtfertigt, dass ich es teile.«

Sarah wandte den Blick ab und betrachtete die verborgenen Herzen einer winzigen rotbraunen Orchidee. Lange Blütenblätter kräuselten sich in wilden Ringen ineinander.

»Dann sagen Sie mir bitte, was Sie über Rachels Briefe denken.«

»Ich denke, dass Ihre Cousine ein wenig verrückt ist«, sagte er.

»Dann glauben Sie noch immer nicht, dass sie diesem Mann, den wir Daedalus nennen, je begegnet ist?«

»Im Gegenteil. Ich bin überzeugt, dass sie wirklich Angst vor ihm hatte. Jedoch glaube ich nicht, dass sie ihn zuerst im Januar oder Februar begegnet sein soll.«

»Aber sie hat geschrieben –«

Er stieß sich vom Tisch ab. »Nein, sie hat behauptet, diesen namenlosen Gentleman getroffen und dann geglaubt zu haben, sie hätte sich verliebt. Doch obwohl sie Ihnen den Eindruck vermittelt hat, als sie Ihnen nach Ostern geschrieben hat, ihre Angst vor Daedalus wäre seit einigen Monaten beständig größer geworden, gibt es keinen Hinweis darauf in den beiden vorangegangenen Briefen. Hätte sie Anfang April aufgehört zu schreiben, hätte jeder unvoreingenommene Leser vermutet, dass sie jeden Tag mit einem Heiratsantrag gerechnet hat.«

»Ja, ich weiß, aber ich denke nicht, dass das irgendetwas ändert. Sie hat im Februar und März kaum geschrieben, deshalb ist es nicht überraschend, dass sie alles erst später enthüllt hat. Es sei denn, Sie nehmen an, dass Rachel zwei aufdringliche Verfolger hatte. In dem Fall müsste man dann aber fragen, warum sie dann nur einen erwähnt hat?«

»Ich habe keine Ahnung«, sagte er. »Aber ich habe einen Mann nach Norfolk geschickt, um nach Harvey Penland zu forschen.«

»Genau wie jemand aus Lord Grails Dienerschaft meine Briefe abgefangen haben muss, nachdem Rachel von dort fortgegangen war – in diesem Falle würde dieser Mann wissen, wo meine Cousine sich wirklich in diesen fraglichen fünf Monaten aufgehalten hat, nicht wahr? Oder könnte es sich auch um eine Frau handeln?«

»Nein, es war ohne Zweifel ein Mann«, sagte er. »Diese Person hatte Zugriff auf Grails Frankierrechte, was die Gruppe der Verdächtigen einschränkt. Ich habe vor, als Nächstes dorthin zu reisen. Ich habe auch an Jack geschrieben.«

»An Lord Jonathan? Warum?«

Er ging einen Moment lang auf und ab, ehe er sich auf einen Stuhl auf der anderen Seite des Eisentischs fallen ließ. Ein maskuliner Duft nach Pferden und Leder und frischem feuchten Leinen erfüllte die Luft und drang bis zu Sarah. Hitze sammelte sich in ihrem Schoß.

»Um ihn zu fragen, ob die Hände Ihrer Cousine wirklich wie die einer Küchenmagd ausgesehen haben.«

Sie starrte auf die exakten Linien seiner Finger, die eckigen, kurz geschnittenen Nägel. »Sie denken, er könnte etwas bemerkt haben?«

»Davon bin ich überzeugt. Ebenso sicher bin ich mir, dass wir schon bald mit seiner Antwort rechnen können.«

Sie zwang sich aufzuschauen, auch wenn sie das Gefühl hatte, vom Blitzen seiner dunklen Augen verbrannt werden zu können. »Und dann?«

»Dartmoor.«

»Dann nehmen Sie also an, dass Rachel im April tatsächlich dorthin gegangen ist?«

»Ich bin mir fast sicher.« Er sprang auf und begann erneut, hin und her zu laufen. »Es wäre Ihnen aufgefallen, hätte der Briefstempel nicht gestimmt. Sie hat nicht wissen können, dass der Stempel verwischt werden würde. Und ob wir uns nun über den Zeitpunkt, zu dem sie Daedalus begegnet ist, einig sind oder nicht – vor Ostern hat sie kaum etwas über ihre Angst geschrieben, danach dann sehr viel. Auch wenn die sechs Kinder nicht existierten, gibt es keinen Grund zu vermuten, dass sie gelogen hat, was die Reise nach Devon betrifft.«

»Zumindest wissen wir, dass sie bis dahin noch in dem Cottage gewohnt hat. Würde der Geistliche es bemerkt haben, wenn sie Hampstead verlassen hätte?«

Guy schaute mit solch gequälter Miene, als stünde er am Rand einer Klippe, wo ein unbedachter Schritt seinen Tod bedeuten konnte, zum Glasdach hoch, auf das der Regen unaufhörlich niederprasselte.

»Er hat es nicht erwähnt.«

»Aber warum hätte Rachel nach Dartmoor gehen sollen? Wir kennen niemanden in Devon.«

»Wenn ich dorthin fahre«, sagte er, »werde ich das herausfinden.«

Dunkles, langsam trocknendes Haar lockte sich über seinem Kragen. Der Stoff seines Mantels spannte sich feucht über die breiten, wie gemeißelt wirkenden Schultern unter dem großen

Kragen. Der Saum war noch zerknittert vom Reiten und umschloss seine langen, muskulösen Beine.

Verräterische Erregung tanzte und flatterte in Sarahs Herz.

»Dann sollte ich mitkommen«, erklärte Sarah, »wenn es sich unter Beachtung der Anstandsregeln arrangieren lässt.«

Sein Zögern dieses Mal dauerte länger, als würde er gegen eine verborgene Versuchung ankämpfen.

»Nein«, sagte er schließlich. »Das denke ich nicht.«

»Ich kann natürlich nicht darauf beharren«, fügte sie hinzu. »Ich habe nicht die Mittel, allein dorthin zu fahren, aber –«

Er fuhr herum. »Bitte vergeben Sie mir meine Neugier, Ma'am, aber warum haben Sie Ihrer Cousine Geld geschickt?«

Sie konnte ihren Puls heftig schlagen und das Blut durch ihre Adern rauschen fühlen.

»Wie können Sie es –? Oh, die Briefe, natürlich!«

»Sie haben geglaubt, dass sie als Gouvernante arbeitet. Sicherlich war das Gehalt Ihrer Cousine nicht geringer als Ihres?«

Eine andere Art von Verlegenheit stieg in ihr auf und färbte ihre Wangen. »Nein, aber Rachel brauchte so viele kleine Extradinge, um ihr Leben erträglich zu machen.«

»Und Sie nicht?«

»Ich wohne in der Schule, wo Miss Farcey für alles sorgt, was ich brauche.«

»Wohingegen Rachel manchmal eingeladen wurde, mit der Familie zu essen und sich oft hat unter die Gäste gemischt hat?«

»Was immer die Wahrheit ist, ich wusste, dass sie sich entsprechend kleiden und gewissen Maßstäben genügen musste, und ihre Anstellung war niemals so sicher –«

»Deshalb hat sie Sie um das gebeten, was immer Sie entbehren konnten, und Sie waren glücklich, ihr helfen zu können.

Selbst wenn das bedeutete, dass Sie auf jeglichen Urlaub verzichten mussten.«

»Einige der Schülerinnen, die wir aus Mildtätigkeit aufgenommen haben, wohnen das ganze Jahr über bei uns. Es ist kein Opfer, in Bath zu bleiben und mit ihnen den Sommer zu verbringen.«

Er pflückte eine Orchidee, brach den Stängel wieder und wieder, ließ die Stücke zu Boden fallen, bis er nur noch die Blütenblätter in der Hand hielt.

»Und was war mit Ihrer Zukunft, Ma'am? Sie haben nichts für sich zurückgelegt? Stattdessen haben Sie an jedem Zahltag Ihre Handvoll Extra-Guinees an Ihre Cousine geschickt, damit sie sich ein neues Seidenkleid kaufen konnte oder einen Fächer aus Elfenbein oder die besten Schuhe.«

»Rachel hat niemals gedacht, dass sie würde arbeiten müssen, Mr. Devoran, deshalb war es für sie viel härter. Ihr Leben hat nur aus Feiern und Flirten bestanden, aber als ihre Eltern so hoch verschuldet starben, ist die Zahl ihrer Verehrer dahingeschmolzen wie Schnee in der Sonne.«

»Hatte sie eine Übereinkunft mit einem dieser Verehrer im Besonderen?«

»Nicht gerade eine Übereinkunft, nein, aber einige Gentlemen liefen ihr nach wie junge Hunde, und Rachel dachte, sie würde in der Lage sein, zwischen ihnen zu wählen. Ich glaube, sie hat sich ihrem Schicksal mit großem Mut gestellt, nachdem alle weggeblieben sind.«

»Es war *Mut*, der es einem verwöhnten Mädchen erlaubt hat, Sie der Sicherheit Ihrer Zukunft zu berauben? Welcher verdammte Drang zur Selbstaufopferung hat Sie die Forderungen Ihrer Cousine erfüllen lassen?«

Obwohl sie leichenblass geworden war, sprang Sarah auf die Füße. Sie wollte ihn schlagen.

»Sie halten mich für eine Närrin, weil ich meine Cousine liebe, Sir?«

»Großer Gott, nein!« Die zerdrückten Blütenblätter regneten in das weiche Herz einer weißen Orchidee, als Guy Devoran herumfuhr. »Aber ich glaube nicht, dass ich so viel verdammten Edelmut noch länger ertragen kann, Mrs. Callaway!«

Kapitel 7

Er schickte ihr einen kurzen Brief mit einer Entschuldigung. Nur fünf Zeilen. Elegant formuliert, und sein aufrichtiges Bedauern ausdrückend.

Der Kamin in Ryders Arbeitszimmer war voll von der Asche seiner zahlreichen Entwürfe.

Sobald der Diener mit dem Schreiben das Zimmer verlassen hatte, legte Guy die Füße auf den Schreibtisch, lehnte sich zurück und starrte an die Decke, sein Stuhl balancierte gefährlich auf zwei Beinen.

Dann sollte ich mitkommen, wenn es sich unter Beachtung der Anstandsregeln arrangieren lässt.

Nein! Niemals! Er musste sie gleich morgen früh nach Wyldshay schicken. Miracle würde sich um sie kümmern, und er würde sich nie mehr diesem ehrlichen Blick stellen müssen und mit seiner eigenen Verlogenheit konfrontiert werden. Besonders seit er genügend Hinweise gefunden hatte, um aufrichtig um ihre Sicherheit besorgt zu sein.

Guy hatte keine Vermutung hinsichtlich Daedalus' Identität, aber er war sich jetzt verdammt sicher, dass dieser Mann gefährlich sein konnte.

Als er durch das Gewächshaus gegangen war – es war eine Abkürzung von den Ställen ins Haus –, hatte er unerwartet Sarah Callaway gegenübergestanden. Ihr Blick hatte ihn bis ins Herz getroffen.

Im silbrigen Regengrau hatte ihr Haar in einem dunklen rostbraunen Farbton geschimmert, betont durch das Flechtwerk der Zöpfe, die um ihren Kopf geschlungen waren. Wimpern so hell wie blasser Bernstein rahmten ihre klaren haselnussbraunen Augen. Dann war jenes warme sinnliche Rot in ihre Wangen gestiegen, und für einen Moment hatte er alle Gedanken an seine Ausflüchte, an seine Ehrlosigkeit vergessen. In diesem Augenblick war er mit seinem Verlangen konfrontiert worden, und es hatte ihn erschreckt.

Er hatte es so gut es ging verborgen, bis er es zum Schluss voller Zorn herausgepeitscht hatte.

Doch er durfte wohl kaum so engstirnig sein, Sarah Callaway für etwas zu kritisieren, was auch er getan haben würde, getan *hatte*, dafür dass sie alles opferte, um der Cousine zu helfen, die sie liebte. Weder Ryder noch Jack wären jetzt glücklich verheiratet, hätte Guy Devoran nicht alles in seinem eigenen Leben stehen und liegen lassen, wann immer seine Cousins ihn gebraucht hatten.

Guy sprang auf, der Stuhl fiel krachend zu Boden.

Sarah würde sein Entschuldigung lesen, sie akzeptieren und ihm glauben. Sie musste niemals erfahren, dass er, als Rachel weinend und um seine Hilfe flehend vor seiner Tür gestanden hatte, diesen zarten, verzweifelten Singvogel verführt und zu seiner Geliebten gemacht hatte und mit ihr in dem Haus mit den zylinderhutgleichen Schornsteinen gelebt hatte.

Folglich müsste Sarah niemals argwöhnen, dass Daedalus Guy Devoran sein könnte. Würde sie es dennoch irgendwann vermuten, würde sie ihn vermutlich, falls er Glück hatte, dafür verachten.

Und das würde es ihm sehr viel leichter machen, sie fortzuschicken.

Mit neu gewonnener Entschlossenheit betrat Guy am nächsten Vormittag den Salon. Sarah Callaway erhob sich und knickste. Diese bezaubernde Röte huschte wieder über ihre Wangen, und sie schaute zu Boden, als würde sein Blick sie verbrennen.

»Guten Morgen!« Er verneigte sich mit formeller Eleganz. »Ich denke, Sie haben mein Schreiben erhalten und –«

»Nein, bitte entschuldigen Sie sich nicht noch einmal, Sir! Sie hatten absolut recht. Obwohl ich meine Stellung bei Miss Farcey stets als recht sicher angesehen habe –«

»Nein«, unterbrach er sie. »Meine Worte waren völlig unangebracht.«

»Ich dachte, Rachel wäre unglücklich und ein wenig Putz und schöne Dinge würden sie aufmuntern. Aber Sie hatten ganz recht. Es war dumm von mir, meine eigene Absicherung zu riskieren, ohne mich zu vergewissern, dass sie das Geld tatsächlich für Notwendiges brauchte. Aber am Ende war das der Fall, nicht wahr, besonders als sie vor Daedalus geflohen ist?«

Guy schluckte. Rachel hatte sicherlich den Luxus geliebt, aber sie hatte kein Geld gebraucht, als sie sein Haus in Hampstead verlassen hatte.

»Sie sind sehr großzügig«, sagte er. »Doch ich bin auch gekommen, um mich von Ihnen zu verabschieden. Es gibt Geschäfte, um die ich mich kümmern muss, deshalb habe ich eine Kutsche bestellt, die Sie nach Wyldshay bringen wird.«

»Um beim Duke und der Duchess of Blackdown zu wohnen?«

»Es ist auch Miracles Zuhause. Und, wie der Zufall es will, sind Ryder und Jack mit drei jüngeren Schwestern gestraft, die ohne Zweifel gern etwas über Botanik, Tanz und Geografie lernen würden. Sie könnten den Sommer in der uneinnehmbarsten Burg Englands verbringen – und einer der schönsten außerdem.«

Ihre Röcke raschelten, als Sarah zum Fenster ging. Regen lief die Scheiben hinab.

Ihr Nacken wirkte anmutig und verletzlich, als sie mit hocherhobenem Kopf auf die sich schlängelnden Rinnsale auf dem Fensterglas starrte. Rote Locken streichelten ihren Nacken und ihr Ohr. Guy unterdrückte den heftigen Wunsch, zu ihr zu gehen und die Locken zur Seite zu schieben – auch wenn seine Fingerspitzen vor Verlangen nach dieser Berührung kribbelten.

»Die weißen Türme von Wyldshay erheben sich aus einem See, der aus einem aufgestauten Fluss entsteht«, sagte sie ruhig, »und ähnelt, wenn man so will, Avalon.«

»Und der heilige Georg und seine Drachen fletschen die Zähne, von jeder Wand und jedem Kamin und der Hälfte der Wandverkleidungen herunter.« Er tat sein Bestes, seine Stimme unbeschwert klingen zu lassen. »Andererseits bietet dieses mittelalterliche Gemäuer das Beste an modernem Komfort. Zudem ist es dort im Juli besonders schön.«

»Das bezweifle ich nicht«, sagte sie. »Doch ich glaube nicht, dass ich gehen werde.«

Sie wurden von einem Klopfen an der Tür unterbrochen. Guy ging durch den Salon und riss sie auf. Paul hielt ihm ein Silbertablett entgegen, auf dem ein kleines Paket lag.

»Einer der Burschen brachte dies soeben vom Hotel Brockton herüber, Sir«, sagte er. »Es ist ihm gelungen, es abzufangen und die Gebühr zu zahlen.«

Guy schaute nur kurz auf die Postmarke und die Handschrift auf dem Umschlag, dann wandte er sich zu Sarah um. Er fühlte sich klar und kalt, als wäre er an einem frostigen Novembermorgen draußen zum Schießen.

»Er kommt aus Plymouth, von Rachel«, sagte er. »Ziehen Sie es vor, dass ich Sie allein lasse?«

Ihr Gesicht war kalkweiß. »Nein! Nein, bitte bleiben Sie, Sir, natürlich.«

Guys Puls hämmerte, als er sich an den Kamin zurückzog und dort stehen blieb, während Sarah das Päckchen zu ihrem Stuhl trug und es öffnete. Einige Minuten las sie schweigend das beigefügte Schreiben.

Schließlich schaute sie auf. Ihre Sommersprossen übersäten ihre weiße Haut wie von der sich zurückziehenden Ebbe übrig gebliebene Teile weißer Muschelschalen auf einem Strand.

»Rachel wohnt in Dartmoor, oder besser gesagt sie versteckt sich dort. Sie schreibt nicht, warum und wo genau, scheint aber überzeugt, jetzt sicher zu sein.« Sarah strich sich mit den Fingern über den Mund. »Sie schreibt, dass sie nicht auf mich warten konnte, weil es für sie zu gefährlich geworden wäre, noch länger in London zu bleiben.«

»Auf welche Weise gefährlich?«

»Es gab Vorfälle. Eine Kutsche hätte sie fast überfahren. Eine Mauer ist plötzlich zusammengebrochen, als sie daran vorbeiging, und hat sie nur knapp verfehlt. Ein Räuber hat sie mit einem Messer auf der Straße bedroht, aber zufällig kam eine Gruppe Gentlemen vorbei, was den Schurken in die Flucht geschlagen hat.« Ihre Nasenspitze schimmerte rosa und es schien, als müsste sie die Tränen zurückhalten. »Daedalus hat versucht, sie zu töten.«

»Nein«, sagte Guy. »Er hat nur versucht, ihr Angst einzujagen.«

Sie sprang auf. »Sie wussten bereits von diesen Angriffen?«

Guy stand ruhig da, er war so konzentriert, als wären plötzlich Rebhühner aus ihrer Deckung hervorgebrochen, und er müsste nun entscheiden, wohin er zielen wollte.

»Ja«, erklärte er. »Jedenfalls von den meisten. Wenn auch nichts über die Details, obwohl ich den ganzen Vormittag mit Nachforschungen über genau diesen Punkten verbracht habe. Darf ich den Brief lesen?«

»Behalten Sie ihn, wenn Sie wollen!« Ihre Finger zitterten, als Sarah den Brief auf den Tisch legte und sich abwandte. Ihr Nacken wirkte schmerzhaft schmal unter dem schweren Haarknoten. »Jedes Wort hat sich bereits in mein Gedächtnis eingegraben.«

Guy überflog rasch die Seiten – sie enthielten einige wertvolle neue Einzelheiten –, obwohl sein Herz angesichts Sarahs offensichtlichen Schmerz brannte.

»Ist das der Grund, warum Sie mich in eine von einem Wassergraben umgebene Burg schicken?«, fragte sie.

Guy wünschte sich verzweifelt, sie trösten zu können. Er beendete die Lektüre von Rachels Brief und steckte ihn in seine Tasche. Er würde sich später die Zeit nehmen, den Rest zu analysieren.

»Ja. Einiges davon habe ich an jenem ersten Tag herausgefunden, nachdem wir uns im Buchladen begegnet sind, mehr dann am darauffolgenden Tag. Jack hat mir geholfen – es waren gerade so viel Hinweise, um meine schlimmsten Befürchtungen noch zu verstärken.«

Sie trat erneut ans Fenster. »Also war wirklich ein Tiger im Gewächshaus?«

Guy ging mit großen Schritten hin und her. Er balancierte noch immer auf dem schmalen Grat zwischen Wahrheit und Unwahrheit und versuchte, seine eigene Verletzbarkeit zu verbergen.

»Wenn Sie es so ausdrücken wollen? An jenem Tag befürchteten Jack und ich, dass jemand versucht hat, Ihre Cousine umzubringen. Glücklicherweise bin ich jetzt absolut sicher, dass ihr Tod niemals in der Absicht dieses Mannes lag.«

Sarah ließ sich auf die breite Fensterbank sinken, ihr Profil hob sich hell gegen den grauen Tag ab, als wäre ihr rotes Haar die Flamme der Welt.

»Und Sie haben sich entschieden, das alles vor mir zu verbergen?«

»Natürlich! Es hätte auch für Sie eine Gefahr bestehen können – könnte es noch.«

»Das scheint höchst unwahrscheinlich«, sagte sie. »Daedalus kann nicht einmal wissen, dass ich existiere.«

»Zum Teufel, Ma'am! Ich werde dieses Risiko nicht eingehen, ganz egal, ob er Rachel mit Absicht getötet hat oder nicht. Wenn nämlich tatsächlich ein abgewiesener Verehrer hinter solchen Übergriffen steht, dann muss er wahnsinnig sein.«

»Deshalb werden Sie mich nach Wyldshay schicken?«

»Ja, natürlich! Glücklicherweise würde niemand, der seine fünf Sinne beisammen hat, die Chance ausschlagen, dorthin eingeladen zu werden.«

Sarah sprang von ihrem Stuhl auf. »Dann habe ich meine fünf Sinne offensichtlich nicht beisammen! Denn ganz egal was Sie davon halten, ich werde sofort nach Plymouth reisen, zu Rachel. Wie lange es auch dauern mag, ich werde dort jeden Stein umdrehen, bis ich sie gefunden habe.«

»Das werde ich nicht zulassen«, sagte er.

Heiße Hitze flutete ihre Wangen. »Ich sehe wirklich nicht, wie Sie mich davon abhalten könnten, Sir.«

Es war eine Karte, die auszuspielen er hasste, aber er spielte sie dennoch aus. »Wie wollen Sie ein solches Abenteuer finanzieren, Ma'am? Sie haben mich annehmen lassen, dass Ihre Mittel erschöpft sind.«

»Dann haben Sie den Brief nicht bis zum Ende gelesen, Sir. Rachel hat erkannt, dass ich selbst in finanzielle Schwierigkeiten geraten könnte, würde ich unter diesen Umständen nach London reisen. Deshalb hat sie mir als Ausgleich für meine Ausgaben dies hier geschickt.« Sarah streckte den Arm aus.

Ein Armband – schimmernd wie winzige strahlende, mit Gold überstäubte Kornblumen – funkelte in ihrer Hand. »Ein Geschenk von Daedalus, nehme ich an, das ich verkaufen kann, wenn ich will.«

Verdammt!

In eine solch absurde Situation geriet man selten, dachte Guy selbstironisch und sein Zorn musste erneut Selbstspott weichen.

Er zog eine Augenbraue hoch. »Sie haben Erfahrung darin, Juwelen gegen Bargeld zu tauschen, Ma'am?«

»Nein, aber ich bin sicher, dass ich das fertigbringen werde – es sei denn, es handelt sich einfach nur um eine Nachbildung und ist nichts wert. Aber Rachel glaubt, dass das Schmuckstück wertvoll ist, und ein respektabler Juwelier würde mich doch sicherlich nicht betrügen?«

»Natürlich nicht, aber wenn Sie damit zu *Rundle und Bridges* gehen, wird man Ihnen zunächst einige verdammt unangenehme Fragen stellen.«

Sie berührte die blau funkelnden Steine mit den Fingerspitzen. »Und Sie denken, falls Daedalus es dort gekauft hat, dann könnten sie es ihm sagen, oder er könnte es dort entdecken und anfangen zu fragen, wer es zurückgebracht hat?«

Guy verschränkte die Hände hinter seinem Rücken. Er verabscheute sich selbst dafür, seine Worte so sorgsam wählen zu müssen – als würde er mit einer silbernen Mistschaufel ein Loch für sich selbst graben.

»Würde ich es für klug halten, würde ich mich anbieten, es für Sie zu verkaufen. Ich könnte es behalten, so lange ich meine Nachforschungen anstelle, und es dann privat verkaufen. Jedoch gibt es weder auf die eine noch die andere Weise etwas zu gewinnen.«

Sarah ging an den Tisch zurück. »Sie meinen, es ist so wenig wert, dass ich nicht einmal meine Fahrt mit der Kutsche davon bezahlen könnte?«

Für den Bruchteil einer Sekunde war er versucht, das Armband für sie zu verkaufen und vorzugeben, nur ein paar Schillinge dafür bekommen zu haben. Sie würde es nie herausfinden. Dann würde sie ihrer Abreise zustimmen müssen.

Doch weil er die Vorstellung nicht ertragen konnte, zu was er durch ein solches Handeln werden würde, sagte er ihr die Wahrheit. »Im Gegenteil, ich bin sicher, dass es sehr viel mehr wert ist als Euer Jahressalär als Lehrerin.«

Das Armband klirrte auf den polierten Tisch, als hätten die Saphire sie verbrannt.

»Dann wüsste ich zunächst einmal nicht einzuschätzen, warum Rachel ein so wertvolles Geschenk von einem Gentleman angenommen haben sollte!« Sarah setzte sich, stützte die Stirn in die Hand und starrte auf den Schmuck, dann fuhr sie sich mit der Hand über das Haar. »Sie muss Angst gehabt haben, es abzulehnen oder es zurückzugeben. Kein Wunder, dass sie es mir geschickt hat! Sie muss es hassen.«

»Ohne Zweifel«, sagte Guy und fragte sich, wobei es ihm einen kleinen Stich von Zorn versetzte, ob das wahr sein könnte.

»Dann darf ich Sie fragen, ob Sie es für mich verkaufen würden, Mr. Devoran?«

»Selbst wenn ich Ihnen jetzt den Gegenwert in Geld geben würde, Ma'am, müssten Sie trotzdem nach Wyldshay gehen.«

»Nein.«

»Die Kutsche ist bestellt.«

Leidenschaft blitzte in ihren Augen auf. »Wenn Sie versuchen, mich zu zwingen, Sir, dann werde ich dieses Armband selbst verkaufen, wie groß das Risiko auch sein mag, und werde hingehen, wohin ich wünsche.«

»Und was dann?« Er strich sich das Haar zurück. »Sie zeigen weder Sorge um Ihre Sicherheit noch um Ihren Ruf. Wenn Sie nach Devon reisen, wie zum Teufel sind die Aussichten, dort eine Anstellung zu finden, wenn Ihre Mittel erst erschöpft sind?«

Sarah sprang auf. »Ich sehe nicht, wie Sie mich aufhalten könnten, Sir, es sei denn, Sie würden mich hier gefangen halten. Bevor sie nach Wyldshay zurückgekehrt ist, hat Lady Ryderbourne mir versprochen, dass es mir – was immer ich inzwischen tue – niemals an einer sicheren Zukunft fehlen wird.«

Guy blieb abrupt stehen und war zum ersten Mal seit längerer Zeit richtig erheitert. Die Schicksalsgöttinnen – weiblichen Geschlechts, natürlich – waren offensichtlich entschlossen, ihm bei jeder Gelegenheit einen Strich durch die Rechnung zu machen.

»Ich bin also im Netz einer Verschwörung der Ladys gefangen! Denn Miracle wird nicht nur ihr Wort halten, sondern ohne Zweifel wird die Duchess ihr darüber hinaus den Rücken stärken. Ihre Gnaden hat eine unglückselige Schwäche für radikale politische Ansichten, die sich in einer großzügigen Toleranz gegenüber unabhängigen jungen Damen zeigt.«

Sarah lachte, wenn auch mit einer kleinen Spur von Bitterkeit. »Du lieber Himmel! Miss Farcey würde ihren rechten Arm hergeben, um den Schutz der Duchess of Blackdown zu gewinnen. Wenn Sie mir also einen Betrag im ungefähren Wert dieses Armbandes geben, Mr. Devoran, werde ich nach Devon reisen.«

»Und was genau werden Sie tun, wenn Sie dort sind? Allen und jedem verkünden, dass Sie gekommen sind, um nach Miss Rachel Mansard zu suchen?«

»Das Risiko, das ich damit eingehe, kümmert mich im Moment wenig«, sagte sie.

»So viel habe ich verstanden, Mrs. Callaway«, entgegnete er

kühl. »Doch wenn Sie jetzt stehenden Fußes nach Dartmoor eilen, werden Sie sehr wahrscheinlich Miss Mansard in eine noch riskantere Situation bringen.«

Eine dunkle Röte überzog ihre Wangen. Ihr Blick brannte. Ihre Sommersprossen sprenkelten ihren Nasenrücken wie Sterne die Milchstraße. Ihr Mund war eine unerwartete Versuchung.

Trotz der Eiseskälte in seiner Stimme rauschte sein Blut heiß.

»Wäre es Ihre Cousine, Mr. Devoran«, fragte sie, »was würden Sie tun?«

Eine stumme Strömung schien zwischen ihnen zu fließen: ein völlig unerwartetes, tiefes Verständnis. Einige Wahrheiten waren zu groß, um geleugnet werden zu können. Er war übertrumpft.

»Natürlich Himmel und Hölle in Bewegung setzen und alles aufs Spiel setzen«, sagte er einfach.

Sarah strich das Armband auf dem Tisch glatt. Selbst an einem so trüben Tag strahlten die Steine mit blauem Feuer.

»So wie ich«, sagte sie. »Besonders jetzt, da Rachel mir meine finanzielle Unabhängigkeit ermöglicht hat.«

Sie zerpflückte seine Pläne wie eine Katze ein Wollknäuel. Guy betrachtete das Chaos der Fadenenden und begann, rasch die einzig tragbare Lösung daraus zu weben. Er konnte Sarah Callaway nicht zwingen, sich nach Wyldshay zurückzuziehen. Er konnte ihr aber auch nicht erlauben, ohne Schutz nach Plymouth zu reisen.

»Also gut«, lenkte er ein. »Ändern wir die Bedingungen. Sie haben die Suche nach Rachel bereits in meine Hände gelegt, als wir uns im Buchladen begegnet sind. Deshalb bitte ich Sie, mir auch weiterhin zu gestatten, Ihnen zu helfen, trotz unserer Meinungsverschiedenheiten.«

Ihre Augen suchten sein Gesicht. »Auch wenn da noch immer etwas Wichtiges ist, das Sie mir nicht sagen?«

»Es gibt sehr viel mehr Dinge, die ich Ihnen nicht sage, nicht nur diesen einen Punkt«, erklärte Guy. »Obwohl Sie sehr geschäftig damit sind, einiges davon selbst herauszufinden.«

»Rachel hat sonst niemanden, Mr. Devoran. Wenn ich nicht nach Devon fahre, würde ich nur vor Sorge verrückt werden, und ich würde zu viele Tagesreisen von ihr entfernt sein, um ihr helfen zu können, wenn sie mich braucht. Auch wenn ich durchaus weiß, dass es ein närrisches Unterfangen ist, ohne einen Plan aufzubrechen, worin Sie mir gewiss zustimmen, nicht wahr?«

Guy ging einige Schritte. Daedalus hatte keinen Grund, Sarah Callaway zu verdächtigen, und der Augenschein ließ vermuten, dass er bereits sein Ziel erreicht hatte, Rachel aus London zu vertreiben. Beide Frauen waren in Devon vermutlich sicherer als in der Stadt.

Dennoch fühlte Guy sich, als würde er durch einen langen, dunklen Tunnel laufen, auf eine eigentümlich schreckliche Verdammnis zu.

»Ich hatte bereits geplant, nach Dartmoor zu reisen«, sagte er. »Allerdings werden Sie und ich kaum zusammen reisen können. Lord und Lady Overbridge geben nächste Woche eine Gesellschaft. Buckleigh liegt nur wenige Meilen östlich von Plymouth, nicht weit entfernt vom Rand des Moors. Ich kann es arrangieren, dass auch Sie dorthin eingeladen werden.«

»In welcher Eigenschaft?«, fragte sie.

»Gott, ich weiß nicht! Als Gast, wenn Sie wollen.«

Sie strich mit den Fingerspitzen nachdenklich über die geschliffenen Steine. »Das sähe sehr seltsam aus, denken Sie nicht? Vielleicht braucht eine der dort anwesenden Damen eine Gesellschafterin?«

»Nein«, sagte er. »Aber ich habe eine bessere Idee.« Er wandte sich zu ihr und sah sie an. »Wären Sie in der Lage, die Damen zu unterhalten, indem Sie ihnen einige Vorträge über Pflanzen halten?«

Ihr Lächeln brachte ihr Gesicht zum Strahlen, als würde eine Lampe unter ihrer zarten Haut brennen. Sein Herz machte einen Sprung.

»Sie könnten das arrangieren?«, fragte sie.

»Mit Lady Overbridge? Ja, natürlich. Botanik ist zurzeit ein beliebtes Thema bei den Frauen. Buckleigh brüstet sich mit seinen weitläufigen neu angelegten Gärten, und Lady Overbridge ist sehr stolz darauf. Ich selbst werde kommen, sobald ich den Rest meiner Nachforschungen hier in London beendet habe. Bis dahin verlasse ich mich auf Ihre Diskretion.«

»Danke, Mr. Devoran. Wenn Lady Overbridge zustimmt, ist es ein ausgezeichneter Plan.«

»Wenn Sie mir erlauben, werde ich Ihnen eine Summe in der Höhe des annähernden Wertes dieser Preziose geben und es in den Safe des Dukes legen, bis Sie den Rest ausbezahlt zu bekommen wünschen.«

Sie nahm das Armband und reichte es ihm. »Sie sind sicher, dass es so viel wert ist?«

»Ich bin mir dessen absolut sicher, Mrs. Callaway«, sagte er.

Guy steckte den Schmuck in eine Innentasche seiner Weste und verließ das Zimmer. Die Saphire brannten eine heiße Spur in seine Seele. Er wusste, dass das Armband aus echtem Gold und kostbaren Steinen war, denn er selbst hatte es für Rachel gekauft.

Sarah reiste in Lady Overbridges zweiter Kutsche, zusammen mit der Gouvernante und einer sehr überheblichen Kammerzofe. Ihre Ladyschaft hatte erklärt, dass es die entzückendste Idee wäre, die ihr seit Jahren zu Ohren gekommen wäre. Jeder interessiere sich für die Botanik in diesen Tagen, zumal das Studium der Pflanzen ein angemessener Zeitvertreib für jede Lady sei. Wie absolut hinreißend es doch wäre, eine junge Lady zu ihrer Gesellschaft einzuladen, ihre Gäste alles über Stempel und Staubgefäße zu lehren und die Frage zu erörtern, warum Blumen überhaupt Blütenblätter hatten!

Ob Lady Whitely ihr nicht beipflichte?

Lady Whitely, die während Sarahs Gespräch mit ihrer künftigen Arbeitgeberin dabei gewesen war, tat das höchst gewiss.

Genau genommen hatte Lady Overbridge ihrer Meinung, begleitet von einem hübschen kleinen Kichern, dann noch hinzugefügt: »Wenn es außerdem auch noch Mr. Devorans Anwesenheit – ein *so* gut aussehender Gentleman! – bei *meiner* Gesellschaft sicherstellt, würde ich auch einen Hottentotten im Federschmuck einladen.«

Sarah unterdrückte ihr Lächeln. Ein wenig Bescheidenheit gegenüber Höhergestellten war immer notwendig, aber das hielt sie nicht davon ab, höchst amüsiert zu sein, als sie an dieses Gespräch zurückdachte.

Sie schaute aus dem Kutschenfenster auf die sommerliche Landschaft. Ihre Reise würde einige Tage dauern, und sie, ironischerweise, durch Bath führen. Dort würde sie noch einige Kleider und Bücher einpacken und Miss Farcey erklären können, dass sie einen Sommerurlaub machen würde. Und dass sie noch nicht sagen könnte, wann sie zurückkehren würde.

Da sie jetzt unter dem Schutz einer Duchess stand, würde sie in der Lage sein, eine Anstellung zu finden, was immer auch in der Zwischenzeit geschehen würde, und Miss Farcey würde sie ohne jeden Zweifel gern wieder einstellen, ohne Fragen zu stellen. Dieses Gefühl von Freiheit war bemerkenswert verwirrend. Ebenso wie es das Wissen war, dass sich eine hübsche Summe in Münzen in ihrem Ridikül befand: ein Kredit von Mr. Devoran in ungefähr der Höhe des Werts von Rachels Armband.

Dennoch umkreiste noch wirkliche Besorgnis jenes kleine Glück, als würden Hunde eine Katze ärgern, die sich auf einen Baum geflüchtet hatte. Rachel verbarg etwas Unbekanntes in Dartmoor, weil Daedalus – auch wenn Mr. Devoran etwas anderes behauptete – versucht hatte, Rachel zu töten.

Mr. Devoran war in London geblieben, um diesen sogenannten Unfällen tiefer auf den Grund zu gehen. Was würde ihn erwarteten, welche Gefahr ging von den Verbrechern aus, die Daedalus angeheuert hatte, um solche Anschläge zu verüben?

Lady Overbridge und Lady Whitely waren nicht die einzigen Damen, die am Boden zerstört sein würden, käme Mr. Devoran nicht nach Buckleigh, wie er es versprochen hatte.

Die Straße war noch heruntergekommener, als Guy erwartet hatte. Schäbige Häuserreihen mit rußigen Mauern und trüben Fenstern in einer Gegend, in der einst wohlhabende Kaufleute ansässig gewesen waren, die aber jetzt kaum noch Spuren früherer Respektabilität aufwiesen.

Er zog sich in die tiefen Schatten zurück und wartete.

Rachels letzter Brief steckte sicher verwahrt in seiner Westentasche. Er enthielt genügend weitere Details über die Anschläge auf ihr Leben, sodass er in der Lage gewesen war, einige neue Spuren aufzunehmen. Die zusätzliche Information, die er von Jack bekommen hatte, zusammen mit den Ergebnissen seiner früheren Nachforschungen, hatten Guy eine verdammt genaue Ahnung dessen vermittelt, was Daedalus zu erreichen versucht hatte.

Jetzt war die Zeit gekommen, sich Gewissheit zu verschaffen.

Die Mauer, die so plötzlich zusammengebrochen war, hatte zu einem verlassenen Gebäude am Ende dieser Straße gehört. Rachel war auf ihrem Rückweg von der Poststation oft daran vorbeigegangen, ehe sie in die Goatstall Lane einbiegen musste. Anfang Juni waren die obersten Steine der Mauer herabgestürzt und hatten sie nur knapp verfehlt.

Ein so dramatisches Ereignis hatte glücklicherweise Zeugen gehabt.

Doch die Bewohner der Lower Cornmere Street würden verständlicherweise nur sehr widerstrebend mit einem Gentleman reden. Deshalb trug Guy – obwohl er keinen Versuch gemacht hatte, seine Fähigkeit zu verbergen, sich im Fall der Fälle auch zu verteidigen – eine verdammt große Menge Dreck im Haar und auf der Haut, dazu eine gleichermaßen schmutzige Jacke, Arbeitshosen und derbe Stiefel.

Seine Art zu sprechen hätte ihn jedoch sofort verraten. Glücklicherweise hatten er und Jack als Jungen so viele Dialekte von den Dienstboten auf den verschiedenen Besitzungen des Herzogtums und auf Birchbrook aufgeschnappt, wie es ihnen möglich gewesen war. Und als wilde junge Männer hatten sie sich bei Preisboxern und deren Kumpanen die Fähigkeit des Faustkampfs erworben, die Jack seit damals mehr als einmal das Leben gerettet hatte.

Guy vertraute darauf, dass dieses Können jetzt auch seines retten würde.

Ein paar früh am Himmel stehende Sterne kündigten bereits die Abenddämmerung an, als der Mann, auf den Guy gewartet hatte, das Merry Dogs verließ und sich schwankend auf seinen Weg die Straße entlang machte. Der Mann hinkte stark.

»Stainbull!«, zischte Guy, als der Mann auf seiner Höhe war. »Du spielst Katz und Maus mit mir, du verdammtes Schlitzohr!«

Stainbull blieb abrupt stehen. Er starrte unter der Krempe seines speckrandigen Huts hervor und bedachte Guy dann mit einem seine verfaulten Zähne präsentierenden Grinsen.

»Mr. Uxbridge, Sir? Ja, Sir, Sie haben mir das ja klargemacht das letzte Mal, dass Sie ein Mann von Welt sind. Sie werden doch dem armen Stainbull nichts antun, Sir?«

Guy versuchte den Gestank nach billigem Bier und rohen Zwiebeln zu ignorieren und packte den Mann am Kragen.

»Und wie ich dir auch schon sagte, *Sir*, will ich einen Namen hören, mehr will ich nicht. Ich weiß, wer es getan hat. Aber wer hat ihn dafür bezahlt?«

»Nun, Sie sind ja ein heller Kopf, Sir! Wo sind die Moneten, die Sie mir versprochen haben?«

Guy drängte Stainbull gegen die Mauer, zog sein Messer und hielt es ihm an die Kehle.

»Du liegst schon auf dem Schinderkarren, Kumpel. Los, erst den Namen, dann sehen wir weiter. Oder vielleicht ist dir ein Treffen mit dem Henker lieber?«

»Gott ist mein Zeuge, Mr. Uxbridge, Sir! Ich weiß von nichts!«

Guy packte fester zu. »Da hat mir ein kleiner Vogel aber was ganz anderes ins Ohr gezwitschert.«

Stainbull reckte den Kopf, seine Augen traten aus ihren Höhlen. »Ist ja schon gut, Sir, kein Grund sich aufzuregen! Die Planung war gut, alles lief wie geschmiert. Dem Frauenzimmer ist ein bisschen Staub auf die Haube gerieselt und hat sich zu Tode erschrocken. Aber sie ist dann nach Hause gegangen, glücklich bis über die Kiemen, wie Sie sich denken können. Nicht ein hübsches blondes Haar auf ihrer hübschen blonden Birne ist ihr gekrümmt worden, Sir.«

Guy schaute finster drein, hielt seine Lippen aber fest geschlossen, damit seine guten Zähne ihn nicht verrieten, auch wenn er den Mund mit starkem Tee ausgespült hatte, um sie fleckig aussehen zu lassen.

»Und wenn ein Kerl wissen will, wie man an einen Job kommt, der so gute Planung erfordert, dann weiß er, mit wem er reden muss. Aber was, wenn dieser Bursche sich nicht drum schert, wie es passiert, sondern nur wissen will, wie der Kerl heißt, der das befohlen hat?«

Stainbull schaute sich ängstlich um. Niemand sonst war in Hörweite. Er leckte über seine trockenen Lippen und blinzelte Guy an.

»Dann wäre dieser Bursche zu spät gekommen. Der Mann ist weg.«

Die Messerspitze drohte, ihn bluten zu lassen. »Der Name?«

»Falcorne, Sir! Der Laffe nennt sich Falcorne! Ein mittelgroßer, kräftiger, dunkelhaariger Kerl mit blauen Augen.«

Es war das dritte Mal, dass Guy diese Beschreibung hörte: aber ohne Zweifel war das nicht der wahre Name des Gesuchten. Und die Beschreibung – mittelgroß und kräftig, braune Haare und blaue Augen – passte auf die Hälfte der Schurken in London.

Guy hielt Stainbull noch immer gegen die Wand gedrückt, lockerte seinen Griff aber ein wenig.

»Und womit verdient sich dieser Falcorne seinen Lebensunterhalt, dass du ihn als Laffen bezeichnest?«

»Der Kerl hat vornehm getan und sich wie ein Gentleman aufgeführt, obwohl er gewöhnlich genug war, um mit seinen Pfoten im Dreck zu wühlen.«

Guy klimperte mit den Münzen in seiner Tasche. »Welche Art von Dreck?«

»Dreck, Sir! Erde vermutlich. Hatte Fingernägel so schwarz

wie die Nacht. Aber Sie werden ihn nicht mehr finden, Sir. Der Job ist erledigt, und das Weibsbild ist mit dem Schrecken davongekommen, deshalb ist er bestimmt zurück nach Hause.«

Für eine Sekunde drohte Guys Klinge, in die Kehle des Mannes zu schneiden. »Und wo ist das, Stainbull?«

»Meine Braut war mal mit 'nem Schmied verheiratet, der aus der Gegend südlich von Dartmoor kam. Dieselbe Art zu reden. Sucht ihn dort, zwischen dem Moor und dem Meer, hat sie gesagt.«

Eiswasser tropfte Guys Rückgrat herunter. »Was noch?«

Stainbull wand sich. »Nun, ich hab gedacht, er könnte verrückt sein, Sir. Er war betrunken und hat gesagt, er könnte was erzählen von der Königin von Dänemark und von Marie Louise, und von Charles de Mills aus dem Old Velvet, und dass er eine Schwäche für einen Mönchskopf oder eine Exotin mit rubinroten Lippen hat. Dann hat er gegackert wie ein Huhn. Mehr weiß ich nicht, Sir. Bitte, Sir, verschonen Sie mich arme Seele! Sie werden doch dem armen Stainbull nichts tun, Sir, der mit einem lahmen Bein auf die Welt gekommen ist und noch nie jemandem was getan hat?«

Fast taub vor Schock ließ Guy den schmierigen Kragen Stainbulls los, gerade als etwas Scharfes den Rand seines Blickfeldes verwischte. Er fuhr sofort herum und schlug mit einer Hand hart zu.

Er konnte sich fast einreden, dass er sich die gefährliche Klinge nur eingebildet hatte, abgesehen davon, dass seine Handkante von der Wucht des Schlags gegen den hölzernen Griff des Messers höllisch schmerzte. Eine Sekunde später, und der Stich wäre ihm in den Magen oder in die Rippen gegangen.

Stainbull wich zur Seite und grinste, das Messer hatte er bereits wieder in seinen Kleidern versteckt.

»Sie sind ein gefährlicher Bursche, Mr. Uxbridge, Sir«, sagte er.

Ehe er es unterdrücken konnte, lachte Guy. Er warf aber auch eine Hand voll Münzen auf das Steinpflaster.

Während Stainbull sie aufsammelte, ging Guy davon. Das war eine verdammt schmerzhafte Art gewesen, seine Schlussfolgerungen angesichts der Neuigkeiten zu überprüfen, die er erfahren hatte. Glücklicherweise kam jetzt kein Messer mehr durch die Luft gezischt, um ihm den Garaus zu machen. Was für ein haarsträubendes Erlebnis!

Der lahme Mr. Stainbull hatte eine Mauer zu genau dem richtigen Zeitpunkt einstürzen lassen, um Rachel zu erschrecken, aber unververletzt davonkommen zu lassen. Genau wie der andere Mann, der ebenfalls von Falcorne angeheuert worden war, um die anderen ›Unfälle‹ zu inszenieren. Stainbull war ein Schuft, aber kein Mörder.

Wenn Daedalus wirklich einen Mord geplant hatte, dann hätte er andere Speichellecker für seine Zwecke eingespannt, und Rachel wäre jetzt tot. Doch wer wusste schon, ob oder wann sich das ändern konnte?

Marie Louise war der Name einer rosafarbenen Damaszenerrose.

Die *Queen of Denmark* war etwas blasser in der Farbe und kürzlich aus Frankreich importiert worden. Sie blühte in der Farbe von Sarah Callaways Wangen, wenn diese besonders aufgebracht war.

Charles de Mills, eine dunkelrote Gallicarose, war eine Verwandte der Apothekerrosen, obwohl jeder, der sich mit Blumen auskannte, leicht den Unterschied beschreiben konnte.

Was noch erstaunlicher war: der *Mönchskopf* und die rotlippige *Cattleya* waren beides Orchideen: teure, sinnliche, exotische Orchideen.

Und der Mann hatte mit einem Dialekt gesprochen, wie er im südlichen Devon anzutreffen war. Das war Mr. Stainbulls beunruhigendste Bestätigung von Guys Schlussfolgerungen.

Falcorne hatte Schmutz unter seinen Fingernägeln, und er verfügte über Fachwissen über Blumen. Er war kein Gentleman, aber der Gärtner eines Gentleman, der von Dartmoor hergeschickt worden war, um die Anschläge gegen Rachel auszuführen, während Daedalus selbst zu Hause geblieben war.

Und Guy Devoran – galanter Cousin der klugen St. Georges – hatte soeben Sarah Callaway losgeschickt, damit sie Lady Overbridges Gästen auf Buckleigh etwas über Botanik beibrachte. Nach Buckleigh, dessen Grund und Boden sich bis an den Rand des Moors erstreckte.

Obwohl ihn niemand zu beobachten oder zu verfolgen schien, wartete Guy, bis sein Haus völlig in Dunkelheit gehüllt war. Sobald er die Küche betreten hatte, streifte er das schmutzige Halstuch ab und warf das Messer beiseite. Eine Schüssel mit Wasser war schon für ihn bereitgestellt worden. Guy wusch sich die Hände und ging in das Arbeitszimmer, um sich einen Brandy einzuschenken.

Ein Brief lag auf seinem Schreibtisch. Er brach Jacks Siegel mit dem Drachen und faltete das Blatt auseinander. Die ganze Nachricht war in einem Code verfasst.

Mein lieber Guy,

Anne geht es sehr gut, wir danken Dir für deine Nachfrage und schicken Dir ihre besten Wünsche zurück.

Als ich Rachel Wren in dieser Gasthausküche antraf, waren die Hände dieser geheimnisvollen Person ein wenig gerötet, prahlten aber ansonsten mit sauber manikürten Fingernägeln.

Da sie kaum wusste, wozu der Eimer diente, schien es wahrscheinlich – andererseits jedoch auch wieder unwahrscheinlich –, dass sie eine notleidende Dame war, die auf irgendeine Weise in diese missliche Lage geraten war, also weder eine Schauspielerin ohne Engagement noch eine Vertreterin eines bestimmten Gewerbes.

Ihre Stimme und ihr Benehmen verrieten dasselbe.

Genug Grund – zusammen mit ihrer leichten Ähnlichkeit mit Anne –, sie für den Ausflug mit der Jacht zu wählen und sie großzügig dafür zu entschädigen.

Ich kann deine weiteren Feststellungen nur bestätigen. Warum sonst hättest du die folgenden Monate damit verbracht, nach ihr zu suchen?

Dein Dir stets ergebener Cousin,

Jack St. G.

PS: Anne wittert ein Abenteuer und ist um Deine Sicherheit besorgt. Ich habe sie von Deiner Tapferkeit überzeugen können, aber natürlich weiß sie nicht, wie viel Du im Geheimen für Ryder und für mich während all der Jahren bewerkstelligt hast. Dafür kann ich Dir niemals genug danken.

Immer zu Deiner Verfügung, solltest Du mich brauchen – J. St. G.

Guy starrte nachdenklich in sein Glas. Er hatte immer gewusst, dass Rachel nicht wirklich eine Küchenmagd gewesen sein konnte. Er war nur nicht ganz sicher gewesen, wie lange es her gewesen sein konnte, dass sie das Leben einer Lady geführt hatte. Nach Jacks Beobachtungen konnte es nicht länger als ein paar Tage gewesen sein.

Wo also zum Teufel – und wie – hatte sie in diesen fünf Monaten gelebt, nachdem sie Grail Hall verlassen hatte, und bevor er ihr im Three Barrels zum ersten Mal begegnet war?

Nach dem Tag auf der Jacht hatte sie sich ins Knight's Cottage zurückgezogen, um dann nur acht Monate später zu ihm zu kommen und ihm zu erlauben, sie zu verführen. Sie hatten zusammen in dem Haus mit den hohen schwarzen Schornsteinen gelebt. Doch Rachel hatte ihm offensichtlich nie so sehr vertraut, dass sie ihm die Wahrheit über ihre Identität oder ihre Vergangenheit erzählt hatte. Stattdessen hatte sie ihm Märchen aufgetischt und war dann ohne ein Wort fortgegangen.

Mit diesem Wissen, das sich wie ein Wurm in seiner Seele wand, klingelte Guy nach seinem Kammerdiener und befahl ihm, ein heißes Bad vorzubereiten, ehe er, zwei Stufen auf einmal nehmend, die Treppe zu seinem Schlafzimmer hinaufstieg. Während er auf das Scheppern der Kannen wartete, zog er sich aus und spritzte sich kaltes Wasser aus dem Krug auf dem Waschtisch ins Gesicht und über den Kopf.

Kleine Rinnsale liefen an seinem Oberkörper herunter. Er rieb sich mit einem Handtuch trocken und ging zur Kommode, holte frische Wäsche für den Abend heraus und warf sie aufs Bett.

Während sein Diener zusammenpackte, was Guy für die Gesellschaft in Devon brauchte – und die schnellste Reisekutsche und die schnellsten Pferde bestellte, die noch in den Ställen von Blackdown House standen –, würden Guy noch einige Stunden bleiben, in denen er mit den Männern sprechen konnte, die er ausgeschickt hatte, um in London alle noch verfügbaren Informationen zu sammeln.

Er würde das, natürlich, wieder als Gentleman gekleidet tun. Und in derselben Verkleidung würde er dann Tag und Nacht unterwegs nach Buckleigh sein.

Seine Ankunft würde von einer Menge weiblichen Gekichers begleitet sein, wenn auch nicht von dem Sarah Callaways. Sie würde ein wenig erröten oder den Blick mit der ihr eigenen wunderbaren Schüchternheit abwenden. Würde war ihr so natürlich gegeben wie das Atmen.

Während seiner Abwesenheit würde er die Aufgabe, die Hinweise über Grail Hall zu verfolgen, delegieren müssen. Er zog ein Blatt Papier hervor und schrieb eine chiffrierte Nachricht an Jack.

Poltern und Klirren verriet die Ankunft der Diener mit dem heißen Wasser für sein Bad. Guy warf das Handtuch beiseite und ging in das angrenzende Ankleidezimmer.

Obwohl er die Bemühungen der Männer mit einem Lächeln registrierte, starrten ihm seine Augen schwarz vor Zorn aus dem Spiegel entgegen. Einem nackten Mann sah man weder seinen Rang noch seine Erziehung an. Wie tief musste ein Mann ins Verderben verstrickt sein, bis er sein Recht auf den Titel eines englischen Gentleman verwirkte?

Glücklicherweise würde niemand seinen Status, zur oberen Gesellschaftsschicht zu gehören, oder seine Ehre infrage stellen, dort unten in Devon, wo Sarah und Rachel jetzt waren. Auf Daedalus' Türschwelle.

Kapitel 8

Mr. Devoran!«, rief Lady Overbridge und streckte ihm beide Hände entgegen. »Wir hatten schon so sehr befürchtet, Sie würden nicht kommen.«

»Ganz recht! Ganz recht!« Seine Lordschaft eilte schnaufend herbei, um sich dem Willkommensgruß seiner Frau anzuschließen. »Gut, dass Sie da sind, Devoran! Verspricht eine großartige Sache zu werden, wenn das Wetter sich hält! Hab 'nen ausgezeichneten Faustkämpfer aus Exeter hier. Ist ein ganz passabler Trainer, falls Sie vorhaben, die Faust gegen einige der anderen Gentlemen zu schwingen.«

»Euer Diener, Mylord, Mylady! Ich bin entzückt!« Guy blieb in sicherer Entfernung stehen und verbeugte sich.

Nichtsdestotrotz kam Lady Overbridge zu ihm und nahm seinen Arm. Dunkelbraune Locken betonten ihren weißen Nacken. Leicht geziert, lachte sie ihn an, um ihre gleichmäßigen, kleinen Zähne aufblitzen zu lassen. Als wollte sie deren Schönheit noch betonen, trug sie Perlenohrringe in Tropfenform und eine einzelne Perle an einer Kette um den Hals.

Annabella Overbridge war sehr jung und sehr hübsch, und ihr Gemahl war jene Art stämmiger Sportsmann, der noch an die weibliche Unschuld glaubte.

»Sie werden mir gestatten, Sie persönlich zu Ihrem Zimmer zu führen, Mr. Devoran«, sagte Lady Overbridge. »Die anderen Ladys sind alle ganz erpicht darauf, dass Sie an unserer kleinen Gesellschaft teilhaben, aber natürlich müssen Sie sich zunächst erfrischen.« Sie warf ihre Locken zurück. Die Perlen tanzten. »Ich muss jede Einzelheit über Ihre Reise erfahren. Ich bestehe darauf!«

Seine Lordschaft lächelte nachsichtig und wandte sich zum Gehen. »Ich werde Ihre Neuigkeiten dann später hören, Devoran!«

Guy ergab sich mit guter Miene seinem Schicksal. Nach Sarah Callaway zu suchen – Ungeduld nach diesem offenen goldenen Blick, der Verrücktheit von rotem Haar, und Haut, so getüpfelt wie der Schatten eines jungen Baumes, zu verraten –, wäre der Gipfel schlechten Benehmens gewesen.

Annabella spielte müßig mit der Perle an ihrem Hals, während sie die Treppe hinaufgingen. Braune Augen funkelten. Zähne glänzten wie Perlen. Sie plauderte angeregt über die in ihrem Haus stattfindende Zusammenkunft, das Wetter, den neuesten Klatsch.

Guy überhörte das meiste davon, stellte aber im Geiste ein Liste der Namen der übrigen Gäste auf: fünf unverheiratete Mädchen mit ihren Anstandsdamen, vier Junggesellen, ihn nicht mitgezählt, jüngeren Alters und drei Ehepaare außer seinen Gastgebern.

Eine dieser verheirateten Damen, eine zierliche Blondine, kam eben um eine Ecke gebogen, und schützte Überraschung vor. Sie kicherte vor Entzücken und warf beide Hände hoch.

»Mr. Devoran!« Lady Whitely machte einen tiefen Knicks und schaute unter ihren Wimpern zu ihm hoch. Diese Einladung war unmöglich misszuverstehen. »Wir Damen haben Wetten über Ihre Ankunft abgeschlossen, Sir! Nur ich war so absolut sicher, dass Sie nach Buckleigh kommen würden, dass ich sogar zwanzig Guinees riskiert habe.«

Guy verneigte sich mit kühler Perfektion. »Dann bin ich froh, dass Sie Ihr Gold meinetwegen nicht verloren haben, Lady Whitely.«

Sie schaute wissend zu ihm hoch, dann erhob sie sich und richtete den Blick auf eins der Porträts an der Wand. Diese

Haltung betonte ihren schlanken Hals und ihre elegante Erscheinung. Weite Chintzärmel fielen auf ihre schmale Taille. Eine schöne Frau mit einer spitzen Zunge und einem Ehemann, der zu viel trank.

»Nun, alle haben es wohl bezweifelt, weil Sie so viel Zeit in London verbracht haben, Mr. Devoran«, sagte sie spitzbübisch. »Wenn Sie allerdings andere Gründe als Ihr Interesse für Orchideen hatten, der Einladung hierher mit dieser rothaarigen Lehrerin an Ihrer Seite zu folgen, dann werde ich gewiss viel zu viel Diskretion besitzen, das auch nur mit einem Wort zu erwähnen.«

»O meine Liebe!« Lady Overbridge klammerte sich an Guys Arm und kicherte. »Wie können Sie so etwas sagen?«

Zu ihrer Ehrenrettung – vielleicht – errötete Lottie Whitely.

»Gewiss würde sich jeder darüber wundern, weil Mrs. Callaway so furchtbar schlicht wirkt, während Mr. Devoran hingegen –« Sie kicherte und schaute ihn wieder an. »Nun, Sir! Haben Sie nichts zu sagen?«

Guy erlaubte es dem Schweigen, wie eine Gewitterwolke anzuwachsen, bevor er mit all dem Hochmut eines direkten Abkömmlings von Ambrose de Verrant lächelte.

»Erlauben Sie mir, Ihnen zu versichern, Ma'am, dass ich die Lady kaum kenne. Ich war nur der bescheidene Bote der künftigen Duchess of Blackdown, die dachte, dass Mrs. Callaways Anwesenheit hier unterhaltsam sein könnte.«

Lady Whitely strich mit der Hand über ihre Taille, als wollte sie seinen Blick auf ihre Figur lenken.

»Oh, ich habe doch nur gescherzt, Sir. Wir alle wissen, dass Sie nur Mitleid mit der bedauernswerten Witwe eines Kriegshelden haben und Annabella deshalb baten, Mrs. Callaway für einige Wochen in ihre Dienste zu nehmen. Alle Damen stimmen darin überein, dass dies genau die Art rücksichtsvoller Geste ist, die Mr. Guy Devoran machen würde.«

»Und Mrs. Callaway weiß so viel über Pflanzen!«, rief Lady Overbridge aus. »Es ist so interessant! Sie ist geradezu in Mode gekommen hier auf Buckleigh, Sir. Ich bin überzeugt, es ist unsere bescheidene kleine Orchideensammlung, die Sie hierher nach Devon geführt hat.«

»Ganz und gar nicht«, entgegnete Guy. »Ich freue mich darauf, meine Zeit in Ihrer Gesellschaft zu verbringen.«

»Oh, halten Sie mich nicht zum Narren, Sir! Wir alle wissen, dass Orchideen Ihre heimliche Leidenschaft sind.« Sie lächelte ihn strahlend an. »Ich brenne darauf, Ihnen meine zu zeigen!«

Lady Whitely drehte eine weizenblonde Haarlocke zwischen ihren Fingern und spitzte den Mund. »Alle Damen sind im Garten, um sich dem Malen von Aquarellbildern zu widmenen. Sie werden unsere Anstrengungen ohne Zweifel sehr naiv finden, Sir, aber wir sind alle ganz entzückt von Mrs. Callaway.«

Ein leidenschaftlicher Zorn begann in seinem Herzen zu brennen. Guy ignorierte ihn und neigte den Kopf.

»Leider habe ich wenig Ahnung von Wasserfarben, Ma'am, allerdings glaube ich, es würde mir gefallen, mit Ihrem Gemahl zu fechten. Ihr Diener, Lady Whitely.«

Er wandte sich zum Gehen, um seine Gastgeberin die Treppe hinaufzugeleiten, während Lady Whitely indigniert davonrauschte.

Glühend vor Aufregung, führte Lady Overbridge Guy in eine Gästesuite, in der bereits Guys Kammerdiener ein heißes Bad vorbereitet und sich um das Gepäck gekümmert hatte. Sie ging einige Momente lang herum, berührte hier ein schmückendes Beiwerk, prüfte dort die Handtücher, als versuchte sie, für Guys Behagen zu sorgen.

Er verschränkte die Arme vor der Brust und beobachtete sie. Der Traufe dürfte leichter zu entkommen sein als dem Regen. Sie war sicherlich weniger giftig, deshalb würde er versuchen, seine Ablehnung ein wenig freundlicher zu formulieren.

»Sie werden Lady Whiteley die Indiskretion sicher verzeihen, Mr. Devoran?«, erkundigte sich Annabella Overbridge mit einem wachen Blick aus ihren dunklen Augen. »Sie meinte es nicht böse.«

»Es ist bereits vergessen, Ma'am.«

Sie zog die Bettvorhänge glatt. »Wir haben Mrs. Callaway ein kleines Zimmer nahe den Kinderzimmern gegeben. Sie und die Gouvernante können ihre Mahlzeiten gemeinsam dort einnehmen und sich einander Gesellschaft leisten. Wird das gehen, was meinen Sie? Ich würde es hassen, wenn dies Anlass für irgendeine Peinlichkeit bieten sollte.«

»Eine Peinlichkeit, Ma'am?«

Sie fuhr mit den Fingerspitzen über eins der Kopfkissen. »Oh, ich bin dumm! Allein schon der Gedanke, Sie könnten einem so schlichten Geschöpf ein besonderes Interesse schenken! Das ist lächerlich!«

Sehr hübsch und sehr dumm, aber vielleicht war die Langeweile in ihrer Ehe nicht allein ihr Fehler. Es war nicht schwer, ein wenig Mitleid für eine junge Frau zu empfinden, die in ihrem Leben eine Enttäuschung nach der anderen erlebte.

Lady Overbridge wirbelte herum und ging zur Tür, blieb aber an der Schwelle stehen. Sie zögerte, ihn zu verlassen und demonstrierte das auch recht deutlich.

»Wäre ich auf die Idee gekommen, Sie könnten es wünschen, Sir, dann hätte ich Mrs. Callaway in einem Zimmer untergebracht, das näher bei Ihrem liegt.« Ihre Augenlider flatterten, als sie den Blick mit damenhaftem Feingefühl senkte. »Aber dieser Flügel des Hauses ist unser allerbester.« Sie machte eine

Geste in Richtung der Treppe. »Lord Overbridge bewohnt die Suite am Ende des Ganges, aber mein eigenes Zimmer ist genau« – ihre Wangen glühten scharlachrot, als sie darauf wies – »neben Eurem. Lord Overbridge ist es sehr wichtig, dass ich es meinen Gästen auf jede erdenkliche Weise angenehm mache.«

Guy unterdrückte den plötzlichen Drang zu lachen. Es würde ihm nicht möglich sein, sein Zimmer zu verlassen, ohne an ihrem vorbei zu müssen – dabei beabsichtigte er nichts so sehr, wie absolute Keuschheit an den Tag zu legen!

Der Gedanke fesselte ihn. Warum? Weil Sarah Callaway unter demselben Dach schlafen würde?

Er würde den Abend mit diesen viel schöneren Ladys in ihren viel eleganteren Kleidern verbringen. Sie würden ihn umschweben wie ein Beet voll erblühter Rosen, während Sarah Callaway – die fremde, kostbare Orchidee – in das Kinderzimmer verbannt war, um ihr Essen von einem Tablett einzunehmen.

»Euer Gatte ist ja so freundlich, Ma'am«, sagte er.

»Die unverheirateten Damen und Herren wohnen alle im entgegengesetztem Flügel«, fügte Lady Overbridge so eilig hinzu, dass sie sich beinahe verhaspelte, »aber Lord und Lady Whitely haben jene beiden Räume auf der anderen Seite der Treppe.«

»Danke«, sagte er trocken. »Mir wäre es wirklich nicht angenehm, aus Versehen in ein fremdes Schlafzimmer einzudringen.«

Seine Gastgeberin berührte einen ihrer Perlenohrringe und kicherte, ehe sie den Gang entlang davon schwebe.

Guy schloss die Tür hinter ihr, trat an das hohe Fenster und stieß es auf.

Er konnte die Treppe nicht erreichen, ohne eine Begegnung

entweder mit Lady Whitely oder mit Lady Overbridge zu riskieren, sollte eine der beiden Frauen beschließen, ihm aufzulauern. Glücklicherweise befand sich vor der Fensteröffnung ein steinerner Balkon. Er trat hinaus und schaute hinab. Die Mauer war zu bezwingen. Was für ein Glück!

Er atmete die frische Landluft ein, als er für einen Moment den Blick über die Landschaft schweifen ließ. Eine Meeresbucht glänzte hell wie ein silbernes Band und führte südlich zum Kanal. Die Hügel von Dartmoor beherrschten den Horizont im Norden.

Nahe dem Haus, gegenüber der gefliesten Terrassen und der Orangerie, glitten Schwäne anmutig unter einer reich verzierten Brücke hindurch.

Im Zimmer hinter ihm hüstelte sein Kammerdiener diskret in die geschlossene Hand.

Guys Bad war bereit. Seine Kleider für das Dinner warteten auf ihn.

Sein Verlangen, voll bekleidet in die kalten Fluten jenes kleinen Sees dort draußen zu tauchen, musste warten.

Guy hörte ihre Stimme, als er am nächsten Morgen das Orchideenhaus betrat. Sie klang kühl und zurückhaltend und ruhig, doch sein Puls beschleunigte sich.

Am Vormittag war er seiner Pflicht nachgekommen, sich mit den anderen Männern verschiedenen männlichen Zeitvertreiben hinzugeben, während die weiblichen Gäste vom Rand her zugesehen und gekichert hatten.

Lord Overbridge, hochrot im Gesicht, als stände er kurz vor einem Schlaganfall, hatte vergeblich versucht, bei einem Gewaltmarsch über seinen Grundbesitz mit den anderen Männern mitzuhalten. Daran angeschlossen hatte sich eine Fechtstunde.

Lord Whitely, schlank, behände und berstend vor Vitalität, hatte mit der Leidenschaft eines Mannes gefochten, dessen Frau nicht zögerte, seinen Gegner zu bejubeln. Lady Whitely – so hübsch wie ein Apfelbaum in voller Blüte – hatte währenddessen ihre Begleiterinnen mit ihrem sprühenden Esprit erfreut.

Hatte Mr. Devoran seine Fechtkünste nicht zusammen mit seinen Cousins auf Wyldshay erworben? War er nicht von den besten Fechtmeistern des Königreichs unterrichtet worden? Sein Stil sei wunderschön, so stark und so beherrschend! Seine Schlagkraft sei so viel stärker als die ihres armen Mannes! Lady Whitely würde mit jedem wetten, dass Mr. Devoran ihren Gemahl niederstrecken und in den Staub zwingen könnte.

Um der gesellschaftlichen Harmonie willen hatte Guy dem eifersüchtigen Ehemann den Sieg überlassen. Lottie Whitely hatte geschmollt und sich abgewandt, aber durch die Schar der unverheirateten Mädchen war ein Raunen wie ein Windstoß durch ein Kornfeld gegangen.

Sie hielten Mr. Devorans Selbstopfer – denn sicherlich war es das – für höchst nobel.

Keine von ihnen wusste von der dunklen Ungeduld, die in Guys Seele brannte. Er sehnte sich nach der Nähe Sarah Callaways: sinnlich, geheimnisvoll, lebhaft – und von Sommersprossen gesprenkelt wie die Blütenblätter einer gefleckten *Cattleya*.

Doch die Macht seiner Sehnsucht, sie wiederzusehen, kollidierte mit der Drohung, die Schwelle zur Unehrenhaftigkeit zu übertreten. Er fürchtete nämlich, dass schon der Zauber ihrer Stimme ihn verführen könnte, von seinen Prinzipien abzuweichen.

»Sie haben sie dazu gebracht, so herrlich zu blühen?«, hörte er sie sagen. »Ich habe noch nie zuvor eine gesehen, nicht einmal im Blackdown House. Sie müssen in der Tat begnadet im Umgang mit Pflanzen sein, Mr. Pearse.«

»Nun, um ehrlich zu sein, Ma'am, war es wohl überwiegend Glück.« Die Stimme des Gärtners klang fest, er sprach mit einem starken Dartmoor-Akzent. »Aber wir haben es hier sehr warm und geschützt und Ihre Ladyschaft hat mit dem Glas nicht geknausert. Vielleicht hat es daran gelegen.«

Guy ging weiter, seine Schritte tappten leise auf dem gefliesten Boden.

Sarah beugte sich über zwei riesige purpurfarbene Blüten, ihr fest geflochtenes Haar leuchtete unter dem weiten Rand ihres Strohhutes, dessen lange, grüne Bänder bis über die Ärmel ihres schlichten, weißen Kleides flatterten.

Keine Rose mit unzähligen Blütenblättern. Eine Orchidee. Einfach die sinnlichste Frau, der er je begegnet war.

Beim Klang seiner Schritte schaute sie auf, und die Farbe wich aus ihrem Gesicht, was ihre Sommersprossen umso deutlicher hervorhob. Doch ihre Augen schimmerten voller Licht, als starrte ein Tiger in das Herz der Sonne. Sein ganzer Körper begann zu vibrieren.

»Mr. Devoran!«

Der Mann, der neben ihr stand, tippte sich grüßend an die Stirn. »Guten Tag, Sir!«

»Das ist Mr. Pearse«, stellte Sarah ihn vor, als wären sie und Guy enge Freunde, die nur für wenige Minuten getrennt gewesen waren. »Der Obergärtner hier auf Buckleigh.« Sie zeigte triumphierend auf die Blumen. »Sehen Sie nur, was er fertiggebracht hat!«

Guy riss seinen Blick von ihr los und schaute auf die Blume hinunter, die in ihrer Pracht förmlich aus dem Topf herauszuexplodieren schien. Die lavendelfarbenen Blüten leuchteten über einem einzelnen Blatt, die Blütenblätter entfalteten sich in offener Einladung. Ihre üppigen Kehlen schimmerten. Intensive goldene Schatten führten tief hinein in jedes geheime Herz. *Cattleya labiata Lindley.*

»*Cattleya labiata*«, sagte sie. »Die jetzt blüht, im Juli!«

»Normalerweise bekannt als die *Rotlippige Cattleya*«, sagte Mr. Pearse stolz, »ich bitte um Entschuldigung, Sir!«

Sein Pulsschlag spiegelte seine intuitive körperliche Reaktion auf Sarah wieder – die Reaktion auf ihren Geruch, auf ihre Nähe – doch in seinem Hirn begann es so laut zu brummen, dass es ihn taub zu machen drohte.

»Danke, Mr. Pearse«, sagte Guy. »Sehr schön!«

Der Gärtner errötete, tippte sich wieder kurz an die Stirn und zog sich zurück.

Sarah setzte sich auf eine Marmorbank.

»Du lieber Himmel!«, sagte sie. »Was hatte denn das zu bedeuten?«

Guy wandte den Blick von den Blüten ab, deren elegante Form von der leidenschaftlichen Farbe ihrer Lippen überstrahlt wurde.

»Was?«, fragte er.

»Ihr Poltern! Der arme Mr. Pearse muss gedacht haben, Sie wollten ihn mit einer seiner Pflanzenstützen durchbohren. Sind Sie wütend, dass er auf seine *Cattleya* stolz ist?«

»Wütend? Gott, nein! Sie ist herrlich!«

»Was ist es dann?« Sarah Callaway starrte zu ihm hoch, mit Augen, die ihr ehrliches Herz zeigten. »Diese Orchidee ist nicht leicht zu ziehen.«

Guy bekämpfte sein Verlangen, als würde er ein Kristall im Sand zertreten, und nahm neben Sarah auf der Bank Platz.

»Es erfüllt mich mit Sehnsucht«, sagte er. »Doch ich fürchte, uns wird nur wenig Zeit bleiben, bis wir unterbrochen werden könnten. Ich habe vor, Sie zu überreden, abzureisen.«

»Sie haben in London noch mehr in Erfahrung gebracht?«

»Ich habe genug herausgefunden, um zu bedauern, Ihnen erlaubt zu haben, hierherzukommen.«

Sie begann, nervös an einem grünen Hutband herumzuzupfen. Er griff ein Ende des Bands und zog es ihr aus der Hand. Sarah Callaway schaute zu ihm auf.

»Der Mann, den Daedalus angeheuert hat, um die Angriffe auf Ihre Cousine zu verüben, kommt aus diesem Teil Devons. Es war ihm möglich, nach London zu fahren, und er arbeitet mit den Händen. Er kennt sich mit Rosen aus, noch genauer aber weiß er über Orchideen Bescheid. Folglich ist er Obergärtner auf einem Besitz wie diesem. Niemand sonst kann sich einen solchen Angestellten leisten.«

Ihr Pulsschlag beschleunigte sich. »Sie denken, Mr. Pearse könnte dieser Mann sein?«

»Vielleicht.«

»Aber Lord Overbridge ist doch nicht Daedalus?«

»Es gibt nur fünf oder sechs große Häuser in dieser Gegend. Dem von uns Gesuchten muss eins davon gehören. Das ist alles, was ich weiß.«

»Aber wenn er in Devon lebt, warum ist Rachel dann hierher geflohen, um sich vor ihm in Sicherheit zu bringen?«

Guy ließ den Blick über die Orchideen um ihn herum schweifen. *Cattleya intermedia*, dekorativ und teuer, und reinweiß im Herzen. *Angraecum sesquipdeale*, die an einen Komet erinnerte, weiß und geisterhaft, die ihren starken Duft erst nach Einbruch der Dunkelheit verströmte. Mr. Pearse musste einen grünen Daumen haben.

»Ich weiß es nicht, aber ich glaube, dass Rachel Ihnen die Wahrheit gesagt hat. Sie befindet sich in einem sicheren Versteck. Aber ich habe keine Ahnung, warum sie sich so nah bei ihrem Peiniger aufhält.«

»Der Hinweis auf diesen Gärtner ist vorläufig der einzige, den wir haben? Was haben Sie sonst noch über ihn herausgefunden?«

»Genug.« Er sah sie wieder an. »Er nennt sich Falcorne, obwohl das ohne Zweifel ein falscher Name ist. Ich wünschte, Sie würden nach Bath zurückgehen oder sich von mir nach Wyldshay schicken lassen.«

»Sie glauben wirklich, dass die akute Gefahr größer ist, als wir angenommen haben? Wir haben es tatsächlich mit einem Mörder zu tun?«

Zu lügen würde ohne Zweifel angenehmer sein. Doch um sich so treu wie möglich zu bleiben, sagte Guy ihr die Wahrheit.

»Nein«, entgegnete er. »In London ging es ganz bestimmt nur darum, Rachel Angst einzujagen, nicht, sie zu töten.«

»Dennoch befürchten Sie noch immer, ich könnte schließlich doch noch hysterisch werden?« Ihre Augen brannten fürchterlich. »Wir haben das doch bereits geklärt, Mr. Devoran. Ich werde nicht fortgehen. Entweder wir kooperieren oder ich werde allein versuchen, Rachel zu finden. Die Entscheidung liegt bei Ihnen, Sir.«

Guy sprang auf und ging unruhig auf und ab. Wasser tropfte vom langen Sporn der kometenhafte Orchidee. Er glaubte nicht, dass Sarah Callaway Gefahr von Daedalus drohte. Er wollte, dass sie um seinetwillen ging, nicht um ihretwillen.

»Ich gehe nicht leichtfertig eine Gefahr ein«, fügte sie hinzu. »Aber hier auf Buckleigh bin ich doch gewiss sicher?«

»Ja, natürlich. Niemand hier hat einen Grund, Sie und Ihre Cousine miteinander in Verbindung zu bringen. Dennoch kann die Situation hier für Sie nur unangenehm sein.«

»Unsinn! Ich glaube, Ihre Situation dürfte sehr viel unangenehmer sein als meine, Sir.«

Guy fuhr herum und sah sie an. »Tatsächlich? In welcher Beziehung?«

Die tiefe Farbe begann jetzt, sich über ihren Nacken und über ihre Wangen auszubreiten, doch ihre Augen funkelten.

»Als Sie angekommen sind, waren die Gouvernante und ich gerade mit den Kindern auf dem Weg vom Garten ins Haus. Ich fürchte, dass wir jedes Wort mitangehört haben.«

»Ah«, sagte er und unterdrückte eine ihn plötzlich übermannende verrückte Fröhlichkeit. »Haben Sie das?«

»Es war unmöglich, es zu vermeiden, Sir. Natürlich ist das Ehestiften einer der Zwecke einer solchen Gesellschaft, wie sie hier gerade stattfindet.«

Als hätte ein Narr das Schicksalsrad gedreht und ihm zugeblinzelt, lachte Guy laut auf.

»Doch Sie haben nicht erwartet, dass die verheirateten Damen sich so unverhohlen auf mich stürzen, noch bevor ich meinen Hut abgesetzt und mir die Handschuhe ausgezogen habe?«

Die Sommersprossen hüpften, als sie lachte. »Wenn ich es nicht erwartet habe, dann hätte ich das wohl tun sollen, obwohl ich zugeben muss, ein wenig fassungslos gewesen zu sein, als Lady Whitely meinen Namen ins Gespräch brachte.«

»Für Sie ist es vermutlich absurd, dass jemand glauben könnte, ich würde mich in der Tat von Ihnen angezogen fühlen?«

Sie stand auf. Ihr weißer Rock flatterte um ihre Beine. Der Strohhut rahmte ihr Gesicht. Einige rote Strähnen hatten sich aus ihren Zöpfen gelöst und streichelten ihre gesprenkelten Wangen.

Die Macht seines Verlangens warf ihn fast um.

»Es ist ganz einfach lächerlich, dass Sie unseren Besuch in diesem Haus arrangiert haben, um eine Affäre zu beginnen«, sagte sie.

Guy ließ sich auf einer anderen Marmorbank nieder, lehnte

sich zurück und betrachtete Sarah Callaway. Sie würde nicht gehen. Sie würde hierbleiben, um ihn zu quälen.

»Lottie Whitelys wahre Sorge ist, dass ich hergekommen bin, um Lady Overbridge nachzusteigen.«

Sarah beugte sich über die *Cattleya*, um mit der Fingerspitze über den tiefroten gezähnten Rand zu streichen. Die weichen Flecken von Weiß am sonnenscheingefleckten Schlund zitterten unter ihrer Berührung, als ergäbe die Orchidee sich einer sie bestäubenden Motte.

Verlangen raste heiß und stark durch sein Blut, verbreitete ein Feuer, als liefe eine nackte Frau durch trockenes Gras und zöge dabei ein brennendes Tuch hinter sich her.

»Und ist es so?«, fragte sie.

Guy streckte seine Beine aus und atmete tief die von Düften erfüllte Luft ein. Er vertraute auf seine Selbstironie, um sein Verlangen zu zerstören.

»Annabella Overbridge ist sicherlich sehr hübsch«, sagte er. »Sie glauben nicht, dass sie bereits meine Geliebte ist?«

»Ich weiß es nicht«, sagte Sarah. »Vermutlich könnte sie es sein. Doch sie sieht eher hoffnungsvoll als befriedigt aus.«

Trotz seiner Pein lachte er. »Sie sind sehr sicher, dass ich eine Frau befriedigen könnte, Mrs. Callaway!«

Sie hielt ihm den Rücken zugewandt, ließ ihn nichts als die grünen Bänder sehen, die über ihren Nacken fielen.

»Oh, jede Lady hier ist dessen sicher«, sagte sie. »Sie müssen wissen, dass sie alle sich um Ihre Aufmerksamkeit balgen wie Hunde um einen Knochen: die verheirateten Damen um Ihre Gunst, die unverheirateten um Ihre Hand.«

»Ich werde für einen guten Fang gehalten«, erklärte er. »Und das ist verdammt anstrengend!«

Die Hutkrempe behinderte die Sicht auf ihr Gesicht, aber er wusste, dass sie lächelte. »Und deshalb ist Ihre Situation unangenehmer als meine. Obwohl ich davon überzeugt bin, dass Sie damit zurechtkommen, Mr. Devoran.«

Weibliche Stimmen klangen aus dem Haus zu ihnen hinüber.

Guy sprang auf, um jedem, der das Orchideenhaus betrat, den Blick auf Sarah zu verwehren. Er stützte sie am Ellbogen, um ihr aufzuhelfen, obwohl die Berührung ihrer warmen Haut unter seiner Handfläche ein Feuer in seinem Inneren entzündete.

»Wenn Sie darauf beharren, hierzubleiben«, sagte er leise, »müssen wir wieder reden. Es wird schwierig sein, das ungestört tagsüber zu tun. Können Sie Ihr Zimmer nach Einbruch der Dunkelheit unbeobachtet verlassen?«

»Ja«, sagte sie. »Ich denke schon. Ich könnte die Dienstbotentreppe benutzen.«

»Die Gouvernante wird nicht aufwachen?«

»Ihr Zimmer liegt näher am Kinderzimmer und weiter von der Treppe entfernt als meins.«

»Dann treffen wir uns morgen kurz vor der Dämmerung in der Wildhütte. Kennen Sie die?«

»Diesen kleinen unnützen Prachtbau aus Baumstämmen und Hirschgeweihen am See? Ja, natürlich.«

Guy schaute in ihre bronzefarbenen Augen und unterdrückte zum wiederholten Mal unbarmherzig das beharrliche Pulsieren seines Verlangens.

»Seien Sie vorsichtig, Mrs. Callaway!«

»Niemand wird etwas von dem bemerken, was ich tue«, sagte sie. »Im Gegensatz zu Ihnen, Sir, bin ich unsichtbar.«

Das Durcheinander weiblicher Stimmen wurde lauter. Eine Stimme, heller und beharrlicher, übertönte die anderen.

»Großer Gott!«, sagte er. »Ich fürchte, Lottie Whitely kommt mich holen, um mir ihre Aquarelle zu zeigen.«

Sarah Callaway schaute durch das Fenster. Die Hutkrempe verbarg ihr Gesicht. »Wenn sie das vorhat, Sir, dann bringt sie alle ihre Mitstreiterinnen mit.«

Guy löste seine Hand von Sarahs Arm. Sie wandte sich ab und verließ das Gewächshaus durch die zum Garten führende Tür.

Mit den unverheirateten Damen im Schlepptau, betraten Lady Overbridge und Lady Whitely Arm in Arm den Raum. Die Gentlemen folgten der Gruppe langsam.

Ein Spaziergang an den See war geplant. Aber sie konnten nicht ohne Mr. Devoran gehen! Und wo war Mrs. Callaway? Sie musste kommen, um den jungen Damen etwas über die Pflanzen in den Gärten beizubringen – und ihnen so die Gelegenheit bieten, dort zu verweilen, wo ein junger Gentleman die Chance nutzen konnte, im Geheimen etwas in ihre muschelgleichen Ohren zu flüstern.

Guy ignorierte die schnatternden Stimmen und lächelte Lottie Whitely kühn an.

Sie drehte spielerisch ihren Sonnenschirm und lächelte zurück.

Ein kühler Glanz schimmerte durch die Bäume, als Sarah rasch den Weg entlangging, der zur Wildhütte führte. Sie trug ihr grünes Reisekleid und leichte Stiefel. Wenn irgendjemand ihr begegnete, würde sie sagen, sie wäre spazieren gegangen, um den Sonnenaufgang über dem Garten zu bewundern.

Aber es war so, wie sie es Mr. Devoran gesagt hatte: Niemanden kümmerte es.

Selbst wenn Lady Whitely davon überzeugt sein mochte, dass Sarah Guys Geliebte war, so würde Ihre Ladyschaft es abtun, als käme es einem raschen Abenteuer mit einem Hausmädchen gleich. Wahre Affären des Herzens spielten sich unter gesellschaftlich Gleichrangigen ab. Guy Devoran war der Enkelsohn eines Earls und der Neffe eines Dukes.

Mrs. Sarah Callaway, Witwe eines Captains, war eine Schullehrerin aus Bath. Auch wenn ihr Vater ein Gentleman gewesen war, so war ihre Familie doch weit davon entfernt gewesen, der Aristokratie zugezählt werden zu können. Sarah war entschlossen, das nicht zu vergessen.

Tau glitzerte im Licht der Morgendämmerung auf weißem Stein, geisterhaft wie halb geschmolzener Schnee, als Sarah eine von klassischen Statuen flankierte Chaussee entlangging. Amseln hatten leise zu zwitschern begonnen. Vor ihr lag wie ein silberner Spiegel der See, leer und ohne Leben.

Doch irgendwo im Unterholz raschelte es: ein Fuchs vielleicht oder ein Dachs.

Sarah fröstelte und zog ihren Umhang fester um sich.

Die Wildhütte schmiegte sich inmitten eines kleinen Birkenwäldchens an die Kuppe eines sanft ansteigenden Hügels, der sich über dem See erhob. Der Pfad dorthin war ein wenig schlüpfrig. Als sie den Hügel hinaufstieg, begann ihr Herz zu klopfen.

Als hätte die Nacht sich geweigert, der Morgendämmerung zu weichen, gähnte die Tür der Hütte weit offen stehend in die Dunkelheit. Sarah hielt inne und schaute über ihre Schulter zurück.

»Kommen Sie«, hörte sie ihn leise sagen. »Es ist alles in Ordnung.«

Eine heiße Welle strömte durch ihr Blut. Sie wusste, wodurch sie ausgelöst wurde. Sie wusste, wie gefährlich es war. Doch vielleicht machte es nichts, solange er nicht ahnte, was sie empfand.

Groß und stark und selbstbewusst lehnte Guy Devoran lässig im Türrahmen. Lachfältchen furchten seine Wangen. Ebenholzschwarzes Haar fiel ihm in die Stirn. Doch ein noch viel dunkleres Feuer brannte in seinen Augen, ganz so, als wäre auch er ein Teil der Nacht.

Sarahs Seele sang wie ein himmlischer Chor, als sie seinem brennenden dunklen Blick begegnete, und ertrank – wie ein Stein in einem See – im tiefen Meer der Liebe.

Der Atem in ihren Lungen prickelte wie Champagner, machte schwindlig, verwirrte und berauschte.

O Gott! Ihre sündigen Wünsche waren schon gefährlich genug – aber sich in ihn zu verlieben, war fatal!

Doch für diesen einen Moment, in dem ihre Blicke sich trafen, war ihr das egal. Mit jeder Faser ihres Seins – mochte es auch noch so dumm sein, mochte es ihr auch das Herz brechen – wollte sie nichts anderes als die absolute, nur für sie bestimmte Aufmerksamkeit dieses einen Mannes.

Wie jede andere Frau hier auf Buckleigh.

Dieser Gedanke ernüchterte sie augenblicklich.

»Mr. Devoran«, sagte sie, sich verzweifelt um einen normalen Tonfall bemühend. »Wie außergewöhnlich, dass wir uns zu dieser Stunde hier begegnen!«

Er lachte und trat zurück in den Schatten, nachdem er sie mit einer Geste aufgefordert hatte, ihm zu folgen.

»Ja und das in einem sehr seltsamen kleinen Haus«, sagte er. »Das Dach ist fast ganz aus den Geweihen und den Häuten von Hirschen gefertigt. Der Fußboden besteht aus Geweihstücken, und die Wände sehen aus, als wären sie aus Borke.«

»Ja, es ist wirklich außergewöhnlich«, stimmte Sarah ihm zu. »Ich bin an meinem ersten Tag auf Buckleigh hierhergekommen, als ich alles auf eigene Faust erkundet habe. Vom Fenster aus hat man eine bezaubernde Aussicht über den See bis hin zum Moor.«

»Ja, die Aussicht ist wirklich bezaubernd.« Er grinste. »Ich habe mir die Freiheit genommen, ein kleines Frühstück und eine Kanne mit heißem Kaffee mitzubringen. Ich habe den Tisch schon gedeckt, es ist zwar ein verdammt wackliges Ding, erfüllt aber seinen Zweck. Bitte treten Sie ein! Wir werden hier ungestört sein.«

Sarah folgte seiner Aufforderung, und ihr war, als überschritte sie die Schwelle in sein geheimnisvolles Königreich, in dem Oberon seinen sinnlichen Vergnügungen nachging. Der Duft von Kaffee und frischem Backwerk stieg ihr in die Nase.

Das Wasser lief ihr im Mund zusammen, als könnte sie die ganze Welt verschlingen.

Ihr Herz schlug wie die Trommel eines Kindes, und sie schluckte. »Sie haben einen Umweg durch die Küche gemacht, Mr. Devoran?«

»Die Köchin scheint mich ins Herz geschlossen zu haben«, sagte er leichthin. »Ebenso das zweite Küchenmädchen – was die frischen Brötchen und die Butter und die Sahne erklärt.«

Sarah lachte, wobei sich leise Mitgefühl für die Köchin und das Küchenmädchen in ihr regte – und sogar für Lady Overbridge und Lady Whitely. Mitgefühl für all die traurigen Frauen, sie eingeschlossen, die sich wünschten, diesen wunderbaren Mann für sich allein zu erobern, und denen es niemals gelingen würde.

»Der See«, sagte sie trocken, »ist voller gebrochener Herzen.«

Ein Schatten huschte für einen Moment über sein Gesicht, doch dann lächelte er sie rätselhaft an. »Wir sollten den Blick über das Wasser genießen, während wir frühstücken. Als der See angelegt wurde, bemühte man sich sehr, ihn so malerisch wie möglich anzulegen. Ähnliche Absichten zeigen ja auch der Tisch und die Stühle aus Hirschgeweih: bezaubernd, hübsch und ein wenig unbequem.«

Guy zog einen Stuhl für sie heran und Sarah setzte sich.

»Danke, Sir. Ich wäre jetzt sehr froh über einen Schluck Kaffee.«

Er hob das mehlweiße Tuch von einem Teller, um die darunterliegenden warmen, mit Zucker bestreuten Rosinenbrötchen zu enthüllen. »Und ein Brötchen?«

Sarah nickte, und sie genossen das Frühstück in einträchtigem Schweigen.

Sie versuchte, die Wärme seiner Gegenwart zu ignorieren, die so etwas wie Trost in dem kühlen Morgen ausstrahlte. Doch die Form seiner Hände – breit und knochig – brannte sich in ihr Bewusstsein, als würde sie ein Meisterwerk der Schöpfung betrachten.

Sie atmete tief ein, sog dabei den Geruch von Laub, von Kaffee und frischen Brötchen in sich auf. Den verwirrend männlichen Duft nach Leder und sauberem Leinen.

Als sie sicher war, er würde es nicht bemerken, schaute sie direkt in sein Gesicht. Mit der Zungenspitze leckte er einen Kaffeetropfen von seinen Lippen. Es entfachte ein so tiefes Begehren in Sarah, dass sie meinte, jeden Moment ohnmächtig werden zu müssen.

Schließlich stellte er seine Tasse ab, lehnte sich zurück und sah sie an.

Sarah wandte den Blick ab. Sie schleckte sich den Zucker von den Fingern und wusste, dass eine verräterische Wärme in ihre Wangen kroch, als spiegelte sich das gezügelte Feuer in seinen Augen auf ihrer Haut wider.

»Ich kann Ihnen keinen Vorwurf machen«, sagte er ruhig. »Wäre es meine Cousine, alle Dämonen der Hölle könnten mich nicht davon abhalten, ihre Spur zu verfolgen. Doch ich würde sehr viel besser schlafen, wenn Sie den Rest der Suche mir überlassen würden.«

Sie legte ihr halb aufgegessenes Brötchen auf den Teller zurück. »Weil es so viele Arten von Gefahren gibt?«

»Ja, wenn Sie es so nennen wollen.« Sein Tonfall klang zurückhaltend.

»Ich verspreche, dass Sie mir vertrauen können, vorsichtig zu sein, Sir. Außerdem – wenn wir nach einem Gärtner suchen, kann ich doch sicherlich eine Hilfe sein? Niemand wird es seltsam finden, wenn eine Lehrerin der Botanik Fragen über Orchideen stellt.«

Sein dunkler Blick war auf ihr Gesicht gerichtet. Schon wieder erschauderte sie vor lauter Verlangen.

»Dann werden wir gemeinsam weitermachen, Mrs. Callaway. Kommt Regen, kommt Sturm. Ich werde alles in meiner Macht Stehende tun, um Sie zu beschützen, aber wenn Sie hierbleiben, kann ich nicht garantieren, dass das nicht nachhaltige Folgen haben könnte. Akzeptieren Sie das?«

»Mit Freuden«, sagte sie, obwohl ihre Stimme selbst in ihren eigenen Ohren seltsam klang. »Rachel ist weitaus naiver, als ich es bin, Sir. Sie ist es, die wir schützen müssen, nicht ich. Und ja, deshalb akzeptiere ich die Risiken – jedweder Art – für mich selbst, und ich tue es gern. Ich bin dankbar für Ihre Hilfe, aber der wahre Kern dieser Suche geht noch immer mich an.«

Er stieß sich vom Tisch ab und sah aus dem Fenster. Das blasse Licht, magisch und unwirklich, erhellte sein Profil.

Sich in einen Mann zu verlieben, den man nie haben konnte, war ebenso quälend wie verzaubernd.

»Falcornes Beschreibung passt auf die Hälfte der Männer in South Devon: braune Haare, blaue Augen, nicht besonders groß, der Dialekt. Keine auffallenden Merkmale, bis auf den Schmutz unter seinen Fingernägeln und sein Wissen über Rosen und Orchideen. Er hat sich vermutlich drei Wochen in

London aufgehalten, ungefähr von Mitte Mai bis zur ersten Juniwoche. Das engt das Feld beträchtlich ein.«

»Dann kann es nicht Mr. Pearse gewesen sein. Er hat Buckleigh den ganzen Sommer über nicht verlassen. Nur so ist es ihm gelungen, die *Cattleya* zum Blühen zu bringen.«

Guy Devoran sah sie an. »Sind Sie sicher?«

Ihr Herz klopfte. Sie starrte auf den Tisch. »Nicht ganz sicher, nein. Einer der Hilfsgärtner könnte schließlich für einige Wochen seine Arbeit übernommen haben.«

»Die Wahrheit darüber sollte leicht herauszufinden sein – es sei denn, jeder hier ist Teil einer Verschwörung. Hat Pearse gesagt, wo er seine Pflanzen herbekommen hat?«

»Nein, aber ich kann es herausfinden.«

»Das müssen Sie nicht allein tun«, sagte er sanft. »ich habe bereits Ausflüge zu den Gewächshäusern in der Umgebung arrangiert. Sie werden natürlich daran teilnehmen.«

Sarah schaute auf. Sie konnte seine Stimmung nicht deuten. Es schien fast, als hätte er sich gegen sein besseres Wissen in etwas Unausweichliches ergeben.

»Und es besteht sicherlich keine Gefahr für Leib und Leben«, sagte sie.

Er lächelte mit feiner Selbstironie. »Wenn sie besteht, können Sie sich darauf verlassen, dass ich meine starken Arme und das Erbe Ambrose de Verrants nutzen werde, um Ihr Leben und Ihre Tugend zu verteidigen.«

Sarah versuchte, ihre Stimme unbeschwert klingen zu lassen, und wusste doch, dass es ihr nicht gelingen würde. »Sie nehmen also an, dass Daedalus' Gärtner uns schließlich doch gefährlich werden könnte?«

Er schaute wieder zum See. Ein Schwan glitt anmutig über das graue Wasser.

»Falcorne selbst ist vermutlich gar kein gewalttätiger Mann.

Er hat irgendwelche Schurken hier aus der Gegend angeheuert, damit diese in London seine Anweisungen ausführen. Wenigstens was das angeht, sollten die Risiken überschaubar sein.«

»Ich werde bei meinen Nachforschungen so unauffällig wie eine Maus sein, die hinter der Wandtäfelung sitzt«, erklärte sie. »Niemand wird mich überhaupt bemerken. Aber Sie haben bereits Ausflüge geplant? Wird es nicht auffallen, wenn Sie plötzlich ein so großes Interesse an Orchideen zeigen?«

»Nicht plötzlich.«

Ein noch schnellerer Pulsschlag klopfte in Sarahs Blut, als öffnete sich eine neue Blüte, um unerwartet die Schätze in ihrem Innern zu enthüllen.

»Ich verstehe nicht«, sagte sie.

Er schaute noch immer über das Wasser, als er sich gegen den Fenstersims lehnte. »Es ist kein Geheimnis. Meine Schwester Lucinda hat mein Interesse daran geweckt. Sie liebt exotische Pflanzen, ebenso wie meine Tante. Deshalb ist die Orchideensammlung im Blackdown House überwiegend mein Werk.«

Sie war verwirrt. »Aber Sie haben kein Wort darüber verlauten lassen, als wir dort waren!«

»Nein, das habe ich nicht.«

»Dann sind Sie wirklich gekommen, um Buckleighs Orchideen anzusehen?«

Er lachte. »Und nicht Annabella Overbridge ... oder Lottie Whitely ... oder um unter den zur Auswahl stehenden jungen Damen eine Frau zu finden?«

»Aber Lady Overbridge glaubt doch, dass Sie diese Ausflüge ihretwegen arrangiert haben, oder?«

»Wahrscheinlich. Ich weiß es nicht. Aber während Sie sich mit dem Gärtner unterhalten, werde ich mit dem Herrn des Hauses über die neuesten Orchideenimporte schwärmen. So bizarr es auch scheinen mag, dass Daedalus ebenfalls ein Orchideenliebhaber ist. Seit Orchideen so sehr in Mode gekommen sind, trifft das aber unglücklicherweise auf ungefähr die Hälfte der wohlhabenden Gentlemen Devons zu.«

»Aber wir reden hier nur über fünf oder sechs, nicht wahr? Sie haben gesagt, dass Daedalus eins der großen Häuser in dieser Gegend besitzen muss.«

Wie von Rastlosigkeit getrieben ging Guy zur Tür. Das Sonnenlicht brach durch die Bäume. Ein Schimmer von Gold umrahmte seine schlanke Silhouette.

»Und wenn wir Glück haben, passen unsere Kriterien nur auf einen Gärtner, und wir werden ihn binnen einer Woche identifiziert haben. Worauf Sie Daedalus dann beruhigt mir überlassen können.«

»Und Rachel?«

Er zuckte die Schultern. »Ich denke, wir werden bald den Schlüssel zu ihrem Verbleib finden. Bis dahin werden Sie und ich uns weiter im Geheimen treffen, um Informationen auszutauschen. Ich werde Sie wissen lassen, wann und wo.«

»Danke«, sagte sie. »Ich weiß, dass Sie mich hätten fortschicken können, wenn sie gewollt hätten. Trotz des Armbands hätten Sie es mir nicht gestatten müssen, hierherzukommen.«

»Nein«, sagte er. »Aber ich tat es.«

Sarah schaute verwundert zu ihm auf.

Kühles Sonnenlicht zog seine Spur in seinem dunklen Haar und über seine breiten Schultern und zeichnete die perfekten Konturen seines Gesichts nach. Das leise Gurren von Tauben hallte durch die Bäume. Hunderte von Amseln zwitscherten aus ihren roten Kehlen. Sarahs Anwesenheit auf einmal völlig ignorierend, stand Guy Devoran da, eingehüllt in Schweigen, den Kopf geneigt und die Augen geschlossen, als würde er nur diesem Klang lauschen.

Eine tiefe Unruhe erfasste Sarah, ein Prickeln lief ihren Rücken hinauf, als riefe der Gesang der Vögel die uralten Waldgeister wach, bereit, tiefe Achtung in jedes sterbliche Herz zu bringen.

Der Schmerz und die Ekstase unerwiderter Liebe stach wie ein Degen. Sarah stand auf, schob die Krümel vom Tisch in eine Hand und streute sie aus dem Fenster.

Drei Schwäne mit formvollendet gebogenen Hälse, glitten jetzt über das ruhige Wasser.

»Wissen Sie, Mrs. Callaway«, sagte Guy Devoran plötzlich, »dass Sie Balsam für meine Seele sind?«

Ihr Herz machte einen Sprung, als sie herumfuhr und ihn ansah. Sie versuchte zu lachen. »Ich? Warum?«

Er lehnte sich mit einer Schulter gegen den Fensterpfosten und verschränkte die Arme vor der Brust. Seine dunklen Augen sahen sie mit brennender Intensität an. Das Gefühl, sich auf eine neue Art in Gefahr zu befinden, ließ ihr Herzen wild klopfen, raubte ihr den Atem.

»Weil ich, obwohl ich Sie immer wieder auf die Gefahren dieses Abenteuers hinweise, keine Spur weiblicher Hysterie an Ihnen entdecke.«

Sie ging um den Tisch herum und stellte die Tassen zusammen. »Ich versichere Ihnen, dass ich innerlich so verängstigt bin, wie Sie sich nur vorstellen können, Mr. Devoran.«

»Das müssen Sie nicht«, sagte er. »Es gibt für Daedalus keinen Grund, Sie zu verdächtigen. Ich wollte Sie meinetwegen fortschicken, nicht seinetwegen.«

Sarah legte das Tischtuch zusammen und bemühte sich um einen unbedarften Tonfall. »Ich kann mir nicht denken, warum!«

Doch ihr Puls pochte, tief in ihrem Magen, machte, dass sie sich schwindlig fühlte. Die Wildhütte war winzig, der Boden uneben. Als Sarah einen Schritt machte, verfing sich ihr Absatz an einem hochragenden Stück eines Hirschgeweihs.

Sie stolperte. Das Stoffbündel fiel zurück auf den Tisch.

Guy packte sie an beiden Armen.

Sarah versuchte, zurückzuweichen. Mit der Anmut spielerischer Kraft hielt Guy Devoran sie auf Armeslänge fest, gab sie aber nicht frei.

Sie schaute auf und wurde sofort von dem dunklen Feuer in seinen Augen verschlungen.

Auch wenn es mit einer Art von Bitterkeit brannte –

Auch wenn sie dachte, er würde sich wegen seines Verlangens verachten –

Auch wenn sie glaubte, dass seine Glut nur zufällig war – nicht *ihr* galt –, so wusste Sarah mit jeder Faser ihres Seins, dass sie von ihm geküsst werden wollte.

Heiße Flammen brannten über ihre Haut, weil sie wusste, dass auch er es wollte.

Sie hatte nie die Aufmerksamkeit von Männern wegen ihres Äußeren auf sich gezogen – mit ihrer Schönheit hatte Rachel jeden bezirzt –, doch in ihrem Inneren hatte immer eine geradezu empörende Sinnlichkeit gelauert, wie das dunkle, klebrige Herz einer Orchidee.

Einen Moment lang standen sie wie in einen tödlichen Kampf gefangen da, dann ließ Guy die Hände sinken.

Er wandte sich ab und nahm den Frühstückskorb vom Tisch. Seine Schritte klangen hart, als er zur Tür ging.

Auf der Schwelle zögerte er eine Sekunde lang, um sich zu Sarah umzusehen.

»Ja«, sagte er. »Es gibt in der Tat viele Arten von Gefahr, Mrs. Callaway.«

Kapitel 9

Am nächsten Tag regnete es beinahe pausenlos, ein warmer Sommerregen, der die Gärten nässte und an den Fensterscheiben hinunterlief. Klebrige Luft hing über den Orchideen. Niemand hatte Lust, eine Ausfahrt mit der Kutsche zu unternehmen. Weil das Wetter auch die Gentlemen ans Haus fesselte und die Damen erklärten, sie wären es überdrüssig, Blumen zu malen, wurde Mrs. Callaway nicht gebraucht.

Während die Gäste sich mit Karten- oder Würfelspielen unterhielten, lasen oder die langen Galerien auf und ab spazierten, stattete Sarah Mr. Pearse einen Besuch in seinem Cottage ab.

Ihre Stiefel waren von oben bis unten mit Schlamm bespritzt, als sie ins Haus zurückkehrte. Sie war durchnässt und musste zu ihrem Ärger feststellen, dass ihr Haar völlig zersaust war, als sie die Kapuze ihres Umhangs zurückstreifte. Sie strich sich einige vorwitzige Haarsträhnen aus der Stirn und hasste wieder einmal ihre Locken, die sich bei regnerischem Wetter immer um ihr Gesicht kräuselten.

Sie wandte sich um, um in ihr Zimmer hinaufzugehen, blieb dann aber abrupt stehen.

Guy Devoran lehnte an einer Minerva-Statue. Sein dunkler Blick bohrte sich einen Augenblick lang in ihre Augen, dann glitt er zu ihren Lippen.

Als hielte er eine kühle Flamme an ihre Haut, schien Glut ihren Mund zu berühren.

Sarah riss sich zusammen und wandte den Blick ab. Er trat zurück, um sie vorbeizulassen, aber während sie ein paar Schritte vorwärts machte, beugte er sich herunter und flüsterte ihr etwas ins Ohr.

»Heute Abend. Eine Stunde nach Mitternacht. Der Abstellraum am Nordende des Korridors, der zum Schulzimmer führt.«

Ihr Puls raste, war sie sich doch der momentanen Gefahr nur allzu bewusst, als sie zu ihm hochschaute.

Das dunkle Feuer brannte, führte in unergründliche Tiefen.

Ohne ihre Antwort abzuwarten, wandte er sich ab und schlenderte davon.

Guy trat auf den Balkon seines Schlafzimmers, schwang sich über die Brüstung und hangelte sich von dort zur Fassade. Steinornamente konnten ebenso dekorativ wie nützlich sein!

Leichtfüßig kletterte er über das Dach, das zu dem Flügel des Hauses gehörte, in dem die Kinderzimmer lagen. Moos machte die Schindeln schlüpfrig. Es hatte einige Stunden zuvor zu regnen aufgehört, und helles Mondlicht drang zwischen den Wolken hindurch.

Guy hatte tagsüber dafür gesorgt, dass der Riegel am Fenster geöffnet war.

Lautlos glitt er über die Fensterbank in die dunkle Abstellkammer.

»Du lieber Himmel«, rief Sarah Callaway aus. »Sie sind über die Dächer gekommen? Ich bin beeindruckt.«

Sie saß auf dem Deckel einer großen Truhe, bei der es sich um eine Seemannskiste aus dem vorigen Jahrhundert zu handeln schien. Ihr schlichtes dunkles Kleid verschmolz mit den Schatten, das Haar trug sie aus der Stirn zurückgekämmt, verborgen unter einer weißen Spitzenhaube.

Die Spitze schimmerte leicht im Mondlicht. Er erinnerte sich wie sie ausgesehen hatte, als sie am Nachmittag aus dem

Garten hereingekommen war – der Strahlenkranz aus kupferfarbenem Haar, der ihr Gesicht wie ein Heiligenschein umrahmt hatte, – während seine körperliche Reaktion auf ihre bezaubernde Erscheinung alles andere als heilig gewesen war.

Guy schloss das Fenster und lehnte sich gegen die Fensterbank, dabei hielt er einige Fuß Abstand zwischen sich und Sarah Callaway.

»Wenn ich geheime Treffen für die Stunde nach Mitternacht arrangiere«, sagte er, »dann schulde ich es der Melodramatik, nicht einfach über den Korridor spaziert und durch die Tür zu kommen.«

»Sie schulden es auch der Diskretion«, entgegnete sie. »Würde man Sie auf einem der Korridore sehen, würde jede der Damen daraus schließen, Sie wären auf dem Weg in das Schlafzimmer ihrer Rivalin. Dann würden alle böse sein.«

»Bis auf mich.«

Ihr leises Lachen schwebte weich durch die Nachtluft. »Doch es würde für einige unglückliche Spannungen innerhalb der illustren Runde sorgen.«

Guy nahm den Duft von grünen Äpfeln wahr. »Ohne jeden Zweifel. Besonders, weil es morgen schön zu werden verspricht. Wir werden fünf Kutschen nehmen, um Mr. Barry Norris zu besuchen, dessen Orchideensammlung interessant sein dürfte. Inzwischen ist es mir gelungen, aus meinem Zimmermädchen herauszubekommen, dass Lord Uxhamptons Gärtner ein tattriger alter Bursche mit weißen Haaren ist, und dass Uxhampton alles Exotische hasst. Molly ist kein besonders redseliges Mädchen, aber Uxhamptons Gärtner ist ihr Großvater. Er züchtet weder Rosen noch Orchideen. Deshalb können wir ihn schon mal ausschließen.«

»Und Mr. Norris?«

»Ich weiß es nicht. Haben Sie etwas von Mr. Pearse erfahren?«

Seine Augen hatten sich inzwischen an das Dämmerlicht gewöhnt. Die sich von ihrer blassen Haut deutlich abhebenden Augenbrauen zogen sich zusammen.

»Nicht wirklich. Er spricht ganz offen darüber, wie er seine Pflanzen zieht, aber sobald man auf irgendein anderes Thema zu sprechen kommt, verschließt er sich.«

»Diese Verschlossenheit scheint hier allgemein zu herrschen«, sagte er. »Keiner der Dienstboten ist bereit, über irgendetwas zu reden, was in diesem Teil Devons vor sich geht.«

»Mr. Pearse schien sogar verärgert, als seiner Frau entschlüpfte, dass er Buckleigh das ganze Jahr über nicht verlassen hat, obwohl ich sicher bin, dass es die Wahrheit ist. Alles was ich erfahren habe ist, dass seine neuen Orchideen von *Conrad Loddiges und Söhne* in Hackney kamen.«

»Loddiges ist einer der Hauptimporteure, das ist also keine Überraschung. Pearse würde nicht sagen, wer die Pflanzen abgeholt hat?«

Sarah fuhr mit den Fingern langsam über den Eisenbeschlag der Truhe, als wäre sie verlegen, ihm nicht mehr an Informationen bieten zu können, dann schaute sie auf. Wie eine Springflut stieg Verlangen in ihm auf. Herrgott! Wonach? Die Cousine seiner letzten Geliebten zu verführen?

»Als ich ihn direkt danach gefragt habe, hat er das Thema gewechselt, als hätte ich ihn nach dem Geheimnis des gordischen Knotens gefragt. Ich habe mich nicht getraut, ihn weiter zu bedrängen und habe keine Fragen mehr gestellt.«

»Das ist schon in Ordnung«, erwiderte er. »Ich habe nie angenommen, dass Pearse dieser Falcorne ist, weil ich verdammt sicher bin, dass Overbridge nicht Daedalus ist. Warum sollte er Eure Cousine bedrängen, ihm ihre Gunst zu schenken, wenn er doch in seine Frau vernarrt ist?«

»Stimmt«, sagte sie. »Das scheint unmöglich.«

Guy ging zum Kamin. »Wir suchen also entweder nach einem unverheirateten Mann oder einem, der verrückt nach einer anderen Frau ist, oder?«

»Wenn man Rachels Briefen Glauben schenken kann«, sagte sie. »Aber Sie sind es, der bewiesen hat, wie unglaubwürdig sie sein kann.«

Er lachte, sie war wirklich clever, was sie nur noch anziehend machte. »Richtig. Und wir haben keine wirkliche Idee, was dieser Jemand für ein Motiv haben mag.«

»Könnte dieser Mr. Norris Daedalus sein?«

»Barry Norris ist sicherlich ein seltsamer Vogel. Immer gutmütig und herzlich, aber hinter dieser Fassade verbirgt sich ein messerscharfer Verstand.«

»Und er sammelt Orchideen?«

»Ja, aber nicht ernsthaft. Norris kauft ein paar Pflanzen, weil das gerade modern ist und weil er es sich leisten kann. Jetzt, da wir Uxhampton ausgeklammert haben, sind unsere einzigen wirklichen Verdächtigen Lord Moorefield und Lord Whiddon. Niemand sonst in der Gegend verfügt über die notwendigen Mittel, wobei Moorefield nur eine recht bescheidene Orchideensammlung hat.«

»Und Lord Whiddon?«

»Ist ziemlich verrückt nach Orchideen. Er ist außerdem Junggeselle und ein Einsiedler. Es wird nicht leicht sein, eine Einladung von ihm zu bekommen.«

»Deshalb denken Sie, er könnte unser Hauptverdächtiger sein?«

»Abgesehen davon, dass er nicht der Typ zu sein scheint, der eine Frau verfolgt.«

»Hat er je seinen Gärtner nach London geschickt, um Pflanzen für ihn zu kaufen?«

Guy gab seine Betrachtung des kalten Kamins auf und

schaute stattdessen den dahintreibenden Wolken nach. »Natürlich, obwohl das nicht heißen muss, dass es unser Mann ist.«

Sarah glitt von der Truhe und stand auf. Das Mondlicht hüllte sie in Silber und Grau. Ihre Haut schimmerte wie die eine Perle.

»Könnten Sie nicht einfach Lady Overbridge fragen, wer ihre Orchideen nach Buckleigh geholt hat?«

»Das habe ich bereits getan. Aber Annabella hat von der Pflege ihrer Gärten und Gewächshäuser ebenso wenig Ahnung wie von den kleinen Mädchen, die ihre Ballkleider besticken oder davon, wie ihre Mahlzeiten auf den Tisch kommen.«

»Das hört sich an, als würden Sie das nicht gut finden«, sagte sie.

Guy ging mit langen Schritten zum Fenster. »Dass eine Lady sich keine Gedanken über die Lebensbedingungen der Menschen macht, die ihren angenehmen Lebensstil aufrechterhalten? Nein, das finde ich in der Tat nicht gut.«

»Du lieber Himmel«, sagte sie. »Sind Sie ein Radikaler, Mr. Devoran?«

Er lachte. »Warum die Ironie, Mrs. Callaway? Ich vermute, Sie teilen meine Meinung in dieser Beziehung.«

»Ja, aber ich bin gezwungen, mir meinen Lebensunterhalt zu verdienen –«

»Wohingegen ich nur ein unnützer Müßiggänger bin? Ich habe das nicht vergessen!«

Obwohl es so dämmrig war, glaubte er sehen zu können, dass sie rot wurde. Doch sie biss sich auf die Lippen, um sich davon abzuhalten, laut herauszulachen.

»Ich war im Buchladen ein wenig grob zu Ihnen, nicht wahr?«

»Sehr«, erwiderte er. »Aber wir waren Fremde.«

»Was alles nur umso schlimmer macht«, sagte sie. »Ich habe mich sehr schlecht benommen.«

»Dann sollten wir keine Fremden bleiben.«

Sarah setzte sich wieder auf die Seemannstruhe und neigte den Kopf, während sie ihn ansah. »Ist das Rache?«

»Nein«, sagte er. »Einfach Gerechtigkeit – obwohl Sie sich zu nichts verpflichtet fühlen sollen. Ich bin nur neugierig.«

»Ich habe keine Geheimnisse, Sir. Was möchten Sie wissen?«

Guy versuchte, seine lässige Haltung beizubehalten, auch wenn in seinem Herzen eine Schlacht tobte. Seine Entschlossenheit, unvoreingenommen zu bleiben, kämpfte lebhaft gegen sein brennendes Verlangen, alles über sie zu erfahren – und verlor.

»Wie ist es zu Ihrer Ehe mit Captain Callaway gekommen?«, fragte er. »Sie haben gesagt, er wäre einige Jahre älter als Sie gewesen?«

»Fünfzehn, um genau zu sein. Er hat mir einen Antrag gemacht, und ich habe angenommen. Er besaß ein kleines Haus in der Nähe von Yarmouth, wo er Lagerhäuser betrieb. Alle hielten es für eine sehr gute Verbindung.«

»Sie haben ihn nicht geliebt?«

Sie strich eine nicht vorhandene Falte in ihrem Rock glatt. »Zuerst nicht. Aber am Ende doch, ja, sehr sogar.«

»Es tut mir leid«, sagte er. »Ich habe kein Recht neugierig zu sein. Ich wollte Ihnen keinen Schmerz verursachen.«

Der Umriss ihrer Schulter und ihres Nackens schimmerte im Mondlicht. Sie starrte auf ihre Hände.

»Nein. Ich möchte es gern jemandem erzählen. Wenn nie jemand von ihm spricht, ist es, als hätte er nie existiert. Ich habe ihn nicht aus Liebe geheiratet. Ich habe geheiratet, weil ich versorgt sein wollte.«

Guy hockte sich auf seine Fersen und lehnte sich gegen die Wand. Er hatte gefragt, weil er sich wirklich wünschte, sie zu verstehen. Doch jetzt war es, als hätte er sorglos den Deckel einer reich verzierten Kiste geöffnet, erwartend, den üblichen Inhalt darin zu finden – Scheren oder Siegelwachs –, und wäre stattdessen davon überrascht worden, einen Blick in die Tiefen einer aufrichtigen, schmerzvollen Ehrlichkeit werfen zu müssen.

»Erzählen Sie mir, was immer Sie wollen«, sagte er ruhig. »Nichts, was Sie sagen, wird je diese vier Wände verlassen.«

Sarah Callaway löste den Blick von ihrem Rock und stand auf. Der Taft raschelte leise, als sie auf und ab ging.

»Ich hatte keine anderen wirklichen Aussichten und ich wollte ein eigenes Heim. Als dann John – Captain Callaway – mich um meine Hand bat, sagte ich ja. Aber wir waren erst einige Wochen verheiratet, als er geschäftlich nach Norwich fuhr. Man brachte ihn auf einem Karren heim. Er war in der Elm Street plötzlich zusammengebrochen.«

»Er konnte nicht gehen?«

Sie schüttelte den Kopf. »Er konnte nie wieder auch nur noch einen Schritt gehen. Seit Waterloo steckten einige Metallsplitter in seinem Rücken. Die Ärzte sagten, dass sie nichts tun könnten.«

»Deshalb haben Sie ihn gepflegt.«

»Ja, drei Monate lang. Ich wusste, dass er unter grausamen Schmerzen litt, aber er war freundlich und fröhlich und gelassen, er hat sich nie beklagt. Ich hatte mir nie vorstellen können, dass jemand so tapfer sein könnte. Zu dieser Zeit habe ich angefangen, ihn zu lieben.«

»Dann war er ein glücklicher Mann«, sagte Guy.

»Glücklich, unter Schmerzen zu sterben?« Ihre Stimme schnitt harsch durch die kalte Luft.

»Nein. Glücklich, Ihre aufrichtige Liebe gewonnen zu haben und mit diesem Wissen zu sterben.«

»Ja«, sagte sie. »Aber ich war nicht aufrichtig.«

Guy unterzog seine Stiefel einer intensiven Musterung. »Warum sagen Sie das?«

Am Rascheln ihres Rocks konnte man hören, dass sie immer schneller hin und her ging. »Während John krank daniederlag, hat ein Feuer unsere Lagerhäuser vernichtet. Ich habe es ihm nicht gesagt. Unschuldige Menschen, die nichts Unrechtes getan hatten, verloren alles, was sie dort eingelagert hatten, und sie mussten für ihre Verluste entschädigt werden. Die Rechnung von der Versicherung lag unbeachtet auf dem Stapel anderer Unterlagen – ich hatte es versäumt, sie zu bezahlen.«

»Dafür können Sie sich doch nicht die Schuld geben.«

»Nein? Obgleich John so hart gearbeitet hat? Trotz seiner Schmerzen hat er versucht, mir beizubringen, das Geschäft zu führen. Doch ein Leben voller Arbeit war bereits zu einem Leben voller Schulden geworden, wegen meines Fehlers. Es war bereits alles verloren!«

»Es gibt Zeiten, in denen die Freundlichkeit mehr wiegen muss als die Ehrlichkeit«, sagte er.

Für einen Moment senkte sich Stille über den Raum. Das Mondlicht sprenkelte ihren Rücken. Ein weicheres Licht schimmerte auf ihrer Wange, einige Haarsträhnen hatten sich unter der Haube hervorgestohlen.

»War das meine Entschuldigung? Vermutlich. Ich war gezwungen, einige Wochen vor Johns Tod das Haus zu verkaufen, und es war einzig und allein Glück, dass ich es vor ihm verheimlichen konnte. Die Käufer brauchten das Haus nicht sofort.«

»Doch er ist in dem Wissen gestorben, dass Sie ihn lieben.«

»War das genug?«, sagte sie.

»Gott, ja!«

Ihre Absätze klapperten, als sie energisch durch das Zimmer schritt. »Ich weiß es nicht, Mr. Devoran. John wusste, dass ich etwas verberge, und es machte ihm Sorgen. Eines Tages hat er versucht, mich zu fragen, was nicht in Ordnung wäre. Doch in dem Moment, als er meinen Kummer sah, machte er einen Scherz und wechselte das Thema: aus Freundlichkeit mir gegenüber, seiner dummen Ehefrau, die zugelassen hatte, dass sein Lebenswerk in Flammen aufgegangen war.«

»Weil sie ihn gepflegt hat und weil sie ihm ihre Liebe geschenkt hat«, entgegnete Guy. »Und weil sie gewusst hat, wo ihre größten Prioritäten lagen – so, wie auch er es wusste.«

Sarah zögerte an der Tür, mit der Hand auf dem Griff. Tränen glänzten silbern auf ihren Wangen.

»Sie sind sehr freundlich, Sir«, sagte sie. »Das was Sie gesagt haben, ist nicht ganz unwahr. Das weiß ich auch. Ich schelte mich auch selbst nicht mehr so sehr wegen dem, was damals vorgefallen ist. Das ist nur eine andere Form der Nachgiebigkeit gegen sich selbst, nicht wahr? Wie dem auch sei, was hätte ich auch angefangen mit den Lagerhäusern und einem Frachtunternehmen? Es passt viel besser zu mir, Lehrerin zu sein, und ich habe ein vollkommen neues, gutes Leben begonnen. Doch bitte denken Sie nicht von mir, dass ich immer ehrlich bin. Ich bin es nicht. Nicht mehr als andere auch.«

»Doch, das sind Sie«, sagte Guy.

Ihre Finger klammerten sich um den Türknauf. »Ich bin froh, dass ich es jemandem erzählen konnte«, wiederholte sie. »Nicht einmal Rachel weiß, welche Schuld ich getragen habe.«

»Und danach –?«

»Die Mansards machten nur Captain Callaway für das, was passiert war, verantwortlich. Das ist die übliche Art des Denkens, nicht wahr? Dass ein Mann, der Entscheidungen über geschäftliche Angelegenheiten seiner Ehefrau überlässt, ein Dummkopf ist.«

Mondlicht fiel über seine Handrücken und warf tiefe Schatten zwischen seine Finger.

»Ich kann nur Respekt für jeden Mann empfinden, den Sie geliebt haben«, sagte er. »Nach dem, was Sie sagen, war John Callaway ein bemerkenswerter Mann. Und er war kein Dummkopf.«

Sarah öffnete die Tür. Ihre Schritte verklangen leise auf dem Korridor.

Guy richtete sich auf und öffnete das Fenster.

Die Nacht warf ihre schwarzen Schatten in eine graue Welt. Der See lag still und dunkel und schimmerte wie eine weite Fläche aus nassem Schiefer. Doch dort, wo das Mondlicht Nebelschwaden über dem Wasser aufschimmern ließ, schien es, als wandelte die Weiße Frau über den See.

Wer war sie, diese Lady – eine der Heldinnen keltischer Mythen –, die über den See zu ihrem Geliebten gewandelt kam?

Sarah Callaway würde es ohne Zweifel wissen, weil sie einer schmerzlichen Kindheit entflohen war, indem sie bei Büchern Zuflucht gesucht hatte. Und dann war sie ein weiteres Mal aufgebrochen, eine neue Freude zu finden, die vom Schmerz über ihre kurze Ehe zerstört worden war.

Er wünschte – ganz verrückt, aber mit einer tiefen Intensität –, dass er alles von diesem Schmerz vertreiben könnte, um das Mädchen zu finden, von dem sie auch einmal gesprochen hatte, das Mädchen, das einen Strohhut getragen und sorglose Picknicks mit ihrer Cousine genossen hatte.

–... bis der Hagel einsetzte und uns unsere Ausgelassenheit schlagartig verging.

Guy kletterte an seinem Balkon vorbei die Fassade hinunter und ging zum See.

– Ich bin froh, dass ich es jemandem erzählen konnte.

Jemandem! Sie hatte es ihm erzählt, weil er ihr nichts bedeutete, weil sie sich vorgestellt hatte, dass er der perfekte Gentleman wäre, weil sie glaubte, dass er immer absolut vertrauenswürdig und ehrenhaft war, wie der Mann, mit dem sie verheiratet gewesen war.

Die Weiße Frau schimmerte im Nebel, ihre Tränen fielen in den See.

Noch im Gehen entledigte sich Guy seiner Jacke und seines Hemds, ließ beides einfach ins feuchte Gras fallen. Am Ufer des Sees zog er sich Stiefel und Hosen aus.

Nackt tauchte er in das mondhelle kühle Wasser.

Unmöglich, die Unehrenhaftigkeit so leicht abzuwaschen.

Das Licht fluoreszierte schwach um seine Schultern und Arme, als er schwamm. Wolken zogen über den Himmel, warfen einen schwarzen Mantel über den See. Der Nebel verschwand in der Dunkelheit. Die Weiße Frau war fort.

Unmöglich für einen Sterblichen, mit einem Geist zu konkurrieren.

Fünf Kutschen schaukelten über die schattigen Wege, über jeder war ein Strauß von Sonnenschirmen gespannt. Sarah saß in der letzten Kutsche, zusammen mit der Gouvernante und den Kindern, und sie versuchte, nicht zu Guy Devoran zu schauen. Die meisten Gentlemen hatten es vorgezogen, die Kutschen zu Pferde zu begleiten, ebenso wie Lady Whitely.

Mr. Devoran beherrschte sein rassiges Pferd mit unaufdringlichem Können: leicht und zurückhaltend. Er war der Magnet aller weiblichen Blicke. Lady Whitely ritt neben ihm auf einer prächtigen kastanienbraunen Stute. Sein dunkler Kopf war ihr zugewandt, während sie plauderte. Sie schaute zu ihm hoch und lachte, ihre blonden Locken umschmeichelten ihr schönes Gesicht, ihr elegantes Reitkostüm betonte ihre zierliche Figur, ein bezaubernder Federhut perfektionierte den Gesamteindruck.

Sarah zwang sich, den Blick abzuwenden. Ein scharfer, dunkler Schmerz stach in ihr Herz, als hätte sie das Recht, verletzt zu sein, dass er seine ganze Aufmerksamkeit einer wunderschönen Frau schenkte.

Warum um alles in der Welt hatte sie ihm die Wahrheit über John erzählt? Nicht einmal Rachel hatte genau gewusst, warum sie ihre Trauerzeit so jäh beendet und einen Posten als Lehrerin angenommen hatte. Dann waren die Mansards gestorben, und auch Rachel war schutzlos in die Welt gestoßen worden.

Doch wie könnte der Neffe eines Dukes je die missliche Lage einer mittellosen Dame verstehen? Und wie absurd, dass sie sich heute Morgen im Spiegel angestarrt und sich gefragt hatte, ob er sie je hübsch finden könnte! Doch Sarah hatte dennoch mit ihrem Aussehen gehadert. Sie war nicht schön. Außerdem war sie auch noch mit Sommersprossen übersät, weil sie zu viel Zeit in der Sonne verbracht hatte, ohne je einen Gedanken an die Folgen verschwendet zu haben.

Sie horchte tief in ihr Herz hinein und versuchte, sich so wie sie war zu akzeptieren, versuchte ihr Bestes, über sich selbst lachen zu können, auch wenn es noch so wehtat.

Barristow Manor lag inmitten einer kleinen Hügelkette, die sich zwischen dem Moor und dem Meer erstreckte. Mr. Barry Norris und seine Frau hießen ihre Gäste mit Wein und Kuchen willkommen, bevor sie in kleinen Gruppen aufbrachen, um den Garten anzusehen.

Sarah begleitete eins der jüngeren Mädchen und versuchte

ihr, den Aufbau der Pflanzen zu erklären. Doch Mary Blenkinsop, nur an einem der jüngeren Männer interessiert – nachdem sie festgestellt hatte, dass Guy Devoran nicht in Reichweite war – kicherte lediglich.

»Ist das wirklich ganz passend, Mrs. Callaway?«

Sarah schaute auf. Mrs. Barry Norris starrte sie über ihre lange Nase hinweg an.

»Die Gentlemen haben sich ins Gewächshaus zurückgezogen«, fügte Mrs. Norris hinzu. »Ihre Meinung ist gewünscht. Solche Beschäftigung mag vermutlich für eine Witwe passend sein, aber sicherlich nicht für ein junges Mädchen. Miss Blenkinsop wird hier bei mir bleiben.«

Sarah lächelte zum Dank und eilte davon. Als sie das Orchideenhaus betrat, drang eine Stimme an ihr Ohr.

»Man hat mir meinen Obergärtner gestohlen, Sir!«!

»Tatsächlich?«, meinte Guy. »Mein Herz blutet, Sir.«

»Seit der Mann weg ist, vertrocknen diese verdammten Pflanzen. Ah! Da ist ja Ihre kleine Botanikerin! Was denken Sie, meine Liebe? Ist es hier drinnen nicht warm genug für die Orchideen?«

Sarah war an der Tür stehen geblieben, aber Mr. Norris kam auf sie zu und packte sie am Arm.

»Sehen Sie sich dieses jämmerliche Ding an!« Er zeigte auf einen traurigen Klumpen brauner Wurzeln in einem der Töpfe. »Sie hat nicht einmal geblüht. Dabei hat sie mich ein Vermögen gekostet! Was zum Teufel wissen Sie darüber, wie man Orchideen zum Blühen bringt, Ma'am?«

»Gar nichts, Sir.« Sarah verkniff sich ein Lachen. »Es tut mir sehr leid, wenn man Ihnen etwas anderes gesagt hat.«

Ähnlich unterdrückte Amüsiertheit tanzte in Guy Devorans Augen. »Aber ich dachte, Sie wüssten alles über Orchideen, Mrs. Callaway? Wie dumm von mir!«

»Ich kenne sie nur von Drucken und aus Büchern, Sir«, erklärte sie. »Ich habe nie welche gezüchtet.«

Barry Norris zog sie weiter mit sich in das Treibhaus hinein. »Dann sagen Sie mir, was Sie von dieser hier denken, Ma'am! Eine Blüte neben der anderen.«

Er schob einige große Blätter beiseite und zeigte auf eine Hand voll kleiner Blüten.

Sieben Orchideenblüten barsten aus einer Masse pfeilförmiger Blätter. Schneeweiße äußere Blütenblätter öffneten sich in betörender Pracht.

Eria rosea.

Im Herzen jeder Blüte drängten sich rotrosa Lippen um einen kleinen golden schimmernden, wie eine Perle geformten Kopf.

»Meine Frau findet die Blüte schockierend«, sagte Barry Norris und lachte dröhnend. »Erinnert einen Mann an Dinge, an die er vermutlich nicht denken sollte.«

Offensichtlich gegen einen Heiterkeitsausbruch ankämpfend, hustete Guy Devoran in seine Hand. »Ziemlich durchtrieben, diese Orchideen«, meinte er.

Auch Sarah befürchtete, in Lachen auszubrechen und schluckte mühsam. Sie wandte sich ab und schaute zu den Gärten hinaus.

»Es tut mir sehr leid zu hören, dass Sie Ihren Gärtner verloren haben, Mr. Norris«, sagte sie, sobald sie ihrer Stimme wieder trauen konnte. »Ich hoffe, der arme Mann ist nicht krank geworden?«

»Du lieber Gott, nein! Moorefield hat mir Croft gestohlen.«

»Croft?«, fragte Guy nach. »Ist das der Bursche, den Moorefield im Frühjahr eingestellt hat?«

Barry Norris sah Guy scharf an, als verberge sich unter der rau-jovialen Fassade ein Rasiermesser.

»Das ist kein Geheimnis, Sir. Der Bursche ist sehr geschickt mit Pflanzen. Moorefield hat seit Jahren versucht, ihn mir abzuwerben. Nachdem Croft im Mai aus London zurückgekommen war, hat er schließlich Erfolg gehabt.«

Guy strich mit einem Finger sanft über die weißen Blütenblätter. »Dann würde ich wetten, es ist derselbe Mann, der meinem Gärtner bei *Loddiges* die Orchideen weggeschnappt hat.«

»Kann schon sein.« Noris stieß mit dem Fuß gegen einen der mit üppigem Grün bepflanzten Kübel und verzog den Mund.

»Sie hatten gerade eine neue Lieferung ganz besonderer Orchideen bekommen«, erklärte Guy. »Es hat einige von uns ziemlich geärgert, Sir, als uns die besten Pflanzen vor der Nase weggeschnappt und hierher nach Devon geschickt wurden.« Die *Eria rosea* zitterte leicht, als Guy die Hand sinken ließ und sich zu seinem Gastgeber umwandte. »Sie haben hier sehr schöne Exemplare, Sir. Ich glaube, ich muss diesen Mr. Croft kennenlernen.«

»Dann finden Sie den Burschen jetzt auf Moorefield Hall. Aber wenn diese Pflanzen die besten waren, die man bekommen konnte, dann bin ich betrogen worden.«

»Dann hat vielleicht ein anderer Gärtner aus Devon den Haupttreffer gezogen?«

Norris zögerte einen Moment. »Verdammt, damit könnten sie wirklich richtig liegen, Sir! Wenn Sie hinter seltenen Orchideen her sind, dann sollten Sie mit Hawk reden, nicht mit Croft.«

»Hawk, Sir?«

»Whiddons Gärtner ... er war zur selben Zeit in London wie Croft – wegen der Orchideen, wissen Sie –, und die beiden sind zusammen zurückgekommen. Hawk ist auch so ein Bursche, der was zum Wachsen bringen kann!« Er wandte sich um und grinste. »Besser wäre es wohl, keine Damen in dieses Gewächshaus zu bringen!«

Norris lachte schallend über seinen eigenen Witz und stapfte dann zur Tür.

Die Arme vor der Brust verschränkt, lehnte sich Guy gegen die Wand, warf den Kopf in den Nacken und lachte.

Etwas an seiner Fröhlichkeit, an den Grübchen in den Winkeln seines Mundes erfüllte Sarahs Herz wie mit geschmolzenem Gold – als wäre sie eine seltene Münze und er der Schmelzofen.

Sie hasste diese Empfindungen und ging an ihm vorbei zur Tür.

Mr. Norris führte die anderen Damen gerade zum Haus zurück. Eine Kinderfrau, die ein blondes Kind auf dem Arm trug, folgte ihm. Norris' Blick wurde weich, als er die beiden ansah.

»Das ist mein Sohn«, verkündete er stolz. »Verdammt hübscher kleiner Bursche! Weint nie! Macht nie Geschrei! Nicht mal, wenn ein Fremder im Garten auftaucht und das Kindermädchen erschreckt, wie im letzten Monat.«

»Ein Fremder, Sir?«

»Nur irgendein Landstreicher! Hat das Kindermädchen fast zu Tode erschreckt, deshalb rannte sie ins Haus zurück. Aber mein kleiner Junge macht nie so ein Gejammer, obwohl er noch in den Windeln steckt. Aber natürlich habe ich sofort Anweisungen gegeben, dass sie sich nie wieder so weit vom Haus entfernt.«

»Sehr umsichtig, Sir«, sagte Sarah. »Auf dem Land gibt es zu viele arme Seelen, die nach Arbeit suchen oder um ein wenig Brot bitten.«

»Unsinn, Ma'am! Herumtreiber, das sind die meisten von ihnen! Hab kein Verständnis für so was!«

Barry Norris eilte über den Rasen, um sich zu seiner Frau und dem Kind zu gesellen. Der Kleine sah seinen Vater und streckte beide Arme nach ihm aus. Mr. Norris nahm ihn der Kinderfrau ab und schwang ihn hin und her, bis der Junge vor Freude jauchzte.

Sarahs Herz zog sich bei dem Anblick der beiden zusammen. Ein Kind war das eine Geschenk, auf das sie in ihrer Ehe mit John gehofft hatte, nach dem sie sich gesehnt hatte, als ihre Liebe für ihn gewachsen war. Doch sie selbst trug Schuld daran, dass ihr dies versagt geblieben war.

Entschlossen, sich weder Selbstmitleid noch Melancholie zu ergeben, kehrte sie zu Guy Devoran zurück. Er beobachtete sie aufmerksam, doch die Heiterkeit in seinen Augen war inzwischen einem sorgenvollen Blick gewichen.

Ihr Herz machte einen Sprung, und schickte eine weitere Welle verrückter Empfindungen durch ihre Adern. Das Sonnenlicht streichelte sein dunkles Haar und betonte die klaren Linien seines Gesichts, er schien sowohl strahlend wie auch ein wenig barbarisch, wie Oberon, der König der Elfen. Doch dieses wilde Herz schien auch unendlich offen für Mitgefühl.

Sarah sammelte all ihre Unbeschwertheit, zwang sich zu einem unverfälschten, unkomplizierten Lachen. »Sie sehen, Sir, dass ich in der Tat unsichtbar bin. Und weil ich offenbar nicht existiere, können mir Anblicke gewährt werden, die eine Lady normalerweise schockieren würden.«

»Ah«, sagte er und grinste. »Sie beziehen sich auf Mrs. Norris' Befürchtungen? Aber sicherlich gehören Blumen zu den unschuldigsten von Gottes Schöpfungen, wie kann da irgendeine von ihnen unanständig sein?«

Sarah trat zu dem Prachtexemplar einer Orchidee und betrachtete sie: *Eria rosea*, so wunderschön und kostbar, und so gefährlich erotisch.

»Nein, Mrs. Norris hat recht«, sagte sie. »Diese Blüten sind höchst unpassend für die Augen unverheirateter junger Damen.«

»Warum werden sie nicht auch als gefährlich für die Augen junger Männer befunden?« Er schaute auf seine Stiefelspitzen. »Solch indiskrete Blüten könnten sicherlich unanständige männliche Begierden aufflammen lassen.«

»Aber nur bei einem männlichen Insekt«, erklärte Sarah. »Und das auch allein bei einem chinesischen.«

Er lächelte, als er zu ihr hochschaute. »Ah! In dem Fall muss ich alle zügellosen Gedanken verbannen und werde stattdessen mit dem Bild der Motten zurückgelassen, die die Orchideen bestäuben.«

Sie wandte sich ab, verwirrt. Sogar mit diesem Mann zu lachen war gefährlich.

»Was uns zu den Gärtnern zurückbringt«, sagte sie. »Sie wussten bereits, dass Lord Moorefield einen Mann namens Croft eingestellt hat?«

Der humorvolle Ausdruck in seinem Gesicht verschwand schlagartig. »Ja, Molly hat es mir heute Morgen erzählt. Schließlich ist es kein Geheimnis. Aber jetzt wissen wir auch, dass Croft zusammen mit Whiddons Mann, diesem Hawk, im Mai zu *Loddiges* nach London gereist ist.«

»Und Sie meinen, einer der beiden ist Falcorne?«

»Ich halte das für sehr wahrscheinlich.«

Ein Schauer lief ihr den Rücken hinunter. »Was bestätigen würde, dass entweder Lord Moorefield, Lord Whiddon oder Mr. Norris Daedalus ist?«

»Genau.«

»Aber falls Mr. Norris es ist, warum hat er Ihnen das alles gerade jetzt erzählt?«

»Weil es verdächtiger gewesen wäre, hätte er darüber geschwiegen. Er hat mir nichts gesagt, das nicht leicht herausgefunden werden könnte.«

»Dennoch glauben Sie, dass er etwas verbirgt.«

Er ging zur Tür und hielt ihr den Rücken zugewandt. »Norris ist ein eitler Mann und darüber hinaus jemand, den man auf keinen Fall unterschätzen darf, aber irgendwie kann ich mir nicht vorstellen, dass er einen Gärtner nach London schickt, um ihn diese Unfälle arrangieren zu lassen.«

Sarah schlang sich die Arme um den Oberkörper und versuchte, ihr Zittern zu unterdrücken. »Doch er ist ein Mann, der einschüchtern kann, denke ich.«

Guy Devoran schaute über die Rasenrabatten zu der Gruppe, die jetzt das Haus betrat. »Norris hat seine Frau aus Liebe geheiratet, sagt man. Sie war weder besonders reich noch von besonders hoher gesellschaftlicher Stellung, und er ist offensichtlich ganz vernarrt in seinen kleinen Sohn.«

»Ja«, bestätigte Sarah. »Ich glaube, seine Zuneigung ist echt. Er wurde von dem Kind wie eine Motte von einer Blüte angezogen.«

»Und zwar wie eine, die ihre ganze Aufmerksamkeit nur auf die eine Orchidee richtet, die sie als einzige bestäuben kann.«

»*Angraecum sesquipedale*?«

Er wandte sich um und lächelte sie an. »Haben Sie je eine gesehen?«

»Nur auf Bildern, aber ich habe gelesen, dass die Nektarspur der Blüte fast einen Fuß lang ist. Denken Sie, es gibt für jede Orchidee nur eine einzige Insektart, die sie bestäuben kann?«

»Im Fall von *Angraecum sesquipedale* muss es jedenfalls so sein, ein Insekt mit einem sehr langen Rüssel, geschaffen für diese einzigartig seltsame und herrliche Blume.«

Sarah schaute auf die sieben prachtvollen Blüten der *Eria*

und spürte, dass sie – lächerlich – errötete, als sie versuchte sich vorzustellen, wie sie von der Motte bestäubt wurde.

Trotz ihrer Sorgen um Rachel und dem verwirrenden Gefühl, das die Nähe dieses Mannes in ihr auslöste, stieg ein warmes Lachen in ihr auf. Etwas in seiner unbeschwerten Stimme und an seinem trockenen Humor schien sie mit einem Kokon aus Sicherheit zu umgeben, als ob er sie vor allen Ängsten bewahren könnte.

»Aber wir verbinden normalerweise nicht die Treue mit dem Pflanzenreich«, sagte sie. »Englische Pflanzen und Insekten sind fast immer promiskuitiv.«

»Dann sind die Fortpflanzungsgewohnheiten der Blumen in der Tat sehr schockierend«, knüpfte er an. »In welchem Fall die Botanik wahrhaft ein höchst unpassendes Studienthema für junge Damen ist.«

Sie lachte laut auf und wandte sich jetzt, voller neu gefundenen Vertrauens zu ihm um und sah ihn offen an.

Groß und schlank stand Guy Devoran lässig in der Tür, die Sonne in seinem Rücken, und wandte keinen Blick von ihr. Und Sarah wusste, dass sie, würde sie jetzt auch nur einen Schritt auf ihn zugehen, in seine Arme fliegen und ihren Mund auf seinen pressen würde.

Es rauschte in ihren Ohren. Sie fühlte sich einer Ohnmacht nahe.

»Wir müssen gehen«, sagte sie hastig. »Die anderen werden sich fragen –«

»Nein, das werden sie nicht.«

Er wandte sich abrupt ab und ging hinaus. Die Vernunft kehrte zurück, als würde eine Wolke weiterziehen, die die Sonne verdunkelt hatte.

Hatte sie wirklich geglaubt, sie hätte sich in den Neffen des Dukes of Blackdown verliebt? Wenn es so war, dann nur, weil er eine Ausstrahlung besaß, die unwillkürlich jede Frau anzog wie eine Lampe jede Motte. Immer fatal und immer wahllos.

Sicherlich war Sarah Callaway, die einen Mann zu Tode gepflegt hatte, ihren John, der so stark und so real und so freundlich gewesen war, immun gegen solch ein Charisma?

Doch die Verlockung war dennoch mächtig: die schimmernde, tanzende Flamme, die sich immer bewegte, die immer flackerte, welche Blume auch welcher Motte eigentlich vorbehalten sein mochte.

Sarah trat hinaus auf den Rasen.

»Wann können wir mit den beiden Gärtner sprechen, mit Mr. Croft und Mr. Hawk?«, erkundigte sie sich.

»Wir werden morgen zu einem Picknick auf Moorefield Hall erwartet. Dort wird auch eine schnatternde Schar von Kindern versammelt sein. Es sollte nicht schwer werden, sich für einen Augenblick davonzustehlen und mit Croft zu sprechen.«

»Kinder?«

»Auch Lord Moorefield ist fast krankhaft stolz auf seinen Sohn und Erben. Und Annabella hat beschlossen, dass sie dort, um einen besseren Eindruck zu hinterlassen, als eine Art häusliche Göttin auftreten wird, als die Verkörperung mütterlicher Hingabe.«

»Bessere Wirkung auf wen?«

Sein Mund verzog sich. »Auf mich, fürchte ich.«

»Lady Overbridge glaubt, dass sie umringt von Kindern Ihre Zuneigung gewinnen kann? Ich verstehe das nicht. Wird es nicht gerade einen gegenteiligen Effekt haben, auf diese Weise an ihr Ehegelübde erinnert zu werden?«

Er schaute auf sie herunter und lächelte mit neu aufflammendem Humor.

»Ganz und gar nicht. Sie demonstriert damit, dass sie verfügbar ist, und hofft, mein Herz damit zu rühren.«

Sarah nahm ihren ganzen Mut zusammen und versuchte, ihre Stimme so fest wie die einer mitfühlenden Witwe klingen zu lassen, die mit einem Freund sprach.

»Ist das schwierig für Sie?«

Guy Devoran schaute zum Sommerhimmel empor. Sonnenschein ergoss sich über sein dunkles Haar und seine breiten Schultern. Die untadelige Kleidung. Das makellose Leinen. Den Körper unter den Kleidern eines Gentleman, geschmeidig und kräftig und unbarmherzig in seiner Männlichkeit.

Das Verlangen nach ihm, stark und heiß und fordernd – nach seiner Berührung, nach seiner ungeteilten Aufmerksamkeit – brannte in ihr.

»Nicht schwierig genug, leider«, entgegnete er leichthin. »Und deshalb scheint es, als müsste ich lernen, mein Herz zu verschließen, wenn ich nicht in eine fatale unmoralische Verwirrung verstrickt werden will.«

Kapitel 10

Moorefield Hall lag in einer anmutigen Parklandschaft. Dankbar, für einen Moment allein zu sein, ging Sarah in den kleinen abgeschiedenen Bereich des Gartens, der von dichten Eibenhecken umgeben war. In dessen Mitte schlief ein lebensgroßer Steinlöwe auf einem Sockel. Sie setzte sich auf eine Bank und beobachtete einige Spatzen, die in der Hecke herumturnten.

Das Picknick war vorüber. Die Damen und die Herren schlenderten jetzt durch den Park, zu zweit oder in kleinen Gruppen, wobei sie hin und wieder begeisterte Rufe des Entzückens über einen prächtigen Pavillon oder über die Vollkommenheit einer Aussicht ausstießen.

Guy Devoran befand sich ohne Zweifel in der Gesellschaft Lady Whiteleys oder Lady Overbridges, zwei wunderschöne Damen mit Kleidern, die einen glamourösen Auftritt versprachen und Eindruck auf jeden dafür empfänglichen Mann machen sollten.

Sarah Callaway, in ihrem schlichten Lehrerinnenkleid, gehörte nicht dazu, wie eine arme Verwandte wurde ihre Anwesenheit bei diesem Ereignis nur gerade eben toleriert.

Sie neigte das Gesicht der Sonne entgegen und schluckte ihr aufsteigendes Selbstmitleid hinunter – es war wirklich ziemlich lächerlich! Sie würde den Rest dieses wunderbaren Tages genießen und dankbar sein für Unterstützung, die ihr bei der Suche nach ihrer Cousine zuteil wurde. Nicht mehr. Nicht weniger.

Sarah vernahm ein leises Knirschen im Kies, dann hörte sie, wie etwas zu Boden fiel, unmittelbar darauf ertönte ein Schrei.

Aufgeschreckt schaute sich Sarah um. Ein kleines Kind war ganz in der Nähe gestolpert und ins Gras gefallen. Es hatte seine runden blaue Augen weit aufgerissen und den Mund schon geöffnet, um jeden Moment in Wehgeschrei auszubrechen.

Sarah vergaß sofort alle ihre Sorgen und sprang auf, als auch schon eine hübsche junge Kinderfrau durch den Rundbogen gelaufen kam. Sie nahm das Kind in die Arme und knickste, ihr Gesicht war gerötet.

»Es tut mir sehr leid, Sie gestört zu haben, Ma'am! Ich werde ihn sofort fortbringen.«

»Nein, bitte nicht! Ich bin froh über etwas Gesellschaft. Ist mit ihm alles in Ordnung?«

Das Kindermädchen nickte, strich dem Jungen das blonde Haar aus der Stirn und küsste ihn auf sein Pausbäckchen. Mit bebender Unterlippe schaute der Kleine zu Sarah, lachte sie dann aber an und streckte eine Hand nach ihr aus.

»Hallo«, sagte Sarah. »Ist jetzt alles wieder gut?«

»Er ist ein tapferer kleiner Bursche, Ma'am.« Das Kindermädchen warf nervös einen Blick über die Schulter. »Aber wenn er allen vorgestellt worden ist, ist es ihm nicht erlaubt, die Gäste zu belästigen.«

»Du lieber Himmel, ich bin eigentlich kein Gast!« Sarah setzte sich wieder auf die Steinbank. »Es ist schon richtig, dass ich heute Morgen mit den auf Buckleigh weilenden Gästen hierhergekommen bin, allerdings nur in der Kutsche der Gouvernante. Deshalb habe ich dann auch allein gegessen und Ihren kleinen Schützling noch nicht kennengelernt. Und jetzt verstecke ich mich hier ganz allein, wie Sie sehen können.« Sie lächelte den kleinen Jungen an. »Darf ich seinen Namen wissen?«

»Lord Berrisham, Ma'am, der Sohn von Lord Moorefield.

Ich bin bei ihm, seit er zwei Monate alt war.« Das Kindermädchen hob das Kind auf ihren Armen in eine bequemere Position, dann knickste sie wieder. »Mein Name ist Betsy Davy, Ma'am.«

»Für einen Moment dachte ich, er wäre Mrs. Norris' kleiner Junge«, sagte Sarah, »aber Lord Berrishams Haar ist viel heller, denke ich. Aber sie müssen ungefähr im selben Alter sein?«

»Ja, Ma'am, Tommy Norris ist nur einige Wochen früher geboren. Er wird am kommenden Montag siebzehn Monate alt.«

»Dann können sie ja, wenn sie älter sind, zusammen spielen, oder?«

Betsy Davy wirkte erstaunt. »Nun, dazu kann ich nichts sagen, Ma'am. Lord Moorefield und Mr. Norris – nun ja!«

Lord Berrisham schlang seine speckigen Ärmchen um den Hals des Kindermädchens und gluckste. »Behssy!«

»Was für ein kluger Junge!«, sagte Sarah.

Betsy lächelte stolz. »Mein Name war sein erstes Wort, Ma'am, aber er kann auch viele andere Dinge sagen. Zeig es der Lady, Berry!« Sie nickte zu dem Löwen, der auf seinem klobigen Sockel thronte. »Was ist das?«

Der kleine Junge zeigte mit einem Finger auf das steinerne Tier. »Hund!«

»Nein, das ist ein Löwe. Kannst du das sagen – Löwe?«

»Löbe.«

»Das ist richtig! Löwe.« Betsy wandte sich um und nickte Sarah zu. »Und kannst du auch Lady sagen, Lämmchen? Das ist eine Lady.«

Lord Berrisham zeigte wieder auf den Löwen. »Hund!«

Sarah lachte.

Die Kinderfrau setzte ihren Schützling ins Gras und beugte sich über ihn, um die Schmutzflecken von seinem Anzug zu reiben. Seine Locken schimmerten im Sonnenlicht wie die Blütenblätter von gelben Schlüsselblumen. Der Steinlöwe ruhte lässig.

Als die Kinderfrau sich aufrichtete, streckte der Junge beide Arme nach ihr aus. »Berry hoch!«

»Was ist mit dem Jungen?«, zischte die Stimme eines Mannes. »Kann er nicht auf seinen eigenen zwei Beinen stehen?«

Betsy schaute sich um, zuckte leicht zusammen und machte dann schnell eine tiefe Verbeugung. Das Kind duckte sich hinter sie, um sein Gesicht in ihren Rockfalten zu verstecken, sein kleiner Mund war zu einer festen Linie zusammengepresst.

Der Earl of Moorefield stand unter dem Eibenbogen. Sarah hatte ihn kurz kennengelernt, als sie früher am Morgen angekommen war, wobei er ihre Anwesenheit kaum zur Kenntnis genommen hatte. Da war etwas in seinen Augen, das von arktischer Kälte zeugte, als starrte er immer durch andere Menschen hindurch, um nichts zu sehen als unendliche Weiten von Schnee.

Die Countess, zart, fast zerbrechlich wirkend, folgte ihrem Ehemann. Ärmel in der Größe von Kopfkissen betonten ihre überschlanke Taille. Ihre blasse Haut schien fast durchsichtig unter dem weizenblonden Haar und dem cremefarbenen Sonnenschirm aus Elfenbein und Seide.

Lord und Lady Moorefield versperrten jetzt den einzigen Ausgang.

Sarah knickste respektvoll, aber beide ignorierten sie.

Der Earl ging einen Schritt auf das Kindermädchen zu und herrschte es an: »Bringen Sie den Jungen sofort ins Haus! Warum ist er noch im Garten, obwohl ich Gäste habe?«

Betsy versuchte, sich umzudrehen und das Kind hochzuheben, aber zwei winzige Fäuste hatten sich in ihre Schürze geklammert.

»Und er hat Flecken auf seinem Anzug.« Die blassblauen Augen ihrer Ladyschaft wurden noch um einen Ton heller, als erlitte sie einen persönlichen Angriff auf ihre kostbaren Nerven und könnte ihre Empörung darüber nur flüsternd äußern. »Lord Berrisham darf seine Kleider nicht beschmutzen, Betsy. Er wird ohne Abendbrot ins Bett gehen.«

»Zum Teufel! Er soll sich nicht hinter den Röcken seiner Kinderfrau verstecken!« Lord Moorefield ragte drohend über seinem Sohn auf. »Er wird vortreten und sich wie ein Mann vor seinem Vater verbeugen.«

Betsy beugte sich hinab und flüsterte dem Jungen etwas ins Ohr, wobei sie versuchte, ihn vorwärts zu schieben. Sein Kinn bebte. Seine kleinen Stiefel gruben sich in das Gras.

Der Mund des Earls verzog sich in deutlicher Verachtung. »Herrgott! Wenn er jetzt weint, wird er eine Tracht Prügel bekommen.«

Sarah trat entsetzt vor. »Wenn ich so kühn sein darf, Mylord?«

Lord Moorefield fuhr herum und sah sie an. Seine Augen versprühten nichts als Eis, als wolle er sie dort, wo sie stand erstarren lassen.

Sarah gestikulierte hilflos mit den Händen. »Lord Berrisham ist sehr klug für ein so kleines Kind, Mylord. Das muss Sie sehr stolz machen! Er weiß, wie man Hund und Löwe sagt, und er ist ein so braver und hübscher Junge. Ich glaube, er ähnelt Ihnen, Mylord, mehr als –«

»Sie tun, was ich gesagt habe, Betsy, oder Sie können sich nach einer anderen Stellung umsehen.«

Unfähig, seine große Furcht zu beherrschen, setzt der kleine Junge sich ins Gras und schaute ängstlich zu seinen Eltern auf, die sich abwandten und davongingen. Seine blauen Augen füllten sich mit Tränen. Das Kindermädchen hockte sich neben ihn und zog ihn an ihre Brust.

»Es ist gut, Berry, es ist gut! Alles ist in Ordnung, mein Lämmchen, aber du musst jetzt still sein. Nicht weinen! Bitte, nicht weinen! Für deine Betsy! Schau mal, da ist ein Vogel!«

Ein Spatz hüpfte auf dem Rücken des Löwen herum, dann flatterte er auf dessen steinerne Mähne. Das Kind schluckte seine Schluchzer herunter und wandte sich um, den Vogel anzuschauen.

Betsy blickte auf. »Ich werde ihn jetzt besser hineinbringen, Ma'am, bevor wir noch mehr Schwierigkeiten bekommen«, wisperte sie.

»Aber er wird doch sein Abendessen bekommen, nicht wahr?«

»Nicht seins, Ma'am, nein. Die Küche würde das merken und es Ihrer Ladyschaft melden.« Das Kindermädchen blinzelte Sarah verschwörerisch zu. »Aber Berry kann von meinem haben, was er möchte.«

Betsy Davy nahm den kleinen Jungen auf den Arm und eilte davon.

Sarah empfand Zorn und Verzweiflung, als sie sich wieder setzte. Der strahlende Tag verschwamm hinter einem plötzlichen Schwall von Tränen. Mit zittrigen Fingern löste sie die unter ihrem Kinn geknoteten Bänder ihrer Haube und warf sie neben sich auf die Bank, sodass die Sonne ihr ins Gesicht scheinen konnte.

Wenn man sagte, dass es die Engel waren, die die Seele eines Kindes den richtigen Eltern zuführten, dann mussten sie in diesem Fall von den Dämonen der Hölle daran gehindert worden sein.

»Ich bin es nur«, sagte eine leise Stimme. »Ihr harmloser Mitverschwörer.«

Sie blinzelte die Tränen fort und schaute auf. Guy Devoran stand neben dem Löwen. Das Sonnenlicht schimmerte auf seinem dunklen Haar. Sein Gehrock stand offen und enthüllte den Blick auf eine schneeweiße Krawatte und eine blendend weiße Seidenweste. Der Saum des Gehrocks schwang um seine langen Beine.

Er musste an ihr vorbeigegangen sein, seine Schritte vom Gras gedämpft.

Der Gedanke, dass ein so großer, athletischer Mann sich so lautlos bewegen konnte, sie ohne ihre Haube hatte betrachten können – während sie für seine Anwesenheit blind gewesen war –, schickte eine Welle der Panik durch ihre Adern. Heiße, beunruhigende Gefühle, als wäre sie die Beute und hätte gerade den weit entfernten Adler erspäht.

»Harmlos«, sagte sie ein wenig bitter. »Ich hoffe doch nicht – oder zumindest nicht für unsere Feinde.«

Guy strich mit der Hand über den Rücken des Löwen. Das Sonnenlicht betonte seinen schmalen Nasenrücken und die hohen Wangenknochen.

»Etwas hat Sie verärgert, Mrs. Callaway?«

Sie schüttelte den Kopf. »Konnten Sie mit Mr. Croft sprechen?«

Die Mähne des Löwen war von Moos bewachsen. Guy Devorans schlanke Finger zeichneten die sich ausbreitenden Formen einer Flechte nach. »Konnte ich. Ein schwieriger Charakter, nicht gemacht für müßiges Geplauder.«

Sarah wandte den Kopf ab, um ihren Kummer zu verbergen und versuchte, ihre Stimme leicht klingen zu lassen. »Ja, aber er hat braune Haare, blaue Augen und er stammt aus der Gegend.«

Sorge lauerte in den schwarzen Tiefen seiner Augen, wurde aber sofort wieder verborgen, als zöge er einen Vorhang über jegliche tieferen Emotionen.

»Und deshalb passt die Beschreibung, die wir von Falcorne

bekommen haben. Sie haben auch mit ihm gesprochen, wenn ich es richtig verstanden habe?«

»Ich habe es versucht, aber er wurde fast grob.«

»Obwohl es kein Geheimnis ist, dass er im Frühling nach London gereist ist.«

Sie nahm die Haube auf und ließ deren Bänder durch ihre Finger gleiten. »Ja, er hat das zugegeben, aber ich habe befürchtet, ich könnte Verdacht erregen, wenn ich zu beharrlich gewesen wäre, deshalb habe ich mich hierher in den Garten zurückgezogen. Hatten Sie mehr Glück?«

Guy Devoran verließ den Löwen, kam zur Bank und setzte sich neben Sarah. Seine Weste umarmte die feste Kontur seiner Brust. Eine weitere heiße Woge strömte durch Sarahs Körper, als ob dieser Mann die personifizierte Sonne wäre und nichts sie vor seinen gnadenlosen Strahlen beschützen könnte.

»Lady Whitely hat darauf bestanden, mich zu begleiten, wobei sie die meisten der anderen Damen und Herren vor uns her getrieben hat.«

»Das hatte ich schon befürchtet.« Sie warf die Haube zur Seite. »Deshalb war es auch Ihnen nicht möglich, eingehender mit Mr. Croft zu sprechen?«

»Jedenfalls nicht ungestört, dennoch habe ich etwas in Erfahrung gebracht. Aber zuvor – was haben Sie zu Moorefield gesagt, oder besser, was zum Teufel hat er zu Ihnen gesagt? Muss ich ihn jetzt fordern?«

Der leise Spott in seiner Stimme verwandelte ihren Schmerz in einen blinden, unglückseligen Zorn. »Meinetwegen? Ich fühle mich geschmeichelt, Mr. Devoran, aber die Schuld lag ganz bei mir.«

Er neigte den Kopf zurück, streckte das Gesicht der Sonne entgegen. Sein Profil war so klar wie das eines Kriegsgottes.

»Sie sind also schamlos unhöflich gewesen?«

»Absolut«, sagte sie. »Obwohl meine Worte lediglich als Kompliment gemeint waren.«

»Was ist passiert?«

»Lord Moorefield hat mich hier in diesem Garten entdeckt, in der Gesellschaft seines kleinen Sohns und dessen Kindermädchen. Er wollte, dass der Kleine sich vor ihm verneigt – dabei ist er noch keine achtzehn Monate alt! Ich habe interveniert, ehe er und die Countess das Kind panisch vor Angst gemacht haben.«

Er hob eine Augenbraue, ansonsten blieb seine Miene jedoch unbeweglich.

»Sie mögen ihn nicht?«

»Der Earl ist die Art von kaltblütigem Engländer, die ich ganz besonders verabscheue, und seine Frau ist nicht anders. Ich hoffe, sie sind keine engen Freunde von Ihnen?«

»Du lieber Gott, nein!«

Unfähig, ihre Empörung zu beherrschen, stand Sarah auf. »Ein Mann, der seinem eigenen kleinen Sohn so wenig Mitgefühl entgegenbringt, ist wahrscheinlich auch fähig zu allem.«

»Leise, Mrs. Callaway, leise!« Guy Devoran sprang auf und murmelte die Worte in ihr Ohr. »Auch wenn wir flüstern, könnte jemand hinter der Hecke lauern.«

Er führte sie in den schattigen, kühlen Schutz des Löwen, der ihr sowohl tröstlich als auch drohend erschien.

»Die Countess ist genauso grausam«, stellte sie fest.

Guy Devoran lehnte sich gegen den Sockel und verschränkte die Arme. Sein dunkles Haar fiel ihm in die Stirn, als er auf seine Stiefel starrte.

Das offene Maul der steinernen Bestie atmete seine leere Drohung in ihre Ohren. Die scharfe männliche Energie besiegte sie, einfach weil er sie beherrscht kontrollierte.

»Lady Moorefield leidet seit Jahren«, entgegnete er ruhig.

»Sie ist sehr zart und manchmal auch hysterisch, und es ist bekannt, dass sie wegen einer immer größer werdenden Schwäche wochenlang an das Krankenlager gefesselt war. Sie ist die Tochter des Dukes of Fratherham, und dennoch lebt sie unter der Herrschaft eines hartherzigen Ehemanns. Ihre Familie würde ihr keine Unterstützung anbieten, würde sie ihn verlassen. *Schwäche*, nicht *Grausamkeit*, ist der Ausdruck, der mir in den Sinn kommt, wenn ich an sie denke.«

»Nichtsdestotrotz«, beharrte Sarah, »hat Ihre Ladyschaft angeordnet, dass man dem kleinen Lord Berrisham das Abendessen vorenthält, nur weil er hingefallen ist und seinen Anzug ein bisschen dreckig gemacht hat. Er ist kaum mehr als ein Baby, und sie ist seine *Mutter.*«

Die blinden Augen des Löwen zerbröckelten unter den wuchernden Flechten. Guy Devorans schwarzer Blick war scharf, konzentriert und offensichtlich gleichgültig.

»So? Ich kann mir nicht vorstellen, dass sie ihn je gehalten oder gefüttert hat. Moorefield wird ihn gleich nach seiner Geburt einer Kinderfrau übergeben haben. Das Geschrei eines Babys ist der Ruin für die Empfindsamkeit jeder zarten Dame. Sie würde ständig Kopfweh haben.«

»Sie sagen das so herzlos, dabei ist es doch schrecklich, wenn ein kleines Kind quasi keine Mutter hat.« Sarah war empört.

»Sie wollen, dass es mich überrascht, dass eine Countess so wenig natürliche Zuneigung für ihr eigenes Kind empfindet?«

Sein Ton wirkte fast abweisend, als würde er sich weigern, ihre Empörung zu akzeptieren.

»Nein, natürlich nicht«, erwiderte sie. »Ich stelle mir vor, dass der Adel sich durch eine solche Gleichgültigkeit auszeichnet. Wahrscheinlich ist es absolut üblich, dass Babys den Dienstboten wie Vieh überlassen werden.«

Er wandte den Blick zum Himmel. »Nicht immer.«

Sarah hätte ihn schlagen mögen. »Obwohl das Kind sichtlich verängstigt war, drohte Lord Moorefield mit einer Tracht Prügel, sollte es weinen.«

Guy schaute sie wieder an, seine Augen schimmerten dunkel. »Und wurde das Kind geschlagen?«

»Nein, Gott sei dank nicht! Das Kindermädchen, Betsy Davy, liebt ihn wie eine Mutter, und sie konnte ihn gerade noch vom Weinen abhalten –«

»Und das Abendessen?«

»Betsy hat versprochen, ihm etwas von ihrem Essen abzugeben, damit er nicht hungrig ins Bett gehen muss.«

»Was die Countess wissen müsste, es sei denn, sie weiß nicht, was in ihrem Haushalt vor sich geht.«

»Wie können Sie sie verteidigen?«, fragte Sarah. »Eine Mutter, die ihrem eigenen Kind nicht beisteht?«

»Ich verteidige sie nicht, aber die Situation ist sehr viel differenzierter, als Sie sich Ihnen darstellt hat. Die Countess mag zurzeit launisch und ungnädig sein, aber es gab eine Zeit, zu der sie jemand anderes hätte werden können. In Ihrem Herzen ist doch sicherlich Raum für Mitgefühl?«

»Nur für das Kind!«, beharrte Sarah.

»Hören Sie!« Er fuhr herum und sah Sarah an. »Moorefield ist ein grausamer und rachsüchtiger Mann. Vor zehn Jahren hat er ein verwöhntes junges Mädchen wegen ihres Geldes geheiratet. Als seine zarte Countess ihm nicht sofort einen Erben geschenkt hat, wurde allgemein der Verdacht gehegt, dass er sie misshandelte, obwohl der Earl dafür sorgte, sie nur an den Stellen zu schlagen, wo man es nicht sehen konnte. Selbst Engel würden sich fürchten, sich einzumischen.«

»Sie denken, ich habe etwas riskiert, für das das Kind später wird leiden müssen?«, fragte sie. »Vielleicht habe ich das!«

»Das habe ich nicht gesagt.«

»Aber Sie haben es durchklingen lassen. Sie haben angedeutet, ich hätte falsch –«

»Sarah!« Er packte sie an beiden Armen und schüttelte sie. »Missverstehen Sie mich nicht! Ich billige es nicht, dass Babys geschlagen werden. Ich verteidige das Verhalten Lady Moorefields nicht. Jede anständige Mutter würde lieber selbst Schläge auf sich nehmen, als mitanzusehen, wie ihr Kind malträtiert wird – wenn sie denn die Wahl hätte. Aber so einfach ist das nicht. Das Leben ist niemals so verdammt einfach, und das Gesetz erlaubt grundsätzlich keine Einmischung in die Art und Weise, wie ein Peer seine Frau oder seinen Sohn behandelt. Was zum Teufel soll ich, wenn es nach Ihnen ginge, denn tun?«

»Tun?«

Als wäre sie von einem Blitz entzweigerissen worden, lockerte er seinen Griff und gab Sarah frei. Sie sackte gegen den Sockel.

»Beim Gedanken daran, dass sein kleiner Sohn geschlagen werden soll, kämpfe ich um meine Selbstbeherrschung, um nicht eine Reitpeitsche aus den Ställen zu holen und Moorefield eine Kostprobe seiner eigenen Medizin zu geben. Doch täte ich das, würden seine Frau und sein Kind die Konsequenzen zu spüren bekommen.«

Sarah biss sich auf die Lippen. »Aber Lady Moorefield ist die Tochter eines Dukes. Sie hat doch sicherlich irgendeinen Einfluss?«

»Ja, weil sich alles geändert hat, nachdem sie endlich einen Sohn auf die Welt gebracht hat. Moorefield hat sich gebärdet wie ein Gockel auf einem Misthaufen, geradezu ekstatisch, weil er damit seinen Bruder aus der Erbfolge ausgeschlossen hat. Sie sind seit Jahren verfeindet, und nun ist sein Bruder nicht länger sein Erbe. Doch das Leben von Moorefields Frau ist noch immer wie ein ständiger Drahtseilakt. Kümmert sie sich hingebungsvoll um das Kind? Vermutlich nicht. War sie absichtlich grausam zu ihrem Kind, indem sie angeordnet hat, es ohne Abendessen ins Bett zu schicken? Oder hat sie nur versucht, den Earl abzulenken, um Schlimmeres zu verhindern indem sie rasch eine mildere Strafe für ihren Sohn ins Spiel gebracht hat? Ich weiß es nicht. Aber Lady Moorefield hat diese Betsy Davy ausgesucht, und falls Moorefield jemals herausfindet, dass das Kindermädchen seine unmissverständlichen Befehle nicht ausführt, würde sie entlassen werden. Dann hätte der Kleine niemanden mehr.«

Sarah hob den Kopf und sah Guy in die Augen. Ihr Herz klopfte laut, und ihr war bewusst, dass sie absichtlich versucht hatte, sich zu zwingen, einen grundsätzlich guten Menschen misszuverstehen.

»Es tut mir leid«, sagte sie. »Sie haben recht. Lady Moorefield hätte den Zorn ihres Mannes wahrscheinlich erfolgreich besänftigen können, hätte ich mich nicht eingemischt.«

»Nein«, sagte er. »Sie haben sich richtig verhalten. Doch es gibt absolut nichts, was ich noch tun könnte, es sei denn, ich finde heraus, dass Moorefield in der Tat Daedalus ist, und mir dieses Wissen Macht über ihn gibt. Unglücklicherweise gibt es keinen Grund für den Earl, warum er versucht haben sollte, Ihre Cousine dazu zu zwingen, seine Geliebte zu werden, *nachdem* seine Frau ihm endlich seinen größten Wunsch erfüllt hat.«

»Sie glauben also, dass der Earl nicht Daedalus sein kann?«

Er hieb mit der Faust gegen den Bauch des Löwen. »Im Gegenteil, seit ich weiß, dass wir unseren Schurken in diesem Teil Devons suchen müssen, habe ich ihn für den wahrscheinlichsten Kandidaten gehalten. Ich kann nur kein Motiv sehen, das ist alles.«

Sarah schlang beide Arme um sich, als könnte sie sich so vor der drohenden Katastrophe von schützen, und neigte den Kopf zurück, wobei sie die Augen schloss.

»Ein Mann wie Lord Moorefield würde kein Motiv brauchen«, überlegte sie laut. »Ich kann mir nicht vorstellen, wo Rachel ihm begegnet sein könnte, aber wenn es so war und wenn sie sich ihm gegenüber sogar noch ein wenig unhöflicher gezeigt hat als ich, dann könnte er sie einfach dafür verfolgt haben.«

»Nein!« Guy Devoran lockerte mit seinem Stiefelabsatz einen Brocken Erde und trat den Rasen dann wieder fest. »Es macht keinen Sinn, dass Moorefield Ihre Cousine deshalb verfolgt hat. Es müsste schon einen verdammt guten Grund geben.«

Wolken schoben sich vor die Sonne.

»Um den herauszufinden, sind wir hergekommen«, sagte sie.

»Sie hätten nicht nach Devon kommen dürfen.« Ein bitterer Unterton schwang in seiner Stimme mit. »Hier gibt es nichts, was Sie tun könnten, was ich allein nicht besser schaffen würde.«

Wütende Finger klammerten sich um ihren Magen. »Sie haben etwas vergessen, Sir! Rachel ist meine Cousine.«

»Gott, das vergesse ich nicht! Ich kann das nicht einmal einen Moment lang vergessen.«

Sarah fuhr herum und starrte zu ihm hoch. Intensität füllte den bodenlosen dunklen Blick, der aber eher Bedauern als Wut ausdrückte.

Ihr Herz begann schneller zu schlagen, um ihren Zorn herauszutrommeln und ihn durch ein anderes Gefühl zu ersetzen. Wie gelähmt stand sie neben dem kalten Steinleib des Löwen und schaute zu Guy Devoran hoch, dem Neffen des mächtigsten Peers im Königreich.

Etwas in seinen Augen berührte sie, ließ sie mit frösteln,

Schuld und Sehnsucht empfinden. Gleichzeitig heizte es jedoch auch ihr Blut an, als hörte sie die klirrenden Schwerter einer weit entfernt stattfindenden Schlacht.

»Was ist es?«, fragte sie. »Was ist es, was Sie mir nicht sagen können?«

Er kam auf sie zu, blieb so dicht vor ihr stehen, dass sie den kalten Granit des Sockels an ihrem Rücken spürt. Dann berührte er ihre Wange. Seine Fingerspitzen strichen über ihr Ohr, ihr hochgestecktes Haar. Ein süßes Zittern folgte seiner Berührung, löste allen Widerstand auf. Sie wollte in Ohnmacht fallen oder fliehen. Sie wollte wie angewachsen für immer an diesem Ort bleiben, nur eingehüllt von der Flamme seines dunklen Feuers.

Seine Finger spielten mit einer Haarlocke, die den Nadeln entschlüpft war, als sie impulsiv ihre Haube heruntergerissen hatte. Er ließ die Locke um seine Finger gleiten, fing sie, als wollte er sie ganz nahe zu sich heranziehen. Um seine Lippen lag ein bittersüßes Lächeln, als er den Blick auf ihrem Mund ruhen ließ.

Wenn sie es nicht verhinderte, würde er sie küssen.

Schockierende Erregung ließ ihr Herz zerschmelzen, als ob sie dies schon immer gewollt, sich aber über das Ausmaß der Intensität, mit der sie es sich wünschte, nie im Klaren gewesen wäre. Bis jetzt.

Die schwarze Flamme brannte in seinem Blick, als er die Hand in ihren Haaren vergrub, ihren Nacken streichelte, als er ihren Kopf nach hinten drückte – und sie schmolz, löste sich auf, während das Klirren und Klappern der Schlacht in ihren Ohren dröhnte.

»Was ist es?«, wisperte sie wieder – obwohl sie natürlich wusste, dass ihr Herz schon eine eigene Entscheidung getroffen hatte.

»Vielleicht das«, murmelte er an ihrem Mund.

Sarah spürte sein Zögern und wusste in ihrem Innern, wie sehr er kämpfte, mit Schild und Breitschwert, viel verzweifelter als Ambrose de Verrant jemals in einer Schlacht gegen ein Heer sächsischer Feinde gekämpft hatte.

Sie könnte ihm helfen. Sie hatte noch einen Augenblick, um sich abzuwenden oder eine kluge, spöttische Bemerkung fallen zu lassen. Stattdessen stand sie schweigend da und sehnte sich nach der heißen, strahlenden, lebendigen Zärtlichkeit dieses einen Mannes.

Sarah schloss die Augen und ergab sich.

Sie öffnete die Lippen und erlaubte ihm, mit ihrer Zunge zu spielen, ließ ihre Hände unter seinen Gehrock gleiten, spürte seinen muskulösen Rückens unter der glatten Seide seiner Weste, und ein Tor des Begehrens öffnete sich in ihrer Seele.

Sarah küsste ihn mit Kühnheit, mit Leidenschaft, und Guy Devoran erwiderte den Kuss, als wollte er mit Sarah verschmelzen.

Und sie war bereit – feucht und heiß –, sich hier im Garten des Earls von ihm nehmen zu lassen, neben dem großen schlafenden Löwen aus Stein. Sich auf dem sonnengefluteten Rasen mit ihm zu vereinen, um ihm zu erlauben, sich sein Vergnügen zu nehmen, wie er es wollte: eine sengende Lust, die sie zu Asche verbrannt zurücklassen würde, die sie mit dem heißen Zorn und der Macht der Engel verbrennen könnte.

Seine Hände glitten zu ihrer Taille, zogen Sarah an seinen Körper, beugten sie hilflos in seinen Armen, sodass sie sich an seine Kraft klammerte.

Sie hätte seine Krawatte und seine Jacke und sein Hemd heruntergerissen. Sie hätte ihm gestattet, ihr Kleid herunterzureißen, um ihren nackten Körper seinem Blick darzubieten. Sie wollte es.

Aber er zog sich plötzlich zurück, seine Lippen heiß und geschwollen, seine Augen voller Feuer, um auf sie hinabzustarren wie ein Mann, der von den Sirenen gejagt wurde.

»Gütiger Gott! Herrgott!«, sagte er, als müssten diese Worte von der anderen Seite der Welt herübergezogen werden. »Wenn Sie das nicht forttreibt, Ma'am, dann wird auch nichts anderes das können.«

Sarah kämpfte um ihr Gleichgewicht, sie wusste, dass ihre Haut flammte und ihre Zunge vielleicht nie die Sprache wiederfinden würde. Ihre Knie gaben nach. Sie sank nieder und hockte sich unter das offene Maul des Löwen, war viel zu durcheinander, um eine witzige Bemerkung zu machen, die alles wieder richten könnte.

Er wandte sich ab und ging zur Bank, auf der Sarahs Haube lag, nahm sie, kehrte zurück und hielt sie ihr mit einer Verbeugung entgegen.

Sie presste beide Hände auf ihren Mund – ihre pochenden, verräterisch roten Lippen –, ihr Blut raste noch immer.

Guy Devoran starrte auf sie hinunter, die Haube baumelte von seiner Hand, seine Augen waren mit Bedauern gefüllt.

»Nun schau an!«, sagte jemand unverhohlen sarkastisch.

Sarah erhob sich, als Guy herumfuhr.

Lady Whitely stand unter dem Eibenbogen. Sie drehte ihren Seidensonnenschirm und warf den hübschen Kopf in den Nacken.

»Es ist doch immer wieder befriedigend, wenn sich herausstellt, dass man recht gehabt hat, Mr. Devoran«, fügte sie hinzu. »Obwohl das Vergnügen dieses Mal ganz entschieden kein reines ist, weil das Geschehene lediglich beweist, dass unsere kleine Botanikerin also doch Ihre Hure ist.«

Der Seidenschirm drehte sich mit eleganter Wut, als sie sich abwandte und davonstolzierte.

Guy Devoran verneigte sich und reichte Sarah ihre Haube. »Ich kann Ihnen nichts als mein Bedauern anbieten«, sagte er hölzern. »Es tut mir leid. Es geht Ihnen gut? Ich muss schnellstens Lottie Whitely nachgehen, ehe sie Gerüchte in die Welt setzt.«

Sarah nickte. Offensichtlich wünschte er sich verzweifelt, sich zurückziehen zu können. »Ja, natürlich. Bitte, lassen Sie uns nicht mehr davon reden.«

Sie wich seinem Blick aus, als sie nach der Haube in seiner Hand griff und sie sich aufsetzte.

Sarah sah ihm nach, als er davonging, schlank und kraftvoll und hinreißend, und sie hasste sich dafür, dass sie diese lächerliche, unmögliche Liebe für ihn empfand.

Guy wartete geduldig in der Wildhütte. Er hatte die Unterarme auf die Fensterbank gestützt und die Hände ineinander verschränkt, während er nachdenklich den dunklen See und den schwachen Streifen aus perlgrauem Licht am Horizont betrachtete. Die sich neigende Sommernacht atmete den Rest ihres Schweigens aus, tief und still, bevor die Vögel sich zu rühren begannen, um den Morgen willkommen zu heißen.

Er hatte dieses Treffen vereinbart, während die Overbridges und ihre Gäste sich auf der Einfahrt von Moorefield Hall zu ihren Kutschen drängten: fünf Worte vom Pferderücken herunter rasch in ihr Ohr gemurmelt, während Sarah in die Kutsche der Gouvernante gestiegen war.

»Morgen früh. Bei Tagesanbruch. Wildhütte.«

Sie hatte aufgeschaut, um seinen Blick mit einem aufblitzenden Glühen zu erwidern, Tigerhitze. Sein Körper verzehrte sich nach ihr, er musste sich mit aller Macht beherrschen. So hatte er schnell sein Pferd wenden lassen, um neben Lady

Whitely zu reiten. Lottie hatte seine Gesellschaft zunächst mit einer schmollenden Feindseligkeit hingenommen, hatte sich dann aber rasch eines Besseren besonnen und den ganzen Weg zurück nach Buckleigh schamlos mit ihm geflirtet.

Guy hörte Sarahs Schritte, ehe er sie sah. Leise, aber rasch kam sie durch den Wald. Sein Pulsschlag beschleunigte sich. Verärgert über sein brennendes Verlangen, sie wiederzusehen, versuchte er, seine Gedanken auf den eigentlichen Grund ihres Zusammenseins zu lenken: ihre Cousine zu finden.

Er hatte einmal geglaubt, Rachel zu lieben. Er hatte Versprechen gegeben. Die Ehre verlangte, dass er diese Verpflichtung einhielt.

Und doch –

Sarahs Schatten fiel über die Türschwelle. Sie blieb stehen und schob die Kapuze ihres Umhangs zurück. Trotz seines Entschlusses, drängte Hitze in sein Herz, als ihm zarter Duft nach grünen Äpfeln, überlagert vom feuchten Geruch des Waldes, in die Nase stieg.

Sie trat vor. Ihre Silhouette verwandelte sich in eine warme lebendige Frau, als sie sich setzte.

Er lehnte sich gegen die Fensterbank und betrachtete ihr Gesicht, blass und undeutlich im grauen Licht. Ihr Haar war zu einem schlichten Knoten frisiert. Im Dämmerlicht schien die Farbe weniger intensiv, wie angelaufene Bronze.

Sie faltete die Hände und legte sie in den Schoß, dann lächelte sie flüchtig, ehe sie den Blick abwandte.

Ihr Mund bezauberte wie die *Eria rosea*.

Die Erinnerung daran, sie geküsst zu haben, würde ihn bis zu seinem Tod verfolgen, doch ihr nervöses Unbehagen wirbelte durch die Luft der Morgendämmerung.

»Ich halte es für nicht sehr ratsam, mich hier jetzt lange mit

Ihnen aufzuhalten, Sir«, sagte sie. »Ich muss so schnell wie möglich zurück –«

»Niemand sonst wird jetzt schon auf sein«, widersprach er ruhig. »Wir sind ganz sicher.«

»Ich habe keine Angst, entdeckt zu werden.«

»Dann fürchten Sie, dass unser Steinlöwe jetzt hier in dieser Hütte ist, zusammen mit uns?«

Ihr Kopf fuhr hoch. »Unser Löwe?«

Er bemühte sich, so emotionslos wie möglich zu sprechen. »Wir können nicht so tun, als sei es nicht geschehen, und deshalb muss ich mich dafür entschuldigen, Sie so –«

»Bitte nicht!«, sagte sie. »Es gibt nichts, für das Sie sich entschuldigen müssen. Es ist kein Schaden angerichtet worden!«

»Lottie Whitely hat also nicht versucht, Ihnen die Hölle heiß zu machen?«

Sie lächelte mit wahrem Mut. »Lady Whitely hält mich für so weit unter ihrem Niveau, dass sie sich niemals dazu herablassen würde, es zu erwähnen, obwohl sie mich sehr freundlich vor Ihnen gewarnt hat.«

Er verschränkte die Arme vor der Brust. »Sie hat Sie gewarnt? Wovor?«

»Sie sind der Neffe eines Dukes, und ich bin Lehrerin in Bath. Auch wenn mein Vater ein Gentleman war und ich wie eine Lady erzogen wurde, bewegen Sie und ich uns nicht in denselben gesellschaftlichen Kreisen. Deshalb fühlte Lady Whitely sich verpflichtet zu erwähnen, dass junge Gentlemen der höheren Gesellschaft immer ihr Vergnügen daran finden werden, junge Frauen von niederem Stand in den Ruin zu treiben und sie dann zu verlassen.«

Ein Blitz von wahrem Zorn schoss durch sein Inneres. »Ist sie ins Detail gegangen?«

»Nein«, erwiderte Sarah mit plötzlich trockenem Humor.

»Außer, dass sie mir gesagt hat, dass ich – ich zitiere – ›mit dem Feuer spiele‹. Sollte sie das denn getan haben?«

Er lachte und seine Verärgerung verschwand. »Was soll ich darauf erwidern? Ich mag einige Affären gehabt haben, aber ich bin nie ein Schuft gewesen. Ich habe nicht die Angewohnheit, junge Frauen in den Ruin zu treiben. Außerdem ist Lottie Whitely ein oberflächliches, ichbezogenes Geschöpf, das sich in ihrer Ehe zu Tode langweilt. Sie flirtet mit mir, um ihren Ehemann eifersüchtig zu machen, weil sie fälschlicherweise annimmt, das würde ihn dazu bringen, sie zu lieben.«

Sarah wickelte ihren Umhang fester um sich, als wollte sie die Morgenkühle abwehren.

»Sie denken nicht, dass ein gewisses Maß an Besitzgier Teil der Liebe ist? Es wäre doch sicher viel schrecklicher, wenn Lord Whitely gleichgültig wäre?«

»Das könnte sein, aber den Groll ihres Ehemanns heraufzubeschwören wird Lottie kaum das einbringen, was sie will.«

»So viel Unehrlichkeit«, sagte Sarah. »Es ist schrecklich.«

»Sie sind zwei gleichermaßen oberflächliche und selbstsüchtige Geschöpfe«, entgegnete Guy. »Sie haben nicht aus Liebe geheiratet. Es ist einfach eine Verbindung von Reichtum und Status, in der der äußere Schein alles ist.«

»Doch Sie sind verpflichtet, ihr zu erlauben, Sie zu benutzen?«, fragte sie.

»Jeder, Whitely eingeschlossen, wäre beleidigt, würde ich auf Lotties Avancen gar nicht reagieren, und es wäre der Gipfel der schlechten Manieren, sie zu demütigen, indem ich sie öffentlich zurückwiese. Es ist wie der Balanceakt auf einem Hochseil. Whitely will glauben, dass ich seine Frau attraktiv finde – auch wenn ich das nicht tue –, wobei er genau weiß, dass ich keine Absicht habe, dementsprechend zu handeln. Deshalb dürften sowohl seine Eitelkeit als auch sein Stolz befriedigt sein, und das ohne ein Treffen mit Pistolen im Morgengrauen. Ich vermeide es auch, Annabella Overbridge zu kränken, wenn ich sie glauben lasse, ich würde sie nur deshalb abweisen, weil es von mir erwartet wird, einen so delikaten Balanceakt mit ihrer Freundin zu vollführen. Schockiert Sie das?«

»Ich weiß es nicht.«

»Doch Sie halten mich für gleichermaßen oberflächlich, Mrs. Callaway? Für gleichermaßen unehrenhaft?«

»Nein! Ganz und gar nicht! Ich meinte nur – Ach, du lieber Gott! Das war eine unpassende Bemerkung. Es tut mir leid. Mit solcherlei Spielchen der höheren Gesellschaft kenne ich mich nicht aus.«

»Gott sei dank! Doch wenn Lottie Whitely versucht, Ihnen wirklichen Ärger zu machen, werde ich alle Macht Wyldshays über ihr Haupt bringen, und das weiß sie. Sie mag boshaft sein, aber sie würde sich nicht trauen, Gerüchte in die Welt zu setzen. Doch es war sehr falsch von mir –«

»– mir Trost anzubieten, nachdem ich mich so wegen Lord Berrisham aufgeregt hatte?«

Guy zuckte zusammen, als wäre er eine Marionette, an deren Fäden Sarah gerade gezogen hätte. *»Trost?«*

Sie zog ihren Umhang noch einmal enger und wandte den Blick ab. »Ja, ich war ein wenig aus der Fassung geraten, aber ich habe niemals angenommen, dass es Ihre Absicht war, mich zu verführen. Was geschehen ist, hat keine Bedeutung, deshalb halte ich es für das Beste, wenn wir nicht mehr darüber reden.«

Guy sollte froh sein, dass sie es ihm ermöglichte, so leicht vom Haken zu kommen, auch wenn sie ihn gerade dazu verdammt hatte, allein in der Dunkelheit davonzuschwimmen.

Als Ehrenmann konnte er sich nichts anderes wünschen.

Doch wie lange müsste er kämpfen, um sein Herz von der lebendigen Erinnerung zu befreien, sie geküsst zu haben?

»Wie Sie wünschen«, sagte er. »Es wird nicht wieder passieren.«

»Gut. Dann ist das geklärt.«

»Ich wünschte nur, ich könnte Ihnen mehr Trost anbieten, was das Kind betrifft«, sagte er. »Ob Moorefield nun Daedalus ist oder nicht, es gibt nicht viel, was ich deswegen tun könnte.«

Sie schaute zu ihm hoch. Ihre Augen strahlten, als würde sich das sich mit aller Macht ausbreitende Morgenlicht in ihnen widerspiegeln. »Ich weiß, Sie würden es tun, wenn Sie es könnten.«

Guy starrte aus dem Fenster, um diesem faszinierenden Blick auszuweichen. Die Vögel hatten angefangen, im Wald ihren Morgengesang anzustimmen. Bäume und Sträucher begannen, Gestalt anzunehmen. Der See schimmerte wie ein silberner Teller.

»Ich habe fast die ganze Nacht an diesen kleinen Jungen gedacht«, sagte Guy. »Meine Tante kann dem König Befehle erteilen, wenn sie das will, aber Seine Majestät ist ein sehr alter Mann. Die Duchess kann ebenso – bis zu einem gewissen Maße jedenfalls – Wellington kommandieren. Aber ihr Eintreten für Ryders Heirat mit Miracle hat sie beträchtlichen Einfluss in der Londoner Gesellschaft gekostet, und Lady Moorefields Familie hat ebenfalls Beziehungen in den höchsten Kreisen. Fratherham würde nicht freundlich hinnehmen, dass Blackdown sich in die Ehe seiner Tochter einmischt oder anprangert, wie sie ihren Sohn behandelt.«

»Ich verstehe, aber es ist mir noch nicht gelungen, dieses Kind aus dem Kopf zu bekommen.«

»Mir auch nicht«, sagte er.

Es war die Wahrheit, aber nur ein Teil von dem, was er nicht vergessen konnte. Er hasste den Gedanken an Grausamkeit gegenüber einem Kind, doch im selben Maße beschäftigte ihn sein Verlangen – nach Sarahs Berührung, nach ihren Lippen, nach ihrer klaren Meinung –, während sein Herz litt, wusste er doch, dass es niemals möglich sein würde, seinen Gefühlen nachzugehen.

»Sie sagten, Sie hätten trotz seiner Zurückhaltung etwas von Mr. Croft erfahren«, unterbrach sie seine Gedanken. »Was ist es? Ich hatte Sorge, in seinem Gewächshaus in Ohnmacht zu fallen, so stark war der Duft von all diesen vielen Orchideen. Sie hatten mir doch gesagt, Lord Moorefield hätte nur eine kleine Sammlung?«

Guy wandte der prächtigen Aussicht den Rücken zu und zwang seine Konzentration auf das, was sie zu besprechen hatten.

»Das hatte er, bis er Croft von Norris abgeworben hat – wahrscheinlich eher aus Stolz denn aus wahrem Interesse. Moorefield hasst es, in irgendetwas übertrumpft zu werden, und sein neuer Gärtner hat eine außergewöhnliche Begabung im Umgang mit Pflanzen, wie Sie gesehen haben.«

Sarah entspannte sich deutlich, und legte beide Hände auf den Tisch. Ihr Umhang öffnete sich und enthüllte ein schlichtes dunkles Kleid.

»Und wir wissen ja, dass Mr. Croft zusammen mit dem Gärtner von Lord Whiddon im Mai nach London gefahren ist. Also trifft auf ihn all das zu, was wir über Falcorne wissen. Andererseits liebt er seine Pflanzen wirklich, sonst hätte er niemals dieses erstaunliche Ergebnis erzielen können.«

Ihr Gesicht lag im Schatten und war in der dunklen Hütte nur undeutlich zu erkennen. Guy empfand für einen Augenblick Verärgerung darüber, dass die Dämmerung so lange anhielt und ihm den Anblick ihrer Sommersprossen, ihrer roten Haare verwehrte.

»Was unglücklicherweise Grund genug für Moorefield war, ihm Norris abzuwerben«, sagte er.

»Unglücklicherweise?«

»Ja. Andererseits könnte diese ganze Sache ein wenig verdächtig scheinen, weil sie zur fraglichen Zeit passierte. Croft wäre wahrscheinlich fähig, jemanden zu engagieren, der Gewalt gegen Ihre Cousine ausüben sollte. Gleichwohl bezweifle ich nicht, dass er den Großteil seiner Zeit in London bei *Loddiges* verbracht hat.«

»Was seltsam erscheint, nicht wahr?« Sie strich mit der Fingerspitze über die Tischfläche, als zeichne sie ein Labyrinth nach. »Es ist keine Kombination, die viel Sinn ergibt.«

Guy beobachtete ihre sich bewegenden Finger wie gebannt.

»Wir alle bestehen aus Widersprüchen«, sagte er. »Es ist Teil der menschlichen Natur.«

Sie zögerte, als wollte sie seiner Bemerkung die angemessene Überlegung zuteil werden lassen, dann schaute sie auf und lächelte.

»Bei mir ist das sicherlich so«, sagte sie. »Und bei Ihnen auch.«

Er verschränkte die Arme. »Tatsächlich? In welcher Beziehung?«

Sie strich sich mit den Händen über die Wangen und schüttelte den Kopf.

»Bitte, Ma'am, sprechen Sie weiter! Sie können nicht eine derartige Bemerkung machen und sich dann ohne Erklärung zurückziehen. Wie auch immer, ich schulde Ihnen die Chance für ein bisschen mehr Unvorsichtigkeit auf meine Kosten.«

Sie lachte halbherzig. »Ich bin nicht sicher, dass ich ausreichend Courage dazu habe.«

»Courage? Mrs. Callaway, Sie haben Nerven wie der Eiserne Duke. Bitte, feuern Sie auf mich! In welcher Beziehung vereine ich so viel Widersprüche in mir?«

»Also gut«, gab Sarah nach. »Sie sind einer der begehrtesten Gentlemen des Königreiches, und Sie nehmen an einer Gesellschaft teil, auf der einige sehr passende junge Damen sich verzweifelt um Ihre Aufmerksamkeit bemühen. Sie haben erklärt, wie es sich mit Lady Whitely verhält, aber Sie scheinen auch gegenüber den anderen Damen recht gleichgültig zu sein.«

»Gleichgültig? Ich habe mit ihnen allen getanzt und geflirtet, mit genau demselben Maß an Aufmerksamkeit für jede –«

»Und mit so wenig Ernsthaftigkeit, dass alle Ihretwegen ganz verzweifelt sind.«

»Ich bin nicht hergekommen, um eine Ehefrau zu finden«, sagte er. »Auch wenn ich die Einladung schon vor Wochen erhalten habe, bin ich letztendlich doch nur hergekommen, um Daedalus zu demaskieren. Wenn wir also über unsere persönlichen Widersprüchlichkeiten reden, so ist es wohl ziemlich nebensächlich, dass ich die eventuell von mir erwarteten Bemühungen auf diesem Heiratsmarkt hier vernachlässige. Was sonst noch?«

Sie zog die Bänder ihres Umhangs durch die Finger, als würde sie unsichtbare Knoten entfernen.

»Sie wollen wirklich, dass ich ganz offen bin?«

»Ich zittere beim Gedanken an Ihren Scharfblick, Ma'am. Wie wir bereits festgestellt haben, ist es absolut unmöglich für mich, gegenüber irgendjemandem hier unvoreingenommen zu sein. Was also haben Sie beobachtet?«

»Es fällt mir nicht leicht, darüber zu sprechen«, antwortete sie. »Und wären die Umstände nicht so ungewöhnlich, würde mich das alles nichts angehen, und ich würde niemals, absolut niemals etwas so Unziemliches aussprechen. Doch ich denke, dass ich es jetzt tun muss.«

»Ein wenig Unziemlichkeit ist wohl zu verschmerzen. Genauso wenig wird es auf Sie ein falsches Licht werfen«, entgegnete er ruhig. »Deshalb möchte ich gern erfahren, was Sie beschäftigt.«

»Dann muss ich es sagen! Als ich ganz am Anfang versuchte, in London etwas über Sie herauszufinden, habe ich gleich als Erstes erfahren, dass Sie immer eine Geliebte haben. Und dass Sie auf sehr diskrete Weise die Beziehung zu einer verheirateten Dame pflegen –«

Er lachte, amüsiert über ihre vorsichtigen Formulierungen, wobei allerdings eine leise Stimme ihm tief beunruhigt zuflüsterte, dass sie sein Geheimnis doch noch erraten könnte.

»Nicht diskret genug offensichtlich! Ich genieße die üblichen Segnungen meines Ranges, und weibliche Gesellschaft ist eine davon. Aber wo ist da der Widerspruch?«

»Dass Sie diese Einladung nach Buckleigh bereits vor unserer Suche nach Daedalus angenommen hatten«, erklärte sie. »Lady Overbridge hat Sie offensichtlich mit einer festen Absicht hierher eingeladen. Sie ist sehr schön. Sie ist weder unfreundlich noch unangenehm, sondern einfach nur einsam und unglücklich, und sie fühlt sich von Ihnen eindeutig angezogen. Doch jeder außenstehende Beobachter würde denken, dass Sie Orchideen vorziehen.«

»Das tue ich«, sagte er. »Die Orchideen sind sowohl sinnlicher als auch ehrlicher – genau wie Sie.«

Er wünschte sofort, er könnte diese Worte zurücknehmen, aber es war zu spät.

Sarah starrte auf ihre Hände, während Hitze ihren Nacken hinaufstieg.

Das Schweigen dehnte sich.

»Und das ist der Punkt, an dem auch ich eine gewissen Inkonsequenz offenbare«, sagte sie schließlich. »Trotz allem, was ich gesagt habe, habe ich etwas in dieser Art befürchtet, als ich hierherkam.«

Guy schaute auf seine Stiefel. Sarah war verletzt, mochte sie auch noch so sehr das Gegenteil behaupten. Er hatte sie geküsst, ohne sich um die Konsequenzen zu scheren, als ob ein Austausch solcher Zärtlichkeiten normal wäre. Mit jeder anderen Frau könnte es das für ihn sein. Für sie wäre es das niemals.

»Was genau haben Sie befürchtet, Sarah?«

Sie schob eine vorwitzige Strähne aus der Stirn. »Sie möchten noch immer, dass ich offen spreche?«

»Gott, ja! Was zum Teufel wäre zu gewinnen, jetzt Ausflüchte zu machen?«

»Dann können wir über das, was im Garten vorgefallen ist, nicht sprechen, auch wenn ich dachte, ich würde es mir wünschen.« Sie holte tief Luft. »Nicht, weil ich eine Entschuldigung hören möchte, sondern weil ich sie gerade nicht hören möchte.«

»Sie bedauern es nicht?«

Sie schüttelte den Kopf, dann ließ sie das Gesicht in beide Hände sinken. »Ja. Nein. Ich weiß es nicht.«

»Dann was?«

»Auf die Gefahr hin, einen großen Narren aus mir zu machen, fürchte ich, dass Sie in der Tat einige Gefühle für mich haben, auch wenn Sie verzweifelt gegen Ihre Wünsche anzukämpfen scheinen. Im Gegensatz zu dem, was Lady Whitely über Sie zu glauben scheint, muss es also Ehrgefühl sein, das Sie zurückhält.« Sie schaute auf. »Natürlich muss ich Vorbehalte gegenüber einer unklugen Beziehung haben, aber warum sollten Sie sie haben, wenn Sie doch Ihr Interesse nicht verbergen können. Sind Sie nicht frei?«

»Nein«, erwiderte er. »Ich bin es nicht.«

»Aber dennoch begehren Sie mich?«

»Ja.«

»Dann war es falsch von mir, zu fordern, dass wir nicht über das sprechen, was geschehen ist, und ich denke, wir sollten besser ganz offen darüber reden.«

Er ging an ihr vorbei zur Tür. Schwarze Schatten winkten aus dem Wald, Orte, die die Sonne niemals erreichte, gähnten wie die Eingänge von Höhlen, die einen Mann in der Dunkelheit verschlingen könnten.

»Nun gut«, sagte er. »Wenn ein Löwe geweckt wird, ist es normalerweise am besten, höchst aufmerksam zu sein. Natürlich wusste ich genau, warum Annabella Overbridge mich hierher eingeladen hat. Sie hat mir sogar ein Zimmer gleich neben ihrem zugewiesen. Ich weiß nicht, ob ich jemals entsprechend gehandelt haben würde, denn stattdessen fand ich Sie ...«

Er zögerte, als ein schmerzvoller Stich durch sein Herz fuhr. Sarah ließ den Kopf sinken. Ihre Kapuze dämpfte ihre Stimme und es war als könnte sie nur in der Dunkelheit offen sprechen.

»Stattdessen fanden Sie mich wie?«, fragte sie.

»Gott! *Attraktiv* ist ein zu schwaches Wort. Faszinierend. Bezaubernd. Wenn die Umstände andere wären, hätte Lottie Whitely mit ihrer Warnung Voraussicht beweisen können. Nichtsdestotrotz habe ich mich verbürgt, Sie nicht wieder zu küssen, obwohl ich nicht weiß, ob ich das überhaupt versprechen kann oder nicht.«

»Ja«, sagte Sarah. »Ich empfinde ebenso. Aber es ist nur eine oberflächliche, körperliche Sache, oder?«

»Vielleicht. In diesem Falle, unter diesen Umständen, würde kein Mann von Ehre seinen Gefühlen nachgeben. Doch ich stehe hier und sehne mich genau jetzt nach Ihnen, Sarah.«

»Es ist wie ein Fieber.« Sie legte eine Hand an die Stirn, als wollte sie ihr Gesicht vor der Hitze seiner Leidenschaft schützen. »Wenn wir uns weigern, ihm nachzugeben, wird es schon bald vorübergehen.«

»Das müssen wir hoffen.«

»Schließlich kennen wir uns kaum, deshalb können unsere Gefühle nicht wirklich persönlich sein.«

»Warum fühle ich mich, als würde ich Sie bereits mein ganzes Leben lang kennen?«

Sie schaute auf, die Kapuze fiel zurück. Ihr klarer Blick durchbohrte sein Herz, als würde er mit einem Degen an die Wand genagelt.

»Ja, und es haben schon Menschen das Bett miteinander geteilt, die sich viel fremder waren, aber es gibt eine Million Gründe, warum es höchst unklug wäre, mich auf eine Affäre mit Ihnen einzulassen.«

»Obwohl Sie es möchten?«

Sarah rang die Hände. »Ich weiß es nicht. Obwohl ich mich nach Ihrer Berührung sehne, wie es eine Motte zum Licht zieht, weiß ich auch, dass ich meinen Gefühlen nicht trauen kann.«

»Warum nicht?«

Sie sprang auf und raffte ihren Umhang und ihre Röcke, als wollte sie an ihm vorbeilaufen und aus der Hütte fliehen. Er trat sofort zurück, um sie hinauslaufen zu lassen, doch sie blieb wie erstarrt an ihrem Platz stehen und starrte zu ihm hoch.

Er konnte seinen Blick nicht von ihrem Gesicht losreißen. Hitze wogte zwischen ihnen in beredten Wellen. Ihre Lippen teilten sich leicht. Eine Welle von Verlangen schoss direkt in seine Lenden.

Doch dann senkte Sarah den Kopf und ging gerade an ihm vorbei zur Tür.

Sie blieb an der Schwelle stehen und hob das Kinn. »Ich bin

Witwe, Sir, kein unerfahrenes Mädchen. Mich hindert nichts, mich auf eine Affäre einzulassen, wenn mir danach ist. Doch ich habe erfahren, was es heißt, einen Mann wahrhaft zu lieben, und diese Gefühle sind nicht vergleichbar mit dem, was ich jetzt empfinde.«

»Auch wenn dieser Löwe es von seinem Sockel herunterbrüllt?«

»Besonders dann«, sagte sie.

Seine ganze Selbstbeherrschung zusammennehmend, machte Guy einen weiteren Schritt zurück, sodass sie ihn ungehindert verlassen konnte.

»Dann müssen wir, wie die Medusa, unsere Bestie wieder in Stein zurückverwandeln«, sagte er.

»Danke, Mr. Devoran. Sie verkörpern einfach alles, was man sich als Frau wünscht, müssen Sie wissen. Warum sollte ich immun gegen Ihre Anziehungskraft sein? Doch mich danach zu sehnen, im Bett eines Gentleman zu liegen, wenn –« Sie verstummte und schaute ihn an. Heiße Röte stieg in ihre Wangen. »Ich kenne mich so gar nicht!«

»Es ist die Dunkelheit«, sagte er leichthin. »Sie macht es leicht, Bekenntnisse auszutauschen. Doch es ist beinahe schon Morgen. Wenn das helles Tageslicht auf unser Problem scheint, können wir vielleicht feststellen, dass unser Löwe doch nur eine zahnlose, alte Katze ist.«

Ihre Haut flammte, doch sie schaute ihn an und lächelte mit herrlichem Mut.

»*Miau?*«

Ein befreiendes Lachen stieg tief aus seinem Herzen auf, und sie ging davon, den Pfad entlang, gab ihn frei.

Guy lehnte sich gegen den Türrahmen. Für wenige Minuten konnte er sie noch durch die Bäume sehen, dann war sie verschwunden.

Der Himmel war noch verhangen grau, muschelgrün am Horizont. Weiße Kletterwinden rankten über einen Baumstumpf nahe der Hirschhütte. Die Blüten schimmerten schwach, als würden sie noch das Mondlicht reflektieren.

Er schaute auf, als sein Auge in der Ferne eine Bewegung wahrnahm.

Mit hinter ihr herflatterndem Umhang und abgestreifter Kapuze ging Sarah auf dem Pfad, der um den See herum führte.

In einem Blitz von Gelb brach die Sonne über den Hügelkamm im Osten.

Licht flutete das Land. Farben begannen zu leuchten. Die Blätter strahlten smaragdgrün, der Himmel und das Wasser schimmerten transparent.

Ihr Haar fing Feuer, glänzte in den Schattierungen zwischen hellem Kupfer und Gold. Ihr Umhang war flaschengrün. Ihr Rock wehten wie eine blaue Fahne.

Als hätte die Sonne ihr etwas zugerufen, blieb Sarah stehen, und schaute zurück zum Wald. Die Hütte konnte zwischen den Bäumen unmöglich zu erkennen sein. Sarah stand da und schaute einen Moment unverwandt auf einen unbestimmten Punkt, als könnte sie die Antwort auf irgendein großes Rätsel entdecken, dann wandte sie sich um und ging rasch weiter.

Vielleicht hatte sie seinen Unsinn über Katzen wirklich geglaubt. Vielleicht hörte er auch nur den majestätischen Schritt des Löwen, der ihr auf den Fersen folgte.

Kapitel 11

Einige Tage lang ging Sarah Guy Devoran aus dem Weg. Sie verbrachte ihre ganze Zeit mit den jungen Damen im Garten, sprach über Staubgefäße und Kelchblätter, und zeigte Miss Carey und Miss Pole – die aufrichtig interessiert zu sein schienen –, wie der Kelch die zarte Knospe beschützte, bevor die Blume aufblühte.

Einige Male sah sie ihn mit Lady Whitely, die Sarah völlig ignorierte, spazieren gehen oder mit Lady Overbridge, die zufrieden und vergnügt zu sein schein, wenn auch nur, um Mr. Devoran zu gefallen.

Einige Male ritt er auf dem Pferd davon, entweder in Gesellschaft der anderen Gentlemen oder allein, aber aus irgendeinem Grund nicht mehr mit Lady Whitely. Vielleicht hatte Lord Whitely ein Machtwort gesprochen.

Inzwischen wurde Sarah verfolgt: Ihre Nächte waren erfüllt von unruhigen Träumen; ihre Tage bestanden aus nervösem Zusammenzucken, als könnte ein Ungeheuer sie jede Sekunde aus der Tiefe der Rabatten anspringen.

Der Löwe war der edle König der Tiere, aber sie hatte ihre Suche nach Rachel damit begonnen, dabei an den Minotaurus zu denken, der junge Frauen lebendig verschlang. Natürlich war es lächerlich, sich so viele Gedanken über einen leidenschaftlichen Kuss zu machen.

Doch Sarah konnte ihn ebenso wenig vergessen wie sie die weiße Kletterwinde vergessen konnte, die sie neben der Wildhütte hatte wachsen sehen und deren Früchte trügerisch hübsch und doch so giftig waren, oder dass sie nur wegen Rachel hier in Devon war.

Guy hatte nach jenem letzten Treffen in der Morgendämmerung nur ein Mal mit ihr gesprochen. Ein rascher Austausch von Informationen nahe dem Rosengarten, während schwindelerregendes Bienengesumm die Luft erfüllte, als sie auf dem Weg ins Haus gewesen war, um sich einen Schal zu holen.

»Ihnen geht es gut?«, hatte er gefragt.

Sie hatte genickt und strahlend gelächelt. »Ja, natürlich.«

»Ich habe eine Anfrage an Whiddon geschickt, die mit einer höflichen Absage zurückgekommen ist. Er wünscht niemanden zu sehen. Der Mann ist verschlossener als ein Grab.«

Und dann hatte er sich abgewandt, gerade noch rechtzeitig, um zu verhindern, dass Lady Whitely sie zusammen sah.

Selbst das, nur diese eine kurze Unterhaltung, hatte Sarah atemlos und schwindlig zurückgelassen, als würde sie aus großer Höhe herabstürzen, ohne zu wissen, wo sie landen würde.

Während sie und die Mädchen zurück zum Haus spazierten, versuchte sie, nicht an Guy Devoran zu denken, sich keine Gedanken darüber zu machen, wie sie jemals die Wahrheit über Rachel herausfinden sollten.

Aber wie sollten sie und Mr. Devoran Daedalus' Identität enthüllen, wenn einer ihrer vordringlichsten Verdachtsmomente ein älterer Baron war, der sich in sein Haus zurückgezogen hatte und selbst dem Neffen eines Dukes einen Besuch verweigerte?

Miss Pole beugte sich vor, um einen Wiesenstorchenschnabel zu betrachten, der am Seeufer wuchs. »Oh Mrs. Callaway, schauen Sie!«

Sarah zwang ihre Aufmerksamkeit zurück in die Gegenwart.

»Das ist doch bloß ein Unkraut«, verkündete Miss Carey. »Wir sollten uns besser mit richtigen Blumen befassen.«

»Aber alle Pflanzen sind nach ähnlichen Prinzipien aufgebaut«, erklärte Sarah, »auch wenn wir sie Unkraut nennen.«

»Sehen Sie! Das sind die Staubgefäße«, sagte Miss Pole und zeigte darauf. »Das ist der männliche Teil, mit dem Staubbeutel oben an der Spitze, auf dem der Pollen sitzt. Das hier ist der weibliche Teil, wo die Samen produziert werden.«

Miss Carey biss sich auf die Lippen und erwiderte den Blick ihrer Freundin. Beide Mädchen begannen zu kichern.

Vielleicht war die Botanik wirklich ein unpassendes Beschäftigungsfeld für junge Damen!

Einige andere Gäste näherten sich der kunstvoll gearbeiteten Brücke. Sarahs Schülerinnen liefen zu ihnen hinüber, um sich ihnen anzuschließen. Die Damen standen in ihren hübschen Sommerkleidern mit aufgebauschten Ärmeln beieinander, die Sonnenschirme glänzten, als würden Seidenpilze in den Himmel wachsen.

»Warum haben Sie mir nicht gesagt, dass Sie ein Buch geschrieben haben?«, fragte seine Stimme leise an ihrem Ohr

Sarah fuhr herum und schaute auf. Guy Devoran stand neben ihr, ein rätselhaftes Lächeln um die Lippen. Ihre innere Reaktion war unmittelbar. Hitze flutete ihren Körper und ihr Gesicht. Ihr Herz machte einen Sprung, als hätte der Blitz eines Sommergewitters sie getroffen.

»Nur einen Orchideenführer für Amateure«, entgegnete sie. »Es wurde vor mehr als einem Jahr in sehr kleiner Auflage veröffentlicht.«

Er lächelte, und ihr Puls verfiel in einen verrückten, ungleichmäßigen Rhythmus.

»Es hat sie also weder berühmt noch reich gemacht?«

Sie lachte. »Im Gegenteil, es starb ohne viel Aufsehen. Wie haben Sie überhaupt davon erfahren?«

»Whiddon schickte mir heute Morgen einen förmlichen Brief, in dem er sich erkundigt, warum er nicht vorher darüber informiert worden wäre, dass Sie hier sind. Mrs. Sarah Callaway,

Autorin eines Botanik-Buchs, ist offensichtlich berühmter, als Sie selbst meinen. Er hat Ihr Buch gelesen, und er möchte Sie kennenzulernen.«

»Lord Whiddon möchte mich kennenlernen?«

Er grinste. »Wir können heute Abend hinfahren, wenn Ihnen das genehm ist. Wir sind eingeladen, ein zwangloses Abendessen mit ihm einzunehmen und den Abend dort zu verbringen. Er lebt mit einer älteren unverheirateten Schwester zusammen, die unsere Gastgeberin und Ihre Anstandsdame sein wird. Wir werden mit der Kutsche hinfahren.«

Lord Whiddon musterte Sarah durch dicke Brillengläser. Seine Augen waren grau, sein schütteres weißes Haar klebte an seinem rosa schimmernden Schädel. Alles an ihm und seinem Anwesen wirkte vernachlässigt – bis auf sein herrliches Gewächshaus, in dem eine riesige Sammlung imposanter *Cattleyas* mit ihren extravaganten sinnlichen Blüten protzten.

Sarah ging zwischen den Orchideen umher, ihr Herz schlug heftig.

Aerides odorata wucherten aus Hängekörben, ihr Duft hing schwer in der feuchten Luft, die zitronengelben und rosa Blüten sammelten sich an den Stängeln wie Schmetterlinge.

Eine *Epidendrum conopseum* glänzte sogar mit noch mehr Extravaganz, auch wenn ihre Blüten sich scheu wie seltsame grüne Insekten zwischen den Blättern verbargen.

Eine *Catasetum fimbriatum* fügte sowohl Duft als auch Farbe hinzu, die in hellem Grün gesäumten Lippenblätter um das gesprenkelte Zentrum einer jeden Blüte angeordnet.

Jenseits der offen stehenden Türen gab der Garten den Blick nach Süden frei, über einen kleinen See, in dem sich das Sonnenlicht fing.

Sarah fühlte sich in ein exotisches Fantasieland versetzt, in dem die Blätter der Pflanzen sich jeden Moment öffnen könnten, um Titania daraus entsteigen zu lassen.

Guy Devoran, groß und elegant, betrachtete die Orchideen mit etwas nahe an Ehrerbietung, als stünden sie unter den gewölbten Weiten einer antiken Kathedrale und nicht im Gewächshaus eines einsiedlerischen und exzentrischen Sammlers.

Während Sarah Blume nach Blume bewundert hatte, hatte er auf diskrete Art ihren Gastgeber und dessen Gärtner befragt, allerdings nichts erreicht, soweit Sarah es beurteilen konnte. Lord Whiddon hatte ihnen seine Pflanzen gezeigt und Sarah kurz nach ihrem Buch gefragt, besonders höflich war er dabei jedoch nicht gewesen.

Mr. Hawk, sein Gärtner, hatte wie sein Rivale Mr. Croft blaue Augen und braune Haare und sprach mit dem in dieser Gegend Devons gebräuchlichen Dialekt. Er war ebenso einsilbig und mürrisch wie sein Herr gewesen. Ja, er wäre im Frühjahr mit Mr. Croft in London gewesen, aber mehr sagte er nicht über seine Reise, außer dass er zugab, bei *Lodiges* einige neue Pflanzen erworben zu haben.

Schließlich forderte Lord Whiddon Sarah und Guy auf, ihm ins Haus zu folgen, wo seine Schwester – groß, klapperdürr und furchtbar verdrossen – sie erwartete, um ihnen ein kaltes Abendessen zu kredenzen. Mr. Hawk zupfte an seiner Stirnlocke und ging davon, in sein beheiztes Treibhaus und zu seinen Pflanzen zurück.

Guy Devoran nutzte diesen Moment der Ungestörtheit und beugte sich nah zu Sarah, um ihr etwas ins Ohr zu flüstern. »Daedalus und Falcorne?«

Sie betrachtete die schmalen Schultern ihres Gastgebers, der vor ihnen herging, dann schaute sie dem davoneilenden

Gärtner nach. »Unfreundlich genug wären beide. Und Mr. Hawk bringt mich sogar zum Frösteln.«

»Doch wieder einmal stellt sich die Frage, was das Motiv ist?«

»Lord Whiddon hat keine Ehefrau«, sagte Sarah.

»Und will auch keine. Er kann Ihre Cousine nicht aus so einer Art von Verlangen heraus verfolgt haben. Er hat kein Interesse am schönen Geschlecht. Darüber hinaus kann er Rachel auf keiner Gesellschaft begegnet sein, weil er an Festen grundsätzlich nicht teilnimmt.«

»Dann könnte sie zufällig in irgendeinen Streit über Orchideen verwickelt worden sein? Lord Whiddon ist äußerst eigen mit seinen Pflanzen.«

»Eine Leidenschaft, die so groß ist wie die eines Mannes für die Frau, die ihn bezaubert? Wenn es so ist, dann sollten wir ihm diese Leidenschaft glauben.«

Er schenkte Sarah ein zurückhaltendes Lächeln, so fern wie das des Sonnengottes, und führte sie ins Haus.

Das Abendessen verlief förmlich und steif. Trotz der Versuche Guy Devorans, eine höfliche Konversation in Gang zu bringen, wirkte Lord Whiddon nervös und antwortete nur einsilbig. Der Himmel war noch hell, als seine Schwester anbot, Sarah ihr Zimmer zu zeigen.

»Sie werden uns gewiss vergeben, Ma'am«, sagte Guy mit einer Verbeugung. »Aber wir werden Ihre großzügige Gastfreundschaft leider nicht in Anspruch nehmen können. Lady Overbridge plant für morgen ein Frühstück in ihrem holländischen Wassergarten, bei dem Scharaden aufgeführt werden sollen. Deshalb sind wir gehalten, noch heute Abend nach Buckleigh zurückzufahren.«

Sarah warf ihm rasch einen Blick zu. Von dem Frühstück hörte sie zum ersten Mal.

Lord Whiddon erhob sofort Einwände, fast grob werdend beharrte er auf seiner Einladung. Zum ersten Mal, seit sie angekommen waren, wurde er lebhaft, fast lärmend laut. Er wäre niemals in seinem Leben so gekränkt worden. Seine Schwester würde es als den größten Affront auffassen. Die Straßen wären des Nachts gefährlich. Vagabunden und Zigeuner trieben sich in der Gegend herum.

Mr. Devoran zog eine Augenbraue hoch. »Sicherlich wollen Sie damit nicht sagen, Sir«, fragte er mit eisiger Sanftheit, »dass ich meine Manieren vergessen könnte oder nicht fähig wäre, Mrs. Callaway zu beschützen?«

Lord Whiddon verfiel in Schweigen, sein Gesicht war puterrot. Schon eine halbe Stunde später rumpelte die Kutsche durch die Dämmerung, der Pferdeknecht hinten auf seinem Platz und Mr. Devoran an den Zügeln.

Hinter ihnen duckte sich Whiddons tristes Haus in das graue Tal, der Duft der Orchideen verborgen, als wäre eine Decke über ein Feuer geworfen worden.

»Warum wollten Sie so überstürzt aufbrechen?«, fragte Sarah.

»Weil Whiddon so eifrig darauf bedacht war, dass wir bleiben.«

»Ich verstehe wirklich nicht, warum er uns überhaupt eingeladen hat«, meinte sie. »Sicherlich nicht, um über mein Buch zu sprechen. Er zeigte kein wirkliches Interesse an meinen armseligen literarischen Versuchen, und er weiß ohnehin mehr über Pflanzen, als ich jemals einem anderen beizubringen hoffen könnte.«

Das Pferd trabte eine lange, bergan führende Straße entlang, die geradenwegs in den Himmel zu führen schien.

»Ich fürchte, Whiddon hat Ihr Buch nur als Vorwand benutzt, um herauszufinden, warum ich ihn wirklich sehen wollte.«

»Er hat nicht geglaubt, dass Sie nur seine Orchideen bewundern wollten?«

»Selbst, wenn er das gedacht hat, hätte es ihn nicht gekümmert. Wie Sie sehen konnten, ist seine Leidenschaft für seine Pflanzen seine persönliche Besessenheit, nicht etwas, was er normalerweise mit anderen teilt. Nein, er hatte irgendeinen anderen Grund. Er muss einige Tage darüber gebrütet haben.«

»Sie denken, er verbirgt etwas?«

»Ich bin mir sicher, dass er das tut. Doch ich will verdammt sein, wenn ich wüsste, in welchem Zusammenhang es mit unserer Suche steht.«

Obwohl der Abend lau war, zitterte Sarah.

Die Straße vor ihnen verlief hügelan und hügelab, über die vielen schmalen Wasserläufe hinweg, die vom Dartmoor zum Meer führten. In jedem kleinen Tal musste man die Bäche auf buckeligen Steinbrücken, feucht von Moos, überqueren. Birkenwäldchen drängten sich zusammen, flüsterten unter den schattigen Felsen, bevor die Straße wieder über einen weiteren Kamm führte, auf dem lange Schatten sich über weite Felder erstreckten.

In einem der breiteren Täler kamen sie durch ein kleines Dorf. Eine Handvoll strohgedeckter Häuser lag verstreut neben dem Fluss, am Dorfausgang lag ein alter Gasthof. Keine Menschenseele war zu sehen, nur ein schwaches Licht schimmerte hier und dort aus einem Fenster, und aus dem Gasthaus wehten Liedfetzen herüber.

Sie hatten das Dorf hinter sich gelassen und waren der sich aufwärts windenden Straße zum nächsten Pass gefolgt, als Guy Devoran unvermittelt heftig an den Zügeln zog. Sarah klammerte sich am Handlauf fest, um nicht gegen ihn zu fallen, als die Kutsche einen Satz machte und mit einem Rad in den Graben rutschte. Das Pferd blieb stehen und schnaubte nervös.

»Herrje«, sagte Guy ruhig. »Jetzt haben wir ein Problem. Die Achse könnte gebrochen sein, und unser Pferd hat sich vermutlich eine Sehne gezerrt.« Er wandte sich zu dem Pferdeknecht um. »Fahren Sie die Kutsche zurück nach Stonecombe, Tom, und bleiben Sie über Nacht im Gasthaus. Mrs. Callaway und ich werden zu Fuß nach Buckleigh gehen.« Er warf dem Mann eine Münze zu. »Denken Sie sich irgendeine Geschichte aus – aber sagen Sie niemandem etwas von uns. Alles verstanden?«

Tom starrte ihn einen Moment lang an, die Stirn fragend gerunzelt, dann steckte er das Geld in seine Tasche, tippte kurz an seinen Hut und nickte. »Ja, Sir.«

Mr. Devoran grinste ihn an und sprang von der Kutsche. »Guter Mann! Wir werden Sie morgen früh retten kommen.«

Er packte Sarah um die Taille und hob sie herunter auf den Boden.

»Ich hoffe, Ihr Schuhwerk wird es Ihnen erlauben, einen Fußweg zu bewältigen?«, fragte er. »Über die Klippen ist es weniger als eine Meile nach Buckleigh.«

»Ja, natürlich! Ich reise nie in Schuhen, in denen ich nicht laufen kann.«

»Die vernünftige Mrs. Callaway«, sagte er mit einem schiefen Lächeln.

Sarah senkte den Blick, ihr Herz klopfte heftig.

Der Pferdeknecht nahm die Zügel und ließ die Kutsche wenden. Das Pferd, offensichtlich unverletzt, trabte in Richtung des Dorfs davon.

Guy Devoran erklomm einige Steinstufen, halb verborgen am Straßenrand. Sie führten zu einem Zauntritt in einer Öffnung der Hecke. Er streckte Sarah die Hand entgegen und lächelte ausgelassen.

»Kommen Sie!«, sagte er. »Wir müssen uns beeilen, ehe es dunkel wird.«

»Aber warum gehen wir zu Fuß weiter?«

»Um eine Theorie zu überprüfen und außerdem möchte ich Ihnen etwas zeigen.«

Die Hecke warf dunkle Schatten, aber seine Silhouette hob sich deutlich vor dem Himmel ab, dessen Strahlen das Versprechen auf einen wunderschönen Sonnenuntergang enthielt. Eine tiefe Erregung strömte durch Sarahs Adern.

»Sollte ich mir Sorgen machen?«, fragte sie.

»Ganz und gar nicht! Wir müssen zwar ein bisschen klettern, aber ich glaube, dass es Ihnen gefallen wird.«

»Dann ist es ein Geheimnis?«

»Besser als das – die Erfüllung eines Mythos.«

Es gab wirklich keine andere Wahl. Die Kutsche war fort. Es wäre lächerlich gewesen, im Matsch stehen zu bleiben und zu jammern. Und gefährlich, allein weiterzugehen, nur um sich in einem Labyrinth aus Feldwegen zu verirren.

Sarah band die Bänder ihrer Haube fester unter dem Kinn und lächelte zu Guy hoch.

»Ein kleiner Spaziergang vor dem Schlafengehen und dazu noch ein Mythos? Ja, das gefällt mir!«

Guy half ihr über den Zauntritt auf den Pfad, der in einem Bogen zu einem dunklen Waldstück führte. Er wagte es nicht, ihr wieder seine Hand anzubieten, auch wenn gelegentlich Wurzeln den Pfad holprig machten. Doch Sarah ging voller Zutrauen an seiner Seite, so, als ob nichts zwischen ihnen läge.

Der Wald lichtete sich und sie gelangten auf die Grasebene des Oberlandes. Der Pfad teilte sich. Eine Steinmauer mit einer windgeformten Hecke türmte sich zur Rechten von ihnen auf; zur Linken erstreckte sich eine Wiese, auf der eine Schafherde weidete.

Der nach rechts abbiegende Pfad führte leicht hinunter zu einer Lücke in der Mauer, durch die man zu dem schmalen Streifen Land kam, der Buckleigh, den Besitz der Overbridges, von den Feldern trennte, die zum Dorf Stonecombe gehörten. Der andere Pfad verlief neben der Mauer, und führte über den Kamm in Richtung der Klippen.

Guy führte Sarah zu einem Tor in der Mauer, durch das sie auf eine weite Wiese kamen, deren hohes Gras sich in der warmen Brise wiegte, die vom Meer herüberwehte.

Sarahs Wangen glühten von der Anstrengung, ihre Augen funkelten, doch sie hielt wie ein Mann mit Guy mit, ihre Schritte waren energisch und fest. Guy ging neben ihr und verfluchte im Stillen sein Schicksal. Sarah Callaway war bemerkenswert. Sie war wunderbar. Sie war tabu.

Er half ihr über einen weiteren Zauntritt, aber dieses Mal erlaubte er nur, dass sie die Hand auf seinen stützenden Unterarm legte. Sein Verlangen nach ihr lockte und forderte. Er war entschlossen, dem nicht noch einmal nachzugeben.

Die Sonne verschwand hinter einer niedrigen Wolkenbank. Wohlgenährte Schafe lagen in Gruppen zusammengedrängt. Die Luft enthielt eine unheimliche Ruhe, als würde sie in Erwartung der näher kommenden Nacht den Atem anhalten.

Als sie den nächsten Zauntritt erreichten, musste Sarah erst einmal Luft holen.

»Wir können hier Rast machen«, bot er an

Sie kletterte ohne Hilfe auf den Zauntritt, setzte sich auf die oberste Stufe, das Gesicht zu Guy Devoran gewandt, und zog die Haube von Kopf, um sich das leicht feuchte Haar aus der Stirn zu streichen. Die Haube baumelte in ihrer anderen Hand.

Auf dem Feld hinter ihr, auf das die Schafe im Frühling getrieben worden waren, wand sich der Pfad in vielen Biegungen auf die Klippen zu: ein Streifen aus kurzem Gras, platt getrampelt von den Menschen, die hier gegangen waren. Rechts und links dieser Spur stand das Gras fast wadenhoch.

Guy stützte beide Unterarme auf das Geländer neben Sarah, und versuchte, den Löwen zu ignorieren, der in seinem Herzen brüllte. Ein leichter Wind blies vom Meer her und ließ einzelne Haarsträhnen um ihre Wangen spielen. Unter ihrem grünen Umhang schimmerte der Stoff ihrer Röcke – cremefarbener Musselin mit winzigen Zweigen, roten Blüten und grünen Blättern. In dem schummrigen Licht wirkten ihre schlanken Finger, in die sich die Bänder ihrer Haube verfangen hatten, wunderschön und faszinierend.

Hätte er es gewollt, er hätte bei jedem Zauntritt ihres Weges die Hände um ihre Taille gelegt, sie hinübergehoben und an seine Brust gedrückt, hätte sie wieder geküsst.

Wenn er es gewollt hätte –

Guy ballte die Hände zu Fäusten und trat einen Schritt zurück, gerade als die sinkende Sonne strahlend durch ein Loch in den Wolken brach. Gelb und Gold und Grün strömten die Farben zurück über das Land. Flammen blitzten in Sarahs Haar auf, ein Schein aus Kupfer und Kastanienbraun um ihr helles Gesicht.

Guy lachte Sarah an und zeigte auf den Pfad hinter ihr, der zu den Klippen führte. Sie wandte den Kopf und sah über die Schulter.

»Oh!«, sagte sie. »Oh!«

Ein breites Band aus Weiß lief durch das hohe grüne Gras, der Pfad – und nur der Pfad – glänzte wie Schnee.

Sarah ließ ihre Haube fallen, drehte sich um und kletterte vom Zauntritt hinunter. Dann raffte sie mit beiden Händen ihre Röcke und lief davon, auf dem weißen Band, das zum Meer führte.

Guy sprang vom Zauntritt, hob die Haube auf und folgte Sarah.

Sie war stehen geblieben, als er sie eingeholt hatte, fuhr sie herum. Ihre Augen strahlten ihn an, Strähnen von rotem Haar wehten um ihr Gesicht. Auf ihren Wangen brannte die Farbe, als würde sie den Löwen erkennen, der sie aus seinen Augen anblickte.

»Es ist Olwens Pfad!«, rief sie.

Er stand reglos da, als Sarah sich ins Gras kauerte, um mit der Hand über die Unmengen von Gänseblümchen zu streichen, die zu ihren Füßen blühten. Ihre verzückte Miene war bezaubernd.

»Vielleicht«, sagte er. »Ich kann mir prosaischere Erklärungen dafür denken, warum die Blumen nur auf dem Pfad wachsen. Aber nichtsdestotrotz ist die Wirkung bemerkenswert.«

Sie pflückte ein paar Blumen und betrachtete sie, als hielte sie ein Wunder in Händen. »Oh, vielleicht werden die übrigen Gänseblümchen vom hohen Gras verborgen, oder vielleicht können sie nur dort wachsen, wo das Gras von so vielen Füßen niedergetrampelt worden ist. Aber ich werde immer glauben, dass die Göttin hier entlanggegangen ist, und in jedem ihrer Fußabdrücke weiße Blumen gewachsen sind.«

Bedauern durchfuhr Guy. Er hatte keine Ahnung, warum. Es schien verrückt.

»Ich dachte mir, dass es Ihnen gefällt«, sagte er. »Obwohl die Blütenblätter schon dabei sind, sich zu schließen. Wir sollten gehen.«

»Und so wird Olwens weißer Pfad in die Mysterien der Nacht entschwinden.« Sarah richtete sich auf und wischte sich die Hände. »Wohin führt der Pfad?«

»Er ist einer von vielen, die zum Strand hinunterführen.«

»Woher wissen Sie das alles?«

»Weil ich bereits einige Tage Zeit hatte, es zu erkunden. Das Dorf, durch das wir eben gekommen sind – Stonecombe –, gehört jetzt einem nicht ortsansässigen Adligen, es ist Teil eines Rittergutes, das seit der Eroberung besteht.«

»Die Eroberung? Sie meinen, die Eroberung durch die Normannen? Unter Wilhelm dem Eroberer?«

»Ich glaube nicht, dass seitdem eine andere erfolgreiche Invasion Englands stattgefunden hat«, erwiderte er trocken, »es sein denn, ich habe geschlafen und es verpasst.«

Ihr Lachen war so fröhlich und sorglos, dass ihm das Herz aufging.

Wie leicht, sie um die Taille zu fassen! Wie leicht, mit ihr im warmen Gras zu liegen! Wie leicht, sie zu lieben, hier auf dieser Klippe, nur eine Handbreit vom Himmel entfernt!

Stattdessen reichte er ihr mit einer Verbeugung die Haube. Sie nickte und nahm sie.

Ein paar Möwen flogen kreischend über die Klippe, um über das Wasser zu schießen, als wollten sie geradewegs in die sinkende Sonne fliegen.

Sarahs Röcke flatterten, als sie sich umwandte und über das Wasser schaute.

»Können wir dorthinunter gehen?«, fragte sie. »Ich war noch nie an einem wilden Strand.«

Er wusste, dass es ein Fehler war, denn er würde gezwungen sein, ihre Hand zu nehmen. Doch er konnte der Sehnsucht in ihrer Stimme nicht widerstehen. *Ein wilder Strand*.

»Der Pfad zur Klippe ist steil und gefährlich«, sagte er. »Und es wird bald dunkel. Werden Sie mir erlauben, Ihnen zu helfen?«

Sie band die Bänder der Haube zusammen, und ließ sie auf den Rücken baumeln. »Ja, natürlich.«

Guy streckte die Hand aus, und Sarah griff danach.

Der Pfad war feucht, schlüpfrig dort, wo der Felsgrund durch die Grasnarbe trat. Der Löwe schlich sich an, brüllte heraus, dass er um ihre kleine, behandschuhte Hand, ihre schmale Taille, ihre Anmut und Geschmeidigkeit wusste, während Guy sie Schritt für Schritt zum Strand hinunterführte.

Doch er hasste es, ihr solch ein einfaches Vergnügen wie dieses zu rauben, und sie waren für den Moment sicher. Nichts Gefährliches würde geschehen, nicht bevor es dunkel war.

Sobald sie Stonecombe Cove erreichten, legte sich der Wind, als wäre er mit einem Schlag abgestellt worden. Schwarze Felsen erhoben sich wie kleine Burgen aus dem weißen Sand. Ein Bachlauf aus dem Tal hinter ihnen breitete sich zu einem Delta aus winzigen Rinnsalen aus. Weit draußen am Horizont sank eine feurige Sonne ins Meer und schickte ihre letzten langen Strahlen. Der Bach verbreitete sich zu einem Fluss aus Gold und Feuer, vermischte sich mit den leckenden Wellen wie Strähnen von ihrem Haar.

Und alles änderte sich.

Tränen brannten in ihren Augen. Schmerz legte sich auf ihr Herz.

»Es ist so schön hier«, sagte sie leise. »So wunderschön!«

Feuchtigkeit sammelte sich und floss über ihre Wangen. Sarah biss sich auf die Lippen und schluckte, dann presste sie eine Hand auf den Mund.

Ihr Anblick überwältigte ihn. Ohne ein Wort zog Guy sie in seine Arme.

»Nicht«, flüsterte er in ihr Haar. »Nicht weinen! Es ist nur das Meer.«

Seine Lippen fanden Salz, als er ihr nasses Gesicht küsste, dann Süße, als seine Zunge ihren Mund fand. Sie erwiderte den Kuss mit unverfälschter Leidenschaft, als würde sie sich davon Trost für alle Qual dieser Welt erhoffen.

Ihr Körper presste sich an seinen, ihre Brüste drückten gegen seine Brust. Er strich das zersauste Haar aus ihrer Stirn, nahm ihr Gesicht in beide Hände, küsste sie noch immer, während er mit ihr zu Boden sank, um im noch immer warmen Sand zu knien.

Seine Glut war direkt und heiß, feuerte Lust in seine Lenden, füllte ihn mit einem drängenden, alles verschlingenden Verlangen. Doch ebenso drängte eine schreckliche, seelentiefe Sehnsucht in sein Bewusstsein: zu beschützen und zu heilen, alles zu richten, auch wenn er wusste, dass er nichts zu bieten hatte, außer ihr das Herz zu brechen.

Die rote Scheibe versank im Meer. Guy ließ seine Hände auf Sarahs Schultern gleiten und hielt sie auf Armeslänge von sich. Sie knieten im Sand. Sarahs Augen schwammen in Tränen.

»Es tut mir leid, Sarah«, sagte er. »Aber ich bin nicht frei.«

Er half ihr aufzustehen, dann entfernte er sich ein paar Schritte von ihr. Ein schwacher Schein winkte weit draußen auf dem Meer, als wollte das Wasser sich mit aller Gewalt an das Licht des Tages erinnern. Weiße Körner klebten wie Sterne an ihren Röcken. Einige Momente lang standen sie beide in Schweigen gehüllt da, starrten auf die Wellen, die an den Strand schlugen, lauschten auf das Mahlen und Schlagen, wenn schwächere Wellen über die Furchen von dunklem Schiefer rollten.

Hatte die Sonne das Herz aus seinem Leib gerissen, um es mit dem Tageslicht in die Unterwelt hinabzuziehen?

»Die Flut kommt, und es wird dunkel«, sagte er. »Der Mond wird heute Nacht kaum zu sehen sein. Wir müssen gehen.«

Sarah setzte die Haube auf und wandte sich zu ihm um. Die hereinbrechende Nacht machte ihr Gesicht zu einem blassen Oval, der Ausdruck darin war unmöglich zu lesen.

»Aber wie finden wir jetzt unseren Weg zurück? Die Gänseblümchen werden sich ganz geschlossen haben, und Olwens

Pfad wird damit ganz verschwunden sein. Gibt es andere Wege?«

»Zum Vergessen? Ich weiß es nicht. Aber es gibt sicherlich andere Wege zurück nach Buckleigh.«

Sie wandten sich beide um, als bedürfte es keiner weiteren Worte. Guy führte Sarah über den Strand, bis sie eine schmale Stelle fanden, an der sie den Bach überschreiten konnten. Gut verborgen zwischen dem Riedgras lag ein gut ausgetretener Pfad, der parallel zum Bachlauf ins Tal führte.

Sie gingen Seite an Seite, ohne zu sprechen. Binnen einer weiteren Viertelmeile tauchte der Pfad zwischen zwei hohe Böschungen ein, sodass sie wie durch einen Tunnel zu gehen schienen.

Sollte er versuchen, weitere Entschuldigungen anzuführen, oder sollte er fragen, warum der Strand sie zum Weinen gebracht hatte? Guy hatte keine Ahnung, wo er anfangen sollte. Er wusste nur, dass sein Herz von Zärtlichkeit zerrissen war.

»Sie hatten recht damit, dass die Dunkelheit die Vertraulichkeit zulässt«, sagte Sarah ruhig. »Würden Sie es mir verübeln, wenn ich noch ein wenig vertraulicher werde?«

»Gott! Nein! Ich würde mich geehrt fühlen, Mrs. Callaway.«

»Sarah«, erwiderte sie trocken. »Wenn ein Gentleman eine Lady mehr als einmal geküsst hat, darf er sie normalerweise bei ihrem Vornamen nennen.«

Ihr tapferer Humor überraschte ihn, doch der Löwe fauchte in seine Ohren, als wollte er ihn vor gefährlichem Terrain warnen.

»Meiner ist Guy, wie Sie wissen«, sagte er. »In der Dunkelheit sind wir Verschwörer.«

»Ich möchte nur sagen, dass ich froh bin, Ihnen in jener Nacht von John erzählt zu haben. Ich war bis zu diesem Zeitpunkt nie fähig, irgendjemandem die Wahrheit zu sagen.«

»Es muss schrecklich für Sie gewesen sein«, erwiderte er. »Und eine schlimme Last, weil Sie sie allein tragen mussten.«

»Ja, vermutlich war es das. Ich habe es nie gedacht, aber ja, es hilft, einem Fremden sein Herz auszuschütten.«

»Einem *Fremden*, Sarah?«

»Eine ungeschickte Wortwahl. Ich meinte, jemandem, dem man vertrauen kann, aber von dem man nicht erwartet, dass man ihn in der Zukunft zu seinen Freunden zählen wird.«

»Und das bin ich für Sie?«

»Uns verbindet nur eine vorübergehende Verbindung, Sir. Wir beide wissen das.«

»Doch ich darf Sie noch Sarah nennen?«

»Ja, ich denke schon«, sagte sie leichthin. »Sie nicht auch?«

Sie gingen weiter den dunklen Pfad entlang. Bäume sammelten sich jetzt auf einer Seite, zwischen ihnen bot sich der Blick in das kleine Tal, durch das sich der Bach durch moorige Tümpel seinen Weg von den Hügeln hinabwand.

Sie legte die Hand auf Guys Arm. Er blieb stehen, sie sahen sich an. »Und das am Strand –«

»Es ist in Ordnung«, sagte er sanft. »Sie können es mir sagen.«

»Bevor es mit John zu Ende ging, bekam er Fieber. Im Fieberwahn schrie er nach dem Meer. Er wollte nach Hause gehen. Er meinte nicht das Zuhause, das wir während unserer kurzen Ehe geteilt haben. Er meinte den Ort, an dem er geboren wurde. Er hat ihn mir einmal beschrieben. Es war kein Haus in einem so geschäftigen Hafen wie Yarmouth, sondern eine kleine Hütte an einem wilden Stand, wo er als Junge gespielt hatte. Das war sein Zuhause!«

Guy berührte schweigend ihre Wange, dann zog er ihre Hand unter seinen Arm und sie setzten ihren Weg hinauf fort.

»Ich habe ihm einen Strauß getrocknetes Seegras gebracht«,

sagte Sarah. »Ich dachte, der Duft würde ihn trösten. Aber er hat mich angeschrien und es auf den Boden geworden. Er wollte stattdessen Orangen. Doch frische Orangen waren nicht zu bekommen. Ich konnte ihn nicht retten! Ich konnte nicht einmal –«

»Er hatte *Sie*«, sagte Guy. »Er wusste, dass Sie ihn geliebt haben.«

»Doch es war, als hätte ich ihn Stück für Stück verloren. An manchen Tagen erkannte er mich. An anderen Tagen hielt er mich für eine Fremde, dann warf er sich in Schmerzen hin und her, und nichts konnte ihm helfen. Als er starb, sagte unsere Haushälterin, es wäre ein Segen, dass er jetzt bei Gott wäre. Aber es war kein Segen. Es war furchtbar.«

»Es tut mir leid«, sagte er. »So unendlich leid. Sie haben zu viel Schmerz erlitten, Sarah. Ich bin stumm angesichts dessen. Wie alt waren Sie, als Ihre Eltern starben?«

»Sieben, aber ich kannte die Mansards schon mein ganzes Leben lang, und sie liebten mich wir ihr eigenes Kind.«

»Aber dann haben Sie auch diese beiden verloren.«

Sarah neigte den Kopf, als wollte sie ihm in die Augen sehen, auch wenn es jetzt fast ganz dunkel geworden war. Sie wirkte wie eine blasse Erscheinung.

»Der Schmerz ist ein selbstsüchtiger und bitter einsamer Ort«, erklärte sie. »Er ist wie ein Labyrinth, in dem es zu leicht ist, sich in Wut und Selbstmitleid zu verlieren. Ich wollte Sie nicht mit meinem Herumwandern in dieser Dunkelheit belasten, Guy.«

Er berührte wieder ihre Wange. Verlangen brannte in seinem Herzen, das schmerzende Verlangen, ihren Schmerz mit seinem Trost aufzusaugen, eins mit ihr zu werden, all die Tiefen dieser Seelenqual mit ihr zu teilen.

Und das war unmöglich.

»Nein, nein«, sagte er. »Ich fühle mich geehrt durch Ihr Vertrauen, ich finde nur keine passenden Worte.«

Unvermutet ließ Sarah die Arme um seine Taille gleiten. »Was ist, wenn Worte nicht ausreichen?«

Sofort barg er ihren Kopf in beiden Händen und küsste sie. Ihre Lippen schmiegten sich auf köstliche Weise aneinander, ein weicher, sanfter Kuss, voll verzweifelter Zärtlichkeit.

»Küsse sind eine gefährliche Form des Trosts, leider«, sagte er schließlich.

Sie ließ den Kopf an seine Schulter sinken. »Aber Sie trösten mich, Guy. Ich glaube, auch Sie haben einen unaussprechlichen Verlust erlitten.«

Er fühlte es jetzt wieder, die Erinnerung an so viel Furcht und Isolation, dieses Labyrinth aus Einsamkeit und Wut.

»Als meine Mutter kurz nach der Geburt meiner Schwester Lucinda starb. Ich war elf Jahre alt, und ich verehrte sie. Mein Vater war untröstlich. Birchbrook versank in Trauer. Es gab ein kleines Kind, um das man sich kümmern musste. Deshalb wurde ich nach Wyldshay geschickt, um ein Jahr lang bei meinen Cousins zu wohnen.«

Sie hakten sich unter und setzten den Fußweg hügelan fort.

»Was Ihren Verlust nur noch größer gemacht hat«, sagte sie. »Sie waren ein Junge, dem nicht nur die Mutter, sondern auch das Zuhause genommen worden war, Ihr Vater und alles, was Ihnen vertraut gewesen ist. Sie müssen sehr verzweifelt gewesen sein.«

»Eine Weile, ja. Doch Jack und ich waren im selben Alter. Die Herzogin, wie Furcht einflößend sie auch manchmal scheinen mag, war unendlich freundlich. Sie kam sogar jeden Abend in mein Zimmer und erlaubte es mir, in ihren Armen zu weinen, ohne mir jemals das Gefühl zu geben, dass ein Junge nicht weinen darf. Als ich dann nach Hause zurückkehrte, standen Jack und ich uns so nahe wie Brüder, und das ist bis heute so geblieben. Deshalb habe ich letzten Endes vielleicht mehr gewonnen, als ich verloren habe.«

»Kann das Leben ein Netz anbieten, gewoben aus Schmerz?«

»Nicht immer. Ich hatte Glück. Ich habe meine Mutter verloren, habe aber dadurch letztlich zwei Familien bekommen: die St. Georges, dazu meinen Vater und Lucinda.«

»Und ich habe Rachel«, sagte sie.

Seine Schritte verharrten, als hätte sie ihm ein Messer in den Leib gestoßen. Guy stockte fast der Atem, als die Klinge gegen seine Rippen stieß. Sarah hatte Rachel und nur Rachel. Sie hatte sonst niemanden auf dieser Welt. Und das war alles, was sie wirklich von ihm wollte und von ihrer seltsamen Freundschaft: Rachel zu haben – nicht die wahre Rachel, sondern die Erinnerung an die unschuldige Cousine, mit der sie aufgewachsen war.

Eine Unmöglichkeit, es sei denn, das Leben bot tatsächlich Wunder.

Sarah wandte den Kopf, als hätte sie etwas gehört.

Stumm vor wiederbelebtem Kummer starrte Guy auf sie hinunter. Doch die Nacht regte sich, forderte eine ganz andere Reaktion.

Die Geräusche waren kaum zu hören, nur ein schwaches Stampfen und ein seltsames Klirren, irgendwo über ihnen. Sie hatten zu lange an einer Stelle verweilt, und jetzt hatten sie Gesellschaft bekommen.

Sofort unterdrückte Guy seinen Schmerz und sein Verlangen und legte leicht einen Finger auf Sarahs Lippen. Sie nickte. Binnen Sekunden wurden die leisen Geräusche unterscheidbarer: das Stampfen von Pferdehufen, die mit Lappen umwickelt worden waren.

Guy zog Sarah in eine Lücke zwischen den Bäumen und den Abhang hinunter in Richtung des Flusses. Er stieß sie in das feuchte Gras neben einem dichten Gestrüpp und drückte sie auf den Boden.

»Pssst!«, wisperte er ihr ins Ohr. »Es kommt jemand!«

Kapitel 12

Einen Herzschlag lang verspürte Sarah pures Entsetzen, aber Guys starker Arm hielt sie fest umschlungen. Die Geräusche kamen näher, das gedämpfte Stampfen von Füßen, das leise Klirren von Zaumzeug. Eine Reihe von Ponys kam den Trampelpfad entlang, direkt über ihnen, obwohl die Hufschläge so unwirklich klangen, als würde eine Schar Elfen in der Nacht vorbeiziehen.

Guy küsste Sarah rasch auf die Stirn, dann spähte er zum Rand der Böschung hoch und kroch, auf dem Bauch liegend, ein Stück weiter hinauf. Sarah lag zusammengekauert unter ihrem Umhang.

Die Prozession zog an ihnen vorüber. Niemand sagte etwas, niemand flüsterte. Keins der Pferde schnaubte oder wieherte. Da war nichts als dieser schwache Geruch nach Pferden und Menschen, die in heimlicher Prozession an den Strand zogen.

Schließlich verschwanden die Geräusche, gingen in Stille über. Sarah lag wie erstarrt da und atmete in die Falten ihres Umhangs. Das Warten schien endlos zu dauern, bis Guy ein Stück die Böschung hinunterglitt und seine Hand ausstreckte.

Die Finger ineinander verschränkt, kletterten sie zusammen zum Pfad hinauf, ohne zu sprechen. Der Pferdegeruch hing noch in der Luft. Einige Sterne standen am Himmel.

Sarah und Guy schlugen die Richtung nach Buckleigh ein. Sie schwiegen.

Ihr Blut raste vor Aufregung und Beklommenheit, doch sie glaubte fest daran, dass Theseus neben ihr ging, der einzige Mann, der fähig war, jedes Ungeheuer zu töten. Das Gefühl machte sie schwindlig, euphorisch. Doch sobald sie den sicheren Park von Buckleigh betreten hatten, ließ sie seine Hand los.

Er sah sie an, noch immer schweigend. Dann ging er einige Schritte weiter und blieb am Ufer des Sees stehen, um über das Wasser zu schauen.

Sarah setzte sich auf eine niedrige Steinmauer und sah ihn an. Ihr Herz klopfte, als wäre sie gerannt. Seine Silhouette war wie schwarzes Papier vor dem dunklen Glanz des Wassers. Sein Gesichtsausdruck war in der Dunkelheit nicht zu erkennen.

Doch Sarah fühlte sich noch immer eingehüllt in seine warme, lebendige Gegenwart, als ob er Sicherheit vermittelte.

Schließlich wandte er sich zu ihr um. Obwohl es dunkel war, meinte sie ihn lächeln sehen zu können.

»Wir sind Schmugglern begegnet«, erklärte er ruhig. »Aber das haben Sie wohl schon vermutet.«

»Ja«, bestätigte sie.

»Diesen Verdacht hege ich schon seit einiger Zeit. Dabei geht es nicht einfach darum, dass die Leute hier ein wenig zollfreien Handel betreiben. Das ist überall an der Küste üblich. Das hier ist sehr viel größer und ernster als das übliche Schmuggeln.«

»Sie verfolgen diesen Gedanken schon länger?«

»Jeden Tag, seit wir Norris auf Barristow besucht haben.« Guy ging zu Sarah und ließ sich neben ihr auf der Steinmauer nieder, noch immer schaute er über das Wasser. »Unter anderem erklärt es die Orchideen, die nach einer kurzen Zeit des Gedeihens eingegangen und dann unter Aufwendung schwindelerregender Summen ersetzt worden sind. Norris' Besitz kann nicht genug abwerfen, um Ausgaben in dieser Höhe aufzubringen, und bei Whiddons ist es dasselbe. Jack ist überzeugt, dass keiner der beiden über genügend andere Einkünfte verfügt und dass keiner von ihnen spielt.«

»Ihr Cousin Lord Jonathan?«

»Er und ich sind ständig in Kontakt, und seine Fähigkeiten in Bezug auf Finten und Tricks sind weitaus ausgereifter als meine. Wir hatten den Verdacht, dass etwas in dieser Art im Gange sein könnte.«

»In welcher Beziehung könnten Schmuggler zu Rachel stehen?«

»Unter den Gentlemen, die diesen Zug zum Strand angeführt haben, waren sowohl Hawk als auch Croft.«

Ein Schauder lief ihren Rücken herunter. Freibeuter mochten behaupten, Gentlemen zu sein, aber im illegalen Handel schreckte man niemals vor Gewalt zurück. Informanten und Zollbeamte wurden manchmal gefoltert oder getötet.

»Oh«, sagte sie. »Oh, ich verstehe.«

Guy sprach mit ruhiger Überzeugung. »Weiterhin wäre kein Gärtner in der Lage gewesen, dies über längere Zeit zu tun, ohne dass sein Arbeitgeber davon weiß, besonders wenn diese Gentlemen selbst einen Löwenanteil vom Gewinn zu bekommen scheinen.«

Sie schaute in Richtung der Umrisse von Buckleigh House. »Sie denken, dass auch Lord Overbridge darin verwickelt ist?«

»Wahrscheinlich nicht, aber ich denke, dass Pearse und der Rest des Personals genau wissen, was vor sich geht und den Mund halten.«

»Das würde erklären, warum alle so verschlossen waren.« Obwohl die Luft noch warm war, zitterte Sarah wieder. »Und warum Lord Whiddon so sehr darauf beharrt hat, dass wir über Nacht bleiben – weil wir sonst etwas Verdächtiges bemerken könnten.«

»Obwohl ich nicht gerade erwartet habe, auf dem Pfad Schmugglern zu begegnen.« Zu ihrer Überraschung schwang leiser Humor in seiner Stimme mit. »Aber zumindest löst das einen Teil unseres Rätsels. Es gibt eine allgemeine Verschwörung, um die einträglichen Schmuggelgeschäfte zu verbergen, aus denen Hawk und Croft ganz leicht einiges von der Konterbande mit hinauf nach London nehmen können.«

»Und das haben sie im Mai getan und dabei Orchideen mit zurückgebracht?«

»Die Obergärtner auf den großen Landsitzen gehen häufiger auf Reisen, um sich andere Gärten anzusehen oder um neue Pflanzen zu kaufen. Es ist eine perfekte Tarnung.«

Obwohl sie wusste, dass es lächerlich war, empfand Sarah eine leichte Enttäuschung darüber, dass er andere Beweggründe für all das gehabt hatte, was sie früher an diesem Abend geteilt hatten. Dass er sie nur als Mittel zum Zweck zu Olwens Pfad geführt hatte.

»Sind wir deshalb an den Strand gegangen? Weil Sie darauf gehofft haben, einen Beweis für Ihre Vermutung zu finden? Frische Hufabdrücke vielleicht oder irgendwelche Spuren im Sand?«

»Sie hinterlassen keine Spuren, weil das letzte Pony mit einem dicken Zweig versehen ist, der die Abdrücke verwischt, und das Boot wurde wahrscheinlich schon vor einigen Tagen entladen. Sie werden die Fässer beschwert haben, damit sie unter der Wasseroberfläche treiben.«

»Meinen Sie, dass Whiddon den Verdacht hegt, Sie würden sich dafür interessieren? Hat er uns deshalb in sein Haus eingeladen?«

Er zuckte die Schultern. »Höchstwahrscheinlich. Aber was ich nicht einschätzen kann, ist, warum er oder jemand anders entweder Hawk oder Croft als Falcorne losschicken sollte, um Ihre Cousine zu bedrohen.«

»Vielleicht hat Rachel irgendetwas über diese Sache herausgefunden, und sie wollten sie zum Schweigen bringen?«

Er schüttelte den Kopf.

»Warum nicht?«, sagte sie.

Guy sprang auf. »Ich weiß es nicht. Wir werden das Rätsel heute Nacht nicht lösen. Kommen Sie, wir müssen zurück zum Haus!«

Er wandte sich ab und ging fort, auf das Haus zu, und veranlasste Sarah dadurch, ihm eilig zu folgen. Ohne seine Wärme neben sich fühlte sie sich jetzt lächerlich allein gelassen. Vielleicht ärgerte es ihn, zuzugeben, dass sie der Lösung um Rachels rätselhaftes Verschwinden nicht näher gekommen waren. Vielleicht war er nur eifrig bedacht, den Gefahren der Nacht zu entkommen – aller möglichen Arten von Gefahren.

Sarah hatte keine Ahnung, wie spät es war, aber das Haus würde sicherlich schon verschlossen sein. Niemand erwartete sie vor dem nächsten Morgen. Die Hintertür, durch die sie das Haus verlassen hatte, um sich mit Guy in der Wildhütte zu treffen, würde um diese Zeit auch verriegelt sein.

»Wie kommen wir ins Haus?«, fragte sie.

»Durch die Eingangstür.« Er blieb stehen und wandte sich zu ihr um. »Wir müssen uns jetzt verabschieden, Sarah.«

Noch während er sprach, wurde die große Doppeltür des Hauses weit geöffnet. Gelbes Licht ergoss sich über das Gras. Sarah wandte sich um und blinzelte.

Zwei Gentlemen kamen die Treppe herunter. Zwei Ladys standen hinter ihnen in der hell erleuchteten Eingangshalle.

»Großer Gott!« Lord Whitely schwang seine Laterne hin und her, um ihren Schein voll auf Sarahs Gesicht fallen zu lassen, dann senkte er sie und starrte Guy an. »Devoran? Wir hatten Sie schon aufgegeben, Sir!«

»Verdammt, Sir!«, fügte Lord Overbridge schnaufend hinzu. »Wir haben vor einigen Stunden einen Suchtrupp nach Ihnen ausgeschickt.«

»Mein Pferd hat gelahmt«, sagte Guy. »Es war am schnellsten, zu Fuß weiterzugehen. Sehr freundlich von Ihnen, besorgt zu sein!«

»Aber wir hatten erwartet, dass Sie die Nacht bei Whiddon verbringen, Sir. Was zum Teufel hat Sie veranlasst, in dieser Dunkelheit zurückzukommen?«

Guy nahm Sarah am Arm. Seine Berührung war oberflächlich, nicht mehr, als eine höfliche Geste.

»Nachdem das Abendessen überstanden war, das seine Schwester uns serviert hat, wollte ich nicht dort bleiben, selbst wenn es das letzte Haus auf Erden gewesen wäre. Ich bezweifle, dass die Gästezimmer dort in den letzten dreißig Jahren auch nur ein Mal gelüftet worden sind.«

»Aber zu Fuß zu gehen, Sir!«, wandte Lord Whitely ein. »Und mit einer Lady! Sicherlich wäre das Gasthaus in Stonecombe doch näher gewesen? Unsere Leute haben Ihren Mann dort getroffen –«

»Wir hätten dieses rattenverseuchte Loch aufsuchen sollen?« Guy wandte sich um und zog eine Augenbraue hoch. »Sie meinen doch wohl nicht ernsthaft, dass die Lady und ich dort die Nacht hätten zusammen verbringen sollen?«

Whitely machte auf dem Absatz kehrt und marschierte ins Haus. Guy und Sarah folgten ihm.

Lady Whitely empfing die beiden mit einem süffisanten Lächeln. »Wir alle sind sehr erleichtert, Sie in Sicherheit zu wissen, Mr. Devoran. Ich nehme an, Mrs. Callaway hat keinen Schaden genommen? Solch ein verwegenes Abenteuer!«

»Es war nicht weit«, sagte Sarah. »Außerdem bin ich daran gewöhnt, zu Fuß zu gehen.«

»Tatsächlich?« Lady Whitely spitzte ihren hübschen Mund. »Haben Sie deshalb Grasflecken auf Ihrem Rock?«

Sarah schaute nach unten. »Ich wurde ein wenig müde und

war gezwungen, mich einige Augenblicke lang auf einer Bank auszuruhen. Mr. Devoran war sehr freundlich. Ohne zu klagen, wartete er auf mich, bis ich wieder zu Atem gekommen war.«

Lord Overbridge wandte sich an Guy. »Unsere Leute haben Sie nicht auf der Straße angetroffen, Sir, ebenso wenig wie Whiddons Bote.«

»Wir haben eine Abkürzung über die Felder genommen und sind keiner Menschenseele begegnet.« Guy verbeugte sich vor Lady Overbridge und lächelte. »Ich entschuldige mich, falls meine Entscheidung Ihnen irgendwelche Sorgen bereitet haben sollte, Ma'am.«

»O nein!«, sagte Lady Overbridge. »Wie könnten wir uns um *Ihre* Sicherheit gesorgt haben, Mr. Devoran? Obwohl wir alle höchst schockiert darüber waren, dass Mrs. Callaway dort draußen in der Dunkelheit herumirrt.«

Lady Whitely wandte sich um, ließ ihre Röcke wirbeln. »In der Tat könnte sich das, sollte diese Eskapade allgemein bekannt werden, schlecht auf ihren Ruf auswirken. Wenn die Anstandsdamen der jungen Ladys davon hören, werden sie Annabella für eine sehr schlechte Gastgeberin halten, da sie ihre Gäste einem so unschicklichen Einfluss ausgesetzt hat. Es hat bereits Gerede darüber gegeben, ob man so unschuldige Geschöpfe darüber aufklären sollte, wie es sich mit der Vermehrung von Pflanzen verhält. Wir, die wir hier versammelt sind, werden selbstverständlich keiner Seele gegenüber etwas verlauten lassen, aber es liegt in der Natur solcher Dinge, sich herumzusprechen.«

Guy schaute zum Himmel, als müsste er seinen Zorn verbergen. »Nicht, wenn Mrs. Callaway gleich morgen früh nach Bath abreist, noch bevor irgendjemand sonst aufgestanden ist. Man wird dann einfach nur annehmen werden, dass wir wie geplant hierher zurückgekehrt sind. Wird das reichen?«

»Ich habe nichts Falsches getan«, erklärte Sarah. »Ich würde es vorziehen, nicht davonzulaufen, als würde ich eingestehen, einen Fehler begangen zu haben.«

»Das steht außer Frage.« Guy sah sie an und lächelte. »Sie würden ohnehin in wenigen Tagen abreisen, Ma'am. Sicherlich wird es Ihnen keine Umstände bereiten, ihre Abreise ein wenig vorzuziehen?«

Eine verruchte Wachsamkeit lauerte in seinem Blick, als ob Oberon einen seiner Scherze machte – nur dass es dieses Mal auf ihre Kosten ging.

Sarah schluckte einen kleinen Anflug von Ärger herunter. »Nein, natürlich nicht, Sir.«

Lord Overbridge plusterte sich auf. »Sie könnten die Postkutsche von Plymouth nach Bath nehmen, Ma'am. Und wir werden Ihnen selbstverständlich die Zeit, die Sie hier verbracht haben, in Barem vergüten.«

Annabella Overbridge lächelte Guy scheu an, dann schaute sie zu Sarah.

»Nein, meine Kutsche wird Sie bis nach Exeter bringen, Mrs. Callaway. Ich würde mir nie vergeben, sollte Ihr Ruf zu einer Zeit Schaden nehmen, in der Sie in meinen Diensten standen, sei es auch nur durch einen unglücklichen Unfall.«

»Dann ist das geklärt.« Guy bot seiner Gastgeberin den Arm. Lady Overbridge legte ihre Hand auf seinen Arm. Er lächelte auf sie hinab. »Obwohl der Fehler ganz bei mir liegt, peinigt mich der Gedanke, dass ich einer so charmanten Gastgeberin eine solche Aufregung bereitet habe.«

Sie gingen zusammen davon, gefolgt von Lottie Whitely und den beiden Männern.

Sarah Callaway war entlassen. Sie würde morgen früh nach Bath zurückgeschickt werden.

Er hatte sie geküsst und sich ihr anvertraut – aber jetzt schickte er sie fort.

Sie war wie ein kleines Mädchen über Olwens weißen Pfad gelaufen. Sie war an einem verzauberten Strand gewesen, mit einem Mann, der so hinreißend war, dass sie für ihn sterben könnte. Er hatte ihr erlaubt, ihre ärgste Seelenqual mit ihm zu teilen. Er hatte sie vor Schmugglern versteckt.

Sie hatten sich geküsst. Sie hatten sich geküsst.

Aber jetzt war Guy Devoran glücklich, sie fortschicken zu können.

Nicht viel anderes als die Trostlosigkeit dieses Gedankens schien noch zu zählen.

Doch glaubte er wirklich, sie würde einfach zurück nach Bath fahren? Fügsam und zufrieden? Nein, an die Schule zurückzugehen war unmöglich, aber es gab einen Ort, an dem sie die Hilfe würde bekommen können, die sie brauchte – wenn sie sich traute.

Mit neu gefasster Zuversicht ging Sarah in ihr Zimmer und begann, ihre wenigen Besitztümer zusammenzupacken. Sie war fast fertig damit, als jemand an die Tür klopfte.

Ihr Herz machte einen Sprung. Sarah starrte auf die Tür, ihr Puls schlug heftig, ehe sie die Erlaubnis zum Eintreten rief.

Doch es war nur eins der Hausmädchen. Das Mädchen knickste und reichte ihr einen Brief.

»Es tut mir sehr leid, Ma'am! Dies wurde heute unserem Boten übergeben, zusammen mit der anderen Post aus Plymouth, aber ich hatte es völlig vergessen.«

Aus Plymouth – also war es kein Brief von Guy Devoran. Erleichterung? Enttäuschung? Beklommenheit? Der verrückte Ansturm ihrer Gefühle zwang Sarah, sich zu setzen.

»Es wurde übergeben?«, fragte sie. »Von wem?«

»Ich weiß es nicht genau, Ma'am. Ein Junge gab es unserem Boten, der die Briefe geholt hat. Mehr weiß ich nicht.«

Hatte sie wirklich gehofft, dass Guy Devoran ihr eine Erklärung geschickt hatte? Oder eine Entschuldigung? Ihr Name stand auf dem Brief, in einer weit vertrauteren Handschrift als der seinen.

Einen Augenblick lang fühlte Sarah sich einer Ohnmacht nahe, doch dann faltete sie das Papier auseinander. Eilig niedergeschriebene Zeilen bedeckten das achtlos aus einem Buch herausgerissene Blatt.

Wie sie schon an der Handschrift erkannt hatte, kam die Nachricht von Rachel.

Guy entschuldigte sich nochmals bei seinen Gastgebern und ging allein zu Bett. Im Schein einer einzelnen Kerze lag er eine lange Zeit wach und starrte an den Baldachin des Bettes.

Wobei auch immer sie uneinig oder einer Meinung waren, was immer er zugab oder versprach, er sehnte sich mit einer intensiven, brennenden Leidenschaft nach Sarah – sehnte sich danach, den schmerzlichen Wahnsinn ihrer Nähe zu riskieren –, fast, als hätte er sich verliebt.

Doch Guy Devoran konnte niemandem etwas versprechen, am wenigsten sich selbst.

Er schloss für einen Moment die Augen und versuchte, seinen Kopf von den Erinnerungen und dem Verlangen freizubekommen, um sich auf die Suche nach Rachel zu konzentrieren.

Er war fast sicher, dass Rachels Verschwinden weder etwas mit Orchideen noch mit Schmuggel zu tun hatte. Nein, etwas ganz anderes ging vor sich, etwas, das sie veranlasst hatte, überstürzt aus Hampstead abzureisen, etwas, das noch viel tiefer im Labyrinth ihrer Vergangenheit lag.

Und jetzt hatte er einen weiteren wichtigen Schlüssel zu diesem Rätsel gefunden.

Jacks letzter Brief – heute auf Buckleigh eingetroffen und geschrieben von einem Mann mit einem Verstand wie Quecksilber und dem Genius des geborenen Verschwörers – lag noch auf seinem Schreibtisch. Oberflächlich betrachtet handelte es sich nur um eine Auflistung von Familienneuigkeiten, aber die wahre Botschaft lag versteckt in einem Code, den sie als Jungen erfunden hatten.

Nackt wie er war, sprang Guy aus dem Bett, um den Brief noch einmal zu lesen, dann hielt er das Blatt in die Kerzenflamme und sah zu, wie es zu schwarzer Asche verbrannte.

Wyldshay war, noch faszinierender, als Sarah es sich vorgestellt hatte. Eine Fantasie aus mittelalterlichen Türmen, umgeben von erstaunlichen Gärten und sich unerwartet öffnenden Innenhöfen. Die Burgmauern ragten aus den schäumenden Wassern des Flusses Wyld auf und erhoben sich in dessen zu einem See aufgestauten Fluten wie eine Insel.

Im eleganten Morgenzimmer im Whitchurch Flügel lehnte Sarah sich auf einer mit elfenbeinfarbenem Samt bezogenen Chaiselongue zurück und fühlte sich zum ersten Mal seit Tagen, nein, seit Wochen, richtig entspannt. Ihr Seidennachthemd, ein Geschenk von Lady Ryderbourne, strich sanft wie ein Flüstern um ihre Glieder, die noch träge von einem langen heißen Bad waren.

Obwohl eine kräftige Sonne in den kleinen umschlossenen Burghof jenseits der hohen Doppeltür hinabstrahlte, saßen die beiden Frauen beim Tee. Beide waren sie im Negligé, beide trugen sie das Haar offen.

»Dieses Zimmer ist wunderschön«, sagte Sarah und schaute

zu den halbmondförmigen Dachfenstern hinauf. »Es ist hier so friedlich.«

Miracle lächelte. »Dann haben Sie also bemerkt, dass ich die Drachen aus diesem Flügel der Burg verbannt habe, obwohl unser Held in der Ritterrüstung seine Ungeheuer überall sonst auf Wyldshay besiegt. Man würde meinen, die St. Georges wären sich ihrer Identität so unsicher, dass sie ständig daran erinnert werden müssen, um nicht zu vergessen, wer sie sind.«

Sarah lachte laut auf. »Ich kann mir kaum vorstellen, dass Lord Ryderbourne oder Lord Jonathan auch nur einen Augenblick lang vergessen, wer sie sind – und die Herzogin vergisst es ganz gewiss nicht!«

Ihre Augen funkelten vor Vergnügen, als Miracle ihre Tasse abstellte. »Ich bin so froh, dass Sie zu mir gekommen sind, Sarah! Ich mochte Sie gleich, als wir uns in London das erste Mal begegnet sind, und jetzt weiß ich, dass mein Gefühl richtig war. Es ist so angenehm, ohne irgendwelche gesellschaftlichen Zwänge mit einer Frau reden zu können. Leider werde ich immer eine Lady von fragwürdiger Reputation sein.«

»Wohingegen die meine in den Händen von Lady Whitely liegt«, sagte Sarah trocken, »deshalb werde ich mich glücklich schätzen können, wenn ich jemals wieder in der Gesellschaft akzeptiert werde, geschweige denn an einer höheren Schule unterrichten darf.«

»Unsinn! Die Herzogin könnte Lottie Whitely mit einem Blick zerkrümeln, würde sie ein Wort gegen Sie sagen. Aber lassen Sie mich Ihnen eine Geschichte erzählen. Man hat Ihnen meine wahre Geschichte noch nicht erzählt, nicht wahr?«

»Nein«, sagte Sarah. »Obwohl natürlich jeder von den St. Georges gehört hat.«

Miracle ging zu den offen stehenden Türen und schaute auf

die weißen Kletterrosen, die sich an einem hohen Rankgitter emporhangelten. Im Hof dahinter spie ein steinerner Schwan Wasser in ein Brunnenbecken.

»Dann sollten Sie wissen, dass ich als Kurtisane gelebt habe, bevor ich Ryder begegnete, und meinen Lebensunterhalt damit verdient habe, meine Gunst zu verkaufen. Ich habe das getan, seit ich sechzehn war. Habe ich Sie jetzt schockiert?«

»Ich hatte keine Ahnung«, sagte Sarah schwach.

»Das dachte ich mir. Sie können sich, solange Sie bei mir sind, entspannen und müssen sich keine Gedanken machen, ob Sie womöglich hin und wieder die Grenzen der Schicklichkeit ein wenig übertreten. Ich werde noch immer nicht in allen Kreisen empfangen und werde es auch niemals, trotz der größten Anstrengungen der Herzogin.«

»Für mich macht es keinen Unterschied, aber –«

»Aber die Gesellschaft ist nicht immer so generös. Ryder ist der Anfang und das Ende des Sinns meines Lebens, so wie ich es für seins bin. Meine einzige wahre weibliche Verbündete ist Anne – im Gegensatz zu Liza, Ryders jüngerer Schwester, die bis jetzt noch nicht einmal in die Gesellschaft eingeführt ist. Deshalb ist eine neue Freundin so kostbar.« Helle Sonnenstrahlen verfingen sich in ihrem dunklen Haar, als Miracle Sarah über die Schulter ansah. »Bevor ich Ryder begegnet bin, habe ich mich häufig sehr einsam gefühlt.«

Sarahs Herz schien sich wie eine Sonnenblume zu öffnen, als böte die andere Frau ihr den Schlüssel zu einer strahlenden Wahrheit.

»Und ich habe niemanden außer meiner Cousine Rachel«, gestand sie. »Seit ich herausgefunden habe, dass sie mich belogen hat, fühle ich mich allerdings, als hätte ich mich in einem Labyrinth verirrt. Ich denke, ich war auch einsam, mehr, als mir je bewusst geworden ist, deshalb bin ich so unendlich dankbar für Ihre Großzügigkeit, die einfach überwältigend ist. Als ich wie eine Obdachlose hier aufgetaucht bin, habe ich befürchtet, dass die Herzogin mich auf der Stelle wieder fortschicken würde.«

»Ihre Gnaden ist eine bemerkenswerte Frau«, sagte Miracle. »Sie hat ein scharfes Auge für das, was zählt, und lässt sich nur selten von Äußerlichkeiten täuschen. Sie mag Sie.«

Sarah lehnte sich zurück und schaute zur kunstvoll bemalten Decke hoch. »Dann wünschte ich, ich könnte sagen, dass die Wertschätzung auf Gegenseitigkeit beruht, aber ich fürchte, eingestehen zu müssen, dass sie mich vor Furcht zittern lässt.«

»Mit Absicht, und nur, um sicherzugehen, dass niemand die Macht Wyldshays unterschätzt.«

Miracle schlenderte in den Innenhof, eine dunkelhaarige Frau von hinreißender Schönheit, eingerahmt von Rosen. Die Rückseite des Hofes wurde von einer Steinmauer gebildet, über die sich hier und dort dunkle Streifen zogen, und in die ein Bogendurchgang eingelassen war – ein Überbleibsel aus weit gefährlicheren Zeiten –, der zu den weitläufigen Gärten führte.

Sie berührte die schwarzen Streifen, ehe sie sich lächelnd zu Sarah umwandte.

»Dieses Tor gibt es seit dem letzten Besuch Eleanors von Aquitanien. Es ist nach ihr benannt. Als der Whitchurch Tower im letzten Jahr bis fast auf die Grundmauern abgebrannt ist, mussten wir überlegen, ob wir ihn abreißen und mit ihm dieses Tor. Doch anders als bei den Drachen wollte ich den ernsten Zweck nicht völlig außer Acht lassen, der Ambrose de Verrant getrieben hat, seine Burg an diesem Ort zu bauen.« Sie pflückte eine Rosenknospe und kam ins Zimmer zurück. In ihren Augen lagen große Klugheit und Mitgefühl. »Wyldshay ist ein Zufluchtsort, Sarah, ebenso wie ein Zuhause.«

Miracle reichte ihr die Blume. Die Blütenblätter, schwach nach Gewürzen duftend, waren noch fest um das verborgene Herz geschlossen.

»Weil ich hierhergekommen bin, um Zuflucht zu finden?«, fragte Sarah nach.

»Und ein wenig praktische Hilfe, die ich nur allzu gerne anbiete. Annes Baby wird in ein paar Tagen kommen. Danach werde ich Sie persönlich nach Withycombe begleiten. Wenn Guy sich so verstockt zeigt, dann werden wir die Wahrheit eben aus Jack herausholen.«

Sarah stellte die Rose in den Wasserkrug auf dem Tisch, nur so tief, dass ihr Stängel knapp in das Wasser reichte.

»Dann glauben Sie, dass Lord Jonathan wirklich etwas von Bedeutung entdeckt haben muss?«

»Natürlich! Wenn er und Guy zusammen konspirieren, dann arbeiten zwei wunderbare Kräfte zu Ihren Gunsten.«

»Kräfte, die mich am liebsten ausschließen.«

»Das ist so typisch für die Männer!« Miracle trat wieder nach draußen, um den Schwalben zuzuschauen, die hoch über den Dächern kreisten. »Sie haben das nicht so direkt gesagt, Sarah, aber Sie glauben, dass Guy Sie irgendwie hintergeht?«

Hitze flutete über ihr Gesicht. Doch wenn sie ihr Herz der Wahrheit öffnen wollte, dann schuldete sie Miracle eine aufrichtige Antwort.

»Nein, nicht wirklich.«

»Dann muss ich Sie dies jetzt fragen«, sagte Miracle. »Um Guys willen ebenso wie um Ihretwillen. Lieben Sie ihn?«

Das Blut rauschte durch ihre Adern, Hitze stieg ihren Nacken hinauf. »Ich glaube schon – aber ich weiß es nicht richtig.«

»Ich habe etwas Neues in seinen Augen gesehen, nachdem er Ihnen in London begegnet war, wissen Sie, fast so, als hätte er die Hallen der Walhalla erblickt. Er und ich waren viele Jahre lang sehr eng befreundet.« Miracles weißes Kleid bauschte sich, als sie mit energischen Schritten den Innenhof umkreiste, aber ihre Stimme klang ruhig und fest. »Vor langer Zeit waren wir auch ein Liebespaar. Hat er Ihnen das gesagt?«

Sarah starrte auf die Rose. »Nein, obwohl ich mich das schon gefragt hatte.«

»Er war achtzehn, ich sechzehn. Er war mein zweiter Mann, ich war seine erste Frau. Nachdem mein erster Beschützer gestorben war, bin ich nach London gegangen, um mein Glück auf der Bühne zu machen. Natürlich wäre das nur möglich gewesen, wenn ich gleichzeitig auch meine Gunst verkauft hätte. Aber ich hatte Glück, lernte Guy kennen. Wir haben uns schrecklich ineinander verliebt. Wir waren Kinder. Es konnte keinen Bestand haben. Keiner von uns bereut es, besonders jetzt, da ich mit Ryder meine große Liebe gefunden habe. Doch Guy bedeutet mir noch immer sehr viel, Sarah.«

»Sie beschreiben eine Welt, die ich nicht kenne«, stellte Sarah fest. »Was nur bestätigt, wie lächerlich es wäre, mich in ihn zu verlieben, nicht wahr?«

»Vielleicht. Natürlich verfügt Guy über sehr viel angeborene Macht und eine unanfechtbare Stellung in der Gesellschaft. Doch er ist kein Mann, der Frauen leichtfertig benutzt. Ich glaube nicht, dass er je eine Beziehung eingegangen ist, ohne dass Liebe im Spiel gewesen wäre.«

Die Rose glitt vom Rand des Kruges herunter und versank im Wasser. Winzige Luftblasen setzten sich an die Blütenblätter, hüllten sie ein.

»Glauben Sie an Liebe auf den ersten Blick, Sarah?, fragte Miracle. »Oder dass jede von uns für nur einen Mann bestimmt ist?«

»Ich weiß, dass ich meinen Mann John geliebt habe«, sagte

Sarah. »Auch wenn ich es erst wirklich gemerkt habe, als ich ihn gepflegt habe, während seiner Krankheit, die zum Tod geführt hat.«

»Und haben Sie auch Leidenschaft miteinander erlebt?«

»Ich weiß nicht, was das wirklich bedeutet.«

Doch sie wusste es. Sie wusste es. Auch wenn sie überzeugt war, dass sie nur Angst davor hatte, was diese Gefühle mit ihr machen würden.

Miracle verlangsamte ihr Lauftempo und bewegte sich wieder in Richtung Haus. »Ich glaube, dass die Liebe viele Formen haben kann und dass wir sie viele Male und auf viele Arten finden können. Ich habe Guy mit all der Leidenschaft eines jungen Mädchens geliebt, das ihren ersten richtigen Liebhaber gefunden hat. Ich liebe ihn noch immer, aber auf eine andere Art. Ich habe auch einige meiner anderen Beschützer geliebt, und jedes Mal war es einzigartig, genau wie jede dieser Blumen einzigartig ist, obwohl sie doch alle Rosen sind.«

»Lord Ryderbourne ist nicht eifersüchtig?«

»Nein, weil meine Leidenschaft für ihn absolut ist, und er das weiß. Dass ich auch zuvor geliebt habe – oder geliebt worden bin –, macht das, was wir miteinander teilen, nicht geringer. Wenn es überhaupt möglich ist, dann verstärkt es das sogar noch.« Miracle blieb am Tor stehen, um noch eine Rose zu pflücken. Sie starrte einen Augenblick lang in deren offenes Herz. »Was wäre dieses Spalier mit nur einer Blume?«

»Guy hat mir gesagt, er wäre nicht frei«, sagte Sarah. »Er hat mich von Buckleigh fortgeschickt, und es war fast so, als wollte er mich nie wiedersehen.«

»Ich weiß nicht, wie er nicht frei sein könnte. Allerdings denke ich, dass er im letzten Frühling sehr verletzt worden ist. Wir beiden haben uns immer unsere Geheimnisse anvertraut, dieses letzte hat er mir allerdings vorenthalten. Ich weiß nur, dass er eine Geliebte hatte, die ihn verlassen hat. Ich habe keine Ahnung warum, und ich bin ihr auch nie begegnet, aber ich hatte Angst, dass sie ihm das Herz gebrochen haben könnte.«

»Und deshalb denken Sie, er wird mir meins brechen, wenn ich es zulasse, ihn zu lieben?«

»Nicht absichtlich«, erwiderte Miracle. »Nicht bewusst. Aber die Liebe ist immer ein Risiko. Man kann sie niemals finden, ohne dass man etwas wagt.«

Schritte erklangen auf dem Weg, der zum Eleanor-Tor führte.

Ihr dunkles Haar glänzte hell, als Miracle herumfuhr. Ihr Gesicht strahlte auf, als hoffte sie, ihren Mann zu sehen. Sekunden später wich die flammende Leidenschaft aus ihren Augen und wich aufrichtiger Freude, als ein hochgewachsener Gentleman den Hof betrat, die Jacke über eine Schulter geworfen.

Sein Haar schimmerte dunkel, seine Augen strahlten, als Guy Devoran unter dem Bogen aus rauem Stein und weißen Rosen stehen blieb.

Er warf die Jacke fort und breitete die Arme aus. »Es ist ein Mädchen!«

Miracle lief in seine Arme. Guy fasste sie um die Taille, hob sie hoch und wirbelte sie herum, ehe er sie rasch auf den Mund küsste.

Sie umarmte ihn, dann trat sie einen Schritt zurück und sah ihn forschend an. »Und Anne ist wohlauf? Gott sei dank!«

Guy berührte ihre Wange. »Ja, Mutter und Kind strahlen vor Gesundheit, und Jack ist drauf und dran, vor Freude bis auf den Mond zu springen. Withycombe will nur eines: das schönste Baby präsentieren, das die Welt je gesehen hat – außer Ambrose natürlich! Die Herzogin ist vor zwei Minuten aufgebrochen, und Ryder wird dich hinfahren, sobald du dich angekleidet bist. Er kümmert sich schon um deine Kutsche.« Er griff nach Miracles Hand und zog sie zur Tür. »Komm, zieh dich an! Jack wird mich umbringen, wenn er glaubt, ich wäre schuld daran, dass sich deine Ankunft verzögert, und dein Mann wird jede Minuten gestiefelt und gespornt in dein Ankleidezimmer stürmen, um dich abzuholen.«

Er zog sie ins Zimmer und blieb abrupt stehen.

Sarah stand wie erstarrt neben der Chaiselongue, ihre Wangen so flammend rot als würde sie gemartert. Es schien lächerlich, einen Knicks zu machen, aber sie tat es dennoch.

Alle Farbe wich aus seinem Gesicht. Er ließ Miracles Hand los.

»Ah«, sagte Miracle und schaute von Guy zu Sarah. »Ja. Mrs. Callaway ist zu mir gekommen in ihrer Stunde der Not, so wie sie und ich es in London abgesprochen hatten. Hast du geglaubt, auch ich würde sie im Stich lassen?«

Seine Augen brannten in seinem weißen Gesicht. »Niemals!«

»Dann werdet ihr beiden sicherlich einiges zu klären haben.«

In einem Rascheln von Seide verließ Miracle St. George, die zukünftige Herzogin von Blackdown, das Zimmer.

Sarah sah aus, als stünde sie einem Geist gegenüber. Als sie sich aus dem Knicks aufrichtete, kehrte die helle Farbe in ihr Gesicht zurück und machte sie blass wie den Tod.

Sie trug ein silbrig schimmerndes Gewand, dessen Falten die weichen Formen ihrer Brüste betonten und um ihre Hüften und Beine schwebten. Ihr Haar, befreit aus den strengen Zöpfen, floss wie eine strömende Flut über ihre Schultern, die üppigen Wellen tanzten einen Tanz aus roten Flammen und Kupfer, Sommer- und Herbstsonne.

Der Löwe warf seinen zotteligen Kopf in den Nacken und brüllte seine beherrschende Macht heraus.

Überwältigt von seinem Verlangen, blieb Guy wie angewurzelt mitten im Raum stehen. Zum ersten Mal in seinem Erwachsenenleben fühlte er sich so verloren, als würde er wie blind in einem unbekannten Wald umherirren.

Sarah setzte sich. Ihre Sommersprossen waren wie dunkle Einsprengsel auf Elfenbein. Ihre nackten Füße steckten in weißen Lederpantoffeln, die unter dem Saum ihres Negligés hervorschauten.

»Lady Jonathan hat ein Mädchen zur Welt gebracht?«, fragte sie. »Das ist eine gute Nachricht. Natürlich möchten Sie sicher sofort nach Withycombe zurückkehren, um –«

»Nein! Ryder und Jack brauchen diese Zeit zusammen ohne mich. Jack und ich haben bereits geredet.«

»Sie sind direkt von Buckleigh aus dorthin gefahren?«

»Ja, aber kurz, nachdem ich in Withycombe eingetroffen war, setzten bei Anne die Wehen ein, und dann wollten sie mich nicht gehen lassen. Sobald die Entbindung sicher überstanden war, bin ich hergekommen, um die Neuigkeit zu überbringen.«

Sarah schaute auf, und sein Herz machte einen Sprung. Ihre braunen Tigeraugen schienen die Tiefen seiner Seele zu erforschen.

»Ich weiß nicht, was ich sonst noch sagen könnte«, sagte er. »Sind Sie wütend?«

Wieder färbten sich ihre Wangen rot. »Warum sollte ich wütend sein?«

»Weil ich Sie so ungnädig von Buckleigh fortgeschickt habe.«

Sie sagte nichts, saß nur da und starrte auf ihre Hände.

»In Devon konnte nichts mehr getan werden«, sagte er. »Es stand zu vermuten, dass Whiddon eine Nachricht über unseren abrupten Aufbruch nach Buckleigh schicken würde, und es war auch davon auszugehen, dass man nach uns suchen würde. Sicherlich war Ihnen das bewusst?«

»Deshalb haben Sie mich zur Vordertür gebracht und mich den Wölfen zum Fraß hingeworfen?«

Er war überrascht. »Ich dachte, Sie würden verstehen, warum das nötig war.«

»Um mich zu kränken?«

»Was zum Teufel hätte man wohl vermutet, hätte ich angekündigt, Sie und ich würden zusammen abreisen? Seien Sie vernünftig, Sarah!«

Sie sprang auf und ging zum Kamin. »Ja, ich habe verstanden! Aber das heißt nicht, dass es nicht wehgetan hat.«

Mit zwei Schritten stand er neben ihr und packte sie an beiden Armen. »Unsere Nachforschungen dort waren bereits an einem toten Punkt angelangt. Nachdem sich mein Verdacht wegen der Schmuggelei bestätigt hatte, musste ich ungebunden sein, um anderen Spuren zu folgen –«

»Haben Sie wirklich geglaubt, ich würde still nach Bath zurückkehren?« Sie schleuderte ihren Kopf zurück und starrte zu ihm hoch. »Haben Sie wirklich –«

»Ich habe Ihnen in einem Brief alles erklärt, habe ihn an Miss Farceys Schule geschickt«, unterbrach er sie. »Aber weil Sie nicht nach Bath zurückgegangen sind, haben Sie ihn nicht gelesen. Aber Sie wissen, dass ich den Rest unserer Suche weitaus besser allein durchführen kann.«

»Oh, ich bin sicher, dass Sie das können«, entgegnete sie bitter. »Aber es ist *meine* Suche! Wie können Sie es wagen, mich fortzuschicken, als sei ich ein Kind?«

Sein Blut rauschte vor Zorn und Ärger und Verwirrung. »Ich habe Sie nicht fortgeschickt – und ganz gewiss halte ich Sie nicht für ein Kind! Im Gegenteil, ich bin mir nur zu bewusst – um Himmels willen! Verstehen Sie denn nicht, warum wir das nicht zusammen fortsetzen können?«

Die Röte stieg in ihre Wangen, bis ihr Gesicht sein Feuer

widerspiegelte. Seine Augen weiteten sich zu schwarzen Höhlen. Der Duft nach Äpfeln und Gewürzen und Weiblichkeit machte ihn schwindelig,

»Nein! Warum nicht?«

»Darum nicht!« Er stöhnte, als er es aussprach. »*Darum* nicht!«

Rosafarben flutete die Welle über ihren Nacken, zur süßen Schwellung ihrer Brüste. Ihre Brustwarzen erhoben sich unter dem Stoff, als hätte er sie berührt.

Seine Finger spannten sich fester um ihre Arme. »Ich bin nicht frei, Sarah. Doch ich kann Sie nicht vergessen. Ich kann Sie nicht haben. Ich habe versucht, Sie zurückzulassen, aber Sie verfolgen mich bis in meine Träume. Ich kann nicht atmen, ohne Sie zu wollen. Sie ziehen mich an den Rand der Unehrenhaftigkeit. Sie bedrohen mich so stark, als würden sie ein Schwert auf mein Herz richten. Ich habe Sie nicht um Ihretwillen von Buckleigh fortgeschickt, sondern meinetwegen!« Mit den letzten Resten seiner Selbstbeherrschung öffnete er die Hände und ließ Sarah los. »Zum Teufel auch! Warum gehen Sie nicht einfach weg?«

»Weil ich Sie liebe«, antwortete sie.

Sie hob die Hände und legte sie um sein Kinn, zog seinen Mund zu sich hinunter und öffnete die Lippen.

Nichts zählte mehr. Nur noch sie zu schmecken, sie zu fühlen, fast nackt in seinen Armen. Er zog sie eng an seinen Körper. Seine Hände folgten der Kurve ihrer Taille und ihres Rückens, glitten zu ihrem Po, warm und weich füllte er seine Hände. Seine Hände griffen nach dem Stoff des Negligés, zerrten daran, um ihn aus dem Weg zu bekommen. Seine Fingerspitzen suchten und fanden: den Bogen ihrer Rippen, die Weichheit ihres runden Bauchs. Ihre Brüste passten perfekt in seine Hände, die Brustwarzen hart unter der Seide.

Und sie küsste ihn, stöhnte in seinen Mund, ihre Lippen waren ein heißes Willkommen, ihre Zunge reines Entzücken, bis er den Stoff zerriss und nacktes Fleisch unter seinen Händen fühlte.

Ohne den Kuss zu beenden, ließen sie sich auf die Chaiselongue sinken. Sarah zerrte an den Knoten seiner Krawatte und löste sie. Sie öffnete Knöpfe, schob die Weste von seinen Schultern. Für einen Moment war er gezwungen, seine Hände von ihr zu lösen, als sie die Weste über seine Arme streifte und sie beiseite warf. Und noch immer küsste er sie.

Sie zerrte sein Hemd aus dem Hosenbund und zog es hoch. Ihre Hände auf seiner nackten Haut: seine Brust und Taille und Schultern – sogar seine Brustwarzen und die empfindsame Vertiefung an seiner Kehle.

Heißes Gefühl schoss direkt in seine Lenden, trieben ihn weiter. Lust pochte in seinem Blut wie Wahnsinn.

Guy löste seine Lippen von ihren. Er kniete mit einem Bein auf dem Sofa, mit dem anderen auf dem Boden, als er sich seines Hemdes entledigte.

Sarah lag vor ihm auf dem Sofa, ihre Brüste rund und voll, ihre Lippen geschwollen. Ihre Augen glänzten schwarz wie die einer Katze in der Nacht.

Sein Blick hielt sie gefangen, als er beide Hände in ihrem Haar vergrub, ihren Kopf umfasste und sie zu sich hochhob, bis ihre Lippen sich wieder begegneten. Zerrissene Seide glitt zur Seite. Ihre Brustwarzen stießen gegen seine nackte Haut. Ihre Finger lagen gespreizt auf seinen Schultern, die Nägel brannten eine schwache Spur seinen Rücken hinab, bis sie seinen Po umfasste und seine Hüften an sich zog.

Verlangen schlug nach ihm, das heftige Schlagen von Flügeln, ein Regen aus weichen Federn.

Das Hemmnis von Hosen aus Leder und geschlossenen

Gurten! Die störenden Stiefel und Sporen! Er griff mit einer Hand danach, versuchte sich davon zu befreien. Etwas zerriss: seine Stiefelschnallen hatten sich in den Fetzen ihres Negligés verfangen. Er kämpfte mit seinem Schuhwerk. Seide fesselte ihn, als er versuchte, seine Position zu ändern.

Er zog sich zurück, um seine Hose zu öffnen. Eine Schwalbe schwirrte um seinen Kopf: ein Vogel, der real war, der mit den Flügeln schlug und flatterte. Panisch prallte er gegen die Decke, dann gegen die Fenster, schoss zurück durch das Zimmer.

Guy lachte. Ein verrückter, männlicher Triumph brannte in seiner Seele. Er schaute auf Sarah hinunter, um das Wunder dieses wilden Vogels des Verlangens mit ihr zu teilen, und sein Herz schien stehen zu bleiben.

Sie war so lieblich wie die Morgendämmerung, ihr Gesicht strahlte vor Seligkeit. Sie lachte, heiter und unbeschwert, als sie sich unter einem Regen von Federn duckte. Sommersprossen liefen in verrückter Freiheit über ihre Wangen, aber ihre Brüste waren glatt und weiß, so makellos wie Sahne.

Sie duckte sich wieder und lachte, als der Vogel vorbeiflog. Ihre Beine waren gespreizt unter den Fetzen ihres Negligés. Rote Locken kräuselten sich, wo ihr weicher Bauch und ihre Oberschenkel zusammentrafen.

Sie war bereit, bereit für ihn.

Sie hatte gesagt, dass sie ihn liebe.

Und er war dabei, sie in einer Orgie der Lust zu nehmen, hier, in Miracles Frühstückszimmer – obwohl das Band zwischen ihnen auf einer Lüge basierte.

»Nein!«, sagte er, auch wenn das Wort Qual für ihn bedeutete. »Nein, Sarah! Nicht so!«

Sie ignorierte den umherirrenden Vogel und schaute Guy in die Augen. Ihr Lachen erstarb, als hätte er sie gewürgt, doch noch sah sie ihn an, als könnte sie ihm sogar das vergeben.

Er raffte den zerrissenen Stoff zusammen, um ihre Brüste zu bedecken, obwohl er vor Enttäuschung und Wut über seine eigene Widersprüchlichkeit hätte weinen mögen.

Die Schwalbe hatte sich auf dem Kerzenleuchter niedergelassen, ihr langer gegabelter Schwanz war wie ein Pfeil auf sein Herz gerichtet.

»Es ist in Ordnung«, sagte Sarah leise. »Ich will dich. Ich will dies. Alles andere kümmert mich nicht.«

Doch er zog sich von ihr zurück und hob seine achtlos auf den Boden geworfenen Kleider auf. Er legte sein Hemd um ihre Schultern und faltete seine Weste zu einem Kissen für ihre nackten Füße. Ihre Pantoffeln waren auf den Boden gefallen.

»Du weißt nicht –«, sagte er. »Du verstehst nicht.«

Die Schwalbe flog wieder auf. Weiche Daunen rieselten von der Decke.

Guy wedelte mit den Armen, um den Vogel in seine Freiheit zu treiben. Ein Schillern blitzte auf, blauschwarz, als die Schwalbe vor dem halbnackten Mann floh, ein offen stehendes Oberfenster fand und in den weiten Himmel davonflog.

Sarah zog sein Hemd an, um ihre Nacktheit zu bedecken, dann zog sie die Knie an ihr Kinn. In ihren Augen lag Verzweiflung, doch sie schaute ihn mit einem leichten Lächeln, als würde sie sich niemals diesem Gefühl ergeben wollen.

»Meine Tugend gerettet von einem Vogel«, sagte sie ruhig. »Soll mir das leidtun oder soll ich mich darüber freuen?«

Kapitel 13

Ihr Herz klopfte. Ihr Körper stand in Flammen und schmerzte. Wut, Kummer und Verletzung kämpften miteinander.

Guy ging zur Tür, der schönste Mann, den sie je gesehen hatte: schlank und muskulös, sein Körper adonisgleich.

Sein dunkles Haar fiel ihm in die Stirn, als er sich bückte, um einen Fetzen Spitze aus der Schnalle zu lösen, in der er sich verfangen hatte. Die Muskeln seines Rückens spielten unter seiner Haut, die so glatt wie Bronze war.

Feuchtigkeit sammelte tief in ihrem Schoß, als wäre sie mit flüssigem Gold gefüllt.

Wenn sie je die wahre Bedeutung von Verlangen infrage gestellt hatte, dann war sie jetzt eines Besseren belehrt worden.

Sie würde alles darum gegeben haben – wirklich alles –, das Entzücken seines Eindringens zu spüren. Sie hätte ihre Seele dafür verkauft, ihn in sich zu spüren. Hätte für den Rest ihres Lebens auf der Straße gebettelt, um mit jeder Pore den Höhepunkt dieses berauschenden Gefühls von Haut an Haut zu erfahren, wo sich ihre Brüste und ihr Schoß gegen seinen nackten Körper gedrängt hätten, während ihre Beine seine harten Oberschenkel umschlungen gehalten hätten.

Er wandte sich um und sah sie an. Sonnenlicht schimmerte wie Gold auf seinen festen Muskeln und glitzerte in dem Streifen aus dunklem Haar, der sich von seinem Bauch zu seinen Lenden zog.

»Ich liebe dich.« Seine Augen waren schwärzer als die dunkelste Nacht. »Aber es ist falsch.«

»Weil du schon eine andere liebst?«

»Nein. Mein Gott! Es gibt keine andere.«

»Aber Lady Ryderbourne dachte –«

Er wandte sich ihr zu. »Miracle? Was zum Teufel hat sie dir erzählt?«

»Unter anderem, dass du ihr erster Liebhaber gewesen bist. Ist das wahr?«

»Ja. Obwohl wir jetzt schon seit vielen Jahren nicht mehr als Freunde sind.«

»Aber du hast andere Frauen geliebt«, sagte sie mutig. »Miracle dachte, dass es mit der Frau zu tun hat, mit der du im letzten Frühjahr zusammengelebt und mit deren Verlust du noch immer zu kämpfen hast.«

Ein schrecklicher Spott glänzte in seinen Augen. Es erinnerte Sarah an ein Bild, das sie einmal gesehen hatte: der Heilige Sebastian, gebunden an einen Baum, sein Körper über und über durchbohrt von Pfeilen. Doch der Märtyrer hatte dem Tod ins Gesicht gelacht, als ob so viel Schmerz lächerlich wäre.

»Nein! Vielleicht habe ich einmal gedacht, dass ich sie geliebt habe. Ich glaube das jetzt nicht mehr. Sie hat dieses Gefühl sicherlich niemals erwidert.«

»Aber du fühlst dich noch immer zu dieser Frau hingezogen?«

»Nicht auf die Weise, die du vermutest!« Er ging zum Fenster und starrte hinaus.

Das Mysterium seiner Welt, seines Seins, schien um sie herum zu erstarren, als ob Geheimnisse Wasser wären und Guy ihr nur reines Eis offenbaren würde.

»Aber wir beide sind uns vor jenem Tag im Buchladen nie begegnet. Wenn also dein Geheimnis diese Geliebte betrifft, die du im Frühjahr hattest, wie könnte ich dadurch verletzt werden?«

»Weil Liebe nicht auf einer Lüge aufgebaut werden darf.«

»Ich verstehe das nicht«, sagte sie. »Ich liebe dich. Mir ist es egal, was mich verletzen könnte.«

»Aber mir nicht.« Er begann hin und her zu gehen, Schatten und Sonnenlicht schimmerten auf seinen bloßen Schultern. »Obwohl es offensichtlich ist, dass es bereits zu spät ist. Du wirst so oder so verletzt werden.«

Er blieb neben einer Nische stehen und betrachtete eine Statue der Aphrodite, die darin stand. Die blinden Steinaugen der Göttin blickten unverwandt hinaus auf die weit entfernt liegende See.

»Doch nach allem, was wir geteilt haben«, sagte sie, »treibt jeder Augenblick des Zögerns einen Dolch nur noch tiefer in mein Herz. Deshalb sag mir, auf welche Weise du mich verletzen könntest. Du musst mir alles sagen, Guy.«

»Dann sollst du zuvor das wissen: Wenn ich ein gebrochenes Herz habe, dann ist es nur deinetwegen.« Er fuhr herum, lehnte sich gegen die Wand und schaute zur Decke hoch, als könnte er es nicht ertragen, Sarah anzusehen. »Aber für uns gibt es keine Zukunft, auf keine Weise. Ich kann es nicht ertragen, dass ich dich bereits verletzt habe. Doch wenn ich dir jetzt die Wahrheit sage, wirst du einen weitaus tieferen Schmerz erfahren. Es ist der Pakt mit dem Teufel, Sarah.«

Sarah wünschte sich verzweifelt, ihn aus seiner Qual erlösen zu können, als sie aufstand und zur Tür ging, die zum Innenhof führte. Sein Leinenhemd reichte ihr bis fast zu den Knien, darunter schauten die Fetzen ihres Negligés hervor. Der Sommertag strahlte und lachte so hell, als wollte er sie verspotten.

»Ja, denn würde ich jetzt aus diesem Zimmer gehen, ohne dieses Geheimnis zu kennen, wäre es, als würde ich in einem Labyrinth aus Zweifeln und Selbstvorwürfen umherirren«, sagte sie.

»Das ist mir bewusst«, entgegnete Guy. Wieder einmal paarte Ironie sich mit seinem Schmerz.

Sarah setzte sich auf den kühlen, gefliesten Boden im Türdurchgang, von wo sie an den Rosen vorbei in den Sommerhimmel schauen konnte.

Würde ein anderer Mann auf diese Weise mit ihr sprechen, würde sie annehmen, er besäße ein Übermaß an Feingefühl, einen übertriebenen Glauben an die Zerbrechlichkeit von Frauen. Aber es war Guy Devoran: strahlend, feinsinnig, großzügig. Er versuchte, sie darauf vorzubereiten, etwas Schreckliches zu hören. Obwohl sie sich nicht vorstellen konnte, warum ein Geheimnis, das er hatte, so zerstörerisch für sie sein könnte, wagte sie nicht, seine Einschätzung anzuzweifeln.

Im Zimmer hinter ihr ließ Guy sich auf einen Sessel fallen und barg das Gesicht in beiden Händen. Sarah saß schweigend da, wie gefangen in einem betäubenden Nebel. Schwalben schossen am blauen Himmel umher, gewandt und blitzschnell.

Schließlich stand Guy auf. Seine Schritte hallten, als er von Neuem hin und her ging.

»Am Anfang wollte ich dich einfach nur beschützen«, begann er, »wie dumm das jetzt auch scheinen mag. Und dann wurde ich in einer Falle gefangen, die ich mir selbst gestellt habe. Während ich mich eigentlich bemühen wollte, dir immer die volle Wahrheit zu sagen, habe ich stattdessen ein undurchdringliches Netz aus Lügen gewoben. Natürlich hätte ich besser daran getan, gleich alles zu enthüllen, denn nichts von diesem –«, er wies mit einer Hand auf das Sofa, die Fetzen von zerrissener Seide, ihre achtlos abgestreiften Schuhe, »wäre je geschehen, aber schließlich würden du und ich auch nicht –« Er brach ab und schlug mit der Faust gegen die Wand. »Ryder weiß fast alles darüber, und Jack natürlich auch.«

»Dann ist es etwas, von dem du annimmst, dass nur ein Gentleman es verstehen kann?«

Er blieb stehen, um sie anzusehen, sein Blick war starr. Bittere Linien von einem Gefühl, das nichts mit Humor zu tun hatte, lagen um seinen Mund. »Das werden wir herausfinden.«

Sarah schaute wieder zum Himmel empor. Sie empfand jetzt große Furcht, aber wenn er dabei war, ihr die Wahrheit anzuvertrauen, dann musste sie dieses Vertrauen zurückgeben, so gut sie konnte.

»Wie hat deine Affäre mit dieser Frau begonnen?«, fragte sie.

Seine Schritte klangen hohl, die Stiefelschnallen klirrten, als er bis zum Ende des Zimmers ging und wieder zurück, hin und her wie ein eingesperrter Löwe.

»Ein kalter Januarregen drohte, zu Schnee zu werden. Es war lange nach Einbruch der Dunkelheit. Sie stand an meiner Tür wie ein durchnässter Engel und erklärte, in Not zu sein. Ich ließ sie herein, um ihr Schutz und Hilfe anzubieten. Noch in derselben Nacht machte ich sie zu meiner Geliebten. War es meine Schuld oder ihre? Das ist jetzt kaum noch wichtig, nicht wahr? Sie hat sich meiner Gnade ausgeliefert, und das war das Ergebnis.«

»Ich kann ihr das nicht vorwerfen«, sagte Sarah, und das war die Wahrheit.

Guy blieb wie betäubt stehen. »Du wirst anders darüber denken, wenn ich dir alles gesagt habe.«

»Hast du überhaupt eine Ahnung, was allein dein Anblick den Frauen schon verheißt?«, fragte sie. »Erzähl weiter!«

»Am darauf folgenden Morgen kamen wir überein, dass sie als meine Geliebte bei mir bleiben und ich für sie sorgen würde. Sie bat mich, ein Haus für sie zu suchen, das allerdings in Hampstead sein müsste –«

Sarah zuckte zusammen, als habe sie einen Schlag erhalten. »Hampstead?«

»Ja, Hampstead. Ich bezweifle, dass du es bemerkt hast, aber wir sind auf unserer Fahrt dorthin an einem leer stehenden Haus vorbeigekommen. Es lag halb verborgen hinter Bäumen, die Schornsteine sehen wie Zylinder aus. Ich habe es damals gleich am nächsten Tag gemietet. Ihr Beharren auf Geheimhaltung bedeutete, dass wir in einer pechschwarzen Nacht und bei strömendem Regen dort eintrafen. Niemand kannte uns. Sie ist nie ausgegangen, und ich habe das Haus nur verlassen, um wichtige geschäftliche Angelegenheiten zu erledigen. Während der nächsten paar Wochen glitt ich unerbittlich in das hinein, was ich für Liebe hielt.«

Guy hatte ihr eine offene Flamme hingehalten und sie vor deren zerstörerischer Kraft gewarnt. Und Sarah hatte darauf bestanden, ihre Hand in die Flamme zu halten, ihren Arm bis hinauf zur Schulter, als wäre sie unfähig gewesen, sich vorzustellen, welch schlimme Verbrennungen sie sich damit einhandeln könnte.

»Du glaubst jetzt nicht mehr, dass es Liebe war?« Ihre Stimme klang selbst in ihren eigenen Ohren schwach.

»Nein. Ich kann es nicht ändern, Sarah. Würde es das Unvermeidliche verhindern, würde ich mir lieber die rechte Hand abhacken, als dir dies zu sagen. Aber als du gemeint hast, dass wir nur eine Art Vernarrtheit füreinander empfinden würden, wusste ich genau, dass du dich irrst. Vernarrtheit war das, was ich damals gefühlt habe.«

»Aber wie könnte irgendetwas von dieser Geschichte uns beide betreffen?«

»Hast du es nicht schon vermutet?« Die Flamme in seinen Augen erlosch. »Der Name der Frau ist Rachel.«

Der Himmel verdunkelte sich, die Schwalben stachen wie

graue Geister von diesem unendlichen, schwarzen Raum ab. Ihr Zwitschern, nur schwach zuvor, hallte plötzlich in Sarah Ohren wider, als würde sie von Dämonen angegriffen.

»*Rachel?* Meine Cousine Rachel war deine Geliebte?«

Guy war bei ihr, kniete vor ihr. Er hielt sie fest an beiden Schultern, sonst wäre sie umgekippt.

»Während des ganzen letzten Frühjahrs«, sagte er rasch, »von dieser Nacht im Januar, bis sie mich ohne ein Wort kurz vor Ostern verlassen hat. Sie hat im Knight's Cottage gewohnt, genau wie du und ich es herausgefunden haben, doch als ihr die Mittel ausgingen, kam sie zu mir nach London –«

»Und du hast sie *verführt*?«

»Rachel war keine Jungfrau, Sarah. Ich war nicht der Erste. Es tut mir leid.«

Sie starrte ihn an, voller Entsetzen und Unverständnis, und stieß seine Hände weg.

Guy zuckte zusammen und sprang auf, um nach draußen zu gehen. Er ging zum Eleanor-Tor.

»Ich kann weder ungeschehen machen noch ändern, was passiert ist. Schon nach wenigen Tagen sind Rachel und ich in das Haus in Hampstead gezogen. Obwohl ich zu der Zeit nichts davon wusste, hat Harvey Penland weiterhin ihre Briefe für sie abgefangen, was unzweifelhaft der Grund dafür ist, dass Rachel auf Hampstead beharrte. Sie hat dich angelogen, genau so wie sie mich angelogen hat. Ich wollte nicht, dass du es erfährst. Ich wollte dich wegschicken, aber du wolltest nicht gehen –«

Die Rosen rückten wieder in den Mittelpunkt, Hunderte von weißen Blütenblättern, jedes scharf umrissen wie eine Glasscherbe. Sarah kämpfte sich auf die Füße und ließ sich auf die Chaiselongue sinken, sie zitterte am ganzen Leib.

»Du gibt *mir* die Schuld?«, fragte sie. »Du gibst *mir* die Schuld an allem?«

Guy ging zurück zu Tür. »Um Gottes willen, nein! Der Teufel hatte seine Hand im Spiel, in diesem einen Moment im Buchladen, als ich gezögert habe. Aber hätte ich das alles einer Fremden offenbaren sollen? Wie zur Hölle hätte ich auch ahnen können, dass ich mich in dich verlieben würde? Und als das passierte, welche Wahl hatte ich da noch? Als du mir gesagt hast, dass du mich auch liebst, hätte ich da Gleichgültigkeit oder Ablehnung zeigen und dein Herz brechen sollen? Vielleicht bin ich kein so guter Schauspieler.«

Die Luft im Zimmer verschluckte Sarah wie eine kristallklare Flüssigkeit, so, wie die Rose verschluckt wurde, ertrank, als sie in den Wasserkrug geglitten war. Aber Blumen hatten keine Gefühle, oder? Blumen waren gefühllos, genau wie das, was hier geschah.

Guy versuchte, all seine Lügen zu rechtfertigen. Er dachte, sie würde auf seine Erklärungen und Entschuldigungen eingehen.

Er hat darauf bestanden, dass ich ihn heirate, ein Nein wollte er nicht akzeptieren ... dass er beabsichtigt, mich zu verfolgen ... Ich wage nicht, mir vorzustellen, was er tun könnte, wenn er mich hier findet, so allein ...

Rachel hatte all das über den Mann geschrieben, dem sie im Januar begegnet war, und vor dem sie dann Ostern geflohen war.

Als wäre es das vergiftete Geschenk der Danaer an Herkules, riss sich Sarah Guys Hemd vom Körper und ließ es auf den Boden fallen, dann schlang sie die Fetzen ihres Negligés fester um sich.

»Nein«, sagte sie. »Im Täuschen sind Sie besser als jeder Schauspieler, Mr. Devoran, denn Sie sind Daedalus, und Sie haben keine Sekunde gezögert, mich mitten in das Labyrinth zu führen.«

Er stand wie erstarrt an der Tür, attraktiv, verflucht, als sie aus dem Zimmer taumelte.

Die Tür schloss sich hinter ihr. Zorn und Verzweiflung schwärzten einen Moment lang seinen Blick, als verfinsterten plötzlich Gewitterwolken den Tag.

Guy begann, seine Kleider zusammenzusuchen – auch die Jacke, die er auf die Gartenbank geworfen hatte – und kleidete sich langsam an. Vor dem Spiegel über dem Kamin band er sich sein Krawattentuch. Ein hohläugiger Dämon starrte ihm daraus entgegen, das dunkle Haar wirr abstehend, als hätte ein Sturm es zersaust.

Er strich es mit den Händen glatt, dann löste er seine Sporen und legte sie auf den Kaminsims.

Wieder in der Hülle des Gentleman ging er zum Sofa, streckte sich auf dessen elfenbeinfarbenen Polstern aus und starrte an die Decke.

Er hätte es nicht besser planen können, hätte er Sarah die schlimmstmöglichen Wunden zufügen wollen. Sie würde wütend sein über Rachels Unehrenhaftigkeit, aber alle Gefühle für ihn würde sie sich aus dem Herzen reißen.

Er hatte ihr das Herz gebrochen und sein eigenes in Stücke geschlagen.

Er hätte wissen müssen, dass Sarah nicht fähig sein würde, allein auf die Suche nach Rachel zu gehen. An ihrer Stelle hätte er sich auch Hilfe gesucht. Ihr Mut und ihre Entschlossenheit waren Teil dessen, was er an ihr liebte, eine weitere Bestätigung seiner Gewissheit, dass diese Liebe absolut war.

Deshalb sah er sich der bittersten Ironie seines Lebens gegenüber. Er hatte endlich die Frau gefunden – *die eine!* –, um jede Hoffnung zu zerstören, sie je für sich gewinnen zu können.

Es gab jetzt keine andere Lösung mehr, außer voranzugehen. Allein von nun an, wenn es sein musste.

Guy sprang auf. Dabei fiel sein Blick auf den Wasserkrug, der auf dem Tisch stand. In dem Krug war etwas. Er zog eine weiße Rose heraus und schüttelte die Feuchtigkeit von den Blütenblättern.

Er war nicht Daedalus, aber jemand anderes war es. Er hatte nichts mehr, was er Sarah geben könnte, außer das Rätsel zu lösen und ihre abtrünnige Cousine zu finden. Er zwang seinen müden Verstand zurück zu jedem Splitter eines Beweises, den sie bis jetzt gesammelt hatten: er und Sarah, Jack und Ryder.

Sobald Guy Buckleigh hatte verlassen können, ohne Verdacht zu erregen, war er nach Withycombe geritten, ohne sich damit aufzuhalten, zum Schlafen Rast zu machen. Als er dort eingetroffen war, hatten bei Anne gerade die ersten Wehen eingesetzt. Sie hatte die Männer ermutigt, sofort miteinander zu reden.

»Es wird mir helfen, mich von diesen verteufelten Schmerzen abzulenken«, hatte sie vergnügt gesagt, »bis wir alle unseren schreienden Neuankömmling begrüßen können.«

Jack hatte den Blick seiner Frau erwidert und sich dann so beiläufig – oberflächlich gesehen – zu seinem Cousin umgewandt, als würden sie an einem warmen Sommertag einen Spaziergang durch den Garten machen wollen.

»War die Information, die ich dir habe zukommen lassen, dir nützlich, Guy?«

»Und ob! Ich bin auf dem Weg in die Cooper Street. Aber wie hat Rachel das auf Grail Hall eigentlich bewerkstelligen können?«

»Der Earl hat die Angewohnheit, einen ganzen Stapel leerer Bogen zu unterzeichnen und diesen auf seinem Schreibtisch zurückzulassen. Jeder vom Personal könnte Zugriff darauf gehabt haben. Aber in unserem Fall war der Missetäter einer der jüngeren Diener, der es sich zudem beigebracht hatte, eine passable Kopie der Unterschrift seines Herrn zu fälschen. Der arme Bursche war in Rachel verliebt.«

»Es waren ihr blondes Haar und ihre unschuldigen blauen Augen«, hatte Guy mit absichtlicher Schnoddrigkeit entgegnet. »Das ist für einen Engländer tödlich.«

Anne hatte erst gelacht, dann hatte sie gekeucht und sich zusammengekrümmt. Sie und Jack hatten sich sofort in ihr Schlafzimmer zurückgezogen, wo die Hebamme wartete. Für den Rest der Nacht hatte Guy Wache gehalten, seine Seele in Flammen, bis Annes und Jacks Baby früh am nächsten Morgen gesund auf die Welt gekommen war – *heute* Morgen, vor weniger als sechs Stunden!

Deshalb hatte er die Neuigkeit nach Wyldshay gebracht. Wäre das Kind nicht geboren worden, hätte er sich von Withycombe aus direkt daran begeben, Jacks Information zu überprüfen, statt diesen fatalen Umweg zu machen.

Guy legte die Rose vorsichtig auf den Rand des Kruges.

Der Ausweg eines Feiglings wäre es, sich davonzustehlen, und das am besten auf der Stelle.

Stattdessen legte Guy sich wieder auf das Sofa und wartete. Der Vormittag wurde zum Nachmittag. Die Schatten, die das Rosenspalier in den Innenhof warf, wurden länger.

Er ließ sich einen Imbiss und Wein kommen, erlaubte es sich, hin und wieder einzuschlafen, da es übertrieben gewesen wäre, sich mit noch größerer Erschöpfung zu bestrafen.

Der Tag war fast verstrichen, als Sarah in das Zimmer zurückkam.

Sorgsam geflochtene rote Zöpfe wanden sich um ihren Kopf. Dunkelgrüner Stoff raschelte, als sie mit großer Würde über den Teppich ging, um die Flügeltür zum Innenhof zu schließen.

Guy stand auf und wartete, bis sie sich gesetzt hatte, doch sie ging weiter durch das Zimmer, berührte zufällig den einen oder anderen Gegenstand.

Ihr Gesicht fleckig von Tränen, ihre Augenlider geschwollen und ihre Nasenspitze rot. Schmerz quälte und stach. Trotz seiner Sorge um sie hatte er sie nur zum Weinen gebracht.

Doch sie wandte sich um und sah ihn direkt an, stark und mit dem Mut eines Engels.

»Ich entschuldige mich dafür, Sie beschuldigt zu haben, Daedalus zu sein, Mr. Devoran«, begann sie. »Das ist natürlich lächerlich. Auch wenn Sie die Wahrheit über Ihre Beziehung zu Rachel verborgen haben, kann ich verstehen, warum Sie meinten, das tun zu müssen. Aber ich glaube nicht, dass Sie Rachel je bedroht oder angegriffen haben.«

»Danke«, sagte er. »Ihre Cousine hatte sicherlich niemals Angst vor mir.«

Die letzten schwachen Sonnenstrahlen schienen durch das Fenster und ließen ihr Haar wie einen roten Heiligenschein leuchten. »Rachel hat Sie geliebt?«

»Nein! Niemals!«

»Aber Sie haben sie geliebt?«

»Nein. Es war Vernarrtheit, für eine kurze Weile. Das war alles.«

Die braunen Augen brannten vor bitterer Erheiterung. »Vermutlich hat Sie Rachels Auftauchen auch nicht allzu sehr gestört«, stellte sie mit bemerkenswerter Ruhe fest. »Rachels Schönheit kann die Männer in eine Art Wahnsinn treiben.«

»Das natürlich auch«, räumte er ein. »Obwohl da nicht –

wenn ich jetzt zurückschaue – sehr viel anderes war. Ihre Cousine forderte meine Hilfe. Ich versuchte, sie ihr zu geben. Wir landeten im Bett. Doch Rachel hat mich belogen, und sie ist gegangen, als sie glaubte, mich nicht länger zu brauchen. Wie niederschmetternd solch ein Eingeständnis für meine Gemütsverfassung auch sein könnte – die offensichtliche Schlussfolgerung ist, dass sie mich die ganze Zeit nur benutzt hat.«

Sarah setzte sich in einen Sessel, deshalb nahm Guy wieder auf dem Sofa Platz, auf dem sie sich beinahe geliebt hätten. Ein Teil von ihm bedauerte heftig, dass er ihre Vereinigung unterbrochen hatte, statt ihr mit seiner überwältigenden Leidenschaft zu beweisen, wie sehr er sie liebte.

Aber dann würde sie ihm nie vergeben haben.

Die Rose ließ einige ihrer weißen Blütenblätter auf den Tisch fallen. Sarah nahm sie und betrachtete sie, als wäre eine geheime Inschrift in jede samtene Oberfläche geritzt.

»Das erklärt auch, warum auch Rachel mir nicht die Wahrheit sagen konnte«, sagte sie. »Doch als sie mir in all diesen Briefen fast verzückt geschrieben hat, wie gern sie an die erste Begegnung mit Ihnen zurückgedacht hat – glauben Sie, dass sie auch diesbezüglich gelogen hat?«

»Ja, ich bin mir dessen absolut sicher.«

»Deshalb denken Sie, dass sie ihren Verfolger lange vor Ihnen kennengelernt hat, nicht wahr? Ich habe mir bisher nicht erklären können, warum Sie sich dessen so sicher sein könnten. Jetzt weiß ich es.«

»Ich konnte es Ihnen nicht sagen, Sarah«, erklärte er. »Ich wollte nicht, dass Sie es wissen. Es kann nicht leicht gewesen sein, die Wahrheit über Ihre Cousine zu erfahren. Es ist offensichtlich, dass Sie sie in ihren Gedanken immer noch als Kind betrachtet haben.«

Sie schüttelte den Kopf, starrte noch immer auf die Blütenblätter in ihrer Hand. »Warum hat sie Sie verlassen?«

»Ich weiß es nicht. Ich fahre jedes Jahr zu Ostern nach Birchbrook. Ich konnte meine Geliebte nicht mit zu meinem Vater und meiner Schwester nehmen, deshalb ließ ich Rachel in dem Haus in Hampstead zurück. Sie weinte, als ich ging. Und als ich zurückkam, war sie weg.«

Sarah nahm die Rose, und die übrigen Blütenblätter fielen ab. Sie war noch immer sehr blass. Ihre Augen sahen wund gerieben aus. Obwohl er wusste, dass sein Urteil nicht mehr objektiv sein konnte, war sie die schönste Frau, die er je gesehen hatte.

»Hat sie Ihnen eine Nachricht hinterlassen?«

Er sprang auf und ging im Zimmer auf und ab. »Ich habe sie verbrannt, bin nach London zurückgefahren und habe mir geschworen, nie wieder an sie zu denken.«

»O Gott!« Die Rose fiel zu Boden, als Sarah die Hände vor das Gesicht schlug. »Es war derart unbarmherzig?«

»Wenn Sie so wollen.«

Sarah saß einige Minuten lang schweigend da, bis sie aufstand und zur Flügeltür ging. Das lange Dämmerlicht des Sommerabends hatte die Farben der Umgebung gedämpft, als würde ein dünner grauer Schleier langsam über den Hof und das Spalier mit den Rosen gezogen.

»Etwas Tiefgreifendes muss geschehen sein, dass Rachel sich so verhalten hat. Etwas, das wir bis jetzt noch nicht einmal in Erwägung gezogen haben. Etwas, das so schrecklich ist, dass sie es niemandem anvertrauen konnte, nicht einmal mir. Aber was ich nicht verstehen kann: Wenn sie sich auf so grausame Weise von Ihnen getrennt hat, warum hat sie sich dann an mich gewandt, damit ich zu Ihnen Kontakt aufnehme?«

»Ich weiß es nicht, aber ich kann es nicht bedauern, Sarah. Sonst wären Sie und ich uns wohl nie begegnet.«

Sie fuhr herum und sah ihn an, als wäre sie an einem kalten, dunklen Ort, wo alles zu Eis erstarrt war.

»Bitte nehmen Sie nicht an, Sir, dass auch ich das als Segen betrachte!»

Ein schrecklicher Zorn rührte sich in seiner Seele. In seinem ganzen Leben, bei so vielen gefährlichen Abenteuern, hatte er sich fast nie Versagen eingestehen müssen – bis jetzt, als er bei dem, was wirklich zählte, völlig versagt hatte.

»Bitte vergeben Sie mir meine Vermessenheit, Ma'am«, sagte er, »ich dachte, Sie wollten die Wahrheit hören!«

Farbe schoss ihren Hals hoch, um ihre Wangen zu überziehen. »Sie denken, ich könnte noch glauben, dass Sie wissen, was dieses Wort bedeutet, Sir?«

Er ging zu ihr. »Ich weiß genau, was es bedeutet, Sarah. Es bedeutet, dass wir uns der Tatsache stellen müssen, dass wir beide in die Falle von Rachels Ränken gestolpert sind. Ich bin nicht daran gewöhnt, mich wie eine Fliege im Netz irgendeiner Frau zu fühlen und Sie vermutlich auch nicht, nehme ich an. Sollen wir einfach aufeinander schimpfen und dann ist die Sache erledigt? Oder gibt es irgendeinen Weg, der uns weiterbringt?«

»Wie können Sie es wagen!« Ihre rot geweinten Augen blitzten, der Tiger starrte aus dem brennenden Wald. »Wie können Sie es wagen, anzunehmen, ich würde jetzt aufgeben? Für mich sind Sie die Spinne in diesem Netz.«

»Verdammt, Sarah! Rachel hat im letzten Winter nicht gezögert, wie eine durchnässte Katze an meiner Tür aufzutauchen. Sie wusste genau, wo ich wohne, und sie hätte ganz leicht in diesem Juni wieder zu mir kommen können. Doch stattdessen ist sie, wie die Nornen, damit beschäftigt gewesen, unser Schicksal zu lenken, indem sie auch Sie noch in ihre Probleme hineingezogen hat.«

»Aber ich dachte, Sie wären fort gewesen? Sie wären nur nach London zurückgekommen, um am Ball der Herzogin teilzunehmen, als ich Sie im Buchladen traf.«

»Welchen Unterschied macht das? Ja, wegen Ambroses Geburt und der Rückkehr von Jack und Anne aus Indien war ich fast den ganzen Mai und Juni ständig zwischen Dorset und London unterwegs. Doch es gab viele unkomplizierte Möglichkeiten, Kontakt zu mir aufzunehmen, und Rachel hat keine davon genutzt. Stattdessen hat sie Ihnen diesen Brief geschickt, gespickt mit melodramatischen Hinweisen und Ankündigungen irgendwelcher Katastrophen. Wir sind beide von Rachel benutzt worden und haben uns auch gegenseitig benutzt.«

Sie starrte einen Moment lang zu ihm hoch, ehe sie zur Tür ging.

»Ich bin keine Närrin, Sir. Aber ich wende ein, dass Rachel einen guten Grund gehabt haben muss für alles, was sie getan hat, sogar dafür, Ihnen zu erlauben, sie zu verführen. Und besonders dafür, Sie zu verlassen, nachdem Sie das getan haben.«

»Sarah! Es tut mir leid! Was zur Hölle kann ich noch sagen?«

Sie blieb stehen, die Hand auf dem Türgriff. Ein kleines Zittern durchlief ihren Körper.

»Mir tut es auch leid«, sagte sie.

»Was wollen Sie, dass ich tue?«

Die grünen Röcke wirbelten, als sich umwandte und gegen die geschlossene Tür lehnte. Zu seinem Erstaunen hob sie den Kopf und lachte, obwohl ihre Augen in bitteren Tränen schwammen.

»Ich will Rachel aufspüren. Ich will die Wahrheit herausfinden. Was immer ich auch wegen dem fühlen mag, was ich jetzt weiß – ich kann diese Suche nicht allein fortsetzen. Was für eine Ironie, nicht wahr? Denn Sie werden auch nicht aufgeben, oder?«

Er ging zum Kamin. »Es ist eine Frage der Ehre. Ich fühle eine Verpflichtung gegenüber Rachel, und –«

»Und weil Sie sie lieben, sind Sie bereit, Himmel und Hölle in Bewegung zu setzen, sie zu finden.«

»Das ist nicht das, was ich sagen wollte.«

»Warum dann werden Sie die Suche jetzt nicht aufgeben?«

Guy stützte beide Hände gegen den Kaminsims und starrte in die leere Feuerstätte. »Ich kann es nicht.«

»Warum nicht? Weil Sie noch immer etwas für Rachel empfinden?«

»Gott, nein!« Er fuhr herum. »Wegen dem, was ich für Sie empfinde.«

»Ah ja!« Ihre Zöpfe schimmerten wie Bernstein, als sie mit dem Zeigefinger auf das Sofa wies. »Dieser eine verdammte Augenblick der Lust. Wie geht ein Gentleman mit Verstand damit um?«

»Sie wollen die Wahrheit hören?«

»Von diesem Augenblick an, Sir, verlange ich, dass Sie mich nicht noch einmal belügen, auch nicht, indem Sie mir etwas nicht sagen.«

»Ich liebe dich«, sagte er. »Ich will dich. Ich will dich heiraten.«

Die Farbe wich aus ihrem Gesicht. Sie geriet ins Taumeln und griff mit beiden Händen nach dem Stuhlrücken.

»Das ist unmöglich«, sagte sie. »Warum sagen Sie so etwas?«

»Weil es die Wahrheit ist. Ich erwarte nicht, dass du einwilligst –«

»Niemals!«

»Du magst mich verabscheuen so sehr du willst, aber würde

ich auch nur für einen Moment hoffen, du würdest zustimmen, meine Frau zu werden, würde ich auf der Stelle um deine Hand anhalten.«

»Hören Sie auf!«, rief sie. »Das ist doch Wahnsinn! Was können Ihre Liebeserklärungen schon bedeuten, wenn Sie sie schon so viele Male zuvor ausgesprochen haben? Gegenüber Miracle ... und Rachel ... und dazwischen tausend anderen Frauen?«

»Nicht tausend.«

Ihre Augen blitzten. »Dann eben Hunderten! Dutzende!«

»Um Himmels willen! Nicht einmal Dutzende! Aber das ist kaum die Frage, um die es geht.«

»Wenn Sie die ganze Wahrheit aussprechen, Sir, dann darf ich das auch! Ob Rachel Sie geliebt hat oder nicht, keine Frau würde Sie verlassen, hätte sie nicht Gründe, bei denen es um Leben oder Tod geht. Wie können Sie es wagen, in falscher Bescheidenheit zu tun, als wüssten Sie das nicht! Das ist die Crux bei diesem ganzen Rätsel, wobei es mich keinen Deut kümmert, dass meine wunderschöne Cousine Ihnen Ihr verdammtes Herz gebrochen hat!«

Sarah riss die Tür auf. Ihre Absätze klapperten, als sie davonging und Guy allein ließ.

Als hätte sie das Weinen ausgetrocknet, fühlte ihre Seele sich wie eine leere Hülse an. Sarah zündete einige Kerzen an und versuchte, sich zum Nachdenken zu zwingen. Ein nichtssagendes ovales Gesicht, verunziert von Sommersprossen und Tränen, starrte sie aus dem Spiegel im Gästezimmer an.

Er konnte sie nicht lieben. Er konnte nicht. Sie hatte keine Ahnung, warum er es gesagt hatte, aber er konnte sie nicht lieben. Dieser verrückte, gut aussehende, zerstörerische Cousin der herrlichen St. Georges hatte ihr Herz um Rachels willen gebrochen, so, wie jeder Mann es tun würde.

Und vielleicht lagen darin etwas Trost und Linderung. Wenn es Rachel gewesen wäre, die man verlassen hätte, wenn sie sich deswegen so geschämt hätte, dass sie versucht hatte, die Wahrheit zu verbergen, wer könnte ihr das vorhalten?

Sicherlich nicht ihre verwitwete Cousine, deren Zufriedenheit mit ihrem eigenen tugendhaften Dasein Guy Devoran als Heuchelei enttarnt hatte.

Gelassen trank er seinen Kaffee und blätterte in der Zeitung. Sarah betrachtete ihn einen Moment lang, ehe sie am nächsten Morgen das Frühstückszimmer betrat.

Ihr Herz fühlte sich wie ein fester Knoten an, so hart und verschrumpelt wie ein Pfirsichkern.

Guy schaute auf, faltete die Zeitung zusammen, stand auf und verbeugte sich.

Obwohl sie überhaupt keinen Appetit hatte, nahm Sarah sich von den Speisen auf der Anrichte, setzte sich dann und erlaubte ihm, ihr Kaffee einzuschenken. Sein Blick war sehr dunkel, als er sie ansah.

»Ich nahm an, Sie hätten Wyldshay bereits verlassen«, sagte sie.

»Ihnen wäre das lieber gewesen?«

Sie rührte ein Stück Zucker in ihre Tasse. »Meine Loyalität gilt meiner Cousine, Sir. Wenn das heißt, dass ich aus diesem Grund Ihre Gesellschaft weiterhin akzeptieren muss, dann ist das so.«

»Ihre Nachsicht ehrt mich, Ma'am.«

Sarah schnitt ein Stück von ihrer Scheibe Brot ab und bestrich es mit Butter. »Sehr gut! Ich bin noch immer der Meinung, dass Rachel sich nicht so dramatisch verändert haben kann. Es sieht ihr ähnlich, sorglos und gedankenlos zu sein; aber es sieht ihr nicht ähnlich, absichtlich grausam zu sein. Deshalb ist die einzige Frage, die zählt: Was ist passiert, dass sich das geändert hat?«

Er stand vom Tisch auf und schaute aus dem Fenster. Ihnen stand ein weiterer schöner Sommertag bevor, den jedoch das Desaster, in dem sie steckten, überschatten würde.

»Nein«, sagte er. »Die einzige Frage, die zählt, ist, wie zum Teufel Sie und ich von nun an weitermachen können.«

»Vorsichtig?«

Er fuhr herum, erwiderte ihren Blick und lachte dann. »Schließlich sind wir noch immer zusammen in diesem Labyrinth gefangen – obwohl es vielleicht eher so ist, als würde man zusammen in einem Boot sitzen, das auf einem riesigen Ozean treibt.«

Sarah musste einige Male tief Luft holen. Wenn er lachte, machte ihr Herz einen Sprung. Wenn er verletzt schien oder wachsam oder zornig, hallte ihr verräterischer Puls von seiner Stimmung und seiner Gegenwart wider. Doch unter all ihren Gefühlen gähnte ein Abgrund aus Schmerz.

Sie schob den Teller von sich weg und ließ ihr Frühstück unberührt. »Wie auch immer, Sir, es gibt keine andere Option. Obwohl es angebracht ist zu sagen, dass zumindest ich mir dabei ein wenig verrückt vorkomme. Nichtsdestotrotz bin ich gezwungen, darauf zu bestehen, dass wir übereinkommen, unsere Kräfte wieder zu vereinen, wenn auch nur mit äußerster Vorsicht.«

»Keiner von uns hat dabei kaum ein andere Wahl«, entgegnete er.

»Ja, weil Rachels wahre Natur den Kern unseres Problems darstellt, und jeder seine eigenen Ansichten darüber hat. Trotz

Ihrer ... Intimität mit ihr, kenne ich sie besser. Ich bin ihre Cousine. Wir sind zusammen aufgewachsen. Was immer der Sachverhalt vermuten lässt, ich weigere mich zu glauben, dass sie wirklich so schamlos oder so vollkommen leichtfertig ist.«

»Und das sogar, obwohl sie Ihnen gegenüber vorgegeben hat, noch als Gouvernante zu arbeiten, als sie in Wirklichkeit schon im Knight's Cottage und später mit mir in Hampstead gelebt hat? Und was war davor, als sie behauptet hat, noch für Lord Grail zu arbeiten, obwohl sie sein Haus bereits während jener Weihnachtstage verlassen hatte?«

»Sogar dann. Wir werden die Wahrheit nie erfahren, es sei denn, wir decken jedes Detail der Vergangenheit auf.«

»Sind Sie darauf vorbereitet, sich allem zu stellen, was da kommen könnte?«

Sarah stand auf. Ihr Herz klopfte, als sie in die Tasche griff, nach Rachels letztem Brief.

»Ja, das bin ich. Und falls wir wirklich offen und ehrlich zusammen weitermachen wollen, dann müssen wir uns alles sagen, was wir wissen. Deshalb sollten Sie das hier sehen.«

Energisch und mit festen Schritten ging Guy um den Tisch herum und nahm das gefaltete Blatt Papier. Er schaute auf die Aufschrift und seine Nasenflügel blähten sich.

»Von Rachel?« Er schaute auf. »Wann?«

»Persönlich zugestellt an dem Morgen, als ich Buckleigh verließ. Er kam mit der übrigen Post am Tag zuvor. Aber wenn Sie sich an die Art und Weise erinnern, auf die Sie und ich auseinander gegangen sind, Sir, werden Sie erkennen, dass Sie mir keine Möglichkeit gelassen haben, mit Ihnen zu reden.«

»Ich verstehe. Ich mache Ihnen keinen Vorwurf.« Er faltete den Brief auseinander und las ihn rasch. Zorn funkelte in seinen Augen, als er aufschaute. »Wie kann Rachel es wagen, Ihnen einen derart arroganten Brief zu schreiben! Sie muss gewusst haben, was ihre bizarren Forderungen Sie bereits gekostet haben.«

»Ich gebe zu, dass meine erste Reaktion ebenso Ärger wie Erleichterung war. Aber der Brief mag auch ein weiterer Beweis dafür sein, wie verzweifelt sie ist.«

Guy knüllte das Papier in seiner Faust zusammen. »Wenn Sie Ihre Cousine nach dem hier noch immer verteidigen können, dann haben Sie eine deutlich noblere Seele als ich.«

»Vernichten Sie ihn, wenn Sie wollen«, sagte Sarah. »Ich kann mich noch an jedes Wort erinnern.«

Er nahm die Zunderdose vom Kaminsims, hockte sich vor die Feuerstätte und steckte Rachels Brief in Brand.

Liebste,

ich habe Dich in einer Kutsche vorüberfahren sehen, zusammen mit den Damen von Buckleigh. Stell Dir mein Erstaunen vor! Es gibt keinen Grund für Dich, hier zu sein, das versichere ich Dir. Ich bin jetzt vollkommen sicher und brauche niemanden. Ich denke, dass Du inzwischen die Gesellschaft des charmanten Mr. D. genießt? Aber genug! Ich muss zusehen, dass dieser Brief gleich zugestellt wird, damit Du vollkommen beruhigt zurück nach Bath reisen kannst, meine liebe Sarah, ohne weitere Sorgen um –

Deine Dich ewig liebende Cousine

R. M.

Guy blieb noch einige weitere Momente vor dem Kamin knien, während er zusah, wie das Papier zu Asche verbrannte.

»Zumindest wissen wir jetzt, dass sie noch in Devon ist«, sagte Sarah, »auch wenn wir sie nicht gefunden haben.«

»Stattdessen hat sie uns gefunden, obwohl es ihre Absicht war, uns wieder loszuwerden.« Er erhob sich. »Warum zum

Teufel haben Sie beschlossen, mir diese Information zu geben?«

Sarah schaute zu Boden. Wie konnte sie noch atmen, wenn ihre Brust so fürchterlich schmerzte, als wäre ihre Kehle mit Asche gefüllt? Sie griff nach ihrer Tasse, auch wenn der Kaffee inzwischen kalt geworden war.

»Weil wir nichts erreichen können, es sei denn, wir teilen die Wahrheit miteinander. Miracle meinte, Sie müssten etwas Wichtiges von Lord Jonathan erfahren haben. Ist das so? Sie haben gesagt, dass Sie und er zusammenarbeiten.«

Guy verhielt den Schritt und lehnte sich an ein Bücherregal, die Arme vor der Brust verschränkt.

»Seit dem Ball der Herzogin sind Jack und ich dabei, jede erdenkliche Spur zu verfolgen. Ich habe einen Diener nach Norfolk geschickt, der jedoch nichts Neues in Erfahrung gebracht hat, während Jack sich um Grail Hall gekümmert hat. Bevor Rachel an jenem Weihnachten von dort fortging, hat sie einen jungen Diener engagiert – genau wie sie es im Knight's Cottage gemacht hat –, der Ihre Briefe abgefangen und an sie weitergeleitet hat. Als Jack wusste, wer die Frankierrechte des Earls auf diese Weise missbraucht hat, hat er diesen jungen Mann aufgesucht und dort ein wenig die Muskeln spielen lassen –«

Die Tasse glitt Sarah aus der Hand und zerschellte am Boden. Kalter Kaffee ergoss sich über den Teppich. Guy klingelte ruhig nach einem Diener und wies auf die Scherben. Der Mann nickte und zog sich ohne ein Wort zurück.

»Sie wissen jetzt, wo Rachel während dieser fraglichen fünf Monate gelebt hat«, sagte Sarah. »Dieser junge Diener hat Lord Jonathan das erzählt, und er hat Ihnen dann die Neuigkeiten in seinem letzten Brief berichtet?«

»Diese Neuigkeiten waren der Grund, warum ich Buckleigh so schnell wie möglich verlassen musste.«

Als ob sich eine Seite eines Buches öffnete, sah Sarah viele Erklärungen, keine von ihnen war angenehm. »Aber zuerst wollten Sie mich an einem anderen Ort wissen?«

»Denken Sie, ich hätte Sie der Gnade Lottie Whitelys überlassen sollen?«

Sarah ließ sich auf ihren Stuhl sinken. »Nein. Nein, natürlich nicht, aber Sie wollten mich aus dem Weg haben, weil Ihnen noch immer daran gelegen war, zu verhindern, dass ich die Wahrheit herausfinde.«

»Leider ist es dazu jetzt ein wenig zu spät«, erwiderte er gefasst.

Ein Hausmädchen kam herein und brachte einem Eimer und ein Tuch mit. Guy beobachtete sie dabei, wie sie die Flecken entfernte. Seine Augen waren unergründlich. Sarah wartete angespannt, bis das Mädchen fertig war und das Zimmer wieder verlassen hatte.

»Wo also hat Rachel gelebt?«, fragte sie. »Was hat sie gemacht?«

Er sah sie an. Eine dunkle Vorsicht lauerte noch in seinem Blick. »Sie hat einige Zimmer gemietet, nicht weit vom Three Barrels entfernt. Von einer Mrs. Land in einer Gasse namens Cooper Street, einen Steinwurf weit von den Docks entfernt. Von Grail Hall aus ist Rachel direkt dorthin gegangen.«

»Aber warum?«

»Ich weiß es nicht. Ebenso wenig wie Jack. Er musste heim zu Anne, deshalb ist es jetzt an mir, diesen Hinweis zu verfolgen.«

»Nein«, widersprach sie. »An *uns!*«

Guy ging zum Fenster und schaute hinaus. »Selbst angesichts dessen, was wir vielleicht herausfinden könnten, Sarah?«

Sie stand auf und wappnete sich, seiner Ablehnung zu begegnen, seinem Spott oder seinen sorgfältig überlegten Entschuldigungen. Es würde ihren ganzen Mut erfordern, dagegen anzukämpfen. Mehr Schmerz würde sie nicht zulassen.

»Die Alternative ist, dass Sie allein losreiten und mich hier auf Wyldshay zurücklassen, um in einem vergeblichen Versuch meine Empfindlichkeiten zu schonen?«

Er wandte sich um, zog eine Augenbraue hoch und lachte.

»Im Gegenteil, Ma'am! Ich habe bereits Ihre Kutsche bestellt. Falls Sie keine Einwände haben, beabsichtige ich, sobald Sie mit Ihrem Frühstück fertig sind, mit Ihnen in die Cooper Street zu fahren. Und das auch auf die Gefahr hin, dass wir uns während der gesamten Fahrt dorthin wie die Fischweiber streiten werden.«

Kapitel 14

Mrs. Lanes Haus wirkte heruntergekommen und stand eingezwängt zwischen dem Laden eines Kerzenhändlers und eines Schlachters. Der Nachmittag war schon in den frühen Abend übergegangen, als Sarah und Guy ihre Dienerschaft und die Kutsche an der geschäftigen Postmeisterei zurückließen, um zu Fuß zur Cooper Street zu gehen.

Das Three Barrels – das Gasthaus, in dem Guy und Rachel sich vor mehr als vierzehn Monaten zum ersten Mal begegnet waren – lag zwar näher, aber Guy hatte nur gesagt, er hielte es für unklug, dort zu logieren. Deshalb hatte er Zimmer in einem Gasthof auf der anderen Seite des Hafens gemietet, im Anchor.

Sie hatten sich nicht wie die Fischweiber gestritten. Sie hatten überhaupt nicht gestritten. Eine der Zofen aus Wyldshay, ein Mädchen namens Ellen, hatte bei ihnen in der Kutsche gesessen, und während sie Meile um Meile gefahren waren, hatte Guy Sarah in eine Diskussion über keltische Mythen verwickelt: Es war die übliche Konversation einer oberflächlichen, rein gesellschaftlichen Bekanntschaft gewesen, in deren Vergangenheit es weder Leidenschaft noch Streit gegeben hatte.

Im selben zerbrechlichen Einvernehmen hatte sie ihre Hand unter seinen Arm geschoben, als sie die kleine Gasse entlanggegangen waren. Doch wie ruhig auch immer sie ihr Gespräch führen mochten, Sarahs Herz klopfte dennoch wie verrückt.

Sie waren vor der Tür neben dem Kerzenladen stehen geblieben, die über eine Treppe hinauf zu den über den Läden liegenden Wohnungen führen musste. Ihre Finger schlossen sich unwillkürlich fester um seinen Arm – das angstvolle Klammern einer Frau, die dem Minotaurus ausgeliefert werden sollte.

Guy lächelte sie an. »Es ist alles in Ordnung«, beruhigte er sie. »Wir werden der Vergangenheit begegnen, aber wohl kaum irgendwelchen Ungeheuern.«

Sarah schluckte ihre Befürchtungen rasch hinunter und erwiderte sein Lächeln. »Es sei denn, die Lady, die von der rechten Seite auf uns zukommt, ist die Vermieterin. Dann irren Sie sich nämlich gewaltig, Sir, und wir werden dem Ungeheuer schon gleich begegnen.«

Er schaute sich um und lachte. Eine korpulente Frau kam schnell auf sie zu, ihr Gesicht war rot vor Ärger. Sie blieb stehen, schnaufte laut und starrte Guy und Sarah an.

Guy verneigte sich mit dem ihm eigenen Charme und wies auf die Tür, vor der sie standen.

»Mrs. Lane? Dies ist Ihr Haus, Ma'am?«

»Könnte sein!« Sie musterte ihn von Kopf bis Fuß. »Vielleicht hängt das davon ab, wer das wissen will!«

»Nicht der Steuereintreiber«, erwiderte er fröhlich. »Nur ein unbescholtener Gentleman mit der Bitte um eine Auskunft, der glaubt, dass Sie ihm helfen können. Der Name ist David Gordon, Ma'am. Vielleicht können wir unsere Bekanntschaft bei einem Krug Bier vertiefen?«

Die Frau lachte, und ihr Gesicht legte sich in so viele Falten, dass es eine ganz andere Form anzunehmen schien.

»Nun, dazu sage ich nicht nein, Sir! Schon gar nicht, wenn der Gentleman, der fragt, ein so gut aussehender junger Bursche ist wie Sie.« Sie nickte Sarah zu. »Ihre Frau, Sir?«

»Meine geschätzte Gefährtin, in guten und in schlechten Tagen, Mrs. Lane«, sagte er und tätschelte Sarahs behandschuhte Hand. »Am vergangenen Freitag seit sechs Jahren verheiratet.«

Sarah konnte der so offensichtlich nötigen Behauptung wohl kaum widersprechen, doch seine Worte hallten sehr seltsam in Sarahs Herzen wider: *In guten und in schlechten Tagen ... in Reichtum und in Armut ...*

»Da haben Sie sich aber einen feinen Fisch an Land gezogen, Mrs. Gordon.« Mrs. Lane grinste Sarah vielsagend an. »Das soll keine Beleidigung sein, meine Liebe, aber – schlicht wie Sie sind – haben Sie gut für sich gesorgt, und jeder wäre ein Dummkopf, das zu leugnen.«

Guy drückte warnend Sarahs Hand, aber ihre Beklommenheit war dem absurden Wunsch nach unbeschwerter Fröhlichkeit gewichen.

Sie blinzelte der Vermieterin verschwörerisch zu. »Dann müssen Sie eine sehr gute Kennerin hübscher Gesichter sein, Ma'am, weil weder Sie noch ich je eins im Spiegel gesehen haben.«

Mrs. Lane warf den Kopf in den Nacken und brüllte vor Lachen.

Fünf Minuten später saßen sie behaglich in Mrs. Lanes vollgestopfter Wohnstube zusammen und leerten einen Krug Bier. Guy umgarnte Mrs. Lane und flirtete mit ihr, bis sie ihm zuzwinkerte und ihn anlachte.

Sie nahmen einen zweiten Krug Bier in Angriff.

»Früher war ich eine gut aussehende Frau, müssen Sie wissen«, erklärte Mrs. Lane.

»Das sind Sie doch noch immer, Ma'am«, schmeichelte Guy ihr. »Und zufällig ist Ihr gesundes Urteilsvermögen in dieser Beziehung eine höchst glückliche Fügung.«

Mit den Grübchen in ihren Wangen sah sie plötzlich tatsächlich wie ein junges Mädchen aus. »Und warum ist das so, Sir?«

»Wir sind auf der Suche nach Informationen über die Cousine meiner Frau. Sie ist eine sehr hübsche Lady. Wir glauben, dass sie letztes Jahr hier gewohnt hat: Rachel Wren, vielleicht hat sie sich auch Mansard genannt?«

»Nein, das tut mir leid, Sir!« Die Vermieterin wischte sich Bierschaum vom Mund. »Ich habe in der Cooper Street noch nie von jemandem mit diesem Namen gehört. Und ich vergesse nie einen Mieter. Nie!«

»Aber meine Cousine ist sehr auffallend, Ma'am«, sagte Sarah. »Haar wie der Sonnenschein und Augen wie der Himmel. Niemand vergisst sie je wieder. Sie ist Ende 1827 hierhergekommen, so um Weihnachten herum.«

»Ah! Und dann ist sie im darauf folgenden Mai genau so plötzlich wieder verschwunden?« Mrs. Lane labte sich an einem weiteren Schluck Ale. »Nun, jetzt wo Sie sie beschreiben, meine Liebe, weiß ich genau, welche Lady Sie meinen. Sie war sehr ruhig. Und immer für sich. Könnte Sie das gewesen sein?«

Guy nippte beiläufig an seinem Bier, als wären ihre Nachforschungen nur aus Langeweile geborene Neugier. Sarah bezähmte ihre Ungeduld, obwohl ihr Herz raste.

»Höchstwahrscheinlich«, beantwortete er jetzt Mrs. Lanes Frage. »Welchen Namen hat Ihnen diese Lady genannt, Ma'am?«

»Nun, das dürfte Mrs. Grail gewesen sein, Sir.«

Das Wort rutschte Sarah heraus, bevor sie es verhindern konnte. »*Grail?*«

»Nun, ich hätte wohl vermuten müssen, dass das ein falscher Name war, nicht wahr?« Die Vermieterin gluckste. »Es ist nicht sehr wahrscheinlich, dass einer aus der Familie hier wohnt, nicht wahr?« Sie beugte sich vor, als teilte sie ihren Gästen ein großes Geheimnis mit. »Lord Grails Familie wohnt nicht mehr als fünfzig Meilen von hier, auf einem sehr hübschen Anwesen. Man kann es nicht verfehlen.«

Guy stellte sein Glas ab. »Und wie hat Mrs. Grail ihre Zeit hier verbracht, Ma'am? Ich bin sicher, jede Vermieterin mit einem solch großen Herzen, wie Sie es haben, nimmt persönlich Anteil am Leben ihrer Mieter.«

Mrs. Lane lächelte affektiert. »Nun, das tue ich in der Tat, Sir! Armes kleines Ding, sie hat ihre ganze Zeit damit verbracht, Briefe zu schreiben. Dann ist sie jeden Tag zum Postamt gegangen, bei Regen und bei Sonnenschein, als hinge ihr Leben davon ab.«

»Hat jemand zurückgeschrieben?«, fragte Sarah.

»Nur irgendeine Verwandte aus Bath oder so, sagte sie. Deshalb war sie auch immer so schrecklich enttäuscht, wissen Sie.«

Bemüht und fürsorglich, als wären sie tatsächlich verheiratet, ließ Guy den Arm um die Lehne des Stuhls gleiten, auf dem Sarah saß. Sie sah ihn an, und ihr Herz machte einen Sprung. Sein unbeschwertes Lächeln strafte den grimmigen und düsteren Ausdruck in seinen Augen Lügen. Es schien, als schaute er in tiefe Dunkelheit.

»Schien sie denn von jemand anderem Briefe zu erwarten?«, sagte er.

»Nun, das war zu vermuten, nicht wahr, Sir?«, erwiderte die Vermieterin. »Sie hoffte auf eine Antwort vom Vater.«

»Oh nein, das ist ausgeschlossen!«, sagte Sarah rasch. »Der Vater meiner Cousine starb, lange Zeit bevor sie hierherkam.«

Mrs. Lane warf ihr einen Blick voller Mitgefühl zu. »Nicht von *ihrem* Vater, Liebes! Vom Vater des Babys! Aber der Schuft hat sie im Stich gelassen. Nicht zum ersten Mal, dass das passiert, und es wird auch nicht das letzte Mal gewesen sein. Deshalb dachte ich ja auch, dass es ein Glück für sie war, dass das Baby tot geboren wurde.«

Sarahs Magen zog sich in einem schmerzhaften Krampf unter ihren Rippen zusammen. Das Zimmer wurde weiß. Dämonenstimmen schrillten, als würden sie sie aus weiter Ferne anschreien – irgendwo am Rande des Hades –, obwohl sie das Geräusch kaum richtig ausmachen konnte, weil all die billigen Porzellanfiguren und Töpferwaren im Zimmer in ihren Ohren schepperten.

Doch Guy zog sie fest an sich, seine Hand lag warm auf ihrer Schulter.

»Halten Sie durch, Sarah!«, murmelte er ihr ins Ohr. »Lehnen Sie sich an mich! Jetzt sofort!«

Seine andere Hand fand die ihre unter dem Tisch und drückte sie fest.

Sarah schluckte ihre Übelkeit hinunter und ließ den Kopf an Guys Schulter sinken, während sie ihre Finger in seine verschränkte, wie eine Ertrinkende, die sich an ein Seil klammerte.

Sein Herz schlug beständig. Sein gleichmäßiger Pulsschlag pochte gegen ihre Handfläche.

Schließlich fand Sarah sich in einer tiefen Stille wieder, die nur vom Klang Guys ruhiger Stimme unterbrochen wurde, der leise mit Mrs. Lane sprach.

»Dann trug sie das Kind bereits unter dem Herzen, als sie das erste Mal hierherkam?«

»Nun, ja, Sir! So war es wohl! Gute sechs Monate schon. Obwohl sie es sehr geschickt verborgen hat. Ich hätte ihr niemals das Zimmer gegeben, wenn ich es gewusst hätte, um das klarzustellen. Doch sie hat ihre Miete immer pünktlich bezahlt. Als ihr Bauch dann dick wurde, hatte ich Mitleid mit ihr, das arme kleine Ding. Nein, sie hat das Kind bis zum Ende ausgetragen, aber es wäre besser gewesen, sie wäre es schon lange vorher losgeworden. Es war offensichtlich, dass sie in Schwierigkeiten steckte.«

Sarah schluckte mühsam, während sie sich an Guys Hand klammerte.

»Aber ihr Baby wurde tot geboren?«, fragte er ruhig.

»Tot wie ein ertrunkener Seemann. Es tut mir sehr leid, Mr. Gordon, Sir, wenn das schrecklich für Sie und Ihre Frau ist, aber es ist die Wahrheit. Die Hebamme sagte, es wäre ein Junge gewesen, aber welchen Nutzen hätte die Welt schon von einem weiteren Bastard gehabt? Deshalb war Mrs. Grail so besser dran.«

»Und wann genau ist das alles passiert?«

»Lassen Sie mich nachdenken! Das muss letztes Jahr im März gewesen sein – 1828. Es ging ihr hinterher sehr schlecht, armes Lämmchen, fast zwei Monate lang, aber im Mai dann hatte sie endlich wieder Farbe im Gesicht. Ein Glück für sie, dass es so war! Denn sie hatte absolut kein Geld mehr, und sie hat mich gefragt, ob sie noch einen Monat bleiben könnte und ich ihr die Miete stunden würde.«

»Natürlich konnten Sie das nicht tun«, sagte Guy. »Niemand könnte das.«

»Ich arbeite für meinen Lebensunterhalt«, sagte Mrs. Lane stolz. »Es gab keinen Grund, warum sie das nicht auch tun konnte. Sie hat eine Stellung im Three Barrels angenommen – obwohl ich meine Zweifel hatte, dass sie das lange durchhalten würde. Wenn sie auf die Straße gegangen wäre, wie es ja so viele Mädchen in ihrer Lage tun, dann hätte sie sich eine andere Bleibe suchen müssen. Ich führe ein anständiges Haus, Sir. Wie ich schon sagte, hätte ich gewusst, dass sie in Schwierigkeiten steckte, als sie herkam, hätte ich ihr die Zimmer niemals vermietet.«

»Aber hat Sie Ihnen irgendeinen Grund genannt, warum sie hoffte, wieder zu Geld zu kommen?«

»Sie sagte nur, dass sie darauf hoffte. Sie glaubte noch immer, dass ihr Liebhaber zu ihr kommen würde, verstehen Sie, sogar noch nach all dieser Zeit. Und ich vermute, dass er das dann wohl auch getan hat, denn gleich nach ihrem zweiten Tag im Three Barrels kam sie kreuzfidel zu mir hereinspaziert und bezahlte in Gold. Dann packte sie ihre Sachen zusammen und ging. Seitdem habe ich nichts mehr von ihr gehört oder gesehen.«

»Dann wurde Ihre Freundlichkeit also belohnt.« Guy schob eine kleine Börse über den Tisch. »Ich bin sicher, Sie werden dieses kleine Zeichen unserer persönlichen Wertschätzung nicht ablehnen?«

Die Vermieterin steckte die Börse in ihre Tasche und lächelte affektiert. »Ganz und gar nicht, Sir! Sie sind sehr großzügig! Aber ich hab nicht mehr getan als meine Christenpflicht zu erfüllen, wissen Sie.«

Guy half Sarah auf. In ihrem Kopf drehte sich noch alles, und sie klammerte sich an seinen Arm.

»Sie erinnern sich an den Namen der Hebamme, Mrs. Lane?«, fragte er.

»Nun, ja, Sir! Ich kannte sie sehr gut.« Sie lachte. »Bess Medway würde für eine Flasche Gin selbst den Teufel auf die Welt holen.«

»Und ihre Adresse?«

Mrs. Lane erhob sich schwerfällig und seufzte. »Ich kann Ihnen sagen, wo sie ist, Sir, aber das wird Ihnen nicht helfen. Bess ist im letzten April gestorben, knapp zwei Wochen vor Ostern. Sie liegt auf dem Friedhof von St. Michaels begraben.«

»Legen Sie sich hin«, wies er sie an. »Es ist alles in Ordnung, Sarah. Ich bin hier.«

Sie schaute auf. Seine Augen waren dunkel von Mitgefühl, seine Lippen so zusammengepresst, als litte er an einem schrecklichen, herzzereißenden Schmerz. Sie wandte den Kopf ab, während heiße Tränen erneut ihren Blick trübten.

Irgendwie waren sie zum Gasthaus zurückgekommen. Guy hatte sie bei jedem Schritt des Weges gestützt, in stummem, absolutem Mitgefühl.

Er klopfte ein Kissen für Sarah auf und half ihr, sich auf das Bett zu legen.

»Ich habe mich also erwiesenermaßen geirrt«, sagte sie bitter. »Ich hätte nach Bath zurückgehen sollen, wie Sie es gewollt haben.«

»Psst«, sagte er sanft. »Niemand ist schuld. Wie schmerzhaft es auch immer ist, wir können mit dieser Wahrheit umgehen, Sarah.«

Ihre Kehle schmerzte. Ihre Augen stachen wie von Sand und Salz, als hätte sie stundenlang einem Sturm getrotzt.

»Aber Rachel war in so tiefer Not und sie ... warum hat sie sich mir nicht anvertraut? Stattdessen hat sie all diese dummen Briefe geschrieben, hat behauptet, noch auf Grail Hall zu sein –«

»Nicht!« Er band die Bänder auf und legte ihre Haube beiseite. »Was hätten Sie denn tun können? Sie hatten ihr bereits alles Geld geschickt, das Sie entbehren konnten. Und wenn Mrs. Lane recht hat, dann war Rachel fest davon überzeugt, dass sie vom Vater des Kindes hören würde.«

»Von Daedalus?« Sie zitterte. »Sie ist ihm auf Grail Hall begegnet?«

»Vielleicht.« Er hob ihre Füße auf die Decke, dann setzte er sich an das Bettende, um die Bänder ihrer Schuhe zu lösen. »Wir werden später darüber nachdenken.«

»Sie muss sich entsetzlich geschämt haben«, wisperte Sarah. »Und dann – nach all dem – auch noch das Kind zu verlieren!«

Guy zog ihr die Stiefeletten aus und stellte sie auf den Boden.

»Sie müssen sich jetzt ausruhen«, ermahnte er sie.

»Ich habe mich geirrt«, sagte Sarah, »in so vielen Dingen, auch wenn ich natürlich mit dieser Wahrheit umgehen kann. Es ist nur, dass –«

»Psst! Sie müssen jetzt weinen und Sie müssen jetzt schlafen. Beides können Sie hier tun. Niemand wird Sie stören.«

Sarah drückte ihr Gesicht in das Kissen. Schmerz würgte sie.

Die Hebamme sagte, es wäre ein Junge gewesen, aber welchen Nutzen hätte die Welt schon von einem weiteren Bastard ...

Ihrem Schmerz ausgeliefert, schloss sie die Augen.

Er saß schweigend an ihrem Bett, allein seine Nähe war schon ein Trost. Nach einer Weile begann er, die Haarnadeln aus ihrem Haar zu ziehen, sanfte kleine Bewegungen, die sie von dem Druck der fest um ihren Kopf gesteckten Zöpfe befreiten. Er begann, ihren Kopf und ihren Nacken zu massieren. Der sanfte, streichelnde Rhythmus breitete sich in ihren Adern aus und trug Balsam in ihr schmerzendes Herz. Kleine Kreise, sanfte, kleine Kreise, die die Anspannung und die Pein vertrieben, den Schmerz wegnahmen.

Schließlich schlief sie ein.

Guy lauschte einige Augenblicke lang auf ihren gleichmäßigen Atem.

Trotz seines Schmerzes um sie, aber auch um sich selbst und um Rachel, begehrte er Sarah mit einer alles verzehrenden Leidenschaft. Alles an ihr empfand er als wunderschön. Die Wölbung ihrer jetzt leicht geröteten Nasenflügel. Ihre hübsch gebogenen Wimpern, die in Schattierungen von schokoladenbraun über sand- bis zu bernsteinfarben – wie das Fell einer gescheckten Katze – noch immer tränenfeucht schimmerten.

Ihre helle, zarte Haut, auch wenn sie wie jetzt von Tränen fleckig war. Die vielen Sommersprossen, die ihre Wangen wie ein getupfter Schleier bedeckten.

Was zum Teufel war überhaupt Schönheit? Das Porzellanpüppchen, von dem er in Hampstead wie besessen gewesen war? Oder diese leidenschaftliche, sinnliche Frau, deren Haut so hell wie Sahne war, deren Haar so wie Bernstein schimmerte? Eine Frau, deren Gesicht jede Regung ihres Herzens verriet: klug und mitfühlend und geistreich.

Sie seufzte im Schlaf und schmiegte sich in das Kissen. Ihr Haar war herrlich, üppig und weich, eine kupferfarbene Flut, die über die Kissen rieselte wie roter Sand, freigegeben von einer Meereswoge.

Alle Frauen kämmten sich am Abend das Haar aus und flochten es danach wieder zu einem langen lockeren Zopf.

Guy fand ihre Bürste auf dem Waschtisch, aber er sah nichts, womit er ihr Haar hätte binden können. Und ohne ihre Erlaubnis würde er in ihrem Gepäck nicht danach suchen. Kurzerhand riss er einen schmalen Streifen von seinem Taschentuch ab. Mit unendlicher Zartheit bürstete er ihr Haar, bis es glatt war, dann flocht er einen Zopf und band ihn mit seinem provisorischen Haarband zusammen.

Weil er gedacht hatte, es wäre einfacher, bei ihren Nachforschungen als Ehepaar in Erscheinung zu treten, hatte Guy zwei miteinander verbundene Zimmer reservieren lassen. Die Zwischentür konnte verschlossen werden, und er hatte dafür gesorgt, dass der Schlüssel auf Sarahs Türseite steckte. Ihr die Schuhe auszuziehen und ihr das Haar zu bürsten, war schon unschicklich genug. Sie weiter zu entkleiden stand ganz außer Frage.

Guy zog ihr die Decke bis zum Kinn hoch und schloss die Fensterläden, um sämtliches, ihren Schlaf störendes Licht auszusperren. Ohne Zweifel würde Sarah später aufwachen, deshalb ließ er vorsichtshalber dann doch zumindest eine Kerze neben ihrem Bett brennen, ehe er in das angrenzende Zimmer ging, wo sein eigenes Bett wartete.

Wie zur Hölle hatte er jemals auch nur für einen Moment denken können, dass er in Rachel verliebt sein könnte? Er legte seine Krawatte ab und öffnete seinen Hemdkragen, dann stand er eine lange Zeit am Fenster und schaute in den Sommerabend hinaus, der dem Tag langsam seine Farbe stahl.

Jenseits der Hafengebäude, dort, wo im tiefen Wasser die großen Schiffe vor Anker lagen, schrieb ein feines Netz aus Masten und Takelagen seine Mysterien in den Sonnenuntergang.

Guy erwachte in einem Schimmer von Sternenlicht. Er hörte zuerst ein leises Rascheln, dann das Klicken eines Riegels. Sofort war er hellwach. Lautlos griff er nach seiner Pistole, die neben der gelöschten Kerze auf dem Tisch neben seinem Bett lag. Er lag wie erstarrt da, sein Herz donnerte.

Sein Pulsschlag wechselte zu einem ganz anderen Rhythmus, als seine Augen in der Dunkelheit zu erkennen begannen.

Etwas Weißes schwebte vor der offenen Tür zum angrenzenden Zimmer.

Er nahm den schwachen Duft von grünen Äpfeln wahr.

Guy richtete sich im Bett auf und hielt die Decken um seine Taille. Er war nackt. Er schlief immer nackt.

Elfenbeinfarbene Seide fiel in langen Falten um ihre Knöchel. Der dicke Zopf hing über eine Schulter. Sie machte einen Schritt, die Schritte ihrer nackten Füße lautlos auf dem Teppich, und schloss die Tür hinter sich.

Wie die Weiße Lady sich über das Wasser des Sees bewegt hatte, schwebte Sarah an sein Bett.

Der Löwe brüllte.

Ihr Atem kam schnell und leicht. Das Nachthemd hob sich und fiel über ihre Brüste. Ihren Blick auf seine nackten Schultern gerichtet, öffneten sich ihre Augen wie die eines Tigers im Dunkeln.

»Guy?«, fragte sie leise. »Bist du wach?«

Er strich sich das zersauste Haar aus der Stirn und lehnte sich zurück gegen die Kissen. Verlangen und Erschrecken vereinten sich zu einem heißen Zentrum.

»Mehr als wach.«

»Ah«, sagte sie. »Du weiß also, dass ich nicht gekommen bin, um zu reden?«

Gepeinigt von der Frage, streckte er die Hand nach der Zunderdose aus. Die Dunkelheit war zu gefährlich. Sarahs Finger schlossen sich um sein Handgelenk.

Sein Penis pochte ins Leben, pochte in unbesonnenem Verlangen.

»Nein«, sagte sie. »Die Dunkelheit ist besser.«

Für einen Moment lag er vollkommen reglos, alle seine Sinne konzentrierten sich auf ihre Berührung. Seine Sehnen und Knochen schnitten rau gegen ihre Hand. Heißes Blut pumpte durch seine Adern.

»Sarah.«

Er hörte sich ihren Namen sagen, als hätte jemand anderer ihn ausgesprochen: ein Fremder, ein Mann, der am Rand eines Abgrunds stand. Doch seine Schultern breiteten Flügel aus, und Kraft strömte durch seine Glieder, die Kraft, direkt in den feurigen Kern der Sonne zu fliegen.

Für den weiteren Bruchteil einer Sekunde stand sie da, ohne eine Regung, ihr Atem zerrissen in der Nachtluft, ihre

Finger kühl auf seinem Handgelenk. Er brachte sie an seine Lippen. Sie überließ ihm ihre Hand, als er sanft ihren Griff öffnete, einen Finger nach dem anderen, um ihre Handfläche zu küssen. Zart, so zart – obwohl sein Puls donnerte –, schmeckte er die süße weiche Innenseite ihres Handgelenks.

Der Duft nach grünen Äpfeln und nach Weiblichkeit.

Ihr Atem stockte. Sie schloss die Augen und ließ den Kopf in den Nacken sinken. Er legte ihre Hand um seine Wange, und sie spreizte die Finger, um durch sein Haar zu fahren, die Berührung machte seine Haut prickeln.

Seine Erektion drängte gegen die Decke über seinem Schoß, und sein Herz brannte.

Sie war zu ihm gekommen. Sie liebte ihn. Sie würde ihn heiraten.

Er konnte es kaum glauben.

»Das heißt ja?«, wollte er wissen.

Ihr Lächeln in der Dunkelheit wirkte geisterhaft. Ihre Brüste bewegten sich sanft unter dem Nachthemd.

Sie ließ die Hand über seine nackte Schulter und seinen Arm herunter gleiten, um seine rechte Hand zu umfassen. Sie hob sie an ihren Mund. Ihre Lippen drückten sich auf die Mitte seiner Handfläche, fanden die empfindsame Stelle, die jeden Menschen bei Berührung wohlig erschauern lässt.

Ihre Zunge berührte sie. Nass und warm, sinnlich wie die Hölle.

»Ja«, wisperte sie in seine Hand. »Natürlich heißt das ja.«

Sie gab seine Hand frei. Sterne sandten ihr Licht auf das weiße Hemd, als sie es mit beiden Händen fasste und es sich langsam über den Kopf zog.

Kleine weiße Füße, der Spann auf erotische Weise beschattet. Zierliche Knöchel und glatte, geschwungene Waden. Eine sinnliche Schwellung von weiblichen Oberschenkeln und vollkommen gerundetem, weiblichen Bauch. Der Bogen der Rippen und das Profil einer Brust, die sich hob und senkte, weiß und rund und mit einer Brustwarze, die sich in der kühlen Luft aufgerichtet hatte. Sein Blick richtete sich dorthin, in einer Explosion von Verlangen, als sie das Hemd auf den Boden fallen ließ.

Guy glaubte, er könnte auf der Stelle zum Höhepunkt kommen. Er hörte sich selbst stoßweise atmen, wie verletzt.

Sie war wunderschön, wunderschön, schöner als Orchideen im Sternenschein, doch genauso kostbar, genauso sinnlich, und er begehrte sie schon seit so langer Zeit.

Ihr Zopf schwang, als sie sich auf die Bettkante setzte. Wie Perlen schimmerndes Licht streichelte ihre nackten Schultern und Arme.

Vibrierend vor wilder Freude schlug er die Decken zurück.

»Dir wird kalt werden«, sagte er.

»Nein«, erwiderte sie. »Das glaube ich nicht.«

Seine Seele hallte von Sehnsucht wider, als sein Körper seine heftigen Forderungen stellte.

Als Sarah unter die Decken glitt, berührte ihre kühle Haut sein heißes Fleisch, und Guy umfing sie mit seinen Armen, drückte ihren Kopf an seine Schulter. Sie schob ihr Bein über seines. Er streichelte den sanften Schwung ihrer Hüfte.

Worte flohen, Gedanken lösten sich auf, um diesem verwirrenden Schwelgen Platz zu machen, der männlichen Lust an Weichheit und Frau und Kurven, perfekt und vollkommen.

Sie strich über seine Brust und über seine Arme, als bewunderte sie seinen Körper. Sie fuhr mit den Fingerspitzen zu seinem Bauch, zu jener männlichen Haarlinie, als wollte sie seine Lust noch vergrößern.

In der Qual seines Verlangens umfing Guy ihren Kopf mit beiden Händen und küsste sie, rollte sie auf den Rücken, ihren

Kopf in die Kissen gebettet, und küsste ihren heißen offen stehenden Mund. Ihre Brüste pressten sich an seine Brust. Ihre Beine spreizten sich unter seinen. Seine Erektion stieß heiß und fest gegen in ihren Schoß, suchte das fast unerträgliche Vergnügen.

Um sie nicht zu erschrecken, versuchte er, zu warten, den Kuss zu unterbrechen, während er seine Hände mit ihren Brüsten füllte, schwer und voll. Hart wie Kieselsteine wurden ihre Brustwarzen unter seinen massierenden Fingerspitzen. Am Rande der Selbstbeherrschung senkte er den Kopf, um an ihnen zu saugen: süß, unendlich süß, rau unter seiner Zunge, nur noch vibrierende weibliche Lust.

Sie seufzte und wand sich und schrie auf, ihre Finger griffen in sein Haar. Ihr Atem brach, kämpfte um Luft, während sie laut aufstöhnte.

»*Ja, ja, ja* ...«

Sein Kopf war leer, seine Ohren erfüllt vom Brüllen des Stolzes, als er ihre Feuchtigkeit fand. Sie öffnete sich seinem Drängen, nahm ihn in sich auf.

Sie war wie Honig, sie war geschwollen und nass. An jeder süßen Stelle, an der sich ihre Körper berührte, brannten Flammen, versengten ihn. Seine Haut glühte. Guy warf die Decken zurück und kniete sich hin, hob ihre Hüften an, um sie an seine zu pressen.

Ihr Zopf hatte sich geöffnet, wallendes Haar floss über das Kissen. Ihr Kopf war zurückgeworfen, ihre Augen geschlossen, ihr Mund zu einem leisen Stöhnen geöffnet, als sie im Rhythmus seiner Stöße keuchte. Niemals, niemals hatte er etwas so Schönes gesehen.

Er begehrte sie schon so lange. Er wollte, dass es vollkommen wurde. Doch sie stöhnte und hob ihre Hüften, um gegen seinen Körper zu stoßen, seine Lungen leerten sich und sein

Kopf sank zurück, seine Lust steigerte sich zu einer intensiven Ekstase – und es war vorüber.

Verdammt! Verdammt! Wie ein unerfahrener Junge war er zu schnell gekommen und hatte die Geliebte hinter sich gelassen: seine Geliebte, seine zukünftige Frau, seine Sarah.

Guy war gleichzeitig nach Lachen und Weinen, nach Schreien und Fluchen zumute. Segen und Enttäuschung und Bedauern konzentrierten sich zu einem wilden, unvollkommenen Vergnügen.

Sarah seufzte und zog ihn zu sich hinunter. Er lag auf ihr, ihre Arme waren um seinen Rücken geschlungen, ihren Kopf hatte sie auf dem Kissen zur Seite gewandt. Sie hielt ihn noch tief in ihrem Schoß, feucht jetzt von ihrer beider Feuchtigkeit. Ihr Atem ging schnell und heiß an seinem Ohr.

»Es tut mir leid«, sagte er und stützte sich auf beide Ellbogen, sodass sein Gewicht sie nicht drückte. »Ich wollte, dass es das unvergesslichste –«

Sie wand ihm den Kopf zu und lächelte ihn an, ihr Gesicht im sanften Licht der Sterne nur verschwommen zu erkennen.

»Ja«, sagte sie. »Es war wunderbar. Ist es noch. Hör jetzt nicht auf!«

Er ließ den Kopf auf ihre Schulter sinken und lachte.

Er war noch hart.

Sein Verlangen flammte noch ungemindert. Trotz dieses ungewollten schnellen Höhepunkts begehrte er sie so sehr, dass er hart blieb.

Ohne sich zurückzuziehen, begann er wieder zu stoßen. Diesmal kostete er jeden Moment aus. Jedes berauschende Gefühl wurde gehalten, um genossen zu werden. Guy war ein Gott der Potenz. Ein männlicher Vogel, der mit wächsernen Flügeln zur Sonne aufstieg. Sarah zitterte und keuchte, heißer Atem, heiße Haut, als sie den Höhepunkt erreichte.

Und obwohl er die Gewalt ihrer Lust spürte, blieb er hart: Der Löwe brüllte seinen Triumph über die heißen Flächen eines geheimnisvollen dunklen Landes, erfüllt von Entzücken.

Er blieb hart.

Guy zog sie auf sich, um sich von ihr reiten zu lassen, seine Hände umfassten ihre Hüften, um ihr zu helfen, um ihre Bewegungen zu führen. Sie ließ den Kopf in den Nacken sinken und steigerte ihre eigene Lust, als er mit der Hand eine ihrer Brüste umschloss, sie hielt, mit den Daumen über deren harte Spitze fuhr, bis Sarah aufschrie und wieder zum Höhepunkt kam.

Sie fiel nach vorne und presste sich an ihn, küsste ihn, den Mund weit geöffnet. Ihr Körper brannte gegen seinen, bewegte sich auf ihm. Ihre Brustwarzen rieben sich an den Haaren auf seiner Brust. Und er war noch immer hart.

Guy fühlte sich, als würde er mit der ganzen Kraft seiner Lungen schreien. Die Seligkeit schmerzte – Schweiß lief ihm den Rücken hinab – doch süß, unglaublich süß begann sie, sich wieder gegen ihn zu bewegen, zog ihn noch tiefer in ihren Körper.

Dieses Mal, gerade bevor sein Höhepunkt seine machtvolle Forderung aufzubauen begann, zog sich Guy aus ihrem Schoß zurück und drehte Sarah herum. Ihr Haar wirbelte über die Kissen, die sich kräuselnden Wellen schimmerten schwach. Sarah schaute ihn scheu über die Schulter an, ihre Augen spiegelten eine leichte Verwirrung wider. Das feuerte sein Verlangen noch stärker an.

Er beugte sich vor und drückte die Lippen auf ihr feuchtes Haar. »Vertrau mir. Es wird dir gefallen.«

»Was wird mir gefallen?«

»Knie dich hin«, sagte er sanft. »So.«

Er schob ein Kissen zurecht und zeigte ihr, was sie tun sollte.

Sie zögerte nur einen Moment, bevor sie seiner Bitte nachkam. Dann umfasste er ihre Hüften, sein Bauch presste sich gegen ihre Pobacken, sein Glied suchte den Mund ihres Schoßes und er glitt wieder in sie hinein.

Wunderbar. Wunderbar. Wunderbar. Schamlos und verrucht und leidenschaftlich. Ihre erotische Intensität erstaunte ihn. Er labte sich an dem Anblick ihrer runden Pobacken, ihres schmalen Rückens, ihrer Schultern und Arme, die hell unter der Flut ihrer zerwühlten Haare schimmerten.

Guy beugte sich vor und hob sie an, stützte sie in seinen Armen. Er flüsterte ihr sein Verlangen und seine Liebe zu, ein Durcheinander abgerissener Worte, unterbrochen von seinem heißen Atem.

Und dieses Mal gelang es ihm nicht mehr sich zurückhalten. Lust durchströmte ihn mit solcher Intensität, dass er aufschrie. Und sie war dort mit ihm, ihn tief in ihrem Inneren umschließend. Ihr dunkles Beben ließ seinen Schaft vibrieren. Er hatte sie mit sich in die Ekstase genommen.

Schweißnass sanken sie auf das Bett zurück.

Guy zog die Decke über sie und drückte Sarahs weichen Körper an sich. Er war so erfüllt von diesem Wunder, dass er nicht wusste, ob er je wieder so sein würde wie vor dieser Nacht.

Sie schmiegte den Kopf in die Höhlung seiner Schulter.

»Ich wusste es nicht«, wisperte sie. »Ich wusste nicht, dass es so sein kann.«

Klang da etwas Erschrockenes, fast Furchtsames in ihrer Stimme mit? Er wusste es nicht. Er war lange hinaus über jede Art von Spitzfindigkeit.

»Unvergesslich?«, murmelte er. »Vollkommen. Ich liebe dich, Sarah.«

Strahlend vor Triumph, geschlagen von der Liebe, zog er sie an sich und hielt sie umschlungen, bis sie beide einschliefen.

Als er aufwachte, vielleicht fünf, sechs Stunden später, begann die Sommermorgendämmerung gerade, das Zimmer mit rosafarbenem Licht zu füllen. Die Amseln stimmten ihr leises Zwitschern an.

In allen Schattierungen von Rot, Orange und Bernstein kringelte sich Sarahs Haar über ihre Brüste und Schultern. Ihre Lippen waren leicht geöffnet und enthüllten ihre weißen Zähne.

Mit einer seltsamen Art von Ehrerbietung weckte Guy sie mit unzähligen kleinen Küssen. Das Herz tat ihm weh, als sie die braunen Wildkatzenaugen öffnete und zu ihm hochschaute.

Er wollte keine Worte. Er wollte zeigen, wie sehr er sie liebte, wie unendlich er sie begehrte. Bevor Sarah etwas sagen konnte, küsste er sie zart auf den Mund, dann streichelte er mit den Lippen die glatte, zarte Weichheit ihrer Arme und Beine, als zeichnete er Gänge eines Labyrinths nach.

Sein Herz war erfüllt mit Staunen, als er in Kurven und Vertiefungen verweilte, die weichen Formen ihres Leibes und ihrer Brüste liebkoste. Die Brustwarzen schimmerte in blassem Rosa und verdunkelten sich, wenn sie sich unter seiner zärtlichen Zunge zusammenzogen und aufrichteten.

Das Haar in ihrem Schoß flammte so leuchtend wie ihr Haupthaar. Er teilte das kleine Dreieck kupferfarbenen Wirrwarrs mit zwei Fingern und erkundete mit seinem Mund ihre feuchten Falten. Sarah keuchte überrascht, ihr Atem wurde schneller und schneller, als sie sich zurücklegte und ihm erlaubte, ihren Körper zu erobern.

Guy erregte sie, bis ihr Atem flatterte und sie aufschrie, dann, kraftvoll und jubelnd liebte er sie, bis die Vögel den Tag laut zwitschernd verkündeten.

Im Hof des Gasthauses war rege Geschäftigkeit ausgebrochen. Sonnenstrahlen fielen in das Zimmer. Doch Guy ignorierte die Sonne. Sarah fest in seinen Armen haltend, schlief er noch einmal ein.

Als er die Augen aufschlug, war es grau im Zimmer und Regen schlug gegen die Fenster.

Sarah saß im Bett, die Knie an das Kinn gezogen, die Decken um ihre Beine geschlungen. Sie schaute auf die nassen Scheiben, an denen Rinnsale aus Silber hinabliefen.

Ihr Rücken bog sich anmutig. In dem blassen Licht zur Bernsteinfarbe gedämpft, fiel das Haar ihr bis über die Schultern.

»Es regnet«, sagte sie.

Guy streckte die Hand aus und schlang eine lange Locke um seinen Finger. Er fühlte sich wie das leere Bett eines Meeres, fühlte sich so frei wie die fernen Weiten jenseits der Planeten, und in seinem Herzen sang und tanzte die Freude. Während er mit ihren Haaren spielte, begann eine neue Erektion, Aufmerksamkeit zu fordern und erfüllte ihn mit der strahlenden Erwartung von noch mehr Lust.

»Also hat die Morgendämmerung ein falsches Versprechen gegeben?«, fragte er. »Sei's drum! Ich schwöre, dass ich der Sonne befehlen werde, an unserem Hochzeitstag zu scheinen. Auch wenn gerade jetzt sogar der Regen gesegnet zu sein scheint. Ich liebe dich, mein Herz. Herrgott, wie sehr ich dich liebe!«

Sarah ließ den Kopf auf die verschränkten Arme sinken und schwieg.

Er zog sanft an der Haarlocke, bis sie den Kopf hob und ihn ansah. Ihre Miene war ausdruckslos, ihre Augen finster vor – was? Schuld? Angst? Alle Freude fiel in sich zusammen, als wäre er von einem Pfeil durchbohrt worden.

»Sarah, ich liebe dich«, sagte er wie ein Mann, der glaubte, gerade diese Worte könnten sie überzeugen.

»Nein«, rief sie heftig. »Sag das nicht!«

Taub vor Schock schwang Guy die Beine aus dem Bett und ging nackt, wie er war, zum Waschtisch. Er spritzte sich kaltes Wasser ins Gesicht und über den Kopf, dann rieb er sein Haar mit einem Handtuch trocken. Sein erwachendes Begehren war gestorben, wie gemeuchelt. Er trat hinter den Wandschirm, um den Nachttopf zu benutzen. Ehe er zum Bett zurückging, schlang er das Handtuch um seine Hüften.

Ihre Augen verdunkelten sich, als sie ihn anblickte, dann wandte sie sich ab, um ihr Haar mit einer Hand zusammenzufassen. Ihre Finger zitterten, als sie versuchte, es zu flechten.

»Was soll ich nicht sagen?«, fragte er. »Die Wahrheit?«

»Nein! Lass uns immer die Wahrheit sagen!« Ihre Stimme klang zerrissen. »Ich gebe zu, dass das, was heute Nacht passiert ist, das war, was ich wollte. Doch ich habe damit nicht gemeint, dass ich dich heiraten würde.«

Zorn brüllte in seine Ohren. »Aber du hast ja gesagt!«

»Ich meinte ja, dich zu wollen ... deinen Körper zu wollen. Das ist alles! Es wäre Wahnsinn, dich zu heiraten!«

Sein Schmerz verwandelte sich in eine Art von Zorn – obwohl er doch nicht wirklich zornig war? Er war einfach nur angespannt und verwirrt, seine Gedanken voller Bitterkeit.

»Sarah, um Himmels willen! Wir müssen sofort einen Hochzeitstermin festlegen. Ich habe heute Nacht keinerlei Vorsicht walten lassen. Du könntest ein Kind empfangen haben.«

Sie wandte sich ab, der halb geflochtene Zopf baumelte über ihren Rücken. Sie schüttelte den Kopf.

»Du kannst dieses Risiko nicht tragen!« Er versuchte, seine Stimme zu dämpfen, aber sie hörte sich heiser an, voller Zorn. »Ich liebe dich. Ich will dich heiraten.«

»Nein.« Sie hob den Kopf. »Es wird kein Kind geben.«

»Du hast deine Regel bekommen?«

»Nein, das nicht.«

»Was dann?«

Ihre Augen schauten voller Mut zu ihm auf, Röte breitete sich auf ihren Wangen aus.

»Als ich jung verheiratet war, dachte Mrs. Mansard, es wäre klüger, ich würde noch ein wenig damit warten, eine Familie zu gründen. Bis die Dinge geregelt wären, sagte sie. Vielleicht hatte sie bereits vermutet, dass John nicht sehr lange leben würde, und wollte verhindern, dass ich als Witwe ein Kind großziehen müsste. Sie hat mir gezeigt, wie man einen kleinen Schwamm mit Essig verwendet, um –«

»Du hast *Vorkehrungen* getroffen?«

»Ja, natürlich. Ich habe nicht den Verstand verloren.«

»Dann hast du das alles geplant?«

Als wollte sie vor ihm fliehen, stieg sie aus dem Bett, zog die Decke mit sich und schlang sie um ihren Körper.

»Ja! Bitte sei vernünftig, Guy! Alles andere wäre Wahnsinn gewesen!«

»Nicht, wenn wir heiraten werden – und was zur Hölle hätte ich anderes annehmen sollen? Aber wenn du nicht die Absicht hast, mich zu heiraten, warum bist du dann in mein Bett gekommen?«

Eingehüllt von der Bettdecke ließ sie sich auf einen Stuhl sinken. Ihre Sommersprossen marschierten wie ein dunkler Pfeil über ihre erschreckend bleichen Wangen. Ihre Augenlider brannten rot, als würde sie zu weinen anfangen.

»Ich habe doch schon gesagt, warum: Ich wollte dich. Ich wollte deinen Körper. Das ist alles!«

Er fühlte sich, als hätte sie ihn mit Eiswasser übergossen. Er ging zur Klingelschnur und zog daran.

»Aber warum jetzt?«

»Vielleicht wollte ich nur erleben, was Rachel erleben hat.«

Er fuhr herum und starrte sie an. Das Handtuch rutschte von seinen Hüften, Guy stieß es mit dem Fuß zur Seite.

»Du hast mich aus Rache geliebt? Du hast gedacht, weil ich deine Cousine wie eine Dirne benutzt habe, würde es interessant sein, zu erfahren, wie sich das anfühlt? Aber ich liebe dich. Ich will dich heiraten.«

»Glaubst du« – ihre Stimme war kaum mehr als ein Wispern, aber doch fest und ruhig – »dass du mich einschüchtern und heiraten kannst, indem du mich anschreist?«

Sein Zorn sackte in sich zusammen als wäre er ein angestochener Ballon. »Ein nackter Mann, der eine Frau anschreit, ist normalerweise schon mit ihr verheiratet«, sagte er.

Sie war so überrascht, dass sie beinahe aufgelacht hätte. Ein helles Rosa stieg in ihre Wangen. »Nicht dieses Mal, obwohl du nackt wunderschön bist.«

Peinlich berührt bückte er sich, um das Handtuch aufzuheben. Auch wenn es Sarah war, furchtsam und mutig zugleich und schön, und er sie liebte.

»Und das war Grund genug für dich, heute Nacht in mein Bett zu kommen, bietet aber zu wenig, um mich zu heiraten?«

»Ja – nein – du weißt ganz genau, dass es nicht aus irgendeiner Art von Rache geschehen ist.«

Er wühlte in seinen Koffern nach einem sauberen Hemd. »Warum hast du dann vorgeschlagen –«

Ein Klopfen unterbrach sie. Guy ging zur Tür und trug dem Hausdiener auf, heißes Wasser für ›seine Frau‹ zu holen. Er hätte angesichts der Ironie fast lachen können.

Sarah wandte den Blick ab und sah aus dem Fenster. »Ich weiß es nicht. Wie kann ich dir antworten? Die Wahrheit ist, dass ich in dein Bett gekommen bin, weil ich mich . . . ich weiß es nicht … verzweifelt, oder einsam, oder verrückt gefühlt habe? Ich bin voller Angst in einem dunklen Zimmer aufgewacht. Ich hatte geträumt, dass ich in Treibsand gefangen war, während Rachel über einen breiten Strand davonrannte, in eine Höhle ohne Ausgang, und dann kam die Flut. Ich wusste, sie würde dort drinnen gefangen sein und ertrinken, aber sie war zu weit entfernt, um mein Rufen zu hören, und ich konnte mich nicht bewegen. Meine Röcke waren um meine Beine gewickelt.«

»Ich konnte nicht –« Er holte tief Luft. »Wie lächerlich es jetzt auch scheint, ich wollte nicht nach Ellen klingeln und ich konnte dir schlecht deine Röcke ausziehen, Sarah.«

»Nein, natürlich nicht. Ich mache dir deswegen keinen Vorwurf. Ich habe mich ausgezogen und mir mein Nachthemd angezogen und wollte wieder schlafen gehen. Doch plötzlich konnte ich es nicht ertragen, allein zu sein. Rachel hatte ein Baby, Guy, und sie war ganz allein unter Fremden, als ihr kleiner Junge tot geboren wurde.«

»Du bist also zu mir gekommen, um getröstet zu werden?«

»Vielleicht. Ich weiß es nicht. Obwohl ich offensichtlich mehr als das wollte und mich dementsprechend vorbereitet habe.« Sie stand auf, blieb wie angewurzelt stehen und sah so in die Decke gehüllt wie eine Statue der Aphrodite aus. »Aber wäre es auch geschehen, wenn ich nicht über Rachel Bescheid gewusst hätte? Vermutlich nicht.«

Ohne noch länger auf das heiße Wasser warten zu wollen, wusch sich Guy von Kopf bis Fuß mit kaltem Wasser, dann rieb er sich mit dem Handtuch trocken, als wollte er seine Muskeln und Sehnen dafür bestrafen, dass sie existierten.

»Du denkst nicht, dass all das auch mir das Herz bricht?«, fragte er. »Du glaubst nicht, dass ich mich ebenso hilflos fühle angesichts all dieser Verwicklungen und dieser Tragödie? Doch ich liebe dich, und ich weigere mich zu glauben, dass du mich nicht auch liebst, zumindest ein klein wenig.«

Sie löste sich aus ihrer Starre und ging zur Zwischentür, wobei sie die Bettdecke wie einen Brautschleier hinter sich herzog.

»Dich lieben?«, sagte sie. »Ich liebe dich, seit ich dich das erste Mal gesehen habe.«

Er zog sich das Hemd über. »Dann verstehe ich nicht, warum wir nicht heiraten sollten.«

»Weil es nicht dasselbe ist.« Sie blieb stehen, die Hand auf dem Türgriff, den Nacken anmutig gebeugt. Ihr Anblick ließ sein Herz schmerzen. »Rachel ist noch immer verschwunden. Wir wissen noch immer nicht, warum sie in die Cooper Street gegangen ist, und wer der Vater ihres Babys ist. Alles was wir wissen ist, dass sie allein, verängstigt und verzweifelt war, und es wahrscheinlich noch immer ist, und dass du nicht gezögert hast, das für dich auszunutzen. Inzwischen sind du und ich gemeinsam in dieser Suche verfangen, und auch ich habe mich in dich vernarrt. Vielleicht ist das genug. Ich weiß es nicht. Aber wären wir uns unter normalen Umständen begegnet – nehmen wir an, bei irgendeiner Veranstaltung –, du hättest mich niemals eines zweiten Blickes gewürdigt.«

»Ich liebe dich«, wiederholte er.

»Dennoch kannst du nicht abstreiten, dass das, was ich gerade gesagt habe, wahr ist, oder?« Sie öffnete die Tür, als er seine Hosen anzog. »Ich bezweifle nicht, dass du denkst, dass du mich liebst, Guy, aber –«

»– aber du kannst mir noch nicht glauben. Warum nicht? Wegen Rachel oder wegen Miracle? Ja, ich war schon vorher verliebt, aber nicht so wie dieses Mal! Noch niemals so wie dieses Mal!«

Die braunen Augen enthielten nichts als Schmerz. »Nicht, Guy! Du redest von Leidenschaft, nicht von Liebe.«

Er griff nach seiner Krawatte und legte sie um den Kragen seines Hemdes. »Wie zum Teufel kannst du dich weigern anzuerkennen, was ich dir letzte Nacht mit meinem Körper bewiesen habe?«

»Das tue ich nicht. Du hast meine Seele geöffnet und alle meine Vorurteile zerstört. Ich hatte keine Ahnung, was ein Mann wie du ... was einer Frau wie mir geschehen würde, wenn sie ihr Herz einem Mann wie dir öffnet. Ich wusste nicht, wie tief ... Ich wusste nicht, wie tief du mein Herz schmerzen lassen würdest. Als ich heute Nacht in dein Zimmer gekommen bin, aus Neugier oder Einsamkeit, oder sogar aus Lust – oder aus irgendeinem anderen Grund, den ich jetzt für trivial halten könnte, habe ich eine sehr bittere Lektion gelernt.«

»Trivial?« Er ließ die Enden seiner Krawatte fallen, streckte einen Arm von sich und zeigte auf das Bett. »Du kannst also noch immer nicht anerkennen, was in dem Bett dort geschehen ist? Dann will ich verdammt sein, wenn ich weiß, ob ich dich jemals überzeugen könnte!«

Farbe flutete über ihre Haut, überzog ihre Wangen mit Purpur.

Mit lautem Kannenscheppern trug der Hausdiener heißes Wasser in Sarahs Zimmer. Guy starrte sie fassungslos an, als sie die Tür aufzog.

»Nein, das kannst du nicht«, sagte sie, »weil das die Weise war, wie ein Mann seine Geliebte liebt. Nicht die Art, wie ein Mann mit seiner Frau Liebe machen würde.«

Kapitel 15

Sarah betrat das Frühstückszimmer des Gasthauses und setzte sich Guy gegenüber. Ein Kranz aus Zöpfen lag so akkurat und fest um ihren Kopf, als wollte sie seine Erinnerung an ihr Haar verhöhnen, das in der Nacht in üppigen Wellen über ihre nackten Brüste gefallen war.

Sie war blass, sah ihn aber sehr gefasst an.

Guy bestellte Eier, warme Brötchen und Kaffee und vertiefte sich dann bewusst selbstquälerisch in die Betrachtung ihres schönen Mundes und der Anmut ihrer Bewegungen.

Eine leichte Farbe begann ihre Wangen zu überhauchen, als sie den Kaffee trank, bis schließlich ein sanftes Rosa den Untergrund für die vielen Sommersprossen bildete. Sarah aß fast nichts, pickte nur in ihrem Frühstück herum, schob irgendwann den Teller von sich weg und lehnte sich zurück.

Ihre braunen Augen sahen ihn prüfend an, als müsste sie über etwas nachdenken.

»Es tut mir leid, Guy«, sagte sie schließlich. »Es tut mir leid, was letzte Nacht alles geschehen ist. Ich denke, wir sollten uns einigen, das Ganze zu vergessen.«

Er attackierte ein Brötchen mit beiden Händen, indem er es auseinanderriss. »Weil wir sicher sein können, dass kein Kind aus unserem unklugen Beisammensein entstanden ist?«

Die Farbe ihres Gesichts vertiefte sich zu Purpur. »Ich weiß nicht, was wir sonst tun können, Guy. Ich verstehe nichts von den Gefühlen, die ich empfinde. Ich verstehe nicht einmal, warum ich nicht bereuen kann, was ich getan habe. Und dann wiederum bereue ich es doch, mit jeder Faser meines Seins. Ich erwarte nicht, dass du das verstehst.«

»Es ist üblicher, dass der Gentleman eine Lady um Gnade bittet, wenn er die Grenzen des Anstands überschritten hat«, sagte er.

Sie schenkte ihm ein Lächeln, allerdings erreichte dieses ihre traurigen Augen nicht. »Nichtsdestotrotz fürchte ich, dass ich mich grausamer verhalten habe, als es mir bewusst war. Wir können nicht zusammen weitermachen, es sei denn, ich gebe zu, dass ich einen Fehler gemacht habe.«

»Ganz und gar nicht, Ma'am.« Er rührte ein wenig Sahne in seinen Kaffee. »Dich trifft keine Schuld.«

»Aber können wir nicht einfach wieder Freunde sein?«

Er schaute sie über den Rand seiner Tasse an. »Nein.«

»Warum nicht?«

»Erstens schon deshalb nicht, weil du und ich niemals einfach nur Freunde gewesen sind. Dieser Löwe schleicht um uns herum, seit ich dich zum ersten Mal in dem Buchladen gesehen habe.«

Sie schob einige Krümel auf ihrem Teller mit der Gabel hin und her. »Aber wir haben das alles schon besprochen und sind überein gekommen, dass –«

»Zweitens, weil das, über was auch immer wir damals überein gekommen sind, jetzt völlig irrelevant ist. Vielleicht kann eine Frau diese Art der Leidenschaft mit einem Liebhaber teilen und in ihm dennoch nicht mehr als einen Freund sehen. Ein Mann kann das niemals.«

Sarah starrte in den Regen, der noch immer an die Fensterscheiben prasselte. »Bei Miracle und dir war es aber so.«

»Ja, aber das war auch ein Prozess, der fast zehn Jahre gedauert hat.«

Sarah sah ihn wieder an. »Du hast sie noch begehrt, auch nachdem eure Beziehung beendet war?«

»Ich war erst achtzehn, als wir uns begegnet sind, und noch

immer achtzehn, als ich sie verlassen habe. Meine Gefühle und mein Verstand waren die eines Jungen. Es brauchte ein Jahr, nachdem wir uns getrennt hatten, dass wir nicht hin und wieder noch zusammen ins Bett gegangen sind, und weitere zwei Jahre, bis ich den Gedanken daran losgeworden war, obwohl keiner von uns eigentlich noch wünschte, danach zu handeln. Bei dir kann ich das nicht.«

»Miracle ist einzigartig«, stellte sie fest. »Es gibt keine andere Frau wie sie auf der Welt.«

Er schenkte sich Kaffee nach. »Es gibt auch keine andere wie dich«, sagte er. »Ich habe Miracle nie die Heirat angetragen, und ich bin kein grüner Junge mehr.«

Sie schob die Gabel beiseite. »Aber ich werde in ein paar Wochen aus deinem Leben verschwunden sein. Jetzt, da wir die wahre Natur von Rachels Problem kennen und definitiv wissen, dass sie sich noch in Devon versteckt hält, werden wir sie bald finden.«

»Und bis dahin?«

»Machen wir weiter«, sagte sie, »als hätte es die letzte Nacht nie gegeben.«

Zorn und Verzweiflung kämpften in ihm wie zwei Raubkatzen, doch er würde ihr nie wieder die Wahrheit unterschlagen, wie belastend auch immer sie war.

»Du bist keine solche Närrin, Sarah, wirklich zu glauben, dass das möglich ist. Ich kann dich nicht ansehen, ohne an meine Gefühle für dich zu denken, die Lust, die du in mir entfacht hast, und das mit einer Heftigkeit, die mir den Atem raubt. Wenn nur ich so empfinden würde, wäre ich als Gentleman dazu gezwungen, mein Verlangen zu bezähmen und dich einzig und allein höflich zu behandeln. Wie es aussieht – heb deine Hand!«

Ihre Augenbrauen zogen sich zusammen. »Was?«

»So.« Er stützte einen Ellbogen auf den Tisch und hielt seine rechte Hand hoch, die Innenfläche Sarah zugewandt.

Ihre Augen wurden groß, wie die einer Katze bei Nacht. Sie lehnte sich zurück und schüttelte den Kopf.

»Du musst mich nicht berühren«, sagte er. »Einfach nur die Hand hochhalten, die Innenfläche mir zugewandt.«

»Nein!«

»Du kannst es nicht, denn wenn wir es tun, werden die Funken sprühen. Der Löwe wird aus seinem Käfig ausbrechen, genau hier an diesem Tisch, und wir würden die anderen Gäste schockieren.«

Sie verschränkte die Hände ineinander und legte sie in den Schoß. »Obwohl ich kaum begreife, was zwischen uns geschehen ist, kann ich nicht leugnen, dass es wunderschön war. Ja, natürlich gibt es einen Teil von mir, der sich danach sehnt, es wieder zu tun, aber –«

»Aber du glaubt noch immer nicht, dass eine Leidenschaft wie unsere die Basis für eine Ehe bilden kann?«

»Nicht, wenn sie mich zwingt, mich gegen mein besseres Wissen in dich zu verlieben, Guy! Was wäre das für eine Basis einer Ehe?«

»Keine, offensichtlich«, sagte er. »Weil wahre Liebe augenscheinlich nur die sanfte, respektvolle Bewunderung ist, die du mit John Callaway geteilt hast.«

Sarah stieß sich vom Tisch ab, erhob sich und starrte ihn an. Ihre Halsschlagader pochte sichtbar.

»Wenn du das so siehst. Ja!«

»Wie du wünschst!« Er stand auf, um sie aus dem Raum zu führen. »Du beharrst noch immer darauf, dass wir unsere Suche gemeinsam fortsetzen?«

»Wir müssen das tun«, sagte sie. »Wir können jetzt nicht aufgeben.«

»Nichtsdestotrotz werde ich allein nach Grail Hall reiten, um herauszufinden, welche Besucher dort gewesen sind – neun Monate bevor Rachels Baby geboren wurde. Einer dieser Gäste muss ihr Liebhaber gewesen sein.«

»Aber sie hat dort kaum länger als einen Monat verbracht«, sagte Sarah. »Ich kann nicht verstehen, wie sie das hat tun können.«

Sie hatten den Korridor erreicht, er war menschenleer. Guy hob die Hand in Höhe von Sarahs Kinn, berührte sie aber nicht. Er hielt seine Hand einen Zentimeter weit von ihrem Gesicht entfernt. Seine Fingerspitzen begannen zu prickeln.

»Doch, das kannst du verstehen«, sagte er.

Sarah schwankte für einen Moment, dann schloss sie die Augen und schmiegte das Gesicht in seine Hand. Ein kleines Stöhnen entfloh ihren Lippen.

»Nicht!«, sagte sie. »Bitte nicht!«

Sein Herz begann zu rasen. Er zog die Hand zurück, als hätte Sarah ihn verbrannt.

»Soll ich dich küssen?«, fragte er. »Und wenn ich es tue, würdest du mich dann zurückweisen?«

Ihre Augenlider hoben sich schwer, sie fühlte sich wie betäubt. Doch sie schaute zu ihm hoch mit den Augen einer Tigerin.

»Nein«, sagte sie. »Nein. Du weißt, das würde ich nicht tun. Trotz allem kann ich dich nicht abweisen.«

Guy trat zurück, zwang sich, sie nicht wieder zu berühren. »Wie zum Teufel soll es jetzt weitergehen, Sarah?«

Sie lehnte sich gegen die Wand, als bräuchte sie diesen Halt, um nicht zu Boden zu sinken.

»Ich weiß es nicht«, sagte sie dann mit dem ihr so eigenen, wunderbaren, tief verwurzelten Mut, erwiderte seinen Blick und lachte. »Ich würde sagen, unter diesen Umständen wäre es das Normale, du würdest mich zu deiner Geliebten machen.«

Sarah ging bis fast zum Rand des Hafens, dorthin, wo die gepflasterten Straßen in schmutzige Wege übergingen. Einfache Cottages standen hier und dort, umgeben von Küchen- und Obstgärten.

Guy hatte sich ein schnelles Pferd satteln lassen und war weggeritten, obwohl der schwere Regen seinen Umhang sofort durchnässt hatte und wie von einem Schieferdach vom Fell seines Pferdes heruntergeströmt war. Sarah hatte ihn vom Fenster des Gasthauses beobachtet – seine hochgewachsene Gestalt, seine Geschmeidigkeit, mit der er das nervös tänzelnde Pferd beherrscht hatte – und sie hatte einen Schmerz wie bei einer Brandwunde empfunden.

Sie fühlte sich verwirrt von ihrer Naivität, verwirrt davon, dass ihr nicht bewusst gewesen war, dass keine Frau sich jemals einem Mann wie ihm hingeben konnte, ohne nicht sofort zu seiner Sklavin zu werden. Sie war schon so verzweifelt, so hoffnungslos verliebt in ihn gewesen, aber letzte Nacht – in einem Augenblick der Schwäche oder des starken Bedürfnisses oder des Wahnsinns – hatte sie ihm ihre Seele geschenkt.

Und deshalb hatte er sich verpflichtet gefühlt, ihr die Heirat anzubieten.

Sie bezweifelte nicht, dass er es ernsthaft meinte oder dass auch er Liebe für sie empfunden hatte, *in jenem Moment*. Doch auf dieselbe Weise hatte er, nein, musste er, bei jeder Frau empfunden haben, die er je mit in sein Bett genommen hatte. Sogar bei Rachel. Und jedes Mal musste die Frau unausweichlich sogar noch mehr gefühlt haben.

Ob Guy Devoran es wollte oder nicht, er könnte sich niemals eine Geliebte nehmen, ohne die unzerstörbaren Ketten der Leidenschaft zu schmieden, die diese Frau für immer an ihn band. Auch Rachel musste ihrer Seele und ihrer Freiheit beraubt worden sein, als sie und Guy sich geliebt hatten, als sie mehr als zwei Monate lang in dem Haus in Hampstead zusammengelebt hatten. Was konnte möglicherweise geschehen sein, das Rachel dazu bewogen hatte, ihn zu verlassen?

Es war unmöglich gewesen, herumzusitzen und nichts zu tun, dazusitzen und über Guy zu grübeln, der wie verrückt nach Grail Hall ritt. Oder sich vorzustellen, wie er sich das Bett mit Rachel oder Miracle geteilt hatte. Deshalb hatte Sarah ihren dicksten Mantel angezogen und war auch in den Regen hinausgegangen.

Jetzt, zwei Stunden später, hatte der Regen aufgehört. Ellen folgte ihr in einigen Schritten Abstand, sie trug den zusammengeklappten Schirm. Dünnes, wässeriges Sonnenlicht tränkte das schäbige Stroh auf dem Dach des Cottages, als Sarah auf die Haustür zuging, und noch einmal hart schluckte, ehe sie den Türklopfer betätigte.

Es war ohne Frage das richtige Haus. Die Beschreibung war sehr genau gewesen, bis in jede Einzelheit. Wie angekündigt, öffnete eine kräftig gebaute, sehr schöne Frau die Tür.

»Mrs. Siskin?«, fragte Sarah.

»Ja, Ma'am!« Helle haselnussbraune Augen musterten Sarahs Gesicht. »Kann ich Ihnen helfen?«

»Ich fürchte, es könnte schmerzlich für Sie sein, aber ich hörte, dass Ihre Schwester Bess Medway war, die im letzten Frühjahr auf dem Friedhof von St. Michaels begraben worden ist?«

Bestürzung verdunkelte für einen Moment die haselnussbraunen Augen. »Wer hat Ihnen das gesagt, Ma'am?«

»Mrs. Lane aus der Cooper Street, heute Morgen«, antwortete Sarah. »Ihre Schwester hat das Baby meiner Cousine auf die Welt geholt, und ich habe mich gefragt – können wir reden?«

Mrs. Siskin plusterte sich wie eine Glucke auf. »Aber ja, kommen Sie gleich durch ins Wohnzimmer, meine Liebe! Ich bekomme in letzter Zeit nicht mehr so häufig Besuch.« Sie spähte über Sarahs Schulter zu Ellen, die die Tropfen vom Schirm schüttelte. »Und Ihr Mädchen kann mit meiner Ursula eine Tasse Tee in der Küche trinken, wenn ihr das recht ist.«

Sarah folgte der Schwester der Hebamme in ein gemütliches kleines Zimmer. Bleigefasste Fenster standen zum Garten hin offen. Von den Nebengebäuden und den Bäumen stieg Feuchtigkeit auf, deren Geruch die Luft erfüllte.

»Was also möchten Sie wissen?«, fragte Mrs. Siskin, sobald der Tee vor ihnen stand und die üblichen Höflichkeiten ausgetauscht waren. »Bess starb in diesem Haus, Gnade ihrer Seele. Sie hat viele Babys auf diese Welt geholt und wahrscheinlich die meisten von ihnen vergessen.«

»Ja, aber ich habe gehofft, dass vielleicht in diesem Fall … Rachel, meine Cousine, ist sehr schön. Jeder erinnert sich an sie. Ihr Haar ist wie pures Gold, und ihre Augen sind himmelblau, wie kostbarer Samt. Ihre Schwester wurde gerufen, um ihr beizustehen – im letzten März vor einem Jahr. Hat sie Ihnen gegenüber nie eine solche Lady erwähnt?«

Mrs. Siskins Augen wurden wachsam. »Nun, ich weiß nicht«, sagte sie und schaute dabei auf ihr schönes Porzellan. »Ich weiß nicht, was ich sagen soll. Wie war der Name doch gleich?«

»Meine Cousine nannte sich Mrs. Grail, aber sie war nicht verheiratet. Hat Ihre Schwester Ihnen vielleicht erzählt, ob Rachel ihr irgendetwas über den Vater des Kindes gesagt hat?«

Ihre Teetasse klirrte, als Mrs. Siskin sie hart auf die Untertasse stellte. Ihre Augen umflorten sich und ihr Kinn zitterte, als wollte sie in Tränen ausbrechen.

»Es ist alles schon so lange her«, sagte sie. »Vielleicht war es falsch von mir, zu versuchen, die Dinge wieder zu richten!«

Sarah lehnte sich vor, ihr Herz schlug heftig. »Welche Dinge, Mrs. Siskin? Niemand hat vorher wissen können, dass es eine Totgeburt sein würde, und wenn das Baby gelebt hätte, wären der Junge und Rachel vermutlich der Obhut des Kirchspiels anheim gefallen. Deshalb habe ich mich gefragt, ob –«

Mrs. Siskin stand abrupt auf und trat ans Fenster. Sie zog ein Taschentuch hervor und trocknete sich die Augen.

»Nein«, sagte sie. »Nein, ich weiß nichts über den Vater. Das ist es nicht.«

»Aber irgendetwas ist geschehen. Etwas Wichtiges?«

Mrs. Siskin zerknüllte das Taschentuch in ihrer Faust. »Ja, aber Bess lag im Sterben, armes Ding, bevor alles herausgekommen ist. Es hat etwas Schreckliches auf ihrem Gewissen gelastet, und sie hat sich so verzweifelt gewünscht, ihren Frieden zu finden, bevor sie gehen würde. Sie fürchtete, sie würde auf ewig in der Hölle schmoren, und sie wollte, dass es in Ordnung gebracht wurde.«

»Es ist sicherlich schrecklich für sie gewesen, ihre Pflicht zu tun, und den Namen des Vaters zu verlangen, während Rachel in den Wehen lag«, sagte Sarah sanft. »Kein liebender Gott könnte sie dafür verdammen, nur das getan zu haben, was die Kirchengemeinde von ihr verlangt.«

»Nein, nein!« Mrs. Siskin sank auf einem Stuhl am Fenster zusammen. »Es geht um etwas ganz anderes! Bess hat schrecklich gesündigt. Aber sie hätte es niemals getan, wenn Mr. Medway sie nicht dazu gedrängt hätte.«

»Mr. Medway? Ihr Ehemann?«

»Ronnie Medway war aus Devon, aus Stonebridge, um genau zu sein«, sagte Mrs. Siskin, als ob das alles erklärte.

Sarahs Herz zog sich zusammen, als hätte ein Geist seine

Hand auf ihren Arm gelegt. »Aus dem Dorf Stonebridge nahe der Südküste?«

»Ja, er und auch sein Halbbruder. Medway war Fischer.«

»Er lebt noch?«

»Gott gebe ihm Frieden, nein! Der Herr hat ihn zu sich genommen, drei Wochen nachdem Bess Ihre Cousine entbunden hat. Sein Boot ging in einem Sturm unter. Göttliche Vergeltung – das ist es, was Bess gefürchtet hat, und das ist es, weswegen sie getrunken hat. Obwohl sie mir niemals etwas gesagt hat, was für eine Sache das war. Nicht bis zu dem Tag, als sie auf dem Sterbebett lag, hier in diesem Haus, im Schlafzimmer über uns. Sie sagte, sie könnte nicht in Ruhe sterben, bis sie versucht hätte, die Dinge in Ordnung zu bringen. Sie hat mich beauftragt, das für sie zu übernehmen.«

Die Sonne verschwand hinter einer Wolkenbank, ihr Licht tauchte das Zimmer in hellen Glanz. Sarah fühlte sich beinahe krank, auch wenn sie nicht wusste, vor was sie sich so fürchtete.

»Was brannte ihr denn so schrecklich auf der Seele?«, fragte sie.

»Nun, dass sie und ihr Mann so viel Geld genommen haben, um ein so fürchterliches Geheimnis für sich zu behalten!«

Mrs. Siskin drückte sich das zerknüllte Taschentuch an die Augen und brach in Tränen aus.

Guy kehrte am nächsten Tag in den Anchor zurück, brennend vor Ungeduld und durchnässt vom Regen. Er war gezwungen gewesen, die Nacht auf Grail Hall zu verbringen.

Der Earl und die Countess hatten ihre Überraschung über sein unerwartetes Auftauchen hinter wohlerzogener Höflichkeit verborgen, deshalb hatte er auf ihre Gastfreundschaft nicht mit der brüsken Forderung nach einer fast zwei Jahre alten Gästeliste reagieren können. Er hatte kaum geschlafen. Obwohl er an einem halben Tag gut und gern an die fünfzig Meilen geritten war, hatte er Stunden wach gelegen und zum Baldachin des Bettes hochgestarrt und an Sarah gedacht.

Sie quälte ihn, und er war besessen von ihr. Seine Fingerkuppen kribbelten, so sehr sehnte er sich nach der Berührung ihrer Haut. Seine Lenden verlangten nach der Tiefe ihrer Umarmung. Er wollte sie lachen sehen und reden hören. Sie war außergewöhnlich – vollkommen und unvollkommen, menschlich und wahrhaftig und hinreißend – und er liebte sie.

Und doch tobte in seinem Herzen eine heftige Schlacht.

Konnte es sein, dass Sarah genau wie Rachel nur seinen Körper und seinen Schutz wollte – und nicht sein Herz? Und wenn das der Fall war, könnte er ihr das zum Vorwurf machen? Er hatte sie absichtlich in ein Netz aus Lügen verstrickt. Und deshalb konnte er wohl kaum von ihr fordern, ihm zu vertrauen.

Er betrat sein Schlafzimmer im Gasthaus und warf Hut und Handschuhe beiseite, dann klopfte er an die Verbindungstür. Seine Stiefel waren bis zu den Knien mit Lehm bespritzt. Schmutz sprenkelte seine Hosen und die Schöße seines Mantels. War Ambrose de Verrant auf diese Weise zu seiner Frau heimgekommen, geradenwegs aus der Schlacht, und hatte seine ehelichen Rechte eingefordert? Und hatte seine Lady ihn verschmäht oder ihn willkommen geheißen? Denn vermutlich hatte man sie zu dieser Ehe gezwungen –

Sarah öffnete die Tür. Ihre Wangen waren wie die Blütenblätter einer Orchidee gefärbt, in denen sich die untergehende Sonne spiegelte.

Guy trat einen Schritt zurück, sonst hätte er sie gepackt und geküsst und sie direkt in sein Bett getragen. Schnell fuhr er sich mit der Hand über das Gesicht, um die Schmutzspuren abzureiben.

»Es tut mir leid, dass ich so verdreckt zu dir komme«, sagte er. »Ich wollte nur gleich sehen, ob bei dir –«

»Ja«, sagte sie. »Ja, mir geht es gut. Du hast Lord Grail getroffen?«

Er nickte. »Zwölf Gäste waren im Juni vor einem Jahr dort, um an einem wissenschaftlichen Erfahrungsaustausch teilzunehmen – über die neuesten Erkenntnisse über Ägypten.«

»Ägypten?«

»Pharaonen, Pyramiden, Hieroglyphen. Das alte Ägypten, in der Zeit vor Alexander. Grail engagiert sich in diesem Zusammenhang sehr.« Er reichte Sarah ein Stück Papier. »Einer dieser Männer muss Rachels Liebhaber gewesen sein.«

Sarah las rasch die Namen, die auf der Liste standen, dann schaute sie auf. »Aber einige dieser Namen sind italienisch oder französisch, und das hier – ist das deutsch?«

»Holländisch. Wenn der Vater des Kindes nach der Veranstaltung in seine Heimat zurückgekehrt ist, irgendwo in Europa, könnte das erklären, warum Rachel hierhergekommen ist, in ein Hafenstädtchen am Kanal.«

Sarah ging ein paar Schritte und las dabei die Liste noch einmal. »Keiner dieser Namen sagt mir etwas, aber schließlich – warum sollte es auch?«

Er riss seinen Blick von der anmutigen Kurve ihres Rückens los, ihren roten Zöpfen, dem verletzlichen Nacken – so glatt wie ein Ei –, als eine neue Erkenntnis ihn wie ein Blitzschlag traf: Da war etwas in ihrer Stimme, etwas, das sowohl frohe Aufregung als auch Furcht ausdrückte.

»Du hast auch Neuigkeiten?«, fragte er sofort. »Etwas, das dich froh macht, aber auch aufregt?«

»Ja«, bestätigte sie und schaute auf. »Ja. Guy, ich weiß jetzt, warum Rachel dich verlassen hat.«

Er starrte sie einen Moment lang an, als stünde die Antwort auf alle Mysterien in den Tiefen ihrer Augen geschrieben.

»Was ist geschehen?«, fragte er.

Sie setzte sich auf einen Stuhl neben dem Fenster, sodass ihr Gesicht im Schatten lag. »Ich konnte gestern nicht einfach hier herumsitzen und nichts tun, deshalb habe ich noch einmal Mrs. Lane aufgesucht. Danach sind Ellen und ich zum Friedhof von St. Michaels gegangen, um das Grab der Hebamme zu besuchen –«

»Du hattest Zweifel, dass sie wirklich tot ist?«

Sarah schüttelte den Kopf. »Nein, ich wollte es einfach nur sehen. Es stand ein sehr berührender Spruch auf ihrem Grabstein, etwas über Reue und die Hoffnung auf Vergebung. Nun, wie dem auch sei, Mrs. Lane hat mir auch erzählt, dass Mrs. Medway im Haus ihrer Schwester gestorben ist, etwas außerhalb der Stadt. Ellen und ich haben beschlossen, dorthin zu gehen, um diese Schwester aufzusuchen – eine Mrs. Siskin.«

Fünfzig Meilen waren eine hübsche Entfernung, sie auf dem Pferderücken zurückzulegen, besonders für einen Mann, der es eilig hatte. Guys Puls pochte durch seine Adern, als würde er noch immer im Sattel sitzen. Er hätte wissen müssen, dass Sarah nicht müßig im Anchor herumsitzen würde, während er fort war. Dennoch war er überrascht.

»Du bist einfach die bemerkenswerteste Frau, der ich je begegnet bin«, sagte er ruhig.

Sie wandte den Kopf. »Bin ich das? In welcher Beziehung?«

Er ließ sich auf einen Stuhl fallen, streckte seine müden Beine aus und schloss die Augen. »Nicht so wichtig! Bitte, sprich weiter!«

Ihre Röcke raschelten, als sie aufstand, um nach einem Hausdiener zu klingeln. »Du brauchst etwas zu essen«, sagte sie, »und Kaffee. Ich werde etwas kommen lassen.«

»Danke. Also was hast du von dieser Schwester erfahren?«

Ihre Absätze klapperten, als Sarah hin und her ging. Er wusste genau, wie sie aussehen musste: der anmutige Gang, die braunen Augen, das kupferfarbene Haar, die Locken, die den Zöpfen entflohen waren und ihre Wangen streichelten.

»Das Baby lebte, als es geboren wurde.«

Guy richtete sich so abrupt auf, dass er fast vom Stuhl gefallen wäre.

»*Es hat gelebt?*«

Ein Diener erschien an der Tür. Sarah gab ihre Bestellung auf, dann setzte sie sich wieder an den Tisch. Guy zog seinen Stuhl heran, sodass sie sich ansehen konnten.

»Wenn das wahr ist, wieso hat Mrs. Lane dann nichts davon gewusst? Oder hat sie uns angelogen?«

»Nein, sie hat es nicht gewusst«, sagte Sarah. »Rachel hat bis spät in die Nacht in den Wehen gelegen, und die Vermieterin war schlafen gegangen, lange bevor das Kind geboren wurde. Wie auch immer, hätte Mrs. Lane nicht Stillschweigen bewahrt, man hätte Rachel über die Grenze des Kirchspiels getragen, sobald ihre Wehen eingesetzt hatten.«

»Gott, das ist barbarisch!«

»Ja, das ist es, aber keine Kirchengemeinde will vaterlose Kinder aufnehmen, deshalb ist es die Pflicht der Hebamme, nach dem Namen des Kindsvaters zu fragen, während die Frau in den Wehen liegt. Deshalb bin ich zu Mrs. Siskin gegangen, weil ich dachte, dass ihre Schwester in jener Nacht vielleicht davon abgesehen hatte.«

Guy strich sich mit beiden Händen das feuchte Haar zurück und versuchte, seine Empörung herunterzuschlucken. »Dann müssen wir diesen Frauen vermutlich dankbar für ihre Freundlichkeit sein.«

Sarah strich mit den Fingern über die Tischfläche, ihre Nerven flatterten. »Es war nicht nur Freundlichkeit. Mrs. Medway wusste bereits, dass sie Rachels Baby stehlen würde.«

»*Was?*« Er begegnete Sarahs Blick, starrte in die Tiefen ihres Zorns, war sich kaum seines eigenen bewusst. »Wie zum Teufel konnte das ohne Rachels Wissen vonstatten gehen?«

»Ganz leicht, denke ich.« Sarah stützte die Stirn auf beide Hände. »Mrs. Medway hatte die Lampe absichtlich herunterbrennen lassen, und als das Baby geboren wurde, war Rachel so gut wie bewusstlos. Es dürfte nicht schwer gewesen sein, ein Neugeborenes in der Dunkelheit aus dem Zimmer zu schmuggeln und zu behaupten, es sei tot geboren worden.«

Guy versuchte, sich an seine zartgliedrige Geliebte zu erinnern, die eines Abends wie ein verletzter Vogel vor seiner Tür gestanden hatte, die die dunkle Sorge in ihrem Herzen hinter einer Fassade aus Fröhlichkeit verborgen hatte. *Das war es. Das war es gewesen.*

»Lieber Gott«, sagte er. »Es tut mir so leid, Sarah. Hat denn Rachel das Baby nicht schreien hören?«

»Nein, weil Mrs. Medway den Jungen gleich ihrem Mann übergeben hat, der schon im Flur bereit stand. Er hat das Kind sofort aus dem Haus gebracht. Es war eine große Summe Geld im Spiel. Hätte ihr Baby damals geschrien, hätte Rachel nichts gehört als ihr eigenes Schluchzen.«

Die Namensliste aus Grail Hall lag auf dem Tisch. Guy zerknüllte sie mit einer Hand. »Und einer von diesen zwölf Männern hat Rachel im Stich gelassen, sie ganz allein diesem Schicksal überlassen.«

»Aber Rachel hat ihn nie verraten«, sagte Sarah drängend. »Sie muss den Mann wirklich geliebt haben –«

»Weil sie ihre Tage in der Cooper Street damit verbracht hat, verzweifelte Briefe an dieses Schwein zu schreiben, bis sie schließlich fürchtete, dass sein Fortgehen endgültig war?«

Sie wurden von einem Hausmädchen unterbrochen, das ein Tablett mit heißem Kaffee, Brot und Aufschnitt brachte.

Als sie wieder allein waren, schenkte Guy zwei Tassen Kaffee ein. »Mrs. Medway und ihr Mann wurden für den Raub des Babys bezahlt?« Er schaute Sarah an. »Von wem?«

»Von Mr. Medways Halbbruder. Aber jene schreckliche Nacht lastete auf dem Gewissen der Hebamme. Deshalb hat sie auf ihrem Sterbebett alles ihrer Schwester erzählt.«

»Und der Ehemann?«

»Ist ertrunken, drei Wochen nach der Geburt des Kindes.«

»Besteht die Möglichkeit, dass er ermordet worden ist?«

Sarahs Gesicht wurde weiß unter den Sommersprossen. »Das weiß ich nicht! Sein Boot ist in einem Sturm untergegangen. Ich schätze, es war ein Unfall.«

»Der aber ziemlich gelegen kam. Egal! Offensichtlich hatte dieser Bruder das alles bereits lange vorher arrangiert, und niemand hat die Hebamme angegriffen, die eine weitaus gefährlichere Zeugin gewesen ist.«

»Nein, nicht soweit ich weiß. Mrs. Siskin sagte nur, dass der Gentleman hinter diesem ganzen Plan ein Lord sei, der vorbereitet war, viel Geld für einen gesunden Jungen zu zahlen, besonders für einen mit blauen Augen und blonden Haaren –«

»O Gott! Sag es nicht!« Guys Stuhl fiel gegen die Wand, als er vom Tisch aufsprang. »Dieser Halbbruder hat das Baby mit nach Devon genommen?«

»Ja«, sagte Sarah. »Mr. Croft und Mr. Medway sind zusammen in Stonebridge aufgewachsen: dieselbe Mutter, verschiedene Väter.«

»Also war Croft Falcorne!« Guy fuhr herum und sah sie an. »Ist das Kind später gestorben?«

»Nein«, sagte sie. »Ich glaube, dass es noch sehr lebendig ist, und das glaubt Rachel auch – weil Mrs. Siskin sie in einem Brief über die Vorgänge informiert hat, gleich nachdem ihre Schwester im letzten April gestorben war.«

»Und Rachel hat mich an dem Tag verlassen, als sie diese Neuigkeit in Hampstead erreichte?«

Sarah glättete die Liste mit den Namen, ihre Finger strichen über das zerknitterte Papier, obwohl Guy bereits jeden der Namen seinem Gedächtnis anvertraut hatte. »Sie musste ihren kleinen Jungen suchen gehen, sobald sie es erfahren hatte. Jede Mutter würde das tun.«

»Welchen Unterschied zur Hölle hätten ein oder zwei Tage ausgemacht? Wenn ich nicht fort gewesen wäre – wenn sie es mir gesagt hätte – ich hätte ihr helfen können!«

Sie schaute auf, ihr Blick war verzweifelt. Dennoch schnitt sie ruhig eine Scheibe Brot ab, nahm von dem Aufschnitt und legte beides auf einen Teller.

»Du solltest etwas essen«, sagte sie. »Männer brauchen immer etwas zu essen.«

Guy lachte, aber nicht aus Fröhlichkeit. »Danke – ich werde später essen. Lass mich das zusammenfassen: Als das Baby gestohlen wurde, mussten Mrs. Medway und ihr Mann schwören, dieses Geheimnis zu bewahren, aber als sie im Sterben lag – mehr als ein Jahr später –, hat die Hebamme ihre Schwester, diese Mrs. Siskin, gebeten, Kontakt zu Rachel aufzunehmen und ihr die Wahrheit zu sagen?«

»Ja.« Sarah füllte Guys Tasse auf. »Mrs. Siskin hat auf ihre Bibel geschworen, dass es sich genau so zugetragen hat.«

»Woher zum Teufel wusste sie, wo Rachel sich aufgehalten hat?«

»Sie wusste es nicht. Aber Mrs. Medway hat ihrer Schwester eine kleine Summe für diesen Zweck hinterlassen, und Mrs. Siskin hat einen Ermittler engagiert, der herausgefunden hat, dass Rachels Briefe über Grail Hall geschickt wurden.«

»Und niemand vergisst Rachel, wenn er sie einmal gesehen hat.« Guy nippte an seinem Kaffee. »Dann hat dieser Detektiv den Diener gefunden, der Rachel als Mittelsmann gedient hat – es war derselbe Mann, den auch Jack befragt hat –, und dieser Junge schickte den Ermittler nach Bath. Der fand dort heraus, dass Rachels Briefe inzwischen aus Hampstead kamen. Danach ist es ihm gelungen, Harvey Penland aufzuspüren, und der Rest war leicht. Der Mann sollte für den Geheimdienst arbeiten.«

»Offensichtlich hat er das vor einigen Jahren getan«, sagte Sarah mit einem schiefen Lächeln. »Unter Wellington, im Peninsula-Krieg. Jedenfalls ist es Mrs. Siskin so gelungen, Rachel mitzuteilen, dass Mr. Croft das Baby nach Devon gebracht hatte. Deshalb ist Rachel an jenem Osterfest dorthin gefahren.«

Guy stellte seine Tasse ab und würgte etwas Brot hinunter. Er musste bei Kräften bleiben. Er würde gezwungen sein, bald einen anstrengenden Ritt zu machen.

»Doch Mrs. Siskin wusste nicht, wer das Baby hatte?«

»Nein«, sagte Sarah. »Sie wusste nur, dass es als Sohn eines sehr reichen Mannes aufgezogen wurde, der ihm jeden Vorteil im Leben geben könnte. Doch wie kann das das Verbrechen wiedergutmachen, ein Neugeborenes seiner Mutter gestohlen zu haben und ihr zu sagen, sie hätte eine Totgeburt erlitten?«

»Das kann es nicht«, erwiderte Guy. »Weil das Kind entweder Lord Berrisham oder der kleine Master Norris sein muss. Wie dem auch sei, Croft würde niemals irgendetwas zugegeben haben, und sobald Rachel ihn damit konfrontierte, hat er seinen Herrn gewarnt. Und so kam es, dass Rachel in das Visier des Mannes geriet, den wir Daedalus genannt haben –«

»Es ist Lord Moorefield«, sagte Sarah. »Ich bin mir sicher.«

Guy ging hin und her, sich kaum bewusst, dass seine nassen Stiefel den Teppich verschmutzten.

»Warum?«

»Wegen der Art und Weise, wie er Berry behandelt.«

»Das reicht nicht, Sarah! Sowohl Norris als auch Moorefield haben Söhne im passenden Alter. Und Croft stand zur fraglichen Zeit bei beiden in Diensten.«

»Trotzdem!«, beharrte Sarah und stand auf. »Es ist Lord Moorefield! Und wenn es Rachel gelungen ist, einen Blick auf die beiden Jungen zu erhaschen, dann wird sie sofort gewusst haben, dass Berry ihr Sohn ist.«

»Um Himmels willen, Sarah! Selbst wenn du recht hättest – der Earl wäre niemals bereit gewesen, Rachel zu empfangen, geschweige denn, sie in die Nähe des kleinen Jungen zu lassen. Nein, sie muss unverrichteter Dinge nach London zurückgefahren sein und hat sich dort in dieser Wohnung in der Goatstall Lane versteckt, wohin jedoch entweder Moorefield oder Norris schon bald Croft geschickt haben – der sich selbst Falcorne nannte –, um Rachel Angst und Schrecken einzujagen und sie so zum Schweigen zu bringen.«

Sarahs Wangen glühten so rot wie die untergehende Sonne. »Warum willst du nicht akzeptieren, dass Lord Moorefield Daedalus ist?«

»Weil du dich auf deine Intuition verlässt, nicht auf Fakten. Wir haben keinen Beweis, dass Rachel das Kind gesehen hat.«

»Dennoch – obwohl sie Angst hatte, ist sie wieder nach Devon zurückgegangen. Nachdem, was sie mir geschrieben hat, muss das enormen Mut erfordert haben.«

»Mut? Wohl eher Dummheit!« Guy strich sich mit beiden Händen das Haar zurück. »Warum zur Hölle ist sie stattdessen nicht zu mir gekommen und hat mich um Hilfe gebeten?«

Sarah ließ sich auf den Stuhl zurückfallen. »Ich weiß es nicht. Aber Rachel hat euer Haus in Hampstead nicht verlassen, weil sie dich nicht geliebt hat, Guy. Sie ist gegangen, um ihren Sohn zu suchen.«

»Selbst das ist reine Vermutung.«

»Möglich«, sagte sie. »Aber zumindest lebt das Kind.«

Guy blieb abrupt stehen. Sein Zorn verrauchte.

»Es tut mir leid! Ich wollte dich nicht anschreien.« Er ging zurück zum Tisch und hob seinen Stuhl auf, dann stand er da, eine Hand auf die Rückenlehne gestützt, und starrte auf Sarah hinunter. »Ich weiß, dass dich diese Neuigkeiten glücklich machen, warum hast du aber gleichzeitig offensichtlich so große Angst?«

Sie schüttelte den Kopf. »Es ist schon gut. Wir sind beide aufgeregt.«

»Ich werde deine Cousine rächen, Sarah. Daedalus ist schließlich zu hoch geflogen.«

»Nein«, sagte sie. »Nur sein Sohn Ikarus flog zu nah an die Sonne, stürzte ab und ertrank.«

»In diesem Fall wird unser Schurke sein Kind auch verlieren, aber ich schwöre dir, dass der kleine Junge nicht darunter leiden wird, unter keinen Umständen.«

Sarah erhob sich und ging unruhig im Zimmer hin und her.

»Es sind noch immer so viele Fragen offen. Offensichtlich hat Rachel Grail Hall an jenem Weihnachten verlassen, weil sie nicht länger verbergen konnte, dass sie ein Kind erwartete. Von dort ging sie in die Cooper Street, in die Nähe der Küste.« Sarah griff nach der Namensliste. »Doch in ihren ersten Briefen aus Grail Hall erwähnt sie keinen dieser Männer. Stattdessen schrieb sie begeistert von ihrer Erinnerung an die Begegnung mit dir im Three Barrels. Warum?«

Eine schreckliche Vermutung blitzte in seinem Bewusstsein auf, sodass Sarah glaubte, er würde noch immer eine verzweifelte Wahrheit verbergen.

»Denkst du, dass ich auch in Grail Hall gewesen bin? Dass ich der Vater dieses Kindes sein könnte und das vor dir verberge?«

Sie wirkte so verblüfft, dass Guy sofort wünschte, diese Worte ungesagt machen zu können.

»Großer Gott, nein! Ich bezweifle dein Wort in dieser Hinsicht nicht.« Sie nahm wieder Platz. »Aber siehst du es denn nicht? In all diesen ersten Briefen, in denen sie von dir schrieb, muss Rachel in Wirklichkeit von dem Gefühl erfüllt gewesen sein, sich in den Vater ihres Kindes verliebt zu haben.«

Guy setzte sich und lehnte sich zurück, um ihr Gesicht zu studieren. Sarah hatte noch immer Angst, und er wusste nicht, warum.

»Das habe ich bereits begriffen«, sagte er. »Nicht sehr schmeichelhaft für meinen Stolz, nicht wahr?«

»Für meinen auch nicht!« Sie lachte in einem Aufblitzen von kühnem Mut. »Warum hat sie mir nicht die Wahrheit anvertraut? Warum hat sie ihre wahren Gefühle für diesen unbekannten Liebhaber verborgen und so getan, als ginge es um ihre Erinnerung an jenen einen Tag mit dir?«

»Vielleicht ist der Mann verheiratet«, vermutete Guy. »Vielleicht wusste sie, dass er sie verlassen würde.«

Sarah stand auf und begann erneut, auf und ab zu laufen. »Warum muss das Leben so chaotisch und so unvorhersehbar sein, Guy?«

Unschlüssig, warum er sich so verdammt unbehaglich fühlte, schaute er aus dem Fenster. Die Sonne war durch die Wolken gebrochen, und ihre Strahlen funkelte auf den regenfeuchten Pflastersteinen.

»Ich weiß es nicht. Vielleicht existieren irgendwelche verborgenen Muster, die wir manchmal nicht sehen können.«

Sie lachte wieder, doch er fürchtete, es könnte nur das Lachen eines gebrochenen Herzens sein, für dessen Heilung er kein Mittel wusste, sich nicht einmal sicher war, dass er es überhaupt je heilen könnte.

»Weil es ein Labyrinth ist«, sagte Sarah. »Deshalb müssen wir jetzt nur noch eins tun: das Ende des Knäuels finden, das uns direkt hinaus in den Sonnenschein führen wird.«

Er fühlte den tiefen Wunsch, sie zu trösten, aber er hatte keine Ahnung, wo er anfangen sollte. Zumal jetzt vom Korridor her das Klappern von Kannen und das Klirren von Metall zu hören waren, was bedeutete, dass eine Wanne und heißes Wasser in sein Zimmer gebracht wurden.

»Du hast ein Bad bestellt?«, fragte sie.

»Gleich nachdem ich zurückgekommen bin. Es scheint bereit zu sein. Ich muss gleich wieder zurück nach Devon, und saubere, trockene Kleidung würde nicht schaden.«

»Und dann?«

»Dann werde ich Daedalus in seiner Höhle an der Mähne packen.«

Sarah nahm ihren Umhang. »Dann geh und bade. Ich denke, ich werde einen Spaziergang machen.«

Er sprang auf und packte sie am Handgelenk. »Nicht ohne mich!«

Sarah starrte ihn an. Sie zu berühren ließ seine Haut brennen. Er sehnte sich danach, sie in die Arme zu ziehen und sie zu küssen – ein Bedürfnis, das so stark war, dass es schmerzte.

Dennoch gab Guy sie frei und trat einen Schritt zurück.

»Es könnte gefährlich sein«, erklärte er bestimmt. »Sogar

hier. Ob nun Norris Daedalus ist oder Moorefield, keiner der beiden ist dumm. Und die Leute reden. Daedalus könnte vermuten, warum du und ich auf Buckleigh waren. Man könnte uns sogar bis hierher gefolgt sein. Hat sich erstmal ein Verdacht geregt, ist es nicht schwer, herauszufinden, dass du Rachels Cousine bist.«

Sarah legte den Umhang wieder zurück. »Also gut. Ich werde kein Risiko eingehen und hier sitzen bleiben wie ein Huhn im Nest. Inzwischen wird dein Badewasser kalt.«

Er lachte, einfach weil er ihren tapferen, trockenen Humor liebte, und ging in sein Schlafzimmer.

Die Tür schloss sich hinter ihm.

Sarah stand eine lange Zeit am Fenster und schaute in den Hof des Gasthauses hinunter. Sie sehnte sich danach, an den Docks entlangzulaufen, sich die klare Luft des Meeres um die Nase wehen zu lassen, aber Guy hatte recht. Es könnte gefährlich sein, und auf jeden Fall wäre er – einfach schon aus Ritterlichkeit – besorgt um sie.

Doch was immer er auch sagte, er konnte sie nicht wirklich lieben. Er war noch verletzt, weil Rachel ihn in Hampstead verlassen hatte. Auch obwohl sie einen so zwingenden Grund dafür gehabt hatte – nein, ganz besonders jetzt, da er den wahren Grund kannte.

Hätte Rachel damals in Hampstead nicht Mrs. Siskins Brief bekommen, in der Woche, in der Guy in Birchbrook gewesen war, sie hätte Guy niemals verlassen. Am Ende hätten sie vielleicht sogar geheiratet.

Er war nicht frei.

Doch jeder, der Rachels Briefe mit diesem neuen Wissen lesen würde, konnte sicher sein, dass sie während der ganzen Zeit geradezu verzweifelt in den Vater des Babys verliebt gewesen war und dass sich daran sehr wahrscheinlich nichts geändert hatte. In welchem Fall Guy für Rachel niemals mehr gewesen war als ein Mittel zum Zweck: Schutz zu finden, nachdem ihr das Geld ausgegangen war. Guy hatte die Aufrichtigkeit von Rachels Gefühlen für ihn bezweifelt, aber jetzt wusste er sicher, dass sie ihn nicht geliebt hatte.

Wie könnte so etwas nicht verletzen? Sarah schloss die Augen und versuchte, sich an Johns Gesicht zu erinnern. In den Monaten vor seinem Tod hatten sie eine zarte, zerbrechliche Liebe geteilt, die Sarah bis an ihr Lebensende hüten würde. Und dennoch hatte sie ihn belogen und sich eingeredet, es wäre zu seinem Besten, nicht zu ihrem. Wer also war sie, jetzt auf der Wahrheit beharren zu können? Oder sogar zu behaupten, dass sie viel von der wahren Natur der Liebe verstand?

Ihre Zukunft lag düster vor ihr: lange, einsame Jahre bei Miss Farcey in Bath, in denen sie Generationen von höheren Töchtern in Geografie und Botanik unterrichtete. Und danach? Ein Alter in Einsamkeit und Bedürftigkeit. Wie konnten die Erinnerungen daran, John gepflegt zu haben, genug sein, sie aufrechtzuerhalten, jetzt, da sie wahre Leidenschaft kennengelernt hatte?

Ohne diese Entscheidung bewusst zu treffen, ging Sarah zur Tür, die die beiden Schlafzimmer miteinander verband. Ihre Hand lag schon auf der Klinke, als Sarah noch einen Moment lang zögerte und auf das Plätschern des Badewassers lauschte, das von nebenan zu hören war. Jede Faser ihres Körpers schien sich in flüssiges Gold zu verwandeln, zerschmolzen im Schmelzofen ihres Verlangens nach Guy. Ihr Körper sagte ihr genau, was sie wollte.

Ihr Puls schlug in einem verrückten, unbezähmbaren Rhythmus, als Sarah sich umwandte, ihr Kleid und ihr Mieder ablegte, und den kleinen Schwamm so vorbereitete, wie Mrs. Mansard es ihr gezeigt hatte. Wenn sie tiefere Motive hatte als pure Lust, so war ihr Herz zu erschöpft, diese zu erkennen. Deshalb zauderte sie dieses Mal nicht, als sie die Tür öffnete und nur mit ihrem Hemd bekleidet sein Zimmer betrat.

Guy war gerade aus der Wanne gestiegen. Ebenholzschwarzes Haar klebte an seinem Kopf wie das Fell eines Otters. Winzige Rinnsale liefen seinen nackten Körper hinunter, um von dem Handtuch unter seinen Füßen aufgesaugt zu werden.

Ohne den Versuch zu machen, sich zu bedecken, wandte er sich zu Sarah um.

Wunderschön. So wunderschön. Die Schönheit eines gesunden jungen Mannes in seiner Blüte, so muskulös und geschmeidig wie ein Rennpferd.

Ihr Blut brannte. Ihr Körper fing Feuer.

Das Handtuch fiel aus seiner Hand auf den Boden.

Sarah ging weiter, in seine ausgebreiteten Arme. Sie schmiegte das Gesicht in seine Hände, dann neigte sie den Kopf in den Nacken, um seinen Mund mit ihren Lippen zu erobern.

Feuchtigkeit breitete sich aus, wo seine nasse, heiße Haut sich gegen ihr Hemd presste. Sie rieb ihren Leib an seinem, fühlte den Druck seiner Erregung und die Kraft seiner nackten Schenkel. Fast verzweifelt, dahingeschmolzen, als er den Kuss beendete, legte sie beide Hände um sein Kinn und sah ihm in die Augen.

»Du kannst nicht ohne mich nach Devon gehen«, sagte sie.

Ein Schatten verfinsterte seine Augen. »Wir können nur als Liebende weitermachen, Sarah.«

»Ja«, sagte sie. »Ich bin bereit, dieses Risiko einzugehen.«

»Dann hast du gewonnen«, sagte er. »Es würde einen besseren Mann als mich brauchen, um dem zu trotzen, was zwischen uns geschieht. Wenn du darauf bestehst, verfolgen wir die Suche von diesem Moment an gemeinsam. Möge der Teufel uns beistehen.«

Er zog ihr das Hemd aus, dann machte er einen Schritt von ihr zurück, um ihren nackten Körper anzustarren. Verlangen flammte in seinen Augen auf, als wäre auch sie göttlich schön.

Sie errötete, doch er hob sie in seine Arme und trug sie zum Bett.

Während die Kutsche sie zurück nach Devon brachte, liebten sie sich auf den gepolsterten Sitzen, lachend und leidenschaftlich und hemmungslos, so gut es in dem beengten Raum möglich war. Sie liebten sich jede Nacht – wieder und wieder –, wenn sie in den Gasthöfen Rast machen, die entlang der Straße lagen.

Sie lachten und scherzten und genossen ihre Zweisamkeit.

Doch ein Schatten reiste mit ihnen, so undurchdringlich wie eine Wand aus qualmendem Rauch. So sehr Guy auch versuchte, es zu verbergen, Sarah bemerkte dennoch die Veränderung in seinen Augen. Ein Teil von Guys Seele hatte sich an einen tiefen persönlichen Ort zurückgezogen, als ob sein wahres Wesen nicht länger berührt werden konnte – welche körperliche Leidenschaft sie auch teilten.

Mit keinem Wort wurde mehr über eine Heirat gesprochen, genauso wenig wurde eins der Arrangements getroffen, die normalerweise üblich waren, wenn ein Gentleman sich eine Geliebte nahm. Guy überreichte ihr weder Geschenke noch bot er ihr Geld an. Noch versuchte er, ihr einen Ring an den Finger zu stecken oder sie zu überzeugen, dass sie dazu bestimmt wären, für alle Zeiten zusammenzubleiben. Und niemals – nicht einmal in größter Ekstase – sagte er ihr, dass er sie liebte.

Guy eroberte Sarah einfach mit der Kraft seines Körpers und seines Verstands und verlor über die Zukunft kein Wort mehr.

Sarah versuchte, ihre Panik zu beruhigen, die sie in ihrem Herzen verborgen hielt, und die Zeit mit Guy zu genießen, denn diese seltsam unwirklichen Tage außerhalb der Zeit würden niemals wiederkommen.

Bis Rachel gerettet wäre, war er nicht frei.

Der Juli neigte sich schon seinem Ende zu, als sie durch Exeter in Richtung Dartmoor fuhren.

Zufrieden und – für den Moment – voll angekleidet lehnte Sarah sich zurück, um sein dunkles Haar und seine dunklen Augen zu betrachten, um sich am Anblick seiner geschmeidigen, kraftvollen Anmut zu erfreuen, als er den Kopf vom Fenster abwandte und ihren Blick erwiderte. Sie spürte seine Vitalität und seine Zärtlichkeit in jeder Pore ihres Seins, und sie war hilflos angesichts dessen. Doch noch hielt er seine privatesten Gedanken vor ihr verborgen, und sie hatte kein Recht zu fordern, sie teilen zu dürfen.

»Wohin genau fahren wir?«, wollte sie wissen.

»Zu einem kleinen Cottage im Moor. Da ich sicher war, irgendwann nach Devon zurückzukommen, habe ich es heimlich gemietet, ehe ich Buckleigh verlassen habe. Sie erwarten uns.«

»Wer sind *sie*?«

»Die Männer, die ich damit beauftragt habe, während meiner Abwesenheit in Dartmoor zu beobachten, was vor sich geht, und Informationen zu sammeln. Wir werden uns dort unter falschem Namen aufhalten, genauso, wie wir es während der Fahrt gemacht haben.«

Sie hatte sich nicht um die Organisation ihrer Reise gekümmert. Guy hatte ihre Zimmer und ihre Mahlzeiten arrangiert.

»Du bist wieder Mr. David Gordon?«

»Nein.« Er lachte sie verschwörerisch an. »Wir sind Mr. und Mrs. Guido Handfast.«

Sarah lachte, aber ihr Puls stolperte, und der Kummer in ihrem Herzen öffnete sich wie eine Wunde, um mit neuem Schmerz zu klopfen.

Sie sah aus dem Fenster. Über dem Moor lag dichter, weißlicher Dunst. Große Granitblöcke, aufeinandergetürmt wie riesige, liegen gelassene Spielzeugklötze tauchten auf und verschwanden. Eine Herde wild lebender Ponys lief plötzlich über den Weg, um anschließend in einem Klappern von unbeschlagenen Hufen im Nebel zu verschwinden, als wären sie verschluckt worden.

Vor ihnen hob sich die Silhouette von etwas noch nicht Erkennbaren dunkel aus dem Dunst.

»Ein Reiter kommt uns entgegen«, sagte sie.

Guy beugte sich über sie, um aus dem Fenster zu sehen. Dann klopfte er an das Dach der Kutsche.

Die Pferde wurden angehalten, als der nahende Reiter näher auf sie zukam: es war ein drahtig wirkender Mann auf einem braunen Pony.

»Ich bin es, Peters, Sir«, sagte er und lüftete seinen Hut, sobald er neben der Kutsche angehalten hatte. »Ich habe schlechte Neuigkeiten.«

»Wichtig genug, um uns hier draußen abzufangen?«

»Nun, im Cottage wartet jemand auf Sie, Sir, und ich dachte, Sie würden noch etwas gern so schnell wie möglich erfahren: Croft ist tot. Getötet in einem Kampf in der Nähe der Stonebridge-Brücke mit den Zollbeamten.«

Sarahs Herz schien stillzustehen, aber Guy wirkte vollkommen ruhig.

»Wann ist das passiert?«

»Letzte Nacht, Sir. Man sagt, dass jemand den Zollbeamten einen Hinweis gegeben hat.«

»Ist noch jemand außer Croft umgekommen?«

»Nein, Sir. Die anderen konnten sich retten, aber das Schmuggelgut wurde sichergestellt.«

»Danke. Es war absolut richtig von Ihnen, herzukommen und mir das mitzuteilen«, sagte Guy. »Wer wartet im Cottage?«

»Niemand von uns, Sir. Habe den Burschen noch nie vorher gesehen. Aber er war sehr beharrlich, und hat behauptet, dass Sie ihn sofort sehen wollen. Weil er Ihren richtigen Namen wusste, dachten wir, es wäre das Beste, ihn bleiben zu lassen und ein Auge auf ihn zu haben.«

»Dieser Mann kennt mich als Guy Devoran?«

»Ja, Sir, aber er ist fast noch ein Junge, um die Wahrheit zu sagen. Wir haben ihn erst mal im Stall festgesetzt.«

»Dann sagen Sie unserem geheimnisvollen Fremden, dass wir auf dem Weg sind und entzückt sein werden, ihn zu treffen. Sie können ihn zu uns schicken, sobald wir angekommen sind.«

»Sehr gut, Sir!«

Peters setzte sich seinen Hut wieder auf, wendete sein Pony und ritt in den Nebel hinein.

Sarah tat ihr Bestes, ihr Gefühl einer Bedrohung zu bekämpfen. Die Kutsche fuhr wieder an.

»Meinst du, dass Daedalus das arrangiert hat?«, fragte sie.

»Crofts Tod? Möglich, aber warum sollte er zu einem so späten Zeitpunkt noch zum Mörder werden? Nein, wahrscheinlich ist es nur ein Zufall zu einem verdammt ungünstigen Zeitpunkt, obwohl es mir leidtut, weil ich vorhatte, den Mann noch einmal zu befragen.«

»Du denkst, du hättest ihn dazu bewegen können, zu sagen, wer Daedalus wirklich ist?«

»Ja.«

Sarah legte die Hände an ihre Wangen, als könnte sie mit dieser Geste ihre Beunruhigung vertreiben. Sie konnte sich den

Kampf auf dem engen, tief eingeschnittenen Pfad, der vom Strand zu den Klippen hinaufführte, lebhaft vorstellen. Die Zollbeamten, die von der Böschung heruntersprangen, mit gezogenen Schwertern und Pistolen, die Schmuggler, die wie Blätter auseinanderstoben oder sich wehrten, und Croft, der Gärtner, der einen plötzlichen und gewaltsamen Tod starb.

»Daedalus ist Lord Moorefield, Guy, und ich halte ihn der rohen Gewalt für fähig.«

»Vermutlich ist er es. Aber ich kann nichts gegen ihn unternehmen, solange ich keinen Beweis habe.«

»Warum nicht?«

»Wenn wir den falschen Mann damit konfrontieren, wird das Geheimnis gelüftet werden, und Daedalus wird zum ersten Mal richtig verzweifelt sein. Was zum Teufel denkt er gerade jetzt? Er weiß, dass Rachel herausgefunden hat, dass man ihr das Kind gestohlen hat. Er weiß aber auch, dass sie sich in Bezug auf seine Identität nicht sicher sein kann. Da er Croft nach London geschickt hat, um diese Übergriffe auf Rachel durchzuführen, muss er ihm absolut vertraut haben. Und jetzt, zu seiner großen Zufriedenheit, ist Rachel verschwunden, und es gibt nicht den leisesten Hinweis auf Gerüchte darüber, dass sein Sohn und Erbe nicht sein eigen Fleisch und Blut ist. Deshalb ist er zwar vorsichtig, fühlt sich aber dennoch sicher.«

»Was ist, wenn er von Mrs. Siskin weiß?«

»Ich halte das nicht für wahrscheinlich, obwohl ich auch für den Fall ein paar Burschen zurückgelassen habe, die unbemerkt auf sie aufpassen. Inzwischen sind die Hebamme und ihr Mann tot, und Croft ist ihnen gerade ins Grab gefolgt. Deshalb ist niemand mehr übrig, der Rachels verrückte Geschichte bezeugen könnte. Würde sie ihre Behauptung öffentlich machen, könnte Daedalus ihre Geschichte als die Fantastereien einer Verrückten abtun. All das würde sich auf einen Schlag ändern, würden wir den Skandal des Jahrhunderts auslösen, indem wir einen seiner unschuldigen Nachbarn anklagen, Rachels Kind gestohlen zu haben.«

»Besonders, wenn der Ankläger der Neffe des Dukes of Blackdown ist?«

»Genau. Bis jetzt hat er uns vielleicht misstraut, vielleicht auch nicht. Aber zurzeit kann er noch nicht wissen, dass wir nach Dartmoor zurückgekommen sind, was uns einen winzigen Vorteil verschafft.«

»Wer also ist dieser Fremde, der im Cottage auf dich wartet?«

Guy saß einen Moment lang stumm da, als lauschte er den Pferdehufen auf dem Straßenpflaster.

»Ich hoffe, es ist der Bursche, der Rachels Brief überbracht hat, bevor du Buckleigh verlassen hast«, antwortete er schließlich. »Meine Männer haben nach ihm gesucht, seit ich von Buckleigh fortgeritten bin.«

Sarah schluckte ihre Beklommenheit hinunter. Sie hatte keine Vermutung, warum sie sich so verzweifelt ängstlich fühlte.

»Dann glaubst du, dass dieser Junge unsere einzige Möglichkeit sein könnte, um herauszufinden, wo Rachel sich versteckt?«

»Ja«, sagte er ruhig. »Genau das glaube ich.«

Kapitel 16

Die Pferde hielten vor einem Haus. Der Nebel war so dicht geworden wie weiße, schwere Baumwolle, die dort, wo zwei Fackeln neben der Tür brannten, wie von gelber Farbe getränkt aussah.

»Unser neuer Wohnsitz«, sagte Guy und sprang aus der Kutsche. Die Fassade eines eleganten Steinhauses ragte aus dem Nebel auf.

»Das nennst du ein Cottage?«

»Es war einmal ein Pfarrhaus, aber die Kirchengemeinde ist geschrumpft und nutzt es nicht mehr. Deshalb konnte Mr. Handfast das Anwesen zu einem sehr annehmbaren Preis mieten. Er wird hier seinem Hobby nachgehen: der Erforschung von Flechten.«

»Flechten?«, fragte sie. »Ein ziemlicher Abstieg im Vergleich zu Orchideen, denkst du nicht?«

»Ich habe ja meine eigene Orchidee«, sagte er. »Warum um Teufel sollte ich Interesse daran haben, mir andere anzusehen?«

Guy hob Sarah aus der Kutsche in seine Arme und stieß die Haustür auf, um sie über die Schwelle zu tragen.

Obwohl sie jeden Tag in einem Gefühl der Ungewissheit lebte, zappelte und lachte Sarah jetzt ausgelassen. Nachdem er sie in einem kleinen Salon wieder heruntergelassen hatte, küsste er sie.

Vielleicht waren alle ihre Ängste überflüssig. Vielleicht würde ihnen jetzt nichts mehr im Wege stehen: kein Geheimnis, keine Vergangenheit, kein verborgener Groll, keine Zweifel, nicht einmal Daedalus.

Eine einzige Lampe erhellte das Zimmer mit ihrem warmen Schein. Im Kamin loderte ein Feuer, um die vom Moor kommende Nachtkühle abzuhalten. Vor dem einzigen hohen Fenster stand ein bereits für das Abendessen gedeckter Tisch. Auf einem Tablett auf der Anrichte standen Wein und Gläser bereit.

Guy half Sarah beim Ablegen des Mantels, dann beugte er sich zum Kamin hinunter, um einen Span anzuzünden, mit dem er dann einige Kerzen ansteckte.

»Die Küche wird uns jeden Augenblick ein heißes Essen servieren«, kündigte er an. »Darüber hinaus ist das Personal angewiesen, sich so unsichtbar wie möglich zu machen.«

»Ich sterbe vor Hunger«, sagte Sarah.

»Ich auch«, sagte eine sanfte, melodiöse Stimme hinter ihnen. »Darf ich mich dem Abendessen anschließen?«

Sie beide fuhren herum. Ein junger Mann stand abwartend in der Tür. Ein schäbiger Mantel umhüllte seinen Körper, ein formloser Hut beschattete seine Stirn.

Doch in der Haltung seines Kinns zeigte sich so etwas wie Trotz.

Er wies über seine Schulter. »Peters hat gesagt, ich soll sofort hierher kommen.«

Sarah fühlte sich, als habe man ihr einen Schlag gegen die Schläfe versetzt, der sie in eine eintönige Benommenheit versinken ließ. Froh? Ja, natürlich war sie froh! Doch gleichzeitig war auch eine riesige Sorge über sie hereingebrochen, drückte sie nieder wie eine grausame Welle, eine Welle, die große Schiffe auseinanderbrechen und sofort auf den Grund des Ozeans sinken lassen konnte.

Sie umklammerte die Lehne eines Stuhls, hielt sich fest, bis ihr Blick klarer wurde, und die Freude durch ihre egoistische Sorge hindurch wie ein Korken an die Oberfläche drängte – bis sie Guys Gesicht sah und den bitteren Schock in seiner Stimme hörte.

»Nur zu«, sagte Guy. »Bitte leiste uns Gesellschaft! Ich muss sagen, dass du einen sehr hübschen Jungen abgibst, obwohl wir alle den Verlust von prächtigem goldenem Haar schrecklich bedauern werden.«

Der Ankömmling neigte den Kopf und nahm die weiche Mütze ab – und Rachel schaute sie an. Ihre Augen strahlten himmelblau unter dem Heiligenschein kurzer blonder Locken.

»Ich wusste nicht, wie ich mich sonst verstecken sollte«, sagte sie. »Meine Haare kümmern mich nicht. Mir ist nur mein kleiner Junge wichtig. Bitte, sei nicht böse!«

Sarah sank auf den Stuhl und saß wie erstarrt neben dem Kamin. Rachel ließ ihre Mütze auf den Boden fallen, ging direkt zu Guy, warf sich in seine Arme und brach in Tränen aus.

Er hielt sie, drückte ihren Kopf an seine Brust, als würde er ein Kind trösten. Kerzenlicht glitzerte über Rachels goldenes Haar. Der kurze Schnitt betonte ihren perfekten geformten Hinterkopf noch.

»Psst«, flüsterte Guy. »Es ist alles in Ordnung, Rachel. Ich bin nicht wütend. Ich war nur ein wenig überrascht, das ist alles, aber jetzt sind wir hier. Wir werden ihn retten.«

Sarah begegnete seinem ausdruckslosen Blick über den Kopf ihrer Cousine hinweg. Seine Augen enthielten nichts als Dunkelheit. Wie gemalt im Kerzenschein, gaben er und Rachel ein entzückendes Paar ab, so bezaubernd, dass es jedem Beobachter den Atem rauben könnte, sie zusammen zu sehen.

Rachel hielt Guys Arm umklammert, als sie sich zu ihrer Cousine umwandte. »Ich habe gewusst, dass du Guy dazu bringen würdest, nach Devon zu kommen, Sarah. Ich konnte nicht selbst zu ihm gehen. Du verstehst das?«

»Ja«, sagte Sarah, auch wenn die Knoten in ihrem Magen härter geworden zu sein schienen. »Wir beide verstehen es. Komm und setz dich ans Feuer. Du siehst verfroren aus.«

Rachel taumelte zu einem Stuhl. Als wäre er plötzlich wieder zum Leben erwacht, ging Guy zur Anrichte. Sarah hatte keine Ahnung, was er dachte oder was er fühlte. Er wirkte verschlossen, völlig gefasst. Sie spürte nur, dass etwas in ihm zerbrochen war und dass er kämpfte, die Fassung zu behalten.

»Wir wissen bereits alles über dein Baby, Rachel«, begann Sarah. »Wir haben mit Mrs. Siskin und Mrs. Lane gesprochen, und wir haben den größten Teil der Geschichte Stück für Stück zusammengesetzt – über das Knight's Cottage und die Goatstall Lane und warum Lord Jonathan dich in der Küche vom Three Barrels angetroffen hat. Es tut mir so leid.«

»Ich dachte, ich könnte ihn mir allein zurückholen.« Rachel strich sich mit leichter Hand durch die Locken. »Als ich das erste Mal aus Hampstead hierherkam, hatte ich keinen Hinweis darauf, wer mein Baby hatte. Ich versuchte, mit Mr. Croft zu reden – er war zu der Zeit auf Barristow Manor –, aber er hat behauptet, nichts zu wissen. Als ich beharrlich blieb, hat er mich schließlich ausgelacht und gesagt, Barry Norris' kleiner Junge wäre dessen leibliches Kind, und er könnte das beweisen. Man würde mich nach Bedlam bringen, würde ich versuchen, etwas anderes zu behaupten. Niemand würde sich darum scheren, was aus mir würde.«

Guy schenkte Wein ein. Seine Augen blickten erschreckend ruhig und waren so dunkel wie das Wasser in einem Brunnen, in dessen Tiefe sich unbekannte Leichen fressende Dämonen verbergen könnten.

Er reichte Rachel ein Glas. »Hast du Croft Mrs. Siskins Brief gezeigt oder sie überhaupt erwähnt?«

»Nein!« Rachel senkte die langen Wimpern und starrte in

ihr Glas. »Er hat mir Angst gemacht. Ich habe nur gesagt, dass ich ein Gerücht gehört hätte.«

»Aber warum hast du nicht meine Rückkehr aus Birchbrook abgewartet? Du weißt, dass ich dir geholfen hätte.«

»Ich wollte nicht, dass du die Wahrheit erfährst. Sarah versteht das.«

Vielleicht tat sie das. Rachel mochte geglaubt haben, dass Guy sie liebte, aber sie liebte einen anderen Mann und hatte es immer getan. Sie war in dem Haus in Hampstead ganz allein gewesen, als sie davon erfahren hatte, dass ihr Baby bei der Geburt gelebt hatte. Jede Frau mochte es angesichts der Umstände für besser gehalten haben, einen Schlussstrich zu ziehen, wenn auch vielleicht nicht einen so grausamen.

»Als du aus Mr. Croft nichts weiter herausbringen konntest, hast du dich in London versteckt gehalten?«, fragte Guy.

»Ja«, sagte Rachel. »Ich wusste nicht, wohin sonst ich gehen konnte. Und ich war bei dir, Guy, aber der Diener sagte mir, du wärest in Wyldshay und man wüsste nicht, wann du zurückkommen würdest.«

Guy lehnte sich mit dem Rücken gegen die Wand, sein Blick war nachtschwarz. »Du hättest schreiben können.«

»Nein! Ich wollte nicht schreiben, nicht nach dem Brief, den ich in Hampstead für dich zurückgelassen hatte. Und es tut mir alles sehr leid. Wirklich! Als ich Mrs. Siskins Brief gelesen hatte, war ich aufgewühlt, verzweifelt, nicht in der Lage, einen einzigen vernünftigen Gedanken fassen. Alles, woran ich noch denken konnte, war, so schnell wie möglich nach Devon zu fahren, um mein Baby zu finden.«

Er neigte den Kopf und schloss die Augen.

»Ich denke schon, dass das, was du geschrieben hast, die Wahrheit gewesen ist«, sagte er. »Auch wenn wir es jetzt am besten vergessen sollten.«

Rachel hatte den Anstand, zu erröten, es war ein charmanter warmer Glanz, der ihre makellose Haut wie ein Sonnenaufgang überhauchte.

»Mr. Croft hat dich also abgewiesen, woraufhin du mit leeren Händen nach London zurückgekehrt bist«, fasste Sarah rasch zusammen. »Und dann begann jemand, dich zu attackieren. Du hast mir geschrieben, wie groß deine Angst gewesen ist.«

»Ja, weil mir dann klar wurde, dass Mr. Croft mit dem Mann, der mein Baby tatsächlich hatte, über mich gesprochen haben musste. Ich dachte, er wollte mich töten, um sein Geheimnis zu wahren.« Rachels Röte verstärkte sich und sie stellte ihr Weinglas ab. »Ich wollte dich nicht belügen, Sarah –«

»Aber du hast es getan«, entgegnete ihre Cousine. »Aber das ist jetzt in Ordnung. Ich verstehe es. Als du dich auf Grail Hall verliebt hattest, muss sich das zu überwältigend angefühlt haben, um es mit jemandem zu teilen, nicht einmal mit mir. Stattdessen hast du all diese Gefühle in eine Geschichte hineingepackt und hast vorgegeben, es ginge um die Erinnerung an Mr. Devoran und jenen Tag auf der Jacht. Aber warum hast du, nachdem du begonnen hattest, ein solches Netz aus Lügen zu spinnen, dich nicht zu irgendeinem Zeitpunkt überwinden können, damit aufzuhören?«

»Es war, wie in einen Brunnen zu fallen«, erklärte Rachel, »wenn alles, was du tun kannst, ist, zu fallen und zu fallen.«

Sarah begegnete dem Blick ihrer Cousine, der von aufrichtiger Reue erfüllt war, und kämpfte erneut darum, ihre Fassung zu bewahren. Was immer es sie auch kostete, sie durfte sich nicht von Eifersucht oder Groll auf ihre Cousine beherrschen lassen. Besonders nicht auf die Cousine, mit der sie aufgewachsen war!

»Und eine große Liebe kann sich sehr privat anfühlen«, sagte sie. »Es ist etwas, das es tief im Herzen verborgen zu bewahren gilt, besonders wenn man fürchtet, dass eine gemeinsame Zukunft sich als unmöglich erweisen könnte.«

Rachel kniete sich vor Sarah. »Ich wusste, dass du es verstehst!« Ein neuer, aufgeregter Klang färbte ihre Stimme. »Eine Liebe wie diese! Ich hatte mir das niemals so vorgestellt, hatte es ja nie erlebt ... – kannst du mir je vergeben, Liebes? Obwohl ich mir all diese Geschichten ausgedacht habe, war mein Herz immer aufrichtig!«

Sarah fasst ihre Cousine bei den Händen. »Ich habe nie an deinem Herzen gezweifelt, Rachel.«

»Sein Name ist Claude d'Alleville«, sagte Rachel. »Sein Vater besitzt ein Chateau in Frankreich.«

Guys dunkle Augen, unergründlich und still, erwiderten Sarahs Blick. Sie beide kannten diesen Namen von Lord Grails Gästeliste.

»Er war wegen dieses Ägypten-Treffens auf Grail Hall?«, fragte Sarah.

»Ja. Ich wurde gebeten, dem Treffen beizuwohnen, um Notizen zu machen. Claudes Englisch ist perfekt, und ich spreche so gut Französisch wie jede andere Lady, aber wir verliebten uns ineinander, noch ehe wir überhaupt ein Wort miteinander gewechselt hatten. Er ist der attraktivste Mann, den du je gesehen hast, Sarah! Es war Liebe auf den ersten Blick. Kannst du das verstehen?«

»Ja«, sagte Sarah. »Ja, natürlich.«

Guy ging zum Tisch. »Ich werde nach dem Abendessen läuten«, sagte er. »Und nach einem weiteren Gedeck.«

Rachel erhob sich mit einem nervösen Lachen und erlaubte Guy, sie zu einem Stuhl zu führen. Sarah folgte den beiden. Seine Hände strichen kurz über Sarahs Schulter, als sie sich setzte, und schickten einen kleinen Schock durch ihre Adern, der sich wie elektrischer Strom anfühlte.

Einige von Guys Männern trugen das Abendessen auf. Sie waren etwas zu raubeinig, um bei Tisch zu servieren. Sobald sie das Zimmer verließen, wandte sich Guy wieder an Rachel.

»Monsieur d'Alleville ist verschwunden, obwohl du ihm jeden Tag geschrieben hast?«

»Als er England verließ, hat er gesagt, er wollte auf eine neue Expedition nach Ägypten gehen und dass sein Vater ihm meine Briefe zukommen lassen würde. Ich zweifle nicht an ihm«, fügte sie hinzu. »Er wird zu mir kommen, sobald er kann.«

»Aber das ist jetzt mehr als zwei Jahre her«, wandte Sarah sanft ein.

»Na und? Er könnte jetzt in Kenia sein, und meine Briefe werden ihn vermutlich alle auf einmal erreichen, zu einem Bündel geschnürt und von Kamelen transportiert!«

Guy unterzog die Kerzen auf dem Tisch einer intensiven Musterung. »Und in deinem Widerstreben, mich direkt aufzusuchen, hast du dann diese Briefe an Sarah geschrieben, Briefe voller Panik. Und einige Tage, bevor sie in London eintraf, bist du von der Goatstall Lane nach Devon zurückgereist.«

Rachel schob etwas gekochten Kohl auf ihrem Teller zur Seite. »Ich hatte zu große Angst, um noch länger zu warten. In meiner unmittelbaren Nähe war eine Mauer eingestürzt und hätte mich um ein Haar erschlagen. Und ich war mir sicher, dass der Mann, der mein Baby hatte, niemals vermuten würde, dass ich hierherkommen könnte, um direkt vor seiner Nase zu wohnen, nicht wahr? Deshalb habe ich beinahe meinen gesamten übrig gebliebenen Schmuck verkauft und mich als Mann verkleidet – ein wenig respektabler als diese Verkleidung natürlich –, dann habe ich ein kleines, abseits im Moor gelegenes Cottage gemietet. Niemand hat mich verdächtigt.«

»Und du hast Barristow einen Besuch abgestattet, sobald es dir möglich war?« Sarah schaute Guy an. »Mr. Norris sagte doch, dass ein junger Mann seinen kleinen Jungen im Garten getroffen hätte.«

»Ja«, erwiderte Guy. »Ich habe dem damals keine weitere Beachtung geschenkt. Schließlich wusste ich zu der Zeit nicht, dass es wichtig sein könnte.«

Er schenkte sich Wein nach und wandte sich wieder an Rachel. »Du hast dich also verborgen gehalten. Und welcher meiner Männer hat dich aufgespürt und es mir nicht gesagt?«

Rachel schürzte wie ein trotziges Kind den Mund. »Es war meine Schuld. Du kannst ihm das nicht vorwerfen.«

»Das tue ich nicht. Kein Mann könnte dir je widerstehen. Ich nehme an, es war Oliver?«

Sie wurde rot. »Er hat wohl vermutet, dass du es verstehen würdest.«

»Damit hatte er recht. Und, ein Glück für ihn, ist er noch jung genug, sich nicht vor meiner Vergeltung zu fürchten. Also ist Master Norris dein Sohn?«

»Oh nein! Deshalb hatte ich auch keinen Grund mehr, die Familie noch einmal aufzusuchen. Das Kindermädchen dort hatte auch sehr panisch reagiert. Nein, als ich meinen kleinen Jungen fand, hat sein Kindermädchen niemals auch nur ein Wort zu jemandem gesagt.«

»Welches Kindermädchen?«, fragte Sarah.

»Betsy Davy natürlich! Ich war nach Moorefield Hall gegangen, weil ich herausgefunden hatte, dass Mr. Croft von Barristow Manor inzwischen dort arbeitete. Gleich als ich den Jungen sah, wusste ich, dass er mein Sohn ist.«

Guy war sehr still geworden. »Wie hast du Zugang zu dem Kind bekommen?«

»Ich habe mich im Garten versteckt. Als Betsy mich zum ersten Mal sah, hatte sie große Angst, aber ich habe so getan, als wäre ich aus Versehen auf das Grundstück seiner Lordschaft geraten, als ich einen Goldfinken beobachtet habe. Obwohl sie bald gemerkt hat, dass ich kein Junge war, ließ sie sich nichts anmerken. Sie ist sehr einsam.«

»Hast du ihr gesagt, wer du bist?«

Rachel schüttelte den Kopf. »Nein. Ich habe mir eine weitere Geschichte ausgedacht. Ich habe ihr gesagt, ich wäre meinem gewalttätigen Ehemann davongelaufen, einem schrecklichen Mann, der mich geschlagen und mein Leben bedroht hätte. Ich erzählte ihr, das er mir mein Baby weggenommen hätte und ich es wohl niemals wiedersehen würde. Das war gar nicht mal so weit von der Wahrheit entfernt. Betsy hat angesichts meiner traurigen Geschichte sogar ein wenig geweint. Sie hat keine Freunde auf Moorefield. Danach haben wir uns jede Woche getroffen, wenn sie sich mit Berry aus dem Haus stehlen konnte, immer in einem abgelegenen Teil des Gartens.«

Guy schob seinen Stuhl vom Tisch zurück. »Dann bist du ganz sicher, dass Lord Berrisham dein Sohn ist?«

»Oh ja!« Rachel biss sich auf die Lippen und errötete. »Er ist Claude wie aus dem Gesicht geschnitten.«

»Wir glauben dir«, sagte Sarah sanft. »Aber alle, die bezeugen könnten, was wirklich geschehen ist, sind tot, verstehst du?«

»Warum ist das wichtig? Ich weiß, dass er mein Kind ist, und ich habe bereits einen Plan, ihn zu holen.«

Porzellan klirrte, als Guy aufsprang und mit großen Schritten durch das Zimmer ging.

»Um Himmels willen, Rachel! Es gibt keinen Beweis dafür. Stiehl erfolgreich Moorefields Baby und du könntest am Galgen enden. Unternimm den Versuch und lass ihn fehlschlagen – dann wird zu guter Letzt Betsy Davy entlassen werden, und sie ist alles, was der kleine Junge hat.«

»Aber ich *weiß*, dass er mein Kind ist!« Rachels Augen füllten sich mit Tränen, als würde sie nun doch noch hysterisch werden, obwohl sie sich so lange so tapfer geschlagen und keine Schwäche gezeigt hatte. »Ich *weiß* es, Guy!«

Sarah nahm die Hand ihrer Cousine und drückte sie.

»Wir sind alle erschöpft«, meinte sie. »Wir werden morgen früh weiterreden. Es ist Zeit, ins Bett zu gehen.«

Ins Bett! Als Sarah die Worte aussprach, fühlte sie einen scharfen Schmerz in sich. Sie hatte mit Guy das Bett geteilt, seit sie den Anchor verlassen hatten, aber davon wusste Rachel nichts. Würde ihre Cousine annehmen, sie könnte Guy erneut bezirzen, seinen Körper und seine Seele, genau wie sie es in Hampstead getan hatte, in dem Haus mit den Schornsteinen, die wie Zylinder aussahen?

Die Situation war abscheulich: schrecklich und skandalös und quälend.

»Ich habe leichte Kopfschmerzen«, sagte sie und merkte, dass es keine Lüge war. Schließlich waren sie und Guy seit Tagen unterwegs gewesen, und obwohl sie nicht viel hatte essen können, hatte sie vier Gläser Wein getrunken. »Ich denke, ich werde gleich hinaufgehen.«

Sarah lächelte Guy scheu zu und verließ dann fluchtartig das Zimmer.

Einmal im Flur hatte sie keine Ahnung, wohin sie sich wenden musste, aber der Mann, der der Kutsche im Moor entgegengeritten war, trat soeben aus dem Personalflur. Er trug ein Tablett mit einigen geschälten Früchten.

»Ich möchte hinauf in mein Zimmer gehen«, sagte Sarah. »Ist jemand da, der es mir zeigen kann?«

»Die dritte Tür auf der rechten Seite unter dem Dach, Ma'am«, sagte Peters und wies mit dem Kopf die Richtung. »Ihre Koffer sind schon hinaufgebracht worden.«

Sie stieg die Treppe hinauf und öffnete die bezeichnete Tür. Ein großes Bett mit vier Säulen beherrschte das Zimmer. Ihre Koffer standen in einer Ecke. Guys Reisekiste stand daneben. Irgendein hilfreicher Bursche hatte Guys Rasierzeug ausgepackt und es auf den Waschtisch gelegt.

Sarah ging zum Fenster und stieß es auf. Der Nebel hing noch tief über dem Moor und hüllte die ganze Welt ein, hielt sie in diesem Albtraum gefangen.

Eine große Liebe kann sich sehr privat anfühlen.

Sie konnte ohne Zweifel im Privaten wachsen, und vielleicht auch genau dort sterben?

Aber was, wenn man mit absoluter Sicherheit wusste, dass diese Liebe niemals, niemals sterben würde, nicht bis Worte der Reue und der Hoffnung auf Erlösung auf den Grabstein gemeißelt stehen würden? Was dann?

Die Sommernacht war nicht wirklich kalt, aber es war feucht. Sarah fröstelte und schloss das Fenster. Das Bett wartete, die frischen Laken bereits zurückgeschlagen. Ihr Nachthemd lag auf dem Kissen. Aber was, wenn Guy nicht zu ihr kommen würde? Was, wenn er und Rachel in diesem Augenblick –

Sarah war außerstande, ihre Koffer allein zu tragen, deshalb nahm sie das Notwendigste für die Nacht heraus und griff sich ihr Nachthemd vom Bett. Sie steckte sich das kleine Bündel unter den Arm und trat hinaus auf den Korridor, den sie entlangging und dabei Tür nach Tür öffnete.

Es gab fünf geräumige Schlafzimmer, und saubere Bettwäsche lag in Stapeln in einem Regal am Ende des Korridors. Sarah wählte eins der Zimmer, das nach Osten lag, machte das Bett und legte sich erschöpft nieder.

Doch sie lag noch eine lange Zeit wach. Es war schrecklich, sich vorzustellen, dass Guy sie in seinem Bett vorgefunden hätte, wenn er sich insgeheim wünschte, sie wäre nicht dort. Und noch schlimmer wäre es, dort auf ihn zu warten, ihr Herz voller Sehnsucht, ihr Körper voller Verlangen nach ihm, und er würde nicht kommen.

Deshalb war es so besser. Wenn er sie finden wollte, könnte er das einfach tun. Die Wahl lag bei ihm.

Schließlich schlief sie ein, tränenlos und verzweifelt und allein.

Strahlender Sonnenschein blendete Sarah, als sie die Augen aufschlug, und es war, als wollte er ihr Elend verhöhnen. Sie wusch sich und kleidete sich an, dann stand sie für einen Moment am Fenster und schaute hinaus über die purpurfarbenen Höhen Dartmoors, die sich unter einem klaren blauen Himmel sonnten. Obwohl die Sonne schon so hell schien, war es noch früh. In weiter Ferne graste ein kleine Herde wilder Ponys

Sie war verliebt, maßlos und wahnsinnig verliebt gewesen, und hatte zugelassen, dass diese überwältigenden Gefühle ihr Urteilsvermögen trübten. Alles war so wundervoll gewesen, als hätte Guy sie auf magische Weise in den Wald bei Athen geführt, in dem Titania herrschte.

Doch jetzt, so schmerzvoll es auch war, musste sie in die graue Wirklichkeit zurückkehren. Sie durfte sich ein bisschen Schmerz über den großen Verlust gestatten, musste gleichwohl aber auch die Entschlossenheit und den Mut finden, zurückzustehen und es geschehen zu lassen, dass Guy Rachel noch einmal rettete.

Hätte sie, Sarah Callaway, diese ganze Sache nicht ins Rollen gebracht, hätte er nie eine unscheinbare Witwe mit in sein Bett genommen. Sie würde sich selbst verachten, ließ sie es zu, Zorn oder Schmerz stärker sein zu lassen als das Mitgefühl für die zarte, zerbrechliche Cousine, mit der sie aufgewachsen war, und ganz besonders für das unschuldige Kind, das Rachel geboren und auf so leidvolle Weise verloren hatte.

Doch es tat weh, es tat weh, und Sarahs Herz brannte vor Empörung und Schmerz.

Niemand sonst schien schon aufgestanden zu sein, deshalb ging Sarah nach unten und hinaus in den verwahrlosten Garten. Irgendwo plätscherte Wasser. Sarah ging dem Klang nach, folgte einem gepflasterten Pfad, der sich durch das dichte Buschwerk wand. Blumen und Sträucher kämpften gegen das ungebärdige Wachstum von Unkraut an.

Ein kleiner Bach plätscherte über Felsstufen hinunter in eine moosbewachsene Senke, die von Brunnenkresse überwuchert war. An den Ufern leuchteten die purpurfarbenen Blütenstände des Blutweiderichs.

Guy saß auf einem umgestürzten Baumstamm und schaute auf das Wasser.

Ihr sank das Herz. Sie wandte sich um und wollte fliehen, aber er sprach sie an, ohne ihr den Kopf zuzuwenden.

»Sarah! Bitte bleib!« Sonnenlicht zauberte Glanzpunkte in sein dunkles Haar und tanzte über die hinreißenden Linien seines Gesichts, auch wenn sich sein Blick im Schatten verlor. »Braucht das so viel Mut?«

Mut? Vielleicht war es nur Schwäche, die sie davon abhielt, sich umzudrehen und davonzulaufen.

»Wo ist Rachel?«, fragte sie.

»Vermutlich noch in ihrem Bett. Du wirst bemerken, dass ich sagte, in *ihrem* Bett, nicht in meinem.«

»Aber ich dachte –«

»Nein, du hast es nicht *gedacht*, du hast es befürchtet.« Er stand auf und wies auf den Baumstamm. »Möchtest du dich nicht zu mir setzen?«

Sie zwang sich, zu ihm zu gehen, einen Fuß vor den anderen, und setzte sich. Der Bach flüsterte und plätscherte fröhlich, während er zwischen den Steinen dahinfloss.

Guy ließ sich neben ihr nieder und stützte einen Unterarm auf jedes Bein, seine wunderschönen Hände verrieten keinerlei Anspannung. Eine verzweifelte Sehnsucht packte ihr Herz: die Vergangenheit ungeschehen zu machen, alles ungeschehen zu machen, das Leben in ein Märchen einzuspinnen, in dem eine rothaarige Lehrerin tatsächlich das Herz eines Mannes wie Guy Devoran gewinnen könnte.

Einige Momente lang schaute er schweigend auf den Bach und machte keine Bewegung, sie zu berühren. Sarah saß neben ihm, abwartend und gequält.

»Du solltest eins wissen«, sagte er schließlich. »Ich habe dir einmal gesagt, dass ich in deine Cousine vernarrt gewesen bin. Und ich war verletzt, als sie mich verlassen hat. Genau genommen war ich wütend darüber, dass sie einfach weggelaufen ist, aber ich weiß jetzt, dass es der Schmerz von verletztem Stolz gewesen ist, nicht der eines gebrochenen Herzens.«

»Aber du warst doch verzweifelt, oder nicht?«

»Ich fühlte mich irgendwie verantwortlich. Ich habe dir die Wahrheit gesagt über unseren Tag auf der Jacht. Ich habe dir nicht gesagt, dass ich danach einige Monate nach Rachel gesucht habe. Die Erinnerung an sie, wie sie im Wind am Bug der Jacht stand, verfolgte mich. Jack weiß alles darüber – und Ryder natürlich auch. Sie könnten dir sogar sagen, dass ich fast ein wenig wahnsinnig war, als ich sie nicht finden konnte.«

»Weil sie sich zu der Zeit schon im Knight's Cottage versteckt hatte. Wie hättest du wissen können, wer sie war?«

Guy hob einen Stein auf und warf ihn in den Bach. »Das konnte ich nicht wissen. Ich mache mir deswegen keine Vorwürfe. Mit dem Geld, das Jack ihr gegeben hatte, konnte sie es sich leisten, überall zu wohnen, so lange, bis ihr – obwohl du ihr noch immer alles an Geld hast zukommen lassen, was du erübrigen konntest – die Mittel ausgingen und sie bei mir auftauchte.«

»Jener Winter muss schrecklich für sie gewesen sein«, sagte Sarah. »Ganz allein mit ihrem Kummer, während sie mir in ihren Briefen schrieb, dass sie noch immer als Gouvernante arbeiten würde.«

»Ich weiß, wie weh es tut, Sarah, dass Rachel sich dir nicht anvertraut hat – genauso, wie weh es tut, dass sie und ich ein Liebespaar geworden sind, obwohl ich sehr schnell herausfand, dass ich mir ein Bild von ihr gemacht hatte, das allein einer Fantasie entsprang. Doch sie schien so verdammt zerbrechlich, wie sie da im Regen vor meiner Tür stand, wie ein Kiebitz mit einem gebrochenen Flügel.«

Sarah starrte auf den Bach, den zarten Schaum aus Blasen, wo das Wasser sich für einen Augenblick hinter einem Felsen fing.

»Aber sie ist nicht zerbrechlich, Guy. Sie ist mutig und stark, denn es hat großen Mut von ihr verlangt, nach Devon zurückzukommen. Ich bin mein ganzes Leben lang daran gewöhnt, sie zu beschützen, doch jetzt denke ich, dass Rachels Inneres aus reinem Stahl bestehen könnte.«

»Das ist die eine Art, es zu betrachten.« Guy warf noch einen Stein. »Die andere Art, sie zu charakterisieren, ist, dass man deine Cousine, Sarah, als selbstbezogen bezeichnen kann.«

Sie fühlte sich, als hätte man sie geschlagen. »Nein! Wenn Rachel sich selbstsüchtig verhalten oder nicht die Wahrheit gesagt hat, dann war das nur um ihres Babys willen – oder manchmal um ihr eigenes Überleben zu sichern, nachdem ihr Liebhaber sie im Stich gelassen hatte.«

»Ich bestreite nicht, dass sie schrecklich gelitten hat oder dass sie unsere Unterstützung braucht. Aber der Kiebitz ist ein Schwindler, Sarah. Er tut nur so, als hätte er sich den Flügel gebrochen. Sobald er sich in Sicherheit wähnt, fliegt er davon. Und Rachel macht es ganz genauso. Das spricht nicht für mich, Sarah, aber was ich für deine Cousine empfunden habe, kam Mitleid immer sehr viel näher als Liebe, und so ist es noch.«

»Dann sprichst du ihr ab, dass sie Mut hat?«

»Nein, aber ich nehme an, dass du gestern Abend aus meinem Zimmer geflohen bist, weil du befürchtet hast, ich könnte mir wünschen, mit Rachel statt mit dir zusammen zu sein. Ich kann mir kein schlimmeres Schicksal vorstellen. Ich werde deine Cousine nach besten Kräften vor den Folgen ihrer eigenen Dummheit bewahren, aber mein Herz – auch wenn du es für unzuverlässig zu halten scheinst – gehört dir und wird immer dir gehören.«

Sarah schloss für einen Moment die Augen gegen die Sonne, dann schaute sie wieder zum dahinplätschernden Bach. Das Wasser lachte und funkelte, und plötzlich nahmen ihr Tränen die Sicht.

»Du hast während der ganzen Reise kein einziges Wort darüber gesagt«, sagte sie. »Nicht ein einziges Mal.«

Er schaute auf sie herunter und lächelte. »Musste ich das denn?«

Sie schlang die Arme um sich, dachte zurück, erinnerte sich. »Vielleicht nicht.«

»Ich dachte, ich hätte dir meine Liebe Tag und Nacht bewiesen, seit wir den Anchor verlassen haben. Oder glaubst du noch immer, dass die Leidenschaft eines Mannes nichts mit dem zu tun haben kann, was in seinem Herzen vorgeht?«

Ein leiser Windhauch strich über den Bach. Die hohen Spitzen des lilaroten Blutweiderichs schwankten leicht.

»Nein, das ist es nicht. Nicht mehr.«

»Dann lässt du die sehr grundlegende weibliche Klugheit außer Acht«, sagte Guy trocken, »denn sehr oft verhält es sich so – außer in diesem Fall.«

Sarah ließ den Kopf auf die Knie sinken und lachte. »Wenn du mir sagst, du liebst mich, dann ist es, als würde sich der Himmel ein Stück öffnen und ich könnte ins Paradies sehen. Doch gleichzeitig gähnt zu meinen Füßen ein Abgrund, von dem ich nicht weiß, wie tief er ist.« Sie schaute auf. »Ich kann es nicht erklären, Guy. Ich weiß nur, dass ich Angst habe.«

Er warf einen dritten Stein ins Wasser. »Weil die beste, tiefste Liebe nur auf einer Basis aus Mut und Vertrauen überleben kann?«

»Ja, aber ich würde dir meine Seele anvertrauen.« Hitze schoss in ihre Wangen. »Aber in der vergangenen Nacht war ich von Zweifeln zerrissen. Ich konnte es nicht zeigen – ich konnte es nicht. Nicht mit Rachel im Haus.«

»Nicht einmal im Verborgenen?«

»Guy, selbst wenn ich zugebe, dass ich dich von ganzem Herzen liebe, habe ich dennoch Angst, dass die Götter solchen Hochmut schrecklich bestrafen könnten. Ich kann es wirklich nicht erklären.«

Er hob ihre Hand und presste sie an seine Lippen. »Meine wunderschöne Sarah, weißt du nicht, dass ich letzte Nacht zu dir gekommen bin? Als ich endlich entdeckte, wo du dich versteckt hattest, warst du schon eingeschlafen.«

»Du kannst nicht hereingekommen sein«, sagte sie. »Ich hätte es gemerkt.«

»Es war aber so. Ich habe vor deinem Bett gestanden, dir beim Schlafen zugesehen und mich dir so unglaublich nahe gefühlt. Ich liebe dich.«

Sanft schloss er seine Hand um ihre. Ihr Blut drängte in tiefen Wellen des Verlangens durch ihre Adern, selbst bei einer so schlichten Berührung. Sarah wusste, wenn er ihre Hand so hielt wie jetzt, dann würde sie mit verbundenen Augen am Rand einer Klippe entlanggehen, sollte er sie darum bitten.

»Ich glaube dir«, sagte sie, ließ seine Hand dabei aber los.

Er schaute auf das dahinströmende Wasser. »Rachel und ich haben gestern Abend noch ein oder zwei Stunden geredet. Sie hat nicht einmal Betroffenheit über den Schmerz gezeigt, den sie dir bereitet hat. Sie nimmt es als selbstverständlich hin, dass du sie immer verteidigen und für ihr Glück kämpfen wirst.«

»Das werde ich«, sagte Sarah.

»Und deshalb werde ich das vermutlich auch tun.« Guy reichte Sarah die Hand und half ihr aufzustehen. »Ich habe heute Morgen an d'Alleville geschrieben und den Brief an das Schloss in Frankreich adressiert – es ist die einzige Anschrift, die Rachel hatte. Ich habe ihn an Ryder geschickt, damit er ihn für mich auf den Weg bringt. Ein flehendes Schreiben an einen verschollenen Liebhaber. Wenn er lebt, dürfte es einen stärkeren Eindruck auf ihn machen, wenn der Brief auf Wyldshay frankiert wurde.«

Kalte Finger berührten ihren Rücken. »Wenn er lebt? Du hältst es für möglich, dass Claude d'Alleville tot ist?«

»Wenn er wirklich nach Ägypten gereist ist, halte ich das für sehr wahrscheinlich. Der Nil hat die Angewohnheit, Europäer bei lebendigem Leib zu verschlingen. Die Ruhr, Malaria, gewaltbereite Einwohner –«

Sarah schaute auf ihre ineinanderverschränkten Hände. »Bis jetzt hat er ohnehin alle Briefe Rachels ignoriert.«

»Nicht ganz. Er hat ihr einige Male geschrieben, nachdem er zunächst nach Frankreich zurückgekehrt war. Allerdings brach die Korrespondenz ab, sobald er hörte, dass sie ein Kind erwartete. Rachel beharrt jedoch darauf, zu wissen, dass er sie noch liebt.«

»Obwohl das wohl nicht sein kann«, sagte Sarah. »Nicht nach all dieser Zeit. Selbst wenn er nicht in Ägypten umgekommen ist, hat er mehr als einmal bewiesen, dass sie ihm absolut gleichgültig ist.«

»Genau. Trotz des Blackdown-Drachens, der meinen Brief versiegelt, habe ich nicht wirklich Hoffnung, jemals eine Antwort zu bekommen.«

»Was werden wir also wegen Berry unternehmen?«

Guy entfernte sich einige Schritte weit. Sonnenlicht wärmte seine breiten Schultern und ließ seine dunklen Haare glänzen.

»Diese Frage hat mich fast die ganze Nacht wach gehalten. Selbst wenn wir ihn aus Moorefield wegholen können, was dann? Ich kann Rachel Mittel zur Verfügung stellen, damit sie ihr Kind allein aufziehen kann, aber er wird trotzdem immer ein Bastard sein, statt der Sohn und Erbe eines Earls. Und da ist auch das ungewisse Schicksal der Countess.«

»Lady Moorefield ist kein hilfloses Kind, und wir können ein Baby nicht in einem solch grausamen Haushalt lassen.«

Guy wandte sich um und lächelte sie schief an. »Und deshalb – so unangenehm das Wesen Seiner Lordschaft auch sein mag – macht es uns dieser Umstand einfacher zu handeln?«

Sie erwiderte seinen Blick. Trotz ihrer Beklommenheit lachte sie. »Ja, daran habe ich auch schon gedacht. Ich könnte es mir niemals verzeihen, ein Kind aus einer liebevollen Familie herauszureißen.«

Guy schob einen herunterhängenden Zweig zur Seite. Gemeinsam machten sie sich auf den Rückweg zum Haus.

»Außerdem ist da noch die Sache mit den Ansprüchen des Bruders des Earls. Er ist auf illegale Weise seines Anspruchs auf den Titel beraubt worden, der darauf beruht, dass Moorefield keinen legitimen Sohn hat. Und was die Countess betrifft, so kann ich nicht versprechen, sie zu beschützen, auch wenn ich tun werde, was ich kann.«

»Wie um alles in der Welt konnte sie vorgeben, ein Kind zur Welt gebracht zu haben, ohne dass jemand die Wahrheit herausgefunden hat.«

»Ich kann mir vorstellen, dass das nicht allzu schwer war. Ich werde mich heute Nachmittag diesbezüglich ein wenig in der hiesigen Gerüchteküche umhören.«

Sarah blieb stehen und sah ihn an. »Wir werden Berry also zurückbekommen?«

»Ich habe vor, den Einfluss meiner familiären Beziehungen zu nutzen. Und während ich meine Absichten verfolge, werden du und Rachel nach Plymouth fahren und einkaufen.«

»Einkaufen?«

Eine dunkle Flamme flackerte in seinen Augen auf. Einen Moment lang dachte Sarah, er würde sie küssen. Doch dann lächelte er nur.

»Natürlich«, sagte er. »Wenn wir Moorefield mit unserer geballten Kraft beeindrucken wollen, dann müssen wir dementsprechend stilvoll auftreten.«

Sarah sah ihm nach, als er davonritt. Namenlose Ängste umflatterten sie noch immer wie eine Schar schwarzer Krähen, aber sie fürchtete nicht länger, dass Guy sie nicht aufrichtig liebte. Sie hatten es mit Leidenschaft bewiesen. Sie hatten es viele Male mit wortlosem Verstehen bewiesen, fast, als würde jeder die Gedanken des anderen kennen.

Dennoch fühlte sich Sarah, als stünde sie am Rand eines breiten Abgrunds, unter dem trügerisch ruhiges Wasser floss, und über den die zerbrechlichste aller Brücken auf die andere Seite führte.

Als Sarah sich umwandte, sah sie Rachel aus dem Haus kommen. Sie trug eins von Sarahs besten Kleidern. Obwohl das Kleid weder modern oder neu war, noch richtig passte, sah ihre Cousine atemberaubend aus. Die helle Morgensonne verwandelte ihre hellblonden Locken in Gold. Ihre blauen Augen waren so unschuldig wie die Blüten des Immergrün.

»Guy ist fortgeritten?«

»Nicht für lange«, erwiderte Sarah. »Er hat versprochen, dass wir Berry morgen von Lord Moorefield zurückholen, nachdem wir beide uns neue Kleider gekauft haben.«

»Ja, ein neues Kleid würde mir sehr gefallen.« Rachel zupfte an ihren Röcken. »Deine Sachen sind so schlicht, Sarah. Kaum passend, um einen Peer damit zu beeindrucken!« Sie biss sich auf die Lippen, als sie die Einfahrt hinunterschaute. »Er hätte mich geheiratet, weißt du.«

Sarah schluckte den kleinen Anflug von Schmerz hinunter. »In dem Haus in Hampstead? Das mit den Schornsteinen? Guy hat dich gefragt?«

»Nicht mit Worten – aber er hätte es getan. Er hat mich geliebt.«

»Natürlich hat er das«, bestätigte Sarah sanft. »Aber du hast bereits Claude geliebt.«

Die weißen Finger ihrer Cousine wischten plötzlich kullernde Tränen weg. »Ich hätte ewig auf ihn gewartet, Sarah, aber es war so schwer, als er auf keinen meiner Briefe mehr geantwortet hat. Ich musste sogar das Medaillon verkaufen, das er mir geschenkt hatte. Dann all diese Monate in der Cooper Street und der ganze Rest des Jahres, nachdem ich dachte, ich hätte mein Baby verloren. Es war furchtbar! Doch ich habe versucht, dir keinen Kummer zu machen.«

Sarah nahm Rachels Hand. »Ja, ich weiß, Liebes. Ich weiß. Aber warum bist du nach Hampstead gegangen?«

»Mrs. Lane hatte bereits damit gedroht, mich auf die Straße zu setzen, deshalb konnte ich nicht in der Cooper Street bleiben. Ein Küchenmädchen im Three Barrels hat mir vom Knight's Cottage erzählt. Ihre Schwester hatte dort gearbeitet. Und Guy hatte mir gerade all das Geld gegeben. Weil ich damals nicht sicher war, ob sich Claude in Ägypten aufhielt, dachte ich, dass es wohl kaum einen Unterschied machen würde, wo ich wohne.«

»Aber als dir wieder das Geld ausging, bis du losgegangen, um Guy aufzusuchen?«

Rachel nickte. »Was sonst hätte ich tun können? Hampstead Heath war schrecklich im Januar, und Guys Haus in London war nicht schwer zu finden. In jener Nacht hat es heftig gestürmt. Ich war nass bis auf die Haut und habe wie Espenlaub gezittert. Du kannst es dir nicht vorstellen! Doch ich wusste, dass er mich hereinlassen würde. Dann dachte ich mir, er hätte eine Gegenleistung verdient und deshalb bin ich mit ihm ins Bett gegangen.«

»Das war deine Idee?«

»Oh ja! Hast du etwa gedacht, seine?« Rachel schaute zu Boden und errötete ein wenig. »Und es war auch wirklich sehr nett. Schließlich ist er ungemein attraktiv und unglaublich fürsorglich. Du verstehst das doch, nicht wahr?«

Sarah schluckte ihren verrückten Impuls, zu lachen, herunter. »Ja, ich verstehe das.«

»Wäre mein Herz noch frei gewesen, Guy hätte es leicht für sich gewinnen können. Doch in jenem schrecklichen dunklen Winter, während ich auf die vereisten Fensterscheiben starrte, begann ich zu befürchten, dass Claude gestorben sein könnte. Dieser Gedanke machte mich fast wahnsinnig. Wenn Guy mich damals gebeten hätte, ihn zu heiraten, ich denke, ich hätte es getan – obwohl ich ihn nie geliebt habe und es nie tun werde.«

»Aber dann kam stattdessen dieser Brief von Mrs. Siskin. Wenn du so sicher warst, dass Guy dich geliebt hat, warum hast du dir dann keine Gedanken darüber gemacht, dass du ihn sehr verletzen könntest, wenn du ihn auf diese Weise verlässt?«

Rachel zog eins von Sarahs besten Taschentüchern hervor. »Nun, Guy mag geglaubt haben, dass er mich liebt, aber die Wahrheit ist, dass er mich niemals richtig kennengelernt hat, nicht so, wie Claude mich kannte.« Sie versuchte zwar, ihre Schluchzer zu unterdrücken, konnte aber nicht verhindern, dass ihr die Tränen über die Wangen flossen. »Ich hatte alle möglichen wilden Geschichten über mich erfunden und niemals wirklich etwas geteilt. Guy wusste das, glaube ich. Trotzdem hat er mir Juwelen geschenkt, zum Beispiel das Armband, das ich dir geschickt habe. Dann, als ich mich eines Tages besonders verzweifelt fühlte, habe ich ihm das Versprechen abgenommen, dass er immer für mich sorgen wird, was auch immer geschehen würde.«

»Und hat er es versprochen?«

»Ja, ja natürlich! Ich bestand darauf, dass er es mir bei seiner Ehre feierlich schwört. Er hätte es mir nicht abschlagen können!«

»Aber inzwischen bist du davon überzeugt, dass Claude doch noch am Leben ist?«

»Oh ja! Nachdem ich die Wahrheit über Berry herausgefunden hatte, habe ich von Claude geträumt. Es war ein sehr lebendiger, verwirrender Traum! Danach wusste ich mit absoluter Gewissheit, dass Claude noch lebt, und dass er zu mir kommen wird, sobald ich unser Baby zurückgeholt habe.«

Heiße Tränen – des Schmerzes, des Kummers und des Mitgefühls – trübten Sarahs Blick, als Rachel sich umwandte und ins Haus zurücklief.

Guy durchquerte das Moor zurück zum Pfarrhaus. Granitfelsen prägten jede Hügelkuppe. Die warme Nachmittagssonne schimmerte auf Hunderten kleiner Pfützen, die wie kleine, verstreut im Heidekraut liegende Spiegel blitzten. Schmetterlinge tanzten. Goldene Blüten zierten die Zweige des Stechginsters.

Ein helles kupferfarbenes Aufblitzen ließ ihm beinahe das Herz stehen.

Eine rothaarige Frau in einem cremefarbenen Kleid tauchte zwischen zwei großen Granitblöcken auf.

Guy wendete sein Pferd und galoppierte direkt auf die Felsen zu, dann sprang er ab und warf die Zügel über einen Busch. Ginsterbüsche wuchsen an einer Seite einer fast verborgen liegenden Wiese, abgeschieden und eingeschlossen von den Felswänden, wie ein Zimmer im Freien mit dem Himmel als Decke.

Sarah stand dort, den Rücken gegen den warmen Stein gelehnt. Sie ließ ihre Haube müßig in ihrer Hand baumeln, während sie zum Himmel hinaufschaute.

»Man sagt, wenn der Ginster verblüht ist, darf man seine Liebste nicht mehr küssen«, sagte Guy.

Sarah schaute sich um und erwiderte seinen Blick.

Nacktes Verlangen knisterte in der warmen Sommerluft, schwindelerregend und fordernd.

Helle Farbe stieg in ihre Wangen. »Aber der Ginster blüht fast das ganze Jahr über.«

»Nun, das ist wohl auch gut so!«

Guy ging zu ihr, fasste sie an den Schultern und küsste sie. Ihre Lippen teilten sich, und ihre Zunge begegnete seiner. Er küsste sie mit stürmischer Leidenschaft, mit einem heftigen, pulsierenden Verlangen, als könnte er doch noch zu einem Kreuzzug gerufen werden und gezwungen sein, seine große

Liebe für immer zu verlassen. Sarah erwiderte den Kuss mit so absoluter Hingabe, als könnte sie ihn nur so überzeugen, wie sehr sie ihn liebte.

Sie rangen nach Luft, atemlos, als Guy ihr in die Augen schaute. »Keine Zweifel mehr, mein Herz?«

Sie berührte seine Wange. »Nein, Guy. Keine Zweifel mehr.«

Heißes Begehren strömte durch seine Adern. Er ließ seine Hände um ihre Taille gleiten und zog sie fest an sich.

»Dann lass uns das heilige Sakrament ablegen. Hier. Jetzt.«

Sarahs Gesicht flammte auf, als sie sich umschaute. Die von Flechten überzogenen Felsen fingen den Sonnenschein ein wie Champagner in einem Glas. Hellgoldener Ginster leuchtete. Der blaue Himmel strahlte. Guys Pferd knabberte an den Grashalmen. Sie waren allein.

Sie lachte und schüttelte den Kopf. »Wir können es nicht tun«, sagte sie. »Nicht hier!«

»Doch, wir können. Keine Zweifel mehr.«

Guy trat zurück, um seine Jacke und seine Weste abzulegen. Er warf sie zur Seite, dann ließ er die Hosenträger von seinen Schultern gleiten. Seine Reithosen rutschten ein Stückchen nach unten, saßen jetzt locker auf seinen Hüften. Lust feuerte durch sein Blut, pochte in seine Erektion.

Sarah starrte ihn an, ihr Gesicht flammendrot, ihre Augen weit und groß.

»Wir können das nicht, Guy!«, sagte sie wieder. »Nicht hier!«

Er lachte und zerrte sich die Krawatte vom Hals, dann zog er sein Hemd aus dem Hosenbund, um es sich über den Kopf zu ziehen. Ihr Blick liebkoste seine nackte Brust. Das Hemd glitt zu Boden.

Guy trat näher und drängte Sarah gegen den Felsen. Ihre Röte überzog ihren Nacken und ihre Ohrläppchen. Intim. Leidenschaftlich. Als hätte er sie berührt.

»Mein Liebes!« Seine Stimme klang heiser, als er ihr die Worte zuflüsterte. »Es ist mehr als vierundzwanzig Stunden her. Niemand wird uns hier finden. Du musst dich nicht einmal ausziehen.«

Er streichelte mit sanften Fingern über ihren Nacken und ihren Hals, reizte mit seinem Daumen die Spitze einer Brust durch das Kleid.

»Ich kann nicht –«, keuchte sie. »Ah, lieber Gott! Nein, Guy! Ich kann dir nicht widerstehen!«

Sein Blut flammte, sein Puls raste. Seine Erregung drückte gegen den Verschluss seiner Hose. Er massierte ihre Brustwarzen ein wenig fester, folgte der Tiefe ihrer Erwiderung, wusste in seiner Seele genau, wie er die Intensität ihrer Lust steigern konnte.

Sarah seufzte und zitterte. Sie schloss die Augen.

Geliebter, mein Geliebter, wie könnte ich dir je widerstehen?

Als er sie erneut küsste, ließ sie die Hände um seine Taille gleiten, fuhr kurz darauf wieder über seinen nackten Rücken. Seine Haut war unter ihren Handflächen heiß von Sonne und Lust, unter ihr spielten seine harten Muskeln.

Guy brach den Kuss ab, neigte den Kopf in den Nacken und schluckte hart, als Sarah mit den Fingern unter seinen Hosenbund fuhr.

»Was genau möchtest du?«, fragte sie leise.

Kühn und stark lachte er sie an. »Dreh dich um«, forderte er sie auf.

Kühn und voller Vertrauen kam Sarah seinem Wunsch nach.

Er beugte sie bis über die Felskante vor und schob ihre Röcke bis zur Taille hoch. Mit beiden Händen streichelte er ihre nackten Schenkel und massierte ihren Po, dann kniete er sich ins Gras, um auch seinen Mund zum Einsatz kommen zu lassen.

Verlangen sammelte sich und pochte. Schwindelig vor Lust spreizte sie ihre Beine so weit es ging. Küssend und leckend brachte er Sarah an den Rand der Explosion, nach der sie hilflos gegen den Felsen sackte.

Sie war geschwollen und offen und voller Sehnsucht nach ihm, als er schließlich aufstand, seine Hose öffnete, und seine Erektion tief in ihren Körper gleiten ließ. Lust strömte und flutete, intensiv und heiß.

Seine Hände umschlossen ihre Brüste, stützten sie, während seine Daumen ihre Brustwarzen reizten.

Sarah ergab sich mit Körper und Seele, in absolutem Vertrauen.

Guy murmelte Worte in ihr Ohr, als sie sich unter dem blauen Himmel liebten. Sie verstand nicht, was er sagte. Worte der Liebe? Verruchte, sündige Worte? Versprechen? Schwüre? Es war ihr egal. Atemlos und verzaubert erklomm sie wieder und wieder den Höhepunkt.

Sie war befriedigt und hilflos, als er plötzlich aufhörte, sich in ihr zu bewegen, sie mit beiden, jetzt auf ihren Hüften liegenden Händen zur Reglosigkeit verdammte.

Miteinander vereint standen sie einen Moment schweigend da, im Bann der überwältigenden Gefühle gefangen. Warmer Sonnenschein, rauer Fels, ihre weit gespreizten Beine, zwischen denen er stand, die intime Vereinigung ihrer Körper.

»Ich vermute«, sagte er und atmete schwer, »dass du deinen kleinen Schwamm nicht trägst?«

Sarah schüttelte den Kopf. »Nein, nein! Aber das ist nicht mehr wichtig.«

»Doch«, sagte er. »Leider Liebes, doch es könnte wichtig sein.«

So wollte er sie vor den skandalösesten Konsequenzen ihrer Liebe beschützen, sogar jetzt!

Er küsste ihren Nacken und zog sich aus ihr zurück, langsam, langsam. Seiner beraubt, plötzlich voller Scheu, ließ Sarah ihre Röcke über die Knöchel fallen und wandte sich um. Ihre Beine zitterten. Ihr Schoß schmerzte vor Lust.

Dunkles Haar fiel feucht in seine Stirn. Seine Augen glänzten wild und ekstatisch. Er war noch steif, pulsierte von unerfüllter Lust. Sie wollte ihm helfen, ihre Hände benutzen, ihren Mund, wollte ihm Lust bereiten, wie er ihr Lust bereitet hatte.

Guy strich die widerspenstigen Locken aus ihrer Stirn, seine Erektion drückte gegen ihren Unterleib. Er wandte sich ab.

»Nein«, sagte sie. Sie legte die Hände um seine Taille. »Jetzt bin ich an der Reihe.« Intensive Erregung strömte durch sein Blut, als sie mit den Fingerspitzen behutsam über seine nackte Haut strich. »Du wirst mir zeigen, wie?«

Er schaute ihr einen Moment lang in die Augen, dann lachte er leise und nickte.

Sie erwiderte sein Lächeln, scheu und leidenschaftlich und eifrig. »Ich will, dass alles zwischen uns gleich ist, Guy –«

Er hielt ihre Worte mit seinem Mund auf, dann murmelte er in ihr Ohr, seine Seele stand vor Erregung in Flammen.

»Wenn du meinst, was du sagst, mein Liebling, dann ist dies kaum der Moment für eine Unterhaltung.«

Sarah erwiderte seinen Blick und lachte, als sie sich mit ihm ins Gras sinken ließ. Angefeuert von Begehren lehnte sich Guy gegen den Felsen, während Sarah über ihm kniete und das letzte Wunder seiner Leidenschaft für sie zu erforschen begann.

Sein Stöhnen dröhnte in seinen eigenen Ohren. Seine Erregung baute sich erneut zu einer glühendheißen Intensität auf.

Es war die seltsamste aller Hingaben, ihr zu erlauben, ihn so zu berühren, ihn so zu stimulieren, der passive Partner zu sein, indem er seinen Körper ihrer leidenschaftlichen Erkundung überließ.

Behutsam, ehrfürchtig bereitete sie ihm Lust, wie er es so oft für sie getan hatte. Seine Eichel pulsierte, als würde sie ein Eigenleben führen. Sein Puls donnerte. Zu denken, war angesichts solch intensiver Glut unmöglich.

Sarah schaute auf – ihre Augen voller Leidenschaft, dunkel und heiß unter ihren Wimpern. Sein Herz schwoll an. Mit einem Aufstöhnen hob Guy sie hoch, und presste seinen offenen Mund auf ihren – Moschus und Salz und Süße. Doch ihre Finger reizten ihn noch immer, er warf den Kopf in den Nacken, vergaß die Welt um sich herum, als er zu seinem Höhepunkt kam und seinen Samen in ihre Hand strömen ließ.

Ihre Finger glitten fort. Sarah lachte vor purer Seligkeit. Er fiel heiser ein. Noch immer lachend ließ sie sich ins Gras fallen und streckte sich neben ihm aus.

Der Sonnenschein drang heiß durch ihre geschlossenen Augenlider und tauchte ihre Welt in ein Scharlachrot. Leise Geräusche verrieten Sarah, dass Guy begonnen hatte, seine Kleider zusammenzusuchen und sein Hemd anzuziehen.

Überwältigt von ihren Gefühlen trieb Sarah am Rande des Schlafs dahin, bis sie die kühle Berührung seines Schattens fühlte und wusste, dass er über ihr stand, um sie vor den Sonnenstrahlen zu beschützen.

»Du wirst dich verbrennen«, tadelte er sanft. »Die Sonne wird dir höchst unmodische Sommersprossen bescheren.«

Sie beschattete die Augen mit einer Hand und lächelte zu ihm hoch. Er hatte sich bereits die Hose zugeknöpft und seine Krawatte umgebunden.

»Das war –«

»Ah, Liebste!« Er zog sich die Jacke an. »Sag nichts, es sei denn, du willst mir sagen, dass du mich liebst.«

Tränen brannten. Sie setzte sich auf. »Ich liebe dich.«

Fertig mit dem Ankleiden setzte sich Guy neben sie ins Gras. Sein Rücken lehnte gegen den Felsen, einen Arm hatte er Sarah um die Schultern gelegt. Ihr Kopf ruhte an seiner Schulter, während sie sich an ihn schmiegte und zum Himmel aufschaute.

»Du zögerst noch immer, ein Baby zu machen?«, fragte sie.

Er strich ihr das Haar aus dem Gesicht und nickte.

»Dann hast du noch immer Angst vor unserer Zukunft?«

»Ja, weil ich jetzt sicher weiß, dass es absolut keinen Weg gibt, zu beweisen, dass Berry Rachels Kind ist.«

Ein Schauder lief ihr den Rücken hinunter, als hätte eine Wolke die Sonne verdeckt. Sarah richtete sich auf und sah Guy an. »Aber noch glaubst du, dass du ihn vom Earl wegholen kannst?«

Er zog sie zurück in seine Arme und drückte einen Kuss auf ihren Scheitel. »Natürlich. Ich weiß nur nicht, wie hoch der Preis dafür sein wird.«

»Was immer es ist, wir müssen ihn zahlen.«

»Meinst du das wirklich?«

Sarah nickte.

»Was immer es uns kosten wird?«

»Ja, natürlich. Warum fragst du?«

Seine Finger strichen sanft über ihren Nacken. »Weil Lady Moorefield behauptet, dass sie das Kind auf Moorefield Hall zur Welt gebracht hat, nur mithilfe ihrer eigenen Dienerinnen, also ohne die Unterstützung einer hiesigen Hebamme. Ein Arzt aus London wurde als Beistand gerufen, aber er traf zu spät ein – auch das war offensichtlich geplant. Er fand die junge Mutter ein wenig ermüdet von der Anstrengung vor, und das Baby lag bereits an der Brust einer Amme.«

»Dieser Arzt hat sie nicht untersucht?«

»Laut dem Klatsch der Dienstboten strotzen Mutter und Kind vor Gesundheit. Deshalb nahm der Arzt Rücksicht darauf, das Schamgefühl Ihrer Ladyschaft nicht zu verletzen. Stattdessen hat er sich dem Earl angeschlossen, um auf dessen neugeborenen Erben anzustoßen, und ist dann wieder nach Hause gefahren.«

»Auf diese Weise konnte alles von langer Hand vorbereitet werden«, erkannte Sarah. »War denn keiner der Dienstboten argwöhnisch?«

»Die einfachen Dienstboten glauben, dass sie tatsächlich das Kind bekommen hat, und die persönlichen Dienstboten ihrer Ladyschaft sind absolut loyal. Zwei von ihnen sind schon bei ihr, seit sie geboren wurde. Deshalb würden alle Zeugen jeden Teil dieser Lügengeschichte beschwören, und der Earl würde dafür sorgen, dass ich dafür verdammt werde, überhaupt irgendetwas daran angezweifelt zu haben.«

Das Zaumzeug klirrte, als das Pferd den Kopf hochwarf und in die Ferne starrte.

Sarahs Herz machte einen erschreckten Sprung. Guy sprang auf und ging zu der Felsöffnung. Sarah folgte ihm.

Weit unter ihnen im Tal war das Pfarrhaus zu erkennen. Krähen kreisten über den Wäldern in der Ferne. Das Pferd schüttelte seine Mähne und begann wieder zu grasen.

Niemand kam.

Doch Sarah fühlte sich von einer Vorahnung erfüllt, als wären die Ungeheuer in der Mitte des Labyrinths wieder zum Leben erwacht.

»Dann ist alles, was wir in Händen haben, Mrs. Siskins Darstellung der Lage?«, fragte sie.

Guy hob die Zügel aus dem Busch und schaute über die schimmernde Sommerlandschaft. Ein schmerzlicher Ausdruck lag in seinen Augen.

»Ich liebe dich«, sagte er. »Was immer auch geschehen wird – vergiss das nie, Sarah. Ich liebe dich und nur dich – tief und absolut, mit ganzem Herzen und von ganzer Seele – und so wird es immer sein.«

Moorefield Hall döste friedlich im Sonnenschein. Es war ein wunderschönes Haus, das es verdiente, von Glück erfüllt zu sein. Sarahs neues Kleid war das eleganteste, das sie je besessen hatte. Das tiefe Blau betonte die Zartheit ihres blassen Teints und lenkte die Aufmerksamkeit von ihren Sommersprossen ab.

Im größten Gasthaus von Plymouth hatten sie alle Vorbereitungen für ihren Angriff auf Lord Moorefield getroffen. Dazu zählte auch die Zofe, die Sarahs Haar in einem neuen, schmeichelnden Stil frisiert hatte. Sarah wusste, dass sie sehr gut aussah, und dieses Wissen verlieh ihr großes Selbstvertrauen, sogar für den Vergleich mit ihrer weitaus attraktiveren Cousine.

Dennoch empfand Sarah nichts als Furcht.

Strahlend in Elfenbein und Weiß hing Rachel an Sarahs Arm. Ihre blonden Locken rahmten ihr Gesicht in atemberaubender Perfektion. Sie sah zerbrechlich und unschuldig aus, mit ihren großen blauen Augen – *wie der Kiebitz, der einen gebrochenen Flügel vortäuschte, um seine Feinde zu narren* –, trotz ihrer Aufregung und Entschlossenheit, die ganz offensichtlich unter dieser Oberfläche brodelten.

Vornehm und selbstbewusst ging Guy neben ihnen her. Sie alle wurden in einen eleganten Salon geführt, um dort auf Seine Lordschaft zu warten.

Lady Moorefield war bereits anwesend. Sie stand am Fenster und wandte sich um, die unerwarteten Gäste zu empfangen. Sie begrüßte sie mit einem Lächeln, das angespannt wirkte.

»Der Earl wird gleich hier sein«, sagte sie. »Bitte, wollen Sie nicht Platz nehmen? Denn wenn Sie Geschäftliches zu besprechen haben, Mr. Devoran, dann kann es ja nur mit meinem Gatten sein, nicht wahr?«

Ein Bild männlicher Vollkommenheit, der makellose Gehrock exzellent gearbeitet, die Weste eine Pracht mit feinster – aber ruinös teurer – Weißstickerei, beugte sich Guy über Lady Moorefields Hand.

»Ich würde niemals auf den Gedanken kommen, eine Lady in eine Situation zu zwingen, die ihr Unbehagen bereitet, Lady Moorefield, besonders nicht in ihrem eigenen Haus. Darf ich Ihnen, während wir auf den Earl warten, einen Brief meiner Tante überreichen?«

Die Countess schaute Guy an, dann sank sie auf einen Stuhl. »Von der Herzogin von Blackdown?«

»Ich hörte, dass die Duchess Ihre Frau Mutter sehr gut kennt?«

Lady Moorefield runzelte die Stirn. »Meine Mama weilt seit gut zehn Jahren bei den Engeln, Sir.«

Guy nahm Platz und schlug die Beine übereinander. »Nichtsdestotrotz lädt die Herzogin Sie ein, sie auf Wyldshay zu besuchen, wann immer es Ihnen genehm ist.«

»Ich muss gestehen, dass ich überrascht bin«, sagte Lady Moorefield. »Ich war mir des Interesses der Herzogin nicht bewusst.«

»Vielleicht deshalb, weil Sie seit Ihrer Heirat nicht viele Freundschaften geschlossen haben«, erwiderte Guy höflich. »Und wie der Zufall es will, wird Lady Crowse ihr Haus in London während der kommenden Saison öffnen. Sollte Ihnen der

Gedanke zusagen, so würde sie sich über die Gesellschaft einer Lady freuen. In dem Falle würde es Ihnen niemals an Freunden oder Schutz mangeln.«

Lady Moorefield erhob sich mühsam und zwang Guy damit, ebenfalls aufzustehen. »Bitte richten Sie sowohl der Herzogin als auch Lady Crowse meinen entsprechenden Dank für die freundlichen Einladungen aus, Mr. Devoran. Falls ich einige Zeit in London verbrächte, würde ich das allerdings gern bei meiner eigenen Familie tun. Allerdings kann ich mir nicht erklären, warum irgendjemand annehmen sollte, ich könnte den Wunsch haben, meinen Mann und unseren kleinen Sohn allein zu lassen.«

Guy neigte den Kopf. »Wie Sie wünschen, Ma'am.«

»Um was zum Teufel geht es, Devoran? Ich bin ein viel beschäftigter Mann, Sir.»

Sarah schaute über die Schulter, als Lord Moorefield den Salon betrat. Seine Miene war finster.

Guy verbeugte sich. »Nur um einen freundschaftlichen Besuch, Mylord. Wir kommen gerade aus Wyldshay. Der Herzog und die Herzogin lassen ihre besten Grüße übermitteln. Sie erinnern sich gewiss an Mrs. Callaway?«

Lord Moorefield musterte Sarah von Kopf bis Fuß, während sie knickste. »Davon kann leider keine Rede sein, Sir!«

»Vielleicht haben Sie mich nicht bemerkt, Mylord«, ergriff Sarah das Wort. »Ich war mit den Gästen von Buckleigh hier in Ihrem Haus.«

Der Earl entließ sie mit einer Handbewegung. »Gewiss, Ma'am. Ich bin erfreut.«

»Mrs. Callaway ist eine enge Freundin der St. Georges«, sagte Guy. »Dies ist ihre Cousine Miss Mansard.«

Rachel lächelte den Earl engelsgleich an, während sie knickste. Alle setzten sich, ein Diener servierte Wein und Kuchen.

»Darf ich Ihnen mein Bedauern über den unglücklichen Verlust Ihres Gärtners aussprechen, Moorefield?«, fuhr Guy fort. »Ein fähiger Mann, der da auf so traurige Weise aus dem Leben gerissen wurde. Es ist bei einer Schlägerei passiert, wie ich hörte?«

Der Earl lehnte sich lässig in seinem Sessel zurück. »Er wurde von Zollbeamten getötet, Sir, wie Sie zweifelsohne auch gehört haben. Es gibt keinen Mann in Devon, der nicht bei dieser Art des Handels mitmacht. Es ist unmöglich, sie davon abzuhalten, fürchte ich.«

Guy schaute nachdenklich in sein Weinglas. »Dann hat Croft also viele Geheimnisse mit ins Grab genommen.«

»Geheimnisse, Sir?«

»So hörte ich«, erklärte Guy freundlich. »Wenn auch glücklicherweise nichts, was für immer vergessen werden würde.«

Lord Moorefield starrte in das ausdruckslose Gesicht seines Gasts. »Ich habe nicht einen Moment lang angenommen, dass es sich um einen einfachen Höflichkeitsbesuch handelt, Devoran –«

Er verstummte, als Rachel unerwartet aufsprang. Ihr Teller glitt zu Boden, Kuchenkrümel verteilten sich über den Teppich. Sie reckte das Kinn wie ein Racheengel, eine Erscheinung aus goldweißem Zorn.

»Nein, darum handelt es sich nicht! Mr. Croft hat mein Baby gestohlen und es Ihnen gegeben, und ich verlange den Jungen zurück!«

Sarah griff nach Rachels Hand. Die Countess stellte ihren Teller auf dem Tischchen ab, ihre Finger zitterten, Moorefield jedoch warf den Kopf in den Nacken und lachte.

»Dann pflegen die Blackdowns jetzt also auch noch den Umgang mit Wahnsinnigen! Wer ist diese Verrückte, Devoran?«

»Ich bin die wahre Mutter des Jungen«, beharrte Rachel. »Wir sind hier, um ihn zurückzuholen, ganz gleich wie sehr Sie auch versuchen, ihn als Lord Berrisham auszugeben.«

»Rachel!« Sarah packte Rachels Hand, und ihre Cousine setzte sich wieder, doch ihre Miene blieb rebellisch. »Nicht!«, flüsterte Sarah. »Du hast es versprochen!«

Der Earl ignorierte die Damen und biss von seinem Stück Kuchen ab, dann schnippte er die Krümel von seinen Fingern. »Sie unterstützen die haarsträubenden Behauptungen dieser unglücklichen Frau, Devoran?«

Guy starrte wie geistesabwesend an die Decke, doch an seinem Kinn zuckte angespannt ein kleiner Muskel. »Selbstverständlich tue ich das, denn sie sind wahr.«

»Ha! Ich bin nicht sicher, ob ich das als schlechten Scherz abtun oder Sie hinauswerfen soll. Dieser Vorwurf ist offensichtlich grotesk!«

»Ich wünschte, es wäre so«, widersprach Guy. »Natürlich sind alle unmittelbaren Zeugen entweder leider schon verschieden oder aber loyal bis in den Tod – Croft, der dafür bezahlt wurde, das Baby zu stehlen; die Hebamme Mrs. Medway, die das Kind auf die Welt geholt hat; die Zofen Ihrer Frau, die geholfen haben, eine angebliche Schwangerschaft vorzutäuschen.«

»Sie sind ja verrückt, Sir!« Moorefield stand auf. »Sie beleidigen mich in meinem eigenen Haus?«

Guy lehnte sich zurück und streckte seine Beine aus. »Ich beleidige auch leider noch Ihre Frau, damit Sie sicher sein können, dass ich solche Anschuldigungen niemals ohne einen Beweis aussprechen würde.«

»Es gibt keinen Beweis«, erwiderte der Earl mit tödlicher Ruhe. »Und trotz Ihrer Bemühung, mich auf Ihre illustre Verwandtschaft hinzuweisen, würden Sie besser daran tun, sich daran zu erinnern, dass der Vater meiner Frau Lord Fratherham ist und dass ich ein Peer dieses Königreichs bin.« Er schnippte mit den Fingern in Richtung Guys Gesicht. »Ich kann Sie einfach so vernichten.«

»Du meine Güte«, sagte Guy bloß.

Moorefield lief vor Wut rot an, wandte sich ab und ging mit großen Schritten davon. »Darüber hinaus kann ich es mir nicht erklären, warum Sie solchen Anteil an den wilden Behauptungen dieser Person nehmen sollten, außer vielleicht, falls es aus irgendeiner gegen mich gerichteten persönlichen Boshaftigkeit geschieht. Oder aus Neid?«

»Auf Ihre Orchideensammlung?«, fragte Guy milde. »Oder auf die glücklichen Umstände in Ihrem Leben?«

Moorefield schlug sich mit der Faust in die andere Hand. Sarah hielt den Atem an. *Guy will das! Er will, dass der Earl die Beherrschung verliert!*

Rachel entwand ihre Hand aus Sarahs Griff und warf sich in Guys Arme, zwang ihn, von seinem Stuhl aufzustehen und sie aufzufangen.

Dramatisch sank Rachel in seine Arme, dann wandte sie den Kopf und sah den Earl an. Sie sah hinreißend aus: wunderschön und hilflos, so zerbrechlich wie Porzellan, ihr Haar ein goldener Kranz, der sich schimmernd gegen Guys dunklen Gehrock abhob.

»Sie verstehen nicht ganz, Lord Moorefield«, sagte sie. »Aber Mr. Devoran ist der Vater meines Kindes.«

Kapitel 17

Als hätte die Erde gebebt, breitete sich Schweigen im Zimmer aus. Sarah zuckte zusammen. Riesige, wild mit den Flügeln schlagende Vögel schwirrten durch ihr Bewusstsein, hackten mit scharfen Schnäbeln in ihr Herz. Niemand bewegte sich, außer Guy, der der aschfahlen Rachel half, sich zu setzen.

»Berry ist Mr. Devorans Sohn«, sagte sie jetzt noch einmal. »Wir wurden auf grausame Weise getrennt, aber jetzt werden wir heiraten, und die Hochzeit wird zu Weihnachten auf Wyldshay stattfinden. Sie können den Anspruch, den der leibliche Vater auf sein Kind hat, nicht leugnen, Lord Moorefield.«

Der Earl setzte sich, sein Gesicht war schneeweiß. »Ist das wahr, Sir?«

Guy schaute auf ihn hinunter und lächelte. »Nun, die Wahrheit ist ein Ding von recht seltsamer Beschaffenheit, wobei ich einräume, dass meine Hochzeitsvorbereitungen bis jetzt noch nicht ganz so weit vorangeschritten sind.«

»Also leugnen Sie es nicht«, sagte der Earl. »Doch Sie können kaum –«

»Doch, er kann«, unterbrach Rachel ihn. »Ich war seine Geliebte und werde mich dessen nicht schämen. Selbst meine Cousine weiß davon. Sehen Sie sie an! Sie werden die Wahrheit dessen, was ich gesagt habe, in ihrem Gesicht bestätigt sehen.«

Der Earl richtete den Blick einen Moment lang auf Sarah, deren Herz heftig pochte. Dann lehnte er sich zurück, verschränkte die Arme vor der Brust und lachte.

»Ja, das sehe ich, Ma'am.«

Als würde er ein Schlachtfeld verlassen, wandte Guy sich ab und ging an das Fenster. Dunkel und elegant stand er ruhig da und schaute hinaus. Rachel ließ den Kopf in beide Hände sinken und begann zu weinen.

»Großer Gott!«, sagte Moorefield. »Tränen!«

Wütend, voller Aufruhr, ging Sarah zu ihrer Cousine und setzte sich neben sie. Rachel zog ihr zerknülltes Taschentuch hervor und schluchzte still in das kleine Baumwollquadrat.

Im Mittelpunkt all dieser Ereignisse steht ein kleiner Junge, dachte Sarah, ein unschuldiger kleiner Junge!

Noch immer lachend schenkte sich der Earl Wein ein. »Ihre Geliebte ist also zu Ihnen gekommen und hat Ihnen die wilde Geschichte erzählt, dass sie Ihren kleinen Bastard verloren hat. Ich bin überrascht, dass Sie eine derart leichtfertige Person tatsächlich heiraten wollen, Sir. Aber aufgrund solch bizarrer Spekulationen werde ich mich ganz gewiss nicht von meinem Sohn trennen.«

Guy sprach über die Schulter, eisige Entschiedenheit lag in seinen Worten. »Sie werden – wie versucht Sie sich auch fühlen mögen – Miss Mansard nicht beleidigen. Es ist nicht mein Wunsch, mich mit Ihnen im Morgengrauen zu treffen, Moorefield, aber ich werde es tun, wenn Sie darauf bestehen.«

Das Gesicht noch zu einer grinsenden Grimasse verzogen, stand der Earl auf. Er ging zum Kamin, vor dem er, die Hände auf dem Rücken verschränkt, stehen blieb.

»Dann können Sie mir also, wie ich schon vermutet habe, keinerlei Beweise vorlegen, Sir. Deshalb glaube ich, dass wir genug geredet haben. Sie werden so freundlich sein und mein Haus verlassen, bevor diese absurde Szene außer Kontrolle gerät – und Ihre beiden Huren können Sie gleich mitnehmen.«

Guy blickte noch immer unverwandt aus dem Fenster. »Sie

werden hier niemanden beleidigen, insbesondere nicht Mrs. Callaway. Sie mögen sich in Ihrem Anspruch auf das Kind sicher fühlen, aber manchmal können uns auch Tote noch etwas sagen, und das auf ganz unerwartete Weise.«

Die Countess zitterte. »Nein! Wie könnten Sie irgendetwas beweisen?«

Guy wandte sich um und lächelte sie an. Sein Lächeln wirkte aufrichtig und freundlich. »Es tut mir leid, Sie in Verlegenheit zu bringen, Lady Moorefield, aber so sind die Launen des Schicksals nun einmal. Die Schwester der Hebamme hat einen vollständigen Bericht über alle Vorkommnisse verfasst.«

Der Earl lachte schallend. »Eine Fälschung, sollte ein solches Dokument wirklich existieren! Da müssen Sie sich schon etwas Besseres ausdenken, bevor Sie versuchen, meinen Sohn zu stehlen.«

»Diese Schwester lebt«, sagte Guy.

»Aber die Hebamme selbst ist tot, und jede der tausend Huren von den Docks würde für drei Schillinge lügen.«

»Ich habe nichts darüber gesagt, wo die Schwester der Hebamme wohnt«, sagte Guy ruhig. »Und wir begeben uns, höchst unglücklicherweise, wiederum auf gefährliches Terrain. Wenn Sie unterstellen wollen, dass ich für eine falsche Zeugenaussage bezahlen würde, greifen Sie meine Ehre weitaus stärker an als ich vorhabe, die Ihre zu verletzen.«

»Unsinn! Sie haben keinen Beweis, der es wert wäre, darüber zu streiten, Devoran, und das wissen Sie.« Der Earl zog heftig an der Klingelschnur. »Wenn Sie weiter auf dieses dumme Geschwätz bestehen, werden wir doch unsere Sekundanten benennen müssen, und ich werde Sie töten.«

Guy verbeugte sich. »Es spricht zu Ihren Gunsten, Mylord, dass Sie bis jetzt noch nicht versucht haben, einen Mord zu begehen – es sei denn, Crofts frühzeitiger Tod sollte doch kein

Zufall gewesen sein? Wie dem auch sei, ich glaube nicht, dass Gewalt unser einziger Ausweg aus diesem Dilemma ist, jedenfalls jetzt noch nicht. Ich kann beweisen, dass diese Lady die Kindesmutter ist, und ich glaube nicht, dass Sie möchten, dass die Öffentlichkeit die ganze Geschichte erfährt, indem wir etwas so Spektakuläres wie ein Duell veranstalten.«

Sarah presste die Hand auf den Mund. Sie fühlte sich krank. *Er blufft. Er blufft. Niemand wird Mrs. Siskin oder Rachel glauben, und Lord Moorefield wird Guy fordern und ihn töten.*

»Und es ist alles Unsinn!« Lady Moorefield, kreideweiß im Gesicht, wies mit zitterndem Finger auf Rachel. »Lord Berrisham wird eines Tages ein Earl sein. Welche Mutter würde ihr eigenes Kind eines solchen Erbes berauben, um es stattdessen öffentlich als einen Bastard zu brandmarken?«

Rachel schaute auf, die kleinen Hände zu Fäusten geballt, das Gesicht fleckig von Tränen. »Ich würde es tun, weil Moorefield Hall nicht das wahre Erbe meines Kindes ist; Birchbrook ist es!« Sie schaute zu Guy. »Mr. Devorans Erbe ist an nichts gebunden, er kann es jedem auf jede Weise hinterlassen, die er wünscht.«

Der Earl zog die Augenbraue hoch. »Ist das so, Devoran?«

Sarah schluckte einen heftigen Schmerz herunter. *Er muss Rachel das in Hampstead gesagt haben –*

Doch Guys Augen blieben ruhig und dunkel. »Ja, das ist so. Wenn wir also schon auf das Beispiel von Salomons Urteil zurückgreifen, dann gibt es eine weitaus bessere Prüfung als den Reichtum oder die Stellung, die das Kind erben mag.« Er ließ ein breites Lächeln aufblitzen, als würde er einen schlüpfrigen Witz erzählen. »Obwohl das schon sehr bald sein könnte, sollte einer von uns bei einem fröhlichen kleinen Treffen im Morgengrauen sterben.«

Der Earl schnaubte. »Was zum Teufel führen Sie im Schilde, Sir? Sollen wir drohen, das Kind mit einem Schwert in zwei Teile zu schlagen?«

»Nein«, sagte Guy. »Bringen Sie den Jungen her und lassen sie ihn seine wahre Mutter auswählen.«

»Nein!«, rief Rachel schwach. »Man soll ihm keine Angst machen!«

»Ah«, rief der Earl. »Spricht das von wahrer mütterlicher Zuneigung oder haben Sie Angst vor dieser Prüfung, Ma'am?«

Ein Diener erschien an der Tür. »Sie haben geläutet, Mylord?«

»Sie werden diese Leute zu ihrer Kutsche begleiten«, befahl der Earl. »Aber vorher werden Sie Miss Davy anweisen, Lord Berrisham sofort hierher zu bringen.«

Der Diener verneigte sich mit ausdruckslosem Gesicht. »Sehr wohl, Mylord.«

Guy ging auf Lord Moorefield zu. »Das Kind wird nicht erschreckt oder zu irgendetwas gezwungen. Sie stimmen dem zu?«

»Warum nicht? Diese Prüfung wird denen, die in diesem Raum versammelt sind, nur beweisen, dass Sie völlig den Verstand verloren haben.«

»Nichtsdestotrotz werden wir den Versuch unternehmen«, sagte Guy.

Schweigen breitete sich im Salon aus, bis ein zaghaftes Klopfen an der Tür ertönte. Der Earl rief die Erlaubnis einzutreten. Betsy Davy kam herein, sie führte den kleinen Lord Berrisham an der Hand.

Das Kindermädchen schaute auf die versammelte Gesellschaft, biss sich dann auf die Lippen und knickste vor dem Earl. »Ja, Mylord?«

Er ignorierte sie und sprach sofort das Kind an. »Sie sehen

drei Damen in diesem Zimmer, Sir. Eine davon ist Ihre Mutter. Sie werden bitte zu ihr gehen.«

Der Mund des kleinen Jungen zitterte, und er verbarg das Gesicht im Rock des Kindermädchens.

»Er hat Angst!« Rachel warf Guy einen flehenden Blick zu. »Siehst du das nicht? Er hat Angst!«

Guy sah sie an und schüttelte den Kopf, dann ging er zu dem kleinen Jungen und hockte sich hin.

»Es ist alles in Ordnung, Berry«, sagte er leise. »Du musst nichts weiter machen und niemand wird dir etwas tun, aber ist hier eine Lady, die dir vielleicht eine Geschichte erzählen oder ein Lied mit dir singen soll?«

Seine Augen blickten spöttisch, als der Earl zu seinem Sessel zurückging und sich setzte, die Beine übereinanderschlug und noch mehr Wein herunterstürzte.

»Eine reizende Szene«, bemerkte er. »Salomon war nicht annähernd so einfallsreich.«

Betsy Davy nahm den kleinen Jungen auf den Arm und flüsterte beruhigend auf ihn ein. Berry sah sich mit großen Augen im Salon um, dann lächelte er und zeigte auf Sarah.

»Löwe!«

Das Kindermädchen lachte nervös und setzte ihn wieder auf den Boden ab. Das Kind ging ein paar Schritte, dann lief es auf Sarah zu und griff nach ihren Röcken.

»Löwe!«

Sarah schaute zu Guy und biss sich auf die Lippen, aber der kleine Junge hatte sich schon zu Rachel umgedreht. Er streckte seine dicken Ärmchen nach ihr aus und ein engelsgleiches Lächeln ließ sein Gesicht aufstrahlen.

»Mama! Lied! Lied! Berry Arm!«

Rachel erwiderte sein Lächeln und hob den Jungen auf ihren Schoß. Blind für alle anderen begann sie, ihm leise ein

Lied vorzusingen. Seine goldenen Locken waren von genau derselben Farbe wie ihre.

Lady Moorefield schwankte, als sie mühsam aufstand, dann brach sie zusammen und fiel auf ihren Stuhl zurück. »Es ist wahr«, wimmerte sie. »Es ist wahr! Ich kann keine eigenen Kinder bekommen. Ich kann nicht!« Ihr Gesicht verzog sich, während sich ihre Augen sich mit Tränen füllten. »Aber meine Zofe fand heraus, dass Crofts Halbbruder mit einer Hebamme verheiratet war – und zudem in einer Hafenstadt wohnt, in dessen Armenhaus oft Babys sterben. Warum sollte ich nicht eins davon retten? Deshalb habe ich Croft Geld gegeben, damit er seine Stellung in Barristow Manor aufgab und hierherkam. Ich habe jeden dafür bezahlt, Stillschweigen zu bewahren –«

Der Earl baute sich mit drohender Miene vor seine Frau auf. »Sie haben jetzt genug gesagt, Ma'am!«

»Nein!« Die Countess zuckte zusammen, aber sie zeigte mit zitterndem Zeigefinger auf Berry. »Es ist zu spät, Sir! Sehen Sie sich die beiden doch an!«

Guy fing Sarahs Blick auf und nickte leicht mit dem Kopf. Sie beherrschte ihre eigenen Gefühle, nickte ihm zu und sagte leise in Rachels Ohr: »Geh jetzt! Bring Berry hinaus. Er muss nicht noch mehr von all dem mitbekommen.«

Rachel schaute auf, ihr Gesicht war blass, aber gefasst. Ohne ihr Lied für ihn zu unterbrechen, trug sie ihren Sohn aus dem Zimmer. Das Kindermädchen sah den beiden nach, biss sich auf die Lippen und blieb.

Lady Moorefield starrte in verzweifeltem Trotz zu ihrem Mann auf, ihre Augen schwammen in Tränen. »Nein, sie sollen es verstehen, Sir! Wenn sie es verstehen, werden sie sehen, dass wir im Recht sind, und sie werden den Jungen bei uns lassen.«

Einen Moment lang befürchtete Sarah, der Earl würde

seine Frau schlagen. Doch er wandte sich von ihr ab, entfernte sich einige Schritte von ihr und blieb dann reglos stehen, während die Countess weitersprach.

»Dieses Kind hatte alles nur vom Besten, Mr. Devoran. Auf der Reise hierher hat Croft den Säugling mit einem in Brandy getauchten Tuch ruhig gehalten. Wir haben eine kräftige, gesunde Amme eingestellt, die fünf eigene Söhne hat. Ich habe ihr gesagt, dass ich versucht hätte, den Kleinen selbst zu stillen, aber dass es mir nicht gelungen ist. Stellen Sie sich meine Demütigung vor!« Sie rang die Hände. Tränen strömten ungehemmt über ihr Gesicht. »Ich habe zudem dieses Mädchen in meinen Dienst genommen – Betsy Davy –, das Tag und Nacht bei ihm ist. Verstehen Sie denn nicht? Er hatte alles, was ein Kind nur haben kann!«

»Aber er war ein hilfloser Säugling«, sagte Sarah, »und Sie haben ihn seiner *Mutter* weggenommen.«

Lady Moorefield tupfte sich die Augen. »Und? Hätte ich es nicht getan, wäre er an Vernachlässigung gestorben. Jetzt wird er ein Earl werden.«

»Es tut mir leid«, sagte Guy sanft. »Aber er wird jetzt mit seiner Mutter nach Wyldshay gehen. Sie werden mir vergeben, denke ich, wenn ich auch sein Kindermädchen mitnehme? Sie werden mit uns kommen, Betsy?«

Betsy Davy knickste. Sie wirkte furchtbar erschrocken, aber auch entschlossen. »Ja, Sir, danke. Ich würde von diesem kleinen Würmchen nicht getrennt sein wollen, um nichts in der Welt.«

»Nein«, rief die Countess. »Sie müssen ihn mir lassen!«

Der Earl schlug mit der Faust auf den Tisch. Das Tablett glitt auf den Boden, Gläser und Teller zerschellten.

»Ihn jetzt noch behalten, Madam? Wenn die Blackdowns die Wahrheit kennen? Sind Sie verrückt?« Er fuhr herum, streckte einen Arm aus und wies zur Tür. »Nehmen Sie ihn, Devoran, und verschwinden Sie! Um Himmels willen, es ist doch offensichtlich, dass dieser Balg nicht mein Sohn ist! Sein Blut ist befleckt. Er wurde in Verwahrlosung geboren! Am Ende würde er meinem Namen und meinem Titel nur Schande machen. Nehmen Sie Ihre Huren und Ihren Bastard, Sir, und verschwinden Sie aus meinem Haus!«

Guy nickte Betsy Davy zu, die fluchtartig das Zimmer verließ. Dann bot er Sarah seinen Arm. »Sie haben mein Ehrenwort, Sir, dass kein Wort über das Geschehene dieses Haus verlassen wird. Wenn der Earl of Moorefield der Öffentlichkeit mitteilt, dass sein kleiner Sohn unerwartet gestorben ist, wird er, das kann ich versichern, der Empfänger der Beileidsbekundungen der Gesellschaft sein, nicht das Objekt von Sittenrichtern.«

Der Mund des Earls verzog sich höhnisch. »Vermutlich soll ich dafür dankbar sein?«

In Guys dunklen Augen spiegelte sich Mitgefühl wider, doch seine Stimme klang ruhig und emotionslos. »Ich weise lediglich darauf hin, was in unser aller Interesse das Beste wäre. Unglücklicherweise könnte diese Angelegenheit aber auch die Möglichkeit eines zerstörerischen Skandals in sich bergen, in den gewisse Gentlemen aus dieser Gegend verwickelt werden könnten, die ein wenig zu tief in den hier üblichen Schmuggelgeschäften stecken.«

Lord Moorefield sah ihn wütend an und ließ sich in seinen Sessel zurückfallen. »Sie bezichtigen mich auch noch des Schmuggels, Sir?«

»Sie sowie Norris und Whiddon«, erwiderte Guy ruhig. »Ein wenig peinlich, sollte das einer breiteren Öffentlichkeit bekannt werden – besonders, da ihr Tories so großen Wert auf dieses Gesetz legt!«

Lady Moorefield beugte sich hinunter, um eine Porzellanfigur aufzuheben, die auf dem Tisch gestanden hatte, und jetzt arg lädiert aussah. Sie weinte und schluchzte leise.

»Um Himmels willen«, zischte der Earl. »Täuschen Sie keinen Schmerz vor, den Sie nicht empfinden, Madam! Es ist schlimm genug, dass ich eine unfruchtbare Frau geheiratet habe, ohne dass sie auch noch solch ein Spektakel um sich macht.«

Guy führte Sarah zur Tür. Dort blieb er noch einmal stehen, eine Hand auf der Klinke.

»Eine letzte Sache noch. Sollte Lady Moorefield, nach einer angemessenen Zeit, entscheiden, getrennt von Ihnen zu leben, diese Entscheidung aber aus einem Grund trifft, der nicht ihrem eigenen Willen entspricht, wird meine Tante davon erfahren.«

»Sie wollen mich also auch meiner Frau berauben?«, fragte der Earl.

»Nein, Sir, denn das liegt nicht in meiner Macht, nur in Ihrer. Sollten Sie sich jedoch je eines legitimen Erben beraubt fühlen, sollten Sie sich daran erinnern, dass das Blut Ihres Vaters auch in den Adern Ihres Bruders und dessen Söhnen fließt.«

Die Lippen des Earls verzogen sich und er streckte die Beine aus. »Dann werden wir eine Wiedervereinigung der Familie auf Wyldshay planen, wenn Lady Moorefield und ich zu Ihrer Hochzeit kommen werden.«

»Oh weh«, sagte Guy. »Sie vergessen dabei leider, dass Sie in Trauer um Ihren kleinen Sohn sein werden und meine Hochzeit dann vermutlich verschoben werden muss –«

»Nein!« Lady Moorefield sprang auf. »Nein! Ich werde nicht zusehen, dass Berry als Bastard aufwächst, nicht nach allem, was ich getan habe. Ich werde dem nicht zusehen! Sie müssen dieses arme Mädchen heiraten, Mr. Devoran, und zwar auf Wyldshay, mit der ganzen Welt als Zeuge. Wenn Sie das nicht tun, werden alle meine Zusagen null und nichtig sein und ich werde jedem sagen, dass eine hysterische Verrückte mir mein Baby gestohlen hat. Dann wird man diese Frau dafür hängen. Und falls Sie auch nur ein Wort dazu sagen, wird der Earl Sie wirklich fordern und Sie töten.«

»Oh weh«, sagte Guy noch einmal. »Welch schreckliche Drohung, Ma'am! Schließlich ist Seine Lordschaft ein weitaus besserer Schütze als ich.«

Lord Moorefield stand auf und nahm seiner Frau die Porzellanfigur aus den Händen. In seiner Faust zerbrach er sie völlig und warf die Scherben auf den Boden, dann ging er auf Guy zu.

»Ich glaube, Devoran, dass Sie ebenso wenig der Vater dieses unehelichen Kindes sind wie ich. Und ich bin mir verdammt sicher, dass Sie nichts dieser ganzen Geschichte beweisen können.« Er zog ein Taschentuch hervor und wischte sich eine Blutspur von der Hand. »Was Ihre Anklage des Schmuggels angeht, so mögen Sie den Rückhalt von Wyldshay haben, aber Fratherham wird dafür sorgen, dass Sie ruiniert werden und dass Blackdown dafür in Ungnade fällt. Dann werden Sie wirklich das Vergnügen haben, diesem Kind den legalen Schutz Ihres Namens geben zu müssen, Sir, oder ich schwöre bei meiner Ehre, dass ich mir den Jungen zurückholen werde. Einfach genug wird das sein, da seine Mutter nichts als eine Hure ist. Und dann mag er von mir aus in meinen Schweineställen aufwachsen!«

Krankmachende Angst griff nach Sarah und sie klammerte sich fest an Guys Arm. Er legte seine Hand auf ihre.

»Wyldshay verfügt über eigene Schweineställe, Mylord«, erwiderte er. »Und was das Kind betrifft, so wird es in der Tat unter meinem Schutz stehen. Freuen Sie sich auf das, was in der nächsten Woche in den Zeitungen zu lesen sein wird.«

Er verbeugte sich leicht. Die Tür schloss sich hinter ihm. Sie standen auf dem Korridor. Guy legte Sarah den Arm um die Taille und stützte sie, als er sie die Treppe hinunterführte. Weiße Leere füllte ihren Kopf. Ihre Beine zitterten.

Das Sonnenlicht blendete sie, als sie hinaus auf den Hof traten, wo Guys Kutsche wartete. Sarah löste sich von ihm und lehnte sich gegen eine der Marmorsäulen neben dem großen Eingang. Der schöne Sommertag schien sie zu verhöhnen.

»Was haben wir getan?«, fragte sie schwach.

Seine Schritte knirschten auf dem Kies, als er noch einige Schritte weiterging. »Wir haben Berry gerettet, Sarah.«

»Aber wie konntest du –? Hast du Rachel geraten, das zu tun?«

»Was zu tun? Mich in die Falle zu locken, ihr einen Antrag zu machen? Ich habe sicherlich vermutet, dass sie irgendwelche wilden Behauptungen aufstellen würde, von denen sie hofft, sie würden ihrem Fall dienlich sein. Allerdings ist sie dabei einen Schritt weiter gegangen, als ich erwartet hatte.«

Eine wilde Frucht erfüllte Sarah. »Wie hast du das dann riskieren können?«

»Weil wir keinen wirklichen Beweis haben und Moorefield das weiß. Mrs. Siskin wird nicht einen Moment bei ihrer Geschichte bleiben, sollte man ihr drohen. Auf die Gefühle zu setzen, war unsere einzige Chance.« Er starrte in die Ferne. »Du hast Rachel doch nicht geglaubt, nicht wahr?«

»Dass du der Vater bist? Nein! Aber du hast es auch nicht abgestritten.«

Guy hieb mit der Faust gegen die andere Seite der Säule. »Wie zum Teufel hätte ich das können?«

»Aber warum hast du es gewagt, Berry die Entscheidung zu überlassen?«

Sein Blick wurde undurchsichtig. »Ich glaube nicht, dass ich so viel mehr getan habe, als absolut nötig war.«

Sarah band die Bänder ihrer Haube zu einer festen Schleife unter ihrem Kinn. Das Pochen in ihrem Kopf blieb beharrlich, sandte Übelkeitswellen durch ihren Körper, machte sie blind, und in ihrem Herzen brannte eine schreckliche Furcht.

»Der Earl könnte seine Drohung wirklich wahrmachen?«

Guy fuhr herum, ignorierte seine zerschundenen Fingerknöchel. »Ja! Ja, natürlich! Die Countess hat mein Angebot, einen Ausweg zu finden, abgelehnt, und der Mann ist mein Todfeind. Er ist ein verdammter Earl, um Himmels willen! Sogar ohne die Hilfe seines Schwiegervaters wäre er gefährlich. Damit wären die Blackdowns gezwungen, einen Rückzieher zu machen, allein schon aus politischen Gründen. Wyldshay steht durch Ryders Heirat mit Miracle ohnehin schon geschwächt da.«

Sarahs Furcht verstärkte sich, erfüllte sie mit Wut und Zorn. Eins der Bänder zerriss unter ihren Fingern. Sarah warf es fort.

»Wenn die Liebe entscheidet, hätte nicht einmal Salomon noch etwas mit seinem Urteil ausrichten können«, beharrte sie. »Und das ist der springende Punkt bei diesen Geschichten. Deine grausame kleine Prüfung hätte sehr leicht auch schiefgehen können. Berry kennt Lady Moorefield sein ganzes kurzes Leben lang. Was, wenn er sie statt Rachel gewählt hätte? Es war überhaupt nicht einzuschätzen, was er tun würde! Er ist doch noch ein Baby.«

»Ich bin mir dessen wohl bewusst«, erwiderte Guy mit eisiger Selbstbeherrschung. »Genau das war die Crux in dieser ganzen Angelegenheit.« Er schaute auf seine verletzte Hand.

»Es war ein Risiko, das ich einfach eingehen musste, und dieser Weg war nicht so riskant, wie du befürchtet haben magst. Seit sie aus der Goatstall Lane geflohen ist, war Rachel hier, um Berry im Garten zu treffen. Sie hat jedes Mal ein Lied für ihn gesungen, und zwar immer dasselbe Lied. Sie hat es mir vorgesungen.«

Der Schmerz in Sarahs Herzen wurde immer intensiver, und sie schloss die Augen. »Nachdem ich zu Bett gegangen war und euch allein gelassen habe?«

Er packte sie am Arm und zwang sie, ihn anzusehen. »Ja, Sarah! Ich habe dir gesagt, dass Rachel und ich noch geredet haben. Es gibt keine Verschwörung gegen dich.«

Sie entzog sich ihm, klammerte sich an ihren Zorn, da sie wusste, dass sie, würde sie aufhören, zornig zu sein, vor Kummer sterben würde.

»Aber es war Wahnsinn, sich darauf zu verlassen! Rachel war immer als Mann verkleidet, wenn sie Berry getroffen hat. Der Junge war verwirrt, und er hatte Angst. Um ein Haar hätte er mich ausgesucht.«

Guy ging an ihr vorbei zur wartenden Kutsche und riss die Tür auf. »Aber er hat es nicht getan! Welchen Unterschied können Kleider schon für ein kleines Kind machen? Es war eben Glück, dass Rachel immer dasselbe Kinderlied gesungen hat. Sie singt es ihm auch jetzt vor.«

Sarah schaute sich um. Rachel und Betsy Davy kamen eilig aus dem Haus. Das Kindermädchen trug einen kleinen Koffer, wahrscheinlich enthielt er ihre wenigen persönlichen Dinge. Berrys Kopf ruhte an Rachels Schulter. Ihr Baby war in ihren Armen eingeschlafen.

Die Worte flogen zu ihnen wie auf einer Brise:

Schlaf, Kindlein schlaf!
Der Vater hüt' die Schaf;
Die Mutter schüttelt's Bäumelein,
Da fällt herab ein Träumelein.
Schlaf, Kindlein Schlaf!

Berry rührte sich im Schlaf und murmelte: »Mama Lied.«

Sarah schaute auf den blondgelockten Kopf des Jungen, und ihr Zorn brach zu einem Abgrund aus Kummer zusammen, unbeschreiblich groß und öde.

»Verdammt, Sarah!« In Guys Stimme schwang kein Zorn mehr mit, nur Qual. »Denkst du auch nur eine Minute lang, dass ich mir nicht all der Konsequenzen bewusst bin, die diese hübsche kleine Szene dort oben auf der Treppe nach sich ziehen kann?«

»Ich weiß es, ja, ich weiß es«, entgegnete sie ruhig, während ihr Herz brach. »Ich weiß, dass wir nie eine Antwort von d'Alleville bekommen werden, aber ich war einverstanden – genau genommen habe ich darauf beharrt –, dass wir den Preis zahlen müssen, wie hoch immer er auch sei.«

»Sogar diesen?«

Sie schaute in seine Augen. »Ja, Guy, sogar diesen!«

»Dann fordert die Ehre ihre Schuldigkeit«, erwiderte er mit erschreckender Ruhe. »Und zumindest der Gerechtigkeit ist dann Genüge getan.«

Rachel und Betsy kamen die Treppe herunter. Berry war wieder eingeschlafen und lag schwer in den Armen seiner Mutter.

»Danke, Guy«, sagte Rachel mit einer ganz neuen Würde. »Du hast nicht wirklich ernst genommen, was ich eben im Salon gesagt habe, nicht wahr? Schließlich wird nichts von alledem eine Rolle spielen, wenn Claude erst bei mir ist. Wohin werden wir jetzt gehen?«

Sarah begegnete Guys dunklem Blick für einen kurzen Moment. Wie ihr Schmerz hatte sich auch seiner in wahre Qual verwandelt.

»Nach Wyldshay«, sagte Sarah. Sie nahm ihrer Cousine das Kind ab, damit Rachel sich von Guy beim Einsteigen in die Kutsche helfen lassen konnte. »Guy wird dich und Berry dorthin bringen, zu Lady Ryderbourne und zur Herzogin. Ich werde dich bis Exeter begleiten und von dort die nächste Kutsche zurück nach Bath nehmen.«

Zum ersten Mal in seinen achtundzwanzig Lebensjahren war Guy nach Birchbrook zurückgekehrt, ohne Vorfreude empfunden zu haben.

Vor dem weitläufigen Haus seines Vaters erstreckte sich ein von hohen, in vollem Laub stehenden Bäumen beschatteter Platz. Auf der Rückseite des Hauses befanden sich die Überreste eines Wallgrabens, den schon vor langer Zeit sein Urgroßvater, ein jüngerer Sohn des ersten Earl of Yelverton, hatte auffüllen lassen, um einen Garten aus formal angelegten Beeten und Buschgruppen zu schaffen. Unter seinem Großvater war dann noch die Orangerie errichtet worden, in der Guys Vater und seine Schwester jetzt ihre exotischen Pflanzen züchteten.

Der Titel war inzwischen über Thomas Devoran, den ältesten Sohn des ersten Earls, an dessen zweiten Sohn übergegangen, den gegenwärtigen vierten Earl. Der dritte Earl war ohne männliche Nachkommen gestorben, er hatte nur Töchter gehabt: die Duchess of Blackdown und Guys Mutter, Lady Bess Devoran.

Da er im Salon niemanden antraf, ging Guy ins Gewächshaus. Das dunkle Haar zu einem einfachen Knoten hochgesteckt, saß seine Schwester dort und las, umgeben von Grün.

»Der neueste Roman?«, fragte er. »Darf ich es wagen, zu stören?«

Lucinda warf das Buch zur Seite und warf sich ihm lachend in die Arme.

Guy küsste sie, bewunderte ihr neues Kleid und bemühte sich dann, seine brennende Ungeduld zu bezähmen, während sie ihm die neuesten Errungenschaften für ihre Orchideensammlung zeigte. In welchem Zustand sich sein Herz auch befinden mochte, Lucinda würde er immer seine ungeteilte Aufmerksamkeit schenken.

Warum sollten seine Probleme ihr die Freude über seine unerwartete Heimkehr nehmen? Oder auch seine eigene darüber, hier bei ihr zu sein?

»Ach Guy, es ist so gut, dich zu sehen«, sagte sie schließlich. »Aber du möchtest jetzt sicher auch Vater begrüßen. Er ist mit Foster unten auf der Farm, um die gerade geworfenen Ferkel zu begutachten. Du solltest dir aber Gamaschen überziehen, sonst ruinierst du dir deine Stiefel. Gestern hat es geregnet, und der Birch ist mal wieder über seine Ufer getreten.«

Er drückte Lucinda einen Kuss auf den Scheitel. »Danke für den Rat, aber ich glaube, es ist an der Zeit, dass ich diese Stiefel einmal wahres Landleben kosten lasse. Sag bitte der Köchin, dass ein dritter Esser bei Tisch sein wird, während ich durch den Schlamm waten werde, um Fosters jüngsten Nachwuchs zu bewundern.«

Lucinda kicherte und umarmte ihn wieder, dann lief sie davon, um ihren Pflichten als Dame des Hauses nachzukommen. Guy sah ihr einen Moment lang nach. Sie war von zierlicher Gestalt, wunderschön und noch so jung. Im kommenden Frühjahr würde sie für ihre erste Saison nach London gehen und ohne Zweifel binnen drei Monaten verlobt sein.

Henry Devoran war in ein Gespräch mit Mr. Foster vertieft,

dem Herrn der Schweineställe, doch er schaute auf, als er das Geräusch von im Schlamm quietschenden Schritten hörte. Sein Gesicht leuchtete auf wie eine Lampe. Vater und Sohn umarmten sich. Während Henry Guy herzlich den Rücken klopfte, tippte Foster an seinen Hut, verneigte sich und ging davon.

»Schau dir diesen Wurf an!« Seinen Sohn mit einem Arm untergehakt, deutete Henry auf die Tiere, die in ihrem Pferch herumwühlten. »Was sagst du zu diesen Schweinen?«

Guy lachte. »Die schönsten Ferkel, die ich je im Leben gesehen habe, Vater.«

»Es sind die prächtigsten in der ganzen Gegend!« Sein Vater zog Guy hinüber zu einem anderen Pferch. »Und jetzt guck erst diese Sau hier!«

»Eine Schönheit, aber ich fürchte, ich bin nicht gekommen, um über Schweine zu reden – zumindest nicht über vierbeinige.«

Henry sah ihn neugierig an. »Also gut, mein Bester! Heraus damit!«

Guy wandte der Sau den Rücken zu und erwiderte den offenen Blick seines Vaters. »Ich bin gekommen, um euch zu sagen, dass ich in der nächsten Woche in den Zeitungen meine Verlobung bekannt geben werde. Die Hochzeit wird Weihnachten auf Wyldshay stattfinden.«

»Guter Gott, Junge!« Das Schwein grunzte, als Henry Guys Hand packte und sie schüttelte. »Dann will ich dir gratulieren! Aber Wyldshay? Warum nicht hier in deinem eigenen Haus? Sag nichts! Das Mädchen ist von so hohem Rang und Einfluss? Was hast angestellt? Dir eine deutsche Prinzessin geschnappt?«

»Nein. Nichts dergleichen.« Guy führte den älteren Mann zu einem steinernen Aufsteigblock. »Bitte setz dich, Vater, ich werde es dir erklären. Miss Rachel Mansard ist die Tochter eines Gentleman aus Norfolk. Mein größter Wunsch ist jedoch, dass sie mich noch vor der Hochzeit verlassen wird.«

Henry Devoran setzte sich mit einem Plumps. »Nun, wenn es deine Absicht war, mich sprachlos zu machen, dann ist dir das gelungen. Das musst du mir genauer erklären.«

Guy ging vor seinem Vater hin und her, während er ihn gerade so weit über die Geschehnisse informierte, dass es den alten Herrn so wenig wie möglich aufregte. Dann blieb er stehen, die Hände auf dem Rücken verschränkt.

»Obwohl du also nie eine Heirat beabsichtigt oder dich ihr erklärt hast, hast du es dieser jungen Lady erlaubt, Erwartungen zu hegen? Du hast Versprechen gegeben, die einzuhalten du dich jetzt verpflichtet fühlst?«

»Ja. Außerdem muss man auch an das Kind denken.«

Henry fuhr sich mit seinem Taschentuch über die Stirn. »Obwohl der Junge nicht von dir ist? Deshalb hoffst du, dieser Miss Mansard genügend Gründe dafür zu liefern, dass sie dich verlässt, ohne dass jemand dabei seine Ehre verliert?«

»Das ist mein aufrichtigster Wunsch, ja.«

Guys Vater sackte in sich zusammen, als wäre er um zehn Jahre gealtert. Die Schweine wühlten unbekümmert in ihren Pferchen herum.

»Du weißt, wie sehr ich deine Mutter geliebt habe. Ich habe nie mehr eine andere Frau angesehen seit dem Tag, an dem sie gestorben ist.« Er schaute auf und wischte sich eine Träne von den Wangen. »Du bist ihr sehr ähnlich, mein Junge.«

»Ja, ich erinnere mich gut an sie.«

»Du weißt, dass ich dich unterstützen werde, Guy, in allem, was immer du dir wünschst. Doch was ist, wenn diese Miss Mansard nicht von der Verlobung zurücktritt – ?«

»Dann werde ich natürlich verpflichtet sein, die Hochzeit stattfinden zu lassen.«

Henry Devoran spitzte den Mund, als müsste er den Kummer herunterschlucken. »Nicht einmal Wellington könnte einer vergleichbaren Situation entkommen, obwohl allgemein bekannt ist, dass er seine Frau nie wirklich geliebt hat. Ich hätte nur nicht gedacht, meinen einzigen Sohn in einer Ehe ohne Liebe gefangen sehen zu müssen.«

»Ich hoffe aufrichtig, dass es nicht so weit kommt«, sagte Guy. »Aber wenn doch, dann haben Sie mein Ehrenwort, dass ich meiner Frau niemals absichtlich Schmerz bereiten werde. Ich werde sie nicht ignorieren, während ich anderen Interessen nachgehe, ich werde keine Geliebte haben und sie zu einem Leben auf dem Land verdammen. Rachel wird immer auf meine Höflichkeit und auf meine Ritterlichkeit zählen können –«

»Aber nicht auf deine Liebe?«

»Nein. Aber sie weiß das.«

»Wie kannst du dann versprechen, dass keiner von euch bei jemand anderem Liebe finden wird?«

»Sie vielleicht, aber ich nicht.«

Henry Devoran stand auf und packte seinen Sohn am Arm. »Das kannst du nicht versprechen, Sohn!«

Guy lächelte, als er seinen Vater ansah. »Ich kann das versprechen, weil ich eine andere Frau liebe, genauso tief und absolut, wie du Mama geliebt hast, und das wird so sein, bis zu dem Tag, an dem ich sterbe. Doch wenn ich Rachel heirate, werden diese andere Frau und ich uns nie wieder privat begegnen.«

»Dann kann ich die Tragödie jetzt schon voraussehen«, entgegnete sein Vater ruhig. »Und du wirst dir das Herz brechen, genauso sicher, wie du meins brichst.«

Guy stützte beide Hände auf die Brustwehr des mittelalterlichen Fortune Towers und schaute über die Ländereien von Blackdown. Wälder und Felder erstreckten sich bis hin zu dem in der Ferne liegenden Kanal, wo Wellen beständig gegen die Klippen schlugen.

Sarah hatte nicht geschrieben. Er auch nicht, abgesehen von kurzen Nachricht, die er noch in der Tasche bei sich trug.

Eine kleine Gruppe Menschen zog langsam einen der Wege weit unten entlang: Rachel und Miracle mit ihren Babys, zwei von Ryders jüngeren Schwestern und dazu ein Gefolge aus Kindermädchen und Dienern.

Zum ersten Mal seit Jahren konnte er der Tiefe seiner Gefühle für Miracle nicht mehr trauen. Sie stand ihm noch immer sehr nah, aber auch sie war jetzt eine Mutter. Auch sie würde das Glück eines Kindes über ihr eigenes stellen und erwarten, dass die Menschen, die sie liebte, dasselbe taten.

Guy stützte den Kopf auf seine verschränkten Hände und schloss die Augen. Die Versuchung, die Ehre Ehre sein zu lassen und wie der Teufel nach Bath zu reiten, schmerzte wie ein Brandmal, doch er wusste genau, was Sarah sagen würde.

»*Wir sind nicht frei.*«

In der Abgeschiedenheit seines Zimmers hatte er gestern Abend Blatt um Blatt mit den verzweifelten Versuchen gefüllt, zu schildern, wie es um seine Seele stand – und hatte dann Seite für Seite ebenso sorgsam verbrannt. Es wäre nur eine Grausamkeit, der unpersönlichen Post solch eine Erinnerung anzuvertrauen, diese Worte der Verzweiflung über das, was sie verloren hatten. Keiner von ihnen beiden wünschte, dem anderen so viel Schmerz zuzufügen, und Worte waren ohnehin unnötig. Doch er hatte seine erste wahre Liebe direkt in eine Katastrophe geführt.

In einem, wie es jetzt schien, anderen Leben hatte er Rachel feierlich und bei seiner Ehre geschworen, dass er sie beschützen würde, so lange sie ihn jemals brauchen würde. Und jetzt brauchte sie ihn. Schlimmer noch, das unschuldige Kind könnte ihn für immer brauchen.

Selbst wenn er Sarah packen und sie zu den Antipoden tragen würde, könnten sie auf den Trümmern des Lebens dieses kleinen Jungen keine gemeinsame Zukunft aufbauen.

Deshalb hatte er Sarah nur zwei Sätze geschrieben: *Geliebte, ich verlasse Wyldshay heute, um zu tun, was ich tun kann. Was immer geschieht, du weißt, was mein Herz fühlt und immer fühlen wird – G.D.*

Solange sie noch zusammen in diesem kalten Meer trieben, in dem sie zu ertrinken drohten, solange konnte sich jeder von ihnen noch an diesen letzten Strohhalm klammern, dass Guy Claude d'Alleville aufspüren könnte und zurückbringen würde. Auch wenn sie beide fürchteten, dass es eine Hoffnung war, die sich nicht erfüllen würde.

Guy würde nie den Gesichtsausdruck seines Vaters vergessen, als dieser das Ausmaß der Falle begriff, die sein einziger Sohn sich selbst gestellt hatte. Zumindest würde Guy sich nicht auch noch dem missbilligenden Blick seines älteren Cousins Ryder zu stellen haben, einem Mann, dem die Ritterlichkeit angeboren und somit untrennbar von seiner Seele war. Natürlich würde Ryder ihn verstehen, und natürlich würde er ebenso pessimistisch sein, was den Ausgang dieser Suche betraf. Deshalb war es ein Glück, dass er zurzeit nicht auf Wyldshay weilte, da er sich um Geschäfte in einem anderen Teil des weitläufigen Herzogtums kümmern musste.

Inzwischen sonnte sich Jack in seinem Haus in Withycombe in der Gesellschaft seiner Frau und seiner neugeborenen Tochter. Als wie schmerzvoll es sich auch erweisen würde, Guy wollte Jack und Anne noch vor seiner Abreise nach Frankreich besuchen, auch wenn er wusste, dass es ihm unmöglich sein würde, die Wahrheit vor Jack zu verbergen. Er würde sich auf die Tiefe der Liebe der beiden für ihn verlassen müssen und darauf vertrauen, dass sie nicht weiter in ihn drangen, als er es ertragen konnte.

So blieb nur seine Tante, die Herzogin, deren klarer grüner Blick so durchdringend war wie der einer Göttin.

»Grundgütiger!«, hatte sie gesagt, nachdem Guys Kutsche zum ersten Mal aus Devon zurückgekommen war, und ihr diese unerwarteten Gäste gebracht hatte. Ein für ihre Verhältnisse milder Tadel, war es doch grundsätzlich unmöglich, irgendetwas vor ihr verbergen zu können.

Schritte erklangen hinter ihm. Guy schaute sich um.

»Die Kutsche steht bereit, Sir«, meldete der Diener.

Guy lief die Wendeltreppe hinunter, um die Abkürzung durch den Rosengarten zu nehmen. In dem Moment, als er das schmiedeeiserne Tor erreichte, wurde es von der anderen Seite geöffnet.

Der Schatten ihres Sonnenschirms dämpfte das Blattgrün der Augen der Herzogin zu dunklem Waldgrün. Ihr Blick glitt über seine Kleidung: fürs Reisen gemacht, nicht, um der Mode zu genügen.

»Du hast sicher angenommen, dass ich bei deinen Plänen für diese unüberlegte Heirat kooperiere, Guy.« Sie setzte ihren Weg fort. »Denkst du wirklich, ich würde das tun, ohne zuvor der Wahrheit auf den Grund zu gehen?«

Er verbeugte sich und passte sich ihren Schritten an. »Welche Wahrheit suchen Sie, Euer Gnaden?«

»Ich scheine die Aufgabe zu haben, unpassende Ehen für die jungen Männer meiner Familie arrangieren zu müssen«, sagte sie. »Zuerst für meine geliebten Söhne und jetzt für meinen gleichermaßen geliebten Neffen. Doch dieses Mal scheint weder ein gesellschaftlicher Vorteil noch wahre Liebe im Spiel zu sein, auch wenn es bereits ein Kind gibt. Reizend zwar, aber ein Bastard. Und, fürchte ich richtig, nicht einmal von dir?«

Guy nahm ihr den Sonnenschirm aus der Hand und hielt ihn über ihren Kopf, als sie sich vorbeugte, um an einigen Rosen zu riechen.

»Das ist von keinerlei Konsequenz. Wenn ich allein von dieser Reise zurückkomme, werde ich die Mutter des Jungen heiraten.«

Die Herzogin nahm ihren Sonnenschirm zurück und wandte sich ab. »Auch wenn ich Sie bitte, mich nicht dabei zuschauen zu lassen, wie eine Katastrophe ihren Lauf nimmt?«

»Wenn Rachel und ich heiraten müssen, verspreche ich, ein so rücksichtsvoller und höflicher Ehemann zu sein, wie es mir möglich sein wird.«

Der grüne Blick war nie leicht zu deuten gewesen, doch jetzt war er gänzlich unergründlich. »Ah ja! Zum Wohle des Kindes.«

»Berry ist der einzige Unschuldige bei all dem. Und unglücklicherweise hat der Earl of Moorefield, mit den extremsten der Tories in seinem Gefolge, ein Interesse am Ausgang dieser Sache.«

»Sie glauben, mit dieser Heirat einen Dorn in Moorefields Auge treiben zu können? Dann haben Sie Glück, mein Lieber, dass er ein alter Feind von mir ist.«

Guy pflückte eine rote Rose, an die die Herzogin nicht heranreichen konnte und gab sie ihr. *»Feind?«*

Sie hielt die Blume in die Sonne, um sie zu bewundern. Das Licht strömte in die Blütenblätter, die jetzt blutrot schimmerten.

»Der Earl ist grausam und das seit seiner Kindheit. Kein Hund, kein Pferd oder Diener in seiner Nähe war vor ihm sicher. Warum sonst hätte ich zugestimmt, seine Frau als meinen Gast auf Wyldshay zu dulden, sollte das nötig sein?«

»Aber sie wird ihn nicht verlassen«, sagte Guy.

»Natürlich nicht. Sie fürchtet, dass er oder ihr Vater sie töten wird, würde sie diesen Schritt tun.«

»Dann werden Sie zustimmen, dass ich das Kind seinem Zugriff entziehen musste, ungeachtet dessen, was es mich kosten würde.«

Die Herzogin drehte die Rose in ihrer Hand und schlenderte weiter den Weg entlang. »Ich bin nicht sentimental in Bezug auf Kinder, Sir, aber Sie habe ich sehr gern.«

»Dann werden Sie also die Hochzeit arrangieren?«

»Wenn Sie so entschlossen sind, Ihr eigenes Glück zu opfern.« Die Hitze des Sommernachmittags schlug auf sie herunter, eingefangen von den sie umgebenden Steinmauern. »Und nicht nur *Ihr* Glück, fürchte ich«, fuhr die Duchess fort. »Es gibt eine andere Frau, nicht wahr?«

»Ja.«

Die langen elfenbeinfarbenen Bänder ihres Kleides flatterten bei jedem Schritt, den sie ging. »Die Sie verzweifelt und innig lieben?«

»Ja.«

»Und ihr Wunsch, dieses Kind vor dem Zorn des Earls zu beschützen, ist stärker als ihre Zuneigung zu Ihnen?«

»Ja, es muss so sein. Wir haben diese Wahl freiwillig getroffen. Wir können nicht auf Rachels Unglück und der Zerstörung ihres Kindes unser Glück aufbauen.«

»Dann ist Ihre Reise nach Frankreich Mrs. Callaways letzte Hoffnung«, sagte die Duchess. »Obwohl ich fürchte, dass Sie im Grunde keinen glücklichen Ausgang erwarten?«

»Nein«, sagte Guy. »Sie weiß das auch, aber ich muss es versuchen.«

Die Schwester seiner Mutter steckte ihm die Rose in die Jackentasche und berührte kurz seine Wange.

»Dann sei Gott mit Ihnen, Guy«, sagte sie ruhig. »Wenn ich schon eine Hochzeit arrangieren muss, würde ich das lieber für die richtige Braut tun.«

Er verneigte sich, küsste ihr die Hand und ging davon.

Sarah kehrte von ihrem Spaziergang zurück und nahm die nasse Haube ab. Sie war von einem Gewitter überrascht worden. Ihr feuchtes Haar kringelte sich wie üblich widerspenstig. Sie erhaschte einen Blick von sich im großen Spiegel in der Halle und schnitt sich selbst eine Grimasse, entschlossen, dem Selbstmitleid nicht nachzugeben. Doch die Augen, die sie anblickten, wirkten gequält.

Guys Nachricht hatte sich ihr in die Seele gemeißelt: *Geliebte, ich verlasse Wyldshay heute, um zu tun, was ich tun kann. Was immer geschieht, du weißt, was mein Herz fühlt und immer fühlen wird – G.D.*

So wie er wusste, was ihres fühlte.

Deshalb hatte es keinen Grund gegeben, ihn mit weiterer Korrespondenz zu behelligen, besonders nicht, wenn halb Frankreich zwischen ihnen lag.

Seine Abwesenheit füllte ihr Herz mit einem quälenden Schmerz, entfacht von der Drohung, dass ihre Trennung – trotz seiner größten Bemühungen – für immer sein würde. Doch während die Tage für sie von Angst gemartert verstrichen, so waren ihre Nächte voll quälender Erinnerungen: an seine Berührung, sein Lächeln, seinen Duft, seine Leidenschaft.

Wenn er Claude d'Alleville nicht fand und deshalb niemals zu ihr zurückkommen würde, würde sie den Rest ihrer Tage wie ein Geist leben, wie eine leere Hülle und ohne Freude.

»Ah, Mrs. Callaway!« Miss Farcey betrat die Halle. »Sie haben einen Besucher – aus Wyldshay! Was für eine Ehre! Obwohl ich sagen muss, dass aus dem Verhalten seiner Lordschaft zu schließen ist, dass er schlechte Nachrichten bringen könnte. Ich habe ihn in mein Büro geführt. Es wird doch nicht – oh je! Geht es Ihnen nicht gut? Bitte setzen Sie sich für einen Moment und fassen Sie sich.«

Sarah schluckte ihre plötzlich aufsteigende Panik und Aufregung herunter. War er zu ihr gekommen? War etwas geschehen?

»Nein«, sagte sie. »Vielen Dank. Es geht mir gut. Wir dürfen den Gentleman nicht warten lassen.«

Sie eilte in das kleine Büro und blieb an der Tür abrupt stehen. In dem dämmrigen Licht war die Ähnlichkeit frappierend. Doch sie kannte Guys Duft, wusste, wie seine Nähe sich anfühlte. Die Hoffnung, ihn zu sehen, fiel sofort in sich zusammen.

»Lord Jonathan?«

»Ich wollte Sie nicht erschrecken, Mrs. Callaway«, sagte er. »Bitte, setzen Sie sich!«

»Miss Farcey befürchtete schlechte Nachrichten. Ist Guy –?«

Er nahm ihren Arm und drängte sie, sich zu setzen. »Nein! Soweit ich weiß, ist mein Cousin wohlauf, obwohl er innerlich wohl ebenso sehr leidet wie Sie.« Seine goldbraunen Augen sahen sie prüfend an. »Soll ich nach etwas Wein klingeln, oder nach einem Tee?«

»Nein, danke«, sagte Sarah. »Guy hat Ihnen von mir erzählt, bevor er abgereist ist?«

Lord Jonathan lehnte sich gegen den Schreibtisch. »Ich weiß, dass ihn bei jedem Atemzug die Erinnerung an Sie quält und ihm das Herz schwer macht, so, wie die Erinnerung an ihn Ihnen schmerzhaft zusetzt.«

»Bitte, Mylord«, sagte sie. »Sagen Sie das nicht! Wenn er

und Rachel wirklich heiraten müssen, wird er es sich niemals, *niemals* gestatten, ihr gegenüber illoyal zu sein.«

Er verschränkte die Arme vor der Brust und starrte auf den Boden. »Mrs. Callaway, Sie mögen denken, dass mich das nichts angeht, aber ich bin ein Experte in edler Selbstopferung – oder zumindest war ich es, bevor Anne mir diesen Unsinn ausgetrieben hat. Mein Cousin und Ihre Cousine lieben sich nicht, und beide geben das unumwunden zu. Doch Guy hat keine natürliche Begabung dafür, die Ehre über das Glück zu stellen, und er wird sich verachten, wenn er versagt –«

»Aber er wird nicht versagen!«, unterbrach Sarah ihn.

Lord Jonathan stand auf und zog an der Klingelschnur. Ein Hausmädchen kam, und er bestellte Tee.

»Nein, vielleicht nicht. Doch ich glaube, er hat gehofft – wie Sie auch –, dass Sie und er niemals so schmerzhaft auf die Probe gestellt werden würden.«

Sarah strich sich das Haar aus der Stirn. »Ja, das haben wir gehofft, obwohl alles für das Gegenteil spricht. Doch wenn er Berrys wirklichen Vater finden könnte –«

»Einen Mann namens Claude d'Alleville, vom Chateau du Cerf in der Dordogne?«

Sarah begann, sich nach dem Tee zu sehnen. Ihr Mund war trocken wie eine Wüste, und sie fühlte sich jetzt schwach und krank, aber sie nickte.

»Guy hat ihm geschrieben, als er noch in Devon war«, sagte sie. »Warum? Ist eine Antwort gekommen?«

Nach einem leisen Klopfen an die Tür kam ein Mädchen mit dem Teetablett herein. Während sie das Tablett abstellte, musterte Sarah Lord Jonathans Gesicht. Eine neue, namenlose Furcht drohte, sie zu verschlingen, als stände sie vor dem Höhepunkt einer Tragödie, doch er wandte sich rasch ab und ging zum Fenster.

Er wartete, bis das Mädchen das Zimmer verlassen und Sarah den Tee eingeschenkt hatte, dann kam er zurück, nahm ihre Tasse und rührte viel Zucker hinein.«

»Hier«, sagte er. »Trinken Sie das!«

Sarah nippte an dem starken, süßen Tee, während Angst ihr Herz zu umklammern begann. »Rachel schreibt mir jede Woche über das Kind«, sagte sie fast verzweifelt. »Und sie scheint ganz zufrieden mit sich, aber sie erwähnt niemals Guy – aus Rücksichtnahme denke ich. Natürlich weiß sie, was er tut und wohin er gereist ist, und sie ist absolut sicher, dass er Claude d'Alleville nach England zurückbringen wird, damit der sie heiratet. Doch wenn Guy und ich mit unseren Befürchtungen richtig liegen, dann kann Guy seine Heirat mit Rachel nicht verhindern, Lord Jonathan, und er wird das auch nicht tun.«

»Ich verstehe«, erwiderte Jack ruhig.

»Aber es gibt keine Nachricht von Guy?«

»Nein, er ist noch immer irgendwo in Frankreich. Inzwischen haben Miracle und Ryder mit unseren Schwestern Wyldshay verlassen und sind jetzt auf Wrendale in Derbyshire. Sie werden einige Wochen dort bleiben. Der Duke weilt in London, und meine Mutter ist noch bei Anne und mir auf Withycombe –«

Ein Gefühl der Vorahnung drängte durch Sarahs Adern. Ihre Teetasse klirrte, als sie sie auf die Untertasse stellte. »Also ist Rachel ganz allein auf Wyldshay, und es gibt schlechte Nachrichten aus Frankreich? Monsieur d'Alleville erkennt sie und das Kind nicht an?«

»Nein, das ist es nicht. Es tut mir leid. Ich war heute Morgen wegen einer ganz anderen Angelegenheit in Wyldshay und habe erfahren, dass der Brief, den Guy in Devon geschrieben hat, vor zwei Tagen ungeöffnet zurückgekommen ist. Ihre Cousine war in der Halle, als er kam. Niemand konnte verhindern, dass sie gesehen hat, was jemand auf dem Umschlag vermerkt hat –«

»Auf dem Umschlag?«

Seine Augen waren dunkel vor Mitgefühl. »Ich bedaure, dass ich es Ihnen nicht schonender sagen kann, Sarah, aber Claude d'Alleville ist tot.«

Sarah schlug die Hand vor den Mund. Tränen brannten qualvoll in ihren Augen und aufsteigende Schluchzer bahnten sich ihren Weg durch ihre Kehle. Ein schwaches, weit entferntes Rufen drang an ihre Ohren, obwohl sie eingeschlossen in absoluter Stille dasaß.

Lord Jonathan stand jetzt neben ihr und legte einen Arm um ihre Schultern.

»Ich werde tun, was ich kann«, sagte er sanft. »Diese Nachricht ist ein fürchterlicher Schlag, ich weiß, das Ende all Ihrer Hoffnungen. Ich habe bereits nach Anne und meiner Mutter schicken lassen, aber ich dachte, Sie würden auch gern zu Ihrer Cousine fahren.«

»Ja, ja natürlich.« Sarah wischte sich die Augen. »Wie geht es denn jetzt weiter?«

»Sie hat sich in ihrem Zimmer eingeschlossen und weigert sich, etwas zu essen oder zu trinken. Betsy Davy kümmert sich um das Kind. Rachel hat die Fensterläden geschlossen und die Tür verriegelt, und die Dienerschaft fürchtet, dass sie sich etwas antun könnte. Ich hätte die Tür aufgebrochen, aber ich dachte, vielleicht –«

»Nein, nein, ich werde sofort kommen«, sagte Sarah.

»Meine Kutsche wartet draußen«, sagte Lord Jonathan. »Ich werde Sie bei Miss Farcey entschuldigen.«

Sarah klammerte sich an seinen Arm, als er ihr half, aufzustehen. Das Zimmer war verschwunden, als wäre es von einem weißen Nebel verschluckt worden.

»Guy ist zu spät in die Dordogne gereist«, sagte sie. »Sobald er in dem Schloss ankommt, wird er erfahren, dass Claude uns nicht retten kann. Dann wird er beginnen, innerlich zu sterben, langsam, wie eine Pflanze ohne Wasser. Ich weiß nicht, ob er ... Aber nein, ich muss an Rachel denken –«

»Psst!«, sagte er leise. »Wenn eine Hoffnung stirbt, ist das grausam, aber Anne wird alles ihr Mögliche tun, um Ihnen zu helfen, und sobald ich Sie sicher auf Wyldshay abgeliefert habe, werde ich Guy hinterherreisen.«

Sarah schluckte hart, und der Nebel lichtete sich. Sie fühlte sich nicht länger einer Ohnmacht nahe. Ihr war so kalt, als hätte der Winterfrost ihr Blut erstarren lassen.

Es gab jetzt keinen Ausweg mehr. Sie würde hier in Bath alt werden, eine altjüngferliche Lehrerin, die einst einige herrliche Wochen mit dem einen, besonderen Mann erlebt hatte, dem sie ihre Seele geschenkt hatte – und ihren Körper. Während er für den Rest seiner Tage mit Rachel verheiratet sein würde.

»Ich bin Ihnen sehr verpflichtet, Mylord. Ich verstehe jetzt, warum Guy sie wie einen Bruder liebt.«

Zu ihrer Überraschung nahm Lord Jonathan ihre Hände und küsste sie.

Kapitel 18

Die Tür zu Rachels Schlafzimmer war aus massivem Mahagoni gezimmert. Die grauen Augen voller Sorge, das helle Haar ordentlich frisiert, stand Anne – Lady Jonathan Devoran St. George – still neben Sarah, die sich hingekniet hatte und durch das Schlüsselloch Rachels Namen rief.

Sie dachte, sie könnte gedämpftes Schluchzen hören, aber vielleicht war es auch nur das Schlagen der Flügel von Schwalben, das in den Schornsteinen widerhallte.

Schließlich stand Sarah wartend dabei, ihr Herz gepeinigt von Furcht, während zwei kräftige Diener die Tür öffneten, indem sie das Schloss aufbrachen. Anne drückte kurz Sarahs Hand, dann rief sie die Diener zu sich und verließ mit ihnen den Korridor.

Im Zimmer roch es abgestanden, die Luft war schal von Kummer. Nur ein dünner Lichtstrahl drang durch die geschlossenen Fensterläden. Die Bettvorhänge waren zugezogen.

»Geht weg!«, murmelte Rachel. »Lasst mich allein!«

»Ich bin es«, sagte Sarah. »Es tut mir so leid, meine Liebste. Worte können nicht einmal –«

»Nein! Geh!«

Sarah ging zu den Fenstern, öffnete die Verriegelungen und stieß die Läden auf. Gelbes Licht flutete das Zimmer. Ein Durcheinander von zerrissenen Kleidern und zerbrochenem Porzellan lag auf dem Boden verstreut.

Sie ging zum Bett und zog die Vorhänge auf.

Rachel hatte das Gesicht in den Kissen vergraben, ihr Haar war zersaust. Sarah schluckte den Kummer hinunter, der in ihr hochdrängte, setzte sich auf die Bettkante und legte die Arme um ihre Cousine. Rachel ließ es widerstandslos geschehen, als Sarah ihren Kopf auf ihren Schoß bettete. Sie strich die feinen Locken aus der heißen Stirn und wiegte Rachel wie ein kleines Kind in den Armen.

»Es ist gut, Rachel. Du bist nicht mehr allein. Ich bin jetzt hier.«

»Er ist tot, Sarah! Claude ist tot!«

Ihre Tränen brannten trocken in ihrer Kehle. »Ja, ich weiß, Liebes. Mein Herz bricht mit deinem.«

»Ich kann es nicht ertragen. Ich will nicht leben in einer Welt ohne ihn. Alles ist kaputtgegangen.«

Sarah wiegte sie beständig. »Still, still! Ja, ich weiß, es scheint mehr, als wir ertragen können. Aber wir müssen es ertragen, weil da noch Berry ist, an den du denken musst, und er braucht seine Mama.«

Rachel schaute auf. Ihr Gesicht war fleckig, die Augenlider geschwollen. »Jetzt wird Claude seinen Sohn niemals sehen. Er hat mich geliebt, Sarah. Ich war die Liebe seines Lebens.«

»Ja, ja, ich weiß. Natürlich hat er dich geliebt.« *Lieber Gott, bitte vergib mir für diese Lüge!*

»Er wäre gekommen, zu mir und zu Berry, und er hätte uns mit nach Frankreich genommen, sobald es ihm möglich gewesen wäre. Deshalb ist Guy hingefahren, um ihn zu holen, um ihm zu sagen, dass ich hier auf ihn warte, aber jetzt –« Rachel setzte sich auf, ihr Gesicht eine Maske des Schmerzes. »Geht es Berry gut?«

»Betsy kümmert sich um ihn«, sagte Sarah. »Sie ist wundervoll zu ihm, aber du bist seine Mama, und er braucht dich. Glaubst du, Claude hätte gewollt, dass du so trauerst, hätte gewollt, dass sein kleiner Junge nach seiner Mutter weinen muss?«

»Nein, nein, und jetzt wird Guy sein Vater sein«, sagte Rachel.

»Sonst wird Lord Moorefield mein Leben zerstören und mir Berry wegnehmen.«

»Ja, ich weiß. Lord Jonathan ist nach Frankreich gereist, um Mr. Devoran zu dir zurückzubringen.«

Rachel trocknete sich die Augen mit einem bereits durchnässten Taschentuch. »Ich weiß, dass Guy denkt, dass er dich liebt, Sarah, aber ich kann Berry nicht noch einmal verlieren. Das ertrage ich nicht!«

»Deshalb wird Guy dich Weihnachten heiraten, wie er es versprochen hat, und dich nach Birchbrook bringen, wo du und dein Sohn immer sicher sein werden.«

Rachel warf sich in die Kissen. »Ich kann nicht anders«, sagte sie. »Ich kann es allein nicht schaffen. Ich bin nicht so stark wie du, Sarah. Als Mama und Papa starben, war mein ganzes Leben zerstört, aber ich bin nach Grail Hall gegangen und hab mein Bestes gegeben. Wie konnte ich wissen, dass ich dort Claude begegnen und mich in ihn verlieben würde? Aber als ich glaubte, dass mein Baby tot wäre, war es mir irgendwie egal, ob ich leben oder sterben würde. Es war, wie in einem Nebel zu leben – bis dieser Brief von Mrs. Siskin kam. Aber jetzt ist alles zu Ende, und ich habe niemanden mehr –«

»Ja, wir haben so viel verloren, du und ich«, sagte Sarah. »Aber du wirst immer Berry haben, und Guy Devoran wird dir immer beistehen.«

Ihre Cousine schaute auf, ihr Profil makellos, ihre Augenbrauen perfekt über den geschwollenen Lidern.

»Aber er liebt mich nicht, Sarah, und ich habe immer nur Claude geliebt.«

»Wenn ihr heiratet, werden eure Herzen voller Schmerz über den Verlust sein. Doch wenn ihr euch mit Freundlichkeit behandelt, werdet ihr am Ende zusammen das Glück finden. Vielleicht wird es sogar noch mehr Kinder geben.«

Rachel griff nach Sarahs Arm. »Ich wollte dir nie wehtun. Wirklich nicht! Ich habe auf Claude gewartet, und ich –«

»Es ist gut«, sagte Sarah. »Es ist nicht deine Schuld. Du hast nicht gewollt, dass es so kommt. Niemand von uns wollte das. Aber Guy wird niemals sein Versprechen brechen, und er wird dich lieben und dir gegenüber aufrichtig sein. Wenn du es zulässt, dann wirst du ihn mit der Zeit zu lieben lernen.«

»Aber was wirst du machen?«

Sarah nahm Rachels Hand und versuchte zu lächeln, obwohl ihr Herz vor Schmerzen krampfte.

»Du weißt, dass ich mir immer gewünscht habe, auch andere Grafschaften kennenzulernen? Nun, ich dachte, ich könnte vielleicht eine Anstellung in einer Schule in Yorkshire finden, oder in Schottland.«

»Aber wenn du so weit weggehst, werde ich dich nie sehen!«

»Nicht sehr oft vermutlich, aber ich werde dir schreiben.« Sarah suchte in den Tiefen ihres Herzens nach wahrem Mitgefühl – denn wo sonst könnte sie jetzt noch Trost finden? – und lächelte ihre Cousine an, die sie aufrichtig liebte. »Und du musst versprechen, mir in Zukunft immer nur die Wahrheit zu schreiben.«

Rachel erwiderte das Lächeln mit herzzerbrechendem Mut. »Ich hätte dir von Claude erzählen sollen, nachdem ich ihm begegnet war. Doch als wir uns ineinander verliebten, war das so überwältigend, und dann, als wir … nun, ich wusste, du würdest von mir enttäuscht und schockiert sein –«

»Nein, ich verstehe dich«, sagte Sarah. »Und jetzt ist es Zeit, die Hausmädchen zu rufen, damit sie dieses Zimmer wieder herrichten können. Komm, lass mich ein Bad für dich bestellen und dir frische Kleider bringen. Berry braucht dich, und du kannst Guy nicht von einer so traurigen Reise zurückkommen lassen, nur damit er seine Braut weinend in ihrem Bett vorfindet.«

Sarah sank erschöpft auf den Fenstersitz in ihrem Zimmer. Ihre Augen brannten, als sie aus dem Fenster auf die letzten Strahlen des Sonnenuntergangs schaute.

Ich habe ihn für immer verloren!

Rachels große Liebe, Claude d'Alleville, war tot. Guy lebte. Wie konnte sie es sich da gestatten, angesichts des viel schrecklicheren Kummers ihrer Cousine ihren Verlust so egoistisch zu betrauern?

Zumindest würde Rachel jetzt niemals herausfinden, dass ihr Franzose sie niemals wirklich geliebt hatte. Sie würde niemals begreifen müssen, dass kein Mann, der eine Frau liebte, sie für zwei Jahre allein und ohne seine Unterstützung das gemeinsame Kind auf die Welt bringen lassen würde.

Stattdessen würde Rachel eines Tages im Glauben in ihr Grab gehen, dass Berrys Vater sie immer verehrt hatte – auch wenn sie das als Guys Frau tun würde.

Um Sarahs willen und um seiner eigenen Ehre willen würde Guy sein Bestes tun, Rachel glücklich zu machen. Welche heimliche Leidenschaft auch immer er in seinem Herzen tragen würde, er war viel zu gut, um seinem gebrochen Herzen zu erlauben, seine Ehe zu zerstören.

Deshalb würde er das Bett mit seiner Frau teilen und sie würden unausweichlich Kinder zeugen. Schließlich würde seine vergangene Liebe zu bittersüßen Erinnerungen verblassen – so wie auch Rachels. Dann würden ihre Briefe weniger werden und schließlich ganz ausbleiben.

Sie alle würden Besuche vermeiden.

Und am Ende würde Guy vielleicht das Glück finden.

Deshalb musste Sarah ein neues Leben beginnen. Nur für Guy würde sie ihr Bestes tun, es fruchtbar und erfüllt sein zu lassen. Doch als die sinkende Sonne ihr Zimmer dann in tiefe Schatten tauchte, ließ Sarah den Kopf auf die gefalteten Arme sinken und weinte.

Es kam kein Brief von Guy, aber Jack schickte eine kurze Nachricht, die Anne vorlas – *Ich bin Guy dicht auf den Fersen. Später mehr!* –, eingebettet in die persönlichen Zeilen an seine Frau.

Der Duke weilte noch in London, während die Duchess zusammen mit Anne und deren neugeborener Tochter aus Withycombe zurückgekehrt war. Miracle und Ryder hatten angeboten, aus Derbyshire zurückzukommen, aber die Herzogin hielt es für das Beste, dass sie auf Wrendale blieben und ihre Töchter das Desaster, das sich auf Wyldshay entwickelte, nicht miterleben mussten.

Nachdem die Herzogin mit Sarah gesprochen hatte, hatte sie an Miss Farcey geschrieben, die höchst geschmeichelt gewesen war, von Ihrer Gnaden einen Brief zu bekommen. Wenn die Herzogin Mrs. Callaway auf Wyldshay bräuchte, dann wäre es Miss Farcey eine Ehre, ihrer Botaniklehrerin die verlängerte Abwesenheit zu gestatten, wobei sie auch hoffe, man würde sich in der Zukunft Miss Farceys erinnern, sollte Ihre Gnaden je wünschen, ihren Freunden ein Institut für junge Damen zu empfehlen.

Inzwischen durchlebte Rachel die Tage wie ein Geist, konnte weder essen noch schlafen, sodass ihr Gesicht immer schmaler wurde. Sie klammerte sich an die Gewissheit, dass Guy zurückkommen würde, um sie zu heiraten. Die goldenen Locken wurden so trocken und brüchig wie Stroh. Bis auf ihre rotgeschwollenen Augenlider und die hellroten Flecken, die auf ihren Wangen brannten, war Rachels einst so perfekte Haut weiß wie Kreide.

Sarah bezwang ihren eigenen Kummer so gut es ging und pflegte ihre leidende Cousine. Wann immer ihr kleines Baby ihre Aufmerksamkeit nicht brauchte, unterstützte Anne sie dabei, wobei die Duchess ihre Meinung für sich behielt.

Sarah lag jede Nacht mit tränenleeren Augen wach. Das Herz voller Sehnsucht trug sie in ihrer Seele die Botschaft ihrer Liebe zu Guy, doch ihren Schmerz verschloss sie, als würde sie Dämonen gefangenhalten.

Berry war immer fröhlich und spielte unbeschwert in der sicheren Obhut von Betsy Davy. Sogar Rachel verbarg vor ihrem Sohn tapfer die Last des Kummers, der sie niederdrückte, und nahm von irgendwoher die Kraft, gut gelaunt mit ihm zu spielen und ihm vorzusingen. Schließlich begann sie, ihrem Sohn von der bevorstehenden Hochzeit zu erzählen und von dem neuen Vater, den er bekommen würde.

Sarah durchlitt die Qual, ihrer Cousine zuhören zu müssen, wenn diese über die Hochzeitsplanungen sprach.

»Wird Guy mich wohl in Blau mögen?«, fragte Rachel eines Morgens. »Ich habe daran gedacht, mir ein blaues Kleid mit Silberlitzen machen zu lassen. Ihre Gnaden sagt, ich darf alles bestellen, was ich möchte, und Claude hat mich immer in Blau gemocht.«

Als sie den Namen ihres Geliebten aussprach, füllten Rachels Augen sich mit neuen Tränen. Sarah half ihr, sich zu setzen.

»Guy wird dich ansehen und sich auf der Stelle in dich verlieben, ganz egal, welche Farbe du trägst«, sagte sie. »Denk nicht, dass er dich in Hampstead nicht geliebt hat, Rachel, denn ich weiß, dass es so war.«

Zwei Tränenspuren zogen über Rachels Wangen. »Du weißt,

du könntest vom Blitz getroffen werden, dafür, dass du solche Dinge sagst, Sarah. Ich habe Guy ins Bett gelockt, weil ich dachte, er würde sich sonst nicht um mich kümmern. Aber Claude –«

Rachel brach in hysterische Schluchzer aus, ließ sich von Sarah, deren eigenes Herz vor Verzweiflung zerbrach, in die Arme nehmen.

»Mrs. Callaway?«

Sarah schaute auf.

Ein Diener stand an der Tür. »Ihre Gnaden hat mir aufgetragen, Sie darüber zu informieren, Ma'am, dass eine Kutsche sich sehr schnell der vorderen Einfahrt nähert.«

»Guy!« Rachel sprang auf, hob ihre Röcke mit beiden Händen an und lief davon.

Zum ersten Mal verließ Sarah völlig der Mut. Sie saß von großer Angst übermannt da und starrte blicklos auf die Wand, während ihr Herz pochte.

Nach einigen Momenten kam Anne ins Zimmer, ihr Blick war klar und ihre Miene gelassen. Sie ging zu Sarah, und setzte sich neben sie.

»Sie sollten hinuntergehen«, sagte Sarah schließlich. »Wenn Guy zurückgekehrt ist, dann wird Lord Jonathan bei ihm sein, und Ihr Baby könnte –«

»Die Kleine schläft«, sagte Anne. »Und Jack wird es verstehen.«

Sarah lächelte sie an und zwang sich, mit Anne in die Große Halle hinunterzugehen.

Rachel war der Herzogin schon hinaus auf den Burghof gefolgt, und zwei Diener hatten die große Flügeltür geöffnet. Ein Durcheinander von Pferdehufen und eisenbeschlagenen Rädern hallte ihnen entgegen, als die Kutsche herangerast kam und schließlich hielt.

Sarah klammerte sich an Annes Hand, doch in diesem Augenblick kam Rachel ins Haus zurückgelaufen, ihr Gesicht war schneeweiß.

»Er ist es nicht«, sagte sie. »Es ist nicht Guys Kutsche. Es ist Lady Moorefield!«

Annes Finger schlossen sich fest um Sarahs, um dieser möglichst viel Kraft zu verleihen, sich gegen ihren Kummer und ihre Verzweifelung zu wappnen. Beide setzten sich.

Mit tadelloser Selbstbeherrschung kehrte jetzt auch die Herzogin in das Zimmer zurück. Lady Moorefield stützte sich auf ihren Arm. Sie half der Countess, sich zu setzen, dann ging sie zu dem großen Kamin und blieb dort stehen.

Die Countess saß steif unter einem Wandgemälde, das den heiligen Georg zeigte, und starrte die Herzogin fast trotzig an. Ihr Gesicht war total verschwollen, über einer Augenbraue klaffte eine blutige Wunde und ihre Unterlippe war zerplatzt.

»Das ist es doch, was Sie wollten, nicht wahr? Ich habe ihn verlassen.«

Ein grünes Feuer brannte im hellen Blick der Herzogin. »Für den Fall bieten wir Ihnen die Zuflucht und den Schutz Wyldshays, Countess.«

Doch die Türen zum Hof standen noch offen. Eine weitere Kutsche kam und hielt. Jemand rief etwas.

Lady Moorefield sackte auf ihrem Stuhl in sich zusammen, als ihr Mann das Zimmer betrat.

Der Earl blieb stehen und sah sich um, dann lachte er und schlug mit einer Reitpeitsche auf seinen Oberschenkel.

»Den Schutz Wyldshays, Herzogin? Der Duke ist nicht zu Hause, glaube ich, genauso wenig wie Ihre Söhne und Ihr Neffe? Ich sehe hier nur fünf Frauen und zwei davon weinen. Dem Gesetz nach habe ich jedes Recht, meine Frau zu züchtigen. Weder Sie noch diese Schützlinge von Ihnen können mich aufhalten.«

Grüne Flammen blitzten aus den Augen der Herzogin. »Dutzende meiner Diener sind in Hörweite, Moorefield«, sagte sie. »Da die Countess mein Gast ist, rate ich Ihnen, keinen Schritt weiter zu gehen.«

»Ich kann mir kaum vorstellen, dass Sie es wagen werden, mich aufzuhalten, Madam, wenn ich doch nur meine eigene Frau nach Hause holen will.« Der Earl lachte und schlug sich wieder auf den Oberschenkel. »Kein unbewaffneter Lakai würde den Nerv haben, Hand an einen Peer des Königreichs zu legen –«

»Ein Lakai vielleicht nicht, ich aber schon. Und ich bin sowohl bewaffnet als auch gefährlich«, sagte die Stimme eines anderen Mannes. »Deshalb werden Sie Ihre Peitsche nicht auch nur einmal schwingen, Moorefield, es sei denn, Sie möchten mir wirklich den Vorwand liefern, sie zu töten.«

Rachel schaute auf und ihre Augen weiteten sich, als hätten sich soeben die Tore des Himmels aufgetan. »*Guy!*«

Sarahs Herz hatte einen Sprung gemacht und war dann in einen verrückten, unregelmäßigen Rhythmus verfallen, wie ein Pferd, das über Steine galoppierte. Freude und Furcht und Erleichterung strömten durch ihre Adern. Doch sie saß wie erstarrt da und hielt Annes Hand umklammert.

Guy ignorierte sie alle und betrat die Halle, sein dunkler Blick fixierte nur den Earl. Er hatte Lehmspritzer im Gesicht, seine Stiefel waren ruiniert und seine Kleider beschmutzt. Sogar sein Haar war schmutzig und fiel ihm ins Gesicht, als er seinen Hut und seine Reitgerte beiseitewarf. Tiefe Müdigkeit zeichnete sein Gesicht, als hätte er seit Wochen nicht geschlafen.

Die Duchess zog ihre feinen Augenbrauen hoch. »Mein lieber Neffe, auf welch bewunderungswürdige Art haben Sie den rechten Zeitpunkt für Ihre Heimkehr gewählt. Sie haben es vorgezogen, zu Pferde aus Frankreich zurückzukommen?«

»Es ging schneller.«

Moorefield ließ die Peitsche sinken, aber in seinen Augen lag blanker Hass.

»Sie sollten gehen, Mylord«, forderte Guy ihn ruhig auf. »Selbst wenn ich die Dienstboten nicht rufe, sind Sie unterlegen.«

Der Earl lachte schallend. »Etwa Ihnen, Sir – in Ihrem derzeitigen Zustand sind Sie es ja kaum wert, als Gentleman bezeichnet zu werden! Oder soll ich mich etwa vor diesen Frauen fürchten?«

Doch jetzt betraten zwei ebenfalls von Reisestaub bedeckte junge Männer die Eingangshalle.

Lord Jonathan wischte sich mit einem Taschentuch den Schmutz vom Gesicht. Sein Blick begegnete dem Annes für einen Moment, dann ging er zu Guy und stellte sich neben ihn. Auch er wirkte maßlos erschöpft.

Der dritte Mann war ein Fremder. Er trat stolz ein und zog im Gehen seine Handschuhe aus. Ganz im Gegensatz zu den Wyldshay-Cousins war er so blond wie Adonis, tiefe Schatten umwölkten seine rot geränderten Augen.

Rachel fiel augenblicklich in Ohnmacht. Anne und Sarah sprangen auf und knieten sich neben sie.

Als wäre er sich der Anwesenden nicht bewusst, ging Guy zum Earl und nahm ihm die Peitsche aus der Hand.

»Dieser Gentleman ist Lord Moorefield, Jack«, sagte er über die Schulter. »Du erinnerst dich vielleicht an ihn von einigen unerfreulichen früheren Zusammentreffen in London.«

»Es ist lange her«, sagte Lord Jonathan. »Aber ich würde ihn gern für dich töten, wenn du das möchtest.«

Der blonde Fremde trat vor. »Nein«, sagte er mit einem leichten französischen Akzent. »Das Vergnügen, ihn zu töten, gehört mir.«

Der Earl musterte den Franzosen von Kopf bis Fuß. »Wer zum Teufel sind Sie, Sir?«

Trotz seiner offensichtlichen Erschöpfung lächelte der Fremde den Earl mit unverhohlener Feindseligkeit an. »Mein Name ist Claude d'Alleville. Man hat mir gesagt, dass Sie diese unglückliche junge Lady verfolgt haben.« Er wies auf Rachel, die bewusstlos in Sarahs Armen lag. »Sie haben sie bedroht, ihr Angst gemacht, sie in die Verzweiflung getrieben und dazu gezwungen, sich versteckt zu halten. Ihre anderen Untaten mögen Sie mit Ihrem Gewissen abmachen, aber da ist auch noch das Verbrechen, das Sie an dem Kind begangen haben. Dafür werde ich Sie töten, Sir, allein dafür.«

Die Duchess ging auf ihn zu. »Willkommen auf Wyldshay, Monsieur. Ich respektiere all diese Dramatik und den Wunsch nach Vergeltung. Vorrangig gilt meine Pflicht als Gastgeberin jedoch jenen meiner Gäste, die von den Ereignissen bereits aus der Fassung gebracht worden sind. Sie werden mir daher gewiss vergeben, wenn ich all dieses Unangenehme den Gentlemen überlasse?«

Claude d'Alleville verbeugte sich mit untadeliger Anmut und küsste ihre Hand.

»Lady Moorefield wird mich in meine privaten Räume begleiten, um dort den Tee mit mir einzunehmen.« Die Duchess neigte den Kopf, als von draußen erneut das Rumpeln einer Kutsche zu hören war, die auf den Burghof gefahren kam. »Ah! Ich vermute, der Duke ist ein wenig früher als erwartet zurückgekehrt. Welch glückliche Fügung! Guten Tag, meine Herren.«

Lady Moorefields Gesicht war wie erstarrt, als die Duchess

sie fortführte. Zwei Diener trugen Rachel behutsam aus der Halle. In wortlosem Einverständnis setzten Anne und Sarah sich in eine Ecke. Lord Jonathan trat zu ihnen und stellte sich neben seine Frau.

Eine Schar von Dienern kam beflissen herbeigelaufen, als der Duke von Blackdown die Halle betrat, ihm auf den Fersen folgten einige Gentlemen. Der Duke blieb wie angewurzelt stehen. Sein durchdringender Blick erfasste kühl die dramatische Situation.

Jetzt endlich sah Guy Sarah an. Sie erwiderte seinen müden, brennenden Blick und versuchte zu lächeln, doch in diesem Moment ging der Franzose auf Moorefield zu und schlug ihm mit einem seiner beschmutzten Handschuhe ins Gesicht.

»Ich verlange Genugtuung, Sir!«

Der Duke of Blackdown zog die Augenbrauen hoch. Einer der ihn begleitenden Herren murmelte: »Großer Gott!«

»Eine Ehrensache, Euer Gnaden«, erklärte Lord Jonathan ruhig und trat vor. »Vielleicht sind einige dieser Gentlemen bereit, Lord Moorefield zu sekundieren? Guy und ich werden natürlich entzückt sein, Monsieur d'Alleville diesen Dienst anzubieten.«

Anne drückte Sarahs Hand. »Kommen Sie«, sagte sie leise. »Eine Entschuldigung ist jetzt nicht mehr möglich. Wir müssen das den Männern überlassen.«

Sarah schluckte ihre entsetzlich Angst hinunter und ließ sich von Anne aus der Halle führen.

Die Duchess begegnete ihnen am Fuß der Treppe. Sie war ein wenig blass, aber ihre Haltung war tadellos.

»Nun?«, fragte sie. »Wird es ein Duell unter unserem Dach geben?«

Anne nickte. »Ja, und das sofort, fürchte ich, obwohl Monsieur d'Alleville kaum noch stehen kann.«

»Dann müssen wir hoffen, dass dieser Claude d'Alleville nicht so müde ist, wie er aussieht, und zudem ein besserer Schütze als Moorefield ist«, sagte die Duchess. »Oder dass er Degen verlangen wird. Die Franzosen lieben den Kampf mit dieser Waffe. Jedoch fürchte ich, dass Mrs. Callaway sich schleunigst setzen muss, sonst fällt sie gleich in Ohnmacht.«

Die Duchess führte die jüngeren Damen in einen kleinen Salon und klingelte nach Tee.

Sarah sank auf dem Sofa zusammen. Ihr war zumute, als wäre ihre Seele ein Meer aus Erschöpfung, während sie mit leeren Augen auf die Überreste einer Seeschlacht blickte und keine Gefühle mehr in sich spürte. Sie alle wussten, was das bedeutete. Wenn Lord Moorefield Claude d'Alleville tötete und als Sieger aus dem Duell hervorging, würde eine unglückliche Rachel Guy heiraten müssen. Wenn der Franzose den Earl tötete, würde er gezwungen sein, aus dem Land zu fliehen. Wie es auch ausgehen mochte, so oder so würde es in einer Katastrophe enden.

Die Duchess stand ruhig vor dem Kamin, die Bänder ihres Kleides zitterten leicht. Anne schloss die Augen, als zöge sie sich an einen stillen inneren Ort zurück, an dem sie vielleicht ein Gebet sprach. Sarah faltete die Hände und starrte wie betäubt aus dem Fenster.

Sonnenschein brach durch die Wolken. Schwalben sammelten sich auf den Dächern. Die letzten Sommerrosen nickten träge in der leichten Brise.

Sie konnte nicht beten. Sie konnte nicht einmal hoffen. Lord Moorefield hatte betrogen und manipuliert und gedroht, doch sie hatten keinen Beweis, dass er auch gemordet hatte. Sie mochte nicht auf den Tod eines der Männer hoffen, um sich dadurch ihr eigenes Glück zu sichern.

Die Minuten verstrichen, gezählt von den beständigen Schlägen der goldenen Uhr auf dem Kaminsims. Ein gespanntes Schweigen breitete sich in dem Salon aus.

Wir alle lieben ihn, dachte Sarah plötzlich. Wir alle!

Die Duchess liebte den Sohn ihrer Schwester, als wäre er ihr eigenes Kind. Anne liebte ihn wie einen Bruder. Jack und Ryder liebten ihn, ebenso wie Miracle und seine eigene Familie. Berry wird ihn genauso sehr lieben, und Rachel wird ihn am Ende auch lieben.

Wenn Lord Moorefield Wyldshay lebend verließ, dann bin ich die Einzige, die ihn verlieren wird. Doch obwohl ich ihn mehr als meine Seele liebe, kann ich nicht auf den Tod eines Menschen hoffen, um Guy für mich zu haben. Ich kann es nicht!

Schließlich donnerten Schritte über den Korridor. Die Tür zum Salon wurde aufgerissen. Anne öffnete die Augen und begegnete dem breiten Lächeln ihres Mannes. Guy trat nach seinem Cousin ein, strich sich das Haar aus der Stirn und verbeugte sich vor seiner Tante.

»Nun?«, fragte die Duchess. »Soll ich eine Hochzeit oder eine Beerdigung oder beides arrangieren?«

»Niemand ist gestorben«, sagte Guy. »Das Duell wurde mit Pistolen ausgetragen. Moorefield ist ernsthaft verwundet. Aber vor einem halben Dutzend Zeugen – einschließlich dem Duke, Lord Grail und Lord Ayre – hat er sich bei d'Alleville entschuldigt und auch auf jeglichen Anspruch auf das Kind verzichtet.«

»Dann also eine Hochzeit«, sagte die Duchess lächelnd. »Oder nein – zwei.«

Sie wandte ihren Blick zu ihrem Sohn und dessen Frau, woraufhin alle drei den Salon verließen.

Seine dunklen Augen waren voller Leidenschaft, als Guy Sarah ansah. Ihr Herz jubelte, als sie aufstand und zu ihm ging.

Er schlief tief und fest, sein frisch gewaschenes Haar hob sich dunkel von den weißen Kissen ab, sein frisch rasiertes Kinn glänzte im Kerzenschein.

Irgendwo auf Wyldshay schliefen jetzt Anne und Jack gleichermaßen wiedervereint und ohne Zweifel mit demselben Entzücken.

Lord Moorefield war, nachdem man ihn verbunden hatte, in seiner Kutsche fortgebracht worden. Lady Moorefield hatte, trotz aller Überredungsversuche, es nicht zu tun, beschlossen, mit ihm zu gehen.

Guy, Jack und Claude d'Alleville waren ohne Rast zu machen durch halb Frankreich geritten und waren direkt nach Wyldshay galoppiert, sobald sie in England an Land gegangen waren. Trotz seiner Erschöpfung hatte der Franzose das Duell beherrscht. Das Duell war nicht mit Schwertern, sondern mit Pistolen durchgeführt worden. Ein Duell bis zur ersten blutenden Wunde. Der Earl würde in Zukunft beim Gehen hinken, wenn er überhaupt je wieder einen Schritt machen können würde.

Es war vorbei. Die Duchess hatte nach Essen und Trinken und einem Bad geläutet, nach welchem Sarah Guy aufgefordert hatte, sofort zu Bett zu gehen, um ungestört zu schlafen. Alle weiteren Erklärungen konnten bis zum Morgen warten.

Inzwischen hatte Rachel herzzerreißend zu weinen begonnen, kaum dass sie wieder bei Besinnung gewesen war und den Vater ihres Kindes und die Liebe ihres Lebens gesehen hatte. Claude saß jetzt sehr wahrscheinlich an ihrem Bett und betrachtete seine schlafende Braut. So, wie Sarah Guy betrachtete.

Sarah erwachte durch das Ticken der Uhr und dem leisen Geräusch von Guys gleichmäßigem Atem. Ein heller Mond stand zwischen den Wolken und warf sein Licht in das Turmzimmer. Unruhig glitt sie aus dem Bett und trat leise ans Fenster.

Am Fuß der Burgmauern sammelte sich der Fluss Wyld zu einem stillen See, dessen silbrige Schatten im Mondschein glänzten. Sarah lehnte sich gegen die Fensterbank und schaute hinaus. In ihrem Herzen herrschte völliger Frieden.

Warme Finger berührten ihren Nacken. Ihr Blut rauschte. Sie wandte den Kopf und lächelte.

Guy küsste ihren Nacken, dann schloss er Sarah in seine Arme.

»Die Göttin wandelt«, sagte er leise. »Die Weiße Lady des Mondlichts und der Blumen.«

»Und der Gott ist zurückgekehrt«, sagte sie. »Oberon, der König des Feenreichs.«

Er lachte leise und strich ihr das Haar aus dem Gesicht.

»Ich bin ohne große Hoffnungen zum Chateau du Cerf gefahren«, sagte er. »Jack hatte mich inzwischen eingeholt, deshalb wusste ich, dass Claude d'Alleville tot war. Ich versuchte, Trost in dem Wissen zu finden, dass Anne und die Herzogin da waren, um dich zu unterstützen, aber in jenem Augenblick –«

»Ja«, sagte sie. »In jenem Augenblick, als es so schien, als wäre jegliche Hoffnung vergebens … Ja, ich habe mich genauso elend gefühlt. Aber du hast nicht aufgegeben?«

»Gott, nein! Wie hätte ich angesichts meiner Gefühle für dich aufgeben können? Deshalb sind Jack und ich weitergefahren. Als wir in dem Schloss ankamen, fanden wir ein heilloses Chaos vor. Claude d'Alleville und sein Vater tragen denselben Namen. Claude, *der Vater*, ist kürzlich verstorben, und Claude, *der Sohn*, war aus Alexandrien zurückgerufen worden, gleich nachdem der alte Mann krank geworden war.« Seine Arme legten sich fester um Sarah. Sie lehnte den Kopf in die warme Beuge seiner Schulter. »Mein Brief war einige Tage nach dem Tod des Vaters dort eingetroffen, und der Sekretär hatte angenommen, dass er für diesen bestimmt war.«

»Und deshalb wurde er ungeöffnet nach Wyldshay zurückgeschickt? Inzwischen war Berrys Vater auf dem Heimweg aus Ägypten, und als er in seinem Haus eintraf, fand er euch dort vor. Wie hat er reagiert?«

»Zuerst war er geneigt, uns zum Teufel zu schicken, aber dann fand er Rachels Briefe zwischen der Korrespondenz seines Vaters. Er brachte sie in den großen Salon hinunter –«

»Das Chateau ist beeindruckend?«, fragte Sarah.

Guy lachte. »Sehr! Was der Grund sein mag, warum der alte Claude d'Alleville so strikt dagegen war, dass sein Sohn eine mittellose Engländerin heiratet. Augenscheinlich hat er sich aber doch nicht dazu überwinden können, Rachels Briefe zu vernichten. Er hat sie aufgehoben und einfach nur davon abgesehen, sie seinem Sohn nachzuschicken. Claude glaubte seinem Vater, als dieser ihm sagte, Rachel habe vermutlich einen neuen Liebhaber gefunden und würde deswegen nicht mehr schreiben. Er wusste nichts von Berry.«

Seine Finger strichen ihr sanft das Haar aus dem Nacken. Sarah wünschte, sie könnte schnurren wie eine Katze.

»Bis ihr es ihm dann gesagt habt. Woraufhin er zugestimmt hat, mit euch hierherzukommen und Rachel zu heiraten?«

»Er war nicht sofort bereit, uns zu begleiten. Zunächst war er wütend, dass er von seinem eigenen Vater so verraten worden war. Doch er war noch immer geneigt zu glauben, dass Rachel doch zu einer Art von Flittchen geworden sein könnte – bis er sich die Zeit nehmen konnte, ihre Briefe zu lesen. Natürlich waren Jack und ich voller Ungeduld, weil wir ja wussten, welchen Schaden dieser zurückgesandte Brief auf Wyldshay angerichtet hatte. Wir wollten dir und Anne schreiben, sobald wir wussten, dass Claude am Leben war, aber als er schließlich zustimmte, uns zu begleiten, sind wir wie die Teufel quer durch Frankreich geritten. Unterwegs haben wir ihm dann den Rest der Geschichte erzählt. Offensichtlich sind wir noch vor unserem Brief hier eingetroffen.«

Er fühlte sich so fest und real und leidenschaftlich an, als er sie mit seiner Wärme und seiner Kraft umhüllte. Sarah nahm seine Hand und küsste die Handfläche. »Claude glaubt jetzt also nicht mehr, dass Rachel ihn niemals wirklich geliebt hat?«

»Meine liebe Sarah, ich weiß nicht, was zum Teufel er glaubt. Er wird sie heiraten und mit nach Frankreich nehmen. Er ist voller Entschlossenheit, seinen kleinen Sohn zu retten und das bittere Schicksal, das die Dame seines Herzens hat erdulden müssen, wiedergutzumachen. Die beiden sind wie zwei romantische Narren, und sie werden auf ihrem Schloss ein Leben voll dramatischer Theatralik führen. Glücklicherweise glaube ich, dass er ein wunderbarer Vater sein wird. Betsy Davy wird sie begleiten, und so wird Berry immer gut behütet sein.«

»Und Lord und Lady Moorefield?«

Guy wurde sehr still und ließ sich Zeit mit der Antwort. »Mögen sie in Devon in ihrem Elend schmoren. Doch ich glaube, dass der Stolz des Earls letztendlich gebrochen worden ist, was ihn vielleicht zu einem besseren Menschen macht. Er wird jetzt akzeptieren müssen, dass sein Bruder sein Erbe ist, und es wird ihm schwerfallen, seine Frau wieder zu schlagen, besonders, wenn er nur mithilfe von Krücken gehen kann – oder überhaupt nicht mehr.«

Sarah schloss die Augen. »Ich kann nicht allzu viel Mitleid mit ihm empfinden, wenn ich an das ganze Unglück denke, das er verursacht hat. Doch ich bin froh, dass weder du noch Lord Jonathan auf ihn schießen musstet.«

»Das bin ich auch«, sagte er. »Aber genug über die anderen. Was ist mit uns?«

Sie rieb ihre Wange an seiner Hand. »Ich hatte gehofft, dass du und ich damit weitermachen könnten, hier in England wie zwei verrückte romantische Narren zu leben«, sagte sie.

Er drehte sie zu sich herum. Das Mondlicht ließ sein dunkles Haar schimmern und betonte die Silhouette seiner Wange und seines Kinns. »Warum? Weil du und nur du meine Seele auf eine Art berührst, die ich nie für möglich gehalten hätte? Weil ich mein Leben für dich hergeben würde – nicht nur mit leeren Worten, sondern mit meinem Blut –, wenn es verlangt würde? Weil ich vor Leidenschaft für dich brenne, wie ein Mann für eine Frau brennen kann?«

»Ja«, sagte sie, »wenn du so willst.«

Er lachte vor Glück. »Dann willst du mich heiraten, Sarah?«

Sie hob die Arme und legte die Hände um sein Gesicht. Das Mondlicht tauchte ihre Hände in Silber. »Ja. Ja. Ja. Ja. Ja. Ich will dich heiraten. Ja, ich will dir Kinder schenken. Ja. Ja. Ja. Ja, wenn du mich haben willst, mit meinem ganzen Herzen und meiner ganzen Seele, dann werde ich dich heiraten.«

Guy lachte, als er sie hochhob und zum Bett trug. Er legte sich neben sie und zog ihr das Nachthemd aus.

Seine Hände glitten über ihre heiße Haut, streichelten sie voller Sinnlichkeit. »Ist das es, was du willst?«

Verlangen loderte auf. Sie lachte und schlang die Arme um ihn.

»Das wollte ich von Anfang an, Guy. Hast du das nicht gewusst?«

Epilog

Chateau du Cerf, Februar 1830

Meine liebe Sarah,

Claude und ich sind ganz entzückt von Deinen Neuigkeiten. Berry wird also noch vor dem nächsten Weihnachtsfest einen Cousin oder eine Cousine bekommen! Du weißt, dass mir dein Baby so lieb sein wird wie mein eigenes, und wir sind sehr, sehr glücklich für Dich, Liebste, und für Guy. Ich werde ihn immer dafür lieben, dass er Berry gerettet hat, und Claude geht es ebenso. Ich kann Dir nicht sagen, was es für uns beide bedeutet zu wissen, dass Du und Guy so glücklich zusammen seid. Ich würde wetten, Ihr seid fast so glücklich wie wir es sind! Hier auf dem Schloss zu leben ist wirklich wie das Leben in einem Märchen.

Ist Birchbrook gerade zu dieser Zeit auch so wunderschön? Erinnerst Du Dich an die Schneeglöckchen vor unserem Haus in Norfolk? Wie tapfer diese kleinen Blumen dem Frost des Winters getrotzt haben? Wie sie ihre weißen Gesichter durch den Schnee in den Wäldern gesteckt haben, voller Vertrauen darauf, dass der Frühling kommen wird, trotz all der gegenteiligen Beweise?

Wir beide haben das auch getan, nicht wahr? Dem Drohen des Winters getrotzt, um den immerwährenden Sommer in unseren Herzen zu finden.

Berry ist jetzt schon ganz und gar der kleine Herr. Er kann Französisch genauso gut wie Englisch sprechen, und Claude ist so stolz wie ein Pfau. Er wird immer unser Erstgeborener sein, deshalb ist es beruhigend zu wissen, dass es niemals einen dum-

men Streit um die Erbfolge geben wird. Selbst wenn wir noch einen Sohn haben werden – Berry wird eines Tages den Besitz seines Vaters erben.

Ich kann nicht sagen, dass ich traurig bin zu hören, dass Lord Moorefields Fraktion eine so große Niederlage im House of Lords erlitten hat. Obwohl ich nichts von Politik verstehe, denke ich, dass das, was die Partei des Dukes of Blackdown vorgeschlagen hat, das Richtige sein muss!

Oh, und es gibt eine Neuigkeit über Betsy Davy zu berichten, die Dich freuen wird. Sie liebt Berry so innig wie immer und hat sich jetzt in einen von Claudes Dienern verguckt. Obwohl ihr Französisch noch immer sehr lückenhaft ist und seine Englischkenntnisse noch viel mehr zu wünschen übrig lassen, muss die Sprache der Liebe alle Schwierigkeiten überwunden haben, denn sie werden im kommenden April heiraten. Ohne Zweifel werden auch sie bald ein eigenes Kinderzimmer einrichten. Betsy und ihr zukünftiger Mann werden, sobald sie verheiratet sind, ein kleines Haus auf den Ländereien bekommen. Claude hat nichts dagegen: Er verwöhnt seine kleine englische Frau und erfüllt ihr jeden Wunsch.

Ich bereue nichts, Liebste, außer dass ich Dich und Guy angelogen und dadurch so viel Schmerz verursacht habe. Aber wie sagt man doch: Ende gut – alles gut!

In allergrößter Zuneigung bleibe ich Deine Dir immer ergebene Cousine

Rachel d'Alleville

Anmerkung der Autorin

Die Geschichte von Jack und Anne wird im Roman *Sündige Versuchung* erzählt, der in Deutschland im Juni 2008 veröffentlicht wurde. Guy und Rachel begegnen sich darin zum ersten Mal und verbringen jenen schicksalhaften Tag auf der Jacht miteinander.

Der Stolz der Kurtisane folgte im Februar 2009. Ryder treibt sein Pferd in die Meeresbrandung, um eine Frau zu retten, die in einem kleinen Boot vor der Küste treibt. Sie ist bewusstlos und halbnackt, als er sie findet. Diese Frau ist Miracle, und Ryder hat zu dieser Zeit noch keine Ahnung, womit sie ihren Lebensunterhalt bestreitet.

Und Olwens Gänseblümchen-Pfad? Es ist die genaue Beschreibung eines schmalen Pfades, den ich während meiner Recherchen für *Geheimnis deines Herzens* in Devon entdeckt habe.

Weitere Informationen (in englischer Sprache) sind auf meiner Website unter www.juliaross.net zu finden.

»Berauschend und sehr sinnlich – Julia Ross in Bestform!«

Romantic Times

Julia Ross
SÜNDIGE VERSUCHUNG
Roman
480 Seiten
ISBN 978-3-404-18730-0

Viele Jahre schon bereist Lord Jonathan den fernen Osten – immer auf der Suche nach exotischen Schätzen und neuen Abenteuern. Doch der Diebstahl eines wertvollen Fossils zwingt ihn dazu, nach England zurückzukehren. Dort hat der Dieb den begehrten Gegenstand einer jungen Frau anvertraut; kurz darauf wird er ermordet. Als die junge Dame, Miss Anne Marsh, in höchster Gefahr schwebt, wittert der Lord seine Chance. Unter dem Vorwand, um ihre Sicherheit besorgt zu sein, bringt er sie auf sein väterliches Anwesen. Obwohl Anne bereits einem anderen versprochen ist, kann sie sich dem erotischen Knistern nicht entziehen …

Bastei Lübbe Taschenbuch

»Eine wundervolle Liebesgeschichte, die man so schnell nicht vergisst«

Romantic Times

Liz Carlyle
EIN UNWIDERSTEHLICHER HALUNKE
Roman
400 Seiten
ISBN 978-3-404-18733-1

Sidonie Saint-Godard führt ein Doppelleben: Tagsüber bringt sie jungen Damen Benehmen bei, nachts wohlhabende Herren um ihr Vermögen. Als »Schwarzer Engel« nimmt sie Rache für all die Frauen, die von reichen Lords benutzt und fallen gelassen wurden. Stets tritt sie in Verkleidung auf. Keiner konnte sie bisher fassen, keiner kennt ihre wahre Identität. Doch als sie den berüchtigten Marquess of Devellyn seines wertvollsten Besitzes beraubt, wendet sich das Blatt. Ihr doppeltes Spiel wird zu einer Zerreißprobe, denn Devellyn erweckt in Sidonie eine ungeahnte Leidenschaft.

Bastei Lübbe Taschenbuch